BASTEI
LÜBBE

Taschenbücher von ORSON SCOTT CARD
im BASTEI-LÜBBE-Programm

24 115 Meistersänger
24 122 Die Stadt am Ende der Welt
24 140 Treason – der Spender-Planet
24 153 Xenozid
24 155 Ender

Die Heimkehr
24 167 Die Verlorene Erde
24 179 Der Ruf der Erde

Für Bill und Laraine Moon,
mit schönen Erinnerungen an
Tempel und Einkaufszentren,
an Fotokopierer und Nachrichtenblätter,
an tolle Kinder und gute Gesellschaft,
an großzügige Liebe und
unnachgiebige Ehre.

Danksagung

Das Schicksal wollte nicht, daß ich diesen Roman schrieb. Ich hatte einen beträchtlichen Teil des Sommers dafür reserviert, ihn zu schreiben – sogar eine kostenlose Reise nach Australien abgesagt, weil sie mitten in dieses Projekt gefallen wäre. Doch dann – so ist nun mal der Lauf der Welt – fand ich mich auf einmal auf einer Signiertour kreuz und quer durch die USA wieder, denn aus einer Vielzahl verschiedener hervorragender Gründe war ein paar Monate zuvor *Xenoxid* erschienen. Als ich dann nach Hause kam, stand uns eine neue Aufgabe bevor: Wir mußten quer durch die Stadt umziehen – wir waren nämlich stolze Eigenheimbesitzer geworden. Hinzu kamen die verführerischen Details, die mit dem Umbau des neuen Hauses verbunden waren, das nicht nur uns, sondern auch unsere Computer aufnehmen mußte, und mir wurde klar, ich würde mich nur darauf konzentrieren können, *Die Schiffe der Erde* zu schreiben, wenn ich in ein Versteck abtauchte.

Und genau das tat ich. Die armen Clark und Kathy Kidd! Sie mußten gedacht haben, daß sie irgendwie, rein zufällig, im Pleistozän ein Kind gezeugt hatten, das nun nach Hause gekommen war und bei ihnen wohnen wollte! Ich fiel über ihr Haus in Sterling, Virginia, her, übernahm den Eßzimmertisch und begrub mich in meiner Arbeit. Ich tauchte nur daraus auf, als zwei Computer mich im Stich ließen und ich Northgate anbetteln mußte, sie zu ersetzen. Und als Clark und Kathy ein freies Wochenende hatten und nach Rehoboth Beach fuhren, zockelte ich einfach hinter ihnen her – im ersten Entwurf des sechsten Kapitels findet sich Sand von Delaware. Doch die gesamte harte Prüfung über taten die Kidds so, als hätten sie ihren Spaß an der Sache, und ich bin ihnen dankbar.

Doch genausoviel, wie ich Clark und Kathy verdanke, verdanke ich auch wieder meiner Frau Kristine und unserer Assistentin Erin Absher, die unseren Haushalt auf Vordermann und unsere Kinder am Leben hielt und trotz einer

Überfülle von großen und kleinen Katastrophen den Umbau des neuen Hauses leitete. Kristine gelang es tatsächlich, dieses Buch zu lesen und Anregungen zu machen, die mich veranlaßten, die wirklich sentimentalen Teile herauszunehmen – was, und darauf können Sie sich verlassen, das Buch gewaltig verbessert hat! Ich kann nicht schreiben, wenn ich nicht meinen Seelenfrieden habe, und genau dieses Geschenk gaben mir Kristine und Erin und Clark und Kathy, ein jeder auf seine Art.

Des weiteren muß ich den Hut vor Shirley Strum ziehen, Autorin von *Almost Human*, des Buches, das mir half, die Paviane in *Schiffe der Erde* zu gestalten, die zu meinen Lieblingscharakteren gehören; und vor Beth Meacham, meiner Lektorin, und vor Barbara Bova, meiner Agentin: Ich danke euch, daß ihr mein Jammern ertragen und mir in so vielerlei Hinsicht geholfen habt. Auch wenn die Öffentlichkeit niemals davon erfahren wird, ich werde es euch nie vergessen.

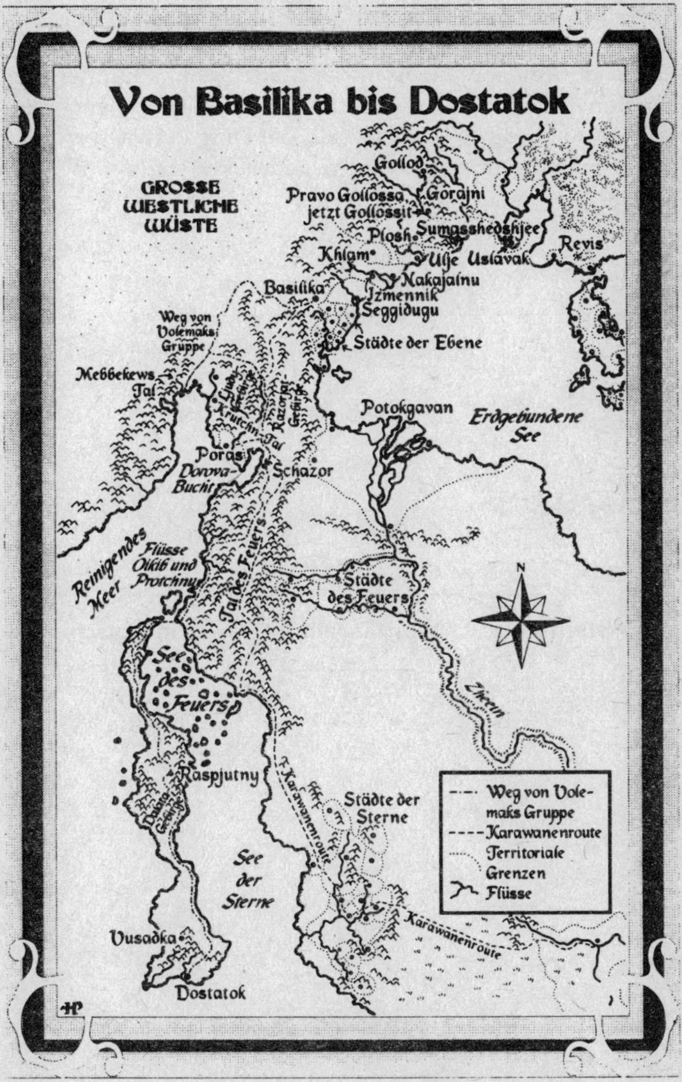
Von Basilika bis Dostatok
GROSSE WESTLICHE WÜSTE
Gollod
Pravo Gollossa jetzt Gollossit
Gorajni
Sumgsshedshjee
Plosh
Revis
Khlam
Ulje
Uslavak
Nakajalnu
Basilika
Izmennik
Seggidugu
Weg von Volemaks Gruppe
Städte der Ebene
Mebbekews Tal
Krutchin-Tal
Potokgavan
Erdgebundene See
Poras
Dorova-Bucht
Schazor
Reinigendes Meer
Flüsse Olkib und Protchny
Tal des Feuers
Städte des Feuers
N
See des Feuers
Raspjutny
Karawanenroute
Städte der Sterne
See der Sterne
Vusadka
Dostatok
Weg von Volemaks Gruppe
Karawanenroute
Territoriale Grenzen
Flüsse
Karawanenroute
HP

Anmerkungen über die Abstammung

Wegen der Ehegebräuche in der Stadt Basilika können die Familienverhältnisse mitunter etwas kompliziert sein. Vielleicht können diese Ahnentafeln die Dinge etwas verdeutlichen. Frauennamen sind *kursiv* gedruckt.

WETSCHIKS FAMILIE

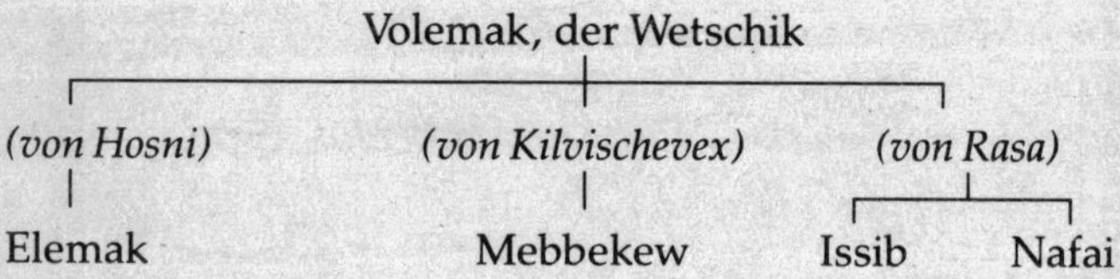

RASAS FAMILIE

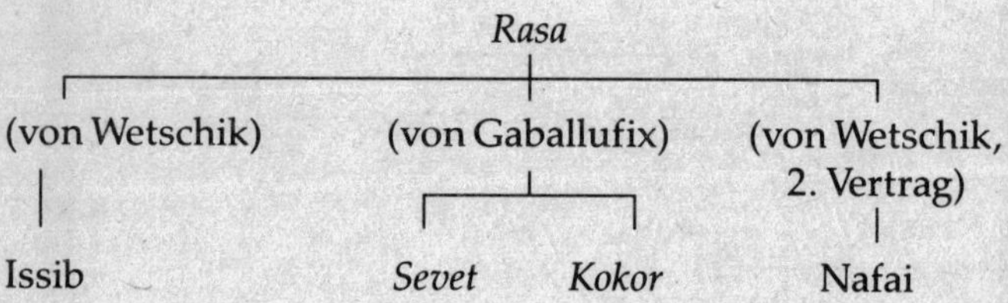

RASAS NICHTEN
(Ihre bevorzugten Schülerinnen, die ›adoptiert‹ wurden und fortwährend unterstützt werden)

Schedemei *Dol* *Eiadh* *Huschidh* und *Luet* (Schwestern)

HOSNIS FAMILIE

Hosni

- (von Zdedhnoi)
  - Gaballufix
    - (von Rasa)
      - *Sevet* (verheiratet mit Vas)
      - *Kokor* (verheiratet mit Obring)
- (verschiedene andere)
  - Psugal
  - *Ash*
  - Okhai
- (von Wetschik)
  - Elemak

Spitznamen

Bei den meisten Namen sind Abkürzungen und Kosenamen gebräuchlich. Zum Beispiel könnten Gaballufix' nähere Verwandtschaft, seine engen Freunde, derzeitige Gattin und ehemalige Gattinnen ihn Gab nennen. Weitere Spitznamen sind hier aufgeführt. (Da diese Namen so ungewohnt sind, werden weibliche Charaktere *kursiv* gesetzt.)

Basilikja – Sjelsika – Skija
Chveja – Veja
Dabrota – Dabja
Dol – Dolja
Dza – Dazja
Eiadh – Edhja
Elemak – Elja
Huschidh – Schuja
Issib – Issja
Izuchaja – Zuja
Kokor – Koja
Krasata – Krassja
Luet – Lutja
Mebbekew – Meb
Motiga – Motja
Nadeschni – Nadja
Nafai – Njef
Obring – Brija
Ojkib – Okja
Padarok – Rokja
Panimanja – Panja-Manja
Protschnu – Proja
Rasa (keine Abkürzung)
Schatva – Schjat
Schavaronok – Nokja
Schedemei – Schedja
Serp – Sepja
Sevet – Sevja
Spel – Spelja
Umene – Umja
Vas – Vasja
Vasnaminanja – Vasnja
Volemak – Volja
Yasai – Yaja
Zalatoja – Toja
Zaxodh – Xodhja
Zdorab – Zodja

fluß, den der Hauptcomputer über die Menschheit hatte, schwächer geworden. Einige Menschen waren imstande, klarer mit dem Hauptcomputer zu kommunizieren, als man es je für möglich gehalten hatte. Andere hingegen hatten nur eine ganz schwache Verbindung zu ihm. Die Folge war, daß neue Waffen und neue Transportmethoden sich auf dem Planeten ausbreiteten, und wenngleich bis zum Ende der Welt noch Jahrtausende oder Jahrzehntausende vergehen würden, so war dieses Ende trotzdem unausweichlich. Und der Hauptcomputer von Harmonie hatte nicht die geringste Ahnung, wie er diesen Prozeß umkehren sollte.

Daher verspürte der Hauptcomputer den dringenden Wunsch, zur Erde zurückzukehren, wo der Hüter der Erde ihm eine neue Programmierung eingeben konnte. Doch in den letzten Monaten hatten der Hauptcomputer und einige seiner menschlichen Verbündeten festgestellt, daß der Hüter der Erde – irgendwie – schon Veränderungen herbeiführte. Mehrere Personen hatten klare und starke Träume von Geschöpfen gehabt, die nie auf Harmonie existiert hatten, und der Hauptcomputer hatte feine Veränderungen in seiner eigenen Programmierung festgestellt. Es hätte dem Hüter der Erde eigentlich unmöglich sein sollen, so weit entfernte Ereignisse zu beeinflussen ... und doch war diese Wesenheit, die vor vierzig Millionen Jahren die ursprünglichen Flüchtlingsschiffe losgeschickt hatte, die einzig denkbare Quelle dieser Veränderungen.

Der Hauptcomputer des Planeten Harmonie hatte nicht die entfernteste Ahnung, auf welche Weise oder warum der Hüter der Erde aktiv geworden war. Er wußte nur, daß diese vierzig Millionen Jahre zu seinen Systemen nicht gerade freundlich gewesen waren und er ausgebessert werden mußte. Er wußte nur, daß er versuchen würde, dem Hüter der Erde alles zu geben, was dieser verlangte. Und nun forderte er eine Gruppe Menschen an, die die Erde neu besiedeln sollte.

Also wählte der Hauptcomputer sechzehn Personen aus der Bevölkerung Basilikas aus. Viele davon waren miteinander verwandt; alle verfügten über außergewöhnlich starke Fähigkeiten, mit dem Hauptcomputer zu kommunizieren. Doch nicht alle waren schrecklich intelligent, und nicht alle waren besonders vertrauenswürdig oder nett. Viele brachten anderen Mitgliedern der Gruppe starke Abneigung oder Vorbehalte entgegen, und während einige von ihnen sich der Sache des Hauptcomputers hingegeben hatten, schienen andere entschlossen, sie zu durchkreuzen. Wenn die dunkleren Impulse der Menschen nicht gezügelt wurden, konnte das gesamte Unternehmen jederzeit scheitern. Die Zivilisation war immer zerbrechlich, selbst wenn hinter den Leidenschaften der Individuen starke soziale Kräfte steckten; doch würde diese kleine Gruppe nun, da sie von der größeren Welt abgeschnitten war, eine neue, kleinere, harmonische Gesellschaft schmieden können? Oder war die Expedition von Anfang an zum Scheitern verdammt?

Der Hauptcomputer mußte bei seinem Planen und Handeln davon ausgehen, daß die Expedition Erfolg hatte, überleben würde. An einem bestimmten Ort hatte der Hauptcomputer eine Ereigniskette in Gang gesetzt. Maschinen, die lange geschwiegen hatten, begannen zu summen. Roboter, die sich lange in der Stasis befunden hatten, wurden erweckt und an die Arbeit geschickt. Sie suchten nach Maschinen, die repariert werden mußten. Sie hatten lange, lange gewartet, und selbst in einem Stasisfeld konnten sie nicht ewig überdauern.

Es würde mehrere Jahre dauern, nur um herauszufinden, wieviel Arbeit nötig war, und wie und ob sie überhaupt erledigt werden konnte. Aber es bestand keine Eile. Wenn die Reise lange dauerte, würden ihre Teilnehmer die Zeit vielleicht nutzen, um Frieden miteinander zu schließen. Nein, es bestand keine Eile; oder zumindest keine, die ein Mensch wahrnehmen konnte. Für den Hauptcomputer war eine Aufgabe, die innerhalb von zehn Jahren erledigt werden konnte, nur ein Atemzug, während sie für einen Menschen schier unerträglich lange dauern konnte. Wenngleich der Hauptcomputer das Verstreichen von Millisekunden wahrnehmen konnte, hatte er in seinen Speichern Erinnerungen an bislang vierzig Millionen Jahre des Lebens auf Harmonie, und in diesem Maßstab waren zehn Jahre, verglichen mit der normalen Lebensspanne eines Menschen, nicht mehr als fünf Minuten.

Der Hauptcomputer würde diese Jahre gut und produktiv nutzen, und er hoffte, daß die Menschen ebenfalls dazu imstande waren. Waren sie klug, konnten sie in dieser Zeit Familien gründen, viele Kinder gebären und auch schon damit anfangen, sie großzuziehen. Sie konnten sich zu einer Gemeinschaft entwickeln, die würdig war, zum Hüter der Erde zurückzukehren. Doch dies war keine geringe Leistung, und im Augenblick konnte der Hauptcomputer nur darauf hoffen, all diese Menschen am Leben zu halten.

1

Das Gesetz der Wüste

Schedemei war Wissenschaftlerin und keine Wüstenreisende. Sie hatte kein großes Bedürfnis nach den Annehmlichkeiten der Stadt – sie gab sich genauso damit zufrieden, auf dem Boden oder einem Tisch zu schlafen, wie in einem Bett –, doch sie verabscheute es, von ihrem Labor fortgeschleppt worden zu sein, von ihrer Arbeit, von allem, was ihrem Leben Bedeutung gab. Sie hatte nie eingewilligt, sich an dieser halb verrückten Expedition zu beteiligen. Und doch war sie hier und schaukelte in der trockenen Hitze des Wüstenwindes auf einem Kamel hin und her, während sie beobachtete, wie das Hinterteil des Reittiers vor ihr in einem anderen Rhythmus schwankte. Die Hitze und die Bewegung erzeugten bei ihr eine leichte Übelkeit und Kopfschmerzen.

Sie war mehrmals fast umgekehrt. Den Weg hätte sie problemlos gefunden; sie hätte nur in die Nähe Basilikas zurückkehren müssen, und ihr Computer hätte sich mit dem der Stadt verbunden und ihr den Rest des Rückwegs gezeigt. Allein wäre sie schneller vorangekommen – vielleicht hätte sie es noch vor Anbruch der Dunkelheit nach Basilika zurück geschafft. Und man würde sie bestimmt wieder in die Stadt lassen – sie war mit keinem aus dieser Gruppe durch Blut oder Ehe verwandt. Sie war lediglich mit ihnen ins Exil geschickt worden, weil sie ihnen die Trockenbehälter voller Samen und Embryos besorgt hatte, mit denen man auf der Erde einen Teil der alten Flora und Fauna wiederherstellen wollte. Sie hatte ihrer alten Lehrerin einen Gefallen getan, mehr nicht – und *dafür* konnte man sie doch kaum ins Exil zwingen.

Doch gerade wegen dieser Fracht kehrte sie nicht zurück. Wer sonst konnte die Myriaden Spezies wiederbeleben, die diese Kamele trugen? Wer sonst wußte, welche zuerst ausgesetzt werden mußten, damit sie sich etablierten, bevor ihnen andere Spezies folgten, die sich von ihnen ernährten?

Es ist nicht fair, dachte Schedemei zum tausendsten Mal. Ich bin die einzige in dieser Gruppe, die diese Aufgabe bewältigen kann – aber für mich stellt sie nicht die geringste Herausforderung dar. Das ist keine *Wissenschaft*, das ist *Agrikultur.* Ich bin nicht hier, weil die Aufgabe, für die die Überseele mich vorgesehen hat, so anspruchsvoll ist, sondern weil die anderen in dieser Hinsicht zutiefst unwissend sind.

»Du siehst wütend und unglücklich aus.«

Schedemei drehte sich um und sah, daß Rasa ihr Kamel auf dem breiten, steinigen Pfad zu dem ihren hatte aufschließen lassen. Rasa, ihre Lehrerin – fast ihre Mutter. Aber nicht *in Wirklichkeit* ihre Mutter, nicht durch das Blut, nicht von *Rechts* wegen.

»Ja«, sagte Schedemei.

»Wütend auf mich?« fragte Rasa.

»Zum Teil«, sagte Schedemei. »Du hast uns alle in diese Lage gebracht. Ich habe nichts mit diesen Leuten gemein, außer durch dich.«

»Wir alle haben etwas gemein«, sagte Rasa. »Die Überseele hat dir einen Traum geschickt, nicht wahr?«

»Ich habe nicht darum gebeten.«

»Wer von uns hat das schon?« sagte Rasa. »Nein, ich verstehe, was du meinst, Schedja. Alle anderen haben Entscheidungen gefällt, die dazu führten, daß sie ins Exil gehen mußten. Nafai und Luet und Huschidh und ich sind freiwillig mitgekommen ... mehr oder weniger. Und Elemak und Meb – ganz zu schweigen von meinen Töchtern, gesegnet seien ihre bösen kleinen Herzen – sind hier, weil sie ein paar dumme und gemeine Entscheidungen getroffen haben. Die anderen sind hier, weil sie Eheverträge haben, obwohl für einige die Entscheidung, uns zu begleiten, den ursprünglichen Fehler nur noch schlimmer macht. Aber dich, Schedemei, dich führt lediglich dein Traum hierher. Und deine Treue zu mir.«

Die Überseele hatte ihr einen Traum geschickt, in dem sie durch die Luft schwebte, Samen verstreute und beobachtete, wie er wuchs, wie sich eine Wüstenei in Wälder und Wiesen verwandelte, voll von üppigem Grün, wimmelnd vor Tieren. Schedemei schaute sich in der öden Wüstenlandschaft um, sah die paar dornigen Pflanzen, die sich hier und da ans Leben klammerten, und wußte, daß ein paar Eidechsen von den wenigen Insekten lebten, die genug Wasser zum Überleben fanden. »*Das* ist nicht mein Traum«, sagte sie.

»Aber du bist gekommen«, sagte Rasa. »Zum Teil wegen des Traums und zum Teil aus Zuneigung zu mir.«

»Weißt du, es besteht keine Aussicht auf Erfolg«, sagte Schedemei. »Das sind keine Kolonisten. Nur Elemak hat die nötigen Fertigkeiten, um hier zu überleben.«

»Er ist der *Erfahrenste,* was Wüstenreisen betrifft. Njef und Meb schlagen sich ebenfalls recht gut. Und wir anderen werden es lernen.«

Schedemei schwieg. Sie wollte nicht streiten.

»Ich kann es nicht ausstehen, wenn du einem Streit auf diese Weise ausweichst«, sagte Rasa.

»Ich mag keine Konflikte«, sagte Schedemei.

»Aber du machst immer dann einen Rückzieher, wenn du der anderen Person gerade *genau das* sagen willst, was die sich unter die Nase reiben sollte.«

»Ich weiß nicht, was andere Personen sich unter die Nase reiben sollten.«

»Sag, woran du gerade gedacht hast«, forderte Rasa sie auf. »Sag mir, warum du glaubst, daß unsere Expedition zum Scheitern verdammt ist.«

»Basilika«, sagte Schedemei.

»Wir haben die Stadt *verlassen.* Sie kann uns jetzt keinen Schaden mehr zufügen.«

»Basilika wird uns in tausenderlei Hinsicht Schaden zufügen. Sie wird uns immer an ein sanfteres, einfacheres Leben erinnern. Wir werden immer von der Sehnsucht bedrängt werden, zu ihr zurückzukehren.«

»Aber das Heimweh bereitet dir doch bestimmt keine Sorgen«, sagte Rasa.

»Wir tragen die halbe Stadt bei uns«, sagte Schedemei. »Alle Krankheiten der Stadt, aber keine ihrer Stärken. Wir kennen den Luxus des Müßiggangs, haben aber nicht den

Reichtum und den Besitz, der ihn erst ermöglicht. Wir sind daran gewöhnt, uns vielen unserer Gelüste hinzugeben, denen man sich aber in einer so winzigen Kolonie, wie die unsrige es sein wird, niemals hingeben darf.«

»Wir sind nicht die ersten, die die Stadt verlassen und eine Kolonie gründen.«

»Ich weiß. Die, die sich anpassen wollen, *werden* sich anpassen«, sagte Schedemei. »Aber wie viele wollen das? Wie viele sind bereit, ihre Gelüste hintanzustellen, zum Wohl von uns allen darauf zu verzichten? Nicht einmal *ich* bin so hingebungsvoll. Mit jedem Kilometer, den wir uns weiter von meiner Arbeit entfernen, werde ich wütender.«

»Nun, dann haben wir ja Glück«, sagte Rasa. »Sonst hatte niemand hier eine Arbeit, die der Rede wert ist. Und die, die eine hatten, haben alles verloren, so daß sie sowieso nicht zurückkehren könnten.«

»Mebs Arbeit wartet hier auf ihn«, sagte Schedemei.

Rasa schaute einen Augenblick lang verwirrt drein. »Ich wüßte nicht, daß Meb *irgendeine* Arbeit hatte, wenn du nicht seine traurige kleine Laufbahn als Schauspieler meinst.«

»Ich meine sein lebenslanges Vorhaben, sich mit jeder Frau in Basilika zu paaren, die nicht mit ihm blutsverwandt, ausgesprochen häßlich oder tot ist.«

»Oh«, sagte Rasa und lächelte fahl. »*Diese* Arbeit.«

»Und er ist nicht der einzige«, sagte Schedemei.

»Oh, ich weiß«, sagte Rasa. »Du bist zu freundlich, um es zu sagen, aber meine eigenen Töchter sehnen sich zweifellos danach, dort wieder anzufangen, wo sie mit ihrer Version dieses Vorhabens aufgehört haben.«

»Ich wollte dich nicht beleidigen«, sagte Schedemei.

»Ich bin nicht beleidigt. Ich kenne meine Töchter viel zu gut. Sie haben zu viel von ihrem Vater in sich, als daß ich nicht wüßte, was ich von ihnen zu erwarten habe. Aber sage mir ganz ehrlich, Schedja, welchen dieser Männer sie wohl attraktiv finden werden?«

»Nach ein paar Wochen oder ein paar Tagen werden für sie *alle* Männer immer besser aussehen.«

Rasa lachte leise. »Ich bin geneigt, dir beizupflichten,

meine Liebe. Aber alle Männer in unserer kleinen Gruppe sind verheiratet – und du kannst darauf wetten, ihre Frauen werden dafür sorgen, daß niemand in ihr Territorium eindringt.«

Schedemei schüttelte den Kopf. »Rasa, du gehst von einer falschen Voraussetzung aus. Nur weil *du* dich entschlossen hast, mit ein und demselben Mann verheiratet zu bleiben, den Vertrag mit ihm seitdem Jahr für Jahr zu erneuern – nun ja, zumindest seit du Nafai geboren hast –, bedeutet das noch lange nicht, daß irgendeine der anderen Frauen hier so besitzergreifend und eifersüchtig auf ihren Ehemann achten wird.«

»Meinst du nicht?« sagte Rasa. »Meine liebe Tochter Kokor hätte ihre Schwester Sevet fast umgebracht, weil sie mit Kokors Gatten Obring geschlafen hat.«

»Also ... wird Obring nicht noch einmal versuchen, mit Sevet zu schlafen. Das hindert ihn aber nicht daran, es zum Beispiel bei Luet zu versuchen.«

»Bei Luet!« sagte Rasa. »Sie ist ein wunderbares Mädchen, Schedja, aber sie hat nicht die Schönheit, die ein Mann wie Obring sucht, und sie ist auch *sehr* jung, und sie ist eindeutig in Nafai verliebt. Doch am wichtigsten ist, daß sie die Wasserseherin von Basilika ist und Obring viel zu viel Angst hat, um sich ihr zu nähern.«

Schedemei schüttelte den Kopf. Begriff Rasa nicht, daß *alle* diese Argumente mit dem Lauf der Zeit zur Bedeutungslosigkeit verblassen würden? Begriff sie nicht, daß Menschen wie Obring und Meb, Kokor und Sevet für die Jagd lebten und sich nur wenig darum kümmerten, wer die Beute war?

»Und wenn du glaubst, daß Obring es bei Eiadh versuchen wird, lache ich laut auf«, sagte Rasa. »Ja, er *möchte* vielleicht gern, aber Eiadh ist ein Mädchen, das bei einem Mann nur Stärke liebt und bewundert, und diese Tugend wird Obring niemals haben. Nein, ich glaube, Obring wird Kokor ziemlich treu bleiben.«

»Rasa, meine liebe Lehrerin und Freundin«, sagte Schedemei, »bevor dieser Monat verstrichen ist, wird Obring versucht haben, sogar *mich* zu verführen.«

Rasa sah Schedemei mit einer Verblüffung an, die sie nicht verbergen konnte. »Jetzt hör aber auf«, sagte sie. »Du bist nicht sein …«

»Sein Typ ist jede Frau, die in letzter Zeit nicht *nein* zu ihm gesagt hat«, erwiderte Schedemei. »Und ich warne dich – unsere Gruppe ist zu klein, um sexuelle Spannungen tolerieren zu können. Wären wir Paviane, und wären unsere Frauen nur ein paar Mal zwischen den Schwangerschaften sexuell attraktiv, könnten wir die improvisierten, kurzen Partnerschaften eingehen, die auch die Paviane bilden. Wir könnten die periodischen Konflikte zwischen den Männern ertragen, weil sie schnell wieder ein Ende finden und wir dann den Rest des Jahres über Frieden haben würden. Aber leider sind wir Menschen, und wir gehen andere Beziehungen ein. Unsere Kinder brauchen Stabilität und Frieden. Und wir sind zu wenige, um hier und da ein paar Morde tolerieren zu können.«

»Morde«, sagte Rasa. »Schedemei, was ist nur in dich gefahren?«

»Nafai hat bereits einen Menschen getötet«, sagte Schedemei. »Und er ist wahrscheinlich der *netteste* dieser Gruppe, von Vas vielleicht abgesehen.«

»Die Überseele hat es ihm aufgetragen.«

»Ja. Also ist Nafai der einzige in dieser Gruppe, der der Überseele gehorcht. Die anderen werden wahrscheinlich eher *ihrem* Gott gehorchen.«

»Und was ist das für einer?«

»Er baumelt zwischen ihren Beinen«, sagte Schedemei.

»Ihr Biologen habt eine furchtbar zynische Sicht von uns Menschen«, sagte Rasa. »Man könnte glauben, ihr haltet uns für die niedrigsten aller Tiere.«

»Ach, nicht für die niedrigsten. Unsere Männchen versuchen nicht, ihre Jungen zu fressen.«

»Und unsere Weibchen verschlingen nicht ihre Gefährten«, sagte Rasa.

»Obwohl einige es versucht haben.«

Beide lachten. Sie hatten ziemlich leise gesprochen, und ihre Kamele waren ein gutes Stück von den anderen entfernt, doch ihr Gelächter drang zu ihnen hinüber, und einige drehten sich zu ihnen um.

»Schenkt uns gar keine Beachtung!« rief Rasa. »Wir haben nicht über euch gelacht!«

Aber Elemak *schenkte* ihnen Beachtung. Er war an der Spitze der Karawane geritten. Nun lenkte er sein Tier herum und ritt an den anderen vorbei, bis er sie erreicht hatte. Sein Gesicht war von kalter Wut gezeichnet.

»Du mußt versuchen, etwas mehr Selbstbeherrschung zu zeigen, Herrin Rasa«, sagte er.

»Was«, sagte Rasa, »war mein Gelächter zu laut?«

»Dein Gelächter – und dann dein kleiner Scherz. Alles aus vollster Kehle. Der Wind kann eine Frauenstimme hier kilometerweit tragen. Diese Wüste ist nicht dicht besiedelt, doch *sollte* jemand dich hören, kannst du ganz schnell vergewaltigt, ausgeraubt und getötet werden.«

Schedemei wußte natürlich, daß Elemak recht hatte – er hatte schon zahlreiche Karawanen durch die Wüste geführt. Aber sie konnte die Herablassung in seinem Tonfall, den Sarkasmus, nicht ausstehen. Kein Mann hatte das Recht, so mit Herrin Rasa zu sprechen.

Doch Rasa schien die Beleidigung, die Eljas Worte ausdrückten, nicht mitzubekommen. »Eine so große Gruppe wie die unsrige?« fragte Rasa unschuldig. »Ich dachte, Räuber würden sich von uns fernhalten.«

»Sie *hoffen* geradezu auf Gruppen wie die unsrige«, sagte Elemak. »Mehr Frauen als Männer. Langsames Tempo. Schwer beladen. Unvorsichtig laute Gespräche. Zwei Frauen bleiben zurück und trennen sich vom Rest der Gruppe.«

Erst da wurde Schedemei klar, wie verletzbar sie und Rasa gewesen waren. Es machte ihr angst. Sie war es nicht gewohnt, so zu denken – darüber nachzudenken, wie man einen Angriff vermeiden konnte. In Basilika waren sie sicher gewesen. *Frauen* waren in Basilika immer sicher gewesen.

»Und sieh dir doch einmal die Männer unserer Karawane

an«, sagte Elemak. »Von wem kannst du erwarten, daß er für dich kämpft und dich vor einer Bande von nur drei oder vier Räubern rettet, geschweige denn vor einem Dutzend?«

»Von *dir*«, sagte Rasa.

Elemak betrachtete sie einen Augenblick lang ruhig. »Hier auf offenem Gelände, wo man sie schon in einiger Entfernung bemerken würde, könnte ich das wohl. Aber mir wäre es lieber, ich müßte es nicht. Also bleibt bei den anderen und seid leise. Bitte.«

Das *Bitte* am Ende trug nur wenig dazu bei, die Strenge seines Tonfalls zu mildern, doch das hinderte Schedemei nicht daran, ihm aus vollstem Herzen beizupflichten. Sie hatte nicht Rasas Zuversicht, daß Elemak sie auch nur vor einer kleinen Gruppe Plünderer schützen konnte.

Elemak warf Schedemei einen kurzen Blick zu, doch sie konnte den Ausdruck in seinen Augen nicht deuten. Dann zog er sein Kamel herum, und es schwankte zur Spitze der kleinen Karawane voran.

»Mal sehen, ob dein Gatte oder Elemak herrscht, sobald wir Wetschiks Lager erreicht haben«, sagte Schedemei.

»Schenke Eljas Poltern keine Beachtung«, sagte Rasa. »Mein Gatte wird herrschen.«

»Da wäre ich mir nicht so sicher. Elemak vereinnahmt die Autorität auf ganz natürliche Art und Weise.«

»O ja, er mag das Gefühl, das sie mit sich bringt«, sagte Rasa. »Aber er kann sie nur durch Furcht aufrechterhalten. Ist ihm nicht klar, daß die Überseele diese Expedition schützt? Wenn irgendwelche Plünderer auch nur auf den Gedanken kommen, sich in unsere Nähe zu begeben, wird die Überseele dafür sorgen, daß sie die Idee sofort wieder vergessen. Wir sind so sicher, als lägen wir zu Hause im Bett.«

Schedemei erinnerte sie nicht daran, daß sie sich noch vor ein paar Tagen in ihren Betten ziemlich unsicher gefühlt hatten. Und sie erwähnte auch nicht, daß Rasa gerade Schedemeis Standpunkt bewiesen hatte – wenn Rasa an Heimat und Sicherheit dachte, hatte sie Basilika im Sinn. Der Geist ihres alten Lebens in der Stadt würde sie noch lange heimsuchen.

Nun hielt Kokor ihr Tier an und wartete darauf, daß Rasa zu ihr aufschloß. »Du warst böse, nicht wahr, Mama?« sagte sie. »Mußte der abscheuliche alte Elemak kommen und dich zurechtweisen?«

Schedemei widerte Kokors kleinmädchenhafte Albernheit an – aber andererseits widerte Kokor sie eigentlich immer an. Ihr Benehmen schien immer falsch und manipulativ zu sein. Schedemei wunderte sich nur darüber, daß dieser Trick bei den Leuten ziemlich oft funktionieren mußte, sonst hätte Kokor sich schon längst einen neuen einfallen lassen.

Nun, bei wem auch immer Kokors kleinmädchenhaftes Gehabe funktionieren mochte, bei ihrer *Mutter* jedenfalls nicht. Rasa bedachte Kokor lediglich mit einem eisigen Blick. »Schedja und ich haben uns unter vier Augen unterhalten, meine Liebe. Es tut mir leid, daß du uns falsch verstanden und gedacht hast, wir hätten dich eingeladen, dich an unserem Gespräch zu beteiligen.«

Kokor brauchte einen Augenblick, bis sie verstanden hatte; und als sie begriff, verdunkelte ihr Gesicht sich einen Augenblick lang – vor Wut? Dann bedachte sie Schedemei mit einem steifen, schmalen Lächeln. »Mutter ist fortwährend enttäuscht, daß ich nicht wie du geworden bin, Schedja. Aber ich fürchte, weder mein Gehirn noch mein Körper hatten dafür genug *innere* Schönheit.« Dann trieb Kokor ihr Kamel unbeholfen an und ritt schon bald wieder ein Stück vor ihnen.

Schedemei wußte, daß Kokor sie hatte beleidigen wollen, indem sie sie daran erinnerte, daß die einzige Schönheit, die Schedemei je besitzen würde, die innere war. Doch Schedemei war schon lange aus ihrer pubertären Eifersucht auf körperlich schöne Mädchen herausgewachsen.

Rasa mußte ähnlich gedacht haben. »Ist es nicht seltsam, daß körperlich unscheinbare Menschen imstande sind, bei anderen körperliche Schönheit zu sehen, während moralisch verkrüppelte Menschen für Güte und Anstand blind sind? Sie glauben wirklich, daß es diese Eigenschaften gar nicht gibt.«

»Oh, sie wissen schon, daß es sie gibt«, sagte Schedemei. »Sie wissen nur niemals, welche Menschen sie haben. Nicht, daß meine Gefühle in diesem Augenblick mich als moralische Schönheit qualifizieren würden.«

»Du denkst an Mord, nicht wahr?« fragte Rasa.

»Ach, an nichts so Direktes oder Endgültiges«, sagte Schedemei. »Ich habe mir nur gewünscht, daß sie sich im Sattel fürchterlich wund reitet.«

»Und Elemak? Hast du ihm auch einen Fluch auferlegt, der ihm Unannehmlichkeiten bereiten soll?«

»Keineswegs«, sagte Schedemei. »Es war vielleicht überflüssig, daß er uns, wie du festgestellt hast, durch Furcht zum Gehorsam zwingen wollte. Aber ich glaube, er hat recht. Schließlich hat die Überseele nicht gerade den besten Ruf, wenn es darum geht, Gefahren von uns abzuwenden. Nein, Elja gegenüber hege ich keinen Groll.«

»Dann wünschte ich, ich wäre so reif wie du. Ich habe verabscheut, auf welche Art er mit mir sprach. So herablassend. Ich weiß natürlich, *warum* er es tat – er befürchtet, daß mein Status in der Stadt für seine Autorität *hier draußen* eine Bedrohung darstellt, und so mußte er mich zurechtweisen. Aber er müßte begreifen, daß ich klug genug bin, seine Führung anzuerkennen, ohne daß er mich vorher erniedrigen muß.«

»Es steht nicht zur Debatte, was *du* brauchst«, sagte Schedemei. »Das spielt überhaupt keine Rolle. Die Frage lautet, was *er* braucht. Er muß sich dir überlegen fühlen. Und was dies betrifft, so ist es bei mir genauso, du dumme alte Frau.«

Einen Augenblick lang sah Rasa sie entsetzt an. Als Schedemei dann gerade erklären wollte, daß sie gescherzt hatte – warum verstand einfach niemand ihren Humor? –, grinste Rasa sie an. »Ich bin lieber eine dumme alte Frau, als eine dumme junge«, sagte sie. »Dummen *alten* Frauen unterlaufen nicht so spektakuläre Fehler.«

»Ach, da bin ich mir aber nicht sicher«, sagte Schedemei. »Uns zum Beispiel auf dieser Expedition zu begleiten ...«

»Ein Fehler?«

»Für mich ganz bestimmt. Mein Leben ist die Genetik, doch den Rest meines Lebens werde ich mich ihr höchstens *nähern* können – falls es mir gelingt, *meine* Gene zu reproduzieren.«

»Du klingst so verzweifelt. Es ist gar nicht so schrecklich, Kinder zu haben. Nicht *alle* sind wie Kokor, und vielleicht wird sogar sie einmal zu einem Menschen heranwachsen.«

»Ja, aber du hast deine Gatten *geliebt*«, sagte Schedemei. »Mit wem werde ich mein Leben verbringen, Tante Rasa? Mit deinem verkrüppelten Sohn? Oder mit Gaballufix' Bibliothekar?«

»Ich glaube, Huschidh will Issib heiraten«, sagte Rasa. Ihre Stimme war kalt, doch Schedemei störte sich nicht daran.

»Oh, ich weiß, daß du uns füreinander bestimmt hast. Aber sag mir, Tante Rasa, hätte Nafai nicht zufällig den Bibliothekar mitgeschleppt, als er den Index stahl ... hättest du mich dann auch mitgenommen?«

Rasas Gesicht war wie versteinert. Ihre Antwort ließ lange auf sich warten.

»Komm schon, Tante Rasa. Ich bin keine Närrin, und mir wäre es lieber, du würdest mich auch nicht wie eine behandeln.«

»Wir brauchen deine Fähigkeiten, Schedja. Die Überseele hat dich ausgewählt, nicht ich.«

»Du bist ganz sicher, daß nicht *du* es warst, nachdem du die Männer und Frauen durchgezählt hattest und dafür sorgen wolltest, daß eine gerade Zahl herauskommt?«

»Die Überseele hat dir diesen Traum geschickt.«

»Das Traurige daran ist ...« sagte Schedemei, »abgesehen von dir hat noch keiner von uns bewiesen, daß er Kinder bekommen kann. Vielleicht hast du einem dieser Männer eine sterile Frau zugeteilt. Oder vielleicht hast du für eine von uns Frauen einen sterilen Mann vorgesehen.«

Rasas kalte Wut verwandelte sich allmählich in heißen Zorn. »Ich habe doch gesagt, nicht *ich* habe die Auswahl getroffen ... auch Luet hatte eine Vision, und ...«

»*Wirst* du mit gutem Beispiel vorangehen? *Wirst* du noch weitere Kinder bekommen, Tante Rasa?«

Rasa schien jetzt völlig verwirrt zu sein. »Ich? In meinem Alter?«

»Du hast noch ein paar gute Eier in dir. Ich weiß, du hast die Menopause noch nicht erreicht, denn du hast gerade deine Tage.«

Rasa sah sie konsterniert an. »Warum lege ich mich nicht einfach unter eins deiner Mikroskope?«

»Da würdest du nie drunter passen. Ich müßte dich in rasierklingendünne Scheibchen schneiden.«

»Manchmal habe ich das Gefühl, als hättest du das schon getan.«

»Rasa, du läßt uns mehrmals am Tag anhalten. Ich *weiß*, daß du deine Blase besser beherrschen kannst. Wir *alle* wissen, daß du die Tränen des Mondes vergießt.«

Rasa runzelte kurz die Stirn, eine Art Achselzucken mit dem Gesicht. »Also weitere Kinder.«

»Dir bleibt wohl keine andere Wahl. Du mußt uns allen ein Vorbild sein«, sagte Schedemei. »Verstehe doch, wir unternehmen nicht nur eine Reise. Wir sind eine *Kolonie*. Die wichtigste Aufgabe von Kolonisten ist die Reproduktion. Jeder, der keine Kinder bekommt, ist so gut wie wertlos. Und ganz gleich, wie neidisch Elemak auf deine Autorität ist, du *bist* die Führerin der Frauen. Du mußt uns allen als Modell dienen. Wenn *du* bereit bist, während dieser Reise schwanger zu werden, werden die anderen nachziehen, besonders, da die Ehemänner beweisen wollen, daß nicht nur der alte Wetschik, sondern auch sie eine Frau schwängern können.«

»Er ist nicht mehr Wetschik«, sagte Rasa, obwohl es nichts zur Sache tat. »Er ist Volemak.«

»Aber er kann noch seine ehelichen Pflichten erfüllen, oder?«

»Also wirklich, Schedemei, gibt es eine Frage, die du nicht zu stellen wagst? Demnächst bittest du uns noch, dir Proben von unserem Stuhlgang zur Verfügung zu stellen.«

»Bevor diese Reise zu Ende ist, werde ich mir wohl Proben

von fast allem ansehen. Ich bin diejenige von uns, die einer Ärztin am nächsten kommt.«

Rasa kicherte plötzlich. »Ich kann mir bildlich vorstellen, wie Elemak dir eine Samenprobe bringt.«

Schedemei mußte bei dem Gedanken, ihn darum zu bitten, ebenfalls lachen. So ein Anschlag auf seine Würde als Führer dieser Karawane!

Ein paar Minuten lang ritten sie schweigend weiter. Dann ergriff Rasa das Wort. »Wirst du es tun?« fragte sie.

»Was?«

»Zdorab heiraten?«

»Wen?«

»Zdorab, den Bibliothekar.«

»Ihn heiraten«, seufzte Schedemei. »Ich hatte nie heiraten wollen.«

»Heirate ihn und bekomme seine Kinder.«

»Ach, das werde ich wohl müssen«, sagte Schedemei. »Aber nicht, wenn wir nach dem Pavian-Gesetz leben.«

»Nach dem Pavian-Gesetz!«

»Wie in Basilika – jedes Jahr mit einem Wettstreit für neue Gefährten. Ich werde diesen Mann mittleren Alters nehmen, den ich gar nicht kenne, ich gehe mit ihm ins Bett, bekomme seine Kinder und ziehe sie mit ihm groß – aber nicht, wenn ich darum kämpfen muß, ihn zu behalten. Nicht, wenn ich zusehen muß, daß er jedesmal, wenn unser Ehevertrag ausläuft, Eiadh oder Huschidh oder Dolja oder ... oder *Kokor* den Hof macht und dann zu mir zurückgekrochen kommt und mich bittet, den Vertrag mit ihm um ein weiteres Jahr zu verlängern, aber *nur*, weil keine der wirklich begehrenswerten Frauen ihn haben will.«

Rasa nickte. »Ich begreife jetzt, was du zuvor hast sagen wollen. Es ging nicht um Kokors eheliche Untreue, sondern um die Gebräuche, mit denen wir alle aufgewachsen sind.«

»Genau«, sagte Schedemei. »Wir sind eine zu kleine Gruppe, als daß wir die alten Ehegebräuche Basilikas beibehalten könnten.«

»Es ist wirklich nur eine Frage des Maßstabs, nicht wahr?« sagte Rasa. »Wenn in der Stadt eine Frau den Vertrag mit einem Mann nicht verlängert oder er nicht darum bittet, kann man einander aus dem Weg gehen, bis der Schmerz nachläßt. Man findet schnell jemand anderen, weil es so viele tausend Menschen gibt, unter denen man wählen kann. Aber wir sind nur sechzehn Personen. Acht Männer, acht Frauen. Es wäre unerträglich.«

»Jemand wird vielleicht einen aus unserer Gruppe töten wollen, wie Kokor es versucht hat«, sagte Schedemei. »Und andere wollen vielleicht sterben.«

»Du hast recht, du hast recht, du hast recht«, murmelte Rasa; sie schien jetzt laut zu denken. »Aber wir können es ihnen jetzt noch nicht sagen. Einige von ihnen würden umkehren – Wüste hin oder her, Banditen hin oder her. Lebenslange Monogamie – nun ja, ich bezweifle, daß Sevet und Kokor schon mal eine ganze Woche lang treu geblieben sind. Und Meb hat bislang aus gutem Grund noch nicht geheiratet. Er hat nicht die Absicht, treu zu sein, doch es mangelt ihm an der Fähigkeit meiner Töchter, sich völlig unredlich zu benehmen. Und nun werden wir ihnen sagen, daß sie treu bleiben müssen. Keine Einjahres-Verträge, keine Chance, sich einen neuen Partner zu nehmen.«

»Es wird ihnen nicht gefallen.«

»Also werden wir es ihnen erst sagen, wenn wir Volemaks Lager erreicht haben. Wenn es zu einer Umkehr schon viel zu spät ist.«

Schedemei konnte kaum glauben, daß ausgerechnet Rasa so etwas sagte. Trotzdem war ihre Antwort nicht barsch. »Aber vielleicht bin ich der Ansicht«, sagte sie, »daß wir sie ruhig umkehren lassen sollten, wenn sie es unbedingt wollen. Schließlich sind sie doch freie Menschen, nicht wahr?«

Rasa drehte sich scharf zu ihr um. »Nein, das sind sie nicht«, sagte sie. »Sie waren frei, bis sie die Entscheidungen trafen, die sie hierher gebracht haben. Doch nun sind sie nicht mehr frei, weil unsere Kolonie, unsere *Reise* ohne sie nicht erfolgreich verlaufen kann.«

»Du bist so sicher, daß du die Leute dazu bringen kannst, zu ihren Verpflichtungen zu stehen«, murmelte Schedemei.

»Das ist noch nie zuvor jemandem gelungen. Kannst du es jetzt?«

»Es geht nicht nur um die Expedition«, sagte Rasa. »Es ist zu ihrem eigenen Besten. Die Überseele hat klargemacht, daß Basilika zerstört werden wird – und die Menschen mit ihr, wären sie noch dort, wenn es soweit ist. Wir retten ihnen das Leben. Aber diejenigen, die am liebsten umkehren würden, sind gleichzeitig auch diejenigen, die am wenigsten an die Visionen glauben, die die Überseele uns gezeigt hat. Um ihnen das Leben zu retten, müssen wir also ...«

»Sie täuschen?«

»Einige Erklärungen bis zu einem späteren Zeitpunkt zurückhalten.«

»Weil du viel besser als sie weißt, was gut für sie ist?«

»Ja«, sagte Rasa. »Ja, das weiß ich.«

Dies erzürnte Schedemei. Alles, was Rasa gesagt hatte, mochte durchaus zutreffen, aber es änderte nichts an Schedemeis Überzeugung, daß die Menschen das Recht hatten, sich sogar für ihren eigenen Untergang zu entscheiden, wenn sie es unbedingt wollten. Vielleicht war dies ein weiterer Luxus, den man genoß, wenn man in Basilika lebte – der Luxus, das Recht zu haben, durch eigene Dummheit oder Kurzsichtigkeit in den Untergang zu gehen –, aber Schedemei war noch nicht bereit, darauf zu verzichten. Es war eine Sache, den Leuten zu sagen, daß treue Monogamie eine der Bedingungen war, wollten sie bei der Gruppe bleiben. Dann konnten sie sich entscheiden, ob sie bleiben und gehorchen oder gehen und nach anderen Regeln leben wollten. Aber sie zu belügen, bis es zu spät für eine solche Entscheidung war ... hier stand die *Freiheit* auf dem Spiel, und nur die Freiheit machte das Überleben der Mühe wert. »Tante Rasa«, sagte Schedemei, »*du* bist nicht die Überseele.«

Und mit dieser Bemerkung trieb Schedemei ihr Kamel zu einem schnelleren Gang an und ließ Rasa hinter sich zurück. Nicht, daß Schedemei nichts mehr zu sagen gehabt hätte. Aber sie war zu wütend, um dort zu bleiben; die Vorstellung, mit Tante Rasa zu streiten, war unerträglich. Schedemei konnte Streitigkeiten überhaupt nicht ausstehen. Nach einem jeden Streit hing sie tagelang düsteren Gedanken nach. Und sie hatte derzeit schon genug, worüber sie nachdenken mußte.

Zdorab. Was für ein Mann wird Archivar eines machthungrigen Mörders wie Gaballufix? Was für ein Mann läßt zu, daß ein Junge wie Nafai ihn dazu manipuliert, seinen Herren zu verraten, ihm den wertvollen Index zu geben, und *folgt* dem Dieb dann noch aus der Stadt? Was für ein Mann läßt sich von Nafai unterwerfen und leistet ihm dann noch den Eid, mit ihm in die Wüste zu gehen und nie nach Basilika zurückzukehren?

Schedemei wußte *genau*, um was für einen Mann es sich dabei handelte: um einen langweiligen, dummen Schwächling. Um einen schüchternen, geistig schwerfälligen Feigling, der sie vor jedem seiner peinlichen Versuche, sie zu schwängern, formell um Erlaubnis bitten würde. Um einen Mann, dachte sie, der weder Freude in unsere Ehe bringen noch welche an mir finden wird. Um einen Mann, der sich wünschen wird, er hätte irgendeine der anderen Frauen hier geheiratet, nur nicht mich, und der nur bei mir bleiben wird, weil keine andere ihn haben will.

Zdorab, mein zukünftiger Gatte, ich kann es kaum erwarten, dich kennenzulernen.

In ihrer dritten Nacht in der Wüste bereitete es ihnen weniger Schwierigkeiten, die Zelte aufzuschlagen. Mittlerweile wußte jeder, welche Arbeit er leisten mußte – und welche er vermeiden konnte. Rasa stellte mit Verachtung fest, daß sowohl Meb als auch Obring mehr als die Hälfte ihrer Zeit damit verbrachten, ihren Frauen bei ›Aufgaben‹ zu helfen, die sowieso schon so einfach waren, daß jedes Kind sie hätte erledigen können. Sie *mußten* so einfach sein, sonst hätten weder Dolja noch Kokor sie übernommen. Nicht, daß Dol nicht bereit war, manchmal zu arbeiten, doch solange Kokor und Sevet keine schwierigen Arbeiten übernahmen, würde sie sich nicht unter die beiden stellen. Schließlich war Dol ja eine berühmte Schauspielerin gewesen, als Kokor und Sevet noch ihre kleinen Kinderlieder gezwitschert hatten. Rasa wußte, wie Dol dachte. Zuerst der Status, *dann* menschlicher Anstand.

Doch zumindest war der Anstand auf ihrer Liste überhaupt vertreten. Was *sind* das für Menschen, die ich großgezogen und unterrichtet habe? Diejenigen, die zu selbstsüchtig sind, um sich abzuplacken, bedrohen unseren Frieden, und doch sind einige der anderen der Überseele gegenüber so unterwürfig, daß ich um sie sogar noch größere Befürchtungen habe.

Ich bin nicht mehr für ihr Leben verantwortlich, mahnte Rasa sich. Ich bin dafür verantwortlich, die Leinen des Zeltes so straff zu ziehen, daß es nicht beim ersten Windstoß in sich zusammenbricht.

»Es *wird* bei einem schlimmen Sturm zusammenbrechen, ganz gleich, was du tust«, sagte Elemak. »Also mußt du es nicht so stabil errichten, daß es einen Wirbelsturm übersteht.«

»Nur einen Sandsturm?« Rasa spürte, daß ein Schweißtropfen in ihr Auge rollte und dort brannte. Sie versuchte, ihn mit dem Ärmel wegzuwischen, doch ihr Arm war selbst unter dem leichten Musselin noch verschwitzter als ihr Gesicht.

»Es ist eine schweißtreibende Arbeit, ganz gleich, wie das Wetter ist«, sagte Elemak. »Ich helfe dir.«

Er hielt die Spannschnur fest, während sie den Knoten band. Sie wußte genau, daß er den Knoten problemlos selbst hätte binden können, ohne daß jemand ihm die Schnur halten mußte. Sie begriff augenblicklich, was er damit bezwekken wollte. Sie sollte lernen, ein Zelt aufzubauen, und er zeigte, daß er ihr vertraute, und wollte, daß sie das Gefühl hatte, etwas geschafft zu haben, wenn das Zelt stand. »Du bist gut darin«, sagte sie.

»Es ist nicht schwer, so einen Knoten zu binden, wenn man erst mal gelernt hat, wie man es macht.«

Sie lächelte. »Ah, ja, Knoten. Die bindest du hier zusammen?«

Er erwiderte das Lächeln – und sie sah, daß er ihr Lob in der Tat zu schätzen wußte. »Unter anderem, Herrin Rasa.«

»Du bist ein geborener Führer von Männern«, sagte Rasa. »Ich sage dies nicht als deine Stiefmutter, nicht einmal als deine Schwägerin, sondern als Frau, die schon Gelegenheit hatte, andere zu führen. Selbst die Faulen schämen sich, ihre Faulheit zu offensichtlich zu zeigen.« Sie erwähnte nicht, daß es ihm bislang nur gelungen war, die Autorität auf sich selbst zu konzentrieren – noch hatte niemand etwas verinnerlicht, so daß nichts geschah, wenn er nicht dabei war. Vielleicht war das alles, was er während seiner Jahre als Karawanenführer über die Autorität hatte lernen müssen. Aber wenn er über diese Expedition herrschen wollte (und Rasa war nicht so töricht, anzunehmen, daß Elemak seinem Vater mehr als die lediglich nominelle Autorität zugestehen würde), mußte er lernen, mehr zu tun, als die Leute nur von ihm abhängig zu machen. Das Wesen der Führung, mein lieber junger Herrscher, besteht darin, die Leute *unabhängig* zu machen und doch gleichzeitig zu überzeugen, einem freiwillig zu folgen. Dann werden sie die Prinzipien beachten, die du ihnen beigebracht hast, auch wenn du ihnen den Rücken zuwendest. Aber dies konnte sie nicht laut zu ihm sagen; er war noch nicht bereit, auf einen solchen Ratschlag zu hören. Statt dessen fuhr sie also damit fort, ihn zu loben, um sein Vertrauen zu stärken, *bis* er einen klugen Rat befolgen konnte. »Und ich habe weniger Streit und Beschwerden von meinen Töchtern gehört als je zuvor, als ihr Leben noch einfach war.«

Elemak verzog das Gesicht. »Du weißt genauso gut wie ich, daß die Hälfte von ihnen in diesem Augenblick wohl lieber nach Basilika zurückkehren möchte. Ich bin mir nicht sicher, ob ich nicht auch zu dieser Hälfte zähle.«

»Aber wir kehren nicht zurück«, sagte Rasa.

»Es wäre wohl ziemlich enttäuschend, zu Muuzh' Stadt zurückzukehren, nachdem er uns mit solchem Pomp davongeschickt hat.«

»Enttäuschend und gefährlich«, sagte Rasa.

»Nun ja, Nafai ist von dem Vorwurf freigesprochen worden, meinen geliebten Halbbruder Gaballufix getötet zu haben.«

»Er ist von gar nichts freigesprochen worden«, sagte Rasa. »Genausowenig wie du, Sohn meines Gatten.«

»Wie ich?« Sein Gesicht wurde hart, und er errötete leicht. Es war nicht gut, daß er seine Gefühle so offen zeigte. Darauf konnte ein Führer verzichten.

»Du mußt begreifen, daß wir auf keinen Fall nach Basilika zurückkehren können. Mehr wollte ich damit nicht sagen.«

»Sei versichert, Herrin Rasa, wollte ich nach Basilika zurückkehren, bevor ich meinen Vater wiedergesehen habe, würde ich es tun. Und vielleicht kehre ich auch zurück, *nachdem* ich ihn gesehen habe.«

Sie nickte leicht. »Ich bin froh, daß es des Nachts in der Wüste abkühlt. Wenn wir wissen, daß die Nacht sanft sein wird, können wir die brutale Hitze des Tages ertragen.«

Elemak lächelte. »Das habe ich nur für dich so arrangiert, Herrin Rasa.«

»Schedemei und ich haben uns heute unterhalten«, sagte Rasa.

»Ich weiß.«

»Über eine sehr ernste Angelegenheit«, sagte Rasa. »Über etwas, das unsere Kolonie leicht zerreißen könnte. Über Sex natürlich.«

Elemak war augenblicklich auf der Hut. »Ja?« fragte er – aber seine Stimme war ruhig.

»Insbesondere«, sagte Rasa, »über die Ehe.«

»Im Augenblick bin ich damit zufrieden, wie die Paare sich zusammengefunden haben«, sagte Elemak. »Kein Mann schläft unbefriedigt, was bei den meisten meiner Karawanen keineswegs der Fall war. Und was dich, Huschidh und Schedemei betrifft, so werdet ihr bald mit euren Gatten zusammen sein – oder den Männern, die ihr zu Gatten nehmen werdet.«

»Aber manche begehren weniger den Beischlaf an sich als die Verführung.«

»Ich weiß«, sagte Elemak. »Aber die Möglichkeiten sind begrenzt.«

»Und trotzdem wählen einige noch, obwohl sie ihre Wahl schon längst getroffen zu haben scheinen.«

Sie sah, wie er Nacken und Hals versteifte, vorgab, ruhig zu sein, und sich weigerte, sich zu ihr hinabzubeugen und ihr die Frage zu stellen, die er auf dem Herzen hatte. Er machte sich Sorgen um Eiadh, seine Braut, seine Geliebte. Rasa hätte nicht gedacht, daß er so scharfsichtig war, sich schon jetzt Sorgen zu machen.

»Sie müssen ihren Gattinnen treu bleiben«, sagte Rasa.

Elemak nickte. »Ich kann nicht behaupten, daß ich mich schon mal mit diesem Problem befassen mußte – bei meinen Karawanen sind die Männer allein, bis wir eine Stadt erreichen, und dann gehen die meisten von ihnen zu Huren.«

»Du auch?« sagte Rasa.

»Ich bin jetzt verheiratet«, sagte Elemak. »Mit einer jungen Frau. Einer guten Frau.«

»Eine gute Frau für einen jungen Mann«, sagte Rasa.

Ein Lächeln zuckte um seine Mundwinkel. »Niemand bleibt ewig jung«, sagte er.

»Aber wird sie dir auch in fünf Jahren noch eine gute Frau sein? Oder in zehn?«

Er bedachte sie mit einem seltsamen Blick. »Woher soll *ich* das denn wissen?«

»Aber du mußt darüber nachdenken, Elja. Was für eine Frau wird sie in fünfzig Jahren sein?«

Er schaute verblüfft drein. Darüber hatte er sich keine Gedanken gemacht, und er wußte nicht einmal, wie man *so tat*, als hätte man darüber nachgedacht, so groß war seine Überraschung.

»Denn Schedemei hat mich darauf hingewiesen – und meine eigenen Überlegungen über diese Angelegenheit bestätigt: daß die Ehegebräuche Basilikas unmöglich auch hier in der Wüste Geltung haben können. Basilika war sehr groß, und wir werden nur sechzehn Seelen sein. Acht Paare. Wen sollte Eiadh heiraten, wenn du sie wegen einer anderen verläßt?« Natürlich wußte Rasa – und sie wußte auch, daß Elemak es *ebenfalls* wußte –, daß Eiadh sich aller Wahrscheinlichkeit nach eher entschließen würde, den Ehevertrag mit Elemak nicht zu verlängern, als zu riskieren, daß er sie verließ. Aber die Frage blieb dieselbe – wen würde Eiadh heiraten?

»Und Kinder«, sagte Rasa. »Wir werden Kinder haben – aber keine Schulen, auf die wir sie schicken können. Sie werden bei ihren Müttern bleiben, und ein anderer Mann – oder andere Männer – werden sie großziehen.«

Sie sah, daß ihre Schilderung der Zukunft ihm zu schaffen machte. Sie wußte genau, was ihm die größten Sorgen bereitete, und Herrin Rasa schämte sich nicht, dieses Wissen zu nutzen. Schließlich entsprachen die Dinge, vor denen sie ihn warnte, der Wahrheit.

»Du siehst also, Elemak, solange wir nur sechzehn Seelen sind, die zusammenbleiben müssen, wollen sie in der Wüste überleben, müssen Ehen auf Dauer geschlossen werden.«

Elemak sah sie nicht an. Doch seine Gedanken waren von seinem Gesicht abzulesen, als er sich auf den Teppich niederließ, der in dem Zelt ausgebreitet worden war, um als Fußboden zu dienen und den sandigen Boden zu bedecken.

»Wir können diese Streitigkeiten nicht überleben«, sagte sie, »die verletzten Gefühle – dafür leben wir ganz einfach ununterbrochen zu eng zusammen. Sie müssen es erfahren. Deine Gattin ist jetzt auf ewig deine Gattin.«

Elemak legte sich auf dem Teppich zurück. »Warum sollten sie bei solch einer Angelegenheit auf *mich* hören?« sagte er. »Sie würden glauben, ich sage dies, um Eiadh behalten zu können. Ich weiß zufällig, daß andere sie schon sehnsuchtsvoll betrachten und hoffen, ihr den Hof machen zu können, wenn unsere paar Ehejahre vorbei sind.«

»Dann mußt du sie überzeugen, die Gründe für eine lebenslange monogame Ehe zu akzeptieren – sie müssen begreifen, daß es dir dabei nicht nur um dich selbst geht.«

»Sie überzeugen?« Elemak lachte einmal kurz und verbittert auf. »Ich bezweifle, daß ich Eiadh überzeugen kann.«

Sie sah, daß er diese letzte Bemerkung sofort bedauerte. Sie gestand zu viel ein. »Vielleicht ist ›überzeugen‹ auch der falsche Ausdruck. Wir müssen ihnen beibringen, daß wir alle diesem Gesetz gehorchen müssen, wollen wir verhindern, daß diese Kolonie bei einem gefühlsmäßigen und körperlichen Blutbad auseinanderbricht, genau, wie wir tagsüber während der Reise stets leise sein müssen.«

Elemak setzte sich auf und beugte sich zu ihr. In seinen Augen loderte – ja, was? Wut? Furcht? Schmerz? Steckt hinter dieser Sache noch etwas, wovon ich nichts weiß? fragte Rasa sich.

»Herrin Rasa«, sagte Elemak, »ist dieses Gesetz, das du erlassen willst, so wichtig, daß man dafür *töten* muß?«

»Töten? Gerade das Töten fürchte ich am meisten. Das müssen wir unbedingt vermeiden.«

»Wir sind in der Wüste, und wenn wir Vaters Lager erreichen, sind wir noch immer in der Wüste, und in der Wüste gibt es nur eine Strafe, ganz gleich, um welches Verbrechen es sich handelt. Den Tod.«

»Mach dich doch nicht lächerlich«, sagte Rasa.

»Es bleibt sich gleich, ob man jemandem den Kopf abschneidet oder ihn in der Wüste aussetzt – hier draußen ist ein Exil gleichbedeutend mit dem Tod.«

»Aber ich denke nicht im Traum daran, eine *so* schwere Strafe einzuführen.«

»Denk darüber nach, Herrin Rasa. Wo sollen wir jemanden einsperren, wenn wir jeden Tag unterwegs sind? Wer hat die Zeit, jemanden zu bewachen? Es gibt natürlich noch die Prügelstrafe, aber dann müßten wir uns um einen Verletzten kümmern und kämen nicht mehr sicher voran.«

»Wie wäre es damit, ein Privileg zu entziehen? Dem Täter etwas wegzunehmen? Wie eine Geldbuße. So, wie es in Basilika gehandhabt wurde.«

»Was sollten wir jemandem wegnehmen? Welche Privilegien sind uns geblieben? Wenn wir dem Gesetzesbrecher etwas wegnehmen, das er wirklich braucht – seine Schuhe? sein Kamel? –, verletzen wir ihn trotzdem, müssen langsamer reisen und setzen die gesamte Gruppe einem Risiko aus. Und wenn es etwas ist, das er nicht braucht, sondern nur schätzt, erfüllen wir ihn mit Groll und haben dann eine weitere Person, um die wir uns kümmern müssen, aber der wir nicht vertrauen können. Nein, Herrin Rasa, wenn die Scham nicht so stark ist, daß sie jemanden davon abhält, ein Verbrechen zu begehen, ist der Tod die einzige Strafe, die wirklich zählt. Der Gesetzesbrecher wird nie wieder das Gesetz brechen, und alle anderen wissen, daß man es wirklich ernst meint. Und jede andere Bestrafung hat genau die gegensätzliche Wirkung – der Gesetzesbrecher tut es einfach noch einmal, und niemand wird das Gesetz respektieren. Deshalb sage ich ja, bevor du entscheidest, daß wir während unserer Reise dieses Gesetz haben, solltest du vielleicht darüber nachdenken, ob es so wichtig ist, daß wir dafür töten.«

»Aber niemand wird glauben, daß du jemanden töten könntest, oder?«

»Meinst du?« sagte Elemak. »Ich kann dir aus eigener Erfahrung sagen, was am schwersten ist, wenn man auf einer Reise wie dieser jemanden bestraft: nämlich später seiner Witwe und seinen verwaisten Kindern sagen zu müssen, wieso man ihn nicht nach Hause gebracht hat.«

»Oh, Elemak, ich hätte mir nie träumen lassen ...«

»Niemand läßt sich das je träumen. Aber die Männer der Wüste wissen es. Und wenn man jemanden ins Exil schickt, statt ihn sofort zu töten, läßt man ihm trotzdem keine Chance – kein Kamel, kein Pferd, nicht einmal Wasser. Man fesselt ihn sogar, damit er sich nicht mehr bewegen kann und die Tiere ihn schneller erwischen – denn wenn er noch lange lebt, könnten Banditen ihn finden, und dann wird er einen viel grausameren Tod sterben, und beim Sterben erzählt er den Banditen, wo die Karawane ist und aus wie vielen Leuten sie besteht und wie viele Männer Wache halten und wo die Wertsachen versteckt sind. Und er wird weitere Dinge verraten – den Kosenamen seiner Frau, die Spitznamen der Wachen, damit die Banditen wissen, was sie in der Dunkelheit sagen müssen, um die Wachen zu verwirren und sie zu einer Unvorsichtigkeit zu verleiten. Er wird ihnen verraten ...«

»Hör auf!« rief Rasa. »Du machst das absichtlich.«

»Du glaubst, beim Leben in der Wüste ginge es um Hitze

und Kälte, um Kamele und Zelte, darum, den Darm in den Sand zu entleeren und auf einem Teppich statt in einem Bett zu schlafen. Aber ich sage dir, was Vater und du und Nafai, gesegnet sei sein Herz, was ihr alle für uns bestimmt habt ...«

»Was die *Überseele* bestimmt hat!«

»... ist das schwerste nur vorstellbare Leben, eine gefährliche und brutale Welt, in der der Tod einem ständig im Nakken sitzt und in der man töten muß, um die Ordnung aufrecht zu halten.«

»Ich lasse mir etwas anderes einfallen«, sagte Rasa. »Eine andere Möglichkeit, um das mit den Ehen zu regeln ...«

»Aber dir wird nichts einfallen«, sagte Elemak. »Du wirst tagelang nachdenken und schließlich zu der einzigen Schlußfolgerung gelangen. *Falls* diese verrückte Kolonie überleben soll, muß sie in der Wüste und nach dem Gesetz der Wüste überleben. Das bedeutet, die Frauen sind ihren Männern treu oder werden sterben.«

»Und die Männer auch, wenn *sie* untreu sind«, sagte Rasa. Es konnte doch nicht sein Ernst sein, nur die Frauen zu bestrafen.

»Ah, ich verstehe. Wenn zwei Menschen dieses Ehegesetz brechen, sollen *beide* sterben. Das willst du also? Wer ist denn jetzt die Blutdürstige? Auf eine Frau können wir leichter verzichten als auf einen Mann. Wenn du nicht vorschlägst, ich solle Kokor und Sevet beibringen, wie man kämpft. Wenn du nicht glaubst, Dol und Schedemei könnten tatsächlich die Zelte auf die Rücken der Kamele heben.«

»Also trägt in deiner von Männern beherrschten Welt die Frau die Hauptlast der ...«

»Wir sind nicht mehr in Basilika, Herrin Rasa. Frauen gedeihen, wo die Zivilisation stark ist. Hier nicht. Nein, wenn du darüber nachdenkst, wirst du einsehen, daß man dieses Gesetz besser durchsetzen kann, wenn man nur die Frau bestraft. Denn welcher Mann flüstert schon ›Ich liebe dich!‹, wenn doch beide wissen, daß er in Wirklichkeit meint: ›Ich möchte dich unbedingt rammeln, und mir ist es egal, ob du deshalb stirbst.‹ Welchen Erfolg werden seine

Verführungskünste dann haben? Und wenn er versucht, sie mit Gewalt zu nehmen, wird sie schreien – denn sie weiß, daß *ihr* Leben auf dem Spiel steht. Und wenn man ihn erwischt, wie er sie vergewaltigt, weil sie schreit, nun, *dann* stirbt der Mann. Verstehst du? Diese Regelung nimmt dem Flirten ziemlich viel Romantik.«

Elemak hätte fast über den schwer betroffenen Ausdruck auf Rasas Gesicht gelacht, als er sich umdrehte und ihr Zelt verließ. O ja, sie hielt sich noch immer für eine Führerin, selbst hier draußen in der Wüste, wo sie weniger als nichts über das Überleben wußte, wo sie für jeden eine ständige Gefahr war mit ihrem Geplauder, mit ihrer vermeintlichen Klugheit, die sie immer so bereitwillig teilte, mit ihrem befehlsgewohnten Gehabe. In Basilika, wo die Frauen die Männer mit Bräuchen und Sitten so eingezäunt hatten, daß sie Entscheidungen treffen konnten und die Leute ihnen gehorchten, hatte sie die Illusion von Macht verbreiten können. Doch hier würde sie bald herausfinden – fand sie bereits heraus –, daß es ihr am wahren Willen zum Herrschen mangelte. Sie wollte herrschen, aber nicht die unangenehmen Dinge tun, die das Herrschen forderte.

In der Tat, eine Ehe auf Dauer. Welche Frau konnte einen Mann, ganz gleich, wie stark er war, länger als ein oder zwei Jahre befriedigen? Er hatte nie vorgesehen, daß Eiadh mehr als seine *erste* Frau war. In dieser Rolle wäre sie ein großer Erfolg gewesen – sie hätte ihn in seinem ersten Haushalt in Basilika geschmückt, ihm seinen Erstgeborenen geschenkt, und dann wären sie weitergezogen. Elemak hatte sogar beabsichtigt, seine Kinder von Rasa persönlich unterrichten zu lassen – sie war eine hervorragende Ausbilderin von Jugendlichen. Elemak wußte, wo ihre wahren Werte lagen. Und nun der Gedanke, daß Eiadh sich auch noch an ihn klammern würde, wenn sie fett und alt war. Ob er dann bereit war, sie noch zu ertragen …

Aber in seinem Herzen wußte er, daß er sich selbst belog. Er konnte ja vorgeben, Eiadh nicht auf ewig haben zu wollen, doch in Wirklichkeit brachte er ihr nur Begehren entgegen. Ein starkes, besitzergreifendes Begehren, das nicht einmal ansatzweise nachzulassen schien. Eiadh und nicht Elemak war die Veränderliche. Sie hatte Nafai bewundert, als er Muuzh die Stirn geboten und das Angebot des Kriegsherrn, Konsul zu werden, zurückgewiesen hatte. Sie war so pathetisch, daß sie Njef, der die Macht zurückgewiesen hatte, stärker bewunderte als ihren eigenen neuen Gatten, der die Macht hatte und sie auch benutzte. Aber Eiadh war schließlich eine Frau und mit diesem seltsamen, mystischen Vertrauen in die Überseele aufgewachsen, und da die Überseele Nafai eindeutig ›erwählt‹ hatte, war er in ihren Augen nur um so attraktiver.

Und was Nafai betraf … Elemak wußte schon seit vielen Monaten, daß Nafai ein Auge auf Eiadh geworfen hatte. Deshalb war Eiadh von Anfang an so attraktiv für ihn gewesen – die Ehe mit ihr würde seinen rotzigen kleinen Bruder in seine Schranken verweisen. Sollte er sie doch später heiraten, wenn sie bereits Elemaks erste Kinder hatte. Das würde Nafai lehren, wo er stand. Doch nun warf Eiadh ein Auge auf den Jungen – verdammt, wieso mußte auch ausgerechnet er Gaballufix töten! Das zog sie so an. Sie mochte die Illusion, Nafai sei stark. Nun, Eiadh, mein Schatz, Edhja, meine Geliebte, auch ich habe schon getötet, aber keinen Trunkenbold, der bewußtlos im Rinnstein lag. Ich habe einen Banditen getötet, der meine Karawane überfallen wollte, der Mord und Raub im Sinn hatte. Und ich kann erneut töten.

Ich kann erneut töten, und Rasa hat dem Grund dafür bereits zugestimmt. Das Gesetz der Wüste, ja, *das* wird Nafais Einmischungen ein Ende bereiten. Rasa ist überzeugt, daß ihr lieber, süßer, jüngster Sohn *niemals* das Gesetz brechen wird, dem sie zustimmen wird – dem sie *alle* zustimmen werden. Ein Gesetz, das die Todesstrafe nach sich zieht, wenn man es bricht. Und Nafai wird es brechen. Es wird so einfach sein, so symmetrisch, und dann kann ich ihn unter genau demselben Vorwand töten, den Njef selbst herangezogen hat, um Gabja zu töten – ich tue es für das Wohl von uns allen!

Als an diesem Abend das kalte Essen schwer in ihren Bäuchen lag und die kühle Nachtbrise sie alle in die Zelte getrieben hatte, ordnete Elemak an, daß Nafai die erste Wache übernahm. Ihm war klar, daß Nafai, der arme Bursche, genau wußte, wer in Elemaks Zelt auf ihn, Elemak, wartete. Er wußte, Nafai saß im kalten Sternenlicht und stellte sich vor, wie Elja den nackten Körper Eiadhs in die Arme nahm und wie heiß und feucht sie ihr Zelt machten. Er wußte, daß Nafai die leisen Schreie hörte – oder es sich zumindest einbildete –, die Eiadh ausstieß. Und wenn Elemak aus seinem Zelt kommen würde und der Schweiß und Geruch der Liebe ihm noch anhaftete, konnte Nafai die Verbitterung auskosten, in sein eigenes Zelt zurückzukehren, wo der unangenehm rundungslose Körper der Wasserseherin Luet der einzige Trost war, den der arme Junge finden würde. Elemak war fast versucht, Rasas Gesetz zu erlassen, denn dann würde Nafai neben ihm alt werden, Eiadh immer beobachten und wissen, daß sie Elemak gehörte und er sie niemals, niemals, niemals haben konnte.

2

Fesseln und Lösen

Nafai verbrachte seine Wache, wie er es immer tat – indem er sich mit der Überseele unterhielt. Es war jetzt leichter als früher, damals, als er und Issib die Überseele praktisch gezwungen hatten, mit ihnen zu sprechen. Nun bildete er die Gedanken sorgsam in seinem Verstand, fast, als wolle er sie aussprechen, und dann spürte er, wie die Antworten der Überseele kamen, ohne daß er sich darum bemühen mußte. Sie kamen ganz natürlich, als wären sie Nafais Gedanken, so daß er mitunter noch immer Schwierigkeiten hatte, zwischen den Vorstellungen zu unterscheiden, die von der Überseele kamen, und denen, die aus seinem Geist stammten. Um sicher zu gehen, stellte er dieselbe Frage oft noch einmal, und da die Überseele ein Computer war und daher niemals Eile empfand, wiederholte sie die Antwort bereitwillig so oft, wie er wollte.

Da er Wache hatte, fragte er die Überseele an diesem Abend zuerst, ob irgendeine Gefahr in der Nähe sei.

›Ein Kojote, der die Spur eines Hasen aufgenommen hat.‹

Nein, ich meine eine Gefahr für *uns*, sagte Nafai stumm.

›Dieselben Banditen, von denen ich dir schon berichtet habe. Aber sie hören des Nachts immer wieder Geräusche und verstecken sich im Augenblick zitternd vor Angst in einer Höhle.›

Es gefällt dir, ihnen dies anzutun, nicht wahr? fragte Nafai.

‹Nein, aber ich fühle *deine* Freude. Dies nennst du ein Spiel, nicht wahr?‹

Eher einen Streich. Oder einen Scherz.

›Und dir gefällt es, als einziger zu wissen, daß ich dies tue.‹

Luet weiß es.

›Natürlich.‹

Irgendeine andere Gefahr?

›Elemak plant deinen Tod.‹

Was, ein Messer in den Rücken?

›Er ist voller Zuversicht. Er glaubt, daß er es ganz offen tun kann, mit eurer aller Zustimmung. Sogar mit der deiner Mutter.‹

Und wie will er es anstellen? Mich mit seinem Pulsator erschießen und behaupten, es wäre ein Unfall gewesen? Kann er mein Kamel so erschrecken, daß es mich abwirft und ich in eine Schlucht stürze?

›Sein Plan ist wesentlich subtiler. Er hängt mit den Ehegesetzen zusammen. Rasa und Schedemei wurde heute klar, daß die Ehen permanent sein müssen, und Rasa hat Elemak überzeugt.‹

Gut. Das wird viel besser funktionieren, als wäre die Idee von Luet und mir gekommen.

›Aber sie *kam* von dir und Luet.‹

Aber nur wir und du wissen das, und kein anderer wird es je vermuten. Sie werden einsehen, daß das Gesetz vernünftig ist. Und außerdem mußte ich etwas unternehmen, um zu verhindern, daß Eiadh sich an mich ranmacht. Ich finde es ekelhaft, daß sie sich nur für mich interessiert, weil ich Gaballufix getötet und mich geweigert habe, mich zu Muuzh' Marionette machen zu lassen. Ich glaube, ich war viel netter, bevor … bevor das alles anfing.

›Damals warst du noch ein Junge.‹

Ich bin noch immer ein Junge.

›Ich weiß. Das ist eins von unseren Problemen. Noch schlimmer ist, daß du ein Junge bist, der andere Menschen nicht gut täuschen kann, Nafai.‹

Aber du bist darin ein As.

›Du kannst diese Leute nicht führen, indem du dich darauf verläßt, daß ich deine Vorstellungen in ihre Köpfe bringe. Auf der Reise von Harmonie zur Erde werde ich nicht die Macht haben, in ihre Köpfe zu greifen, wie ich sie hier habe. Du wirst lernen müssen, direkt mit ihnen zu sprechen. Du mußt ihnen beibringen, daß sie von dir Entscheidungen zu erwarten haben.‹

Elja und Meb werden *niemals* bereit sein, meine Führung anzuerkennen.

›Dann sind sie ersetzbar.‹

Wie Gaballufix? Ich werde so etwas nie wieder tun, Überseele. Darauf kannst du dich verlassen – ich habe einmal für dich getötet, werde es aber nie, nie wieder tun. Bringe mich nicht dazu, auch nur daran zu denken, *nein!*

›Ich höre dich. Ich verstehe dich.‹

Nein, du verstehst nicht. Du hast nie das Blut an deinen Händen gefühlt. Du hast nie gefühlt, wie das Schwert durch das Fleisch schneidet und die Knorpel zwischen den Wirbeln durchtrennt. Du hast nie seine letzten keuchenden Atemzüge durch die blutige Spalte in seiner Kehle gehört.

›Durch deine Augen habe ich gesehen, durch deine Arme habe ich gefühlt, durch deine Ohren habe ich gehört.‹

Du hast nie die ... diese schreckliche Endgültigkeit gespürt. Daß es keine Umkehr gibt. Daß er *tot* ist, und ganz gleich, was für ein schrecklicher Mensch er war, ich hatte nicht das Recht, ihn einfach so abzustechen ...

›Du hattest das Recht, weil ich es dir gab, und ich hatte das Recht, weil die Menschheit mich gebaut hat, um die gesamte Spezies zu schützen, und der Tod dieses Mannes war für die Erhaltung der Menschheit auf dieser Welt notwendig.‹

Ja, ich weiß, das sagst du mir immer wieder.

›Und immer wieder weist du die Wahrheit zurück und bestehst darauf, dich der bedeutungslosen Qual der Schuld hinzugeben.‹

Ich habe dem Leben eines hilflosen Betrunkenen ein Ende gemacht. In dieser Tat war kein Ruhm. Kein Anstand. Keine Klugheit. Als ich dies tat, war ich kein guter Mensch.

›Du warst meine Hände, Nafai. Du hast für mich getan, was *ich* tun mußte.‹

Es waren *meine* Hände, Überseele. Ich hätte nein sagen können. Wie ich *jetzt* nein sage, wenn du andeutest, daß ich Elemak und Mebbekew töten soll. Ich werde für dich keine weiteren Menschenleben mehr nehmen.

›Ich werde daran denken, wenn ich Pläne für die Zukunft mache. Aber du *kannst* die Führerschaft begründen. Du *mußt* es. Dein Vater ist zu alt und müde und verläßt sich zu sehr auf Elemak. Er wird deinem Bruder zu oft nachgeben, sich ihm immer wieder unterwerfen, bis er schließlich keinen Willen mehr hat.‹

Und es wäre besser, wenn er sich mir unterwirft?

›Du wirst ihn nicht zur Unterwerfung zwingen. Du wirst immer *durch* ihn führen und großen Respekt vor ihm haben. Wenn du führst, wird dein Vater ein stolzer und mächtiger Mann bleiben. Ich habe dir dies gesagt. Und jetzt richte dich auf und nimm deinen Platz ein.‹

Noch nicht. Es ist nicht der richtige Zeitpunkt, um Elemak herauszufordern. Wir brauchen ihn. Er muß uns durch die Wüste führen.

›Und ich sage dir, er hat keine solche Skrupel. Obwohl er in diesem Augenblick mit Eiadh schläft, stellt er sich gerade vor, wie er dich gefesselt in der Wüste zurückläßt. Und dann wirst du schnell feststellen, Nafai, daß ich zwar Banditen beeinflussen kann, aber keine Tiere und Raubvögel oder Insekten, die alles, was nicht geht oder fliegt oder davongleitet, für ihre nächste Mahlzeit halten. Sie hören nicht auf mich, sie tun einfach, was ihre Gene von ihnen verlangen, und du *wirst* sterben, und was werde ich dann ohne dich machen?‹

Heißt das, er will handeln, bevor wir Vaters Lager erreichen?

›Endlich hörst du mir zu.‹

Und was für einen Plan hat er?

›Ich weiß es nicht. Er denkt nie deutlich daran. Ich suche, so gut ich kann, aber es ist schwer. Weißt du, ich kann nicht einfach das Gedächtnis eines Menschen durchstöbern. Er fürchtet sein mörderisches Herz selbst so sehr, daß er nicht offen an seinen Plan denkt.‹

Vielleicht, wenn er nicht vom Bumsen abgelenkt wird.

›Abgelenkt? Er macht sogar das wegen dir. Er glaubt, daß du noch immer Eiadh haben willst, und hofft, daß du die Bewegungen im Zelt bemerken wirst. Und die Geräusche, die sie macht.‹

Das bewirkt nur, daß ich mich nach dem Ende meiner Wache sehne, damit ich zu Luet zurückkehren kann.

›Elemak kann sich nicht vorstellen, daß ein Mann die Frau, die er selbst begehrt, nicht auch begehrt.‹

Ich schon. Ich habe mir eingebildet, Eiadh sei genau das, was ich wollte und brauchte. Aber damals habe ich nichts begriffen. Luet glaubt, sie ist bereits schwanger. Luet und ich können über alles sprechen. Wir sind erst seit ein paar Tagen verheiratet, und doch kennt sie mein Herz bereits besser, als selbst du es kennst, und ich kann ihre Gedanken fast aussprechen, bevor sie sie denkt. Bildet Elemak sich ein, ich könne eine Frau begehren, wenn Luet meine *Ehefrau* ist?

›Er weiß, daß Eiadh sich von dir angezogen fühlt. Er erinnert sich daran, daß du einmal von ihr angezogen wurdest. Er weiß auch, daß ich dich zur Führung ausersehen habe. Er ist verrückt vor Eifersucht. Er hungert nach deinem Tod. Es verzehrt ihn so sehr, daß er sogar eine Art Mord begeht, wenn er mit ihr schläft.‹

Begreifst du nicht, daß dies das Schrecklichste überhaupt ist? Wenn ich etwas gern möchte, dann, daß Elemak mich liebt und respektiert. Was habe ich getan, daß er sich so von mir abwendet?

›Du hast dich geweigert, ihm deinen Willen zu überlassen.‹

Liebe und Respekt haben nichts damit zu tun, andere Leute zu beherrschen.

›Bei Elemak ist es anders. Wenn er dich nicht beherrschen kann, existierst du entweder nicht, oder du bist sein Feind. Viele Jahre lang hast du nicht existiert. Dann hat er dich bemerkt, und du warst nicht so leicht zu manipulieren oder einzuschüchtern wie Mebbekew, und so wurdest du zu einem Rivalen.‹

Ist das wirklich so einfach?

›Ich habe die schwierigen Stellen beschönigt.‹

Sein Zelt wackelt nicht mehr hin und her. Heißt das, er wird bald herauskommen?

›Er zieht sich an. Er denkt an dich. Und Eiadh auch.‹

Wenigstens will sie mich nicht umbringen.

›Sollte sie jemals bekommen, was sie sich wünscht, liefe es auf dasselbe hinaus. Du würdest sterben.‹

Erzähle Luet nicht, daß Elemak mich töten will.

›Ich werde Luet alles erzählen, genau, wie ich es *dir* erzähle. Ich belüge die Menschen nicht, die meiner Sache dienen.‹

Du belügst uns, wann immer du es für nötig hältst. Und ich will auch nicht, daß du sie belügst – ich will nur nicht, daß sie sich Sorgen macht.

›*Ich* will, daß sie sich Sorgen macht, da du dich weigerst, dir welche zu machen. Manchmal glaube ich, du möchtest gern sterben.‹

In dieser Hinsicht kann ich dich beruhigen. Ich lebe gern und möchte auch weiterleben.

›Ich glaube, manchmal freust du dich auf den Tod. Du glaubst, ihn verdient zu haben, weil du Gaballufix getötet hast.‹

Da kommt er.

›Achte darauf, wie er darauf bedacht ist, daß du seine Hände riechst.‹

Nafai war es nicht besonders angenehm, daß die Überseele ihn darauf aufmerksam machte – ansonsten hätte er es vielleicht nicht bemerkt. Doch um die Wahrheit zu sagen, war dies unwahrscheinlich, denn Elemak legte umständlich beide Hände auf seine Schultern und ließ sogar die Finger über Nafais Wangen gleiten, als er sagte: »Also bist du doch wach geblieben. Vielleicht bringst du es in der Wüste ja doch noch zu etwas.«

»Du hast mich ja gar nicht so lange Wache halten lassen«, erwiderte Nafai.

Der Frauengeruch war sehr deutlich. Es war irgendwie widerwärtig, daß Elemak die Intimität mit seiner eigenen Frau auf diese Art und Weise für seine Manipulationen benutzte. Es war, als würde sie ihm nichts mehr bedeuten. Ein Werkzeug. Keine Ehefrau, sondern nur ein Ding, das er *benutzte.*

Aber wenn die Überseele recht hatte, erfuhr Elemak Liebe genau auf diese Art und Weise – als Besitz.

»Hast du etwas gesehen?« fragte Elemak.

»Dunkelheit«, sagte Nafai. Er erzählte Elemak nichts von den Banditen, die nur ein paar hundert Meter entfernt waren. Erstens würde es ihn nur wütend machen, daß Nafai von der Überseele Informationen bekam. Und zweitens würde es ihn erniedrigen, daß er das Lager an einer Stelle hatte aufschlagen lassen, in deren Nähe Banditen sich erfolgreich verbergen konnten. Er würde wahrscheinlich darauf bestehen, nach ihnen zu suchen, was zu einem Kampf und Blutvergießen führen würde. Oder er würde alle aufwecken und weiterziehen lassen, was sinnlos war, da die Überseele keine Schwierigkeiten hatte, diese rückgratlose Gruppe von Halsabschneidern unter Kontrolle zu halten.

»Wenn du einmal aufgeschaut hättest, hättest du festgestellt, daß es auch Sterne gibt«, sagte Elemak.

Elemak wollte ihn natürlich ködern, und Nafai wußte, er hätte ihn einfach ignorieren sollen, aber er war sowieso schon wütend, nachdem er herausgefunden hatte, daß Elemak seinen Tod plante und trotzdem noch so tat, als wäre er sein Bruder. Also konnte Nafai sich nicht im Zaum halten. Er riß eine Hand hoch. »Und dieser da ist Sol, die Sonne. Kaum sichtbar, aber wenn man weiß, wo man suchen muß, findet man sie immer. Dorthin reisen wir.«

»Ach ja?« fragte Elemak.

»Nur deshalb hat die Überseele uns aus Basilika gebracht«, sagte Nafai.

»Vielleicht bekommt die Überseele aber gar nicht ihren Willen«, sagte Elemak. »Sie ist schließlich nur ein Computer – das hast du doch selbst gesagt.«

Nafai hätte fast erneut etwas erwidert, irgendeinen scharfen Kommentar, der darauf hinauslief, daß Elemak ›nur‹ ein haarloser Pavian war, wenn die Überseele ›nur‹ ein Computer war. Vor einem halben Jahr *hätte* Nafai es gesagt, und Elemak hätte ihn wieder gegen eine Wand geworfen oder niedergeschlagen. Doch Nafai hatte seitdem ein wenig gelernt, und nun hielt er seine Zunge im Zaum. Grußlos schritt er von dannen.

Luet wartete im Zelt auf ihn. Sie hatte wahrscheinlich

etwas geschlafen – seitdem sie die Reise angetreten hatte, hatte sie hart gearbeitet, und im Gegensatz zu den Faulen würde sie morgen schon früh wieder auf den Beinen sein. Aber sie grüßte ihn wortlos mit geöffneten Augen und einem Lächeln, das ihn trotz des Frostes wärmte, den Elemak in sein Herz gebracht hatte.

Nafai zog sich schnell aus und begab sich zu ihr unter die Decken. »Du bist warm«, sagte er.

»Ich glaube, der genaue Ausdruck lautet heiß«, antwortete sie.

»Elemak hat vor, mich zu töten«, flüsterte er.

»Ich wünschte, die Überseele würde ihn einfach *aufhalten«*, flüsterte sie.

»Das kann sie wahrscheinlich nicht. Elemaks Wille ist zu stark, als daß die Überseele ihn bewegen könnte, es sich anders zu überlegen, wenn er sich erst etwas in den Kopf gesetzt hat.« Er sagte ihr nicht, daß die Überseele angedeutet hatte, er müsse seinen Bruder irgendwann vielleicht töten. Da Nafai nicht die Absicht hatte, je wieder einen Menschen zu töten, bestand keine Veranlassung, Luet darauf hinzuweisen. Er hätte sich sowieso geschämt, so etwas zu sagen, weil sie vielleicht glaubte, er könne es tatsächlich in Betracht ziehen.

»Huschidh glaubt zu spüren, daß Elemak sich enger mit denen zusammenschließt, die umkehren wollen – Kokor und Sevet, Vas und Obring, Meb und Dol. Sie bilden jetzt eine Art Gemeinschaft und sondern sich fast völlig von den anderen ab.«

»Schedemei?«

»Sie will zurückkehren, aber es gibt keine Verbindung zwischen ihr und den anderen.«

»Also wollen nur du und ich und Huschidh und Mutter in die Wüste ziehen.«

»Und Eiadh. Sie will überall dorthin, wohin du gehst.«

Beide lachten, doch Nafai war klar, Luet brauchte die Beruhigung, daß Eiadhs Begehren nicht erwidert wurde. Also beruhigte er sie gründlich, und dann schliefen sie.

Als am Morgen die Kamele bepackt waren, rief Elemak sie zusammen. »Zwei Dinge«, sagte er. »Den ersten Punkt haben Rasa und Schedemei vorgeschlagen, und ich stimme völlig mit ihnen überein. Solange wir in der Wüste leben, können wir uns die sexuellen Freiheiten, die wir in Basilika hatten, nicht leisten. Sie würden nur Groll und Untreue hervorrufen, und das ist für eine Karawane das Todesurteil. Solange wir also in der Wüste sind – und das schließt Vaters Lager ein sowie jedes andere, das wir danach aufschlagen und in dem die Bevölkerung nur aus uns und den dreien besteht, die auf uns warten –, gilt dieses Gesetz: Ein jeder schläft nur mit seinem Ehemann oder seiner Ehefrau, und alle Ehen, die derzeit bestehen, gelten auf Dauer.«

Mehrere Anwesende keuchten erschrocken auf; Luet sah sich um und stellte fest, daß genau diejenigen, von denen sie es erwartet hatte – Kokor und Obring und Mebbekew –, sich am meisten aufregten.

»Du hast kein Recht, so eine Entscheidung zu treffen«, sagte Vas sanft. »Wir sind alle Basilikaner, und wir leben nach dem Recht Basilikas.«

»Wenn wir in Basilika sind, leben wir nach dem Recht Basilikas«, sagte Elemak. »Aber wenn wir in der Wüste sind, leben wir nach dem Recht der Wüste, und das Wüstenrecht besagt, daß das Wort des Karawanenführers endgültig ist. Ich werde mir alle Vorschläge anhören, bis ich eine Entscheidung treffen muß, doch sobald ich die Entscheidung getroffen habe, ist *jeder* Widerstand Meuterei. Habt ihr mich verstanden?«

»Niemand befiehlt mir, mit wem ich schlafen *muß* und mit wem ich nicht schlafen *darf*«, sagte Kokor.

Elemak ging zu ihr und musterte sie; sie sah im Vergleich zu der schieren Masse von Elemaks großem, muskulösem Körper so zerbrechlich aus. »Und ich sage dir, in der Wüste werde ich nicht dulden, daß jemand von Zelt zu Zelt kriecht. Es wird so oder so zu Mord und Totschlag führen, und bevor ich zulasse, daß ihr euch gegenseitig umbringt, sage ich euch lieber direkt: Wenn jemand in einer Situation erwischt wird, die auch nur so *aussieht*, als ließen sich zwei Personen, die nicht miteinander verheiratet sind, sexuell miteinander ein, werde ich die Frau auf der Stelle töten.«

»Die *Frau!*« rief Kokor.

»Die Männer brauchen wir, um die Kamele zu beladen«, sagte Elemak. »Außerdem sollte *dir* die Vorstellung kaum befremdlich vorkommen, Koja, denn als *du* das letzte Mal der Ansicht warst, jemand müsse für das Verbrechen des Ehebruchs sterben, hast *du* genau dieselbe Entscheidung getroffen.«

Luet sah, daß sowohl Kokor als auch ihre Schwester Sevet sich gleichzeitig an die Hälse faßten – denn Kokor hatte versucht, Sevet die Kehle durchzuschneiden, und sie dabei fast getötet. Seitdem hatte Sevet kaum noch Stimme. Kokors Gatte Obring hingegen, der sich genauso fröhlich in einem fremden Bett vergnügt hatte, als Kokor die beiden überraschte, war ohne einen Kratzer davongekommen. Es war boshaft unfreundlich und sah Elemak ähnlich, sie alle an diesen Zwischenfall zu erinnern, denn diese Erwähnung beendete jeden Widerstand von drei der vier Personen, die sich dem Gesetz am wahrscheinlichsten widersetzen würden: Kokor, Sevet und Obring hatten nichts darauf zu sagen.

»Du hast nicht das Recht, so eine Entscheidung zu treffen«, sagte Mebbekew. Er war natürlich der vierte – aber Luet wußte, daß Elemak keine Schwierigkeiten haben würde, ihn an die Kandare zu nehmen. Die hatte er bei Meb nie.

»Ich habe nicht nur das Recht«, sagte Elemak, »ich habe auch die Pflicht. Dieses Gesetz ist für das Überleben unserer kleinen Gruppe in der Wüste unerläßlich, und so wird man es befolgen, oder ich werde die einzige Strafe durchsetzen, die ich hier, so viele Kilometer von der Zivilisation entfernt, durchsetzen kann. Wenn ihr das nicht begreift, wird Herrin Rasa es euch sicher gern erklären.«

Er drehte sich um und sah Rasa mit der stillen Forderung an, sie möge ihn unterstützen. Sie enttäuschte ihn nicht. »Ich habe die ganze Nacht hin und her überlegt, um auf eine andere Lösung zu kommen«, sagte sie, »aber wir können ohne dieses Gesetz nicht überleben, und wie Elja sagt, ist die einzige Strafe, die in der Wüste etwas bedeutet ... die, die er genannt hat. Aber wir werden niemanden sofort töten«, sagte sie. Sie verabscheute eindeutig das gesamte Thema. »Wir werden die betreffende Person nur fesseln und zurücklassen.«

»Nur?« sagte Elemak verächtlich. »Das ist bei weitem der grausamere Tod.«

»Damit geben wir die Frau in die Hände der Überseele«, sagte Rasa. »Vielleicht wird sie ja gerettet.«

»Du solltest nicht darauf hoffen«, sagte Elemak. »Die Tiere sind freundlicher als alle Retter, die sie hier draußen finden würde.«

»Eine Gesetzesbrecherin wird gefesselt und zurückgelassen, aber nicht getötet!« beharrte Rasa.

Luet dachte: Sie befürchtet, daß eine ihrer Töchter dieses Gesetz zuerst brechen wird. Und was Elemaks Bestimmung betrifft, daß nur die Frau sterben muß, so zäumt er das Pferd von hinten auf. Nur wenige Männer denken an die Konsequenzen, wenn sie von Begierde erfüllt sind, aber eine Frau kann ihre Begierde unterdrücken, wenn das Leben eines Mannes, den sie liebt, auf dem Spiel steht.

»Wie die Herrin wünscht«, sagte Elemak. »Das Gesetz der Wüste überläßt die Wahl dem Karawanenführer. Ich würde mich normalerweise für einen schnellen, sauberen Tod durch den Pulsator entscheiden, aber hoffen wir, daß wir solch eine Wahl nie treffen müssen.« Er drehte sich einmal um die Achse, damit er auch diejenigen ansehen konnte, die hinter ihm standen. »Ich bitte euch bei dieser Angelegenheit nicht um eure Zustimmung«, sagte er. »Ich sage euch einfach, daß es so geschehen wird. Wenn ihr das Gesetz, nach dem wir leben werden, verstanden habt, hebt nun eure Hand.«

Alle hoben die Hände, wenngleich einige sichtlich wütend waren.

Nein, nicht alle. »Meb«, sagte Elemak. »Hebe die Hand. Du bringst deine liebe Frau Dol in Verlegenheit. Sie fragt sich mittlerweile zweifellos, wer die Frau unter uns ist, deren

Liebe du für so wünschenswert hältst, daß du dafür den Tod einer völlig tugendhaften Dame in Kauf nimmst.«

Nun hob auch Meb die Hand.

»Gut«, sagte Elemak. »Und nun zu der anderen Sache. Wir müssen eine Entscheidung treffen.«

Die Sonne war noch nicht aufgegangen, und so war es bitter kalt – besonders für diejenigen, die beim Abbrechen der Zelte und Beladen der Kamele kaum geholfen hatten. Also lag es vielleicht nur an der Kälte, daß Mebbekews Stimme zitterte, als er sagte: »Ich dachte, *du* triffst jetzt alle Entscheidungen.«

»Ich treffe alle Entscheidungen, die damit zu tun haben, daß wir überleben und vorankommen«, sagte Elemak. »Aber ich halte mich nicht für einen Tyrannen. Die Entscheidungen, die nichts mit unserem Überleben zu tun haben, müssen von der ganzen Gruppe gefällt werden, nicht nur von mir. Wir können nicht überleben, wenn wir nicht zusammenbleiben, also werde ich nicht dulden, daß wir uns trennen. Aber ich entsinne mich nicht, daß wir uns tatsächlich entschlossen haben, *wohin* unsere Reise führt.«

»Wir kehren zu Vater und Issib zurück«, sagte Nafai sofort. »Du weißt, daß sie mit unserer Rückkehr rechnen.«

»Solange sie an Ort und Stelle bleiben, haben sie genug Wasser. In den nächsten paar Monaten müssen sie jemanden losschicken, der ihnen Nachschub besorgt. Vorräte haben sie aber für einige Jahre«, sagte Elemak. »Also wollen wir keine Sache auf Leben und Tod daraus machen, wenn es nicht unbedingt sein muß. Wenn die Mehrheit weiterziehen will, bis wir Volemaks Lager in der Wüste erreichen, habe ich nichts dagegen. Dann ziehen wir *alle* dorthin.«

»Wir können nicht nach Basilika zurückkehren«, sagte Luet. »Das hat mein Vater sehr klar gemacht.« Ihr Vater war natürlich Muuzh, der große General der Gorajni. Aber indem sie die anderen an diese verwandtschaftliche Beziehung erinnerte, die ihr erst vor kurzem offenbart worden war, hoffte sie, ihren Worten mehr Gewicht zu verleihen. Sie war nicht besonders erfahren darin, andere Menschen zu überreden; sie hatte immer schlicht und einfach die Wahrheit gesagt, und da die Frauen Basilikas wußten, daß sie die Wasserseherin war, nahmen sie ihre Worte ernst. Es war aber etwas ganz anderes, zu einer Gruppe zu sprechen, der Männer angehörten. Aber Luet wußte jedoch, daß die Leute in Basilika leichter ihren Willen bekamen, wenn sie ihren Familienstatus geltend machten, und so versuchte sie es nun ebenfalls auf diese Weise.

»Ja«, sagte Kokor, »dein dich zärtlich liebender Vater, der versucht hat, seine eigene Tochter zu heiraten, und uns dann alle aus der Stadt geworfen hat, als ihm dies nicht möglich war.«

»So ist es nicht gewesen«, sagte Luet.

Huschidh griff nach Luets Hand, um sie zum Schweigen zu bringen. »Versuche es erst gar nicht«, flüsterte sie leise. »Koja ist viel besser darin.«

»Luet hat durchaus recht damit, daß wir wahrscheinlich nicht nach Basilika zurückkehren können«, sagte Elemak, »zumindest nicht sofort – ich glaube, das wollte Muuzh auch zum Ausdruck bringen, als er uns eine Eskorte Soldaten mit auf den Weg gab, um dafür zu sorgen, daß wir sicher aus der Stadt kommen.«

»Ich bin es so leid, ständig hören zu müssen, daß *keiner* von uns nach Basilika zurückkehren kann«, sagte Mebbekew, »obwohl nur *diese da* ihn vor allen Leuten beleidigt haben.« Er deutete auf Huschidh, Luet und Nafai.

»Halt die Klappe, Meb«, sagte Elemak mit ehrlicher Verachtung. »Ich will nicht, daß wir noch immer hier stehen und uns unterhalten, wenn die Sonne aufgeht. Wir sind genau in der Gegend, in der Banditen sich gern verkriechen, und wenn sich einige in den nahe gelegenen Höhlen vor der Dunkelheit verbergen, werden sie bei Tagesanbruch herauskommen.«

Luet fragte sich, ob Elemak tatsächlich Informationen über jene Banditen aufgeschnappt hatte, die die Überseele kontrollierte. Vielleicht wußte er aber auch, daß solche Männer nur am hellichten Tag tapfer waren und sich des Nachts versteckten. Außerdem war es möglich, daß Elemak die Nachrichten der Überseele unterbewußt empfing und nicht begriff, woher diese Gedanken und Ideen kamen. Schließlich war er genauso ein Produkt des geheimen Zuchtprogramms der Überseele wie alle anderen hier, und er *hatte* vor nicht allzu langer Zeit einen Traum empfangen. Wenn Elemak nur eingestehen würde, daß er mit der Überseele kommunizieren konnte, und ihre Pläne bereitwillig auszuführen gedachte – das würde alles vereinfachen. Doch so blieb ihr und Huschidh nichts anderes übrig, als zu versuchen, Elemaks eigenständige Pläne überall zu durchkreuzen, wo es ihnen möglich war.

»Obwohl wir im Augenblick wirklich nicht nach Basilika zurückkehren können«, fuhr Elemak fort, »heißt das noch lange nicht, daß wir sofort zu Vater müssen. Es gibt viele andere Städte, die eine fremde Karawane aufnehmen würden, wenn auch nur, weil Schedemei eine äußerst wertvolle Fracht an Embryos und Samen mit sich führt.«

»Sie stehen nicht zum Verkauf an«, sagte Schedemei. Ihre Stimme war so barsch, ihre Antwort so knapp, daß alle wußten, sie hatte nicht die Absicht, sich darüber zu unterhalten.

»Nicht einmal, wenn es um unser Leben geht?« fragte Elemak freundlich. »Aber schon gut – ich habe sowieso nicht vor, sie zu verkaufen. Sie sind nur wertvoll, wenn jemand über das Wissen verfügt, das Schedja in ihrem Kopf hat. Wichtig ist nur, sie werden uns einlassen, wenn sie wissen, daß wir nicht nur eine Bande mittelloser Wanderer sind, die vor kurzem von General Muuzh von den Gorajni aus Basilika verbannt wurden, sondern statt dessen von der berühmten Genetikerin Schedemei begleitet werden, einer Biologin, die ihr Labor von dem von Hader zerrissenen Basilika in eine friedliche Stadt verlegt, die ihr garantiert, daß sie ohne Störungen ihrer Arbeit nachgehen kann.«

»Ausgezeichnet«, sagte Vas. »Es gibt keine Stadt auf der Ebene, die uns unter diesen Umständen die Einreise verweigern würde.«

»Sie werden uns sogar Geld anbieten«, sagte Obring.

»Sie werden *mir* Geld anbieten, meinst du«, sagte Schedemei. Aber sie war eindeutig geschmeichelt – ihr war gar nicht in den Sinn gekommen, daß ihre Anwesenheit jeder

Stadt, in der sie sich niederlassen würde, ein gewisses Prestige verschaffte. Luet sah, daß Elemaks Schmeicheleien Wirkung zeigten.

›Er wird eine Abstimmung durchführen lassen.‹ Die Überseele sprach in Luets Verstand.

Das ist mittlerweile offensichtlich, dachte Luet. Was hat er *vor?*

›Wenn Nafai sich der Entscheidung widersetzt, in die Stadt zurückzukehren, wird es Meuterei sein.‹

Dann darf er sich nicht widersetzen.

›Dann würde meine Arbeit zunichte gemacht werden.‹

Dann kontrolliere die Abstimmung.

›Wessen Stimme soll ich ändern? Wem von ihnen würde Elemak glauben, wenn er die Reise plötzlich fortsetzen will?‹

Dann laß es nicht zu der Abstimmung kommen.

›Ich kann Elemak dahingehend nicht beeinflussen.‹

Dann sag Nafai, er soll sich nicht widersetzen!

›Er muß sich widersetzen, oder es wird keine Reise zur Erde geben.›

»Nein!« rief Luet.

Alle sahen sie an. »Was, nein?« fragte Elemak.

»Keine Abstimmung«, sagte sie. »Es wird keine Abstimmung geben.«

»Ah, ja«, sagte Elemak. »Da haben wir also noch eine Freiheitsliebende, der klar wird, daß sie die Demokratie doch nicht so schätzt, wenn sie befürchtet, eine Abstimmung könne zu ihren Ungunsten verlaufen.«

»Wer hat etwas von einer Abstimmung gesagt?« fragte Dol, die nie so genau begriff, was um sie herum vorging.

»Ich stimme dafür, daß wir in die Zivilisation zurückkehren«, sagte Obring. »Ansonsten sind wir die Sklaven unserer Ehe – und darüber hinaus auch noch Elemaks Sklaven!«

»Aber ich habe doch gar nichts von einer Abstimmung gesagt«, fuhr Elemak fort. »Ich habe nur gesagt, daß wir eine Entscheidung treffen müssen, wohin wir gehen wollen. Eine Abstimmung könnte ganz interessant werden, aber ich verpflichte mich nicht, sie anzuerkennen. Ich brauche euern Rat, nicht eure Herrschaft.«

Also berieten sie ihn eloquent – oder versuchten es zumindest. Doch wenn jemand ein Argument vorbringen wollte, das schon jemand vorgetragen hatte, brachte Elemak ihn sofort zum Schweigen. »Das habe ich schon gehört. Hat jemand etwas Neues hinzuzufügen?« Dementsprechend dauerte die Diskussion nicht sehr lange. Eher, als Luet es für möglich gehalten hätte, fragte Elemak: »Sonst noch etwas?«, und niemand antwortete.

Er wartete und musterte sie aus stechenden Augen. Die Sonne ging mittlerweile über den Gipfeln der fernen Berge auf, und seine Augen und sein Haar strahlten in ihrem reflektierten Licht. Das ist sein schönster Augenblick, dachte Luet. Das hat er schon lange geplant – eine ganze Gemeinschaft, einschließlich der Frau seines Vaters, einschließlich seines Bruders Nafai, einschließlich der Wasserseherin und Entwirrerin von Basilika, einschließlich seiner eigenen Braut, und alle warten auf die Entscheidung, die ihr Leben verändern wird. Oder beenden.

»Ich danke euch für euren klugen Rat«, sagte Elemak ernst. »Ich habe den Eindruck, daß wir uns nicht für die eine oder andere Möglichkeit entscheiden müssen. Diejenigen, die in die Zivilisation zurückkehren wollen, können dies tun, und diejenigen, die im Auftrag der Überseele in die Wüste gehen wollen, können es ebenfalls. Ob wir es nun die Rettung meines Vaters oder den Beginn einer Reise zur Erde nennen – das steht jetzt nicht zur Debatte. Wichtig ist nur, daß alle zufriedengestellt werden können. Wir werden noch eine Weile in südliche Richtung ziehen und dann über die Berge und zu den Städten der Ebene kommen. Dort können wir die zurücklassen, die es nicht ertragen können, unter dem harten Gesetz der Wüste zu leben, und ich kann die Stärkeren dann mitnehmen.«

»Vielen Dank!« sagte Mebbekew.

»Mir ist es gleichgültig, wie er mich nennt, solange ich meine Freiheit habe«, sagte Kokor.

»Narren«, sagte Nafai. »Seht ihr denn nicht, daß er euch nur etwas vormacht?«

»Was hast du gesagt?« fragte Elemak.

»Er hatte von Anfang an vor, uns in die Zivilisation zurückzubringen«, sagte Nafai.

»Nicht, Nafai«, sagte Luet, denn sie wußte, was nun kommen würde.

»Hör auf deine kleine Braut, Bruder«, sagte Elemak. Seine Stimme war trügerisch sanft.

»Ich höre auf die Überseele«, sagte Nafai. »Wir leben nur noch, weil die Überseele eine Räuberbande beeinflußt, die sich keine dreihundert Meter entfernt in einer Höhle verkrochen hat. Die Überseele kann uns sicher durch die Wüste führen, ob nun mit oder ohne Elemak und seinen dummen Wüstengesetzen. Er treibt ein Kinderspiel – wer die kühnsten Drohungen machen kann ...«

»Keine Drohungen«, sagte Elemak. »Gesetze, die jeder Wüstenreisende kennt.«

»Wenn wir der Überseele vertrauen, werden wir auf dieser Reise völlig sicher sein. Wenn wir Elemak vertrauen, werden wir auf die Ebene zurückkehren und in den bevorstehenden Kriegen untergehen.«

»Der Überseele vertrauen«, sagte Meb schnaubend. »Du meinst, alles tun, was *du* sagst.«

»Elemak weiß, daß es die Überseele gibt – er hatte den Traum, der uns in die Stadt zurückführte und dazu brachte, unsere Frauen zu heiraten, nicht wahr?«

Elemak lachte nur. »Plappere weiter, Nafai.«

»Es ist, wie Elemak es sagt. Das ist keine Frage der Demokratie. Diese Sache muß jeder für sich entscheiden. Wenn wir die Reise fortsetzen, wie die Überseele es verlangt, werden wir die größte Fahrt seit vierzig Millionen Jahren unternehmen und für uns und unsere Kinder eine Welt erben. Oder wir kehren in die Stadt zurück, wo ihr eure Ehepartner betrügen könnt, wie einige von euch es bereits vorhaben. Was Luet und mich betrifft, so werden wir niemals in die Stadt zurückkehren.«

»Genug«, sagte Elemak. »Kein Wort mehr, oder du bist

auf der Stelle tot.« Er hielt einen Pulsator in der Hand. Luet hatte nicht bemerkt, daß er einen bei sich trug, wußte jedoch, was dies zu bedeuten hatte. Genau darauf hatte Elemak gewartet. Er hatte alles sehr sorgfältig inszeniert, und nun konnte er Nafai töten, und niemand würde es wagen, ihn dafür zu verdammen. »Ich kenne die Wüste, und ihr kennt sie nicht«, sagte Elemak. »Es gibt dort, wo du es *behauptest*, keine Banditen, oder wir wären schon tot. Wenn es schon in deinem fiebrigen kleinen Hirn als Klugheit durchgeht, Bruder, wäre jeder, der bei dir bleibt, verloren. Aber *niemand* wird bei dir bleiben, denn ich lasse nicht zu, daß diese Gruppe sich trennt. Das würde den sicheren Tod für jeden bedeuten, der dich begleitet.«

»Eine Lüge«, sagte Nafai.

»Bitte sprich weiter, damit ich dich als Meuterer töten kann. Denn nichts anderes bist du.«

»Hüte deine Zunge, Nafai, um meinetwegen!« sagte Luet.

»Ihr alle habt ihn gehört, nicht wahr?« sagte Elemak. »Er hat eine Rebellion gegen meine Autorität ausgerufen und versucht, eine Gruppe abzusplittern und in den Untergang zu führen. Das ist Meuterei, ein viel schlimmeres Vergehen als Ehebruch, und die Strafe dafür ist der Tod. Ihr alle seid Zeugen. Ihr alle könntet es vor einem Gericht bestätigen, würde es je dazu kommen.«

»Bitte«, sagte Luet. »Laß ihn in Ruhe, und er wird nichts mehr sagen.«

»Stimmt das, Nafai?« fragte Elemak.

»Wenn du weiterhin beabsichtigst, uns zur Stadt zurückzuführen«, sagte Nafai, »hat die Überseele keinen Grund mehr, die Banditen zurückzuhalten, und ihr alle werdet sterben.«

»Seht ihr?« sagte Elemak. »Selbst jetzt noch versucht er, uns mit diesen Phantasien über nicht existente Banditen Angst einzujagen.«

»Hast du nicht dasselbe getan?« fragte Schedemei. »Du hast uns dazu gebracht, das zu tun, was du willst, weil wir befürchten, daß Banditen uns finden.«

Elemak drehte sich zu ihr um. »Ich habe nie behauptet,

daß sie nur ein paar Meter entfernt sind und sich in einer Höhle verstecken. Ich habe lediglich gesagt, es besteht die Möglichkeit, daß Banditen uns finden. Ich habe euch nur die Wahrheit gesagt – aber dieser Junge hält euch für so töricht, seine offensichtlichen Lügen zu glauben.«

»Glaubt, was ihr wollt«, sagte Nafai. »Ihr werdet den Beweis bald sehen.«

»Meuterei«, sagte Elemak, »und ihr alle – selbst seine Mutter – werdet meine Zeugen sein, daß ich keine andere Wahl hatte, weil er von seiner Rebellion nicht ablassen will. Wäre er nicht mein Bruder, hätte ich nicht so lange gewartet. Dann wäre er schon tot.«

»Und hättest du keine Gene in dir, die die Überseele für wertvoll hält«, sagte Nafai, »hätte Gaballufix dich getötet, als es dir nicht gelang, Vater in die Falle zu locken.«

»Deine Vorwürfe verschlimmern dein Verbrechen nur«, sagte Elemak. »Verabschiede dich von deiner Mutter und deiner Frau – von dort aus, wo du stehst. Komm nicht näher!«

»Elemak, das ist doch nicht dein Ernst!« sagte Rasa.

»Du hast mir beigepflichtet, Rasa, daß unser Überleben davon abhängt, dem Gesetz der Wüste zu gehorchen.«

»Du bist boshaft und ...«

»Vorsicht, Herrin Rasa. Ich werde tun, was getan werden muß, selbst wenn ich auch dich zurücklassen und dem Tode überantworten muß.«

»Mach dir keine Sorgen, Mutter«, sagte Nafai. »Die Überseele steht zu uns, und Elemak ist hilflos.«

Luet begriff allmählich, was Nafai vorhatte. Er wirkte ganz ruhig – unglaublich ruhig. Daher mußte er ziemlich sicher sein, daß die Überseele ihn irgendwie schützen würde. Er mußte einen Plan haben, und Luet sollte wohl besser schweigen und die Ereignisse ihren Lauf nehmen lassen, ganz gleich, wie groß ihre Angst war.

Aber es wäre nett, wenn du mich in deinen Plan einweihen würdest, sagte sie zu der Überseele.

›Plan?‹ antwortete die Überseele.

Luets Hände begannen zu zittern.

»Wir werden sehen, wie hilflos du bist«, sagte Elemak. »Mebbekew, nimm ein Stück Packschnur – die leichte, aber mehrere Meter – und fessele seine Hände. Binde einen sicheren, engen Knoten und mache dir keine Sorgen darüber, daß du die Blutzirkulation in seinen Händen unterbrichst.«

»Seht ihr?« sagte Nafai. »Er wagt es nicht einmal, einen Ungefesselten zu töten.«

Nicht! rief Luet in ihrem Herzen. Provoziere ihn nicht, bringe ihn nicht dazu, dich zu erschießen. Wenn du dich fesseln läßt, hast du noch eine Chance.

Elemak warf Mebbekew einen Blick zu, und daraufhin ging Meb zu den wartenden Kamelen und kam mit einem Strick zurück.

Als er Nafai die Hände auf den Rücken fesselte und das Seil immer wieder um seine Gelenke schlang, trat Huschidh vor.

»Bleib, wo du bist«, sagte Elemak. »Aus Respekt vor der Herrin Rasa fessele ich ihn und lasse ihn zurück, aber ich bringe es genausogern schnell hinter mich und benutze den Pulsator.«

Huschidh blieb, wo sie war; sie hatte sowieso, was sie wollte, nämlich die Aufmerksamkeit der Gruppe. »Elemak hat dies von Anfang an vorgehabt«, sagte sie zu den anderen, »denn er will Nafai töten. Er wußte genau, entscheidet er sich zur Umkehr, blieb Nafai keine andere Wahl, als sich ihm zu widersetzen. Er hat alles so arrangiert, daß er eine legale Entschuldigung für einen Mord hat.«

Elemaks Auge zuckte. Luet sah, daß die Wut in ihm immer größer wurde und bald außer Kontrolle geraten würde. Was tust du, Huschidh, meine Schwester? Bringe ihn nicht dazu, meinen Gatten hier an Ort und Stelle zu töten!

»Warum sollte Elja das tun?« sagte Eiadh. »Du behauptest, mein Elemak ist ein Mörder, und das stimmt nicht!«

»Eiadh, armer Schatz«, sagte Huschidh. »Elemak will Nafai tot sehen, weil er weiß, hättest du heute die Wahl, würdest du ihn verlassen und dich für Nafai entscheiden.«

»Eine Lüge!« rief Elemak. »Antworte nicht darauf, Eiadh! Sag nichts!«

»Weil er es nicht erträgt, die Wahrheit zu hören«, sagte Huschidh. »Er wird sie in deiner Stimme hören.«

Nun verstand Luet. Huschidh setzte die Begabung ein, die die Überseele ihr verliehen hatte, wie sie es auch getan hatte, als Raschgallivak in Rasas Haus stand und seinen Soldaten befahl, Rasas Töchter zu entführen. Huschidh sprach die Worte, die die Loyalität von Elemaks Gefolgschaft zerstören, die ihm alle Unterstützung nehmen würden. Sie entfesselte sie, und wenn sie nur noch ein paar weitere Sätze sprechen konnte, würde sie Erfolg haben.

Leider war Luet nicht die einzige, die dies begriff. »Bringt sie zum Schweigen!« sagte Sevet. Ihre Stimme war hart und heiser, denn sie hatte sich noch nicht von der Verletzung erholt, die Kokor ihr zugefügt hatte. Aber sie konnte laut genug sprechen, um sich Gehör zu verschaffen, und der Schmerz in ihrer Stimme brachte ihr nur noch mehr Aufmerksamkeit ein. »Laßt Huschidh nicht sprechen. Sie ist eine Entwirrerin, und wenn sie genug sagt, kann sie jeden gegen jeden anderen richten. Ich habe gesehen, wie sie es bei Raschgallivaks Männern gemacht hat, und es wird ihr auch hier gelingen, wenn ihr es zulaßt!«

»Sevet hat recht«, sagte Elemak. »Noch ein Wort von dir, Huschidh, und ich werde Nafai töten.«

Fast hätte Huschidh den Mund geöffnet, um noch etwas zu sagen, Luet sah es genau. Aber irgend etwas – vielleicht die Überseele – hielt sie zurück. Sie drehte sich um und ging dorthin zurück, wo sie gerade gestanden hatte, trat neben Rasa und Schedemei. Wie Luet es sah, war ihre letzte Hoffnung damit verloren. Die Überseele konnte willensschwache Menschen für kurze Zeit dumm oder furchtsam machen, aber sie hatte nicht die Macht, einen Mann aufzuhalten, der zu einem Mord entschlossen war. Sie hatte nicht die Macht, die Banditen plötzlich dazu zu bewegen, Nafai zu helfen, sollten sie ihn finden. Und sie konnte ganz bestimmt nicht verhindern, daß die Tiere der Wüste ihn fanden und fraßen. Huschidhs Versuch war die letzte Möglichkeit gewesen, und er war gescheitert.

Nein, ich werde *nicht* verzweifeln, dachte Luet. Wenn wir

ihn hier zurücklassen, kann ich mich vielleicht von den anderen entfernen, hierher zurückkehren und ihn losbinden. Oder ich töte Elemak, während er schläft, und ...

Nein, nein. Sie war nicht zu einem Mord fähig, und das wußte sie auch. Nicht einmal, wenn die Überseele ihn befahl, wie sie Nafai befohlen hatte, Gaballufix zu töten. Nicht einmal dann wäre sie dazu imstande gewesen. Und sie würde sich auch nicht davonschleichen und Nafai rechtzeitig helfen können. Es war vorbei. Es bestand keine Hoffnung mehr.

»Er ist gefesselt«, sagte Mebbekew.

»Ich überprüfe den Knoten«, sagte Elemak.

»Glaubst du, ich weiß nicht, wie ich jemanden fesseln muß?« fragte Mebbekew.

»Dieser Computer, den sie verehren, hat angeblich die Macht, Menschen dümmer zu machen, als sie es gewöhnlich sind«, sagte Elemak. »Stimmt das nicht, Nafai?«

Nafai sagte nichts. Luet war dafür stolz auf ihn, hatte aber auch Angst um ihn. Denn sie wußte, daß die Macht der Überseele über einen langen Zeitraum hinweg sehr groß, aber in jedem beliebigen kurzen Augenblick sehr gering war.

Elemak stand nun dicht hinter Nafai und richtete den Pulsator auf dessen Rücken. »Knie nieder, kleiner Bruder.«

Nafai kniete nicht, aber wie aus einem Reflex machte Meb dazu Anstalten.

»Du doch nicht, du Narr. Njef.«

»Der zum Tode Verurteilte«, sagte Nafai.

»Ja, du, kleiner Bruder. Knie nieder.«

»Wenn du den Pulsator benutzen willst, sterbe ich lieber stehend.«

»Mach nicht so ein Schauspiel daraus«, sagte Elemak. »Ich will deine Hände an deine Füße binden, also knie nieder.«

Langsam und behutsam sank Nafai zuerst auf ein Knie, dann auf beide.

»Setz dich auf den Hintern«, sagte Elemak. »Die Füße flach auf den Boden. Ja, so. Nun zieh die Enden des Seils zwischen seinen Knöcheln hindurch, Meb, dann nach oben und über seine Beine, und binde sie zusammen – vor seinen Handgelenken, ja, genau so, damit er den Knoten nicht mit den Fingern erreichen kann. Sehr gut. Spürst du etwas in deinen Händen, Nafai?«

»Nur das Pochen meines Blutes, das versucht, an den Tauen um meine Gelenke vorbeizukommen.«

»Stricke, nicht Taue, Nafai, aber sie könnten genauso gut aus Stahl sein.«

»Du schneidest nicht *mein* Blut ab, Elemak, sondern dein eigenes«, sagte Nafai. »Denn dein Blut wird auf der Erde unbekannt sein, während das meine tausend Generationen lang weiterleben wird.«

»Das reicht«, sagte Elemak.

»Ich sage, was mir paßt«, erwiderte Nafai, »denn du hast dich schon entschlossen, mich zu töten. Was sollte sich ändern, wenn ich jetzt die Wahrheit sage? Muß ich befürchten, daß du mich trittst oder bespuckst, wenn ich dem Tod schon ins Antlitz schaue?«

»Wenn du versuchst, mich zu provozieren und dazu zu bringen, dich zu erschießen, muß ich dich enttäuschen. Ich habe es der Herrin Rasa versprochen, und ich werde mein Wort halten.«

Aber Luet sah, daß Nafais Worte Wirkung zeigten. Die Spannung in der Gruppe wurde immer stärker, und es war klar, daß alle anderen der Meinung waren, die eigentliche und letzte Auseinandersetzung zwischen ihnen stünde noch bevor, auch wenn Elemak der Ansicht war, er habe bereits gewonnen.

»Wir steigen jetzt auf unsere Kamele«, sagte Elemak. »Und niemand wird zurückkehren, um diesen Meuterer zu retten, oder er wird dasselbe Schicksal wie er erleiden.«

Hätte Luet nicht genau gewußt, daß Nafai und die Überseele irgendeinen Plan haben mußten, hätte sie darauf bestanden, mit ihrem Mann zu sterben. Aber sie kannte ihn selbst nach diesen wenigen Tagen schon gut genug, um zu wissen, daß Nafai in diesem Augenblick keine Furcht empfand. Und obwohl er ein tapferer junger Mann war, wußte sie Folgendes: Würde er wirklich glauben, sterben zu müssen, würde zumindest *sie* seine Furcht spüren können. Luet wurde klar, daß seine Mutter ähnlich empfinden mußte, denn sie protestierte auch nicht. Statt dessen warteten beide ab und sahen zu, während das kleine Spiel seinen Lauf nahm.

Elemak und Mebbekew wandten sich von Nafai ab. Dann drehte Mebbekew sich noch einmal um, legte den Fuß auf Nafais Schulter und stieß ihn um, so daß er auf der Seite im Sand lag. Da seine Hände an die Fußknöchel gefesselt waren, konnte er nichts tun, um den Sturz zu dämpfen. Doch nun konnte Luet hinter ihn sehen und erkannte deutlich, daß die Fesseln nicht fest zusammengebunden waren, sondern ganz locker saßen.

So lief das Spiel also. Die Überseele tat, was in ihrer Macht stand, um Mebbekew und Elemak dazu zu bringen, straffe Fesseln zu sehen, während die Knoten in Wirklichkeit nur Schlaufen waren. Normalerweise hatte sie nicht die Macht, sie dumm zu machen – oder zumindest nicht genug Macht, um Elemak so unaufmerksam zu machen. Doch Huschidh und Nafai war es gelungen, ihn mit ihren gefährlichen Worten so wütend zu machen, daß die Überseele eine bessere Aussicht hatte, ihn zu verwirren. Auch andere mußten sehen, daß Nafai nicht fest gebunden war, doch zum Glück waren die, die den besten Blick hatten, auch diejenigen, die Elemak wohl kaum darauf hinweisen würden – Herrin Rasa, Huschidh und Schedemei. Was die anderen betraf, so sahen sie mit der Hilfe der Überseele zweifellos das, was zu sehen sie erwarteten und Elemak und Mebbekew ihnen indirekt eingegeben hatten.

»Ja«, sagte Herrin Rasa, »gehen wir zu den Kamelen.« Sie begab sich schnellen Schrittes zu den wartenden Tieren. Luet und Huschidh folgten ihr. Auch die anderen drehten sich um und setzten sich in Bewegung.

Alle bis auf Eiadh. Sie stand starr da und sah zu Nafai. Die anderen, die neben ihren knienden Kamelen standen, drehten sich unwillkürlich um und sahen zu, als Elemak zu ihr ging und eine Hand auf ihren Rücken legte. »Ich weiß, dies bereitet deinem zarten Herz Schmerzen, Edhja«, sagte Elemak. »Aber ein Führer muß manchmal zum Nutzen aller hart sein.«

Sie sah ihn nicht einmal an. »Ich hätte nie gedacht, daß jemand dem Tod so absolut ruhig entgegensehen kann«, sagte sie.

Wunderbar, sagte Luet stumm zur Überseele. Du bringst sie dazu, Nafai noch stärker zu lieben? Wie hilfreich von dir. Das stellt sicher, daß wir niemals Frieden haben werden, selbst wenn Nafai diese Sache lebend überstehen sollte.

›Du hast nur wenig Vertrauen, nicht wahr? Ich kann nicht alles gleichzeitig tun. Was wäre dir lieber? Daß Eiadh deinen Gatten nicht mehr liebt, oder daß dein Gatte lebt und die Karawane zu Volemak weiterzieht?‹

Ich vertraue dir. Ich wünschte nur, du würdest es nicht immer so knapp gestalten.

»Höre mich an!« rief Nafai.

»Betteln hilft dir jetzt auch nicht mehr«, sagte Elemak. »Oder willst du eine letzte aufrührerische Rede halten?«

»Er hat nicht zu uns gesprochen«, sagte Eiadh. »Er hat zu ihr gesprochen. Zur Überseele.«

»Überseele, ich habe mein Vertrauen in dich gesetzt. Befreie mich nun aus dem mörderischen Griff meiner Brüder. Gib mir die Kraft, die Fesseln zu zerreißen, die meine Hände binden!«

Wie sah es für die anderen aus? Luet konnte es nur vermuten. *Sie* sah, daß Nafai zuerst die eine, dann die andere Hand problemlos aus den Stricken zog und sich dann ohne großen Anmut erhob. Doch die anderen sahen bestimmt, was sie am meisten fürchteten – wie Nafai die Fesseln einfach zerriß und dann majestätisch und mit einer gefährlichen Geste aufsprang. Zweifellos konzentrierte die Überseele ihren gesamten Einfluß auf die anderen und sparte nur die aus, die ihren Zwecken bereits dienten. Luet, Huschidh und Herrin Rasa sahen alles so, wie es geschah. Die anderen sahen zweifellos auch etwas, und selbst, wenn es nicht den Tatsachen entsprach, war es doch voller Wahrheit: daß Nafai die Macht der Überseele hatte, der Erwählte war, der wahre Führer.

»Du wirst diese Kamele zu keiner Stadt führen, die der

Menschheit bekannt ist!« rief Nafai. Seine Stimme klang angespannt und hart, während er versuchte, die weite Strecke zwischen ihm und dem fernsten Kamel zu überbrükken, wo Vas gerade Sevet beim Aufsteigen half. »Deine Meuterei gegen die Überseele ist beendet, Elemak. Aber die Überseele ist gnädiger als du. Die Überseele wird dich leben lassen – doch nur, wenn du schwörst, nie wieder Hand an mich zu legen. Nur, wenn du versprichst, die Reise zu vollziehen, die wir angetreten haben – zuerst zu Vater und dann weiter zu der Welt, die die Überseele für uns vorbereitet hat!«

»Was ist das für ein Trick?« rief Elemak.

»Der einzige Trick ist der, mit dem du dich selbst getäuscht hast«, sagte Nafai. »Du hast geglaubt, wenn du mich mit Stricken fesselst, kannst du auch die Überseele fesseln, aber darin hast du dich geirrt. Du hättest diese Expedition führen können, wärest du gehorsam und klug gewesen, doch du warst nur von Machtlust und Neid erfüllt, und daher bleibt dir jetzt nichts mehr übrig, als der Überseele zu gehorchen oder zu sterben.«

»Drohe mir nicht!« rief Elemak. »Ich habe den Pulsator, du Narr, und ich habe die Todesstrafe über dich ausgesprochen!«

»Töte ihn!« schrie Mebbekew. »Töte ihn jetzt, oder du wirst es auf ewig bereuen!«

»Wie tapfer von dir«, sagte Huschidh, »deinen Bruder dazu zu drängen, wozu du selbst nie den Mut hättest, kleiner Meb.« Ihre Stimme war so scharf, daß er zurücktrat, als hätte sie ihn geschlagen.

Elemak hingegen trat nicht zurück. Statt dessen ging er einen Schritt nach vorn und richtete den Pulsator auf Nafai. Luet sah, daß er entsetzt war – er glaubte wirklich, daß Nafai ein Wunder bewirkt hätte, indem er sich so leicht von seinen Fesseln befreite –, doch ob er nun entsetzt war oder nicht, er war entschlossen, seinen jüngsten Bruder zu töten, und die Überseele konnte ihn unmöglich aufhalten. Sie hatte nicht die Macht, Elemak von einem festen Vorsatz abzulenken.

»Elja, nicht!« Der Schrei kam von Eiadh. Sie lief zu ihm, griff nach ihm, zerrte an dem Ärmel der Hand, die die Waffe hielt. »Um meinetwillen«, sagte sie. »Wenn du ihn anrührst, Elja, wird die Überseele dich töten, weißt du das nicht? Es ist das Gesetz der Wüste – du hast es selbst gesagt. Meuterei ist Tod! Rebelliere nicht gegen die Überseele.«

»Das ist nicht die Überseele«, sagte Elemak. Seine Stimme zitterte jedoch vor Furcht und Unsicherheit – und zweifellos packte die Überseele jeden Fetzen Zweifel in seinem Herzen und vergrößerte ihn mit den Worten, die Eiadh bittend an ihn richtete. »Das ist mein arroganter kleiner Bruder.«

»Du hättest es sein sollen«, sagte Nafai. »Du hättest derjenige sein sollen, der die anderen dazu bringt, sich an den Plan der Überseele zu halten. Die Überseele hätte niemals mich gewählt, wärest du nur bereit gewesen, ihr zu gehorchen.«

»Höre auf *mich*«, sagte Eiadh. »Nicht auf *ihn*. Du bist der Vater des Kindes in meinem Körper – woher willst du wissen, daß ich nicht schon ein Kind in mir trage? Wenn du ihn verletzt, wenn du ihm nicht gehorchst, wirst du sterben, und mein Kind wird vaterlos sein!«

Zuerst befürchtete Luet, Elemak würde Eiadhs Bitte, Nafai das leben zu schenken, als weiteren Beweis dafür interpretieren, daß seine Frau Nafai mehr liebte als ihn. Aber nein. Ihre Bitte war, daß er *sein* Leben retten mußte, indem er Nafai nichts tat. Das konnte er nur als Beweis dafür nehmen, daß *sie* ihn liebte, denn sie versuchte ja, sein Leben zu retten.

Vas war ebenfalls zu Elemak zurückgekehrt und legte nun eine Hand auf dessen andere Schulter. »Elja, töte ihn nicht. Wir werden nicht in die Stadt zurückkehren – keiner von uns wird das, keiner von uns!« Er drehte sich wieder zu den anderen um. »Wir sind einverstanden! Wir alle wollen zu Volemak weiterziehen, oder nicht?«

»Wir haben die Macht der Überseele gesehen«, sagte Eiadh. »Keiner von uns hätte gebeten, zur Stadt zurückzukehren, hätten wir es schon vorher begriffen. Bitte, wir alle sind uns einig. Wir sind nun alle einer Ansicht, es gibt keinen Hader zwischen uns. Bitte, Elemak. Mache mich wegen dieser Sache nicht zur Witwe. Wenn du ihn nicht tötest, bin ich für immer deine Frau. Aber was bin ich, wenn du dich gegen die Überseele auflehnst und stirbst?«

»Du bist noch immer unser Karawanenführer«, sagte Herrin Rasa. »Daran hat sich nichts geändert. Nur das Ziel der Reise ist ein anderes geworden, und du hast selbst gesagt, daß du nicht allein über das Ziel bestimmen kannst. Nun sehen wir ein, daß die Wahl keinem von uns zusteht, sondern nur der Überseele.«

Eiadh weinte, und die Tränen waren heiß und echt. »Oh, Elja, mein Gatte, warum haßt du mich so sehr, daß du sterben willst?«

Luet hätte fast vorhersagen können, was nun geschehen würde. Da Dol sah, wie rührend Eiadhs Tränen waren, ertrug sie es nicht, daß ihre Schwägerin im Mittelpunkt der Aufmerksamkeit stand. Also klammerte sie sich nun an *ihren* Gatten und klagte laut – und in der Tat mit ziemlich echt wirkenden Tränen –, daß auch er Abstand davon nehmen müsse, Nafai Schaden zuzufügen. Als hätte Mebbekew es je gewagt, allein zu handeln! Als hätten ihre Tränen ihn je gerührt! Luet hätte laut gelacht, wäre ihr nicht völlig klar gewesen, daß Nafais Leben nun davon abhing, wie Elemak auf all dieses Klagen reagierte.

Sie konnte die Veränderung fast auf seinem Gesicht sehen. Seine Entschlossenheit, Nafai zu töten, die unter dem Einfluß der Überseele nicht geringer geworden war, schmolz nun angesichts der Bitten seiner Frau. Und in dem Ausmaß, da sein Wille zu töten verblich, gelang der Überseele es immer besser, seine Ängste zu ergreifen und zu verstärken. Und so verwandelte er sich in nur wenigen Augenblicken von einem gefährlichen Mörder in ein zitterndes Wrack von einem Mann und war entsetzt darüber, was er fast getan hätte. Er sah zu dem Pulsator in seiner Hand hinab, erschauderte und warf die Waffe dann weg. Sie landete vor Luets Füßen.

»Oh, Nafai, mein Bruder, was habe ich getan?« rief Elemak.

Mebbekew reagierte sogar noch erbärmlicher. Er warf sich bäuchlings auf den Boden. »Verzeih mir, Nafai! Verzeih mir, daß ich dich wie ein Tier gefesselt habe! Laß nicht zu, daß die Überseele mich tötet!«

Du übertreibst, sagte Luet stumm zur Überseele. Sie werden zutiefst erniedrigt sein, wenn sie sich daran erinnern, wie sie gehandelt haben, ganz gleich, ob sie dahinterkommen, daß du Feiglinge aus ihnen gemacht hast, oder nicht.

›He, glaubst du etwa, ich hätte eine Filigrankontrolle darüber? Ich kann ihnen Furcht einflößen, und sie wollen mich einfach nicht hören, und dann hören sie mich plötzlich und brechen völlig zusammen. Ich glaube, ich mache das ziemlich gut, vor allem, wenn man bedenkt, daß ich so etwas noch nie zuvor gemacht habe.‹

Ich schlage ja nur vor, daß du es ihnen etwas leichter machst. Es ist geschafft.

»Elemak, Mebbekew, natürlich vergebe ich euch«, sagte Nafai. »Was für eine Rolle spielt es schon, was aus *mir* wird? Es kommt nur darauf an, ob die *Überseele* euch vergibt.«

»Knie vor der Überseele nieder«, sagte Eiadh und zog Elemak dringlich zu Boden. »Knie nieder und bitte um Vergebung. Begreifst du nicht, daß dein Leben in Gefahr ist?«

Elemak drehte sich zu ihr um, und als er sprach, klang er trotz der Furcht, von der Luet wußte, daß sie an ihm nagte, fast ruhig. »Und dir ist es so wichtig, ob ich lebe oder nicht?«

»Du bist mein Leben«, sagte Eiadh. »Haben wir nicht alle einen Eid geschworen, für immer verheiratet zu bleiben?«

Eigentlich haben sie das nicht getan, dachte Luet. Sie haben sich nur Elemaks Edikt angehört und dann die Hände gehoben, um zu verdeutlichen, daß sie es *verstanden* haben. Aber sie schwieg klugerweise.

Elemak sank auf die Knie. »Überseele«, sagte er mit zitternder Stimme. »Ich gehe dorthin, wohin du willst.«

»Ich auch«, sagte Mebbekew. »Schließe mich ein.« Er hob den Kopf nicht vom Sand.

»Solange Eiadh mir gehört«, sagte Elemak, »bin ich zufrieden, ob ich nun in der Wüste oder der Stadt bin, auf Harmonie oder auf der Erde.«

»O Elja!« rief Eiadh. Sie schlang die Arme um ihn und weinte auf seine Schulter.

Luet bückte sich und hob den Pulsator aus dem Sand vor ihren Füßen auf. Es war sinnlos, auf eine wertvolle Waffe zu verzichten. Wer konnte schon sagen, wann sie sie vielleicht für die Jagd brauchten?

Nafai ging zu ihr. Es bedeutete Luet mehr, als sie sagen konnte, daß er zuerst zu ihr kam, die sie erst seit wenigen Tagen seine Frau war, statt zu seiner Mutter zu gehen. Er umarmte sie, und sie hielt ihn fest. Sie spürte, daß er zitterte. Er hatte trotz seiner Zuversicht in die Überseele Angst gehabt. Und es war auch sehr knapp gewesen.

»Hast du gewußt, wie es ausgehen würde?« flüsterte sie.

»Die Überseele war sich nicht sicher, ob sie das mit dem Seil hinbekam«, erwiderte er murmelnd. »Besonders, als er tatsächlich den Knoten überprüfte.«

»Das mußte er tun, wenn er glauben sollte, daß deine Befreiung ein Wunder ist.«

»Weißt du, was ich gedacht habe, als ich dort kniete, Elemak den Pulsator an meinen Kopf hielt, und ich all die Dinge sagte, die ihn dazu bringen sollten, mich zu töten? Ich habe gedacht – ich werde nie wissen, wie unser Baby aussehen wird.«

»Aber jetzt wirst du es wissen.«

Er löste sich von ihr, streckte die Hand aus und nahm ihr den Pulsator ab.

Huschidh trat zu ihm und legte die Hand auf die Waffe. »Njef«, sagte sie, »wenn du dieses Ding behältst, besteht keine Hoffnung, daß die Wunde einmal heilen könnte.«

»Und wenn ich es ihm zurückgebe?«

Huschidh nickte. »Das wäre das beste«, sagte sie.

Niemand verstand besser als Huschidh, die Entwirrerin, was Menschen aneinander fesselte und wieder voneinander löste. Nafai ging sofort zu Elemak und hielt ihm den Pulsator hin. »Bitte«, sagte er. »Ich weiß nicht einmal, wie man dieses Ding benutzt. Wir brauchen dich. Du mußt uns zu Vaters Lager führen.«

Elemak zögerte einen Augenblick lang, bevor er den Pulsator nahm. Luet wußte, daß er es verabscheute, ihn aus Nafais Hand zu empfangen. Aber gleichzeitig wußte er auch, daß Nafai ihn nicht hätte zurückgeben müssen. Daß Nafai ihm seinen Rang als Anführer nicht hätte zurückgeben müssen. Und er brauchte diesen Rang, brauchte ihn so sehr, daß er ihn sogar von Nafai akzeptieren würde.

»Gern«, sagte Elemak und nahm den Pulsator.

»Oh, ich danke dir, Nafai«, sagte Eiadh.

Luet fühlte einen Stich der Furcht in ihrem Herzen. Hört Elemak es in ihrer Stimme? Sieht er es auf ihrem Gesicht? Wie sie Nafai mit solcher Ehrfurcht anschaut? Sie ist eine Frau, die nur Stärke und Mut und Macht liebt – das Alphamännchen des Stammes zieht sie an. Und in ihren Augen ist Nafai eindeutig dieser begehrenswerteste Mann. Sie ist heute die beste Schauspielerin von allen gewesen, dachte Luet. Nur sie konnte Elemak überzeugen, daß sie ihn liebte, um den Mann zu retten, den sie *wirklich* liebt. Ich kann einfach nicht anders, ich empfinde deshalb Bewunderung für sie, dachte Luet. Sie ist wirklich eine tolle Frau.

Aber diese Gedanken der Bewunderung waren ebenfalls Lügen, und Luet konnte sich nicht lange selbst täuschen. Die wunderschöne Eiadh liebt meinen Mann noch immer, und obwohl seine Liebe zu mir im Augenblick stark ist, kommt vielleicht ein Tag, da das Primatenmännchen den zivilisierten Mann in ihm überwindet, und dann wird er Eiadh mit Verlangen betrachten, und sie wird es sehen, und in diesem Augenblick werde ich ihn bestimmt verlieren.

Sie schüttelte die Eifersucht von sich ab und ging zur Herrin Rasa, die vor Erleichterung zitterte, um ihr zu helfen, ihr Kamel zu besteigen. »Ich dachte, er wäre tot«, sagte Rasa leise und ergriff Luets Hand. »Ich dachte, ich hätte ihn verloren.«

»Einen Augenblick lang dachte ich das auch«, sagte Luet.

»Ich kann dir eins sagen«, fuhr Herrin Rasa fort. »Hätte Elemak die Sache durchgezogen, wäre er vor Anbruch der Nacht tot gewesen.«

»Auch ich habe seinen Tod in meinem Herzen geplant«, sagte Luet.

»So nahe stehen wir also den Tieren. Hast du dir so etwas je träumen lassen? Daß wir so plötzlich bereit sind, einen Mord zu begehen?«

»Wie Paviane, die die Herde beschützen«, sagte Luet.

»Das ist doch eine ziemlich große Entdeckung, meinst du nicht auch?«

Luet grinste sie an und drückte ihre Hand. »Aber wir wollen es niemandem sagen«, erwiderte sie. »Wenn die Männer wüßten, wie gefährlich wir in Wirklichkeit sind, werden sie bestimmt ziemlich nervös.«

»Das spielt jetzt keine Rolle mehr«, sagte Rasa. »Die Überseele war stärker, als ich es für möglich gehalten habe. Das ist jetzt endgültig vorbei und erledigt.«

Doch als Luet zu ihrem Kamel ging, wußte sie, daß es *nicht* erledigt war. Es war nur aufgeschoben worden. Es würde erneut ein Tag kommen, an dem es einen Kampf um die Macht geben würde. Und beim nächstenmal bestand keine Garantie, daß der Überseele noch einmal so ein schöner kleiner Trick gelingen würde. Hätte Elemak sich nur entschlossen, den Pulsator auszulösen, wäre es vorbei gewesen; beim nächstenmal würde er das vielleicht begreifen und sich nicht von so etwas Törichtem wie Herrin Rasas Bitte ablenken lassen, Nafai nur zu fesseln und zurückzulassen. So knapp war es gewesen, so furchtbar knapp. Und schließlich wußte Luet auch, daß Elemaks Haß auf Nafai nun stärker denn je zuvor war, obwohl er dies zumindest eine Zeitlang noch abstreiten, obwohl er sogar sich selbst vormachen würde, daß sein Haß verschwunden war. Die anderen kannst du täuschen, Elemak, aber ich werde dich im Auge behalten. Und wenn meinem Gatten irgend etwas zustößt, darauf kannst du dich verlassen, dann töte mich lieber auch. Sorge dafür, daß ich sterbe, und selbst dann werde ich, wenn ich eine Möglichkeit finde, noch zurückkehren und aus dem Grab irgendeine Rache gegen dich üben.

»Du zitterst, Lutja«, sagte Huschidh.

»Ja?« Vielleicht hatte sie deshalb solche Schwierigkeiten, sicheren Halt auf dem Sattel ihres Kamels zu finden.

»Wie die Flügel einer Libelle.«

»Die Sache ging mir sehr nah«, sagte Luet. »Ich bin wohl noch immer aufgeregt.«

»Noch immer eifersüchtig auf Eiadh, das bist du«, sagte Huschidh.

»Nicht die Bohne«, sagte Luet. »Nafai liebt mich absolut und vollkommen.«

»Ja, das tut er«, sagte Huschidh. »Aber ich sehe trotzdem, welch gewaltigen Zorn du Eiadh entgegenbringst.«

Luet *wußte,* daß sie in der Tat auf Eiadh eifersüchtig war. Aber Huschidh hatte es Zorn genannt, und das war ein viel stärkeres Gefühl als das, was sie in sich entdeckt hatte. »Ich bin nicht wütend, weil sie Nafai liebt«, sagte Luet, »wirklich nicht.«

»Oh, das weiß ich«, sagte Huschidh. »Oder besser gesagt, das sehe ich *jetzt.* Nein, ich glaube, du bist wütend und eifersüchtig auf sie, weil sie das Leben deines Gatten retten konnte, während du nicht dazu imstande warst.«

Ja, dachte Luet. Das war es. Und nun, da Huschidh es ausgesprochen hatte, spürte sie, daß die quälende Enttäuschung sie durchströmte, und heiße Tränen der Wut und Scham flossen aus ihren Augen und ihre Wangen hinab. »Na also«, sagte Huschidh und hielt sie fest. »Es ist gut, es herauszulassen. Es ist gut.«

»Das ist nett«, sagte Luet. »Denn anscheinend werde ich sowieso wie ein Dummkopf weinen, ob es nun gut ist, es herauszulassen oder nicht, und da ist es nur gut, daß es gut ist.«

Sie weinte noch immer, als Nafai zurückkam und ihr auf ihr Tier half. »Du bist die letzte«, sagte er.

»Ich wollte wahrscheinlich nur, daß du mich noch einmal anfaßt«, sagte sie. »Damit ich auch genau weiß, daß du noch lebst.«

»Ich atme noch«, sagte er. »Wirst du noch lange so weinen? Denn die Feuchtigkeit auf deinem Gesicht wird Fliegen anziehen.«

»Was ist aus diesen Banditen geworden?« sagte sie und wischte sich die Tränen mit dem Ärmel fort.

»Der Überseele ist es gelungen, sie einschlafen zu lassen,

bevor sie ernsthaft damit anfing, die anderen zu beeinflussen. Sie werden in ein paar Stunden aufwachen. Warum denkst du jetzt an sie?«

»Ich dachte nur, wie dumm wir uns alle vorgekommen wären, wenn sie herbeigestürmt wären und uns alle in Stücke gehauen hätten, während wir darüber zanken, ob wir dich nun töten oder nicht.«

»Ja«, sagte Nafai. »Ich weiß, was du meinst. Dem Tod ins Gesicht zu sehen, das ist nicht besonders schwer. Aber sich *wirklich dumm* vorzukommen, wenn man stirbt, das wäre unerträglich.«

Sie lachte und hielt seine Hand noch einen Augenblick lang fest. Nur noch einen Augenblick, und dann noch einen langen, langen Augenblick.

»Sie warten auf uns«, sagte Nafai. »Und die Banditen werden irgendwann aufwachen.«

Also ließ sie ihn los, und als er zu seinem Kamel ging, sprang das ihre auf, und sie erhob sich hoch über den Wüstenboden. Es war, als ritte man während eines Erdbebens auf einem unsicheren Turm, und normalerweise gefiel es ihr nicht. Aber heute fühlte es sich schön an. So mußte es sich anfühlen, wenn man auf einem Thron saß. Denn dort, auf dem Kamel vor ihr, saß Nafai, ihr Mann. Was für eine Rolle spielte es schon, daß nicht sie ihn gerettet hatte? Es genügte, daß er lebte und sie noch immer liebte.

3

Jagd

Sie erreichten Volemaks Lager am Abend. Sie waren an diesem Tag länger als üblich gereist, da sie sich ganz in der Nähe befunden hatten; und doch mußten sie den gesamten Abend über arbeiten, da Volemak nicht hatte wissen können, daß sie an diesem Tag eintreffen würden. Es waren keine zusätzlichen Zelte aufgeschlagen, und Zdorab hatte bereits den Abwasch des Abendessens erledigt, das er für sich und Volemak und Issib zubereitet hatte. Die allabendliche Arbeit ging langsamer als gewohnt vonstatten, da sie sich sicherer fühlten und da es ihnen, nachdem sie das Lager nun endlich erreicht hatten, ungerecht vorkam, genauso hart zu arbeiten wie auf der Reise.

Huschidh blieb so nahe bei Luet und Nafai, wie es ihr möglich war. Sie erhaschte dann und wann einen Blick auf Issib, der auf seinem Stuhl dahinschwebte. Sein Äußeres konnte sie nicht überraschen – sie kannte ihn schon jahrelang, schließlich war er Herrin Rasas ältester Sohn und ihr Schüler gewesen, seit Huschidh in Rasas Haus lebte. Doch sie hatte ihn immer für den Verkrüppelten gehalten und ihm kaum Beachtung geschenkt. Als ihr dann damals in Basilika klar geworden war, daß sie mit Nafai und Luet in die Wüste gehen würde, hatte sie erkannt – denn sie konnte die Verbindungen zwischen Menschen immer erkennen –, daß sie bei den Zusammenfügungen von Männern und Frauen in der Expedition der Überseele für Issib bestimmt war. Die Überseele wollte, daß seine Gene – wie auch die ihren – erhalten blieben, und sie würden diesen Versuch gemeinsam unternehmen, ob er nun gelang oder nicht.

Es war ihr nicht leichtgefallen, dies zu akzeptieren. Besonders in der Hochzeitsnacht, als Luet und Nafai, Elemak und Eiadh, Mebbekew und Dolja von der Herrin Rasa verheiratet wurden und dann, immer zu zweit, in ihre Brautbetten gingen, hatte Huschidh kaum den Zorn und die Furcht und die bittere Enttäuschung in ihrem Herzen ertragen können, daß sie nicht die Art von Liebe haben konnte, die ihre Schwester Luet hatte.

Als Antwort hatte die Überseele – zumindest hatte sie dies anfangs geglaubt – ihr in dieser Nacht einen Traum geschickt. Darin sah sie sich mit Issib verbunden; sie sah, wie er flog, und flog mit ihm; ihr wurde klar, daß sie von seinem Körper nicht auf sein wahres Wesen schließen konnte. Sie würde feststellen, daß die Ehe mit ihm sie nicht zerreiben, sondern erhöhen würde. Und sie sah, daß sie Kinder von ihm bekam, sah, wie sie mit ihm in der Tür eines Wüstenzeltes stand und ihre Kinder beim Spielen beobachtete, und sie sah, daß sie ihn in dieser zukünftigen Szene liebte und mit ihm durch goldene und silberne Fäden verbunden wurde, die sich schon seit Generationen in ihnen befanden und auch in die Zukunft reichten, Jahr um Jahr, Kind um Kind, Generation um Generation. Der Traum hatte auch noch andere Bestandteile gehabt, von denen einige wirklich erschreckend gewesen waren, doch in all diesen Tagen hatte sie sich an den Trost dieser Bilder geklammert. Als sie vor General Muuzh stand und gezwungen werden sollte, den Eroberer Basilikas zu heiraten, hatte sie an diesen Traum gedacht und gewußt, daß sie nicht als seine Frau enden würde, und in der Tat hatte die Überseele Huschidhs und Luets Mutter nach Basilika geführt, die Frau namens Durstig, die sie als ihre Töchter offenbarte – und Muuzh als ihren Vater. Keine Ehe, und innerhalb von ein paar Stunden waren sie in der Wüste und auf dem Weg zu Volemaks Lager.

Doch seitdem hatte sie Zeit zum Nachdenken gehabt – und Zeit, um sich an ihre Ängste zu erinnern. Natürlich nicht absichtlich; sie versuchte vielmehr, sich an den Trost des Traums zu erinnern oder an Nafais Beteuerungen, denn er hatte ihr gesagt, daß Issib sehr klug und lustig war, ein angenehmer Gefährte, was sie in der Schule natürlich nie mitbekommen hatte.

Doch trotz des Traums, trotz Nafai, waren die alten Eindrücke geblieben, die sie so lange gehabt hatte. Den gesamten Weg durch die Wüste hatte sie immer wieder vor ihrem inneren Auge gesehen, wie er auf schon fast makabre Art und Weise seine Arme und Beine benutzte, um sich in der Stadt, wo er Flossen unter seiner Kleidung tragen konnte, zu bewegen, so daß er immer durch die Luft zu hüpfen schien wie ein tanzender Geist oder wie ein – wie hatte Kokor ihn einmal genannt? –, wie ein Kaninchen unter Wasser. Wie hatten sie damals gelacht! Und wie treulos kam sie sich nun vor, obwohl Issibs eigene Schwester den Scherz gemacht hatte. Huschidh hatte nicht ahnen können, daß der Krüppel, der Geist, das Unterwasser-Kaninchen, eines Tages ihr Ehemann sein würde. Die alte Furcht und Fremdartigkeit blieb trotz all ihrer Versuche, sich zu beruhigen, als Unterströmung bestehen.

Bis sie nun, als sie ihn sah, begriff, daß sie nicht vor ihm Angst hatte. Der Traum hatte ihr dafür zuviel Hoffnung gegeben. Nein, sie fürchtete sich davor, was *er* von *ihr* halten würde – eine noch ältere und dunklere Furcht. Wußte Issib bereits, was Tante Rasa und die Überseele für ihn vorgesehen hatten? Betrachtete er sie bereits, während sie das Zelt aufbaute, schätzte er sie ab? Sollte er dies tun, würde er zweifellos sehr enttäuscht sein. Sie konnte sich seine Gedanken vorstellen: Natürlich kriegt der *Krüppel* die Schlichte ab, diejenige, die zu groß ist, die mit dem verdrossenen Gesicht, deren Körper noch nie einen Mann zu einem zweiten Blick veranlaßt hat. Die Fleißige, die niemanden zum Lachen bringen kann, von ihrer jüngeren Schwester Luet einmal abgesehen (ah, *die* ist so lebhaft! Aber *sie* gehört zu Nafai). Er mußte denken: Ich muß das Beste daraus machen, denn ich bin ein Krüppel und habe keine Wahl. Genau, wie Huschidh dachte: Ich muß mich mit dem Krüppel abfinden, denn kein anderer Mann würde mich haben wollen.

Wie viele Ehen waren mit solchen Gefühlen geschlossen worden? Und waren welche davon schließlich doch noch glücklich geworden?

Sie zögerte es so lange hinaus, wie sie konnte, und verweilte über dem Abendessen – das tatsächlich besser war als alles, was sie während der Reise gegessen hatten. Zdorab und Volemak hatten in diesem Tal wilde Pflanzen und Wurzeln gefunden und aus ihnen einen Eintopf zubereitet, der besser war als eine Handvoll Rosinen und an der Luft getrocknetes Fleisch, und das Brot war frisch und aus Sauerteig und viel besser als der Zwieback und das Trockenfleisch, das sie auf der Reise gegessen hatten. Bald würde es noch besser werden, denn Volemak hatte hier einen Garten angelegt, und in ein paar Wochen würde es Melonen und Kürbisse, Möhren und Zwiebeln und Rettich geben.

Alle waren müde und wußten nicht, wie sie während des Essens miteinander umgehen sollten. Die Erinnerung an Nafais Beinahe-Hinrichtung war noch frisch und nun, da sie zu Volemak zurückgekehrt waren, noch peinlicher, denn sie sahen, wie problemlos er die Befehlsgewalt über sie alle ergriff. Er war ein wahrer Anführer, und sein Auftreten war viel sicherer als Elemaks prahlerischer, einschüchternder Stil. Sie alle scheuten sich irgendwie davor, dem alten Mann Rechenschaft abzulegen, denn wie viele von ihnen – von Eiadh vielleicht einmal abgesehen, und von Nafai selbst natürlich – waren wirklich stolz darauf, wie sie sich verhalten hatten? Das Essen konnte also noch so gut sein, bis auf Huschidh verspürte niemand den Drang, am Feuer sitzen zu bleiben und zu plaudern. Es gab keine schönen Erinnerungen an die Reise, keine amüsanten Geschichten, die man jenen erzählen konnte, die hier auf sie gewartet hatten. Als das Essen weggeräumt war, gingen die Paare in ihre Zelte.

Sie gingen so plötzlich, daß Huschidh trotz ihrer Bemühungen, genau diesen Augenblick zu vermeiden, mit den letzten Töpfen, die sie gespült hatte, vom Bach zurückkam und feststellte, daß von den Frauen nur Schedemei und von den Männern nur Issib und Zdorab geblieben waren. Es herrschte bereits ein schreckliches Schweigen, denn Schedemei hatte nicht die Begabung, einfach zu plaudern, und sowohl Zdorab als auch Issib schienen fürchterlich schüchtern zu sein. Wie schwer es doch für uns alle ist, dachte Huschidh. Wir wissen, daß wir allein noch zu haben sind, daß wir zusammengeworfen wurden, weil niemand außer der Überseele uns haben wollte. Und einige von uns wollten nicht einmal *sie* haben, denn der arme Zdorab ist nur hier, weil Nafai ihm einen Eid abverlangt hatte, statt ihn in der Nacht, da er Gaballufix den Kopf abgeschnitten hatte, am Tor Basilikas zu töten.

»Was für eine elende Gruppe seid ihr«, sagte Volemak.

Huschidh blickte auf und sah erleichtert, daß Volemak und Rasa zum Kochfeuer zurückkehrten. Sie mußten erkannt haben, daß etwas gesagt werden mußte – daß man sie miteinander bekanntmachen mußte, zumindest Schedja und den Bibliothekar, die sich noch nie begegnet waren.

»Ich betrat das Zelt meines Gatten«, sagte Rasa, »und dachte, wie schön es ist, wieder bei ihm zu sein, als mir klar wurde, wie sehr ich meine Reisegefährtinnen Schuja und Schedja vermisse, und *dann* wurde mir klar, daß ich in meinen Pflichten als Herrin dieses Hauses nachlässig gewesen bin.«

»Dieses Hauses?« sagte Issib.

»Die Wände mögen aus Stein bestehen, und das Dach mag der Himmel sein, doch dies ist mein Haus, ein Ort der Zuflucht für meine Töchter und der Sicherheit für meine Söhne«, sagte Rasa.

»Unser Haus«, sagte Volemak sanft.

»In der Tat – ich habe es nur wegen der alten Gebräuche Basilikas, wo Häuser nur Frauen gehörten, als *mein* Haus bezeichnet.« Rasa hob die Hand ihres Mannes an ihre Lippen, küßte sie und lächelte ihn an.

»Hier draußen«, sagte Volemak, »gehören die Häuser der Überseele, aber sie vermietet uns dieses zu einem sehr vernünftigen Preis: Wenn wir hier fortgehen, dürfen die Paviane, die flußabwärts leben, den Garten behalten.«

»Huschidh, Schedemei, ich glaube, ihr kennt meinen Sohn Issib schon«, sagte Rasa.

»Unseren Sohn«, sagte Volemak so sanft wie zuvor. »Und das ist Zdorab, der einst Gaballufix' Archivar war, doch nun während unserer Zwischenstation als Gärtner, Bibliothekar und Koch dient.«

»Und bei allen drei Aufgaben nicht besonders gut ist, fürchte ich«, sagte Zdorab.

Rasa lächelte. »Volja hat mir erzählt, daß Issib und Zdorab

den Index erkundet haben, während sie hier warteten. Und ich weiß, daß meine beiden lieben Nichten, Schuja und Schedja, ein grundlegendes Interesse daran haben, was sie dort gefunden haben.«

»Der Index der Überseele ist der Weg in alle Erinnerungen der Erde«, sagte Volemak. »Und da wir zur Erde reisen werden, ist das Studium dieser großen Bibliothek für uns genauso wichtig wie die Aufgabe, in dieser Wüste zu überleben.«

»Du weißt, daß wir unsere Pflicht tun werden«, sagte Schedemei.

Huschidh wußte, daß sie sich nicht nur auf die Studien bezog.

»Ach, vergessen wir das höfliche Drumherumgerede«, sagte Herrin Rasa. »Ihr wißt, daß ihr die Unverheirateten seid und daß schließlich alle heiraten *müssen*, wenn unsere Sache Erfolg haben soll, und damit bleibt nur ihr vier übrig. Ich weiß, es gibt keinen besonderen Grund dafür, daß ihr die Sache nicht wenigstens unter euch ausmachen könnt, aber ich will euch sagen, daß mein Alter und meine Erfahrung mir raten, Huschidh mit Issib zusammenzubringen und Schedemei mit Zdorab. Es muß nicht so kommen, aber es wäre vielleicht hilfreich, wenn ihr zumindest die Möglichkeiten erkunden würdet.«

»Die Herrin Rasa spricht aus Erfahrung«, sagte Zdorab, »aber ich muß klarstellen, daß ich ein Mann bin, der nicht die geringste Erfahrung mit Frauen hat, und ich fürchte, ich werde mit jedem Wort, das ich sage, eine Beleidigung äußern.«

Schedemei lachte kurz und spöttisch auf.

»Schedemei wollte mit ihrer einfachen Beredsamkeit sagen«, warf Rasa ein, »sie könne sich nicht vorstellen, daß du weniger Erfahrung mit Frauen hast, als sie mit Männern. Sie ist sich auch ihrer Fähigkeit ziemlich sicher, dich mit jedem Wort beleidigen zu können, und hat es deshalb vorgezogen, ohne alle Worte zu antworten.«

Die Absurdität der Situation, Schedemeis ungehobelte Reaktion und Zdorabs unbeholfene Höflichkeit war zuviel für Huschidh. Sie platzte in lautes Gelächter aus, und bald fielen die anderen ein.

»Es besteht keine Eile«, sagte Volemak. »Laßt euch Zeit, euch kennenzulernen.«

»Ich würde es lieber direkt hinter mich bringen«, sagte Schedemei.

»Die Ehe ist nichts, das man einfach hinter sich bringt«, sagte Rasa. »Man geht sie ein. Laßt euch also Zeit, wie Volemak es gesagt hat. Wenn ihr bereit seid, kommt ihr zu mir oder meinem Gatten, und wir teilen euch neuen Zelten zu und führen die angemessenen Zeremonien durch.«

»Und wenn wir nie bereit sind?« fragte Issib.

»Keiner von uns wird lange genug leben, um das Nie zu sehen«, erwiderte Volemak. »Und was die Gegenwart betrifft, so genügt es, wenn ihr versucht, euch kennenzulernen und einander zu mögen.«

Das war es, abgesehen von ein paar lobenden Worten über das Abendessen, das Zdorab zubereitet hatte. Sie gingen schnell auseinander, und Huschidh folgte Schedemei in das Zelt, das sie sich vorerst teilen würden.

»Nun, *das* war aber beruhigend«, sagte Schedemei.

Huschidh brauchte einen Augenblick, um zu begreifen, daß Schedja es ironisch meinte; sie brauchte immer eine Weile. »*Ich* bin nicht sehr beruhigt«, sagte Huschidh.

»Oh, du bist doch nicht der Ansicht, es sei nett von ihnen, uns Zeit zu geben, das Unausweichliche zu tun? Genausogut könnten sie einem zum Tode verurteilten Mörder den Hebel der Galgenfalltür in die Hand drücken und sagen: ›Wann immer du bereit bist.‹«

Es war eine Überraschung, daß Schedemei darüber viel wütender als Huschidh zu sein schien. Andererseits hingegen nahm Schedemei nicht freiwillig an der Reise teil, wie es bei Huschidh der Fall war. Schedemei war nie der Meinung gewesen, der Überseele zu gehören, wie Huschidh es annahm, seit sie herausgefunden hatte, daß sie eine Entwirrerin war; oder Luet, seit sie wußte, daß sie eine Wasserseherin war. Also war für sie natürlich *nichts* in Ordnung; ihre gesamten Pläne waren durcheinander gebracht worden.

Huschidh glaubte, ihr zu helfen, indem sie sagte: »Zdorab ist genauso ein Gefangener dieser Reise, wie du es bist – er hat nie darum gebeten, und *du* hast zumindest deinen Traum gehabt.« Doch sie sah sofort – denn Huschidh sah *immer* die Verbindung zwischen Menschen –, daß ihre Worte für Schedemei alles andere als ein Trost waren und darüber hinaus noch einen Keil zwischen sie und Schedemei trieben, und so verstummte sie.

Verstummte und litt, denn sie erinnerte sich gut daran, daß *Issib* gefragt hatte: Was, wenn wir nie bereit sind? Es war schrecklich, so etwas von seinem zukünftigen Mann zu hören, einfach schrecklich, denn es bedeutete, daß er glaubte, sie niemals lieben zu können.

Doch dann kam ihr plötzlich ein Gedanke: Was, wenn Issib dies nicht gesagt hatte, weil er glaubte, *er* könne *sie* niemals begehren, sondern weil er befürchtete, *sie* wäre niemals bereit, *ihn* zu heiraten? Nun, da sie darüber nachdachte, stellte sich bei ihr die Überzeugung ein, daß er es genau so gemeint hatte, denn sie kannte Issib als freundlichen, jungen Mann, der nicht einfach etwas dahersagte, was einen anderen Menschen beleidigte. Plötzlich öffnete sich in ihr eine Schleuse, und sie sah vor ihrem inneren Auge alle Bilder, die sie von Issib hatte. Er war still und ertrug seine Gebrechlichkeit ohne Beschwerden. Er hatte auf seine Weise großen Mut und war in der Tat sehr gescheit – er war in der Schule immer von schneller Auffassungsgabe gewesen, wenn sie den Unterricht gemeinsam besucht hatten, und hatte niemals die offensichtlichen Ideen gehabt, sondern jene, die bewiesen, daß er der zur Debatte stehenden Frage immer um einen oder zwei Schritt voraus war.

Sein Körper mochte nicht voll tauglich sein, doch sein Geist ist dem meinen mindestens ebenbürtig. Und so unscheinbar ich auch bin, kann ich mir um meinen Körper doch keinesfalls solche Sorgen machen, wie er sie sich um den seinen macht. Nafai hat mir zwar versichert, daß Issib körperlich imstande ist, Kinder zu zeugen, doch das bedeutet nicht, daß er eine Vorstellung davon hat, wie es ist, mit einer Frau zu schlafen – wahrscheinlich befürchtet er sogar, daß er mich abstößt, oder ist frustriert, weil er glaubt, er könne mir kein körperliches Vergnügen bereiten. Nicht ich muß beruhigt werden, sondern er, und es wäre nur destruktiv, wenn ich mit der Vorstellung in unsere Werbezeit ginge, er müsse irgendwie meine Selbstzweifel ausräumen. Nein, wenn wir eine Freundschaft und Ehe aufbauen wollen, muß ich ihm die Zuversicht geben, daß ich *ihn* akzeptiere.

Diese Einsicht erfüllte Huschidh mit so großer Erleichterung, daß sie fast vor Freude geweint hätte. Erst da begriff sie, daß Ideen, die ihr so plötzlich und mit so großer Klarheit kamen, vielleicht gar nicht ihre eigenen Ideen waren. Nun wurde ihr sogar klar, daß sie sich ein Bild von Issibs Körper gemacht hatte, wie *er* sich sah. Aber es war gar keine Vorstellung gewesen, nicht wahr? Die Überseele hatte ihr die Gedanken und Ängste in Issibs Geist gezeigt.

Wie so oft zuvor wünschte Huschidh sich nun, die Kommunikation mit der Überseele fiele ihr so leicht, wie es bei Luet und Nafai der Fall war. Gelegentlich war die Überseele imstande, Gedanken als Worte in ihren Geist zu bringen, wie es bei ihnen ständig der Fall war, doch es handelte sich dabei niemals um einen angenehmen Dialog, sie konnte niemals problemlos entscheiden, bei welchen Gedanken es sich um ihre eigenen und bei welchen es sich um die der Überseele handelte. Also mußte sie mit ihrer Gabe der Entwirrung auskommen, und die klaren Einsichten, die diese Befähigung ihr gab, fühlten sich immer an, als wären es ihre eigenen, und erst später kamen sie ihr manchmal so klar vor, daß es sich eindeutig um Visionen handeln mußte, die die Überseele ihr gegeben hatte.

Dennoch war sie überzeugt, sich nicht etwas eingebildet, sondern die Wahrheit gesehen zu haben: Die Überseele hatte ihr gezeigt, was sie sehen mußte, wollte sie ihre Befürchtungen überwinden.

Danke, dachte sie so klar, wie es ihr möglich war, obwohl sie nicht wissen konnte, ob die Überseele ihre Gedanken verstand oder ihr in diesem Augenblick auch nur zuhörte. Ich mußte durch Issibs Augen sehen, wenn auch nur einen Moment lang.

Ein anderer Gedanke kam ihr in den Sinn: Sieht er in diesem Moment auch durch *meine* Augen? Dic Vorstellung störte sie, daß Issib ihren Körper vielleicht sah, wie sie ihn sah, und all ihre Ängste und Unzufriedenheiten erkannte.

Nein, gerecht ist gerecht. Wenn er Selbstvertrauen haben und mir ein gütiger Ehemann sein soll, muß er wissen, daß ich genauso ängstlich und unsicher bin, wie er es ist. Also zeige ihm, falls du es nicht schon getan hast, wer ich bin, hilf ihm zu erkennen, daß ich zwar keine Schönheit, aber trotzdem eine Frau bin, daß ich mich trotzdem danach sehne, zu lieben und geliebt zu werden und mit einem Mann eine Familie zu gründen, der genauso fest in meinem Herzen ist, wie ich in dem seinen bin, genau, wie Rasa und Volemak durch ihre Seelen miteinander verbunden sind. Zeige ihm, wer ich bin, damit er Mitleid mit mir hat, statt mich zu fürchten. Und dann können wir Mitleid in Leidenschaft verwandeln und Leidenschaft in Verständnis und Verständnis in Zuneigung und Zuneigung in Liebe und Liebe in Leben, in das Leben unserer Kinder, das Leben der neuen Menschen, zu denen wir gemeinsam werden.

Zu Huschidhs Überraschung war sie nun müde – sie hatte schon befürchtet, in dieser Nacht überhaupt keinen Schlaf zu finden. Und Schedemeis leisem, schwerem Atmen zufolge mußte *sie* bereits eingeschlafen sein.

Hoffentlich hast du auch ihr gezeigt, was sie sehen muß, Überseele. Ich frage mich nur, wie andere Männer und Frauen es schaffen, einander zu lieben, die ohne deine Hilfe auskommen müssen; denen du nicht zeigst, was im Herzen ihres Partners ist.

Rasa wachte wütend auf, und sie brauchte eine Weile, um herauszufinden, warum dem so war. Zuerst dachte sie, es läge daran, daß Volemak zu ihr ins Bett gekommen und ihr nicht mehr als eine leidenschaftliche Umarmung geboten hatte, als hätte ihre lange Enthaltsamkeit es nicht verdient, mit einem Fest der Liebe beendet zu werden. Er war nicht blind; er wußte, daß sie wütend war, und er erklärte ihr: »Du bist nach solch einer Reise müder, als du glaubst. Wir beide hätten nur wenig Vergnügen daran.« Doch schon allein seine Ruhe machte sie wütender, als sie es sich erklären konnte, und sie hatte sich zusammengerollt, um nicht in seinen Armen schlafen zu müssen; doch an diesem Morgen wußte sie, daß ihr Groll letzte Nacht ein klarer Beweis dafür gewesen war, daß er recht gehabt hatte. Sie war zu müde für alles andere als den Schlaf gewesen, wie ein aufgeregtes kleines Kind.

Von außen drang fast kein Licht in das Zelt. Es konnte Mittag oder noch später sein, und die Steifheit ihres Körpers und die Windstille draußen verrieten ihr, daß sie tatsächlich bis spät in den Morgen geschlafen hatte. Dennoch war es köstlich, einfach liegen zu bleiben; nun mußte sie nicht mehr schnell aufstehen, im Licht der Vordämmerung ein karges Frühstück verzehren, die Zelte abbrechen und die Tiere beladen, um bei Sonnenaufgang schon unterwegs zu sein. Die Reise war vorbei; sie war zu Hause, zu ihrem Gatten zurückgekehrt.

Als ihr dieser Gedanke kam, begriff sie, warum sie an diesem Morgen mit so heftigem Zorn erwacht war. Unter ihrem Zuhause stellte sie sich kein Zelt vor, nicht mal eins mit doppelten Wänden, so daß es tagsüber ziemlich kühl blieb. Und nicht *sie* hätte zu *ihm* nach Hause zurückkehren sollen, sondern eher ihr Gatte zu *ihr.* So war es immer gewesen. Das Haus hatte ihr gehört, und sie hatte es für ihn bereitgehalten und es ihm im Sommer als schattigen Ort geboten, als Schutz vor dem Sturm, als Zuflucht vor dem Tumult in der Stadt. Statt dessen hatte *er* diesen Ort vorbereitet, und je bequemer er war, desto wütender wurde sie, denn sie hatte an diesem Ort nicht die geringste Ahnung, wie man *irgend etwas* vorbereiten konnte. Sie war hier hilflos, ein Kind, eine Schülerin, und ihr Gatte würde ihr Lehrer und Hüter sein.

Niemand hatte ihr bei ihren eigenen Angelegenheiten Anweisungen erteilt, seit sie ihren Haushalt gegründet hatte, was sie schon in jungen Jahren und mit dem Geld getan hatte, das ihre Mutter ihr vererbt hatte. Sie hatte damit das Haus gekauft, das ihre Urgroßmutter berühmt gemacht hatte, damals als Musikkonservatorium; Rasa hatte es als Schule noch berühmter gemacht, und auf dieser Grundlage hatte sie in der Stadt der Frauen schließlich eine herausragende Rolle gespielt und war von Schülerinnen, Bewundererinnen und neidischen Konkurrentinnen umgeben gewesen – und nun war sie hier in der Wüste und wußte nicht einmal, wie man in diesem halbdauerhaften Lager eine Mahlzeit kochte oder der Körperpflege nachging. Zweifellos würde Elemak ihr alles erklären, auf seine so ungezwungene Art und Weise, mit dem ausgeklügelten Vorwand, daß er einem etwas erklärte, was man bereits wußte – was in der Tat großzügig gewesen wäre, wäre da nicht immer der einstudierte Unterton gewesen, der klarmachte, daß beide, er wie auch sie, wußten, daß sie nicht bereits alles wußte und in der Tat von ihm abhängig war, und wenn es auch nur darum ging zu lernen, wie man richtig pinkelte.

Elemak. Sie erinnerte sich an diesen schrecklichen Morgen, an dem er seinen Pulsator auf Nafais Kopf gerichtet hatte, und dachte: Ich muß es Volemak sagen. Ich muß ihn warnen, daß Elemak Mord im Herzen trägt.

Aber die Überseele hatte eindeutig gezeigt, daß sie keinen Mord dulden würde, und sowohl Elemak als auch Mebbekew hatten um Vergebung gebeten. Das Thema, nach Basilika zurückzukehren, war nun endgültig abgeschlossen. Warum sollte sie die Sache wieder zur Sprache bringen? Was konnte Volemak überhaupt tun? Entweder, er verstieß Elemak, womit der junge Mann den Rest der Reise über zu nichts mehr zu gebrauchen wäre, oder er sprach ihm das Recht zu, so eine üble Entscheidung zu treffen, und von da an würde es mit Elemak kein Auskommen mehr geben, und Nafai würde in dieser Gruppe weniger als nichts gelten. Elemak würde niemals zulassen, daß Nafai seine natürliche Rolle als Anführer übernahm. Und das wäre unerträglich, denn Rasa wußte, daß von ihren Kindern nur Nafai geeignet war, sie gut zu führen, denn von den Männern seiner Generation hatte nur er den Verstand, um kluge Entscheidungen zu treffen, Entscheidungen, zu denen ihm die Überseele die Informationen lieferte.

Natürlich war Luet genauso qualifiziert, aber sie befanden sich nun in einer primitiven, nomadischen Umgebung, und es war fast unausweichlich, daß Männer die Führung übernehmen würden. Rasa hatte Schedemeis Ausführungen über die Zusammensetzung einer Primatengemeinschaft nicht gebraucht, um zu wissen, daß in einem wandernden Stamm die Männer herrschten. Bald würden alle Frauen schwanger sein und sich daraufhin nach innen wenden; wenn die Kinder geboren wurden, würde ihr Kreis sich nur um die Nachkommen erweitern. Ihr ganzes Interesse würde dann in so einer angsteinflößenden, feindlichen Umgebung wie der Wüste nur der Nahrung, der Sicherheit und der Unterweisung gelten. Hier gab es weder einen Grund noch die Möglichkeit, die Herrschaft der Männer herauszufordern.

Aber wenn der Anführer ein Mann wie Nafai war, würde er freundlich zu den Frauen sein und auf einen guten Ratschlag hören. Wohingegen Elemak sein würde, als was er sich schon erwiesen hatte – ein eifersüchtiger Tyrann, der Ratschläge kaum akzeptieren und die Dinge immer zu seinem Vorteil wenden, der unfair und intrigant sein würde ...

Ich darf ihn nicht hassen. Elemak hat viele gute Eigenschaften. Genau wie sein Halbbruder Gaballufix, der einmal mein Gatte war. Ich habe Gabja wegen dieser Eigenschaften geliebt; doch leider hat er an unsere Töchter Sevet und Kokor nur wenige davon weitergegeben. Statt dessen haben sie seine Egozentrik und seine Unfähigkeit geerbt, den Drang zu bezähmen, alles zu besitzen, was auch nur einigermaßen wünschenswert erscheint. Und diese Eigenschaft sehe ich auch in Elemak, und deshalb hasse und fürchte ich ihn, wie ich schließlich Gaballufix gehaßt und gefürchtet habe.

Wäre die Überseele doch nur ein wenig wählerischer gewesen, wen sie auf diese Reise mitnehmen will.

Dann hielt Rasa mitten beim Ankleiden inne und erkannte: Ich denke darüber nach, wie selbst- und herrschsüchtig Elemak ist, und doch bin ich heute morgen wütend, weil *ich* hier nicht das Kommando habe. Wer ist denn nun herrschsüchtig? Hätte man mir schon vor so langer Zeit die Macht entzogen, wie es bei Elemak der Fall ist, wäre ich vielleicht genauso verzweifelt bemüht, sie zu bekommen und zu behalten.

Aber sie wußte, das dem nicht so war. Rasa hatte nie versucht, die Macht ihrer Mutter zu untergraben, solange diese noch lebte, und Elemak hatte schon mehrmals versucht, die Pläne seines Vaters zu durchkreuzen – und war dabei fast so weit gegangen, Volemaks jüngsten Sohn zu töten.

Ich muß Volja erzählen, was Elemak getan hat, damit Volemak seine Entscheidungen voll informiert treffen kann. Ich wäre wirklich eine schlechte Ehefrau, würde ich meinem Mann keinen guten Rat geben, und dazu gehört, daß ich ihm alles sage, was ich weiß. Er hat bei mir immer genauso gehandelt.

Rasa schob die Zeltklappe beiseite und trat in das Vorzelt, in dem es viel heißer war. Nachdem sie die Klappe dann wieder geschlossen hatte, öffnete sie den äußeren Vorhang und trat in den grellen Sonnenschein hinaus. Sie war augenblicklich schweißnaß.

»Herrin Rasa!« rief Dol erfreut.

»Dolja«, sagte Rasa. Was bedeutete das? Hatte Dol darauf gewartet, daß Rasa aus dem Zelt kam? Hatte sie nichts *Produktives* zu tun? Rasa widerstand der Versuchung nicht, ihr einen kleinen Stich zu versetzen. »Hast du schwer gearbeitet?«

»O nein, dazu ist es doch viel zu heiß.«

Nun ja, wenigstens war Dol keine Heuchlerin.

»Da Wetschik nicht wollte, daß dich jemand weckt, nicht einmal zum Frühstück, habe ich mich freiwillig gemeldet, darauf zu warten, daß du aus dem Zelt kommst.«

Rasa merkte, daß sie tatsächlich etwas hungrig war.

»Und Wetschik hat gesagt, wenn du aufwachst, wirst du einen fürchterlichen Hunger haben, und ich soll dich zum Küchenzelt führen. Wir halten alle Vorräte unter Verschluß, damit die Paviane nichts finden. Elemak sagt, wir würden sonst niemals Ruhe vor ihnen haben. Sie dürfen von uns nichts zu essen bekommen, oder sie würden uns wahrscheinlich weiter in die Wüste folgen und dann sterben.«

Also nahm Dolja tatsächlich Informationen aus den Gesprächen anderer Leute auf. Manchmal vergaß man einfach, daß sie ein ziemlich intelligentes Mädchen war. Sie war so hübsch, daß man ihr einfach nicht zugestehen wollte, Grips zu haben.

»Nun?« fragte Dol.

»Nun was?«

»Du hast kein Wort gesagt. Willst du jetzt etwas essen, oder soll ich alle zusammenrufen, damit wir Wetschiks Traum hören?«

»Traum?« fragte Rasa.

»Er hat letzte Nacht einen Traum von der Überseele gehabt und will ihn uns allen zusammen erzählen. Aber er wollte dich nicht wecken, und so haben wir erst andere Dinge erledigt, und ich sollte auf dich warten.«

Nun war Rasa zutiefst verlegen. Volja hatte eine schlechte Entscheidung getroffen, alle anderen aufstehen und arbeiten zu lassen, während Rasa ausschlafen durfte. Sie *wollte* nicht die verzärtelte Frau des Herrschers sein, sondern ein ganz normales Mitglied ihrer Expedition mit allen Rechten und Pflichten. Das würde Volemak sicher verstehen.

»Bitte rufe alle zusammen. Vorher zeigst du mir natürlich das Küchenzelt. Ich hole mir etwas Brot und komme dann zu euch.«

Dol ging davon, und Rasa hörte, wie sie aus vollen Lungen – und mit der vollen Theaterausbildung in ihrer Stimme – rief: »Tante Rasa ist jetzt wach! Tante Rasa ist wach!«

Rasa zuckte innerlich zusammen. Warum teilt sie nicht allen mit, *wie lange* ich geschlafen habe?

Sie fand das Küchenzelt ohne Schwierigkeiten – es war das mit einem Steinofen draußen, in dem Zdorab gerade Brot backte.

Er sah mit einem ziemlich verschämten Ausdruck zu ihr auf. »Ich muß mich entschuldigen, Herrin Rasa. Ich habe nie behauptet, Bäcker zu sein.«

»Aber das Brot riecht wunderbar«, sagte Rasa.

»Es riecht, ja. Gerüche bekomme ich hin. Du müßtest mal meinen Lieblingsgeruch in die Nase bekommen – ich nenne ihn ›verbrannten Fisch‹.«

Rasa lachte. Sie mochte diesen Burschen. »Ihr holt Fische aus diesem Bach?«

»Dein Gatte hat versucht, dort Küstenfischerei zu betreiben.« Er deutete auf die Stelle, wo der Bach in die ruhigen Gewässer des Reinigenden Meeres floß.

»Und habt ihr Glück gehabt?«

»Eigentlich nicht«, sagte Zdorab. »Wir haben ein paar Fische gefangen, aber sie waren nicht sehr gut.«

»Auch die, die sich nicht in deinen Lieblingsgeruch verwandelt haben ...«

»Auch die, die wir zu einem Eintopf verarbeitet haben. Es gibt einfach nicht genug Leben hier auf dem Land. Die Fische würden sich schon an der Mündung einfinden. Aber dann müßte sich in dem Sediment, das dort vom Bach abgelagert wird, mehr organisches Material befinden.«

»Du bist Geologe?« fragte Rasa ziemlich überrascht.

»Bibliothekar, also weiß ich wohl von allem ein wenig«, sagte Zdorab. »Ich wollte herausfinden, wieso es an diesem Ort keine dauerhafte menschliche Ansiedlung gibt, und der Index hat mir den Grund verraten; vielmehr einige alte Karten aus der Zeit, da es zum letzten Mal hier in der Gegend eine große Kultur gab. Sie entstehen immer an dem großen Fluß direkt hinter diesem Gebirgszug.« Er zeigte in östliche Richtung. »Zur Zeit gibt es dort noch ein paar kleinere Städte. Sie nutzen diese Gegend nicht, weil es hier nicht genug bepflanzbares Land gibt. Und der Bach führt jedes fünfte Jahr kein Wasser. Das ist zu oft, um eine Bevölkerung ernähren zu können.«

»Und was machen die Paviane?« fragte Rasa.

»Der Index enthält wirklich keine Aufzeichnungen über Paviane«, sagte Zdorab.

»Wohl kaum«, sagte Rasa. »Dann werden die Paviane sich eines Tages ihre eigene Überseele bauen müssen, nicht wahr?«

»Das denke ich auch.« Er schaute leicht verwirrt drein.

»Aber es würde schon helfen, wenn sie sich nur ihre eigene Latrine bauen würden.«

Rasa runzelte die Stirn.

»Wir müssen ein Auge auf sie halten, damit sie nicht flußaufwärts wandern und dann unser Trinkwasser verseuchen.«

»Hmm«, machte Rasa. »Das erinnert mich an etwas. Ich habe Durst.«

»Und bestimmt auch Hunger«, sagte Zdorab. »Nun, bediene dich. Kühles Wasser und das Brot von gestern liegen im Küchenzelt. Wir halten es verschlossen.«

»Nun, wenn es verschlossen ist ...«

»Für *Paviane* verschlossen. Für Menschen dürfte es kein Problem sein.«

Als Rasa in das Küchenzelt ging, stellte sie fest, daß er recht hatte. Das ›Schloß‹ war nur eine Drahtschnur, die man um den Griff der mit Sonnenenergie betriebenen Kältetruhe gezogen hatte. Warum hatte er also die Tatsache betont, daß sie die Lebensmittel unter Verschluß hielten? Vielleicht nur, um sie zu erinnern, den Behälter wieder zu verschließen.

Sie öffnete den Deckel und fand mehrere Dutzend Brotlaibe und einige andere in Stoff gehüllte Pakete mit Vorräten – gefrorenes Fleisch vielleicht? Nein, gefroren konnte es nicht sein, dafür war es in der Truhe nicht kalt genug. Sie griff hinein, öffnete eins der Pakete und fand – natürlich – Käse aus Kamelmilch. Ein widerliches Zeug – sie hatte es schon einmal gegessen, in Volemaks Haus, als sie ihn zwischen den beiden Zeiträumen, in denen sie verheiratet waren, einmal besucht hatte. »Siehst du, wie sehr ich dich geliebt habe?« hatte er sie aufgezogen. »Wir waren so lange verheiratet, und ich habe dich nie davon probieren lassen!« Aber sie wußte, daß sie nun das Protein und das Fett brauchte – den Großteil ihrer Reise über würden sie nur karge Rationen bekommen, und sie mußten alles essen, was nahrhaft war.

Sie nahm einen flachen, runden Brotlaib, brach die Hälfte davon ab, packte den Rest wieder ein und legte ein paar Brocken Käse auf den Teil, den sie essen wollte. Das Brot war so trocken und schmeckte so streng, daß es den Geschmack des Käses fast überdeckte, und daher war das Frühstück nicht so widerwärtig, wie sie befürchtet hatte. Willkommen in der Wüste, Rasa.

Sie schloß den Deckel und drehte sich zur Tür um.

»Aah!« kreischte sie, ohne es zu wollen. In der Zeltöffnung stand ein Pavian auf allen vieren, betrachtete sie eindringlich und schnüffelte.

»Husch«, sagte sie. »Verschwinde. Das ist mein Frühstück.«

Der Pavian sah ihr ungerührt ins Gesicht. Da fiel ihr ein, daß sie die Kältetruhe *nicht* wieder verschlossen hatte. Mit schamgerötetem Gesicht drehte sie dem Pavian den Rücken zu, verbarg mit dem Körper, was sie tat, und legte den Draht wieder vor. Angenommen, die Finger des Pavians waren nicht geschickt genug, um unter den Draht zu kommen. Aber was, wenn seine Zähne so kräftig waren, daß er ihn durchbeißen konnte, was dann? Also wollte sie ihn gar nicht erst wissen lassen, daß er wegen dieses Drahtes nicht an die Leckereien kam.

Natürlich war es durchaus möglich, daß er von allein darauf kommen würde. Hieß es nicht, daß die Paviane den Menschen auf Harmonie am ähnlichsten waren? Vielleicht hatten die ursprünglichen Besiedler dieses Planeten sie deshalb mitgebracht – denn sie stammten von der Erde und nicht von dieser Welt.

Sie drehte sich wieder um und schrie erneut leise auf, denn der Pavian stand mittlerweile direkt hinter ihr. Er hatte sich auf die Hinterläufe erhoben und betrachtete sie noch immer mit ganz ruhigem Blick.

»Das ist *mein* Frühstück«, sagte Rasa leise.

Der Pavian kräuselte verächtlich, fast schon entrüstet die Lippen, ließ sich wieder auf alle viere hinab und lief aus dem Zelt.

In diesem Augenblick kam Zdorab herein. »Ha«, sagte er. »Den nennen wir Jobar. Er ist gerade erst zum Stamm gestoßen, und die anderen akzeptieren ihn noch nicht. Das macht ihm aber nichts aus, weil er sich für den Boß hält, wenn alle vor ihm davonlaufen. Aber der arme Bursche ist die halbe Zeit über geil und kommt einfach nicht an die Weibchen heran.«

»Deshalb der Name«, sagte Rasa. *Jobar* war ein uraltes Wort für einen Mann mit einem unersättlichen Geschlechtstrieb.

»Wir nennen ihn so, um ihn zu ermutigen«, sagte Zdorab. »Und jetzt verschwinde, Jobar.«

»Ich glaube, er wollte gerade gehen, nachdem ich mich geweigert habe, Brot und Käse mit ihm zu teilen.«

»Der Käse ist schrecklich, nicht wahr?« sagte Zdorab. »Aber wenn man bedenkt, daß die Paviane kleine Eidechsen lebendig essen, wenn es ihnen einmal gelingt, sie zu fangen, wird einem klar, daß ihnen der Kamelkäse wirklich gut schmecken muß.«

»Aber wir Menschen essen ihn auch, oder?«

»Zögernd und ständig«, sagte Zdorab. »Und an den Nachgeschmack gewöhnt man sich einfach nicht. Das ist der Hauptgrund, daß wir so viel Wasser trinken und dann so oft pinkeln müssen. Ich bitte um Verzeihung.«

»Ich habe so das Gefühl, daß die städtischen Vorschriften über anständige Sprache hier draußen nicht besonders praktisch sind«, sagte Rasa.

»Aber ich sollte mich wohl mehr bemühen«, sagte Zdorab. »Nun ja, laß dir deine Mahlzeit schmecken, und ich versuche, nicht den Geruch von verbranntem Brot zu erzeugen.«

Er ging rückwärts aus dem Küchenzelt.

Rasa biß von dem Brot ab, und es war gut. Also biß sie noch einmal ab und hätte sich fast übergeben müssen – diesmal war Käse darauf. Sie zwang sich, den Bissen zu zerkauen und herunterzuschlucken. Aber sie dachte mit Freude an die jüngste Vergangenheit, als das einzige Kamelprodukt, mit dem sie sich hatte befassen müssen, Dung gewesen war und niemand von ihr erwartet hatte, ihn zu *essen.*

Die Zelttür wurde erneut geöffnet. Rasa erwartete halbwegs, Jobar wiederzusehen, der noch einmal versuchen wollte, sie anzubetteln. Doch es war Dol. »Wetschik sagt, wir werden uns erst versammeln, wenn die Schatten länger werden, damit es nicht mehr so elend heiß ist. Eine gute Idee, meinst du nicht auch?«

»Es tut mir nur leid, daß du den halben Tag damit verschwenden mußtest, auf mich zu warten.«

»Ach, das macht doch nichts«, sagte Dol. »Ich wollte sowieso nicht arbeiten. Ich bin keine besonders gute Gärtnerin. Ich würde wohl die Blumen gemeinsam mit dem Unkraut rupfen.«

»Es handelt sich doch wohl kaum um einen Blumengarten«, sagte Rasa.

»Du weißt schon, was ich meine«, sagte Dol.

O ja, das weiß ich genau.

Ich weiß auch, daß ich Volemak suchen und darauf bestehen muß, sofort zu einer Arbeit eingeteilt zu werden. Ich kann mir keine Ruhetage gönnen, wenn alle anderen schwer arbeiten. Ich mag zwar die zweitälteste sein, aber das heißt noch lange nicht, daß ich *alt* bin. Nun, ich kann noch Kinder bekommen, und das werde ich auch, wenn ich Volja dazu bringen kann, mich als lange vermißte Ehefrau zu begrüßen, statt mich wie ein behindertes Kind zu behandeln.

Aber sie konnte es sich nicht eingestehen. Obwohl sie es wußte und verabscheute, daß sie Kinder bekommen mußte, wollte sie hier in der Wüste noch eine Rolle spielen. Denn sie fielen hier in ein primitives Stadium des menschlichen Lebens zurück, bei dem das Überleben und die Reproduktion den wichtigsten Rang einnahmen, und die Art von zivilisiertem Leben, die sie in Basilika gemeistert hatte, würde es für sie nie wieder geben. Statt dessen würde sie in diesem neuen Stamm mit jüngeren Frauen um einen Rang konkurrieren müssen, und die Währung dieses Wettstreits waren Babies. Diejenigen, die welche bekamen, würden jemand sein, und die, die keine hatten, eben nicht. Und in Rasas Alter war es wichtig, schnell damit anzufangen, denn sie hatte nicht mehr soviel Zeit wie die jüngeren Frauen.

Rasa war schon wieder wütend, obwohl sie niemanden hatte, *auf den* sie wütend sein konnte, von der armen, leichtfertigen Dol einmal abgesehen. Noch immer von dem Brot und dem Käse essend, verließ sie das Zelt und sah sich im Lager um. Als sie den steilen Hang in die Schlucht hinabgestiegen waren, hatte es nur vier Zelte gegeben. Nun gab es zehn. Rasa erkannte die Reisezelte und verspürte ein schwaches Schuldgefühl, weil die anderen noch in so engen Quartieren wohnten, während sie und Volja so viel Platz hatten – ein großes Zelt mit doppelten Wänden. Doch dann sah sie, daß die Zelte in zwei konzentrischen Kreisen errichtet worden waren, aber das Zelt, das sie mit Volemak teilte, lag nicht in der Mitte; und auch nicht das Küchenzelt. Statt dessen befand sich dort das kleinste der ursprünglichen vier Zelte, und nach einem Augenblick des Nachdenkens wurde Rasa klar, daß sich darin der Index befinden mußte.

Sie hatte einfach vorausgesetzt, daß Volemak den Index in seinem eigenen Zelt aufbewahren würde, aber das wäre natürlich unpraktisch – Zdorab und Issib benutzten den Index häufig, und man konnte kaum erwarten, daß sie ihren Zeitplan nach solchen Unannehmlichkeiten richten würden, wie eine alte Frau es war, die bis spät in den Morgen hinein schlafen durfte.

Rasa blieb vor der Tür des kleinen Zelts stehen und schlug zweimal in die Hände.

»Herein.«

An der Stimme erkannte sie sofort, daß es Issja war. Sie verspürte ein stechendes Schuldgefühl, denn gestern abend hatte sie kaum mit dem Jungen – dem Mann – gesprochen, der ihr erstgeborenes Kind war. Eigentlich gar nicht, nur kurz, als sie und Volja sich gleichzeitig an die vier Unverheirateten gewandt hatten. Und obwohl sie wußte, daß er in dem Zelt war, wollte sie sich auch jetzt abwenden und ein anderes Mal zurückkommen.

Warum mied sie ihn? Nicht wegen seiner körperlichen Mängel – *daran* hatte sie sich mittlerweile gewöhnt, nachdem sie ihn durch die frühe Kindheit und dann die Pubertät gebracht hatte. Sie hatte ihn mit Stühlen und Flossen ausgestattet, damit er sich leichter bewegen und ein fast normales Leben führen konnte – oder zumindest ein freieres. Sie kannte seinen Körper fast besser, als er selbst ihn kannte, denn bis in die Pubertät hinein hatte sie ihn von Kopf bis Fuß gewaschen, massiert und seine Glieder bewegt, um sie biegsam zu halten, bis er langsam und schmerzhaft lernte, sie selbst zu bewegen. Während all dieser Sitzungen hatten sie sich unablässig unterhalten – Issib war ihr Freund, ein besserer als irgendeins ihrer anderen Kinder. Und doch wollte sie ihm jetzt nicht gegenübertreten.

Also teilte sie natürlich die Tür und trat ins Zelt und ihm gegenüber.

Er saß in dem Stuhl, den er mit der Sonnenzelle über dem Zelt verbunden hatte, damit er keine Batterieenergie verschwendete. Der Stuhl hatte den Index hochgehoben und hielt ihn nun vor Issib in der Luft, und der Junge hatte die linke Hand darauf gelegt. Rasa hatte den Index noch nie gesehen, wußte aber sofort, daß es sich darum handeln mußte, wenn auch nur, weil er ein Gegenstand war, den sie noch nie gesehen hatte.

»Spricht er zu dir?« fragte sie.

»Guten Tag, Mutter«, sagte Issib. »War dein Morgen geruhsam?«

»Oder hat er irgendein Display wie ein ganz normaler Computer?« Sie wollte sich nicht von ihm ärgern lassen, indem er sie daran erinnerte, wie spät sie aufgestanden war.

»Einige von uns haben gar nicht geschlafen«, sagte Issib. »Einige von uns lagen wach und haben sich gefragt, wieso unsere zukünftigen Frauen hierher gebracht und uns nur auf die beiläufigste Art und Weise vorgestellt worden sind.«

»Ach, Issja«, sagte sie, »du weißt, daß diese Situation die natürliche Konsequenz der Dinge ist, wie sie nun mal sind, und niemand es so geplant hat. Bist du wütend? Nun, das bin ich auch. Ich mache dir einen Vorschlag. Ich lasse es nicht an dir aus, und du nicht an mir.«

»An wem *sonst* soll ich es denn auslassen?« fragte Issib und lächelte schwach.

»An der Überseele. Sag deinem Stuhl, er soll den Index durch das Zelt werfen.«

Issib schüttelte den Kopf. »Die Überseele würde meinen

Befehl einfach aufheben. Und außerdem ist der Index nicht die Überseele, sondern schlicht und einfach unser stärkstes Werkzeug, um Zugang zum Gedächtnis, zu den Speichern der Überseele zu erlangen.«

»An wieviel erinnert er sich?«

Issib sah sie einen Augenblick lang an. »Weißt du, ich hätte nie gedacht, daß du die Überseele als *er* bezeichnen würdest.«

Rasa stellte verblüfft fest, daß sie dies gerade getan hatte, wußte aber sofort, *warum* sie es getan hatte. »Ich dachte nicht an *sie* – die Überseele. Ich dachte an *ihn* – den Index.«

»Er erinnert sich an alles«, sagte Issib.

»An wieviel von allem? An die Bewegungen jedes einzelnen Atoms im Universum?«

Issib grinste sie an. »Manchmal habe ich diesen Eindruck. Nein, ich meinte, alles über die menschliche Geschichte auf Harmonie.«

»Vierzig Millionen Jahre«, sagte Rasa. »Vielleicht zwei Millionen Generationen von Menschen. Eine Weltbevölkerung von etwa einer Milliarde, jedenfalls die meiste Zeit über. Zwei Billiarden Menschen, mit Tausenden von bedeutungsvollen Ereignissen in jedem Leben.«

»Ganz genau«, sagte Issib. »Und dann füge diesen Biographien die Geschichten jeder einzelnen menschlichen Gemeinschaft hinzu, von kleinen Familien bis hin zu den größten Nationen und Sprachgruppen, von Kinderfreundschaften bis hin zu beiläufigen sexuellen Verbindungen. Und dann nehme sämtliche Naturereignisse hinzu, die Einfluß auf die menschliche Geschichte gehabt haben. Und dann jedes Wort, das je von Menschen geschrieben wurde, und die Karte jeder Stadt, die wir je gebaut haben, und Bauzeichnung jedes Gebäudes, das wir je errichtet haben …«

»Wir hätten gar nicht den Platz, so viele Informationen zu speichern«, sagte Rasa. »Nicht einmal, wenn wir den gesamten Planeten dazu verwenden würden. Wir müßten bei jedem Schritt über die Datenspeicher der Überseele stolpern.«

»Eigentlich nicht«, sagte Issib. »Die Erinnerungen der

Überseele befinden sich nicht in den billigen und sperrigen Speichern, die wir für normale Computer benutzen. Außerdem sind unsere Computer allesamt binär – jeder Speicherplatz kann nur zwei mögliche Bedeutungen enthalten.«

»Ein oder aus«, sagte Rasa. »Ja oder nein.«

»Sie werden elektrisch gelesen«, sagte Issib. »Und wir können nur ein paar Billionen Bits Informationen in jeden Computer eingeben, bevor sie zu sperrig werden, als daß wir sie noch tragen können. Und der *Platz*, den wir *in* unseren Computern verschwenden – nur um einfache Zahlen darzustellen. Zum Beispiel können wir mit zwei Bits nur vier Zahlen erfassen.«

»A-1, B-1, A-2 und B-2«, sagte Rasa. »Weißt du noch, ich habe in meiner kleinen Schule Einführungskurse über Computertheorie abgehalten.«

»Aber jetzt stell dir vor«, sagte Issib, »mit jeder Schaltung könnten wir nicht nur zwei Zustände ausdrücken, sondern *fünf*. Dann wären in zwei Bits ...«

»Fünfundzwanzig mögliche Werte«, sagte Rasa. »A-1, B-1, V-1, G-1, D-1 und so weiter bis zu D-5.«

»Jetzt stelle dir vor, jeder Speicherplatz könne Tausende möglicher Zustände haben.«

»Damit wäre der Speicher wirklich wesentlich effizienter.«

»Eigentlich nicht«, sagte Issib. »Noch nicht, jedenfalls. Die Zunahme ist nur linear, nicht exponential. Und sie hätte eine bösartige Beschränkung, nämlich in der Hinsicht, daß jeder *einzelne* Speicherplatz nur ein Stadium *gleichzeitig* übermitteln kann. Selbst wenn ein Speicherplatz eine Milliarde mögliche Mitteilungen enthalten könnte, könnte jeder Speicherplatz davon nur eine gleichzeitig überbringen.«

»Aber wenn man sie zusammenfügt, verschwindet das Problem, da dann zwei beliebige Speicherplätze untereinander Millionen möglicher Bedeutungen übermitteln könnten.«

»Aber noch immer nur *eine* Bedeutung auf einmal.«

»Na ja, man kann doch schlecht denselben Speicherplatz

so benutzen, daß er gegensätzliche Informationen enthält. Sowohl G-9 *als auch* D-9.«

»Es kommt darauf an, wie die Information gespeichert wird. Für die Überseele ist jeder Speicherplatz die innere Kante eines Kreises – eines ganz, ganz winzigen Kreises –, und diese Innenkante ist fraktal komplex. Das heißt, Tausende von Zuständen können durch Hervorhebungen ausgedrückt werden wie die Spitzen auf einem mechanischen Schlüssel oder die Zinken eines Kammes. Auf jedem Speicherplatz befindet sich entweder eine Hervorhebung, oder es befindet sich keine darauf.«

»Aber dann ist der Speicherplatz der Zinken und nicht der Kreis«, sagte Rasa, »und damit wären wir wieder bei einem binären System.«

»Aber die Zinken können weiter oder nicht so weit hervorstehen«, sagte Issib. »Der Speicher der Überseele ist imstande, bei jedem Speicherplatz auf der Innenseite des Kreises Hunderte verschiedener Stufen der Hervorhebung zu unterscheiden.«

»Noch immer eine lineare Zunahme«, sagte Rasa.

»Aber jetzt«, sagte Issib, »mußt du die Tatsache berücksichtigen, daß die Überseele des weiteren Zinken *auf* jeder Hervorhebung unterscheiden kann – Hunderte verschiedener Werte auf jedem einzelnen von Hunderten von Zinken. Und auf jedem Widerhaken Hunderte von Dornen. Und auf jedem Dorn Hunderte von Haaren. Und auf jedem Haar ...«

»Ich habe das Prinzip verstanden«, sagte Rasa.

»Und dann verändern die Bedeutungen sich noch dahingehend, *von wo aus* auf dem Kreis man anfängt, sie zu lesen – im Norden oder im Osten oder Südsüdosten. Verstehst du, Mutter, auf jedem Speicherplatz kann die Überseele gleichzeitig Billionen *verschiedener* Informationen ablegen«, sagte Issib. »In unseren Computern befindet sich keine vergleichbare Technik.«

»Und trotzdem ist der Speicher nicht unendlich«, sagte Rasa.

»Nein«, sagte Issib. »Nicht unendlich. Weil wir irgendwann an die kleinste Auflösung stoßen – Hervorhebungen, die so klein sind, daß die Überseele keine Hervorhebungen *auf* den Hervorhebungen mehr wahrnehmen kann. Vor etwa zwanzig Millionen Jahren hat die Überseele erkannt, daß ihr Speicherplatz knapp wurde – oder in etwa zehn Millionen Jahren ausgehen würde. Sie suchte nach Möglichkeiten, Informationen in einer Art Kurzschrift abzulegen, und widmete einen beträchtlichen Teil des Platzes dem Speichern von ausgeklügelten Verzeichnissen verschiedener *Handlungen*. Zum Beispiel könnte der Verzeichnis-Eintrag ZH-5-SHCH lauten: ›Streit mit Eltern über Ausmaß der persönlichen Freiheit, die sie gewähren, und reißt aus Heimatstadt in eine andere Stadt aus.‹ Dort, wo also die Biographie einer Person gespeichert wird, wird also nicht mehr jedes Ereignis beschrieben; der biographische Eintrag verweist statt dessen einfach auf das riesige Verzeichnis über jedes nur denkbare Ereignis im Leben eines Menschen. Dort findet sich der Eintrag ZH-5-SHCH und dann der Kode für die Stadt, in die die betreffende Person davongelaufen ist.«

»Das läßt unser Leben aber ziemlich steril erscheinen, nicht wahr? Phantasielos, meine ich. Wir alle tun immer wieder dieselben Dinge, die auch schon andere getan haben.«

»Die Überseele hat mir erklärt, daß zwar neunundneunzig Prozent des Lebens aus Ereignissen besteht, die sich bereits in den Verhaltensverzeichnissen befinden, es aber immer ein Prozent gibt, das ausgeschrieben werden muß, weil es noch keinen Eintrag dafür gibt. Keine zwei Menschenleben sind je gleich verlaufen.

»Das soll wohl ein Trost sein.«

»Du mußt einfach glauben, daß *unser* Leben einem ungewöhnlichen Pfad folgt. ›Von der Überseele aufgefordert, eine Reise durch die Wüste zu unternehmen und schließlich zur Erde zurückzukehren‹ – ich wette, *dafür* gibt es noch keinen Eintrag.«

»Oh, aber da dies mittlerweile sechzehn Personen zugestoßen ist, wird die Überseele bestimmt einen neuen Eintrag anfertigen.«

Issib lachte. »Das hat sie wahrscheinlich schon getan.«

»Aber es muß ein gewaltiges Projekt sein, all diese Verzeichnisse möglicher menschlicher Handlungen anzulegen.«

»Wenn die Überseele eins im Überfluß hatte, dann Zeit«, sagte Issib. »Doch trotz allem gibt es Verfall und Verluste.«

»Speicherplätze können unlesbar werden«, sagte Rasa.

»Davon weiß ich nichts. Ich weiß nur, daß die Überseele Satelliten verliert. Das erschwert es ihr, ein Auge auf uns zu halten. Bislang gibt es noch keine blinden Stellen – aber jeder Satellit muß weit mehr Informationen sammeln, als es ursprünglich vorgesehen war. Es gibt Engpässe im System. Manchmal kann ein Satellit einfach nicht alle Informationen, die er gesammelt hat, so schnell weitergeben, daß die Überseele die lückenlose Beobachtung der Menschen aufrechterhalten kann. Kurz gesagt, in diesem Augenblick geschieht etwas, das nicht in den Speichern abgelegt wird. Die Überseele kontrolliert die Verluste, indem sie Vermutungen trifft, die die Informationslücken ausfüllen, doch es wird immer schlimmer. Es ist noch jede Menge Speicherplatz frei, doch bald wird es Millionen Menschenleben geben, die nur noch als verschwommene Skizzen oder Umrisse eines Lebens abgespeichert werden. Eines Tages werden natürlich so viele Satelliten ausfallen, daß manche Leben gar nicht mehr aufgezeichnet werden.«

»Und irgendwann werden alle Satelliten ausfallen.«

»Genau. Aber noch wichtiger ist: Wenn diese blinden Flecken auftreten, wird es Menschen geben, die in keiner Hinsicht mehr unter dem Einfluß der Überseele stehen. Und dann werden sie wieder beginnen, Waffen zu schaffen, die die Welt vernichten können.«

»Warum setzt die Überseele nicht neue Satelliten ein?«

»Wie? Welche menschliche Gemeinschaft hat die Technologie, die Schiffe zu bauen, mit denen man Satelliten ins All befördern kann? Einmal ganz davon abgesehen, daß auch die Satelliten selbst gebaut werden müssen.«

»Wir bauen doch Computer, oder?«

»Mit der Technologie, mit der man Satelliten in den Raum bringen kann, kann man auch Waffen von einer Seite Harmonies auf die andere bringen. Wie kann die Überseele uns lehren, ihre Satelliten zu ergänzen, ohne uns gleichzeitig beizubringen, einander zu vernichten? Ganz zu schweigen von der Möglichkeit, daß wir dann herausbekommen könnten, wie wir die Überseele so umprogrammieren müssen, daß *wir* sie beherrschen – oder, falls das nicht funktioniert, daß wir unsere eigenen *kleinen* Überseelen bauen können, die dann in jenen Teil unseres Gehirns greifen, über den die Überseele mit uns kommuniziert, so daß wir eine Waffe hätten, mit der wir den Feind in Panik versetzen oder dumm machen könnten.«

»Ich verstehe den springenden Punkt.«

»Die Überseele ist in einer verzwickten Lage. Sie muß repariert werden, oder sie wird die Menschheit nicht mehr schützen können; doch die einzige Möglichkeit, sie zu reparieren, besteht darin, den Menschen genau jene Kenntnisse zu geben, die sie uns unbedingt vorenthalten will.«

»Die Quadratur des Kreises.«

»Also geht es nach Hause«, sagte Issib. »Zurück zum Hüter der Erde. Um herauszufinden, was sie nun tun soll.«

»Und wenn dieser Hüter der Erde es auch nicht weiß?«

»Dann stecken wir bis zum Hals in der Scheiße, nicht wahr?« Issib lächelte. »Aber ich glaube, der Hüter weiß es. Ich glaube, er hat einen Plan.«

»Und wieso glaubst du das?«

»Weil die Menschen immer wieder Träume haben, die nicht von der Überseele kommen.«

»Die Menschen haben schon immer Träume gehabt, die nicht von der Überseele kommen«, sagte Rasa. »Wir hatten schon lange Träume, bevor es überhaupt eine Überseele gab.«

»Ja, aber wir hatten nicht identische Träume, die eindeutig die Botschaft enthalten, daß wir zur Erde zurückkehren müssen, nicht wahr?«

»Ich glaube einfach nicht, daß ein Computer, oder was auch immer es sein mag, der viele Lichtjahre von hier entfernt ist, uns einen *Traum* schicken kann.«

»Wer weiß schon, was auf der Erde passiert ist?« sagte

Issib. »Vielleicht hat der Hüter der Erde Dinge über das Universum erfahren, die wir nicht einmal ansatzweise begreifen können. Das würde mich gar nicht überraschen, denn die Überseele hat uns immer dann dumm gemacht, wenn wir versucht haben, über wirklich gehobene Physik nachzudenken. Vierzig Millionen Jahre lang haben wir eine Ohrfeige bekommen, wann immer wir unser Gehirn zu gut benutzt haben, aber in vierzig Millionen Jahren hat der Hüter der Erde, wer oder was auch immer das ist, sich vielleicht wirklich etwas nützliches Neues einfallen lassen. Einschließlich der Möglichkeit, Menschen über Lichtjahre hinweg Träume zu schicken.«

»Und das alles hast du von dem Index erfahren.«

»All das habe ich mit Zdorabs und Vaters Hilfe unter dessen heftigem Widerstand aus dem Index gezerrt«, sagte Issib. »Die Überseele spricht nicht gern über sich und versucht, uns vergessen zu machen, was wir über sie in Erfahrung gebracht haben.«

»Ich dachte, die Überseele würde mit uns zusammenarbeiten.«

»Nein«, sagte Issib. »Wir arbeiten mit ihr zusammen. Während sie versucht, uns davon abzuhalten, auch nur die winzigste Information zu erfahren, die nicht im direkten Zusammenhang mit den Aufgaben steht, die sie für uns vorgesehen hat.«

»Und wie hast du dann all das erfahren, was du mir gerade erzählt hast? Deine Kenntnisse über die Funktionsweise des Speichers der Überseele?«

»Entweder sind wir so gut und beharrlich um seine Verteidigungen herumgekommen, daß er schließlich aufhörte, uns Widerstand zu leisten, oder er ist zum Schluß gekommen, daß es sich tatsächlich um harmlose Informationen handelt.«

»Oder«, sagte Rasa.

»Oder?«

»Oder die Informationen sind falsch, und deshalb spielt es keine Rolle, ob du sie kennst oder nicht.«

Issib grinste sie an. »Aber die Überseele würde doch nicht *lügen,* oder, Mutter?«

Was sie zu einem Gespräch zurückbrachte, das sie geführt hatten, als Issib ein Kind gewesen war und Fragen über die Überseele gestellt hatte. Ah ja – warum halten die Männer die Überseele für einen *er,* und die Frauen für eine *sie?* Und Rasa hatte geantwortet, die Überseele würde den Männern gestatten, sie für männlich zu halten, damit sie sie problemloser verehren konnten. Und Issib hatte dieselbe Frage gestellt: Aber die Überseele würde doch nicht lügen, oder, Mutter?

Wie Rasa sich erinnerte, hatte sie diese Frage beim erstenmal nicht gut beantwortet, und jetzt würde sie sich nicht noch einmal mit dem Versuch in Verlegenheit bringen, sie erneut zu beantworten. »Ich habe dich bei deiner Arbeit gestört, als ich hier einfach so hereingeplatzt bin«, sagte sie.

»Keineswegs«, sagte Issib. »Vater hat gesagt, ich solle dir alles erklären, wonach du dich erkundigst.«

»Er hat gewußt, daß ich hierher kommen würde?«

»Er hat gesagt, es sei wichtig, daß du unsere Arbeit mit dem Index verstehst.«

»Und worin besteht deine Arbeit mit dem Index?«

»Ich will ihn dazu bringen, uns zu sagen, was wir wissen wollen, anstatt nur das zu verraten, was die Überseele uns verraten will.«

»Und kommst du damit weiter?«

»Ja und nein.«

»Was meinst du damit?«

»Wir finden viele Dinge heraus, aber die Frage bleibt bestehen, ob die Überseele möchte, daß wir davon erfahren oder nicht. Unserer Erfahrung zufolge bewerkstelligt die Überseele bei verschiedenen Menschen verschiedene Dinge.«

»Und wovon hängt das ab?«

»Genau das haben wir noch nicht herausgefunden«, sagte Issib. »Es gibt Tage, da der Index praktisch für mich singt – es ist, als würde er in meinem Kopf leben, und er beantwortet meine Fragen, noch bevor sie mir einfallen. Und dann gibt es Tage, an denen ich glaube, die Überseele wolle mich quälen und in die Irre führen.«

»Wonach suchst du an diesen Tagen?«

»Die gesamte Geschichte Harmonies steht mir weit offen. Ich kann dir den Namen einer jeden Person nennen, die zu diesem Fluß gekommen ist und daraus getrunken hat. Aber ich kann nicht herausfinden, wohin die Überseele uns führt oder wie wir zur Erde kommen werden oder auch nur, wo die ursprünglichen Siedler zum erstenmal den Fuß auf Harmonie gesetzt haben. Ebensowenig weiß ich, wo das Zentralgehirn der Überseele sich befindet.«

»Also bewahrt sie Geheimnisse vor dir«, sagte Rasa.

»Ich glaube, sie *kann* es uns nicht sagen«, erwiderte Issib. »Ich glaube, sie würde es gern sagen, kann es aber nicht. Ein Schutzsystem, das von Anfang an eingebaut wurde, um zu verhindern, daß jemand die Kontrolle über die Überseele erlangt und sie benutzt, um Harmonie zu beherrschen.«

»Also müssen wir ihr blindlings folgen und wissen noch nicht einmal, wohin sie uns führt?«

»So in etwa sieht es aus«, sagte Issib. »Das ist wieder mal so ein Augenblick im Leben, da nicht alles so läuft, wie man es sich vorstellt, und man trotzdem damit leben muß.«

Rasa betrachtete Issib genauso ruhig, wie er sie musterte, und wußte, er wollte sie daran erinnern, daß nichts von dem, was die Überseele im Augenblick ihr zufügte, so bedrückend war wie Issibs Leben in einem schadhaften Körper.

Das weiß ich doch, törichter Junge, dachte sie. Ich weiß ganz genau, daß dein Leben schrecklich ist und du dich darüber nur sehr wenig beschwerst. Aber das war nicht zu verhindern, und daran läßt sich nichts ändern. Vielleicht ist die Weigerung der Überseele, uns zu erklären, was nun geschehen wird, *ebenfalls* nicht zu verhindern, und ändern läßt sich vielleicht auch nichts daran, und in diesem Fall werde ich versuchen, es genauso geduldig zu ertragen wie du. Aber *falls* ich etwas daran ändern kann, werde ich es tun – und ich werde mich nicht von dir dazu bringen lassen, etwas zu akzeptieren, das ich vielleicht nicht akzeptieren muß.

»Was die Überseele uns nicht verraten kann, wenn wir danach fragen«, sagte Rasa, »finden wir vielleicht durch Hinterlist heraus.«

»Was glaubst du, woran Zdorab und ich hier arbeiten?«

Ah! Also war Issib doch nicht so fatalistisch eingestellt. Aber dann kam ihr ein anderer Gedanke in den Sinn. »Und was glaubt dein *Vater,* woran ihr hier arbeitet?«

Issib lachte. »*Daran* jedenfalls nicht«, sagte er.

Natürlich nicht. Volemak würde nicht dulden, den Index zu benutzen, um die Überseele zu unterwerfen. »Ah! Also ist die Überseele nicht die einzige, die den anderen nicht verrät, was sie tut.«

»Und was verrätst *du,* Herrin Mutter?« fragte Issib.

Was für eine interessante Frage. Sage ich Volemak, was Issib hier versucht, und gehe ich damit das Risiko ein, daß Volja versucht, seinem Sohn die Benutzung des Index zu verbieten?

Was sie zu der Entscheidung zurückbrachte, die sie früher an diesem Tag getroffen hatte. Sollte sie Volemak erzählen, was in der Wüste geschehen war – daß Elemak über Nafai die Todesstrafe verhängt hatte? Das könnte ebenfalls schreckliche Konsequenzen haben. Hatte sie das Recht, diese Konsequenzen zu verursachen, indem sie es sagte? Andererseits ... hatte sie das Recht, Volemak wichtige Informationen vorzuenthalten?

Issib wartete ihre Antwort nicht ab. »Weißt du«, sagte er, »die Überseele weiß bereits, was wir hier versuchen, und hat uns nicht daran gehindert.«

»Oder sie hat es so gut gemacht, daß ihr gar nicht mitbekommen habt, daß sie es macht«, sagte Rasa.

»Wenn die Überseele keine Veranlassung sieht, es Vater zu verraten ... ist es dann so dringend, daß du es ihm unbedingt verraten mußt?«

Rasa dachte einen Augenblick lang darüber nach. Issib glaubte, es ginge hier nur um *sein* Geheimnis, doch sie mußte eine Entscheidung über *beide* treffen. Dies *war* schließlich die Expedition der Überseele, und wenn jemand das menschliche Verhalten kannte und verstand, dann die

Überseele. Sie wußte, was in der Wüste geschehen war, genau wie sie wußte, was Issib und Zdorab mit dem Index zu bewirken versuchten.

Denn genau das versuchten Zdorab und Issib zu umgehen – die Macht der Überseele, alle Entscheidungen zu treffen, etwas zu sagen oder zu verschweigen. Ich will nicht, daß die Überseele entscheidet, was ich wissen darf und was nicht – und doch stehe ich hier und überlege, ob ich meinen Gatten genauso behandeln soll, wie die Überseele mich behandelt. Aber die Überseele wußte *wirklich* besser als Rasa, ob Volemak über diese Dinge informiert werden sollte.

»Ich verabscheue solche Dilemmas zutiefst«, sagte Rasa.

»Also?«

»Also werde ich später darüber entscheiden«, sagte sie.

»Das ist auch eine Entscheidung«, sagte Issib.

»Das weiß ich, mein kluger Erstgeborener«, sagte Rasa. »Aber das heißt nicht, daß es eine permanente Entscheidung ist.«

»Du hast dein Brot nicht aufgegessen«, sagte Issib.

»Weil dieser Kamelkäse darauf ist.«

»Ein wirklich übles Zeug, nicht wahr?« sagte Issib. »Und du kannst dir nicht vorstellen, welche Verstopfung du davon bekommst.«

»Ich kann kaum abwarten, es zu erfahren.«

»Deshalb ißt keiner von uns das Zeug«, sagte Issib.

Rasa funkelte ihn an. »Und warum liegt davon so viel in der Kältetruhe?«

»Weil wir es den Pavianen geben. Sie halten es für Süßigkeiten.«

Rasa betrachtete ihr halb aufgegessenes Butterbrot. »Ich habe Pavianfutter gegessen.« Dann lachte sie. »Kein Wunder, daß Jobar in das Zelt gekommen ist! Er hat gedacht, ich würde *ihm* etwas zu fressen machen!«

»Dann warte mal ab, bis du ihm tatsächlich ein Stück Käse gibst und er daraufhin versucht, mit deinem Bein zu kopulieren.«

»Ich kriege eine Gänsehaut, wenn ich nur daran denke.«

»Natürlich habe ich bislang nur gesehen, wie er es bei

Vater und Zdorab macht. Vielleicht ist er *zhop* und ignoriert dich einfach.«

Rasa lachte, aber Issibs grausamer kleiner Scherz über die Möglichkeit, der Pavian könne homosexuell sein, machte sie nachdenklich. Was, wenn die Überseele jemanden in ihre Gemeinschaft gebracht hatte, der seiner Zeugungspflicht nicht nachkommen konnte? Und dann ein anderer Gedanke – hatte die Überseele ihr diese Idee eingegeben? War es eine Warnung?

Sie erschauderte und legte die Hand auf den Index. Verrate es mir, sagte sie stumm. Ist einer aus unserer Gemeinschaft zur Fortpflanzung unfähig? Wird eine der Ehefrauen enttäuscht werden?

Aber der Index antwortete ihr nicht.

Es war später Nachmittag, und der einzige, der Wild getötet hatte, war Nafai, was Mebbekew unerträglich ärgerte. Also war Nafai besser darin, verstohlen Felsen hinaufzuklettern – na und? Also konnte Nafai mit einem Pulsator zielen, als wäre er mit dem Ding in der Hand geboren worden – das alles bewies, daß Elemak die Waffe hätte abfeuern sollen, als er draußen in der Wüste die Gelegenheit dazu gehabt hatte.

Draußen in der Wüste. Als wären sie nicht noch immer in der Wüste. Obwohl dieser Ort im Vergleich zu einigen Ländereien, durch die sie gezogen waren, in der Tat *üppig* war. Das Grün des Tals, in dem sie wohnten, war für die Augen wie ein Trank kühlen Wassers – er hatte vor ein paar Minuten von einem Vorgebirge einen Blick auf die Bäume erhascht, und es war ein wirklich köstlicher Anblick, solch eine *Erleichterung* nach dem öden Hellgrau und Gelb der Felsen und des Sandes und dem gräulichen Grün der Wüstenpflanzen, die Elemak stets benennen mußte, wenn er sie sah, als interessiere es jemanden, daß er jede Pflanze, die hier wuchs, mit ihrem vollen Namen kannte. Vielleicht hatte Elemak tatsächlich Vettern unter den Wüstenpflanzen. Es hätte Mebbekew kaum überrascht, wenn irgendein entfernter Vorfahr Elemaks sich irgendwann auf seinen Wanderungen mit einem stachligen grauen Busch gepaart hätte. Vielleicht habe ich heute auf einen Vetter Eljas gepinkelt. Das wäre nett – damit habe ich eindeutig gezeigt, was ich von Leuten halte, die die Wüste lieben.

Ich habe den Hasen nicht einmal *gesehen;* wie hätte ich dann auf ihn *zielen* sollen? Natürlich hat Nafai ihn erschossen – er hat ihn *gesehen.* Natürlich hatte Mebbekew mit dem Pulsator geschossen, weil alle anderen es auch getan hatten. Aber dann hatte sich herausgestellt, daß doch nicht *alle* anderen geschossen hatten. Nur Vas, der zu tief gezielt und den Pulsator sowieso auf eine zu diffuse Streuung eingestellt hatte, und Nafai, der das Ding tatsächlich getroffen und ein rauchendes kleines Loch in seinen Kopf gebrannt hatte. Und natürlich Mebbekew, der auf nichts Besonderes gezielt hatte, und danach hatte Elemak gesagt: »Guter Schuß, Nafai. Du zielst zu tief und unruhig, Vas, und stelle den Strahl schmaler. Und du, Mebbekew, wolltest du versuchen, mit deinem Pulsator einen Hasen auf diesen Felsen zu *malen?* Das ist kein Zeichenkurs. Versuche, auf denselben Planeten zu zielen, auf dem die Beute sich befindet.«

Dann waren Elemak und Nafai hinabgegangen, um den Hasen zu holen.

»Es wird spät«, hatte Mebbekew gesagt. »Können wir anderen nicht schon nach Hause gehen? Müssen wir unbedingt hier warten, bis ihr den Mümmelmann gefunden habt?«

Da hatte Elemak ihn kalt angesehen. »Ich dachte, du wolltest lernen, wie man einen Hasen häutet und ausnimmt. Aber du wirst wahrscheinlich niemals in die Verlegenheit kommen, dieses Wissen anzuwenden.«

Oh, sehr klug, Elemak. So erzeugt man bei seinen armen, sich abmühenden Schülern Selbstvertrauen. Wenigstens habe ich *geschossen,* im Gegensatz zu Obring, der seinen Pulsator handhabt, als wäre er der Pimmel eines anderen Mannes. Aber Meb hatte nichts davon gesagt, Elemak nur angefunkelt und dann gefragt: »Dann kann ich also gehen?«

»Glaubst du, du wirst den Weg finden?« fragte Elemak.

»Natürlich«, sagte Mebbekew.

»*Bestimmt*«, sagte Elemak. »Dann geh schon vor, und wer dich begleiten will, kann das ruhig tun.«

Aber niemand wollte ihn begleiten. Elemak hatte ihnen Angst eingejagt, daß Mebbekew sich verirren würde. Nun, er hatte sich *nicht* verirrt. Er war einfach in die richtige Richtung gegangen und hatte ihre Spur ziemlich problemlos zurückverfolgt, und als er auf den Kamm dieses Hügels geklettert war, nur um ganz sicherzugehen, lag das Tal genau dort, wo er es erwartet hatte. Ich bin nicht *völlig* unfähig, o kluger älterer Bruder. Nur weil ich mich nicht ein paar Dutzendmal wie du durch die Wüste geschwitzt und hübsche Pflanzen von einer Stadt zur anderen geschleppt habe, heißt das noch lange nicht, daß ich keinen Orientierungssinn habe.

Wenn er nur genau gewußt hätte, wann und wo er sich den Umhang und den Hosenboden aufgerissen hatte ... Er konnte es wirklich nicht ausstehen, wenn seine Bekleidung nicht einwandfrei war, und diese Stücke waren nun schweißgetränkt und staubverkrustet. Er würde nie wieder sauber werden.

Er kam zum Rand der Schlucht und sah in der Erwartung hinab, die Zelte zu erblicken. Aber es war kein Zelt in Sicht.

Einen Augenblick lang geriet er in Panik. Sie sind ohne mich aufgebrochen, dachte er. Sie sind ganz schnell zurückgekehrt, haben das Lager abgebrochen und mich zurückgelassen, und das alles nur, weil ich diesen blöden *Hasen* nicht gesehen habe.

Dann wurde ihm klar, daß er sich einfach ein Stück flußabwärts vom Lager befand. Die Zelte waren oben links von ihm. Und natürlich war er viel zu nah am Meer. Hätte das Reinigende Meer einen Wellengang, wie es ihn am Ufer der Erdgebundenen See gab, hätte er hier die Brandung hören können. Und da waren die Paviane, die am Fluß und am Ufer lebten und ihre elende Nahrung mit den Wurzeln und Beeren und Pflanzen und Insekten und warzigen kleinen Tieren aufbesserten.

Wie bin ich nur hierher gelangt? Soviel zu meinem Orientierungssinn.

Ach, ja. Wir sind heute morgen diesen Weg hinabgegangen, nachdem wir Vaters faule Frau schlafend im Lager zurückgelassen haben, und alle anderen Frauen auch – *besonders* meine völlig nutzlose, dumme, faule Frau –, die sich noch vor den Zelten und im Garten rekelten. Das ist der einzige Teil unserer Strecke, den ich verpaßt habe, nur diese Abzweigung, ist ja toll, ich habe meinen guten Orientierungssinn nicht verloren.

Aber er hatte einen wirklich üblen Geschmack im Mund, und er wollte gegen etwas treten, er wollte etwas zerbrechen, er wollte jemanden *verletzen*.

Und da waren die Paviane, direkt unter ihm, dumme, hundeähnliche Tiere, die sich für Menschen hielten. Ein Weibchen reckte den roten Hintern in die Höhe, und die Männchen prügelten aufeinander ein und versuchten, mal schnell zum Stoßen zu kommen. Arme, blöde Männchen. So verbringen wir unser Leben.

Könnte genausogut hier in die Schlucht hinabsteigen und durch das Tal zum Lager gehen. Und vielleicht krieg ich unterwegs dann freie Schußbahn auf irgendein Männchen, das ihr gerade das Loch stopft. Es würde doch glücklich sterben, oder? Und Nafai wäre nicht der einzige, der sich rühmen könnte, ein Tier erlegt zu haben.

Nachdem Mebbekew sich ein Knie aufgeschürft hatte und mehrmals ausgerutscht war, begriff er auf etwa halbem Weg den schroffen Hang hinab, daß er die Paviane um so schlechter sehen konnte, je tiefer er kam. Schon jetzt nahmen ihm Steine und Büsche die Sicht auf einige, darunter auch diejenigen, die sich prügelten, das Weibchen zu besteigen. Doch ein kleineres Tier war genau in seinem Blickfeld, und es war auch beträchtlich näher als die anderen. Es bot ein wesentlich leichteres Ziel.

Meb rief sich in Erinnerung zurück, was Elemak ihnen zuvor beigebracht hatte, und legte den Ellbogen auf einen Findling, als er zielte. Trotzdem zitterten seine Hände auch weiterhin, und je mehr er sich bemühte, sie ruhig zu halten, desto stärker schien der Pulsator auf und ab zu hüpfen. Und als er mit dem Finger auf den Feuerknopf drückte, versetzte auch diese schwache Bewegung der Waffe einen Stoß, und aus einem Busch, der über sechs Meter von dem Pavian entfernt war, auf den er gezielt hatte, schoß ein kleiner Rauchstrahl hervor. Der Pavian mußte etwas gehört haben, denn er fuhr herum, betrachtete den brennenden Busch kurz und wich dann verängstigt zurück.

Aber nicht lange. Einen Augenblick später näherte er sich wieder und beobachtete die Flamme, als könne er ihr ein Geheimnis entnehmen. Der Busch war trocken, aber nicht abgestorben, und so brannte er nur langsam und unter großer Rauchentwicklung. Meb zielte erneut, diesmal ein wenig nach rechts, um die Bewegung zu kompensieren, die der Knopfdruck verursachen würde. Er stellte auch fest, daß seine Hände diesmal etwas ruhiger waren, und erinnerte sich nun an Elemaks Worte, wie wichtig es sei, sich zu entspannen. Also ... nun verfuhr Mebbekew genau, wie Elemak es erklärt hatte, und dieser Pavian würde bald nur noch Geschichte sein.

Gerade, als er die Waffe auslösen wollte, ließ ein scharfes Knacken nur einen Meter von seinem Kopf entfernt ihn zusammenzucken. Sein Schuß ging weit daneben, als er sich zu der Stelle umdrehte, von der das Geräusch gekommen war. Eine kleine Pflanze, die in einem Felsspalt ein paar Meter über seinem Kopf wuchs, war völlig verbrannt, und Rauch erhob sich von der Stelle. Da Meb gerade gesehen hatte, was mit dem Busch ein paar Meter neben dem Pavian passiert war, begriff er sofort, was geschehen sein mußte. Jemand hatte mit einem Pulsator auf *ihn* geschossen. Banditen waren erschienen – das Lager war in Gefahr, und er würde sterben, ganz allein, weil den Banditen keine andere Wahl blieb, als ihn zu töten, damit er keinen Alarm schlug. Aber ich werde keinen Alarm schlagen, dachte er. Laßt mich einfach leben, und ich verstecke mich hier und bin ganz still, bis alles vorbei ist, aber bringt mich nicht um ...

»Was soll das? Wieso schießt du auf Paviane?«

Mit einem Scheppern kleiner Steine glitt Nafai das letzte Stück des Hangs hinab und kam auf dem Stein zum Stehen, auf dem auch Meb gelandet war. Meb sah mit einigem Vergnügen, daß auch Nafai hinabgerutscht war, genau wie er. Doch dann wurde ihm klar, daß Nafai dies irgendwie gelungen war, ohne die Kontrolle zu verlieren, und daß er auf den Füßen und nicht auf dem Hintern auf dem Stein aufgekommen war.

Erst jetzt begriff Meb, daß Nafai auf ihn geschossen und ihn nur um ein paar Meter verfehlt hatte. »Wolltest du mich umbringen?« rief er. »Du bist kein so guter Schütze, daß du auf Menschen zielen solltest!«

»Wir töten die Paviane nicht«, sagte Nafai. »Sie sind wie Menschen – was ist dir nur in den Sinn gekommen?«

»Ach ja? Und seit wann sitzen Menschen da und graben nach Maden und wollen jede Frau besteigen, die einen roten Hintern hat?«

»Das beschreibt ziemlich gut das Leben, das du führst, Meb«, sagte Nafai. »Glaubst du etwa, wir würden Pavianfleisch *essen?«*

»Das war mir scheißegal«, sagte Meb. »Ich war nicht auf das Fleisch aus, ich wollte das Vieh töten. Du bist nämlich nicht der einzige, der schießen kann.«

Als Meb diese Worte sprach, kam ihm in den Sinn, daß er und Nafai jetzt allein waren und niemand zusah. Und Meb hatte einen Pulsator. Es könnte ein Unfall sein. Ich wollte doch gar nicht abdrücken. Ich habe nur Schießübungen gemacht, und Nafai ist aus dem Nichts aufgetaucht. Ich habe ihn nicht gehört, ich habe mich auf das Schießen konzentriert. Bitte, bitte, verzeih mir, Vater, es ist so schrecklich! Mein eigener Bruder! Ich habe den Tod verdient. Oh, ich verzeihe dir, mein Sohn. Laß mich einfach um meinen jüngsten Sohn trauern, dem man bei einem schrecklichen Jagdunfall die Eier abgeschossen hat, woraufhin er dann verblutet ist. Warum vögelst du nicht ein wenig deine Frau, während ich hier weine?

Das wäre doch mal was! Vater wünscht Mebbekew tatsächlich einmal etwas, was er wirklich will!

»Man verschwendet kein Pulsatorfeuer auf sinnlose Schüsse«, sagte Nafai. »Das hat Elemak gesagt – sie halten nicht ewig. Und wir essen keine Paviane. Auch das hat Elemak gesagt.«

»Elemak kann meinetwegen in eine Flöte furzen und behaupten, es wäre eine Melodie. Das heißt noch lange nicht, daß *ich* mich daran halten werde.« Ich halte den Pulsator in der Hand. Ich habe ihn schon halbwegs auf Nafai gerichtet. Ich kann ihnen zeigen, wie ich erschrocken herumfuhr, und irgendwie ging der Pulsator los und schoß Nafai die Brust weg. Aus dieser Nähe zerfetzt der Schuß ihn vielleicht vollständig und verspritzt kleine Nafai-Stücke in alle Richtungen. Ich komme sowieso schon mit Blut auf meiner Kleidung nach Hause.

Dann spürte er, daß ein Pulsator gegen seinen Kopf gedrückt wurde. »Gib mir deine Waffe«, sagte Elemak.

»Warum?« fragte Meb. »Ich hätte es nicht getan.«

»Du hast schon auf den Pavian geschossen«, sagte Nafai unerwartet. »Wenn du ein besserer Schütze wärest, wäre er schon *erledigt*.« Also hatte Nafai natürlich wieder einmal völlig falsch verstanden, was Meb mit seinem Satz gemeint hatte. Aber Elemak hatte es verstanden.

»Ich sagte, gib mir deinen Pulsator, mit dem Griff zuerst.«

Meb seufzte dramatisch und gab Elemak die Waffe. »Machen wir doch eine große Sache daraus, ja. Ich darf nicht mal auf einen Pavian schießen, aber du darfst allen deinen Brüdern einen Pulsator an den Kopf halten, wenn du dazu Lust hast, und dagegen ist nicht mal was *einzuwenden*.«

Elemak war nicht besonders erfreut, daß Meb ihn an seinen Vorschlag erinnerte, Nafai in der Wüste wegen Meuterei hinzurichten. Aber er drückte den Pulsator weiterhin gegen Mebs Schläfe, als er zu Nafai sagte: »Ich will nie wieder sehen, daß du deinen Pulsator auf einen anderen Menschen richtest.«

»Ich habe nicht auf ihn gezielt. Ich habe auf die Pflanze über seinem Kopf gezielt und sie auch getroffen.«

»Ja, du bist ein hervorragender Schütze. Aber was, wenn du hättest niesen müssen? Oder gestolpert wärest? Dann hättest du vielleicht mit einer kleinen Bewegung deines Fingers deinem Bruder den Kopf abgeschossen. Also ziele *nie* auf eine andere Person oder in deren Nähe. Hast du mich verstanden?«

»Ja«, sagte Nafai.

Oh, ja, ja, großer Bruder Elemak, ich schleime mich auch bei dir ein, wie ich mich immer bei Papa eingeschleimt habe. Meb hätte am liebsten gekotzt.

»Aber es *war* ein guter Schuß«, sagte Elemak.

»Danke.«

»Und Meb kann von Glück sprechen, daß *du* ihn gesehen hast und nicht ich, denn ich hätte auf seinen Fuß gezielt, und dann hätte ein Stumpf ihn auf ewig daran erinnert, daß man nicht auf Paviane schießt.«

Es war nicht richtig, daß Elemak ihn ausgerechnet vor Nafai so herunterputzte. Oh, und da kamen natürlich Vas und Obring, sie *müssen* natürlich mitbekommen, daß Elemak ihm solche Verachtung entgegenbringt und ihn vor Nafai fertigmacht. »Also sind Paviane plötzlich heilige Tiere?« fragte Meb.

»Wir töten sie nicht, und wir essen sie nicht«, sagte Elemak.

»Warum nicht?«

»Weil sie keinen Schaden anrichten, und sie zu essen wäre wie Kannibalismus.«

»Jetzt verstehe ich«, sagte Meb. »Du bist einer derjenigen, die Paviane für Zaubertiere halten. Sie haben irgendwo hier in der Nähe einen Topf Gold versteckt, ach was, jeder *Stamm* hat so einen Topf versteckt, und wenn wir wirklich nett zu ihnen sind und sie füttern, und wenn sie einen dann ratzekahl gefressen und einem auf der Suche nach noch mehr Fressen das Haus auseinandergenommen haben, dann laufen sie zu ihrem Versteck und bringen *dir* den Topf Gold.«

»Schon mehr als nur ein verirrter Wanderer wurde in der Wüste von Pavianen in Sicherheit gebracht.«

»Klar doch«, sagte Meb. »Das heißt also, wir lassen sie ewig leben? Ich will dir mal ein Geheimnis verraten, Elja. Irgendwann werden sie sowieso sterben. Warum also nicht jetzt, und wir können unsere Zielübungen machen? Ich sage ja nicht, daß wir sie *essen* müssen oder so.«

»Und ich sage, für dich ist die Jagd vorbei. Ich behalte deinen Pulsator.«

»Na toll«, sagte Meb. »Soll ich der einzige Mann ohne Waffe sein?«

»Die Pulsatoren sind zur Jagd da. Nafai wird ein guter Jäger werden, du aber nicht.«

»Woher willst du das denn wissen? Heute war doch unser erster richtiger Übungstag.«

»Du wirst kein Jäger werden, weil du, solange ich lebe, keinen Pulsator mehr in der Hand halten wirst.«

Das traf Mebbekew bis ins Herz. Elemak nahm ihm jede Würde, und weshalb? Wegen eines blöden Pavians. Wie konnte Elja ihm das antun? Und das auch noch vor Nafai. »Oh, jetzt kapiere ich«, sagte Meb. »So zeigst du König Nafai deine Verehrung.«

Es folgte eine kurze Pause, in der Meb sich fragte, ob er Elja vielleicht einen Funken zu weit getrieben hatte und Elemak ihn diesmal töten oder zu Brei schlagen würde. Dann sagte Elemak: »Nafai, kehre mit dem Hasen zum Lager zurück. Zdorab wird ihn in die Kältetruhe legen wollen, bis er morgen früh den Eintopf zubereitet.«

»Ja«, sagte Nafai. Augenblicklich hastete er den Hügel zum Talboden hinab.

»Ihr könnt ihm folgen«, sagte Elemak zu Vas und Obring, die gerade den Hang hinabgerutscht waren. Beide waren auf dem Hintern gelandet.

Vas erhob sich und staubte sich ab. »Tu nichts Dummes, Elja«, sagte er. Dann drehte er sich um und folgte Nafai.

Da Meb vermutete, daß diese Worte von Vas die einzige Unterstützung waren, die er bekommen würde, entschloß er sich, das Beste daraus zu machen. »Wenn du im Lager bist, sag meinem Vater, daß ich tot bin, weil Eljas kleiner Unfall mit dem Pulsator gar kein Unfall war.«

»Ja, sag Vater das«, sagte Elemak. »Es wird ihm beweisen, was er schon lange vermutet hat ... daß Meb nämlich seinen lieben, kleinen Verstand verloren hat.«

»Ich werde ihm vorerst gar nichts sagen – außer, ihr beide

kehrt nicht sofort zum Lager zurück«, sagte Vas. »Komm, Obring.«

»Ich bin nicht dein Hündchen«, sagte Obring.

»Na gut, dann bleibe«, sagte Vas.

»Und was soll ich dann *tun?*« fragte Obring.

»Wenn du das fragen mußt, kommst du besser mit«, sagte Vas. »Wir wollen uns doch nicht in diesen kleinen Familienstreit einmischen.«

Meb wollte nicht, daß sie gingen. Er wollte Zeugen bei dem, was auch immer Elja vorhatte. »Elemak ist nur abergläubisch!« rief er ihnen nach. »Er glaubt an diese alten Geschichten, daß der ganze Stamm zurückkommt und einem die Kinder stiehlt, wenn man einen Pavian tötet! Eiadh muß schwanger sein, mehr steckt nicht dahinter. Kommt zurück, und wir gehen alle zusammen zum Lager.«

Aber sie kamen nicht zurück.

»Hör zu, es tut mir leid«, sagte Meb. »Wieso machst du eine so große Sache daraus? Ich habe den Pavian doch gar nicht getroffen.«

Elemak beugte sich näher zu ihm. »Du wirst nie wieder einen Pulsator in die Hand nehmen.«

»Nafai hat auf *mich* geschossen«, sagte Meb. »Du nimmst mir den Pulsator weg, weil ich auf einen Pavian geschossen habe, und Nafai schießt auf *mich* und darf seinen behalten?«

»Man tötet keine Tiere, die man nicht essen will. Auch das ist ein Gesetz der Wüste. Aber du weißt, warum ich dir den Pulsator abnehme, und es liegt nicht an dem Pavian.«

»Woran dann?«

»Es hat dir in den Fingern gejuckt«, sagte Elemak. »Du wolltest Nafai töten.«

»Ach, jetzt kannst du auch schon meine Gedanken lesen?«

»Ich kann deinen Körper lesen, und Nafai ist auch kein Narr. Er weiß ebenfalls, was du vorgehabt hast. Begreifst du denn nicht, daß er dir in der Sekunde, da du den Pulsator gehoben hättest, den Kopf abgeschossen hätte?«

»Dazu hat er nicht den Mumm.«

»Vielleicht nicht«, sagte Elemak. »Und vielleicht hast du

ihn auch nicht. Aber du wirst die Gelegenheit nicht bekommen.«

Das war das Dümmste, das Meb je gehört hatte. »Vor ein paar Tagen hast du noch versucht, ihn zu fesseln und in der Wüste zurückzulassen, damit die Tiere ihn fressen.«

»Vor ein paar Tagen habe ich noch gedacht, ich könnte uns zur Zivilisation zurückbringen«, sagte Elemak. »Aber dazu wird es jetzt nicht mehr kommen. Wir sitzen hier draußen fest, ob es uns nun gefällt oder nicht, und wenn Eiadh noch nicht schwanger ist, wird sie es bald sein.«

»Falls du herausfindest, wie man das macht.«

Er stellte fest, daß er es etwas zu weit getrieben hatte, denn Elemak holte mit dem linken Arm aus und schlug ihm mit der Handfläche auf die Nase.

»Gaah! Aah!« Mebbekew faßte sich an die Nase, und als er die Hände wieder herunternahm, waren sie blutverschmiert. »Du Scheißkerl! Jungfrauensoße!«

»Ja, genau«, sagte Elemak. »Es gefällt mir, wenn der Schmerz dich beredsam macht.«

»Jetzt ist meine Kleidung blutverschmiert!«

»Das hilft dir nur, dir die Illusion zu nehmen, ein Mann zu sein«, sagte Elemak. »Jetzt hör mir zu, und höre mir gut zu, denn ich meine es ernst. Beim nächsten Mal werde ich dir die Nase brechen, und ich werde sie dir jeden Tag von neuem brechen, wenn ich herausfinde, daß du gegen jemanden Ränke schmiedest. Ich habe einmal versucht, mich von dieser widerwärtigen Sache zu lösen, konnte es aber nicht, und du weißt, wieso.«

»Ja, weil die Überseele mit Stricken besser umgehen kann als ich«, sagte Meb.

»Also stecken wir in der Sache drin, und unsere Frauen werden Kinder bekommen, und sie werden als unsere Kinder aufwachsen. Kapierst du das? Diese Gemeinschaft, diese sechzehn Leute, die wir hier haben, das wird die gesamte Welt sein, in der unsere Kinder aufwachsen werden. Und es wird keine Welt werden, in der kleine Taugenichtse wie du Leute ermorden, weil sie keine Paviane schießen dürfen. Hast du mich verstanden?«

»Klar«, sagte Meb. »Es wird eine Welt sein, in der große, starke Männer wie du Freude haben werden, weil sie die anderen verprügeln dürfen.«

»Wenn du dich benimmst, wird dich niemand verprügeln«, sagte Elemak. »Aber ich dulde keinen Mord. Punktum. Denn ganz gleich, für wie klug du dich hältst, ich werde vor dir dort sein, auf dich warten und dich auseinandernehmen. Hast du mich verstanden, mein kleiner Schauspielerfreund?«

»Ich habe verstanden, daß du dich bei Nafai einschleimen willst«, sagte Mebbekew und rechnete damit, daß Elemak ihn erneut schlug. Statt dessen kicherte Elja.

»Vielleicht«, sagte Elemak. »Vielleicht tue ich das. Im Augenblick zumindest. Aber Nafai schmeichelt sich auch bei *mir* ein, falls du das noch nicht mitbekommen haben solltest. Vielleicht schließen wir sogar Frieden. Was denkst du darüber?«

Ich denke, wo dein Gehirn sein sollte, hast du Kamelnieren, und deshalb ist dein Geschwätz nur heiße Pisse im Staub. »Friede wäre einfach wunderbar, mein lieber, freundlicher, sanfter, älterer Bruder.«

»Vergiß nicht, was ich gesagt habe«, sagte Elemak, »und ich werde versuchen, deine netten Worte wahr zu machen.«

Rasa sah, wie sie nacheinander nach Hause kamen – Nafai zuerst, mit einem Hasen in der Faust, voller Freude, daß es ihm gelungen war, ein Tier zu töten, obwohl er natürlich, wie es ihm ähnlich sah, vergeblich versuchte, seinen Stolz zu verbergen. Dann Obring und Vas, die müde und gelangweilt und verschwitzt und entmutigt aussahen. Und schließlich Elemak und Mebbekew, selbstgefällig und vergnügt, als hätten sie den Hasen erlegt, als wären *sie* Mitverschwörer bei der Eroberung des Universums. Ich werde sie nie verstehen, dachte Rasa. Keine zwei Männer hätten verschiedener sein können – Elemak so stark, kompetent, ehrgeizig und brutal, Mebbekew so schwach, fadenscheinig, lüstern und verschlagen –, und doch schienen sie immer über dieselben

Scherze zu lachen und vom selben erhabenen Gipfel der persönlichen Klugheit auf alle anderen hinabzusehen. Rasa sah ein, daß Nafai mit seiner Unfähigkeit, seine Freude über seine Leistungen zu verbergen, andere Menschen verärgern konnte, doch zumindest bewirkte er nicht, daß andere Leute sich schmutzig und klein vorkamen, nur weil er in ihrer Nähe war, wie es bei Mebbekew und Elemak der Fall war.

Nein, ich bin unfair, mahnte Rasa sich. Ich erinnere mich an diese Dämmerung in der Wüste. Ich erinnere mich daran, daß der Pulsator auf Nafais Kopf gerichtet war. Ich werde Elemak dies nie verzeihen. Will ich die Sicherheit meines jüngsten Sohnes gewährleisten, muß ich ihn während unserer Reise ständig im Auge behalten. Das ist das Gute an Mebbekew – er ist so feige, daß man von ihm kaum etwas zu befürchten hat.

»Ich weiß, ihr habt Hunger«, sagte Volemak. »Aber es ist noch zu früh zum Abendessen, und wir können die Zeit gut nutzen. Ich werde euch den Traum erzählen, der mir letzte Nacht gekommen ist.«

Sie hatten sich natürlich bereits versammelt, und nun saßen sie auf den flachen Steinen, die Zdorab und Volja vor ein paar Tagen zu diesem Zweck hierher geschleppt hatten – damit sie alle zu den Mahlzeiten und Versammlungen sitzen konnten.

»Ich weiß nicht, was er bedeutet«, sagte Volemak, »und ich weiß nicht, wofür er gut ist, aber ich weiß, daß er eine Rolle spielt.«

»Wenn er so wichtig ist«, sagte Obring, »warum erklärt die Überseele dir nicht einfach, was er zu bedeuten hat, und vereinfacht damit alles?«

»Weil, Schwiegersohn meiner Frau«, sagte Volemak, »der Traum nicht von der Überseele kam. Er ist darüber genauso verwirrt, wie ich es bin.«

Rasa stellte interessiert fest, daß Volja von der Überseele gelegentlich noch immer als *männliche* Person dachte. Nafai und Issib nannten sie zwar *die* Überseele, wußten aber, daß es sich bei ihr um einen Computer handelte, und hielten sie eigentlich für einen *sächlichen* Gegenstand. Volemak wußte dies zwar auch, hatte sich ihrer Denkweise aber noch nicht angeschlossen. Das gefiel ihr. Vielleicht lag es nur daran, daß er alt und einfallslos wurde, aber ihr gefiel, daß Volja noch immer von der Überseele dachte, wie die Männer Basilikas es früher getan hatten, statt sie für einen bloßen Computer zu halten und auch so von ihr zu sprechen – jedenfalls manchmal.

»Also fange ich jetzt an und erzähle den Traum offen und ehrlich«, sagte Volemak. »Und ich warne euch, denn da der Traum nicht von der Überseele kam, gibt er mir mehr Grund zur Freude – jedenfalls für Nafai und Issib –, aber gleichzeitig auch mehr Grund, um meine ersten Söhne Elemak und Mebbekew zu fürchten, denn wisset, ich glaubte, in meinem Traum eine dunkle und schreckliche Wildnis zu sehen.«

»*Die* kannst du auch sehen, wenn du hellwach bist«, murmelte Mebbekew. Rasa sah, daß Mebs Witz nur eine schwache Verkleidung seines Zorns war – es gefiel ihm nicht, auf diese Weise ausgesondert zu werden, bevor die Erzählung des Traums überhaupt begonnen hatte. Elemak gefiel es natürlich auch nicht – aber er wußte seine Zunge im Zaum zu halten.

Volemak sah Mebbekew einen Augenblick lang ruhig an, um ihn zum Schweigen zu bringen, um ihm klarzumachen, daß er keine weitere Unterbrechung dulden würde. Dann begann er von vorn.

4

Der Baum des Lebens

»Ich glaubte, in meinem Traum eine dunkle und schreckliche Wildnis zu sehen«, sagte Volemak, aber als er es sagte, wußte er, daß sie nicht begreifen würden, was diese Worte für ihn bedeuteten. Nicht die heiße Wüste, die sie mittlerweile so gut kannten, so trüb *diese* Wildnis auch sein mochte. Dort, wo er in seinem Traum gegangen war, war es feucht, kalt und schmutzig, und es gab nur wenig Licht, kaum genug, um zu sehen, wohin er trat. Vielleicht waren in der Nähe Bäume, oder er befand sich unter der Erde, er konnte es nicht sagen. Er ging immer weiter, hatte zwar nicht die geringste Hoffnung, konnte aber trotzdem nicht zu hoffen aufhören, daß er diesem öden Ort irgendwann entkommen konnte, wenn er einfach immer nur weiter ging.

»Und dann sah ich einen Mann, der in ein weißes Gewand gekleidet war.« Wie ein Priester von Seggidugu, nur daß diese gewöhnliche Menschen sind und schwitzen, wenn sie ihre Riten ausführen. Dieser Mann wirkte jedoch so ruhig, daß ich sofort dachte, er müsse tot sein. Ich war an einem Ort, an dem Tote warteten, und überlegte, *ich* wäre vielleicht auch tot. »Er kam zu mir und blieb vor mir stehen, und dann sprach er zu mir. Sagte mir, ich solle ihm folgen.«

Volemak erkannte, daß die anderen sich allmählich langweilten – zumindest die kindlicheren von ihnen. Es war so frustrierend, ihnen nur mit Worten begreiflich machen zu können, wie der Traum gewesen war. Hätten sie gewußt, wie die Stimme klang, als der Mann sprach, wie freundlich er wirkte. Der Klang seiner Worte war das erste Licht an diesem dunklen Ort, und deshalb bin ich ihm auch gefolgt. Und sie würden wissen, warum es *wichtig* war, daß ich ihm folgte. Statt dessen ist es für sie nur ein Traum, und das ist eindeutig der langweilige Teil. Aber für mich war er nicht langweilig.

»Ich bin ihm viele Stunden lang durch die Dunkelheit

gefolgt«, sagte Volemak. »Ich sprach zu ihm, aber er antwortete nicht. Da ich mittlerweile davon überzeugt war, daß dieser Mann von der Überseele geschickt worden war, begann ich, in meinem Geist mit der Überseele zu sprechen. Ich fragte sie, wie lange dies noch so gehen müsse, und wohin ich ginge, und was das alles zu bedeuten habe. Ich bekam keine Antwort. Also wurde ich ungeduldig und sagte ihr, wenn dies ein Traum sei, sei es jetzt an der Zeit für mich, aufzuwachen, und wenn sie mir etwas zeigen wolle, solle sie dies vielleicht vor dem Morgengrauen tun. Aber ich bekam keine Antwort. Also dachte ich, es sei vielleicht wirklich so, es würde ewig so weitergehen, dies würde uns nach dem Tode zustoßen. Wir gehen auf ewig durch eine schreckliche Einöde und folgen einem Mann, der uns nicht sagt, was mit uns geschieht.«

»Klingt wie das Leben, das wir in letzter Zeit geführt haben«, murmelte Mebbekew.

Volemak hielt inne, sah Meb aber nicht an, sondern wartete, bis die anderen ihn mit Blicken zum Schweigen gebracht hatten. Dann fuhr er fort. »Als mir der Gedanke kam, es könne vielleicht Wirklichkeit sein, bat ich die Überseele, oder wer auch immer über diesen Ort herrschte, Gnade zu zeigen und mir etwas zu erklären oder mich etwas sehen zu lassen, damit ich *verstehen* konnte, was hier passierte. Erst da, nachdem ich um Erleichterung gebeten hatte, wurde es hell – nicht wie ein Sonnenaufgang oder als trete man zu einem Lagerfeuer, nein, ich konnte keine Lichtquelle sehen, ich konnte einfach *sehen* wie am hellichten Tag, und ich trat aus dem steinernen Ort auf eine riesige Wiese mit hohem Gras und Blumen, die sich leicht im Wind neigten. Es war so eine Erleichterung – *Leben* zu sehen –, daß ich es euch gar nicht beschreiben kann. Und in einiger Entfernung – vielleicht dreihundert Meter oder so – stand ein Baum. Selbst auf diese Entfernung konnte ich sehen, daß sich zwischen dem hellen Grün der Blätter weiße Flecke befanden – Früchte, wie ich sofort wußte. Und plötzlich konnte ich die Früchte riechen, und ich wußte, was auch immer für Früchte es waren, sie waren köstlich, die perfekteste Nahrung, die es jemals gegeben hatte, und wenn ich nur von diesen Früchten probieren könnte, würde ich nie wieder hungrig sein.«

Er hielt einen Augenblick lang inne und wartete auf Mebbekews obligatorische, klugscheißerische Bemerkung, wie hungrig sie im Augenblick darauf waren, daß dieser Traum ein Ende nahm. Aber Meb war anscheinend zur Vernunft gebracht worden, denn er schwieg.

»Ich ging – ich *lief* – zu dem Baum, und die Früchte waren klein und süß. Ja, ich probierte von ihnen, und ich kann euch sagen, daß keine Nahrung, die ich je gegessen habe, so gut war.«

»Ja, wie Sex in Träumen«, sagte Obring, der anscheinend glaubte, für Meb einspringen zu müssen. Volemak neigte kurz den Kopf. Er hörte eine Bewegung – ja, Elemak war aufgesprungen. Volemak wußte, was geschah, ohne hinsehen zu müssen, denn Elemak hatte die Technik von ihm gelernt. Elemak stand da, sah Obring an und sagte nichts, bis Obring vor ihm verdorrte. Ja, und da kam sie, Obrings gemurmelte Entschuldigung: »Es tut mir leid, fahre fort, fahre fort.« Volemak wartete noch einen Augenblick, und dann kam das Geräusch, mit dem Elemak sich setzte. Nun konnte er fortfahren, vielleicht ohne weitere Unterbrechungen.

Aber der Augenblick war verdorben worden. Er hatte geglaubt, er wäre dabei, genau die richtigen Worte zu finden, mit denen er erklären konnte, wie der Geschmack der Frucht in seinem Mund gewesen war, wie er bewirkt hatte, daß er sich zum erstenmal lebendig fühlte. »Diese Furcht war das Leben«, sagte er, doch nun klangen seine Worte leer und unzureichend, und er wußte, daß der Augenblick der Klarheit verstrichen war und sie es nie verstehen würden. »Die Freude, die ich empfand, als ich sie schmeckte ... sie war so perfekt ... ich wollte, daß meine Familie sie auch kannte. Ich konnte den Gedanken nicht ertragen, daß ich diese perfekte Frucht, diesen Geschmack des Lebens in meinem Mund hatte und meine Familie nichts davon wußte, ihn nicht mit mir teilte. Also begann ich, nach euch zu suchen, hielt nach euch Ausschau. Ihr wart nicht in der Richtung, aus der *ich* gekommen war, und als ich mich umdrehte, sah ich, daß ein Fluß an dem Baum vorbei führte, und als ich flußaufwärts sah, sah ich Rasa und unsere beiden Söhne Issib und Nafai, und sie schauten sich um, als wüßten sie nicht, wohin sie gehen sollten. Also rief ich nach ihnen und winkte, und schließlich sahen sie mich und kamen zu mir, und ich gab ihnen die Frucht, und sie aßen sie und fühlten, was ich gefühlt hatte, und ich sah, daß es bei ihnen genauso war. Daß es, als sie die Frucht aßen, für sie war, als sei zum erstenmal das Leben in sie gekommen. Sie hatten natürlich die ganze Zeit über gelebt, aber nun *wußten* sie, *warum* sie lebten, und sie waren *froh*, am Leben zu sein.«

Volemak konnte nicht verhindern, daß Tränen seine Wangen hinabrannen. Die Erinnerung an den Traum war in ihm so frisch und stark, daß er ihn erneut erlebte, als er ihn erzählte, und die Freude, die er verspürte, konnte nicht im Zaum gehalten werden, nicht einmal jetzt, nach einem Tag der Gartenarbeit, nicht einmal, obwohl noch der Schweiß und der Staub der Wüste auf ihm klebten. Er schmeckte noch immer die Frucht in seinem Mund, sah noch immer den Ausdruck auf ihren Gesichtern. Spürte noch immer die Sehnsucht, die er in diesem Augenblick spürte, daß auch Elemak und Mebbekew davon probierten.

»Dann dachte ich an Elemak und Mebbekew, meine ersten beiden Söhne, und ich suchte nach ihnen, wollte, daß sie kamen und ebenfalls von der Frucht probierten. Und auch sie waren dort an der Quelle des Flusses, an der Rasa und Issib und Nafai gewesen waren. Und erneut rief ich sie und winkte, doch sie wollten nicht kommen. Ich versuchte, ihnen von der Frucht zu erzählen, brüllte geradezu, doch sie taten so, als könnten sie mich nicht hören, wenngleich ich in diesem Augenblick dachte, daß sie es wirklich nicht konnten. Schließlich wandten sie sich von mir ab und taten nicht einmal mehr so, als wollten sie zuhören. Da stand ich mit dieser perfekten Frucht in meiner Hand, diesem Geschmack in meinem Mund, diesem Duft in meiner Nase, und wußte, daß sie genauso voller Freude sein würden, wie ich es war,

ten in dem großen Gebäude schauten und neidisch auf sie waren. Sie wollten *dorthin,* die Frucht des Baumes aufgeben und sich zu denjenigen gesellen, die so laut lachten und so fröhlich sangen.«

Volemak erzählte ihnen nicht, daß einen Augenblick lang auch er einen schwachen Stachel des Neids verspürt hatte, denn als er sah, wie sie auf dem anderen Flußufer lachten und feierten, kam er sich alt vor und bedauerte es, nicht dazu zu gehören. Der Anblick erinnerte ihn daran, daß er, als er jung gewesen war, mit Freunden zusammen gewesen war, die mit ihm gelacht hatten; er hatte Frauen geliebt, deren Küsse ein Spiel gewesen war, und sie zu liebkosen, war gewesen, als hätte er getanzt und sich auf dem weichen Gras und kühlen Moos gerollt. Und in jenen Tagen hatte auch er gelacht und Lieder mit ihnen gesungen und den Wein getrunken, und es war wirklich gewesen, o ja, es war die Wirklichkeit gewesen. Wirklich, aber auch unerreichbar, denn das erste Mal war immer das beste Mal, und alles, was man wiederholte, war nie so gut, wie es zuvor gewesen war, bis es einem schließlich entglitt und nur noch eine Erinnerung war. Und dann, wenn die Freuden der Jugend nicht mehr wiederzuerlangen waren, dann wußte man, daß man alt war. Einige seiner Freunde hatten es versucht, hatten so getan, als wären diese Freuden nie für sie verblichen – doch jene Männer und Frauen waren selbst verblichen, zu geschminkten Puppen geworden, zu schlecht gemachten, abgenutzten Puppen, die nur eine Nachäfferei der Jugend darstellten.

Also beneidete Volemak die Leute in dem Gebäude und erinnerte sich daran, einmal zu ihnen gehört zu haben, oder dies zumindest versucht zu haben – war irgend jemand jemals ein wirklicher Bestandteil dieser vergänglichen Gemeinschaft des Vergnügens, die in einer einzigen Nacht verdampfte und sich immer wieder neu bildete, tausendmal in einer Woche? Sie existierte nie richtig, diese Familie der Frohlockenden, sie schien immer nur zu existieren, schien immer gerade drauf und dran zu sein, wirklich zu werden – und zog sich dann immer knapp außer Reichweite zurück.

Doch hier an diesem Baum, erkannte Volemak, hier ist die Wirklichkeit. Hier, mit dem Geschmack dieser Früchte in unserem Mund, sind wir Teil von etwas, das nicht nur eine Illusion ist. Wir sind Teil des *Lebens*, Ehefrauen und Gatten, Eltern und Kinder, der gewaltige, vorwärts gerichtete Fluß von Genen und Träumen, Körpern und Erinnerungen, eine Generation nach der anderen, Zeit ohne Ende. Wir schaffen hier etwas, das uns überdauern wird, *das* ist diese Frucht, das ist das *Leben*, und was sie drüben auf dem anderen Flußufer haben, ihr wahnsinniges Streben nach jeder möglichen Sinnesempfindung, ihr hektisches Vermeiden alles Schmerzhaften oder Schwierigen läßt sie von vornherein nicht erkennen, was es überhaupt bedeutet, lebendig zu sein. Nichts, was neu ist, ist jemals zweimal neu. Dahingegen sind die wahren Dinge auch beim nächsten Mal noch wahr; ja sogar wahrer, weil sie erprobt wurden, weil sie geschmeckt wurden, und sie sind immer reif, immer bereit ...

Doch nichts davon konnte Volemak den Leuten erklären, die sich um ihn geschart hatten, denn er wußte, daß diese Gefühle seine ureigenen waren. Eigentlich nicht Teil des Traums selbst, sondern eher seine Reaktion auf den Traum, und vielleicht nicht einmal das, was der Traum bedeuten sollte.

»Die Leute in dem Gebäude sahen zu uns hinaus, die wir uns an dem Baum versammelten, und sie zeigten auf uns und lachten, und ich hörte, wie sie über uns spotteten, weil wir getäuscht worden waren und um einen Baum herumstanden und Früchte aßen, wo wir doch das Leben wirklich erfahren konnten, wenn wir nur über den Fluß gingen und uns zu ihnen gesellten. Zu der Feier gesellten.«

»Ja«, flüsterte Obring scharf.

»Ich sah, daß viele von denen, die die Früchte probiert hatten, die Reste ins Gras warfen und zum Fluß liefen, um ihn zu durchschwimmen und zu dem Gebäude zu gelangen, und viele von denen, die sie nicht probiert hatten oder nicht mal in die Nähe des Baums gekommen waren, liefen auch zu der endlosen Feier hinüber, die dort drüben abgehalten wurde. Einige von ihnen ertranken im Fluß und wurden flußabwärts getrieben, aber viele schafften es hinüber und gingen tropfnaß zu dem Gebäude und hinein, und ich sah, daß sie an die Fenster traten und auf uns zeigten und lachten. Aber ich war nicht wütend auf sie, denn nun sah ich etwas, das ich zuvor nicht gesehen hatte. Denn wißt ihr, der Fluß war schmutzig. Abwasser floß in ihm. Der gesamte Abfall einer verwahrlosten Stadt trieb flußabwärts, und als sie aus dem Wasser kamen, tropfte das Zeug von ihrer Kleidung, und so rochen sie auch, als sie sich zu den Feiernden gesellten, und in dem Gebäude waren alle mit dem Matsch aus dem Fluß bedeckt, und der Geruch war unaussprechlich. Und wenn man in das Gebäude schaute, sah man, daß es niemandem Freude bereitete, neben einem anderen zu stehen, weil alle so schmutzig waren und stanken. Sie waren für eine kurze Zeit zusammengekommen, doch irgendwann würde der üble Gestank der Kleidung der anderen Personen sie wieder forttreiben. Und doch schien dies niemand zu begreifen – sie alle waren so versessen darauf, den Fluß zu durchschwimmen und bei der Feier mitzumachen. Sie alle schienen Angst zu haben, abgewiesen zu werden, wenn sie sich nicht beeilten und *sofort* dorthin gingen.«

Volemak richtete sich auf und lehnte sich auf dem Stein zurück, auf dem er saß. »Das war alles. Einmal abgesehen davon, daß ich mich zum Schluß erneut nach Elemak und Mebbekew umsah und hoffte, sie würden zu mir zum Baum kommen. Denn ich hielt noch immer die Frucht in meiner Hand und hatte ihren Geschmack in meinem Mund. Und sie war noch immer köstlich und perfekt, und sie verblich nicht; jeder Biß war besser als der vorherige, und ich wollte, daß meine gesamte Familie, all meine *Freunde,* daran teilhatten. Daß sie Teil des *Lebens* der Frucht waren. Und dann wußte ich, daß ich aufwachte – ihr wißt, wie das in einem Traum ist –, und ich dachte, ich kann sie noch immer schmecken. Ich kann die Frucht noch in meinen Händen spüren. Wie wunderbar – nun kann ich sie Elja und Meb bringen, und sie können sie selbst probieren, denn nur, wenn sie sie probieren, werden sie zu dem Rest von uns am Baum kommen.

Und dann wachte ich wirklich auf und stellte fest, daß meine Hände leer waren, und Rasa schlief neben mir und hatte ihren eigenen Traum, und so hatte sie doch nicht von der Frucht gekostet, und Nafai und Issib waren noch in ihren Zelten, und es war nicht geschehen.«

Volemak lehnte sich wieder vor. »Aber ich schmeckte sie noch immer. Ich kann sie selbst jetzt noch schmecken. Und deshalb mußte ich es euch erzählen. Obwohl die Überseele abstreitet, mir den Traum geschickt zu haben, fühlte er sich echter, wirklicher an als jeder andere Traum, den ich je zuvor gehabt hatte. Nein, er fühlte – er *fühlt* – sich wirklicher als die Wirklichkeit an, und als ich die Frucht aß, war ich lebendiger denn je zuvor in meinem Leben. Hat das irgendeine Bedeutung für euch?«

»Ja, Volja«, sagte Rasa. »Eine größere, als du ahnst.«

Es folgte ein allgemeines Murmeln der Zustimmung, und als Volemak sich in der Gruppe umsah, erkannte er, daß die meisten von ihnen nachdenklich dreinschauten und viele von ihnen sogar gerührt waren – vielleicht eher durch Volemaks Gefühle als durch die Geschichte des Traums selbst, doch zumindest hatte irgend etwas daran sie ergriffen. Er hatte getan, was er konnte, um seine Erfahrung mit ihnen zu teilen.

»Der Traum hat mich sogar richtig hungrig gemacht«, sagte Dol. »Das ganze Gerede von Früchten und so.«

»Und die Fäkalien im Fluß. Hmm«, sagte Kokor. »Was gibt es zum Abendessen?«

Sie lachten. Die ernste Stimmung war gebrochen. Doch Volemak konnte nicht wütend sein. Er konnte nicht erwarten, daß sein Traum sie für den Rest ihres Lebens verwandelte.

Aber er *hat* etwas zu bedeuten. Selbst, wenn er nicht von der Überseele gekommen ist, ist er wahr, und er ist wichtig, und ich werde ihn nie vergessen. Oder falls ich ihn vergessen sollte, werde ich deshalb zu bedauern sein.

Diejenigen, die das Abendessen zubereitet hatten, erhoben sich, um ihre Vorbereitungen abzuschließen und es zu servieren. Rasa setzte sich neben Volemak und legte den

Arm um ihn. Volemak schaute zu Issib hinüber und sah, daß Tränen seine Wangen hinabflossen, und Nafai und Luet gingen Arm in Arm nachdenklich und zärtlich miteinander – so gut, so richtig, die beiden. Die meisten anderen kannte Volemak kaum. Sein Blick glitt instinktiv über sie hinweg zu Mebbekew und Elemak. Und als er die beiden sah, war er überrascht, denn sie wirkten weder bewegt noch wütend. Wenn Volemak hätte bezeichnen müssen, was er auf ihren Gesichtern sah, hätte er es Angst genannt.

Wie konnten sie diesen Traum hören und sich fürchten?

»Er spart es sich für später auf«, sagte Mebbekew. »Diese Sache mit dem Traum, wir von der Familie abgeschnitten – er wird uns beide enterben.«

»Ach, halt doch die Klappe«, sagte Elemak. »Er läßt uns nur wissen, daß er weiß, was in der Wüste passiert ist. Er wird nicht viel Aufhebens darum machen, aber er *weiß* es. Er läßt es wahrscheinlich auf sich beruhen – vorausgesetzt, keiner von uns macht eine wirklich große Dummheit.«

Meb betrachtete ihn kalt. »Wie ich mich erinnere, hast *du* in der Wüste den Pulsator auf Nafai gerichtet und nicht ich. Also zeige nicht mit dem Finger auf die Leute und nenne sie dumm.«

»Ich scheine mich an einen jüngeren Zwischenfall zu erinnern.«

»Bei dem du der einzige Zeuge warst. Sogar der liebe Njef hat keine Ahnung. Und es stimmt einfach nicht, du hast dir alles ausgedacht, du elende Pißnelke.«

Elemak ignorierte den Kraftausdruck. »Hoffentlich sehe ich nie so dumm aus wie Vater gerade. Vor allen Leuten zu weinen – wegen eines Traums.«

»Ja, alle sind dumm, nur Elemak nicht«, sagte Mebbekew. »Du bist so klug, daß du durch die Nase furzt.«

Elemak konnte nicht glauben, wie ausgesprochen kindisch Meb sich benehmen konnte. »Sind wir noch immer zwölf Jahre alt, Meb? Glaubst du, du bist erwachsen, wenn du *pissen* und *furzen* sagst?«

»Das ist ja gerade die Ironie, du armer, klotzköpfiger Depp«, sagte Meb mit seinem freundlichsten Tonfall. »Aber du bist ja so klug, daß du Ironie nie begreifst. Kein Wunder, daß du alle anderen für so dumm hältst – du kapierst nie, was sie sagen, und glaubst deshalb, sie würden nicht verständlich sprechen. Ich will dir ein Geheimnis verraten, das alle anderen in diesem Lager kennen, Elja, mein lieber Bruder. Du weißt vielleicht, wie man lebendig durch die Wüste kommt, aber das ist auch das *einzige,* was du weißt. Selbst Eiadh scherzt mit den anderen Frauen, du wärest bei ihr immer so schnell fertig, sie würde gar nicht mitbekommen, daß du überhaupt angefangen hast. Du weißt nicht mal, wie man eine Frau befriedigt. Und, Elja, laß mich dir eins sagen, Frauen sind sehr leicht zu befriedigen.«

Elemak ließ die Beleidigungen und versteckten Andeutungen von sich abprallen. Er kannte Meb, wenn er in solch einer Stimmung war. Als sie noch Kinder gewesen waren, hatte Elemak ihn immer verprügelt – aber dann war ihm schließlich klargeworden, daß Mebbekew genau das wollte. Als hätte er nichts gegen den Schmerz, solange er Elemak so wütend und mit rotem Gesicht sah, schwitzend und mit wunden Händen, weil er so lange auf Mebbekew eingeschlagen hatte. Denn dann wußte Meb, daß er alles unter Kontrolle hatte.

Also ließ Elemak sich nicht anstacheln. Statt dessen stand er auf und ging zu den anderen, die sich an der Kochstätte ihr Essen holten. Eiadh schenkte aus dem großen Topf ein – sie hatten keine Zeit gehabt, den Hasen zu kochen, so daß nur wenig Fleisch in dem Eintopf war, doch Rasa hatte viele Gewürze hinzugegeben, damit die Suppe heute abend wenigstens nach etwas schmeckte. Und Eiadh sah so süß aus, wie sie die Suppe in die Schüsseln austeilte, daß er augenblicklich Lust auf sie verspürte. Er wußte genau, daß Meb log – Eiadh hatte nicht den geringsten Grund, sich über seine Fähigkeiten als Liebhaber zu beschweren –, und wenn noch kein Baby in ihr war, würde bald eins in ihr sein. Dieses Wissen schmeckte für Elemak in der Tat süß. Dies habe ich bei all diesen Reisen gesucht, dachte er. Und wenn sein Vater das mit seinem Baum des Lebens gemeint hatte – an dem großen Unternehmen Liebe, Sex, Geburt, Leben und Tod teilzunehmen –, dann hatte Elemak in der Tat von der Frucht dieses Baums gekostet, und sie war köstlich, köstlicher als alles andere, was das Leben anzubieten hatte. Wenn sein Vater also glaubte, Elemak würde sich schämen, weil er in dessen Traum nicht zu dem Baum gekommen war, würde er enttäuscht sein, denn Elemak hatte den Baum bereits gefunden, und sein Vater mußte ihm nicht den Weg zeigen.

Nach dem Abendessen gingen Nafai und Luet zum Indexzelt. Sie wären schon vor dem Essen gegangen, so begierig waren sie darauf – aber sie wußten, daß man ihnen keine Portion aufbewahren würde. Sie mußten essen, wenn die Mahlzeiten serviert wurden. Und so zogen sie nun, als die Dunkelheit sich senkte, die Tür auf und traten hinein, nur um festzustellen, daß Issib und Huschidh bereits dort waren und die Hände auf den Index gelegt hatten.

»Verzeihung«, sagte Luet.

»Kommt herein«, sagte Huschidh. »Wir bitten um eine Erklärung des Traums.«

Luet und Nafai lachten. »Obwohl völlig klar ist, was er bedeutet?«

»Also hat Vater es euch auch gesagt«, erwiderte Issib. »Nun, wahrscheinlich hat er recht – es ist eine allgemeine moralische Lektion, daß man sich um seine Familie kümmern und die Freuden des Lebens ignorieren muß und so weiter – wie die Bücher, die man Kindern gibt, damit sie sich in Zukunft anständig benehmen.«

»Aber«, sagte Nafai.

»Aber warum ausgerechnet *jetzt?* Warum *wir?«* sagte Issib. »Das wollen wir herausfinden.«

»Vergiß nicht, daß er gesehen hat, was wir anderen auch gesehen haben«, sagte Luet. »Was General Muuzh gesehen hat.«

»Was meinst du?« fragte Issib.

»Er war nicht dort«, erinnerte Huschidh sie. »Und ich habe ihm noch nichts von meinem Traum erzählt.«

»Wir haben Träume gehabt«, sagte Luet. »Und obwohl all unsere Träume verschieden waren, hatten sie etwas gemeinsam. Wir alle haben diese haarigen Fluggeschöpfe gesehen – ich hielt sie für Engel, obwohl sie nicht besonders nett aussahen. Und die Überseele hat uns gesagt, daß General Muuzh sie ebenfalls gesehen hat – und Huschidh und mein Vater. Und auch unsere Mutter, die Frau namens Durstig, die verhindert hat, daß Huschidh General Muuzh heiraten mußte. Und dann sind da auch die Wesen, die auf dem Boden ...«

Huschidh ergriff das Wort. »Ich habe gesehen, wie die Rattenähnlichen unsere ... Kinder gefressen haben. Oder es zumindest versucht haben.«

»Und Vaters Traum gehört dazu«, sagte Luet, »denn obwohl er sich von den anderen unterscheidet, kommen trotzdem die Ratten und Engel darin vor. Erinnert ihr euch? Er hat gesagt, er habe jemanden fliegen und jemanden über den Boden huschen sehen. Aber er habe gewußt, daß es sich auch bei diesen Wesen um Menschen handelte.«

»Jetzt fällt es mir wieder ein«, sagte Issib. »Aber er ist einfach darüber hinweggegangen.«

»Weil er nicht erkannt hat, daß dies das Zeichen war«, sagte Luet.

»Wofür?«

»Daß der Traum nicht von der Überseele kam«, sagte Luet.

»Aber das hat Vater gewußt«, erwiderte Issib. »Die Überseele hat es ihm gesagt.«

»Ja, aber von *wem* kam er dann?« fragte Nafai. »Hat die Überseele ihm *das* gesagt?«

»Vom Hüter der Erde«, sagte Luet.

»Wer ist *das?*« fragte Issib.

»Das ist derjenige, den die Überseele auf der Erde aufsuchen will«, sagte Luet. »Wegen ihm kehren *wir alle* zur Erde zurück. Versteht ihr nicht? Der Hüter der Erde ruft uns alle in unseren Träumen, einen nach dem anderen, und teilt uns etwas mit. Und was in Vaters Traum passiert ist, *ist* wichtig, weil es in der Tat vom Hüter kommt. Wenn wir es nur zusammensetzen und begreifen könnten ...«

»Aber wenn etwas von der Erde kommt, muß es überlichtschnell reisen«, sagte Issib. »Und das ist unmöglich.«

»Oder er hat diese Träume vor hundert Jahren mit Lichtgeschwindigkeit auf den Weg geschickt«, sagte Nafai.

»Träume zu Menschen geschickt, die noch nicht einmal geboren sind?« sagte Luet. »Ich dachte, diese Idee hättest du aufgegeben.«

»Ich glaube noch immer, daß die Träume gewissermaßen in ... in der Luft sein können«, sagte Nafai. »Und wer von uns gerade schläft, wenn der Traum eintrifft, bekommt ihn.«

»Das ist nicht möglich«, sagte Huschidh. »Mein Traum war viel zu spezifisch.«

»Vielleicht hast du einfach nur das, was der Hüter dir mitteilen will, in deinen Traum eingearbeitet«, sagte Nafai. »Das wäre doch möglich.«

»Nein, wäre es nicht«, sagte Huschidh. »Mein Traum war aus einem Guß. Wenn ein Teil davon vom Hüter der Erde kam, dann auch der gesamte Traum. Und der Hüter kannte mich. Verstehst du, was das bedeutet? Der Hüter kannte mich, und er hat ... alles gewußt.«

Einen Augenblick lang senkte sich Schweigen über die Gruppe.

»Vielleicht schickt der Hüter diese Träume nur Menschen, von denen er *will*, daß sie zurückkommen«, sagte Issib.

»Hoffentlich irrst du dich«, sagte Nafai. »Denn ich hatte noch keinen solchen Traum. Ich habe diese Ratten und Engel noch nicht gesehen.«

»Ich auch nicht«, sagte Issib. »Ich dachte nur, vielleicht ...«

»Aber du warst in *meinem* Traum«, sagte Huschidh, »und wenn der Hüter mich ruft, dann will er auch dich haben.«

»Und wir beide kamen in Vaters Traum vor«, sagte Nafai. »Deshalb müssen wir herausfinden, was er bedeutet. Es steckt offensichtlich mehr dahinter als nur die Aufforderung, uns zu benehmen. Und sollte das doch seine Aufgabe gewesen sein, hat der Traum eine ziemlich lausige Arbeit geleistet, denn Elemak und Mebbekew sind wütend darüber, in dem Traum ausgesondert worden zu sein, weil sie sich geweigert haben, zu dem Baum zu gehen.«

»Also macht mit«, sagte Issib. »Berührt den Index und fragt.«

Der längere Arm von Issibs Stuhl hielt den Index, so daß er die Hand darauflegen konnte. Die anderen scharten sich um ihn und berührten ihn ebenfalls. Berührten und befragten ihn, stellten immer wieder Fragen, stumm, in ihren Köpfen ...

»Nein«, sagte Issib, »nichts passiert. So funktioniert es nicht. Wir müssen eine Frage nach der anderen stellen.«

»Dann sprich du für uns«, sagte Huschidh. »Stell du die Fragen für uns alle.«

Während ihre Hände auf dem Index lagen, äußerte Issib ihre Fragen. Er fragte; sie warteten. Er fragte erneut. Sie warteten erneut. Nichts.

»Komm schon«, sagte Nafai. »Wir haben alles getan, was du verlangt hast. Selbst, wenn du uns nur sagen kannst, daß du genauso verwirrt bist, wie wir es sind, sage uns zumindest *das.*«

»Ich bin genauso verwirrt wie ihr«, erklangt augenblicklich die Stimme des Index.

»Nun, warum hast du das nicht von Anfang an gesagt?« fragte Issib wütend.

»Weil ihr mich nicht gefragt habt, was ich davon *halte*, sondern was der Traum zu bedeuten hat. Ich habe versucht, es zu ergründen. Ich kann es nicht.«

»Du meinst, noch nicht«, sagte Nafai.

»Ich meine, ich kann es nicht«, sagte der Index. »Ich habe nicht genug Informationen. Ich kann nicht intuitiv vorgehen, wie es euch Menschen möglich ist. Mein Verstand ist zu einfach und direkt. Bittet mich nicht um mehr, als ich bewältigen kann. Ich weiß alles, was man durch Beobachtungen erfahren kann, aber ich kann nicht vermuten, was der Hüter der Erde beabsichtigt, und ihr erschöpft mich, wenn ihr verlangt, daß ich es versuche.«

»Na schön«, sagte Luet. »Es tut uns leid. Aber wenn du irgend etwas erfährst ...«

» ... werde ich euch alles sagen, was ihr meines Erachtens wissen müßt.«

»Sage es uns auch, wenn du nicht dieser Auffassung bist«, verlangte Issib.

Aber die Stimme des Index meldete sich nicht mehr.

»Man kann so *wütend* werden, wenn man sich mit der Überseele befassen muß!« sagte Nafai.

»Sprich mit Respekt von ihr«, sagte Huschidh. »Vielleicht wird sie dann kooperativer sein.«

»Zeige ihr *zu* viel Respekt, und der Computer hält sich wirklich noch für einen Gott«, sagte Issib. »Und dann werden wir erst recht schwer mit ihm auskommen.«

»Komm zu Bett«, sagte Luet zu Nafai. »Wir setzen unser Gespräch morgen früh fort, aber jetzt brauchen wir unseren Schlaf.«

Es bedurfte nur wenig Überredungskunst, und Nafai folgte ihr in ihr Zelt. Huschidh und Issib blieben allein zurück.

Sie saßen eine Weile schweigend da. Issib fühlte die Unbehaglichkeit, als wäre sie Rauch in der Luft; er konnte kaum noch atmen. Vaters Traum hatte sie hier zusammengebracht, damit sie durch den Index mit der Überseele sprachen. Er konnte Huschidh problemlos zeigen, wie geschickt er im Umgang mit dem Index war; wenn es um den Index ging, war er sehr selbstsicher, auch wenn die Überseele selbst verwirrt war und nicht richtig antworten konnte. Doch nun war kein Index zwischen ihnen – er ruhte stumm in seinem Behälter, in den Nafai ihn gelegt hatte, und nun gab es nur noch Huschidh und Issib, und die beiden sollten heiraten, und Issib fiel nichts ein, was er sagen konnte.

»Ich habe von dir geträumt«, sagte Huschidh.

Ah! Sie hatte als erste gesprochen! Augenblicklich brachte der aufgestaute Drang, etwas zu sagen, Worte auf Issibs Lippen. »Und du bist schreiend aufgewacht?« Nein, diese Erwiderung war eine Dummheit gewesen. Aber er hatte es nun einmal gesagt, und – ja, sie lächelte. Sie wußte, daß es ein Scherz war, also mußte es ihm nicht peinlich sein.

»Ich habe geträumt, daß du fliegst.«

»Das tue ich ziemlich oft«, sagte er. »Aber nur in anderer Leute Träumen. Hoffentlich hast du nichts dagegen.«

Und sie lächelte.

Er hätte nun etwas anderes sagen sollen, etwas Ernstes, denn er wußte, daß sie den schwierigen Part übernommen hatte – sie sagte ernste Dinge, und er hielt Witze dagegen. Auf diese Weise konnten sie sich zwar besser kennenlernen, aber damit lenkte er auch ständig von den schwierigen Dingen ab, die sie sagen wollte. Er wußte also, er sollte ihr eigentlich helfen, diese ernsten Dinge zu sagen, und doch wußte er nicht, was er sagen sollte, wo er nun allein mit ihr hier im Indexzelt saß. Abgesehen davon, daß er Angst hatte, denn sie brauchte einen Gatten, und er mußte dieser Gatte sein, aber er hatte keine Ahnung, ob er seine diesbezüglichen Verpflichtungen erfüllen konnte. Natürlich hatte er nicht die Sprache verloren, und er kannte Huschidh gut genug, um zu wissen, daß auch sie gut mit jemandem reden konnte, den sie kannte – er hatte gehört, wie sie im Unterricht leidenschaftliche Reden führte; das galt auch für die Privatgespräche, die er zufällig aufgeschnappt hatte. Also würden sie sich wahrscheinlich unterhalten können, aber um zu reden, mußten sie nicht heiraten, oder? Was für ein Vater werde ich sein? Komm sofort her, mein Sohn, oder ich überfahre dich mit meinem Stuhl!

Ganz zu schweigen von der Frage, wie er überhaupt Vater werden würde. Oh, den rein mechanischen Vorgang konnte er sich durchaus vorstellen, aber nicht, daß eine Frau tatsächlich daran teilhaben wollte. Und das war also die schwierige Frage, die zu stellen er sich nicht überwinden konnte. Hier ist das Drehbuch, wie wir Kinder bekommen können – bist du bereit, die Hauptrolle zu übernehmen? Der einzige Haken daran ist, daß du alles tun mußt, während ich einfach dort liege und dir nicht das geringste Vergnügen bereiten kann, und dann wirst du die Kinder haben, während ich dir überhaupt nicht helfen kann, und wenn wir dann alt sind, mußt du mich bis zu meinem Tod pflegen, was aber wohl keine große Rolle spielen wird, da du mich ja schon die ganze Zeit über gepflegt hast, denn wenn ich einmal eine Frau habe, werden die anderen mir nicht mehr helfen wollen. Also mußt du das übernehmen, persönliche Hilfestellungen, die dich anekeln werden. Und dann sollst du noch meinen Samen empfangen und mir *danach* Kinder gebären, und mir fallen einfach keine Worte ein, mit denen ich dich dazu überreden könnte.

Huschidh sah ihn in der Stille ruhig an. »Du atmest ziemlich schwer«, sagte sie.

»Wirklich?« fragte er.

»Ist das Leidenschaft, oder hast du genausoviel Angst davor wie ich?« fragte sie.

Ja. Noch mehr Angst. »Leidenschaft«, sagte er.

Es war nicht sehr hell im Zelt, aber auch nicht sehr dunkel. Er sah, daß sie eine Entscheidung traf. Sie griff unter ihre Bluse und machte dort irgend etwas, und als ihre Hände wieder zum Vorschein kamen, sah er, daß ihre Brüste sich unter dem Stoff nun frei bewegten. Und weil sie das getan hatte, hatte er mehr Angst denn je zuvor, aber er spürte auch einen Anflug von Begierde, denn noch nie hatte eine Frau so etwas vor ihm getan, und ganz bestimmt nicht *für* ihn, damit *er* es sehen konnte. Aber jetzt erwartete sie wahrscheinlich, daß er irgend etwas tat, und er hatte nicht die geringste Ahnung, was das sein sollte.

»Ich bin nicht sehr erfahren in diesen Angelegenheiten«, sagte Huschidh.

In welchen Angelegenheiten? wollte er fragen, tat es dann aber doch nicht, da er genau wußte, was sie meinte, und es kein guter Augenblick für einen Scherz war.

»Aber ich dachte, wir sollten eine Art Experiment durchführen«, sagte sie. »Bevor wir irgendeine Entscheidung treffen. Um festzustellen, ob ich vielleicht anziehend auf dich wirken könnte.«

»Das könntest du«, sagte er.

»Und um festzustellen, ob du mir etwas geben kannst«,

sagte sie. »Es wäre doch schöner, wenn wir beide unseren Spaß daran haben, meinst du nicht auch?«

Ihre Worte klangen so sachlich. Doch er hörte am Zittern ihrer Stimme, daß sie sie gar nicht sachlich meinte. Und zum erstenmal kam ihm in den Sinn, daß sie sich wahrscheinlich nicht für eine schöne Frau hielt. In der Schule hatten die jungen Männer niemals hinter ihrem Rücken hinter ihr her gesabbert; nun kam Issib in den Sinn, daß sie dies vielleicht genau wußte – nein, nicht nur *vielleicht* –, und daß sie genauso große Angst davor hatte, ob er sie begehren würde, wie er, ob er ihr gefallen würde. Damit waren sie ein wenig näher zueinander gerückt. Und statt sich Sorgen darüber zu machen, ob sie Abscheu empfinden würde, konnte er sich nun ein paar Gedanken darüber machen, was ihr gefallen würde.

Sie rückte näher zu ihm heran. »Ich habe meine Schwester Luet gefragt«, sagte sie. »Was Männer für Frauen tun, und was du ihres Erachtens für mich tun könntest.« Ihre Hände lagen nun auf den Stuhllehnen. Und nun ließ sie die rechte Hand auf sein Bein hinabrutschen. Auf sein dünnes, dünnes Bein; er fragte sich, wie dieser Schenkel, der kaum Muskeln hatte, sich für sie anfühlte. Dann drückte sie sich enger an ihn, und ihm wurde klar, daß der Stoff ihrer Bluse nun seine Hand berührte. »Sie hat gesagt, du kämst mit Knöpfen klar.«

»Ja«, sagte er. Es war schwer, aber er hatte gelernt, Kleidung, die auf diese Weise zusammengehalten wurde, auf- und zuzuknöpfen.

»Das heißt vermutlich, daß du Knöpfe auch öffnen kannst.«

Erst da begriff er, daß es sich um eine Aufforderung handelte.

»Ein Experiment«, sagte er.

»Eine kleine Zwischenprüfung«, sagte sie. »Aufknöpfen und öffnen, und danach eine Zusatzaufgabe, mit der du noch ein paar weitere Punkte machen kannst.«

Er hob seine Hand – es fiel ihm so schwer –, hob sie und

berührte den obersten Knopf ihrer Bluse. Es war ein schlechter Winkel – rückhändig.

»Kein guter Winkel, nicht wahr?« sagte sie. Dann legte sie die rechte Hand auf seinen anderen Schenkel, schob sie höher und beugte sich dann über ihn. Nun konnte er beide Hände benutzen, und es war fast leicht, ihre Bluse aufzuknöpfen, obwohl er noch niemals die Kleidung eines anderen Menschen aufgeknöpft hatte. Ihm kam in den Sinn, daß dies eine nützliche Fertigkeit bei Kindern war, die noch nicht gelernt hatten, sich allein anzuziehen.

»Vielleicht schaffst du den nächsten Knopf schneller«, sagte sie.

Er schaffte es. Und während er die Knöpfe öffnete, streiften seine Hände ihre Brüste. Er hatte Tag und Nacht davon geträumt, die Brüste einer Frau zu berühren, hatte aber immer geglaubt, dieser Traum würde nur ein Traum bleiben. Und als er nun einen Knopf nach dem anderen öffnete, schob sie sich höher, damit er den nächsten Knopf erreichen konnte, und damit näherten ihre Brüste sich seinem Gesicht, bis er schließlich imstande war, ihre Haut zu küssen, wenn er den Kopf nur ein wenig zur Seite drehte.

Seine Finger öffneten den letzten Knopf, und nun schwangen die beiden Seiten ihrer Bluse auf. Ich kann es nicht, ich kann es nicht, dachte er, und dann tat er es trotzdem, drehte den Kopf und küßte sie. Die Haut war ein wenig verschwitzt, aber auch weich und glatt, nicht wie Haut, die dem Wetter ausgesetzt war – nicht wie *seine* Hände, obwohl die auch glatt waren. Nicht einmal wie die glatte Wange seiner Mutter, die er oft geküßt hatte; dies war eine Haut, wie er sie noch nie mit den Lippen berührt hatte, und er küßte sie erneut.

»Für das Aufknöpfen und Öffnen bekommst du nur eine durchschnittliche Note«, sagte sie, »aber die Zusatzaufgabe hast du vielversprechend gelöst. Du mußt nicht immer *so* sanft sein.«

»Ich bin eigentlich so grob und brutal und männlich, wie es mir möglich ist«, sagte er.

»Dann ist es in Ordnung«, sagte sie. »Weißt du, du kannst

es gar nicht falsch machen. Solange ich weiß, daß du es machst, weil du es willst.«

»Ich will es«, sagte er. Und dann, weil ihm klar wurde, daß sie es hören mußte: »Ich will dich so sehr. Du bist so ... perfekt.«

Sie schien leicht zusammenzuzucken.

Dann bewegte *ihre* Hand sich und erprobte auch ihn, wollte feststellen, wie er reagierte, und obwohl sein erster Instinkt ihn dazu drängte, sich zu verstecken, zurückzuschrecken, war er endlich einmal froh, daß sein Körper ihm nicht ermöglichte, sich so schnell zu bewegen, weil auch sie wissen sollte, daß er erregt war.

»Ich glaube, das Experiment war ein Erfolg, meinst du nicht auch?« fragte Huschidh.

»Ja«, sagte Issib. »Aber soll das heißen, das ich jetzt aufhören soll?«

»Nein«, sagte sie. »Aber jeden Augenblick könnte jemand in dieses Zelt kommen.« Sie wich zurück und knöpfte ihre Bluse zu. Aber sie atmete auch ziemlich schwer. Das konnte er trotz seines schweren Atems hören. »Das war aber eine Menge Übung für mich«, sagte er.

»Es liegt auch in meiner Absicht, dich zu ermüden.«

»Das kannst du nicht, außer, du heiratest mich«, sagte er.

»Ich dachte schon, du würdest nie fragen.«

»Willst du mich heiraten?«

»Wäre es morgen früh genug?«

»Nein«, sagte er. »Ich glaube nicht.«

»Dann sollte ich vielleicht deine Eltern holen.« Ihre Bluse war mittlerweile zugeknöpft, und sie stand auf und verließ das Zelt. Erst jetzt bemerkte er, daß die Unterwäsche, die zuvor ihre Brüste gehalten hatte, mitten auf dem Teppich lag, ein kleiner weißer Haufen. Er senkte die rechte Hand auf die Kontrollen seines Stuhls, fuhr den langen Arm des Stuhls aus, hob das Kleidungsstück auf und holte es heran. Er sah sich an, wie es beschaffen war; ziemlich einfallsreich, dachte er, doch gleichzeitig verabscheute er, daß das elastische Material die Brüste einer Frau die ganze Zeit über an ihren Körper drückte. Vielleicht tragen Frauen so was ja nur, wenn sie auf Kamelen reiten. Es wäre schade, wenn sie ständig so eingezwängt wären. Besonders für ihn, denn ihm hatte gefallen, wie Huschidhs Körper sich unter ihrer Bluse bewegt hatte, nachdem sie dieses Ding abgelegt hatte.

Er befahl seinem Stuhl, es in dem kleinen Behälter unter dem Stuhl zu verstauen; er gehorchte. Gerade rechtzeitig – Huschidh kam mit Vater und Mutter zurück. »Ich kann mich ja kaum beschweren, daß dies zu plötzlich kommt«, sagte Vater. »Wir hatten damit gerechnet und gehofft, daß es eher früher als später geschehen würde.«

»Sollen wir für die Zeremonie alle zusammenrufen?« fragte Mutter.

Und dann würden sie eine halbe Stunde damit verbringen, sich abwechselnd zu langweilen und darüber nachzudenken, wie Huschidh und Issib wohl miteinander schliefen? »Nein, danke«, sagte er. »Alle wichtigen Leute sind hier.«

»Ach, wie schade«, sagte Huschidh. »Ich habe Luet und Nafai gebeten, ebenfalls zu kommen, sobald sie Zdorab und Schedemei über die neuen Schlafarrangements informiert haben.«

Daran hatte Issib nicht gedacht – Huschidh hatte mit Schedemei ein Zelt geteilt, und Issib mit Zdorab. Nun waren die beiden gezwungen, zusammenzuziehen, bevor sie dazu bereit waren, und ...

»Mach dir darüber keine Sorgen«, sagte Vater. »Zdorab wird hier bei dem Index schlafen, und Schedemei bleibt, wo sie ist. Huschidh wird zu dir ziehen, weil dein Zelt bereits ... ausgerüstet ist.«

Ausgerüstet mit seiner privaten Latrinenvorrichtung, den Töpfen für seine Schwämme, dem Bett mit der Matratze aus Luftblasen, damit er sich nicht bettwund legte. Und wenn er am Morgen seine Blase und Gedärme entleeren mußte, würde er sagen, Schuja, Liebling, wärest du so lieb, mir den Krug und die Bettpfanne zu bringen? Und dann sei ein Schatz und wische mich bitte ab, ja?

»Und Nafai und Zdorab werden morgen früh kommen, um dir zu helfen, dich für den Tag fertigzumachen«, sagte Vater.

»Und es mir beizubringen«, sagte Huschidh. »Wenn du mich heiraten willst, Issib, darf dies keine Schranke zwischen uns sein. Ich weigere mich, mich dadurch stören zu lassen, und du mußt dich ebenfalls weigern.«

Leichter gesagt als getan, dachte Issib, nickte aber zustimmend und hoffte, daß es wirklich so kommen würde.

Nachdem Nafai und Luet eingetroffen waren, dauerte die Zeremonie nur ein paar Minuten. Nafai stand neben Issib und Luet neben Huschidh, während Mutter und Vater abwechselnd die Teile der Zeremonie sprachen. Eigentlich war es die Ehezeremonie der Frauen, wie sie in Basilika abgehalten wurde, und so mußte Vater nur dann und wann einspringen und seinen Teil richtig aufsagen, aber das gehörte einfach zur Zeremonie. Jedenfalls hatte er diesen Eindruck. Vaters Stimme wiederholte sanft die Worte, die Mutter gerade gesprochen hatte, als wolle er ihn noch einmal daran erinnern. Schließlich waren sie fertig, und Rasa legte ihre Hände zusammen. Huschidh beugte sich zu Issib in seinem Stuhl hinab und küßte ihn. Es war das erstemal, daß seine Lippen die ihren berührten, und es überraschte ihn. Es gefiel ihm auch sehr gut, und außerdem kniete sie während des Kusses neben dem Stuhl nieder, und dabei drückten ihre Brüste sich gegen seinen Arm, und er wollte eigentlich nur noch, daß alle anderen sie allein ließen, damit er feststellen konnte, wie der Rest des Experiments verlaufen würde.

Es dauerte noch eine weitere halbe Stunde, während der Nafai und Luet sie neckten und aufzogen, doch schließlich waren sie allein in Issibs Zelt, und sie setzten das Experiment dort fort, wo sie es abgebrochen hatten. Als Huschidh nackt war, hob sie ihn aus dem Stuhl. Er wußte, sie war überrascht, wie leicht er war, obwohl Nafai ihr zweifellos versichert hatte, daß sie keine Schwierigkeiten haben würde, ihn zu tragen, so groß, wie sie war. Sie zog ihn aus und drückte ihren Körper dann an den seinen, damit er ihr genausoviel geben konnte, wie sie ihm gab. Er glaubte, die Stärke der Gefühle nicht ertragen zu können, als er sah, wie viel Vergnügen er ihr gab, und die Freuden spürte, die sie ihm gab; sein Körper erleichterte sich fast in dem Augenblick, in dem sie sich auf ihn hinabließ. Doch das war nicht schlimm, denn sie umfaßte ihn noch immer und bewegte sich auf ihm und küßte ihn, und er küßte ihre Wange, ihre Schulter, ihre Brust, ihren Arm, wann immer ein Teil von ihr in die Nähe seiner Lippen kam; und wenn er es konnte, legte er die Arme um sie, damit sie, als sie sich auf ihm bewegte, seine Hände auch auf ihrem Rücken, ihren Schenkeln spüren konnte; sanft, schwach, eigentlich zu nichts imstande, aber trotzdem vorhanden. Genügte ihr das? Konnte sie dies genießen, immer und immer wieder, auf ewig?

Dann kam ihm in den Sinn, statt sich darüber den Kopf zu zerbrechen, sie doch einfach zu fragen.

»Ja«, sagte sie. »Du bist also fertig?«

»Zumindest das erste Mal«, sagte er. »Ich hoffe, ich habe dir nicht zu weh getan.«

»Ein wenig«, sagte sie. »Aber Luet hat mir gesagt, ich könne sowieso nicht erwarten, daß es beim erstenmal überwältigend ist.«

»Wie nicht-überwältigend war es?«

»Ich war nicht *über*-wältigt«, sagte sie. »Aber es ist auch nicht so, als wäre ich nicht einmal wältigt. Ich würde sagen, in meiner Hochzeitsnacht war ich durch und durch wältigt, und ich freue mich ziemlich auf unsere nächste Wältigung, um zu sehen, um wie viel wältiger es noch werden kann.«

»Vielleicht sollten wir es als allererstes morgen früh einmal ausprobieren.«

»Vielleicht«, sagte sie. »Aber sei nicht überrascht, wenn du aufwachst und mitten in der Nacht feststellst, daß ich die Situation schamlos ausnutze.«

»Tust du nur so, oder meinst du es wirklich ernst?«

»Tust *du* nur so?« fragte sie.

»Nein«, sagte er. »Das ist die schönste Nacht meines Lebens. Hauptsächlich, weil ...«

Sie wartete.

»Weil ich nie gedacht hätte, daß es einmal passieren würde.«

»Aber es ist geschehen«, sagte sie.

»Ich habe geantwortet«, sagte er. »Jetzt bist du dran.«

»Ich dachte, ich müßte so tun, und ich *hätte* auch so getan, hätte es sein müssen, weil ich weiß, daß unsere Ehe auf lange Sicht funktionieren kann – ich weiß es, weil ich es in meinem Traum vom Hüter der Erde gesehen habe. Wenn ich dir also am Anfang etwas hätte vormachen müssen, hätte ich es getan.«

»Oh.«

»Aber ich mußte dir nichts vormachen. Ich habe dir gezeigt, was ich wirklich gefühlt habe. Es war nicht so gut, wie es einmal sein wird, aber es war gut. *Du* warst gut zu mir. Sehr sanft. Sehr freundlich. Sehr ...«

»Liebevoll?«

»Wolltest du das sein?«

»Ja«, sagte er. »Das war mir am wichtigsten.«

»Ah«, sagte sie.

Doch dann wurde ihm klar, daß sie gar nicht *ah* gesagt hatte, sondern lediglich ein Geräusch über ihre Lippen gekommen war, ohne daß sie es eigentlich gewollt hatte. Und er sah in dem schwachen Licht, daß sie weinte, und ihm kam in den Sinn, daß er genau die richtigen Dinge zu ihr und sie genau die richtigen Dinge zu ihm gesagt hatte.

Und als er dem Schlaf entgegentrieb, ihr Körper neben dem seinen, ein Arm leicht auf ihrer Seite ruhend, da dachte er: Ich habe von der Frucht in Vaters Traum gekostet. Nicht, als wir kopuliert haben, nicht, als mein Körper zum erstenmal seinen Samen in den Körper einer Frau gab, sondern als ich ihr meine Furcht zeigte und meine Dankbarkeit und meine Liebe; und dann noch einmal, als sie mir ihre Gefühle offenbarte. Da haben wir beide nach oben gegriffen und den ersten Bissen dieser Frucht gekostet, und nun kenne ich das Geheimnis von Vaters Traum, das er selbst nicht verstanden hat – man kann von dieser Frucht niemals kosten, wenn man selbst nach ihr greift. Sondern nur, wenn man sie für jemand anderen von dem Baum pflückt, wie Schuja mir die Frucht gab und ich, obwohl ich es nie für möglich gehalten hätte, eine abpflückte und sie davon kosten ließ.

5

Das Gesicht des Hüters

Luet saß da und beobachtete die Paviane. Das Weibchen, das sie wegen einer bläulichen Narbe auf dem Rücken für Rubjet hielt, war brünstig, und Luet verfolgte interessiert, wie die Männchen sich um sie bewarben. Dem Männchen, das am wütendsten tobte, Jobar – der auch so viel Zeit im Lager der Menschen verbrachte –, gelang es dabei kaum, Rubjets Aufmerksamkeit zu erlangen. Ganz im Gegenteil, je aggressiver er wurde, desto weniger Fortschritte machte er. Er zeigte seine Wut, trampelte und schnaubte, fletschte die Zähne und teilte sogar Faustschläge aus, um ein Männchen einzuschüchtern, das Rubjet umwarb. Jedesmal gab das Männchen, das er gerade einschüchterte, ziemlich schnell auf und lief davon – doch während Jobar sein Opfer verfolgte, machten andere Männchen sich an Rubjet heran. Und wenn Jobar dann von seinem ›Sieg‹ zu Rubjet zurückkehrte, stellte er fest, daß sich schon wieder andere Männchen an sie herangemacht hatten, und das Spiel begann von neuem.

Schließlich wurde Jobar wirklich wütend und griff ein Männchen ernsthaft an, biß es und zerrte an ihm. Es war ein Männchen, dem Volemak den Namen Salo gegeben hatte, weil es sich einmal im ganzen Gesicht mit Fett verschmiert hatte, als es Nahrung aus dem Kochfeuer stahl. Salo unterwarf sich sofort und zeigte Jobar sein Hinterteil, doch Jobar war zu wütend, um die Unterwerfung zu akzeptieren. Die anderen Männchen sahen – vielleicht sogar amüsiert – zu, wie Jobar sein Opfer verprügelte und kniff.

Salo gelang es schließlich, sich zu befreien. Heulend und jaulend lief er vor Jobar davon, der, noch immer tobend, ihm mit wahnsinniger Geschwindigkeit folgte und auf ihn einprügelte, wann immer er in seiner Reichweite war.

Dann tat Salo etwas sehr Außergewöhnliches. Er lief direkt zu einer jungen Mutter namens Ploxy, die noch ein Junges säugte, mit dem Salo oft spielte, und riß das Baby

Ploxy aus den Armen. Ploxy heulte einmal verärgert auf, doch das Baby machte sich nichts daraus und schien sogar Spaß an der wilden Jagd zu haben – bis der noch immer tobende Jobar kam und wieder auf Salo einschlug.

Diesmal kreischte das Baby in Salos Armen jedoch vor Angst auf, und nun sahen die anderen Männchen nicht mehr selbstgefällig zu, sondern wurden augenblicklich wütend. Ploxy kreischte ebenfalls und rief um Hilfe, und nach einem Augenblick hatte sich die gesamte Pavianschar um Jobar versammelt, schrie ihn an und schlug auf ihn ein. Verwirrt und verängstigt versuchte Jobar, das Baby Salo aus den Händen zu reißen; vielleicht dachte er, wenn *er* das Baby hielt, wären alle anderen auf *seiner* Seite, doch Luet war klar, daß dies nicht funktionieren würde. Natürlich schlugen die anderen in dem Augenblick, in dem er nach dem Baby griff, geradezu brutal auf ihn ein, sonderten ihn von der Gruppe ab und jagten ihn davon. Mehrere Männchen verfolgten ihn über eine beträchtliche Entfernung und blieben dann in der Nähe, um ihn im Auge zu halten und zu verhindern, daß er zurückkam. Luet fragte sich, ob dies das Ende von Jobars Versuch war, sich der Gruppe anzuschließen.

Dann sah sie sich nach Salo um. Sie vermutete ihn irgendwo in der Nähe von Ploxy und dem Baby – doch dort war er nicht, obwohl die meisten anderen sich dort aufhielten, schnatterten und auf und ab sprangen und auch noch auf andere Weise zeigten, wie wütend sie waren.

Salo hingegen war in einem Gebüsch flußaufwärts von der Hauptgruppe. Er hatte Rubjet von den anderen weggelockt und bestieg sie gerade. Auf ihrem Gesicht lag ein überaus komischer, resignierter Ausdruck, der manchmal einem so starken Vergnügen – oder einer Wut – wich, daß sie die Augen verdrehte. Luet fragte sich, ob menschliche Gesichter unter ähnlichen Umständen dieselben beängstigend gegensätzlichen Mienen zeigten ... eine gewisse zerstreute Intensität, die Vergnügen, aber auch Verwirrung bedeuten konnte.

Auf jeden Fall hatte der aggressive Jobar eine vernichtende Niederlage erlitten – und vielleicht sogar seinen Platz im Stamm verloren. Und der nicht besonders große Salo hatte zwar das Scharmützel verloren, aber die Schlacht und den Krieg gewonnen.

All das, weil Salo einer Mutter ein Baby weggenommen hatte.

»Glücklicher Salo«, sagte Nafai. »Ich habe mich schon gefragt, wer das Herz der schönen Rubjet gewinnen würde.«

»Er hat es mit Blumen geschafft«, sagte Luet. »Ich wollte nicht so lange hier draußen bleiben.«

»Ich habe nicht nach dir gesucht, weil du gebraucht wirst«, sagte Nafai, »sondern weil ich bei dir sein wollte. Bis zum Abendessen habe ich sowieso nichts mehr zu tun. Ich habe heute morgen mein Wild erlegt und das blutige Ding nach Hause geschleppt, um es meiner Gefährtin vor die Füße zu legen. Aber die war damit beschäftigt, sich zu übergeben, und ich mußte auf meine übliche Belohnung verzichten.«

»Ist es nicht furchtbar, daß ausgerechnet *mir* ständig schlecht ist?« sagte Luet. »Huschidh hat einmal gerülpst, und damit war die Sache für sie erledigt. Und Kokor hat *versucht,* sich zu übergeben, bringt es aber einfach nicht zustande, und jetzt bekommt sie *nicht* das Mitgefühl, an dem ihr so viel liegt, und ich bekomme es, obwohl ich es gar nicht haben will.«

»Wer hätte gedacht, daß es bei dem ersten Baby der Kolonie zu einem Rennen zwischen dir, Huschidh und Kokor kommt.«

»Das ist doch nur gut für dich«, sagte Luet. »Dann kannst du dir ein Kleinkind schnappen, falls es Probleme geben sollte.«

Nafai hatte Salos Strategie nicht beobachtet, und daher wußte er nicht, was sie meinte.

»Salo hat sich Ploxys Baby gegriffen.«

»Ah ja, das machen sie manchmal«, sagte Nafai. »Schedemei hat es mir erzählt. Die Männchen, die vom Stamm voll akzeptiert werden, freunden sich mit einem oder zwei Säuglingen an, bis die Kleinen sie schließlich mögen. Bei einem

Kampf packen sie sich dann das Kleine, das *nicht* schreit, wenn sein *Freund* es ergreift. Das andere Männchen ist *nicht* sein Freund, und wenn es das Kleine dann angreift, schreit das Baby, und der ganze Stamm fällt über den armen Trottel her.«

»Oh«, sagte Luet. »Das war also Routine.«

»Ich habe es nie gesehen. Ich bin eifersüchtig, daß du es gesehen hast, ich aber nicht.«

»Und das ist der Lohn der Strategie«, sagte Luet und deutete auf Salo, der noch immer mit Rubjet zugange war.

»Und wo ist der Verlierer? Ich wette, ist war Jobar.« Luet zeigte bereits auf ihn, und natürlich war es Jobar, der sich verloren in einiger Entfernung herumtrieb, den Stamm zwar beobachtete, es aber nicht wagte, zu ihm zurückzukehren, weil zwei Männchen auf halber Strecke zwischen ihm und den anderen Wache hielten.

»Also freundest du dich lieber mit meinem Baby an«, sagte Luet. »Oder du wirst in unserem Stamm nie deinen Willen bekommen.«

Nafai legte die Hand auf Luets Bauch. »Es ist noch nicht größer geworden.«

»Das ist mir nur recht«, sagte Luet. »Also, weshalb bist du wirklich hierher gekommen?«

Er betrachtete sie konsterniert.

»Ich habe niemandem gesagt, daß ich die Paviane beobachten wollte, also konnte niemand wissen, daß ich hier bin«, sagte Luet. »Du hast mich also nicht gesucht, du wolltest allein sein.«

Er zuckte die Achseln. »Ich bin lieber bei dir.«

»Du bist so ungeduldig«, sagte Luet. »Die Überseele hat bereits gesagt, daß sie keine Eile hat – sie wird erst in einigen Jahren bei Vusadka für uns bereit sein.«

»Dieser Ort kann uns nicht ernähren«, sagte Nafai. »Es wird immer schwerer, Wild zu finden. Und wir sind diesem besiedelten Tal hinter den Bergen im Osten viel zu nah.«

»Auch darüber zerbrichst du dir nicht den Kopf«, sagte Luet. »Es macht dich verrückt, daß der Hüter der Erde dir keinen Traum geschickt hat.«

»*Das* stört mich überhaupt nicht«, sagte Nafai. »Mich stört nur, daß ihr mir das immer wieder unter die Nase reibt: daß ihr alle, du und Schuja und Vater und Muuzh und Durstig, diese Engel und Ratten gesehen habt, und ich nicht. Bedeutet das etwa, daß irgendein Computer, der um einen vielleicht hundert Lichtjahre entfernten Planeten kreist, mich irgendwie ein Jahrhundert vor meiner Geburt beurteilt hat und zum Schluß gekommen ist, ich sei nicht würdig, seine hübschen kleinen Zoo-Träume zu empfangen?«

»Du bist *wirklich* wütend«, sagte Luet.

»Ich will etwas *tun*, und wenn ich das schon nicht kann, dann will ich wenigstens etwas *wissen«!* rief Nafai. »Ich bin es leid, immer nur zu warten, und *nichts* geschieht. Es bringt mir auch nichts, mit dem Index zu arbeiten, weil Zdorab und Issib ihn ständig benutzen und viel vertrauter mit seiner Funktionsweise sind, als ich es bin ...«

»Aber zu dir spricht er trotzdem deutlicher als zu allen anderen.«

»Er verrät mir zwar nichts, aber das mit großer Deutlichkeit. Einfach toll.«

»Und du bist ein guter Jäger. Das sagt sogar Elemak.«

»Das ist das einzige, wozu ich zu gebrauchen bin – etwas zu töten.«

Luet sah, wie der Schatten der Erinnerung an Gaballufix' Tod über Nafais Gesicht glitt. »Wirst du dir das nie vergeben?«

»Doch. Sobald Gaballufix aus den Schlafhöhlen der Paviane kommt und mir erklärt, er habe seinen Tod nur vorgetäuscht.«

»Dir gefällt lediglich das Warten nicht«, sagte Luet. »Aber genauso ist es mit meiner Schwangerschaft. Ich hätte es gern hinter mir. Ich hätte gern das Baby. Aber es dauert seine Zeit, und so warte ich.«

»Du wartest, aber du spürst die Veränderung in dir.«

»Weil ich alles erbreche, was ich essen.«

»Nicht alles«, sagte Nafai, »und du weißt genau, was ich meine. Ich spüre keine Veränderungen, ich bin völlig überflüssig ...«

»Ohne dich hätten wir weniger zu essen.«

»Na schön, du hast gewonnen. Ich bin wichtig, ohne mich kommt ihr nicht aus, ich habe furchtbar viel zu tun, also muß ich glücklich sein.« Er ging davon.

Sie überlegte, ob sie ihn zurückrufen sollte, aber das wäre sinnlos gewesen. Er wollte unglücklich sein, und wenn sie ihn aufzuheitern versuchte, würde sie ihm nur einen Strich durch die Rechnung machen. Tante Rasa hatte ihr erst vor ein paar Tagen gesagt, es könne nicht schaden, sich daran zu erinnern, daß Nafai noch immer nur ein Junge war und sie nicht damit rechnen dürfe, er würde sich für sie als reifer Mann, als Turm der Stärke erweisen. »Ihr wart beide zu jung, um zu heiraten«, hatte Rasa gesagt, »aber die Ereignisse haben uns überrollt. Es hat sich gezeigt, daß du der Herausforderung gewachsen bist – und mit der Zeit wird auch Njef an ihr wachsen.«

Aber Luet war sich gar nicht so sicher, daß sie irgendeiner Herausforderung gewachsen war. Sie hatte schreckliche Angst davor, hier draußen in der Wildnis, weit von den Ärzten der Stadt entfernt, ein Kind zu bekommen. Sie wußte nicht, ob sie in ein paar Monaten überhaupt noch etwas zu essen haben würden – alles hing von ihrem Garten und den Jägern ab, und in dieser Hinsicht taugten nur Elemak und Nafai etwas, wenngleich auch Obring und Vas gelegentlich mit Pulsatoren loszogen. Der Kolonie konnte jederzeit die Nahrung ausgehen, und sie, Luet, würde bald ein Baby bekommen. Und was, wenn alle sich dann plötzlich entschieden, weiterziehen zu müssen? Schon jetzt war ihr ständig schlecht, und wenn sie dann noch auf einem schwankenden Kamel reiten mußte ... da würde sie lieber Kamelkäse essen.

Natürlich bewirkte der Gedanke an Kamelkäse, daß ihre Übelkeit zurückkehrte, und sie wußte, daß sie sich diesmal wohl übergeben mußte. Sie kniete wieder nieder. Langsam war sie der Qualen überdrüssig, die die scharfe Säure erzeugte, die von ihrem Magen in ihren Mund emporstieg. Ihr Hals schmerzte, ihr Kopf schmerzte, und sie war das alles so furchtbar leid.

Sie fühlte, daß Hände sie berührten, ihr Haar von ihrem Gesicht wegstrich, es hochhob und festhielt, damit kein Erbrochenes darauf gelangte. Sie wußte, daß es Nafai war, und wollte sich bedanken; gleichzeitig wollte sie, daß er ging, es war so erniedrigend und schrecklich und peinlich, sich übergeben zu müssen, während jemand *zusah*. Aber er war ihr Mann. Er gehörte zu ihr, und sie konnte ihn nicht wegschicken. *Wollte* ihn nicht einmal wegschicken.

Schließlich kam nichts mehr heraus.

»Nicht sehr wirksam«, sagte Nafai, »wenn wir von der Menge ausgehen.«

»Bitte halte die Klappe«, sagte Luet. »Ich will nicht aufgeheitert werden; ich will, daß mein Baby schon zehn Jahre alt ist, damit ich mich an diese ganze Sache als amüsantes Ereignis aus meiner schon lange zurückliegenden Kindheit erinnern kann.«

»Dein Wunsch sei dir gewährt«, sagte Nafai. »Das Baby ist da und zehn Jahre alt. Natürlich ist es ein unglaublich widerwärtiges und verzogenes Gör, genau wie *du* es mit zehn Jahren gewesen bist.«

»War ich nicht.«

»Du warst schon Wasserseherin, und wir alle wissen, daß du die Erwachsenen ständig herumkommandiert hast.«

»Ich habe ihnen gesagt, was ich gesehen habe, mehr nicht!« Dann merkte sie, daß er lachte. »Zieh mich nicht auf, Nafai. Ich weiß, daß es mir später leid tun würde, aber trotzdem verliere ich vielleicht die Beherrschung und bringe dich um.«

Er nahm sie in die Arme, und sie mußte den Kopf wegdrehen, damit er sie nicht küßte. »Nicht«, sagte sie. »Ich habe einen ganz schrecklichen Geschmack im Mund. Das wird dir bestimmt nicht gefallen.«

Also hielt er sie nur fest, und nach einer Weile fühlte sie sich besser.

»Ich denke die ganze Zeit über den Hüter der Erde nach«, sagte Nafai.

Das würde ich auch tun, wenn ich nicht immer an das Baby denken müßte, pflichtete Luet ihm stumm bei.

»Ich überlege, ob er vielleicht *nicht nur* einfach ein Computer ist«, sagte Nafai. »Daß er uns vielleicht nicht durch hundert Jahre alte Träume ruft, sondern uns vielleicht kennt und nur ... nur auf etwas *wartet*, bevor er zu mir spricht.«

»Auf die Nachricht, die nur du empfangen kannst.«

»Das wäre mir egal«, sagte Nafai. »Daß nur ich sie empfangen kann. Ich wäre auch mit Vaters Traum zufrieden, nur um zu wissen, wie es sich in meinem Kopf anfühlt. Wie das, was der Hüter macht, sich von dem unterscheidet, was die Überseele in mir macht. Ich will es *wissen.*«

Das weiß ich. Du beschäftigst dich immer wieder damit, Tag für Tag.

»Ich habe versucht, mit dem Hüter der Erde zu sprechen. So verrückt bin ich schon! Zeig mir, was du Vater gezeigt hast! Ich sage es immer wieder.«

»Und er ignoriert dich.«

»Er ist hundert Lichtjahre entfernt!« sagte Nafai. »Er weiß nicht, daß es mich gibt.«

»Nun ja ... wenn du nur denselben Traum wie Volemak haben willst, warum bittest du die Überseele nicht, ihn dir zu geben?«

»Er kam nicht von der Überseele.«

»Aber sie hat die gesamte Erfahrung im Verstand deines Vaters doch aufgezeichnet, oder? Und sie kann sie aufrufen und dir zeigen. Und da du mit der Hilfe des Index alles viel deutlicher empfangen würdest ...«

»Dann wäre es so, als würde ich es selbst erfahren«, sagte Nafai. »Wieso bin ich nicht selbst darauf gekommen? Wieso ist die *Überseele* nicht darauf gekommen?«

»Sie ist nicht sehr kreativ. Das weißt du doch.«

»Sie ist *überhaupt nicht* kreativ«, sagte Nafai. »Aber du bist es.« Er küßte sie auf die Wange, umarmte sie noch einmal und sprang auf. »Ich muß mit der Überseele sprechen.«

»Grüße sie von mir«, sagte Luet nachsichtig.

»Ich ... oh, ich verstehe. Ich kann warten. Gehen wir gemeinsam zurück.«

»Nein, wirklich ... das war kein Wink mit dem Zaunpfahl. Ich möchte noch eine Weile hier bleiben. Vielleicht bekomme ich ja mit, ob sie Jobar wieder aufnehmen.«

»Verpaß das Abendessen nicht«, sagte Nafai. »Du ißt für ...«

»Zwei«, sagte Luet.

»Vielleicht sogar für drei!« sagte Nafai. »Wer weiß?«

Da sie wußte, daß er dies hören wollte, stöhnte sie theatralisch auf. Dann lief er los, das Tal entlang zum Lager.

Er ist wirklich noch ein Junge, wie Tante Rasa es gesagt hat. Aber was bin ich? Etwa seine Mutter? Wohl kaum – *sie* ist seine Mutter. Ich darf nicht mehr von ihm erwarten – er arbeitet hart und gut, und über die Hälfte des Fleisches, das wir essen, hat er beschafft. Und er ist freundlich und sanft zu mir – ich weiß nicht, wie Issib netter und zärtlicher sein kann als Nafai, ganz gleich, was Schuja sagt. Und ich bin seine Freundin – er kommt zu mir und bespricht Dinge mit mir, die er mit keinem anderen bespricht, und wenn ich etwas sagen will, hört er zu und antwortet, ganz im Gegensatz zu einigen der anderen Männer; zumindest behaupten *deren* Frauen das. Nach allen Maßstäben, von denen ich je gehört habe, ist er ein guter Ehemann und reif über seine Jahre hinaus – aber ich habe etwas anderes erwartet. Als ich ihn über den See der Frauen brachte, dachte ich, dies würde bedeuten, daß wir beide, er und ich, große und majestätische Dinge tun würden. Ich habe gedacht, wir würden wie ein König und eine Königin sein – oder zumindest wie eine Hohepriesterin und ihr Priester – und mit unseren mächtigen und achtunggebietenden Taten das Universum verändern. Statt dessen übergebe ich mich häufig, und er schmollt wie ein Fünfzehnjähriger, dem es wirklich etwas ausmacht, daß ein Computer von einer anderen Welt ihm keine Träume schickt.

Oh, ich bin zum Denken zu müde. Mir ist zu schlecht, als daß es mir etwas ausmacht. Vielleicht wird meine Vorstellung von unserer Ehe sich eines Tages verwirklichen. Aber vielleicht verwirklicht er sie auch mit seiner zweiten Frau, nachdem ich mich zu Tode gekotzt habe und im Sand verscharrt wurde.

Schedemei hatte ihr ganzes Leben mit dem Bewußtsein verbracht, daß die Leute sie für seltsam hielten. Zuerst, weil sie als Kind so intelligent gewesen war, weil sie sich für Dinge interessiert hatte, für die Kinder sich eigentlich nicht interessieren sollten. Die Erwachsenen warfen ihr seltsame Blicke zu. Und auch die anderen Kinder, doch manchmal lächelten die Erwachsenen und nickten zustimmend, was die Kinder nie taten. Schedemei hatte gedacht, dies würde bedeuten, als Erwachsene würde sie voll akzeptiert werden, doch das Gegenteil war der Fall. Als sie erwachsen wurde, bedeutete dies nur, daß alle anderen Kinder jetzt im gleichen Alter waren und sie als Erwachsene behandelten wie früher. Natürlich erkannte sie jetzt, was sie sah: Furcht, Groll, Neid.

Neid! Konnte sie denn etwas dafür, daß sie eine Genkombination bekommen hatte, die ihr ein ausgezeichnetes Gedächtnis gab, eine besondere Fähigkeit, Vorstellungen zu begreifen und verstehen, und einen Verstand, der Zusammenhänge erkannte, die kein anderer sah? Sie hatte es sich doch nicht *ausgesucht*, zu geistigen Turnübungen imstande zu sein, die kein anderer, den sie je getroffen hatte, bewältigen konnte. (Es gab Menschen, die genauso intelligent wie sie waren, vielleicht sogar noch intelligenter, aber sie lebten in weit entfernten Städten oder sogar auf anderen Kontinenten, und sie kannte sie nur durch die Veröffentlichungen ihrer Arbeiten, die die Überseele in allen Städten verteilte.) Sie hatte keine bösen Absichten. Und sie war ganz bestimmt nicht imstande, ihre Fähigkeiten mit den Neidischen zu teilen – sie konnte ihnen nur die Produkte ihrer Arbeit zugänglich machen. Die nahmen sie zwar gerne, doch verabscheuten sie Schedemei selbst dann noch, eben *weil* sie sie ihnen zugänglich gemacht hatte.

Die meisten Leute – und zu dieser Erkenntnis war sie schon vor langer Zeit gelangt – verehrten Menschen mit außergewöhnlichen Fähigkeiten gern aus der Ferne, zogen es aber vor, völlig Unfähige zu Freunden zu haben. Und den meisten wurde dieser Wunsch natürlich erfüllt.

Doch nun war sie auf Dauer mit dieser kleinen Gemeinschaft aus sechzehn Menschen verbunden und mußte sich

Tag für Tag mit ihnen abgeben. Sie machte ihre Arbeit – sie jätete den Garten, holte Wasser, beobachtete tagsüber die Paviane, um dafür zu sorgen, daß sie ihr Revier nicht verließen und sich über die Vorräte hermachten. Sie sprang gern für Luet ein, wenn dieser wieder schlecht war, und übernahm ohne Beschwerden die Aufgaben, für die Sevet zu faul und Kokor zu schwanger und Dol sich einfach zu schade war. Und doch paßte sie nicht zu ihnen, wurde nicht akzeptiert, war nicht *Teil* der Gruppe, und es wurde von Tag zu Tag nur schlimmer.

Es half auch nicht, daß sie genau begriff, was hier vor sich ging. Die monogame Verbindung zwischen Gatte und Ehefrau löst bei den anderen den Drang aus, sich genauso zu verbinden. Das wußte sie, darüber hatte sie gelesen. Die alten Muster der Werbung und die lockeren und einfachen Freundschaften bewirkten, daß die Verheirateten sich jetzt unbehaglich fühlten, weil sie nichts um sich haben wollten, das die Stabilität der monogamen Ehebande bedrohte. Die Unverheirateten waren immer ein Unsicherheitsfaktor, waren immer frei und willkürlich und zwanglos und verspielt.

Sicher, genauso hätten sich einige von ihnen gern noch benommen – Schedemei sah, wie die Monogamie Mebbekew und Obring, Sevet und Kokor aufrieb. Aber sie *spielten* jetzt die Rollen der Ehepartner, vielleicht sogar noch aggressiver als diejenigen, die wirklich welche sein wollten. Auf jeden Fall führte dies dazu, daß Schedemei von den anderen in ihrer Umgebung jetzt noch stärker abgeschnitten war, als es je zuvor der Fall gewesen war. Nicht, daß man sie mied. Huschidh und Luet waren so freundlich wie eh und je, und Eiadh benahm sich auf ihre Art auch anständig, während Tante Rasa sich überhaupt nicht geändert hatte – sie würde sich nie ändern. Doch die Männer waren allesamt ... ja, was, *höflich?* Und Dol, Sevet und Kokor behandelten sie nicht mehr eiskalt, sondern mit säurehafter Schärfe.

Am schlimmsten war, daß diese kleine Gemeinschaft allmählich eine Form annahm, die sie von allem ausschloß. Warum sagten sie nicht mehr: ›Die Männer tun dieses, und die Frauen jenes.‹ Nun hieß es: ›Die *Ehefrauen* können hier bleiben, während die Männer aufbrechen‹. Es trieb sie manchmal in den Wahnsinn, daß die Frauen sich immer als *Ehefrauen* bezeichneten, die Männer aber nie als *Ehemänner* – sie waren noch immer Männer. Und als wären sie so dumm wie die Paviane, schienen die anderen Frauen nie zu begreifen, wovon Schedemei sprach, wenn sie darauf hinwies.

Natürlich merkten sie es, zumindest die klügeren, doch sie wollten kein großes Aufheben darum machen, weil ... weil sie alle so *ehefrauenhaft* wurden. All diese Jahre in Basilika, wo die Frauen ihre Identität nicht aufgeben mußten, um einen Ehemann zu bekommen, und nun, nach sechs Wochen im Lager, benahmen sie sich wie nomadische Stammesfrauen! Die Kodierung, verheiratet durch das Leben zu gehen, muß so tief in unseren Genen liegen, daß wir sie nie überwinden können, dachte Schedemei. Aber ich wünschte, ich könnte dieses Gen finden. Ich würde es mit einer Maurerkelle ausgraben, ich würde es mit einer heißen Kohle ausbrennen, die ich mit den bloßen Fingern halte. Die Absurdität der Vorstellung, sich mit Hilfe so stumpfer Instrumente mit Genen zu befassen, störte sie nicht. Ihre Wut darüber, wie unfair die Dinge doch waren, ging über jene Vernunft hinaus.

Ich wollte nicht heiraten, noch lange nicht, und selbst wenn ich geheiratet hätte, wäre es nur ein Einjahresvertrag gewesen, gerade so lange, daß ich schwanger geworden wäre, und dann hätte ich den Ehemann fortgeschickt, ihm nur noch seine natürlichen Rechte bezüglich des Kindes gewährt. In meinem Leben war kein Platz für eine Verbindung mit einem Mann. Und *falls* ich geheiratet hätte, dann jedenfalls keinen schwächlichen Archivar ohne Rückgrat, der in einer Truppe, die nur aus Herren bestand, freiwillig den Diener spielte.

Schedemei hatte das Lager mit dem Vorsatz betreten, das beste aus einer schlimmen Lage zu machen, doch je öfter sie Zdorab sah, desto weniger mochte sie ihn. Sie hätte ihm vielleicht vergeben können, wie er in diese Gesellschaft gekommen war – Nafai hatte ihn überlistet, den Index aus der Stadt zu bringen, und ihn dann gezwungen, den Eid abzulegen, sie in die Wüste zu begleiten. Man konnte einem Mann verzeihen, sich zu einer Zeit der Anspannung und Unsicherheit und Überraschung so unmännlich verhalten zu haben. Doch als sie hier eintraf, hatte sie herausgefunden, daß Zdorab eine so entwürdigende Rolle übernommen hatte, daß sie sich schämte, zur selben Spezies wie er zu gehören. Er erledigte nicht nur alle Aufgaben, die kein anderer übernehmen wollte – die Latrinen abdecken, neue graben, Issibs Ausscheidungen beseitigen, kochen, waschen. Eigentlich respektierte sie hilfsbereite Menschen – sie waren ihr unter Garantie lieber als faule Subjekte wie Meb und Obring, Kokor, Sevet und Dol. Nein, sie empfand eine solche Verachtung für Zdorab wegen der *Einstellung,* mit der er all diese Arbeiten erledigte. Er bot sich nicht an, sie zu tun, zog nicht einmal in Betracht, die eine oder andere abzulehnen; er tat einfach so, als wäre es ganz *natürlich,* daß er die schlechtesten Arbeiten im Lager ausführte, und erledigte diese Aufgaben dann so still, so unsichtbar, daß schon bald alle es als gegeben hinnahmen, daß Zdorab die widerwärtigen oder unerträglich langweiligen Aufgaben übernahm.

Er ist ein natürlicher Diener, dachte Schedemei. Der geborene Sklave. Ich hätte nie gedacht, daß es solch einen Menschen gibt, aber es gibt ihn, und es ist Zdorab, und die anderen haben entschieden, daß *er* mein Gatte sein soll!

Schedemei verstand einfach nicht, wieso die Überseele Zdorab durch den Index einen so leichten Zugang zu ihrem Speicher bot. Außer, auch die Überseele wollte einen Diener haben. Vielleicht hat die Überseele das am liebsten – Menschen, die sich wie Diener benehmen. Sind wir alle deshalb hier draußen – um der Überseele zu dienen? Um ihre Arme und Beine zu sein, damit sie zur Erde zurückkehren kann? Wir alle sind Sklaven ... bis auf *mich.*

Zumindest hatte Schedemei sich dies die ganzen Wochen über gesagt, bis ihr dann endlich klar wurde, daß auch sie allmählich in die Dienstbotenkategorie fiel. Es kam ihr an diesem Tag in den Sinn, als sie Wasser vom Bach zum Lager trug, damit Zdorab kochen und waschen konnte. Sie hatte diese Aufgabe bislang gemeinsam mit Huschidh und Luet erledigt, doch nun war Luet zu schwach, weil sie sich ständig übergeben mußte – sie hatte Gewicht verloren, und das war schlecht für das Kind –, und Huschidh pflegte sie, und so mußte Schedemei die Arbeit allein bewältigen. Sie wartete darauf, daß Rasa bemerkte, daß sie das Wasser ganz allein schleppte, und dann sagte: »Sevet, Dol, Eiadh, legt euch die Schultertrage auf und holt Wasser her! Übernehmt euern entsprechenden Anteil an der Arbeit!« Doch Rasa sah, daß Schedemei das Wasser jetzt jeden Tag allein schleppte, sah, wie sie es an Sevet und Kokor vorbei trug, die dort saßen und sich unterhielten, während sie so taten, als würden sie Kamelhaare zu Tauen flechten, und Tante Rasa sagte kein Wort.

Hast du vergessen, wer ich bin? wollte sie schreien. Weißt du nicht mehr, daß ich die größte Wissenschaftlerin Basilikas in dieser Generation bin? Seit zehn Generationen?

Aber sie kannte die Antwort und mußte es deshalb nicht rufen. Tante Rasa *hatte* es vergessen, weil dieses Lager eine neue Welt war, in der es keine Rolle mehr spielte, was man in Basilika oder irgendwo sonst gewesen war. In diesem Lager war man entweder eine Ehefrau, oder man war keine, und wenn man keine war, war man nichts.

Und deshalb machte sie sich an diesem Tag, nachdem sie ihre Arbeit erledigt hatte, auf die Suche nach Zdorab. Ob nun Diener oder nicht, er war der einzige Mann, der noch zur Verfügung stand, und sie war es leid, in dieser unendlich kleinen Nation eine Bürgerin zweiter Klasse zu sein. Die Ehe würde bedeuten, daß sie sich der neuen Ordnung unterwarf; sie war gleichbedeutend mit einer weiteren Art von Knechtschaft, und für ihren Ehemann würde sie lediglich Verachtung empfinden. Aber das wäre noch immer besser, als einfach zu *verschwinden*.

Natürlich bekam sie eine Gänsehaut, wenn sie daran dachte, was er mit ihrem Körper anstellen würde. Sie mußte ständig daran denken, daß Luet sich ununterbrochen übergab – das ist das Resultat, wenn man sich von Männern behandeln läßt, als wäre man eine Bank, in der sie ihren schwachen kleinen Samen deponieren können.

Nein, so empfinde ich eigentlich gar nicht, dachte Schedemei. Ich bin nur wütend. Das Teilen von genetischem Material ist elegant und wunderschön; es ist mein Leben. Die Anmut, mit der Eidechsen sich paaren; das Männchen besteigt das Weibchen und hält sich an ihm fest, und sein langer, schlanker Penis umschlingt das Weibchen und sucht die Öffnung und ist dabei so geschickt und flink wie der Arm eines Pavian. Der Tanz der Tintenfische, deren Armspitzen sich berühren; das Erzittern der Lachse, wenn sie die Eier und dann den Samen auf den Grund des Baches fallen lassen; das alles ist wunderschön, gehört zum Ballett des Lebens.

Aber die Weibchen haben immer irgendeine Wahl. Zumindest die *starken* Weibchen, die *klugen*. Sie geben ihre Eier dem Männchen, das ihnen die beste Überlebensaussicht bietet – dem starken Männchen, dem dominanten, aggressiven, intelligenten Männchen, aber keinem sich duckenden Sklaven. Ich will nicht, daß meine Kinder Sklavengene haben. Es wäre besser, gar keine Kinder zu haben, als jahrelang zu beobachten, wie sie aufwachsen und sich immer mehr wie Zdorab benehmen, so daß ich mich schon schäme, wenn ich sie sehe.

Deshalb fand sie sich vor der Tür des Indexzeltes wieder, bereit, hineinzugehen und Zdorab eine Art Halbehe vorzuschlagen. Weil sie solche Verachtung für ihn empfand, sollte es eine Ehe ohne Sex und ohne Kinder sein. Und weil er so verachtenswert war, rechnete sie damit, daß er sich einverstanden erklärte.

Er saß auf dem Teppich, die Beine übereinandergeschlagen, den Index auf dem Schoß, die Hände auf der Kugel ruhend, die Augen geschlossen. Er verbrachte jeden freien Augenblick mit dem Index – aber da er nur so wenige Freizeit hatte, war er gar nicht so oft hier. Meistens war Issib bei ihm, doch am Spätnachmittag hütete Issib den Garten – der lange Arm seines Stuhls war ziemlich wirksam, wenn es darum ging, die Paviane daran zu hindern, sich an den Melonen gütlich zu tun, und er hatte mit ihm schon Vögel aus der Luft geschlagen. Zu dieser Zeit war Zdorab allein mit dem Index, und der einzige Respekt, den die Gruppe ihm erwies, bestand darin, ihn dann in Ruhe zu lassen – vorausgesetzt, das Abendessen köchelte bereits vor sich hin, und niemand sonst wollte den Index benutzen. In diesem Fall wurde Zdorab dann beiläufig verscheucht.

Als sie ihn dort mit geschlossenen Augen sitzen sah, hätte sie fast geglaubt, daß er mit dem großen Verstand der Überseele kommunizierte. Aber dafür hatte er natürlich nicht den nötigen Grips. Er prägte sich wahrscheinlich nur die Haupteinträge des Index ein, damit er Wetschik oder Nafai oder Luet oder Schedemei helfen konnte, die Informationen zu finden, die sie suchten. Selbst bei dem Index war Zdorab nicht mehr als ein Diener.

Er sah auf. »Willst du den Index benutzen?« fragte er nachsichtig.

»Nein«, sagte sie. »Ich will mit dir sprechen.«

Erschauderte er? Eine schnelle, unwillkürliche Bewegung seiner Schultern? Nein, er hatte nur mit den *Achseln* gezuckt, mehr nicht.

»Ich habe erwartet, daß du mich irgendwann sprechen willst.«

»Alle erwarten es, und deshalb bin ich bis jetzt noch nicht zu dir gekommen.«

»Na schön«, sagte er. »Und warum jetzt?«

»Weil ersichtlich ist, daß in dieser Gemeinschaft die Unverheirateten im Lauf der Zeit immer mehr in Vergessenheit geraten werden. *Du* magst damit zufrieden sein, ich aber nicht.«

»Mir ist nicht aufgefallen, daß du in Vergessenheit gerätst«, sagte Zdorab. »Bei den Beratungen hört man auf deine Stimme.«

»Sie hören mir geduldig zu«, sagte Schedemei. »Aber ich habe keinen Einfluß.«

»Niemand hat Einfluß«, sagte er. »Dies ist die Expedition der Überseele.«

»Ich habe mir schon gedacht, daß du es nicht verstehst«, sagte Schedemei. »Stelle dir diese Gemeinschaft einmal als Pavianherde vor. Du und ich, wir werden immer weiter an den Rand der Herde getrieben. Es ist nur eine Frage der Zeit, bis wir nichts mehr sind.«

»Aber das spielt doch nur eine Rolle, wenn man unbedingt jemand sein will.«

Schedemei konnte kaum glauben, daß er es mit solchen Worten ausdrückte. »Ich weiß, daß *du* völlig ohne Ehrgeiz bist, Zdorab, aber ich habe nicht vor, als Mensch einfach so zu verschwinden. Und mein Vorschlag ist ganz einfach. Wir lassen einfach von Tante Rasa die Zeremonie durchführen, wir teilen ein Zelt, und das ist es dann auch schon. Niemand muß wissen, was zwischen uns geschieht. Ich will keine Kinder von dir haben, und mir liegt nicht besonders viel an deiner Gesellschaft. Wir schlafen einfach in einem Zelt und werden nicht mehr an den Rand der Herde gedrängt. So einfach ist das. Einverstanden?«

»Na schön«, sagte Zdorab.

Sie hatte damit gerechnet, daß er dies sagte, daß er mitspielte. Aber wie er es gesagt hatte ... Etwas sehr Unterschwelliges schwang in seinen Worten mit.

»Du hast es so haben wollen«, sagte sie.

Er sah sie verständnislos an.

»Du hast es von Anfang an so haben wollen.«

Und wieder etwas in seinem Blick ...

»Und du hast Angst.«

Plötzlich blitzte es in seinen Augen wütend auf. »Jetzt hältst du dich für Huschidh, was? Du glaubst zu wissen, wie die Menschen zusammenpassen.«

Sie hatte noch nie gesehen, daß er wütend geworden war. Nicht einmal unterschwelligen Zorn hatte sie bemerkt, und ganz bestimmt keine heiße, aufblitzende Verachtung, wie sie sie jetzt erlebte. Sie hätte nie vermutet, daß es in Zdorab so eine Seite gab. Aber deshalb konnte sie ihn noch lange nicht besser leiden. Sein Verhalten erinnerte sie an das wütende Knurren eines geprügelten Hundes.

»Mir ist es wirklich gleichgültig«, sagte sie, »ob du mit mir schlafen willst oder nicht. Ich habe mich nie für Männer attraktiv gemacht – so etwas tun Frauen, die der Welt *außer* zwei Brüsten und einem Uterus nichts zu bieten haben.«

»Ich habe dich immer wegen deiner Arbeiten über die Genetik geschätzt«, sagte Zdorab. »Besonders wegen deiner Studie über genetische Abweichung bei sogenannten stabilen Spezies.«

Darauf hatte sie keine Antwort. Ihr war nie in den Sinn gekommen, daß jemand aus dieser Gruppe ihre wissenschaftlichen Veröffentlichungen gelesen, geschweige denn verstanden hätte. Sie alle hielten sie für eine Wissenschaftlerin, die wertvolle genetische Veränderungen erzeugen konnte, die man dann in fernen Städten verkaufen konnte – das war die Beziehung, die sie jahrelang mit Wetschik und seinen Söhnen gehabt hatte.

»Wenngleich ich bedauert habe, daß du damals noch keinen Zugang zu den genetischen Aufzeichnungen im Index hattest. Da er die genauen genetischen Kodes enthält, die die verschiedenen Spezies hatten, als sie die Schiffe von der Erde verließen, hätte er mehrere deiner Auffassungen bestätigen können.«

Sie war wie vor den Kopf geschlagen. »Der Index enthält *solche* Informationen?«

»Ich habe sie vor ein paar Jahren gefunden. Der Index wollte sie mir nicht geben. Mittlerweile kenne ich den Grund. Einige der genetischen Informationen in seinem Speicher könnte man militärisch nutzen – man könnte Seuchen damit erzeugen. Aber es gibt Möglichkeiten, einige seiner Vorsichtsmaßnahmen zu umgehen. Ich habe sie gefunden. Ich war mir aber nie sicher, was die Überseele davon hält.«

»Und das sagst du mir erst jetzt?«

»Du hast mir nicht gesagt, daß du deine Forschungen fortsetzen willst«, sagte Zdorab. »Du hast diese Forschungsergebnisse vor Jahren veröffentlicht, als du frisch aus der Schule kamst. Es war dein erstes ernsthaftes Projekt. Ich nahm an, du wärst zu anderen Themen übergegangen.«

»Du benutzt den Index also für genetische Forschungen?«

Zdorab schüttelte den Kopf. »Nein.«

»Wozu dann? Was hast du gerade studiert, als ich das Zelt betrat?«

»Die wahrscheinlichen Muster der Kontinentalverschiebung auf der Erde.«

»Auf der *Erde?* Die Überseele hat derart spezifische Informationen über die Erde?«

»Die Überseele *wußte* nicht, daß sie diese Information hatte. Ich mußte sie ihr gewissermaßen entlocken. Der Überseele sind nämlich ziemlich viele Dinge verborgen. Aber der Index hat den Schlüssel. Die Überseele war bei einigen Dingen, die ich in ihren Speichern gefunden habe, ziemlich verblüfft.«

Schedemei war so überrascht, daß sie lachen mußte.

»Du hältst das wohl für lustig«, sagte Zdorab. Er klang keineswegs amüsiert.

»Nein, ich wollte nur …«

»Es überrascht dich, daß ich außer dem Backen von Brot und dem Begraben von Fäkalien noch zu etwas anderem zu gebrauchen bin.«

Er hatte ihre vorhergehende Einstellung so genau getroffen, daß sie wütend wurde. »Es überrascht mich, daß du *weißt,* daß du nicht nur dazu imstande bist.«

»Du hast keine Ahnung, was ich von mir oder anderen weiß oder halte. Und du hast auch nicht versucht, es herauszufinden«, sagte Zdorab. »Du bist hier hereingekommen wie die oberste Göttin aller Pantheons und hast dich herabgelassen, mir die Ehe anzubieten, solange ich dich nicht anfasse, und erwartest auch noch, daß ich dankbar akzeptiere. Nun ja, das habe ich getan. Und du kannst mich weiterhin behandeln, als gäbe es mich gar nicht, das stört mich nicht weiter.«

Sie hatte sich noch nie zuvor in ihrem Leben so geschämt. Obwohl sie nicht ausstehen konnte, daß alle anderen Zdorab behandelten, als wäre er gar nicht da, hatte sie ihn genauso behandelt. Und über *seine* Gefühle hatte sie keinen Gedanken verschwendet, als wären sie völlig unwichtig. Doch nachdem sie ihn nun mit ihrem geringschätzigen Eheangebot erzürnt hatte, war sie der Ansicht, ihm Unrecht zugefügt zu haben und es wiedergutmachen zu müssen. »Es tut mir leid«, sagte sie.

»Mir nicht«, sagte Zdorab. »Wir vergessen dieses Gespräch einfach, heiraten heute abend und müssen dann nicht mehr miteinander sprechen. Einverstanden?«

»Du magst mich wirklich nicht«, sagte Schedemei.

»Als ob es dich auch nur einen Augenblick lang gekümmert hätte, ob ich oder ein anderer dich mag, solange wir dich nur nicht von deiner Arbeit abhalten.«

Schedemei lachte. »Du hast recht.«

»Anscheinend lernen wir beide uns jetzt besser kennen, aber dabei hat einer von uns mehr geleistet als der andere.«

Sie nickte und akzeptierte den Tadel. »Natürlich *werden* wir uns wieder unterhalten müssen.«

»Ach ja?«

»Du mußt mir zeigen, wie ich an diese Informationen über die Erde herankomme.«

»Die genetischen Daten?«

»Und die Kontinentalverschiebung. Du vergißt, daß ich Samen mitführe, die einige auf der Erde ausgestorbene Spezies ersetzen sollen. Ich muß die Form der Landmassen kennen. Und noch viel mehr.«

Er nickte. »Das kann ich dir zeigen. Solange dir klar ist, daß ich dir nur vierzig Millionen Jahre alte Extrapolationen anbieten kann. Vielleicht ist das alles hinfällig – ein kleiner Fehler am Anfang hätte mittlerweile riesige Ausmaße angenommen.«

»Du weißt doch, ich bin Wissenschaftlerin«, sagte sie.

»Und ich Bibliothekar«, sagte Zdorab. »Ich zeige dir gern, wie du an die Informationen über die Erde herankommst. Gewissermaßen durch die Hintertür – ich fand einen Weg durch die Informationen über die Landwirtschaft, über die Schweinezucht, so unglaublich es klingt. Deine Art von Arbeit trägt dazu bei, daß man sich für einfach alles interessiert. Komm, nimm mir gegenüber Platz und lege die Hand auf den Index. Ich hoffe, du *bist* für ihn empfänglich.«

»Einigermaßen«, sagte Schedemei. »Wetschik und Nafai

haben mir alles erklärt, und ich habe bereits Informationen nachgeschlagen. Hauptsächlich arbeite ich jedoch mit meinem Computer. Ich war der Ansicht, bereits alles zu wissen, was der Index über mein Spezialgebiet enthält.«

Sie nahm ihm gegenüber Platz, er legte den Index zwischen sie, und beide beugten sich vor, stützten die Ellbogen auf den Knien ab und legten die Hände auf die goldene Kugel. Ihre Hände berührten die seinen, aber er zog sie nicht zurück, und sie zitterten auch nicht. Es waren einfach kühle, ruhige Hände, als habe er die Berührung gar nicht bemerkt.

Sie vernahm augenblicklich die Stimme des Index, die Zdorabs Fragen beantwortete und die Namen von Pfaden und Dateien und Unterdateien im Speicher der Überseele nannte. Doch noch während die Namen aufklangen, verlor sie den Faden, denn seine Finger berührten die ihren. Nicht, daß sie etwas für ihn empfand; sie störte, daß er nichts für *sie* empfand. Er wußte seit über einem Monat, daß sie seine Frau werden würde oder man dies zumindest von ihnen erwartete; er hatte sie beobachtet, das hatte er ganz bestimmt. Und doch konnte sie nicht einmal einen Funken von Begierde feststellen. Er hatte ihr Verbot von sexuellen Beziehungen zwischen ihnen ohne einen Anflug von Bedauern hingenommen. Und er ertrug ihre Berührung, ohne das geringste Anzeichen von sexueller Spannung zu zeigen.

Schedemei war sich nie häßlicher und weniger begehrenswert vorgekommen als in diesem Augenblick. Es war absurd – noch vor ein paar Minuten hatte sie solche Verachtung für diesen Mann empfunden, daß ihr schlecht geworden wäre, hätte er irgendein sexuelles Interesse an ihr gezeigt. Aber er war jetzt nicht mehr derselbe, er war jetzt eine viel interessantere Person, eine intelligente Person mit einem Verstand und einem Willen, und obwohl sie ihm nicht unbedingt große Liebe oder auch nur sexuelles Verlangen entgegenbrachte, hatte sie soviel neuen Respekt für ihn, daß sein völliger Mangel an Begehren für sie schmerzhaft war.

Eine neue Wunde an der gleichen alten Stelle, die den zerbrechlichen Schorf und die alten Narben aufriß, und sie blutete erneut wegen der Schande, eine Frau zu sein, die kein Mann haben wollte.

»Du bist unaufmerksam«, sagte Zdorab.

»Es tut mir leid«, sagte sie.

Er erwiderte nichts darauf. Sie öffnete die Augen. Er sah sie an.

»Nichts«, sagte sie und wischte die Träne weg, die an ihrer unteren Wimper hing. »Ich wollte dich nicht ablenken. Können wir von vorn anfangen?«

Aber er sah nicht wieder auf den Index. »Es ist nicht so, daß ich *dich* nicht begehre, Schedemei.«

Was? War ihr Herz nackt, daß er durch ihre Vortäuschungen und direkt in die Quelle ihres Schmerzes sehen konnte?

»Ich begehre *überhaupt keine* Frau.«

Sie brauchte einen Augenblick lang, bis sie begriffen hatte. Dann lachte sie. »Du bist ein *Zhop.*«

»Das ist wirklich ein altes Wort für den menschlichen Anus«, sagte Zdorab ruhig. »Manche wären verletzt, wenn man sie mit so einem Ausdruck belegt.«

»Aber niemand ahnt etwas«, sagte sie.

»Ich habe mich peinlich darum bemüht, daß niemand etwas ahnt«, sagte Zdorab, »und ich lege mein Leben in deine Hände, indem ich es dir verrate.«

»Ach, so dramatisch ist das doch nicht.«

»Zwei meiner Freunde wurden in der Hundestadt getötet.«

In der Hundestadt mußten die Männer wohnen, die in Basilika keine Frau hatten; es war verboten, daß ledige Männer in der Stadt wohnten oder auch nur über Nacht dort blieben.

»Einer wurde von einem Mob ergriffen. Die Leute hatten gehört, daß er ein Zhop war, ein Päderast. Sie hingen ihn an den Füßen an einem Fenster im ersten Stcok auf, schnitten seine Geschlechtsteile ab und schlitzten ihn dann mit Messern auf. Der andere wurde von einem Mann hereingelegt, der so tat, als wäre er ... einer von uns. Er wurde verhaftet, aber auf dem Weg zum Gefängnis hatte er einen Unfall. Und es war ein überaus seltsamer Unfall. Er unternahm einen

Fluchtversuch, und irgendwie rutschte er aus, und beim Fallen lösten sich irgendwie seine Hoden und wurden in seine Kehle gedrückt, wahrscheinlich mit einem Besenstil oder mit einem Speergriff, und er erstickte daran, bevor jemand ihm zu Hilfe eilen konnte.«

»*So etwas* haben sie getan?«

»Oh, ich verstehe sogar, warum. Basilika war ein schwieriger Ort für Männer. Verstehst du, wir haben einen angeborenen Drang zur Dominanz, aber in Basilika mußten wir uns mit der Tatsache abfinden, daß wir keine Kontrolle hatten, außer, wir hatten Einfluß auf eine Frau. Die Männer, die außerhalb der Mauern in der Hundestadt lebten, waren allein durch die Tatsache, daß sie nicht in der Stadt lebten, als Männer zweiter Klasse gebrandmarkt, als Männer, die die Frauen nicht haben wollten. Die Männer aus der Hundestadt lebten mit der ständigen Unterstellung, keine richtigen Männer zu sein, einer Frau kein Vergnügen bereiten zu können. Ihre Identität als Männer stand in Frage. Und so hat die Furcht und der Haß auf Zhops« – er sprach das Wort mit versengender Verachtung aus – »Ausmaße erreicht, von denen ich nirgendwo sonst gehört habe.«

»Diese Freunde waren deine ... waren sie deine Liebhaber?«

»Der eine, den man verhaftet hat – er war seit einigen Wochen mein Liebhaber, und er wollte die Beziehung fortsetzen, aber das ließ ich nicht zu. Ich hatte Angst, wenn wir weitermachten, würden die Leute vermuten, was es mit uns auf sich hatte. Um unser Leben zu retten, weigerte ich mich, ihn wiederzusehen. Er ging direkt von mir in die Falle. Du siehst also, Nafai und Elemak sind nicht die einzigen, die schon jemanden getötet haben.«

Der Schmerz und die Trauer, die er zeigte, schienen tiefer als alles andere zu sein, was Schedemei je wahrgenommen hatte. Zum erstenmal wurde ihr klar, wie behütet ihr Leben als Wissenschaftlerin gewesen war. Sie hatte nie eine so enge Beziehung zu jemandem gehabt, daß sie wegen seines Todes so starke Gefühle gehabt hätte, und das nach so langer Zeit. Falls es schon so lange her war.

»Wie lange ist es her?«

»Ich war zwanzig. Vor neun Jahren. Nein, vor zehn. Ich hatte ganz vergessen, ich bin ja jetzt dreißig.«

»Und der andere?«

»Ein paar Monate, bevor ich ... die Stadt verließ.«

»Er war auch dein Liebhaber?«

»O nein, er war in dieser Hinsicht nicht wie ich. Er hatte ein Mädchen in der Stadt, aber er wollte es geheimhalten, und deshalb hat er nicht darüber gesprochen – sie führte eine schlechte Ehe und zählte die Tage bis zu ihrem Ende, und deshalb sprach er nie über sie. So kam es überhaupt erst zu den Gerüchten, er sei ein Zhop. Er starb, ohne es ihnen zu verraten.«

»Das ist wohl ... tapfer und galant.«

»Es war unglaublich dumm«, sagte Zdorab. »Er hat mir nie geglaubt, als ich ihm erzählte, wie schrecklich es in Basilika für Männer wie mich war.«

»Du hast ihm erzählt, was du bist?«

»Ich hielt ihn für einen Mann, der ein Geheimnis für sich behalten konnte. Es hat sich herausgestellt, daß dem so war. Ich glaube irgendwie ... daß er an meiner Stelle gestorben ist. Damit ich noch lebte, als Nafai kam, um den Index aus der Stadt zu bringen.«

Das ging so weit über alles hinaus, was sie je erlebt hatte – über alles, was sie sich je hatte vorstellen können! »Warum bist du denn dort geblieben? Warum bist du nicht an einen Ort gezogen, der nicht so ... schrecklich ist?«

»Zuerst einmal ... es mag zwar Orte geben, die nicht so schlecht sind, aber ich kenne keinen, in dem jemand wie ich wirklich sicher wäre. Und zweitens war der Index in Basilika. Nun, da der Index hier draußen ist, hoffe ich, daß die Stadt bis auf die Grundmauern niederbrennt. Ich wünschte, Muuzh hätte jeden einzelnen der herumstolzierenden Männer aus der Hundestadt getötet.«

»Der Index war so wichtig für dich, daß du bei ihm bleiben wolltest?«

»Ich erfuhr von seiner Existenz, als ich noch ein kleiner Junge war. Nur eine Geschichte, es gäbe da eine Zauberkugel, und wenn man die in der Hand hielt, könnte man mit Gott sprechen, und er mußte einem jede Frage beantworten, die man stellte. Wie schön, dachte ich. Und dann sah ich ein Bild des Index der Palwaschantu, und er sah genauso aus, wie ich mir diese Zauberkugel vorgestellt hatte.«

»Aber das ist kein Beweis«, sagte Schedemei. »Das ist der Traum eines Kindes.«

»Das weiß ich. Das wußte ich auch damals schon«, sagte Zdorab. »Doch stellte ich fest, ohne es zu wollen, begann ich mich vorzubereiten, und zwar auf den Tag, da ich die Zauberkugel haben würde. Ich dachte darüber nach, welche Fragen es wert sind, daß man Gott um ihre Beantwortung bittet. Und noch immer, ohne es zu wollen, traf ich Entscheidungen, die mich näher und näher zu Basilika führten, zu dem Ort, in dem die Palwaschantu ihren heiligen Index aufbewahrten. Gleichzeitig half mir die Tatsache, ein fleißiger junger Mann zu sein, meinen ... Defekt zu verbergen. Mein Vater hat immer gesagt: ›Du mußt die Bücher jetzt mal beiseite legen, losziehen und dir Freunde suchen! Such dir eine Freundin! Wie willst du je heiraten, wenn du keine Mädchen kennenlernst?‹ Als ich nach Basilika kam, schrieb ich ihm immer über meine Freundinnen, und er fühlte sich gleich viel besser, wenngleich er mir immer wieder sagte, daß die Ehegebräuche in Basilika schrecklich und gegen die Natur wären. Er konnte wirklich nichts ausstehen, das gegen die Natur war.«

»Das muß weh getan haben«, sagte Schedemei.

»Eigentlich nicht«, sagte Zdorab. »Es *ist* gegen die Natur. Ich bin von diesem Baum des Lebens abgeschnitten, den Volemak gesehen hat, ich gehöre nicht zu der Kette – ich bin eine genetische Sackgasse. Ich glaube, ich habe einmal in der Arbeit einer Genetikstudentin gelesen, die Vermutung sei nicht unvernünftig, Homosexualität könne ein Mechanismus sein, mit dem die Natur schadhafte Gene ausmerzt. Der Organismus könne eine ansonsten nicht feststellbare genetische Schwäche erkennen, und dadurch werde ein Mechanismus ausgelöst, der das Wachstum des Hypothalamus hemmt, so daß Wesen mit starkem Sexualtrieb, aber der

Unfähigkeit entstehen, sich auf das andere Geschlecht zu fixieren. Eine Art selbstschließende Wunde im Genpool. Wir seien, so stand es in dem Artikel, der *Ausschuß* der Menschheit.«

Schedemei errötete zutiefst – ein Gefühl, das sie nur selten hatte und gar nicht mochte. »Das war eine Studentenarbeit. Ich habe sie nie außerhalb der wissenschaftlichen Gemeinde veröffentlicht. Es war eine Spekulation.«

»Ich weiß«, sagte er.

»Wie hast du sie überhaupt gefunden?«

»Als mir klar wurde, daß man von mir erwartete, dich zu heiraten, habe ich alles gelesen, was du veröffentlicht hast. Ich wollte herausfinden, was ich dir sagen kann und was nicht.«

»Und zu welchem Schluß bist du gekommen?«

»Daß ich meine Geheimnisse lieber für mich behalte. Deshalb habe ich nie mit dir gesprochen, und deshalb war ich so erleichtert, daß du mich nicht haben wolltest.«

»Aber jetzt hast du es mir gesagt.«

»Weil ich sah, es hat dich verletzt, daß ich dich nicht haben wollte. Damit hatte ich nicht gerechnet. Du bist mir nicht wie jemand vorgekommen, der die Liebe eines verachtenswerten Wurms wie mich haben will.«

Es wurde immer schlimmer. »War meine Einstellung so offensichtlich?«

»Überhaupt nicht«, sagte er. »Ich habe mein Wurmdasein absichtlich kultiviert. Ich habe schwer daran gearbeitet, das unauffälligste, verachtenswerteste, rückgratloseste Wesen zu werden, das die Mitglieder dieser Gruppe jemals kennen werden.«

Als sie nun daran dachte, was mit seinen beiden Freunden geschehen war, begriff sie. »Tarnung«, sagte sie. »Wenn du alleinstehend bleiben wolltest, ohne daß jemand ahnt, was du bist, mußtest du geschlechtslos sein.«

»Rückgratlos.«

»Aber Zdorab, wir sind nicht mehr in Basilika.«

»Wir tragen Basilika in uns. Sieh dir die Männer hier an. Sieh dir zum Beispiel Obring und Meb an: Ihr außerordentlicher Mangel an irgendwelchen Talenten verdammt sie dazu, in jeder Hackordnung, die man sich vorstellen kann, ganz unten zu stehen. Beide sind aggressiv und doch feige – sie sehnen sich danach, oben zu stehen, haben aber nicht den gesunden Menschenverstand, die großen Männer anzugreifen und von ihrem Podest zu holen. Deshalb sind sie dazu verdammt, Männern wie Elemak und Volemak und sogar Nafai zu folgen, obwohl er der jüngste ist, denn sie können keine Risiken eingehen. Stell dir nur vor, welche Wut sich in ihnen aufgestaut haben muß. Und dann stell dir vor, was sie tun würden, würden sie erfahren, daß ich das gräßliche Ding bin; das Verbrechen gegen die Natur; der unmännliche Mann; das perfekte Abbild von dem, was zu sein sie befürchten.«

»Volemak würde nicht zulassen, daß sie dir etwas tun.«

»Volemak wird nicht ewig leben«, sagte Zdorab. »Und ich vertraue mein Geheimnis nicht jenen an, die es nicht bewahren können.«

»Bist du dir bei mir ganz sicher?« fragte Schedemei.

»Ich habe mein Leben in deine Hände gelegt«, sagte Zdorab. »Aber nein, ich bin mir deiner gar nicht so sicher. Aber ob es dir nun gefällt oder nicht, wir wurden zusammengefügt. Also bin ich ein kalkuliertes Risiko eingegangen. Ich habe es dir gesagt, damit ich eine Person hier habe, die ich nicht belügen muß. Damit eine Person weiß, daß das, was ich zu sein scheine, nur ein Vorwand ist.«

»Ich werde dafür sorgen, daß sie dich nicht mehr so ... so achtlos behandeln.«

»Nein!« rief Zdorab. »Nein, das darfst du nicht. Die Dinge werden für uns beide besser sein, sobald wir erst verheiratet sind – in dieser Hinsicht hast du recht. Aber du mußt dich damit abfinden, daß ich unsichtbar bleibe – so unsichtbar wie möglich. Glaube mir, ich weiß am besten, wie man damit umgeht – du hast es dir nicht vorstellen können, das hast du selbst gesagt, also mische dich nicht in meine Überlebensstrategie ein und versuche nicht, alles in Ordnung zu bringen, weil du mich damit letztlich nur töten würdest. Verstehst du das? Du bist brillant, einer der klügsten Geister

unserer Zeit, aber über diese Situation weißt du überhaupt nichts, du bist hoffnungslos unwissend, du wirst alles zerstören, was du berührst, also laß die Hände davon.«

Er sprach mit unglaublicher Vehemenz und Kraft. Sie hätte nicht gedacht, daß er dazu imstande war. Sie verabscheute es, so heftig zurechtgewiesen zu werden. Aber als sie darüber nachdachte, statt aus dem Bauch heraus zu reagieren, wurde ihr klar, daß er recht hatte. Daß sie, zumindest im Augenblick, wirklich keine Ahnung hatte und es am besten war, ihn die Dinge so handhaben zu lassen, wie er es für das beste hielt.

»Na schön«, sagte sie. »Ich werde nichts sagen, ich werde nichts unternehmen.«

»Niemand erwartet, daß du *stolz* darauf bist, meine Ehefrau zu sein«, sagte Zdorab. »Im Gegenteil, sie alle werden es für ein edles Opfer halten. Wenn du meine Frau wirst, verlierst du also nicht an Status. Sie werden sich sogar für eine Art Heldin halten.«

Sie lachte verbittert. »Zdorab, dafür habe auch ich mich gehalten.«

»Ich weiß«, sagte er. »Aber so habe ich es nicht gesehen. Ich habe sogar darauf gehofft ... Stell dir vor, ich habe das Recht, jede Nacht mit dem schärfsten wissenschaftlichen Verstand auf dem Planeten Harmonie allein in einem Zelt zu sein ... jede Nacht ... und wir können uns die ganze Zeit über unterhalten!«

Es war so bezaubernd schmeichelnd und gleichzeitig, aus Gründen, die sie noch nicht ganz erfassen konnte, irgendwie tragisch.

»Das ist in gewisser Hinsicht auch eine Ehe, meinst du nicht auch? Wir werden zwar keine Kinder haben, wie die anderen, aber wir werden *Gedanken* haben. Du kannst mich unterrichten, du kannst mit mir über deine Arbeit sprechen, und wenn ich etwas nicht verstehe, werde ich mich mit Hilfe des Index weiterbilden, bis ich dir folgen kann. Das verspreche ich dir. Und vielleicht kann ich dir einiges über die Dinge erzählen, die ich im Index gefunden habe.«

»Das wäre sehr nett.«

»Wir können also Freunde sein«, sagte er. »Und damit wäre unsere Ehe besser als die der meisten *anderen.* Kannst du dir vorstellen, worüber Obring und Kokor sprechen?«

Sie lachte. »Glaubst du, sie sprechen überhaupt miteinander?«

»Und Mebbekew und Dol, die beide schauspielern und insgeheim einander zutiefst verabscheuen?«

»Nein, ich glaube nicht, daß Dol Mebbekew haßt. Ich vermute, sie *glaubt* wirklich an die Rolle, die sie spielt.«

»Wahrscheinlich hast du recht. Aber sie sind doch einfach schrecklich, meinst du nicht auch? Und *sie* werden Kinder bekommen!«

»Entsetzlich.«

Sie lachten lange und laut, bis Tränen über ihre Wangen liefen.

Die Tür wurde geöffnet. Es war Nafai.

»Ich habe in die Hände geklatscht«, sagte er, »aber ihr habt mich nicht gehört. Dann habe ich gehört, daß ihr lacht, und ich dachte, ich dürfte hereinkommen.«

Beide wurden augenblicklich wieder ernst. »Natürlich«, sagte Zdorab.

»Wir haben nur über unsere Ehe gesprochen«, sagte Schedemei.

Schedemei sah, daß die Erleichterung sich auf Nafais Gesicht ausbreitete, als wäre gerade der Schatten einer Wolke vorbeigezogen. »Ihr wollt also tatsächlich heiraten.«

»Wir waren nur so stur, zu warten, bis es unser eigener Wille war«, sagte Zdorab.

»Das glaube ich euch gern«, sagte Nafai.

»Eigentlich«, sagte Zdorab, »sollten wir jetzt zu Rasa und Volemak gehen, und außerdem willst du ja den Index benutzen.«

»Ja, aber erst, wenn ihr fertig seid.«

»Er wird ja noch hier sein«, sagte Schedemei, »wenn wir ihn wieder benutzen wollen.« Und sie hatten das Zelt schon verlassen und gingen – ja, wohin?

Zdorab nahm sie bei der Hand und führte sie zum Kochfeuer. »Dol sollte auf das Essen aufpassen«, sagte er, »aber sie läßt es immer wieder unbeaufsichtigt. Sie braucht eben ihr kleines Nickerchen. Aber das spielt keine Rolle – ich ließ Jobar einmal den Kochtopf berühren, und er muß den anderen erklärt haben, wie es sich anfühlte, denn die Paviane wagen sich nicht mehr in seine Nähe, selbst wenn es so gut riecht wie jetzt.«

Es roch *wirklich* gut.

»Wo hast du das Kochen gelernt?«

»Mein Vater war Koch«, sagte Zdorab. »Damit hat er die Familie ernährt. Er hat so viel verdient, daß er es sich leisten konnte, mich zum Studium nach Basilika zu schicken, und ich habe viel von ihm gelernt. Er wäre stolz auf das, was ich unter diesen erbärmlichen Umständen zustande bringe.«

»Bis auf den Kamelkäse.«

»Ich glaube, ich habe Kräuter gefunden, mit denen ich ihn verbessern kann«, sagte Zdorab und hob den Deckel des Kochtopfs hoch. »Ich probiere es heute abend aus – es ist doppelt so viel Käse darin wie üblich, aber niemand wird wohl etwas dagegen haben.« Er zog den großen Kochlöffel heraus, und sie sah, wie dickflüssig und zäh die Masse davon hinabtropfte.

»Hm«, machte sie. »Ich kann es kaum erwarten.«

Er hörte die Ironie in ihrer Stimme. »Na ja, ich kann ja verstehen, daß du allen Speisen gegenüber mißtrauisch bist, die so aussehen, als wäre Käse darin, aber wir haben Käse jahrelang gern gegessen und verabscheuen ihn erst seit ein paar Monaten, und daher müßte ich euch wieder für den Käse einnehmen können, wenn ich es richtig anstelle. Und wir *werden* den Käse brauchen – die stillenden Mütter, die wir bald haben werden, können auf so gutes tierisches Protein einfach nicht verzichten.«

»Du hast alles genau durchdacht«, sagte sie.

»Ich habe eben viel Zeit zum Nachdenken«, sagte er.

»Gewissermaßen«, sagte sie, »bist du der Anführer dieser Gruppe.«

»Gewissermaßen«, sagte er, »wiederholst du das lieber nicht vor den anderen, oder sie werden glauben, du hättest den Verstand verloren.«

»Aber du entscheidest doch, was und wann wir essen, wo wir uns erleichtern, was wir im Garten anpflanzen, und du führst uns durch den Index ...«

»Aber wenn ich es richtig anstelle, fällt es niemandem auf«, sagte er.

»Du übernimmst die Verantwortung für uns alle. Und du wartest nicht einmal darauf, daß man dir sagt, was zu tun ist.«

»Das machen alle guten Menschen«, sagte er. »Das *macht* es *aus,* ein guter Mensch zu sein. Und ich bin ein guter Mensch, Schedja.«

»Das weiß ich mittlerweile«, sagte sie. »Und ich hätte es auch schon vorher wissen müssen. Ich habe alles, was du getan hast, für Schwäche gehalten – aber ich hätte wissen müssen, daß es Klugheit und Stärke war, die du freigebig mit uns allen teilst – sogar mit denen, die es nicht verdient haben.«

Und nun traten endlich Tränen in *seine* Augen. Nur ein leichtes Schimmern, aber sie sah es und wußte, auch er wußte, daß sie es sah. Ihr kam in den Sinn, daß ihre Ehe viel mehr sein würde als Heuchelei. Sie konnte eine echte Freundschaft sein, und zwar eine zwischen den beiden Personen, die am wenigsten erwartet hatten, auf dieser Reise Freunde und Gefährten zu finden.

Er rührte den Eintopf um, setzte den Deckel wieder darauf und hing den Löffel an die Seite des Topfes.

»Das hier ist wahrscheinlich der sicherste Ort, an dem wir uns unterhalten können, wenn wir nicht gestört oder belauscht werden wollen«, sagte sie. »Denn niemand wird freiwillig zur Kochstelle kommen – aus Angst, er müsse sofort eine Arbeit übernehmen.«

Zdorab kicherte. »Ich werde immer froh über deine Gesellschaft sein, während ich hier arbeite, solange du berücksichtigst, daß das Kochen eine Kunst ist und ich mich manchmal tatsächlich darauf konzentrieren muß.«

»Ich hoffe, ich kann dir so interessante und anregende Dinge erzählen, daß dir die Suppe manchmal mißlingt.«

»Wenn du das zu oft machst, werden sie uns bitten, uns wieder scheiden zu lassen.«

Sie lachten, und dann klang ihr Gelächter erneut in Schweigen aus.

»Warum erzähle ich es nicht Tante Rasa?« fragte Schedemei. »Sie wird bestimmt noch heute abend die Hochzeitsfeier ausrichten wollen. Sie wird noch erleichterter sein, als Nafai es war.«

»Und wir wollen es so öffentlich wie möglich machen«, sagte Zdorab.

Sie begriff. »Alle sollen sehen, daß wir eindeutig Mann und Frau sind.« Und das unausgesprochene Versprechen: Ich werde niemandem sagen, daß wir keineswegs Mann und Frau sind.

Schedemei wandte sich um, doch Zdorabs Stimme hielt sie zurück. »Schedja«, segte er.

»Ja?«

»Bitte nenne mich Zodja.«

»Natürlich«, sagte sie, obwohl sie seinen Kosenamen noch nie gehört hatte. Niemand benutzte ihn.

»Und noch etwas«, sagte er.

»Der Artikel, den du als Studentin veröffentlicht hast – du hast dich geirrt. Bezüglich des genetischen Ausschusses.«

»Ich habe doch ausdrücklich erklärt, daß es nur eine Spekulation ist ...«

»Nein, ich meine, ich *weiß*, du hast dich geirrt, denn ich weiß jetzt, was wir sind. Die uralte Wissenschaft, die Wissenschaft der Erde, die ich mit Hilfe des Index studiert habe, hat es herausgefunden. Es ist kein interner Mechanismus des menschlichen Körpers. Keine genetische Sache. Entscheidend ist die Höhe des männlichen Hormonspiegels im Blutkreislauf der Mutter zu dem Zeitpunkt, da der Hypothalamus zu wachsen beginnt und aktiv ausgeprägt wird.«

»Aber das wäre doch rein zufällig«, sagte Schedemei. »Es hätte gar nichts zu bedeuten, wäre einfach ein unglücklicher Umstand, daß für diese paar Tage der Hormonspiegel niedrig ist ...«

»Eine Laune der Natur«, sagte Zdorab. »Ein Zufall. Es hat nichts zu bedeuten, bis auf die Tatsache, daß wir verkrüppelt geboren werden.«

»Wie Issib.«

»Wenn Issib sieht, wie ich gehe, was ich mit meinen Händen bewerkstellige, würde er vielleicht gern mit mir tauschen«, sagte Zdorab. »Aber wenn ich ihn mit Huschidh sehe, und wenn ich sehe, daß sie schwanger ist und die anderen ihm deshalb wirklich Respekt zollen, daß sie ihn als einen der *ihren* anerkennen, dann gibt es Augenblicke – aber wirklich nur einige –, da ich gern mit *ihm* tauschen würde.«

Obwohl ihr solche leidenschaftlichen Gesten eigentlich fremd waren, drückte Schedemei impulsiv seine Hände. Doch nun kam es ihr angemessen vor. Freundlich. Und so ließ sie sich hinreißen, und er erwiderte die Geste, also war es in Ordnung. Dann ging sie schnell davon, um Herrin Rasa zu suchen.

Wer hätte sich vorstellen können, dachte sie, daß die Enthüllung, daß mein zukünftiger Mann ein Zhop ist, sich als so wunderbare Nachricht erweist und er dadurch für mich *erhöht* wird. Die Welt steht dieser Tage wirklich auf dem Kopf.

Als Schedemei und Zdorab gegangen waren und Nafai allein im Indexzelt war, zögerte er nicht. Er nahm den Index – der von ihren Händen noch warm war –, hielt ihn sich vors Gesicht und sprach fast wütend zur Überseele. »Die ganze Zeit über hast du mir gesagt, Vaters Traum vom Baum wäre nicht von dir gekommen, aber du hast nie erwähnt, daß sich seine ganze Erfahrung in deinen Speichern befindet.«

»Das stimmt«, sagte der Index. »Es wäre nachlässig von mir, ein so wichtiges Ereignis nicht aufzuzeichnen.«

»Und du hast gewußt, wie gern ich einen Traum vom Hüter der Erde gehabt hätte. Du hast es *gewußt*!«

»Ja«, sagte der Index.

»Warum hast du mir dann nicht den Traum meines Vaters gegeben?«

»Weil es der deines Vaters war«, sagte der Index.

»Er hat ihn erzählt – er ist kein Geheimnis mehr! Ich will *sehen*, was er gesehen hat!«

»Das ist keine gute Idee.«

»Ich bin es leid, daß du ständig entscheidest, was eine gute Idee ist und was nicht. Du warst der Ansicht, es sei eine *ausgezeichnete Idee*, Gaballufix zu töten.«

»Das war es auch.«

»Für *dich*. Du hast kein Blut an deinen Händen.«

»Ich habe deine Erinnerung daran. Und ich habe dir in der Wüste geholfen, als Elemak dich töten wollte.«

»Du ... du hast mein Leben gerettet, weil du meine Gene in unserem kleinen Genpool haben willst.«

»Ich bin ein Computer, Nafai. Erwartest du, daß ich dein Leben rette, weil ich dich mag? Meine Motive sind wesentlich verläßlicher als menschliche Gefühle.«

»Ich will nichts davon hören! Ich will einen Traum vom Hüter.«

»Genau. Und wenn ich den Traum deines Vaters in deinen Verstand eingebe, bekommst du damit noch lange nicht einen Traum vom Hüter, sondern lediglich einen Speicherbericht von mir.«

»Ich will diese Erdgeschöpfe sehen, die die anderen gesehen haben. Die Ratten und Engel.«

»Die sie für Erdgeschöpfe *halten*.«

»Ich will den Geschmack der Frucht des Baumes in meinem Mund haben!«

Noch während Nafai dies sagte – während seine Lippen stumm die Wörter bildeten und in seinem Verstand ein Wutschrei erklang –, wußte er, daß er sich kindisch benahm. Aber er wollte es so sehr, wollte unbedingt wissen, was sein Vater wußte, wollte sehen, was Luet sah, was Huschidh sah, sogar, was General Muuzh und Luets seltsame Mutter, Durstig, sahen. Er wollte es wissen, nicht nur hören, was sie erzählten, sondern wirklich wissen, wie es aussah, wie es sich anfühlte, wie es klang, roch und schmeckte. Und er wollte es so sehr, daß er es *forderte*, obwohl er wußte, daß er sich kindisch benahm.

Und da die Überseele es nicht für wünschenswert hielt, daß der Mann, den sie als späteren Führer der Gruppe bezeichnet hatte, so wütend war und damit unvorhersagbar reagieren könnte, gab sie ihm, was er verlangte.

Es brach ganz plötzlich über ihn herein, während er noch den Index hielt. Die Dunkelheit, die Vater beschrieben hatte, der Mann, der ihn aufgefordert hatte, ihm zu folgen, der endlose Marsch. Aber da war noch etwas, etwas, das Vater nicht erwähnt hatte – ein schrecklich störendes Gefühl, daß etwas nicht in Ordnung war, daß etwas ungewollt war. Mit einer mächtigen Unterströmung durchflossen ihn undenkbare Gedanken. Dies war nicht nur eine Wildnis, sondern eine geistige Hölle, und er konnte es nicht ertragen, in ihr zu verweilen.

»Überspringe diesen Teil«, sagte er zum Index. »Bringe mich weiter, hole mich hier heraus.«

Augenblicklich hörte der Traum auf.

»Nicht aus dem *Traum*«, sagte Nafai ungeduldig. »Überspringe einfach den langweiligen Teil.«

»Der Hüter hat den langweiligen Teil nicht grundlos geschickt. Er gehört genauso zu dem Traum wie alles andere.«

»Springe zum Ende weiter, wo wirklich etwas passiert.«

»Das ist Betrug, aber ich werde es tun.« Nafai konnte es nicht ausstehen, wenn der Index so sprach. Er hatte gelernt, daß die Menschen Widerstand, dem dann Einverständnis folgte, als Hänselei interpretierten, und daher hänselte er sie nun, indem er natürliches Verhalten simulierte. Da Nafai jedoch wußte, daß er von einem Computer und nicht von einem Menschen gehänselt wurde, kam ihm dieses Verhalten keineswegs lustig, sondern nur langweilig vor. Doch als er sich darüber beschwerte, erwiderte der Index lediglich, daß alle anderen ihren Spaß daran hatten und Nafai kein Spielverderber sein solle.

Der Traum kehrte zurück, und augenblicklich stürzte er in die Dunkelheit. Der Marsch, der Rücken des ihn führenden Mannes und diese schreckliche geistige Unterströmung, die so schmerzhaft und ablenkend war. Aber dann hörte er die

Stimme seines Vaters, die den Mann bat, ihm etwas zu erklären, ihn aus der Dunkelheit zu führen. Nur – es war nicht die Stimme seines Vaters. Es war eine fremde Stimme, die Nafai noch nie gehört hatte, obwohl er sie im Geiste als *die seine* wahrnahm, während Vater dachte, es sei *seine* Stimme, obwohl sie eigentlich ganz anders klang. Es dauerte eine Weile, bis Nafai begriff, daß für seinen Vater die eigene Stimme so und nicht anders klang. In einem Traum hörte Vater natürlich nicht die Stimme, die alle anderen hörten. Er hörte die Stimme, die er auch sonst hörte, wenn er sprach. Aber es war nicht einmal *diese* Stimme, sie war viel jünger, es war die Stimme, die er für die seine hielt, als sich seine Identität als Mann ausprägte. Tiefer als seine wirkliche Stimme, männlicher und jünger.

Aber Nafai konnte einfach nicht die starke Überzeugung abschütteln, daß es sich um seine eigene Stimme zu handeln schien und nicht die Vaters, obwohl seine eigene Stimme auch etwas anders klang. Und dann wurde Nafai klar, daß der Index ihm natürlich seine Aufzeichnung von Volemaks Erlebnissen in diesem Traum abspielte; daher waren sämtliche Sinneswahrnehmungen bereits von Volemaks Bewußtsein gefiltert worden und nun unentwirrbar mit seinen Auslegungen verbunden.

Und das war auch die Erklärung für diese Unterströmung, diese ablenkenden, bedeutungslosen, verwirrenden, erschreckenden Gedanken. Es handelte sich um Vaters Bewußtsein, das sich ständig entwickelte und begriff und interpretierte und auf den Traum reagierte. Gedanken, die Vater nicht einmal bewußt wahrgenommen hatte, weil sie noch nicht an die Oberfläche gekommen waren – darunter auch Gedankenfetzen wie: ›Das ist ein Traum‹, und ›Das kommt von der Überseele‹, und ›Ich bin in Wirklichkeit tot‹, und ›Das ist kein Traum‹. Alle möglichen gegensätzlichen Gedanken wirbelten durcheinander und legten sich aufeinander. Als *Vater* diese Gedanken gehabt hatte, stiegen sie aus seinem Unterbewußtsein empor, und sein Wille sortierte sie aus, und die Gedanken gehorchten seinem Willen und wurden beendet, sobald er zu einem anderen Gedanken übergehen wollte. Doch in Nafais Verstand, der ja nur eine Wiedergabe des Geschehens sah, reagierten die Gedanken *nicht* auf seinen Willen und überlagerten sein eigenes Bewußtsein.

Vater hatte es aufgegeben, sich an den Mann zu wenden, und schrie nun der Überseele etwas zu, bettelte sie an. Es war erniedrigend, die Furcht, die Beklemmung, das *Winseln* in Vaters Stimme zu hören. Er hatte erzählt, daß er die Überseele *gebeten* hätte, aber Nafai hatte noch nie gehört, daß sein Vater so demütig zu jemandem sprach, und es war, als würde er beobachten, wie sein Vater auf die Toilette ging oder etwas anderes Widerwärtiges tat. Er konnte es nicht ertragen, seinen Vater so zu sehen. Ich bespitzle ihn. Ich sehe ihn, wie er sich in seinen schlimmsten Augenblicken sieht, aber ich sehe nicht den Mann, den er der Welt präsentiert, seinen Söhnen. Ich stehle ihm sein Ich, und das ist falsch, das ist eine ganz schreckliche Tat. Andererseits jedoch ... vielleicht sollte ich wissen, wie mein Vater wirklich ist, wie *schwach* er ist. Ich kann mich nicht auf ihn verlassen, er jammert der Überseele etwas vor, er bettelt wie ein kleines Kind um Hilfe ...

Und dann fiel ihm ein, wie er selbst den Index angebettelt hatte, ihm Vaters Traum zu zeigen, und ihm wurde klar, daß selbst die tapfersten und stärksten Männer im Geiste solche Augenblicke erleben mußten. Aber niemand wußte von ihnen, weil sie nur in ihren Träumen und Alpträumen vorkamen. Ich habe dies nur erfahren, weil ich Vater bespitzle.

Er wollte den Index gerade bitten, den Traum zu beenden, doch just in diesem Augenblick veränderte dieser sich, und plötzlich befand Nafai sich auf der Wiese, die Vater beschrieben hatte. Er wollte sofort den Baum suchen, doch er konnte natürlich erst zu ihm hinübersehen, als Vater in dem Traum zu ihm hinübersah, und machte ihn erst aus, als Vater ihn ausmachte.

Nun sah Vater ihn, und er *war* wunderschön und eine große Erleichterung nach all der Dunkelheit und Öde. Doch Nafai verspürte nicht nur seine eigene Erleichterung, sondern die seines Vaters legte sich darüber, und daher war es gar keine Erleichterung, sondern nur eine noch größere

Anspannung, zu der sich Verwirrung und Orientierungslosigkeit gesellten. Und noch verschlimmert wurde alles, weil Vater nicht ganz normal zu dem Baum *ging*, sondern plötzlich vor ihm stand. Er *dachte*, er würde zu dem Baum gehen, aber er war von einem Augenblick zum anderen einfach dort.

Nafai spürte Vaters Begierde auf die Frucht, und seine Freude über ihren Geruch, doch da ihm wegen der plötzlichen Bewegung hin zum Baum schon etwas übel war und er wegen der ständigen Unterströmung von Vaters Gedanken leichte Kopfschmerzen hatte, löste der Geruch in ihm keine Begierde aus. Statt dessen wurde ihm schlecht davon. Vater hob den Arm, pflückte eine Frucht und kostete sie. Nafai fühlte, daß Vater sie köstlich fand, und einen Augenblick lang, als der Geschmack in Nafais Verstand drang, *war* sie auch köstlich, überwältigend köstlich auf eine Art und Weise, die Nafai sich nicht hätte vorstellen können. Doch sofort wurde die Erfahrung von Vaters Reaktion darauf überlagert, von dessen Assoziationen bezüglich des Geschmacks und Geruchs; seine Reaktionen waren so stark, Vater wurde von dem Geschmack dermaßen überwältigt, daß seine Gefühle außer Kontrolle gerieten und Nafai sie nicht mehr verkraften konnte. Es war körperlich schmerzhaft. Er hatte entsetzliche Angst. Er rief dem Index zu, mit dem Traum aufzuhören.

Er hörte auf, und Nafai ließ sich einfach seitlich auf den Teppich fallen, keuchte und schluchzte und versuchte, den Wahnsinn aus seinem Verstand zu drängen.

Und nach einer Weile war er wieder in Ordnung, denn der Wahnsinn *war* verschwunden.

»Siehst du nun, wie problematisch es für mich ist, klar und deutlich mit Menschen zu kommunizieren?« sagte die Stimme in seinem Kopf. »Ich muß meine Gedanken sehr klar und deutlich bilden, und selbst dann glauben die meisten Menschen noch, sie hörten lediglich ihre eigenen Gedanken. Nur der Index ermöglicht mir eine wirklich klare Kommunikation mit den meisten Menschen. Abgesehen von dir und Luet – mit euch beiden kann ich besser als mit allen anderen sprechen.« Die Stimme des Index verstummte einen Augenblick lang. »Ich dachte eine Zeitlang, du würdest verrückt werden. In deinem Kopf hat sich nichts Angenehmes ereignet.«

»Du hast mich gewarnt.«

»Nun ja, ich habe dich nicht vor *allem* gewarnt, weil ich nicht wußte, daß es passieren würde. Ich habe noch nie einem Menschen den Traum eines anderen eingegeben. Ich glaube, ich werde es auch nie wieder tun, selbst wenn sich jemand sehr aufregt, weil ich nein sage.«

»Ich stimme mit deiner Entscheidung überein.«

»Und es war sehr unfreundlich von dir, deinen Vater auf diese Art und Weise zu beurteilen. Er ist ein sehr starker und mutiger Mann.«

»Ich weiß. Hättest du zugehört, wüßtest du, daß ich von selbst darauf gekommen bin.«

»Ich war mir nicht sicher, ob du dich daran erinnerst. Das menschliche Gedächtnis ist sehr unzuverlässig.«

»Laß mich in Ruhe!« sagte Nafai. »Ich will im Augenblick weder mir dir noch mit sonst jemandem sprechen.«

»Dann lasse den Index los. Du kannst jederzeit gehen.«

Nafai nahm die Hände vom Index, rollte sich auf den Bauch, erhob sich auf die Knie und dann auf die Füße. In seinem Kopf drehte sich alles. Ihm war schwindlig und schlecht.

Er taumelte aus dem Zelt. Draußen standen Issib und Mebbekew. »Wir gehen gerade zum Abendessen«, sagte Issib. »Hattest du eine gute Sitzung mit dem Index?«

»Ich habe keinen Hunger«, sagte Nafai. »Ich fühle mich nicht gut.«

Mebbekew johlte auf. In Nafais Ohren klang es fast wie das Heulen der Paviane. »Erzähl mir doch nicht, daß *Nafai* sich vor der Arbeit drücken will, indem er behauptet, ihm sei ständig schlecht. Aber das hat bei Luet so gut funktioniert, daß er es jetzt auch mal versucht, was?«

Nafai machte sich nicht einmal die Mühe, Meb zu antworten. Er taumelte einfach weiter zu seinem Zelt. Ich muß schlafen, dachte er. Das brauche ich jetzt, Schlaf.

Doch als er das Zelt betreten und sich aufs Bett gelegt hatte, wurde ihm klar, daß er unmöglich schlafen konnte. Er war zu aufgewühlt, zu mitgenommen, sein Kopf drehte sich, und er konnte nicht klar denken, aber auch nicht *aufhören*, etwas zu denken.

Dann gehe ich eben auf die Jagd, dachte Nafai. Ich suche ein hilfloses, kleines Tier, töte es, reiße ihm die Haut ab und die Eingeweide heraus, und dann fühle ich mich bestimmt besser, weil ich nun mal so ein Mensch bin. Oder mir wird vielleicht schlecht, wenn mir der Geruch der Eingeweide in die Nase steigt, und ich muß mich übergeben und fühle mich *dann* besser.

Niemand sah ihn, als er das Lager verließ – hätten sie ihn gesehen, unsicher schwankend und einen Pulsator in der Hand, hätten sie ihn wahrscheinlich aufgehalten. Er durchquerte den Bach und ging die Hügel auf der anderen Seite hinauf. In dieser Richtung hatten sie noch nie gejagt – dort schliefen die Paviane in Höhlen, und wenn man zu weit in diese Richtung ging, kam man den Dörfern in dem Tal namens Luzha so nah, daß man vielleicht einem ihrer Bewohner über den Weg lief. Aber Nafai konnte noch immer nicht klar denken. Er erinnerte sich nur daran, daß er einmal auf der anderen Seite des Baches gewesen und dort etwas Wunderbares geschehen war, und in diesem Augenblick wollte er unbedingt, daß etwas Wunderbares geschah. Oder er starb. Was auch immer.

Ich hätte warten sollen, sagte er sich immer und immer wieder, als er wieder klar genug denken konnte, um zu wissen, was er dachte. Hätte der Hüter der Erde mir einen Traum schicken wollen, hätte er mir einen geschickt. Und wenn nicht, hätte ich warten sollen. Es tut mir leid. Ich wollte mir nur über etwas Klarheit verschaffen, aber ich hätte warten sollen. Jetzt kann ich das Warten ertragen, aber jetzt wirst du mir keinen Traum mehr schicken, denn ich habe betrogen, genau, wie der Index es gesagt hat. Ich habe betrogen, und daher bin ich nicht berechtigt, einen Traum zu bekommen. Eigentlich bin ich jetzt sogar wertlos. Indem ich darauf bestand, daß die Überseele mir den Traum vorspielen soll, habe ich mein Gehirn ruiniert, und jetzt werde ich bis zu meinem Lebensende krank im Kopf sein, und weder du noch die Überseele, noch Luet, noch sonst jemand werden mich noch brauchen können, und ich könnte einfach irgendwo von einer Klippe springen und sterben.

Die Sonne ging gerade unter, als ihm klarwurde, daß er nicht die geringste Ahnung hatte, wo er sich befand oder wie weit er marschiert war. Er wußte nur, daß er auf einem Felsen auf der Kuppe eines Hügels saß – und kilometerweit zu sehen war, für den Fall, daß ein Räuber nach einem Opfer oder ein Jäger nach Beute Ausschau hielt. Und obwohl er den Kopf in den Händen hielt und zu Boden sah, war er sich bewußt, daß jemand ihm gegenüber saß. Jemand, der noch nichts gesagt hatte, ihn aber eindringlich musterte.

Sag etwas, dachte Nafai. Oder töte mich und bringe es hinter dich.

»Uuh. Uuh-uuh«, sagte der Fremde.

Da sah Nafai auf, denn er kannte die Stimme. »Jobar«, sagte er.

Jobar schaukelte ein wenig hin und her und heulte noch ein paarmal, offensichtlich vor Freude, erkannt worden zu sein.

»Ich habe nichts für dich zu essen«, sagte Nafai.

»Uuh«, sagte Jobar fröhlich. Weil er vom Stamm verstoßen worden war, war er wahrscheinlich schon dankbar, daß jemand ihn erkannt hatte.

Nafai hielt ihm eine Hand hin, und Jobar kam kühn vorwärts und legte eine Vorderpfote hinein.

Und in diesem Augenblick war Jobar kein Pavian mehr. Statt dessen sah Nafai ihn als Tier mit Flügeln, mit einem Gesicht, das gleichzeitig wilder und intelligenter als das eines Pavians war. Die eine Schwinge bog und streckte sich wieder, die andere aber nicht, denn sie war die Hand, die Nafai in der seinen hielt. Das schwingenbewehrte Geschöpf, das Jobars Platz eingenommen hatte, sagte etwas zu ihm, aber Nafai verstand die Sprache nicht. Das Geschöpf – der Engel, Nafai wußte, daß es sich darum handelte – sagte erneut etwas, und nun verstand Nafai verschwommen, daß es sich um eine Warnung handelte. Er befand sich in Gefahr.

»Was soll ich tun?« fragte Nafai.

Aber der Engel sah sich um und wurde immer aufgeregter. Als er es dann anscheinend gewaltig mit der Angst zu tun bekommen hatte, ließ er seine Hand los, sprang in den Himmel und flog, kreiste jedoch weiterhin über ihm.

Nafai hörte ein Geräusch. Etwas scharrte hart über Felsen. Er sah hinab und machte aus, was das Geräusch verursacht hatte. Ein halbes Dutzend größerer, wilderer Geschöpfe. Die Ratten aus den Träumen, die die anderen gehabt hatten. Sie waren schwerer und sahen stärker aus als die Paviane, und Nafai wußte aus Erzählungen anderer Wüstenreisender, daß Paviane weitaus stärker als ausgewachsene Männer waren. Ihre Zähne waren größer und schärfer, aber die Hände – denn es waren Hände, keine Klauen – sahen in der Tat schrecklich aus, denn viele davon hielten wurfbereite Steine.

Nafai dachte an seinen Pulsator. Wie viele von ihnen kann ich töten, bevor sie mich mit einem Stein treffen und zu Boden werfen? Zwei? Oder drei? Aber es war besser, kämpfend zu sterben, als sich ohne Widerstand töten zu lassen.

Besser? Warum war es besser? Es war doch schon schlimm genug, daß einer sterben mußte. Was ist damit gewonnen, wenn ich einige von ihnen töte, abgesehen davon, daß sie meinen Tod dann für um so gerechtfertigter halten?

Also legte er den Pulsator vor sich auf den Boden, verschränkte die Hände auf den Knien und wartete.

Sie warteten ebenfalls. Ihre Arme waren noch immer wurfbereit. Der Engel kreiste noch immer über ihnen, ein stummer Zeuge, von gelegentlichen hohen Schreien einmal abgesehen.

Dann merkte Nafai plötzlich, daß er etwas in der Hand hielt. Er öffnete sie und sah, daß es sich um eine Frucht handelte. Er erkannte sie augenblicklich als eine der Früchte vom Baum des Lebens. Er hob sie an die Lippen und probierte sie, und ah!, es war, wie Vater gesagt hatte: die ausgezeichnetste Wahrnehmung, die er sich nur vorstellen

kleiner Stern, eine Sonne, die zu hell war, als daß man hineinschauen konnte, ohne sich die Augen zu verbrennen.

Schließlich mußte Nafai die Augen schließen, sie zukneifen, weil er den Schmerz nicht mehr ertragen konnte. Aber als er sie wieder öffnete, wußte er, nun würde er nah genug sein und das Gesicht des Hüters sehen können.

»Uuh.«

Er starrte in Jobars Gesicht.

»Selber uuh«, flüsterte Nafai.

»Uuh-uuh.«

»Es ist fast dunkel«, sagte Nafai. »Aber du bist ziemlich hungrig, nicht wahr?«

Jobar setzte sich erwartungsvoll auf die Hinterbeine.

»Mal sehen, ob ich was für dich finden kann.«

Es war nicht schwer, nicht einmal im Dämmerlicht, weil die Hasen auf dieser Seite des Tals noch nicht selten geworden waren. Als die Nacht sich schließlich senkte, zerrte Jobar noch immer an dem Kadaver, verschlang jeden Fetzen davon und brach schließlich mit einem Stein den Schädel des Hasen auf, um an das weiche Gehirn heranzukommen. Jobars Hände und Gesicht waren blutverschmiert.

»Wenn du auch nur einen Funken Verstand hast«, sagte Nafai, »läufst du jetzt schnell mit dem Rest des Fleisches und all dem Blut auf dir nach Hause, damit sich irgendein Weibchen mit dir anfreundet und dich mit ihrem Baby spielen läßt, damit du dich mit ihm anfreunden kannst und ein richtiges Stammesmitglied wirst.«

Es war unwahrscheinlich, daß Jobar ihn verstand, aber das war auch gar nicht nötig. Er versuchte bereits, den Kadaver des Hasen vor Nafai zu verbergen, um davonlaufen und ihn stehlen zu können. Nafai machte es ihm ein wenig leichter, indem er sich ein paar Schritte entfernte, damit Jobar die Gelegenheit nutzen konnte. Er hörte das Scharren von Jobars Füßen und sagte stumm zu ihm: Kauf dir mit diesem Hasenblut, was du dir damit kaufen kannst, mein Freund. Ich habe das Gesicht des Hüters der Erde gesehen, und es war dein Gesicht.

Doch er bedauerte diesen respektlosen Gedanken augenblicklich und sprach stumm zum Hüter der Erde – oder zur Überseele oder zu niemandem; er wußte es nicht. Danke, daß du es mir gezeigt hast, sagte er. Danke, daß du mich hast sehen lassen, was Vater und alle anderen gesehen haben. Danke, daß ich einer derjenigen sein darf, die es wissen.

Und wenn mir nun jemand helfen könnte, den Rückweg zu finden ...

Ob ihm nun die Überseele half oder lediglich sein Gedächtnis und seine Fähigkeiten als Spurenleser, er fand im Mondschein den Weg zum Lager. Luet hatte sich Sorgen gemacht – und Mutter und Vater und die anderen auch. Sie hatten Schedemeis und Zdorabs Hochzeit verschoben, denn es wäre falsch gewesen, sie an einem Abend zu feiern, an dem Nafai vielleicht in Gefahr war. Da er nun jedoch zurück war, konnte die Hochzeit stattfinden, und niemand fragte ihn, wohin er gegangen war oder was er getan hatte, als wüßten sie, daß es zu seltsam oder wunderbar oder schrecklich war, um erzählt zu werden.

Erst später an diesem Abend, als er mit Luet im Bett lag, erzählte er es. Zuerst, daß er Jobar gefüttert hatte, und dann den Traum.

»Es hat den Anschein, als wären heute abend alle zufriedengestellt worden«, sagte Luet.

»Du auch?« fragte er.

»Du bist zu Hause«, sagte sie, »und ich bin zufrieden.«

6

Pulsatoren

Sie blieben länger als beabsichtigt in ihrem Lager in Mebbekews Tal an Elemaks Fluß. Zuerst mußten sie die Ernte abwarten. Dann war Luet aufgrund der Schwangerschaft so schwach, daß Rasa sich weigerte, die Reise zu beginnen und ihr Leben zu gefährden; und das, obwohl Schedemei vom Index erfahren hatte, welche Kräuter gegen ihre Übelkeit halfen, und man sie ihr regelmäßig verabreichte. Als Luets allmorgendliches Erbrechen dann endlich ein Ende nahm und sie wieder zu Kräften gekommen war, hatten alle drei Schwangeren – Huschidh, Kokor und Luet – so dicke Bäuche, daß das Reisen für sie sehr unbequem geworden wäre. Außerdem hatten die anderen mittlerweile nachgezogen: Sevet, Eiadh, Dol und auch Herrin Rasa waren nun ebenfalls schwanger. Keiner von ihnen ging es so schlecht, wie es Luet gegangen war, doch andererseits hatte auch keine von ihnen große Lust, ein Kamel zu besteigen, den ganzen Tag über zu reiten, abends ein Zelt aufzuschlagen und es am nächsten Morgen wieder abzubrechen, während sie nur von Zwieback, Dörrfleisch und getrockneten Melonen lebten.

Also blieben sie über ein Jahr lang in ihrem Lager, bis alle sieben Babies geboren waren. Nur zwei von ihnen bekamen Söhne. Volemak und Rasa nannten ihren Jungen Ojkib, nach Rasas Vater, und Elemak und Eiadh nannten ihren erstgeborenen Sohn Protschnu, was *Ausdauer* bedeutete. Eiadh ritt auf der Tatsache herum, daß lediglich ihr Gatte Elemak so männlich wie Volemak war und ihr einen Sohn geschenkt und Volemak überhaupt ja nur Söhne gezeugt hatte. Im großen und ganzen ignorierten die anderen ihre Prahlerei und erfreuten sich an ihren Töchtern.

Luet und Nafai nannten ihr kleines Mädchen Schveja, weil sie ihre beiden Eltern zu einer Seele zusammengenäht hatte. Huschidhs und Issibs Tochter war die erste der neuen Generation, und sie nannten sie einfach Dza, weil sie die

Antwort auf alle Fragen ihres Lebens war. Kokor und Obring nannten ihre Tochter Krasata, ein Name, der *Schönheit* bedeutete und in Basilika groß in Mode gewesen war. Vas und Sevet nannten ihre Tochter Vasnaminanja, teils, weil der Name *Erinnerung* bedeutete, aber auch, weil er mit Vas' Name verwandt war; sie riefen sie Vasnja. Und Mebbekew und Dol nannten ihre Tochter Basilikja, nach der Stadt, die sie beide liebten und von der sie träumten. Alle wußten, daß Meb sich für diesen Namen entschieden hatte, weil er ein ständiger Vorwurf an jene war, die ihn aus seiner rechtmäßigen Heimat verschleppt hatten, und daher griffen alle den Kosenamen auf, den Volemak sich für sie einfallen ließ, und nannten sie Sjelsika, was *Mädchen vom Lande* bedeutete. Dies verärgerte Meb natürlich, und er hörte nur auf, dagegen zu protestieren, als alle anderen über ihn lachten.

Ojkib und Protschnu, Schveja und Dza, Krasata, Vasnja und Sjelsika – an einem kühlen Morgen gut ein Jahr, nachdem ihre Eltern in Mebbekews Tal zusammengekommen waren, wurden die Babies locker in kühle Reisetücher gewickelt, die dann um die Schultern ihrer Mütter gewickelt wurden, so daß die Kleinen tagsüber, wenn sie hungrig wurden, trinken konnten. Die Frauen, von der kindlosen Schedemei abgesehen, halfen beim Auf- und Abbau der Zelte nicht mit, wenngleich man davon ausging, daß sie ihre Pflichten wieder aufnehmen würden, sobald die Kinder größer waren. Und die Männer, die nun von einem Jahr des Lebens in der Wüste kräftig, gebräunt und abgehärtet waren, schritten vor ihren Frauen auf und ab. Sie waren stolz auf die Babies und sich ihrer erhabenen Verantwortung bewußt, für Frauen und Kinder sorgen zu müssen.

Alle bis auf Zdorab natürlich, der so still und unauffällig wie immer war, und dessen Frau noch kinderlos war; die beiden schienen manchmal fast zu verschwinden. Sie waran die einzigen der Gruppe, die weder durch Blut oder Ehe mit Rasa und Volemak verwandt waren; sie waren die einzigen kinderlosen; sie waren beträchtlich älter als die anderen ihrer Generation, von Elemak einmal abgesehen; niemand hätte gesagt, daß sie nicht mit dem Rest der Gruppe gleichberechtigt wären, andererseits jedoch glaubte auch niemand, daß sie wirklich gleichberechtig waren.

Als die Gruppe sich zum Aufbruch vorbereitete, ging Luet mit der schlafenden Schveja in der Schlinge vor der Brust und einer überreifen Melone auf der Schulter zu der Herde der Paviane hinab, die ihren üblichen Beschäftigungen nachgingen. Die Affen schienen aufgeregt und nervös zu sein, was kaum verwunderte, wenn man den Tumult im Lager der Menschen berücksichtigte. Als Luet die Grenze ihres Reviers überschritt, sahen sie zu ihr hoch und beobachteten sie genau. Einige Weibchen kamen näher, um ihr Baby zu betrachten – sie hatte geduldet, daß sie Schveja berührten, wenngleich sie natürlich nicht zulassen konnte, daß sie mit ihr spielten, wie sie mit ihren *eigenen* Kindern spielten; Schveja war viel zu zerbrechlich für ihre groben Liebkosungen.

Aber Luet suchte ein Männchen und kein Weibchen, und sie hatte sich kaum von den neugierigen Weibchen entfernt, als er auch schon auftauchte – Jobar, der vor kaum einem Jahr ein Ausgestoßener gewesen und nun der beste Freund der ältesten Tochter der Matriarchin des Stammes war; er hatte soviel Prestige, wie ein Männchen in dieser Stadt der Frauen es bekommen konnte. Luet hielt die Melone so, daß Jobar sie sehen konnte. Dann wandte sie sich etwas ab, damit er sich nicht allzu sehr erschreckte, und warf sie auf einen Felsbrocken, und die Melone platzte auf.

Wie erwartet sprang Jobar erschrocken zurück. Als er jedoch sah, daß Luet keine Angst hatte, kam er neugierig näher. Nun konnte sie ihm zeigen, was er sehen sollte – das Geheimnis, das sie in dem Jahr, das sie hier verbracht hatten, so sorgfältig vor allen Pavianen verborgen hatten. Sie bückte sich, hob ein Stück Rinde mit genug Fruchtfleisch daran auf und aß geräuschvoll.

Ihr Schmatzen lockte auch die anderen herbei, doch es war Jobar – wie sie es erwartet hatte –, der ihrem Beispiel folgte und zu essen anfing. Er machte natürlich keinen Unterschied zwischen Fruchtfleisch und Rinde, und ihm schien beides gleich gut zu schmecken. Als er satt war, sprang er heulend und kreischend herum, bis andere – besonders junge Männchen – es ebenfalls wagten, die Frucht zu essen.

Luet trat langsam zurück, drehte sich dann um und ging davon.

Sie hörte leise Schritte hinter sich. Sie schaute zurück; Jobar folgte ihr. Damit hatte sie nicht gerechnet, aber andererseits hatte Jobar sie immer überrascht. Er war in der Tat intelligent und neugierig, und die Intelligenz der Paviane war überhaupt nur ein wenig geringer als die der Menschen, und ihre Neugier und ihr Eifer, etwas zu lernen, waren manchmal sogar größer.

»Komm mit, wenn du willst«, sagte Luet. Sie führte ihn bachaufwärts zum Garten, den die Paviane schon lange nicht mehr betreten durften. Dort befanden sich die letzten Melonen der dritten Ernte; einige waren schon reif, andere noch nicht. Jobar zögerte am Rand des Gartens, denn die Paviane hatten schon lange gelernt, diese unsichtbare Grenze zu respektieren. Sie lockte ihn jedoch weiter, und er betrat den Garten vorsichtig. Sie führte ihn zu einer reifen Melone. »Eßt sie, wenn sie so aussehen«, sagte sie. »Wenn sie so riechen.« Sie hielt ihm die noch an der Staude hängende Melone hin. Er schnüffelte daran, schüttelte sie und warf sie dann zu Boden. Nach einigen Versuchen brach sie auf. Dann nahm er einen Bissen und heulte sie glücklich an.

»Ich bin noch nicht fertig«, sagte Luet. »Du mußt die ganze Lektion über aufpassen.« Sie hielt ihm eine andere Melone hin, eine unreife, und obwohl Jobar daran roch, durfte er sie nicht berühren. »Nein«, sagte sie. »Diese eßt ihr nicht. Der Samen ist noch nicht reif, und wenn ihr sie eßt, wenn sie so aussehen, werdet ihr nächstes Jahr keine Melonen haben.« Sie legte die unreife Melone hinter sich zu Boden und deutete auf die geplatzte reife, die in Stücken um Jobars Füße lag. »Eßt die reifen. Schedemei sagt, die Samen werden unbeschädigt durch euer Verdauungssystem rutschen und in euren Kothaufen gedeihen und sehr gut wachsen. Ihr könnt immer Melonen haben, wenn du den anderen beibringst, daß ihr nur die reifen essen dürft. Du mußt ihnen beibringen, daß sie *warten* müssen.«

Jobar betrachtete sie ruhig.

»Du verstehst kein einziges meiner Worte«, sagte sie. »Aber das heißt nicht, daß du die Lektion nicht verstehst, nicht wahr? Du bist ein kluger Kerl. Du kommst schon dahinter. Du bringst es den anderen bei, bevor du zu einem anderen Stamm weiterziehst, ja? Es ist das einzige Geschenk, das wir euch machen können, unser Mietzins dafür, daß wir euer Tal im vergangenen Jahr benutzen durften. Bitte nehmt es an und nutzt es gut.«

Er heulte einmal.

Sie erhob sich und ging davon. Die Reitkamele waren zum Aufsteigen bereit; die anderen warteten nur auf sie. »Ich habe Jobar nur den Garten gezeigt«, sagte sie. Natürlich verdrehte Kokor daraufhin die Augen, doch Luet achtete kaum darauf – wichtig waren Nafais Lächeln, Huschidhs Nicken und Volemaks »Gut gemacht!«.

Auf einen Befehl sprangen die Kamele auf. Sie waren mit Zelten und Vorräten beladen, mit Trockenbehältern und Kältetruhen voller Samen und Embryos, und mit – und das war am wichtigsten – nicht mehr sechzehn, sondern dreiundzwanzig Menschen. Wie Elemak erst gestern abend gesagt hatte, führte die Überseele sie besser zu ihrem Bestimmungsort, bevor die Kinder zu groß wurden, um zusammen mit ihrer jeweiligen Mutter auf einem Tier zu reiten, oder sie mußte unterwegs weitere Kamele für sie auftreiben.

Die ersten beiden Tage der Reise führten sie in nordöstliche Richtung, dieselbe Strecke entlang, die sie von Basilika aus genommen hatten. Doch es war schon ein Jahr her, daß sie hier vorbeigekommen waren, und fast nichts sah noch vertraut aus – oder zumindest nicht vertrauter als alles andere, da alle graubraunen Felsen und der gelbgraue Sand nach der ersten Stunde schon vertraut aussahen.

Spät am zweiten Nachmittag ritt Mebbekew ein kurzes

Stück neben Elemak. »Wir sind schon an der Stelle vorbeigekommen, an der du ihn zum Tode verurteilt hast, oder?«

Elemak schwieg einen Augenblick lang. Dann: »Nein, wir werden überhaupt nicht an ihr vorbeikommen.«

»Ich habe gedacht, ich hätte sie gesehen.«

»Du hast dich geirrt.«

Sie ritten ein Stück schweigend weiter.

»Elemak«, sagte Mebbekew.

»Ja?« Es klang nicht so, als würde er das Gespräch genießen.

»Wer könnte uns aufhalten, wenn wir uns einfach unsere Zelte und Vorräte für drei Tage nehmen und nach Basilika zurückkehren?«

Manchmal hatte Elemak den Eindruck, daß Mebbekews Kurzsichtigkeit an Dummheit grenzte. »Anscheinend hast du vergessen, daß wir kein Geld haben. Ich kann dir versichern, es ist viel schlimmer, in Basilika arm zu sein als hier draußen, denn in Basilika gibt die Überseele keine Eidechsentitte um dein Überleben.«

»Ach, und hier draußen hat sie sich so wunderbar um uns gekümmert!« sagte Meb verächtlich.

»Wir waren über ein Jahr an einer wasserreichen Stelle, und nicht *einmal* sind Reisende oder Banditen oder durchgebrannte Pärchen oder Familien auf Urlaub in unsere Nähe gekommen.«

»Ich weiß, wir hätten genausogut auf einem anderen Planeten sein können. Auf einem unbewohnten! Ich kann dir sagen, als Dolja zu schwanger war, um sich noch großartig zu bewegen, kamen mir sogar die Pavianweibchen ziemlich attraktiv vor.«

Nie war Mebbekew ihm nutzloser denn jetzt vorgekommen. »Das überrascht mich nicht«, sagte Elemak.

Meb funkelte ihn an. »Ich habe doch nur gescherzt, Pißnelke.«

»Ich nicht«, sagte Elemak.

»Also hast du deine Seele verkauft, was? Du bist jetzt Vatis kleiner Junge. Nafai senior.«

Mebbekews Groll gegen Nafai war nur natürlich – schließlich hatte Nafai ihn mehrmals bloßgestellt. Doch Elemak hatte schon vor geraumer Zeit den Entschluß gefaßt, Nafai zu ertragen, zumindest solange, wie er sich nichts herausnahm, so lange er *nützlich* war. Nur das interessierte Elemak jetzt noch – ob jemand etwas zum Überleben der Gruppe beitragen konnte. Und es würde nichts schaden, wenn Mebbekew sich daran erinnerte, um wie vieles Nafai nützlicher war als Meb selbst. »Wir haben ein Jahr lang zusammengelebt«, sagte Elemak. »Du hast in jeder Woche dieses Jahres Fleisch gegessen, das Nafai getötet hat, und du glaubst noch immer, er wäre nichts weiter als Vaters Liebling?«

»Oh, ich weiß, daß er mehr als das ist«, sagte Mebbekew. »Jeder weiß das. Die meisten von uns haben sogar begriffen, daß er wertvoller als *du* ist.«

Mebbekew mußte etwas in Elemaks Gesicht gesehen haben, denn er ließ sein Kamel sofort zurückfallen und blieb danach eine Weile direkt hinter Elemak.

Elemak wußte, daß Mebs kleine Beleidigung ihn erzürnen sollte – aber Elemak würde nicht mitspielen. Er wußte genau, was Mebbekew wollte: aus seiner Ehe heraus, fort vom Weinen seines Kindes, zurück in die Stadt mit ihren Bädern und anderen Einrichtungen, ihrer Küche und ihrer Kunst und – vor allem – ihrem endlosen Vorrat an unkomplizierten Frauen, die leicht mit Schmeicheleien herumzukriegen waren. Und wenn Mebbekew tatsächlich nach Basilika zurückkehren sollte, würde er sich dort wahrscheinlich so problemlos wie eh und je durchschlagen, ob er nun Geld hatte oder nicht; und dies galt auch für Dol, die dort als fast schon legendäre Kinderschauspielerin bestimmt ein gutes Auskommen finden würde. Für die beiden wäre Basilika viel besser als alles andere, was in absehbarer Zukunft vor ihnen lag.

Aber dieses Thema ist abgeschlossen, dachte Elemak. Es war abgeschlossen worden, als die Überseele einen solchen Narren aus mir machte. Die Botschaft war eindeutig – versuche, Nafai zu töten, und du torkelst und fummelst wie ein Halbgescheiter herum, der nicht einmal einen richtigen Knoten binden kann. Und nun mußte er nicht Nafai überwinden, um ihr Ziel zu ändern, sondern Vater. Nein, es gab für Elemak keinen Ausweg. Und außerdem konnte Basilika ihm nichts bieten. Im Gegensatz zu Meb begnügte er sich nicht damit, von einem Bett ins andere zu hüpfen und von jeder Frau zu leben, die ihn aufzunehmen bereit war. Er mußte einen gewissen Status haben, mußte wissen, daß die Männer zuhörten, wenn er sprach. Ohne Geld bestand *darauf* wenig Hoffnung.

Außerdem liebte er Eiadh und war stolz auf den kleinen Proja, und er schätzte das Wüstenleben auf eine Weise, die kein anderer, nicht einmal Vater, verstehen konnte. Und wenn er nach Basilika zurückkehrte, würde Eiadh ihren Ehevertrag irgendwann nicht mehr verlängern. Dann befand er sich erneut in der unmännlichen Lage, sich eine Frau suchen zu müssen, nur um in der Stadt bleiben zu dürfen. Das wäre unerträglich. *So* sollten Männer nicht leben – sie sollten sich ihrer Frauen und Kinder sicher sein. Er wollte nicht, daß seine Familie *jetzt* zerbrach. Er träumte nicht mehr von Basilika, wünschte sich zumindest nicht mehr, dort zu leben, weil die einzige würdige Lebensweise dort für ihn jetzt unerreichbar war.

Nur Meb und Dolja träumten noch immer von einer Rückkehr. Und da beide nutzlos waren, würde es der Gruppe nicht schaden, sie ziehen zu lassen.

Also brachte Elemak das Thema zur Sprache, als er und sein Vater die Lagerstelle für diese Nacht aussuchten. »Du weißt, daß Meb und Dolja noch immer nach Basilika zurückkehren wollen.«

»Das überrascht mich nicht«, sagte Volemak. »Sie haben so wenig Phantasie. Einige Leute haben in ihrem Leben nur ein einziges Ziel und können es kaum ertragen, dieses aufzugeben.«

»Du weißt auch, daß sie für uns fast wertlos sind.«

»Nicht so wertlos wie Kokor«, sagte Vater.

»Na ja, mit ihr kann *niemand* konkurrieren.«

»Keiner von ihnen ist *völlig* wertlos«, sagte Vater. »Sie erledigen vielleicht nicht ihre Arbeit, aber wir brauchen ihre Gene. Wir brauchen in unserer Gemeinschaft ihre Babies.«

»Unser Leben wäre viel einfacher ... es gäbe viel weniger Konflikte und Ärger, wenn ...«

»Nein«, sagte Volemak.

Elemak schäumte. Wie konnte Vater es wagen, ihn den Satz nicht einmal beenden zu lassen?

»Es ist nicht meine Entscheidung«, sagte Volemak. »Wenn es nach mir ginge, würde ich jeden zurückkehren lassen. Aber die Überseele hat diese Gruppe ausgewählt.«

Als Vater die Überseele erwähnte, schenkte Elemak ihm keine Aufmerksamkeit mehr. Dies bedeutete stets, daß der vernünftige Teil der Diskussion vorbei war.

Als sie das Lager aufschlugen, faßte Elemak den Entschluß, einfach nichts zu bemerken, falls Meb und Dolja sich während seiner Wache davonschleichen wollten. Sie würden ohne Schwierigkeiten zur Stadt finden – hier war die Wüste nicht mehr so herausfordernd, und wenn sie unbedingt in die Zivilisation zurückkehren wollten, bot sich in dieser Nacht die beste Gelegenheit für sie. Die allerdings so gut nun auch wieder nicht war – es bestand durchaus die Gefahr, Banditen in die Hände zu fallen. Vielleicht war sie nun noch größer geworden, da Muuzh in Basilika herrschte und primitive und unzivilisierte Männer aus der Stadt gejagt hatte. Vielleicht würde die Überseele auf sie aufpassen und ihnen helfen, nach Basilika zurückzukehren – vielleicht aber auch nicht. Was auch immer geschehen sollte, Elemak würde nicht versuchen, ihre Flucht zu verhindern, falls sie sich dazu entschließen sollten.

Aber sie taten es nicht. Elemak hielt sogar länger Wache als üblich, aber sie schlichen nicht aus ihrem Zelt, versuchten nicht, ein oder zwei Kamele zu stehlen. Schließlich weckte Elemak Vas, damit der ihn ablöste, und ging dann voll neuer Verachtung für Meb zu Bett. Hätte *ich* die Gruppe verlassen und irgendwo anders leben wollen, hätte ich meine Frau und mein Kind genommen und wäre gegangen. Aber nicht Mebbekew. Er läßt sich viel zu leicht etwas verbieten.

Am späten Morgen des dritten Tags der Reise erreichten sie die Stelle, von der aus sie, wollten sie nach Basilika zurückkehren, in nördliche Richtung reisen mußten. Elemak erkannte die Stelle, und Volemak natürlich auch. Aber sonst niemand; keiner ahnte, daß sie jetzt die letzte Hoffnung aufgaben, so etwas wie ihr altes Leben wieder aufzunehmen, wenn sie nun nach Osten weiterzogen, statt sich nach Norden zu wenden.

Elemak war gar nicht traurig darüber. Er war nicht wie Mebbekew – sein Leben hatte sich schon immer auf die Wüste konzentriert. Er war nur nach Basilika zurückgekehrt, um seine Waren zu verkaufen und sich eine Frau zu suchen, wenngleich er die Stadt natürlich immer genossen und sie auch für seine Heimat gehalten hatte. Aber der Begriff *Heimat* hatte ihm nie viel bedeutet – er kannte kein Heimweh, dachte nicht voller Sehnsucht oder unter Tränen daran. Nicht, bis Eiadh ihren Sohn geboren und er Proja in den Armen gehalten und den kräftigen, lauten Schrei des Jungen gehört und sein Lächeln gesehen hatte. Und von da an war sein Heim für ihn das Zelt gewesen, in dem Eiadh und Proja schliefen. Er brauchte Basilika nicht mehr. Er war in sich zu stark, um sich nach einer bestimmten Stadt zu sehnen, wie Meb es tat.

Doch wenn diese Karawane die nächsten Jahre über Elemaks Welt sein würde, mußte er seine Stellung in dieser kleinen Welt so dominant und wichtig wie möglich machen. In dem Tal, in dem Zdorabs Garten die Hälfte der Nahrung geliefert hatte und Nafai bei der Jagd genausogut wie Elemak selbst gewesen war, konnte Elemak seine Qualitäten nicht voll ausspielen, um seine Position als Anführer zu sichern. Doch nun, da sie wieder auf den Kamelrücken saßen, fragte sogar Vater ihn in vielen, vielen Punkten um Rat, und während die Überseele ihren ungefähren Weg bestimmte, legte Elemak den genauen Kurs fest. Er ließ den Blick über die Gruppe schweifen und sah, daß Eiadh ihn unablässig betrachtete, wenn sie nicht gerade das Baby fütterte. Die Reise hatte ihr in Erinnerung zurückgerufen, wie wichtig er für das Überleben der gesamten Gruppe war, und er erfreute sich an dem Stolz, den sie daraus zog.

Die Überseele hatte Vater folgendes mitgeteilt: Vorausgesetzt, sie fänden eine sichere Reiseroute und hätten ausreichend Vorräte, würden sie ihr Ziel in sechzig Tagen der gleichmäßigen Reise erreichen. Aber es kam natürlich nicht in Frage, sechzig Tage an einem Stück zu reisen. Die Babies würden die Hitze, Trockenheit und Unbeständigkeit nicht überstehen. Nein, sie mußten einen anderen sicheren Ort finden und erneut rasten. Und danach vielleicht eine weitere Pause einlegen. Und sie würden an jedem Ort wahrscheinlich so lange bleiben müssen, um eine Saat auslegen und abernten zu können, damit sie Nahrung für die nächste Etappe ihrer Reise hatten. Ein Jahr. Ein Jahr an jedem Ort, und vielleicht drei Jahre für eine Reise von sechzig Tagen. Und die ganze Zeit über würde in Wirklichkeit Elemak sie führen, und am Ende der Reise würden alle ihn als Anführer anerkennen, und Vater würde dann nicht mehr sein als das, was er eigentlich sein sollte – ein weiser alter Berater. Aber nicht der wahre Führer. Nicht mehr.

Der werde ich dann sein. Und wenn ich dann entscheide, daß ich die Gruppe zu dem Ort bringe, den die Überseele als Ziel genannt hat, werde ich sie dorthin führen, und sie werden diesen Ort sicher und rechtzeitig erreichen. Aber wenn ich dann eine andere Entscheidung treffe, kann die Überseele zur Hölle fahren.

Der Fluß Nividimu führte ganzjährig Wasser – er entsprang im zerklüfteten Ljudy-Gebirge, dessen Gipfel so hoch waren, daß sie im Winter von Schnee bedeckt wurden. Aber er führte nie viel Wasser, und dort, wo er steil ins Krutohn-Tal abfiel und auf die tiefe, heiße, trockene Wüste stieß, versickerte er im Sand und verschwand über viele Kilometer hinweg, bevor er schließlich das Reinigende Meer erreichte.

Wegen des Nividimu führte der große nord-südliche Karawanenweg steil ins Ljudy-Gebirge hinauf und folgte dem Fluß dann wieder hinab, fast bis zu der Stelle, wo er verschwand. Der Nividimu war die sicherste Trinkwasserquelle zwischen Basilika im Norden und den Städten des Feuers im Süden. Vielleicht ein Dutzend Karawanen zogen pro Jahr am

Ufer des Nividimu entlang, und so war fast damit zu rechnen gewesen, daß die Überseele sie anwies, eine Woche lang in den Ausläufern des Ljudy-Gebirges zu lagern, während eine nach Norden ziehende Karawane mit einer schweren Militäreskorte sich das Tal hinauf arbeitete und dann der gewundenen Straße aus dem Gebirge folgte.

Das Schlimmste an der Wartezeit war, daß sie keine Feuer machen durften. Die Militäreskorte, so erklärte der Index ihnen, hatte es geradezu darauf abgesehen, Feinde aufzuspüren. Sahen die Soldaten Rauch, würden sie augenblicklich vermuten, daß er von Banditen stammte, und keine Fragen stellen, um eventuell das Gegenteil herauszufinden, sondern sie alle sofort abschlachten. Also aßen sie ihren elenden Reiseproviant, saßen herum und wurden immer gereizter, während sie auf den Tag warteten, da Volemak ihnen die Entscheidung des Index mitteilte, die Reise nun fortsetzen zu können.

Als Elemak und Vas am zweiten Tag gemeinsam auf die Jagd gingen – denn Vas hatte ein gewisses Talent als Fährtenleser –, verloren sie den ersten Pulsator. Sie hätten Vas wohl keinen geben sollen, doch er hatte darum gebeten, und es wäre für ihn zu erniedrigend gewesen, hätten sie ihm die Waffe verweigert. Außerdem bestand immer die Möglichkeit, daß sie auf ein gefährliches Raubtier stießen, das sich die gleiche Beute ausgesucht hatte, und dann würde er den Pulsator zu seiner Verteidigung brauchen.

Vas war normalerweise nicht unbeholfen. Doch als er mit dem Rücken zur Wand über einen schmalen Felsvorsprung ging, stolperte er, und als er sich abfing, rutschte ihm der Pulsator aus der Hand. Er prallte auf einem Felsvorsprung ab, segelte dann in die Luft und fiel in eine Schlucht. Vas und Elemak hörten nicht einmal, wie er unten aufschlug. »Es hätte genausogut mich erwischen können«, sagte er immer wieder, als er die Geschichte an diesem Abend erzählte.

Elemak brachte es nicht übers Herz, ihm zu sagen, daß es für alle besser gewesen wäre, wenn es *ihn* und nicht den Pulsator getroffen hätte. Sie hatten schließlich nur vier dieser Waffen und würden sich keine neuen besorgen können –

und irgendwann würden die Pulsatoren die Fähigkeit verlieren, sich im Sonnenlicht wieder aufzuladen, und deshalb hatte Elemak befohlen, zwei der Waffen stets an einem dunklen Ort aufzubewahren. Nachdem sie nun einen Pulsator verloren hatten, mußten sie eine der Ersatzwaffen für die Jagd benutzen.

»Warum seid ihr überhaupt auf die Jagd gegangen?« fragte Volemak, dem klar war, welche Bedeutung der Verlust des Pulsators für die Zukunft haben könnte. Er richtete die Frage an Elemak, weil der die Entscheidung getroffen hatte, an diesem Tag zwei Pulsatoren mit in die Wüste zu nehmen.

Elemak antwortete so kalt, daß man deutlich heraushörte, er sei der Ansicht, Volemak habe nicht das Recht, seine Entscheidung in Frage zu stellen. »Um Fleisch zu bekommen«, sagte er. »Die Frauen kommen nicht mit Zwieback und Trokkenfleisch aus.«

»Aber wir hätten das Fleisch nicht braten können. Was hast du dir vorgestellt? Hätten sie es etwa roh essen sollen?« fragte Volemak.

»Ich wollte es mit dem Pulsator garen«, sagte Elemak. »Es wäre zwar nicht ganz durchgebraten gewesen, aber ...«

»Es wäre auch eine Energieverschwendung gewesen, die wir uns kaum leisten können«, sagte Volemak.

»Wir brauchen das Fleisch«, sagte Elemak.

»Hätte ich dem Pulsator hinterherspringen sollen?« fragte Vas garstig.

»Das hat niemand verlangt«, sagte Elemak verächtlich. »Es geht doch gar nicht mehr um *dich*.«

Huschidh verfolgte das Gespräch schweigend, wie sie es eigentlich immer tat, wenn es einen Konflikt gab. Sie bobachtete, wie die Fäden, die die Menschen miteinander verbanden, sich zu verändern begannen. Sie wußte, daß es die Linien, die sie zwischen den Menschen sah, gar nicht gab, daß sie einfach eine visuelle Metapher waren, die ihr Verstand bildete – eine Art halluzinatorisches Diagramm. Aber die Auskünfte, die sie über Beziehungen und Treue und Haß und Liebe gaben, waren echt, so echt wie die Felsen und der Sand und die Büsche in ihrer Umgebung.

Vas war die Anomalie dieser Gemeinschaft, und das von Anfang an. Niemand haßte ihn, niemand verabscheute ihn. Aber er wurde auch von niemandem geliebt. Niemand brachte ihm große Treue entgegen, und er empfand auch keine für irgendeinen anderen. Abgesehen von der starken Verbindung zwischen ihm und Sevet und der noch seltsameren zwischen ihm und Obring. Sevet brachte ihrem Gatten Vas nur wenig Liebe oder Respekt entgegen – sie hatten nur dem Namen nach eine Ehe geführt, die ihnen beiden Vorteile gebracht hatte, und es gab keine besonderen Treuebande zwischen ihnen und auch keine große Liebe oder Freundschaft. Doch er empfand sehr stark für sie – ein Gefühl, das Huschidh nicht verstand, das sie nie zuvor gesehen hatte. Und seine Verbindung mit Obring war ganz ähnlich, nur etwas schwächer. Was eigentlich nicht der Fall hätte sein dürfen, da Vas gar keinen Grund für eine so enge Verbindung mit Obring hatte. Denn schließlich hatte man Obring mit Sevet im Bett erwischt, an jenem Abend, an dem Kokor die beiden überraschte und ihre Schwester fast getötet hätte. Warum also gab es diese starke Beziehung zwischen Vas und Obring? Ihre Stärke – die Huschidh an der Dicke des Stranges erkannte, der die beiden miteinander verband – kam der der besten Ehen in ihrer Gemeinschaft gleich, etwa der von Volemak und Rasa oder den Gefühlen, die Elemak für Eiadh hegte, oder dem wachsenden Band zwischen Huschidh selbst und ihrem geliebten Issib, ihrem hingebungsvollen und freundlichen und brillanten Issib, dessen Stimme die Musik war, die all ihre Freuden begleitete ...

Dieses Gefühl – soviel wußte sie immerhin – brachte Vas weder Sevet noch Obring entgegen – und allen anderen gegenüber schien er fast nichts zu empfinden. Aber warum Sevet und Obring und sonst niemand? Nichts verband sie, abgesehen von ihrem ehemaligen Ehebruch ...

War *das* vielleicht die Verbindung? Der Ehebruch selbst? War Vas' starke Verflechtung mit ihnen eine Besessenheit, die mit ihrem Betrug an ihm zu tun hatte? Aber das war absurd. Er hatte die ganze Zeit über von Sevets Affären gewußt; sie hatten in dieser Hinsicht eine ungezwungene Ehe geführt. Und Huschidh hätte die Verbindung zwischen ihnen zu deuten gewußt, würde sie aus Haß oder Zorn bestehen – *davon* hatte sie schon genug gesehen.

Sogar jetzt, da Vas mit allen anderen durch einen Faden der Scham verbunden sein müßte, durch den Drang, Besserung zu versprechen oder ihre Zustimmung zu bekommen, konnte sie fast nichts wahrnehmen. Es war ihm völlig gleichgültig. Er wirkte sogar irgendwie zufrieden.

»Wir hätten es uns durchaus leisten können, das Fleisch zu braten«, sagte Sevet, »wenn wir noch alle vier Pulsatoren hätten.«

Es erstaunte Huschidh, daß Vas' eigene Frau seinen Fehler zur Sprache brachte.

Aber es war keine Überraschung, als Kokor es ihrer Schwester gleichtat und noch direkter vorging. »Du hättest eben aufpassen müssen, wohin du trittst, Vas«, sagte sie.

Vas wandte sich um und betrachtete Kokor mit leichter Verachtung. »Vielleicht könnte ich lernen, vorsichtig und tüchtig vorzugehen, *indem* ich deinem Beispiel folge.«

Solche Streitigkeiten fingen viel zu schnell an und dauerten normalerweise viel zu lange. Man brauchte keine Entwirrerin wie Huschidh zu sein, um zu wissen, wohin dieser Zwist führen würde, wenn man zuließ, daß er sich fortsetzte. »Schluß damit«, sagte Volemak.

»Ich werde nicht die Schuld auf mich nehmen, daß wir kein gebratenes Fleisch haben«, sagte Vas sanft. »Wir haben noch drei Pulsatoren, und es ist nicht meine Schuld, daß wir kein Feuer machen können.«

Elemak legte eine Hand auf Vas' Schulter. »Vater macht mich dafür verantwortlich, und das mit Recht. Ich habe eine falsche Entscheidung getroffen. Wir hätten nie zwei Pulsatoren mit auf die Jagd nehmen dürfen. Du würdest es schon merken, würden wir *dir* die Schuld dafür geben, daß wir kein Fleisch haben.«

»Ja, wir würden *dich* essen«, sagte Obring.

Einige lachten über den Witz, wenn auch nur, um die Spannung zu lösen; aber Vas war wütend darüber, daß die scherzhafte Bemerkung von Obring gekommen war. Huschidh sah, daß die seltsame Verbindung zwischen ihnen flackerte und dicker wurde. Sie wirkte wie eine schwarze Trosse, die Vas mit Obring vertäute.

Huschidh beobachtete sie in der Hoffnung, daß ihr Streit so lange anhalten würde, bis sie endlich verstand, welche Beziehung es zwischen ihnen gab, doch in diesem Augenblick ergriff Schedemei das Wort. »Es besteht kein Grund, das Fleisch nicht roh zu essen, falls das Tier erst vor kurzer Zeit getötet wurde und gesund war«, sagte sie. »Wir können die Oberfläche vor dem Verzehr einfach ein wenig versengen, um die Gefahr einer Infektion zu verringern, ohne dafür zuviel Energie zu verbrauchen. Und wenn jemand krank werden sollte, haben wir genug Antibiotika dabei, und selbst, wenn wir die nicht mehr hätten, könnten wir notfalls aus den zur Verfügung stehenden Kräutern welche herstellen.«

»Rohes Fleisch«, sagte Kokor voller Abscheu.

»Ich weiß nicht, ob ich das essen kann«, sagte Eiadh.

»Du mußt es einfach länger zerkauen«, sagte Schedemei. »Oder in ganz kleine Stücke schneiden.«

»Schon allein wegen des Geschmacks«, sagte Eiadh.

»Schon allein wegen der *Vorstellung*«, sagte Kokor erschaudernd.

»Es ist nur eine psychologische Barriere«, sagte Schedemei, »die du leicht überwinden kannst, wenn du an das Wohl deines Babies denkst.«

»Ich begreife nicht, wie eine Frau, die kein Baby hat, *uns* vorschreiben kann, was gut für uns ist«, schnappte Kokor.

Huschidh sah, wie sehr Kokors Worte Schedemei schmerzten. Das war eine der größten Sorgen, die Huschidh sich über ihre Gruppe machte. Schedemei isolierte sich immer mehr von den Frauen. Huschidh sprach ziemlich oft mit Luet darüber, und sie hatten versucht, eine Lösung zu finden, doch das war nicht einfach, weil Schedemei eine Barriere aufgebaut hatte – sie hatte sich eingeredet, keine Kinder haben zu *wollen*, doch da sie sich intensiv mit allen Babies der Gruppe beschäftigte, wußte Huschidh, daß Schedemei ihren Wert unterbewußt an der Tatsache maß, daß sie keine Kinder *hatte*. Und wenn ein kurzsichtiges, gefühlloses kleines Spatzenhirn wie Kokor ihr ihre Kinderlosigkeit vorwarf, sah Huschidh, daß Schedemeis Zusammenhalt mit der Gruppe fast völlig verschwand.

Und die Stille nach Kokors Bemerkung war auch nicht gerade förderlich. Die meisten von ihnen schwiegen, weil man so auf eine unaussprechliche gesellschaftliche Plumpheit reagierte – man war gerade so lange still, daß derjenige, der die beleidigende Äußerung getan hatte, das Schweigen als Tadel auffaßte, und fuhr dann fort, als wäre nichts gesagt worden. Aber Huschidh war sich nicht sicher, wie Schedja die Stille auffaßte. Schließlich kannte Schedja sich mit gesellschaftlichen Gepflogenheiten nicht besonders gut aus, und sie war sich ihrer Kinderlosigkeit unbarmherzig bewußt. So mußte die Stille für sie zweifellos bedeuten, daß alle anderen Kokor zustimmten, aber zu höflich waren, es so kraß auszudrücken. Eine weitere Verletzung, eine weitere Narbe auf Schedemeis Seele.

Gäbe es nicht die intensive Freundschaft zwischen Schedemei und Zdorab und die wesentlich geringere, die Luet und Huschidh mit Schedja gebildet hatten, und Schedjas Liebe und Respekt für Rasa, hätte die Frau gar keinen positiven Zusammenhang mit der Gruppe mehr. Dann gäbe es nur noch Neid und Groll.

Schließlich brach Luet das Schweigen. »Wenn unsere Babies Fleisch brauchen, werden wir es natürlich essen, ob nun gebraten oder gekocht. Aber ich frage mich ... steht es so schlecht um unsere Vorräte, daß wir nicht mal eine *Woche* ohne Fleisch auskommen?«

Elemak betrachtete sie kalt. »Du kannst dein Kind behandeln, wie du willst. Unseres wird immer Milch zu trinken bekommen, die spätestens alle drei Tage mit tierischem Protein aufgefrischt wird.«

»Ach, Elemak, dann *muß* ich rohes Fleisch essen?« fragte Eiadh.

»Ja«, sagte Elemak.

»Das ist schon in Ordnung«, sagte Nafai. »Du wirst keinen Unterschied spüren.«

Alle drehten sich zu ihm um. Seine Bemerkung war einfach lächerlich. »Besten Dank«, sagte Eiadh. »Ich glaube, ich kann durchaus feststellen, ob Fleisch roh oder gebraten ist.«

»Wir alle sind hier, weil wir für die Überseele mehr oder weniger empfänglich sind«, sagte Nafai. »Also habe ich die Überseele gerade gefragt, ob sie den Geschmack rohen Fleisches für uns akzeptabel machen kann. Uns *glauben* machen kann, daß damit alles in Ordnung ist. Und sie hat gesagt, ja, sie könne das, vorausgesetzt, wir widersetzen uns nicht. Wenn wir also nicht ständig darüber nachdenken, daß wir rohes Fleisch essen, kann die Überseele uns so weit beeinflussen, daß wir kaum etwas davon merken.«

Einen Augenblick lang erwiderte niemand etwas darauf. Huschidh erkannte, daß Nafais fast beiläufige Beziehung zu der Überseele für einige ziemlich entnervend war – nicht zuletzt für Volemak selbst, der mit der Überseele oder dem Index nur sprach, wenn er mit ihnen allein war.

»Du hast die Überseele gebeten, unsere Nahrung für uns schmackhaft zu machen?« fragte Issib.

»Wir wissen aus Erfahrung, daß die Überseele ziemlich gut darin ist, die Leute dumm zu machen«, sagte Nafai. »Wir beide haben es gemeinsam erlebt, Issja. Warum soll die Überseele uns also nicht ein wenig dumm machen, was den Geschmack des Fleisches betrifft?«

»Mir gefällt die Vorstellung nicht, daß die Überseele in meinem Verstand herummurkst«, sagte Obring.

Meb sah Obring an und grinste. »Mach dir keine Sorgen«, sagte er. »Du bist auch ohne ihre Hilfe dumm genug.«

Als Nafai am nächsten Tag ein Noljen nach Hause brachte – ein kleines, rotwildähnliches Tier, das kaum einen halben Meter Schulterhöhe hatte –, nahmen sie es aus, sengten es mit dem Pulsator an und aßen es dann, vorsichtig zuerst, bis sie merkten, daß rohes Fleisch entweder gar nicht so schlecht war oder die Überseele gute Arbeit geleistet hatte, sie unempfänglich für den Unterschied zu machen. Von nun an würden sie, wann immer es nötig war, auch ohne ein Feuer auskommen.

Aber die Überseele konnte ihnen keinen neuen Pulsator als Ersatz für den verlorenen beschaffen.

Sie verloren zwei weitere Pulsatoren, als sie den Nividimu überquerten. Es war ein dummer, überflüssiger Verlust. Die Kamele wagten sich nur zögernd an die Überquerung, obwohl die Furt breit und flach war, und als man sie hinübertrieb, gab es einige Rempeleien. Wären alle Lasten kompetent und sorgfältig festgebunden worden, hätte sich keine gelöst und ihren Inhalt in das eiskalte Wasser verstreut.

Elemak stellte erst nach ein paar Minuten fest, daß es sich um das Kamel handelte, das die beiden Pulsatoren trug; er mußte sich erst darauf konzentrieren, die anderen Kamele sicher ans Ufer zu bringen, bevor er versuchen konnte, die Last zu bergen. Als er die Pulsatoren fand – in einem Beutel und zusätzlich in Stoff gehüllt –, hatten sie eine Viertelstunde im Wasser gelegen. Pulsatoren waren haltbar, aber nicht zum Gebrauch unter Wasser bestimmt. Ihre Versiegelungen waren durchdrungen worden, und ihr Mechanismus würde schnell korrodieren. Er barg die Pulsatoren natürlich in der Hoffnung, daß sie vielleicht *nicht* rosten würden, wußte aber, daß die Aussicht darauf nur gering war.

»Wer hat dieses Kamel beladen?« fragte Elemak.

Niemand schien sich daran erinnern zu können, es beladen zu haben.

»Das ist das Problem«, sagte Volemak. »Das Kamel hat sich offenbar selbst beladen, konnte aber keine Knoten binden.«

Alle lachten nervös. Elemak wirbelte zu seinem Vater herum, wollte ihn geißeln, daß er über eine so ernste Situation einen Witz machte. Als er jedoch Volemaks Blick bemerkte, hielt er inne, denn er sah, daß auch Volemak die Sache sehr ernst nahm. Also nickte Elemak seinem Vater zu und setzte sich, um zu zeigen, daß er Volemak die Angelegenheit regeln lassen wollte.

»Wer auch immer dieses Kamel beladen hat, kennt seine Verantwortung«, sagte Volemak. »Und ich kann es ganz einfach herausfinden – ich muß nur den Index fragen. Aber es wird keine Bestrafung geben, denn damit können wir nichts gewinnen. Sollte ich es einmal für nötig halten, werde ich enthüllen, wessen Achtlosigkeit uns unsere Sicherheit gekostet hat, doch bis dahin wird ihm trotz seiner feigen Weigerung, für seine Tat einzustehen, nichts passieren.«

Noch immer meldete sich niemand.

Volemak sagte nichts mehr, sondern nickte Elemak zu, der aufstand und den letzten Pulsator hochhob. »Das ist der Pulsator, den wir am öftesten benutzt haben«, sagte er. »Daher ist seine Ladung am schwächsten, und doch sind wir auf ihn angewiesen, um uns Fleisch zu beschaffen. Er könnte noch ein paar Jahre halten – Pulsatoren haben durchaus so lange überdauert –, doch wenn dieser nicht mehr funktioniert, haben wir keinen anderen mehr.«

Er ging zu Nafai und hielt ihm den Pulsator hin. Nafai nahm ihn behutsam entgegen.

»Du bist der Jäger«, sagte Elemak. »Du kannst ihn am besten nutzen. Aber gib auf ihn acht. Unser Leben und das unserer Kinder hängt davon ab, wie du deine Pflicht erfüllst.«

Nafai nickte.

Elemak wandte sich den anderen zu. »Wenn jemand sieht, daß der Pulsator in irgendeiner Gefahr ist, muß er sofort sprechen oder handeln, um ihn zu schützen. Aber abgesehen von diesem Fall wird lediglich Nafai den Pulsator anfassen. Wir werden ihn nicht einmal benutzen, um unser Fleisch anzubraten. Wenn wir während gefährlicher Streckenabschnitte Fleisch essen, essen wir es roh. Und jetzt durchqueren wir das Tal, bevor wir hier noch entdeckt werden.«

Am späten Nachmittag erreichten sie die Stelle, an der die Karawanen entweder nach Süden zu den bewohnten Tälern zogen, in denen die Städte Dovoda und Nieschtchy sich zwischen der Wüste und dem Meer ans karge Leben klammerten, oder nach Südosten zum Razorjat-Gebirge und dann hinab zu den nördlichen Ausläufern des Tals der Feuer. Volemak führte sie ins Gebirge. Aber mehr als nur einem kam in den Sinn, daß sie, wenn sie gen Süden nach Dovoda oder Nieschtchy gezogen wären, dort Pulsatoren und anständige Vorräte hätten kaufen können. Und sie hätten andere Gesichter gesehen und andere Stimmen gehört. Kaum einer von ihnen wünschte sich nicht, den Städten wenigstens *einen* Besuch abzustatten.

Doch Volemak führte sie in die Hügel hinauf, wo sie in dieser Nacht lagerten, ohne ein Feuer zu entfachen, aus Angst, es könne von einem Bewohner der fernen Städte gesehen werden.

Von da an kamen sie nur langsam voran, denn der Index warnte Volemak, daß drei Karawanen durch das Tal der Feuer in nördliche Richtung zogen, zwei davon aus den Städten des Feuers und eine aus den Städten der Sterne, die noch weiter südlich lagen. Für die meisten von ihnen waren dies Namen aus einer Legende, Städte, die noch älter und höherstöckig waren als Basilika. Geschichten von uralten Helden schienen immer mit den Sätzen »Es war einmal in den Städten der Sterne« oder »So geschah es in alten Zeiten in den Städten des Feuers« anzufangen. Und viele von ihnen hofften: Vielleicht führt die Überseele uns dorthin, in die großen, alten Städte der Legenden.

Um den Karawanen auszuweichen, mußten sie jedoch abseits der Straßen reisen. In der Wüste war dies kein Problem gewesen – die Straße war kaum vom Rest der Wüste zu unterscheiden gewesen, und es spielte keine Rolle, welchem Weg man genau folgte. Doch hier spielte es eine große Rolle, denn das Terrain war seltsam und schwieriger und verwirrender als an irgendeinem anderen Ort auf Harmonie. Sie kamen aus den Bergen hinab und sahen sofort, daß es sich um eine grünere Gegend handelte; fast überall wuchsen Gras, Sträucher, Büsche und sogar ein paar Bäume. Aber es war auch felsig und zerklüftet, und das Land war seltsam abgestuft, als hätte jemand tausend Tische von verschiedener Größe und Höhe zusammengestellt, so daß jede Oberfläche eben war, aber keine genauso hoch wie die nächste. Und zwischen den Grasflächen befanden sich Klippen, von denen einige nur etwa einen Meter hoch waren, andere aber hundert oder fünfhundert Meter.

Und die Seltsamkeiten wurden noch größer, als sie ins Tal der Feuer hinabzogen, denn dort gab es Stellen, wo Schächte in der Erde oder Spalten in einer Klippe einen bemerkenswerten Gestank absonderten. Die meisten von ihnen verzogen das Gesicht und versuchten, durch den Mund zu atmen, doch Elemak und Volemak nahmen den Gestank sehr ernst und schlugen oft Umwege ein, die die Öffnungen mieden, aus denen das Gas kam. Erst, als Zdorab herausfand, daß der Index ihnen – zumindest bei Tageslicht – unverzüglich Spektralanalysen der Gase zur Verfügung stellen konnte, waren sie festzustellen imstande, welche Gase – und demzufolge auch welcher Gestank – für sie ungefährlich waren.

Noch furchterregender – wenngleich Elemak ihnen versicherte, daß sie keine so große Gefahr darstellten – waren die Rauchlöcher und die offenen Flammen. Sie sahen sie schon aus einigen Kilometern Entfernung – entweder dicke Rauchsäulen oder helle Flammen – und hielten nach einiger Zeit geradewegs auf sie zu, besonders, nachdem Schedemei ihnen versichert hatte, daß sie nicht explodieren würden. Wenn sie ihr Lager in der Nähe einer offenen Flamme aufschlugen, nutzten sie das Feuer, um Fleisch zu braten und sogar frisches Brot zu backen, wenngleich nur Zdorab, Nafai und Elemak bereit waren, diese Aufgabe zu übernehmen, da sie in die Nähe der Flammen laufen und das Fleisch und die Brotlaibe dort liegen lassen mußten, wo die Hitze stark genug war, das Fleisch zu garen – was natürlich bedeutete, daß die Hitze auch die Köche garen würde, wenn sie nicht schnell wieder zurückeilten. Alle halfen, das Wild, das Nafai getötet hatte, zu zerlegen und die Portionen auf Spieße zu stecken. Dann feuerten sie Nafai, Zdorab und Elemak an, die abwechselnd zum Feuer liefen, einen Fleischspieß auf den Boden legten und wieder zurückliefen. Das Fleisch zu holen, war natürlich noch schwerer, da sie die heißen Spieße aufheben mußten, statt die kühlen abzulegen, und manchmal qualmte ihre Kleidung, wenn sie zurückkamen.

»Nur unser Schweiß verdampft«, beharrte Nafai, als Luet ihm sagte, sie würde ihr Fleisch lieber roh essen und dafür ihren Gatten behalten.

Doch so viele brauchbare Feuer gab es auch wieder nicht, da sie nur selten neben Wasserquellen lagen, und oft mußten sie ihre Nahrung kalt zu sich nehmen.

Das Tal der Feuer war von prachtvoller Schönheit, doch es war auch furchterregend, an jeder Wegbiegung mit den Auswirkungen der schrecklichen Kräfte konfrontiert zu werden, die in dem Planeten tobten, auf dem sie lebten – so starke Kräfte, daß sie feste Felsschichten Hunderte von Metern hochschieben konnten.

Prachtvoll, furchterregend, aber auch lästig, wie sie merkten, als sie zu einer Stelle kamen, wo die Strecke, die sie gewählt hatten, in eine Sackgasse führte – ein tiefer, heißer See, der auf beiden Seiten von fünfhundert Meter hohen Klippen umgeben war. Sie konnten den See nicht überqueren und auch nicht umgehen. Volemak und Elemak entschlossen sich, umzukehren und eine andere Route zu nehmen, die noch weiter von der Karawanenstraße entfernt war und näher am Meer verlief, auch wenn dies einen Verlust von mehreren Tagesreisen bedeutete.

»Hätte die Überseele das nicht *sehen* können?« fragte Mebbekew ziemlich scharf.

»Der Index hat mir diesen See gezeigt«, sagte Volemak. »Deshalb haben wir diesen Weg eingeschlagen. Die Überseele konnte uns allerdings nicht sagen, daß wir ihn auf keiner Seite umgehen können.«

»Dann haben wir mindestens drei Reisetage verschwendet?« jammerte Kokor.

»Wir haben Dinge gesehen, von denen man in Basilika nicht einmal träumt«, erwiderte Herrin Rasa.

»Außer in *Alpträumen*«, sagte Kokor.

»Einige Künstler haben solche Anblicke aufgenommen und in Lieder umgesetzt«, sagte Rasa. »Was mich daran erinnert, daß wir schon über ein Jahr lang kein Lied von dir oder Sevet mehr gehört haben, außer, wenn ihr euren Kindern vorsingt. Und von Eiadh auch nicht – sie bekam nie die Chance, eine Karriere als Sängerin zu beginnen, aber sie hat die schönste Stimme.«

Huschidh hätte ihr sagen können, daß es vergebene Liebesmühe war. Bis sich zwischen den Frauen etwas änderte, würde es keinen Gesang geben. Es lag natürlich an dem alten Streit zwischen Sevet und Kokor. Sevet konnte oder wollte nicht mehr singen, eine Folge der Verletzung, die Kokor ihr zugefügt hatte, als sie sie mit Obring im Bett erwischt und ihr auf den Kehlkopf geschlagen hatte. Und solange Sevet nicht sang, wagte Kokor nicht zu singen – sie fürchtete Sevets Rache. Und Eiadh war von den beiden älteren Mädchen, die – besonders Sevet – in Basilika ziemlich berühmt gewesen waren, hoffnungslos eingeschüchtert worden. Kokor hatte deutlich gemacht, daß sie, solange *sie* nicht singen konnte, Eiadhs elende Stimme nicht hören wollte, die sie sowieso für eine Verhöhnung der Musik hielt. Was unfair war – Eiadh *hatte* Talent, und Kokor mochte ihre Stimme zwar dünn nennen, aber jeder andere Kritiker hätte sie glockenklar genannt. Doch wann immer Eiadh singen wollte, verzog Kokor das Gesicht und tat so, als wäre es unerträglich, und so hatte Eiadh bald den Mut verloren und es nicht mehr versucht. Es würde also keine Lieder über die beeindruckende Erhabenheit des Tals der Feuer geben.

Doch es gab noch eine andere Dichtkunst und eine andere Künstlerin. Und Huschidh und Luet waren das Publikum, als Schedemei über die Kräfte der Natur schwärmte. »Zwei große Landmassen, früher ein einziger Kontinent, aber jetzt geteilt«, sagte sie. »Sie drückten gegeneinander. Stellt euch vor, ihr legt eure Hände nebeneinander auf den Tisch und drückt sie zusammen. Doch dann beginnen sie, sich in entgegengesetzte Richtungen zu drehen; das Zentrum war dort, wo sich eure Daumen berühren. Nun drücken sie an den Fingerspitzen gegeneinander, schieben sich ineinander, während sie sich an den Handballen voneinander entfernen.«

Schedemei erklärte dies, während sie in Luets Zelt auf dem Teppich saß und die Babies der beiden auf ihren Knien saßen. Sie hatte die Arme um die Kleinen gelegt und die Handflächen ausgestreckt, um ihre Worte zu verdeutlichen. Die Babies schienen fasziniert zu sein – etwas am Klang oder der Intensität von Schedemeis Stimme zog alle Kinder ihrer Gruppe an, denn Huschidh beobachtete regelmäßig, daß sie aufmerksam zuhörten, wenn die Wissenschaftlerin sprach. Schedemei konnte ein aufgeregtes Kleinkind oftmals auch dann beruhigen, wenn der eigenen Mutter dies nicht möglich war – was bedeutete, daß Kokor und Sevet aus Eifersucht, vorgeführt zu werden, Schedemei niemals in die Nähe ihrer Kinder ließen und Dol ihre kleine Sjelsika stets bei Schedemei ablud, damit sie sich um sie kümmerte, oft so lange, bis Dols Brüste so wund wurden, daß sie ihr Kind zurückholen und stillen mußte.

Doch es hatte den Anschein, daß nur Luet und Huschidh Schedemeis Gesellschaft suchten, und selbst bei *ihnen* mußten die Babies als Entschuldigung herhalten. ›Könntest du auf unsere Kleinen aufpassen, während wir baden?‹ Und so saß Schedja auf dem Teppich von Luets Zelt, während die beiden Schwestern sich den Schmutz der mehrtägigen Reise von den Rücken rubbelten und sich die Haare wuschen.

»Der Druck an den Fingerspitzen hat die hohen Berge im Norden aufgeworfen«, sagte Schedemei. »Und die Trennung an den Handballen hat das Reinigende Meer und dann die See des Rauchs geschaffen. Das Tal der Feuer ist die Erhebung in der Mitte. Eines Tages, wenn dieser Prozeß abgeschlossen ist, wird Potokgavan im Meer versinken, und das Tal der Feuer wird eine Insel in einem immer größer werdenden Ozean sein. Es wird der prachtvollste und einsamste Ort auf ganz Harmonie sein, der Ort, an dem der Planet am lebendigsten und gefährlichsten und schönsten ist.«

Schveja, Luets Tochter, erzeugte tief in der Kehle ein gurgelndes Geräusch. Es klang wie ein Knurren.

»Genau, Vejevnija«, sagte Schedemei, ihren eigenen Kosenamen für Schveja benutzend. »Ein Ort für wilde Tiere wie dich.«

»Und was ist mit den Daumen?« fragte Huschidh. »Was geschieht dort?«

»Die Daumen, der Drehpunkt, das Zentrum – das ist Basilika«, sagte Schedemei. »Das stabile Herz der Welt. Es gibt andere Kontinente, aber nirgendwo ist das Wasser so heiß und kalt und tief oder das Land so alt und unveränderlich. Basilika ist der Ort, wo Harmonie am friedlichsten ist.«

»Geologisch gesprochen«, sagte Huschidh.

»Was sind schon die kleinen Störungen durch die Menschheit?« fragte Schedemei. »Die kleinste Zeiteinheit, die überhaupt eine Rolle spielt, ist die Generation. Nicht die Minute, nicht die Stunde, nicht der Tag, nicht einmal das Jahr. Die kommen und gehen und sind in einem Augenblick schon wieder vorbei. Aber die Generation – mit ihr kommen die wahren Veränderungen, mit ihr lebt eine Welt wirklich.«

»Also ist die Menschheit tot, da wir ja vierzig Millionen Jahre lang keine Evolution gehabt haben?« fragte Luet.

»Sind diese Kinder etwa keine Evolution?« fragte Schedemei. »Es kommt zu Zeiten einer genetischen Belastung zur biologischen Artbildung, wenn eine Spezies – kein einzelnes Individuum, nicht einmal ein Stamm – Gefahr läuft, vernichtet zu werden. Dann wird die gewaltige Vielzahl der Möglichkeiten innerhalb der Spezies bis auf jene wenigen Variationen ausgesiebt, die einen besonderen Überlebensvorteil bieten. Eine Spezies scheint sich also über Millionen von Jahren hinweg nicht zu verändern, doch dann, wenn die Notwendigkeit entsteht, kommt es ganz plötzlich zu einer Veränderung. In Wirklichkeit waren diese Veränderungen jedoch schon die ganze Zeit über vorhanden – sie wurden schlicht und einfach nur nicht isoliert und aufgedeckt.«

»Das hört sich nach einem wunderbaren Plan an«, sagte Luet.

»Ich weiß – und so haben die Frauen es doch immer gelehrt, nicht wahr? Der Plan der Überseele. Die Muster einer Generation: Paarung, Empfängnis, Schwangerschaft, Geburt, Aufzucht, das Heranreifen und dann die nächste Paarung – alles der Plan der Überseele. Aber *wir* wissen es besser, nicht wahr? Die Maschine im Himmel ist lediglich ein Ausdruck des Willens der Menschheit – ein Teil des Grundes, warum wir seit vierzig Millionen Jahren *keine* Notwendigkeit zur Artbildung mehr gehabt haben. Ein Werkzeug, das so viele Variationen wie möglich in uns hervorrufen soll, ohne daß wir jemals imstande sind, uns selbst und unsere Welt zu zerstören, wie wir es auf der Erde getan haben. Haben Nafai und Issib nicht genau das herausgefunden? Sind wir nicht genau deshalb hier? Weil es *kein* Plan der Überseele ist, sondern die Überseele die Fähigkeit verliert, die Menschheit im Zaum zu halten. Doch ich bin unwillkürlich der Ansicht, daß es vielleicht *gut* wäre, die Überseele verwelken und sterben zu lassen. In den nachfolgenden Generationen würde es aufgrund der unausweichlichen, schrecklichen Belastung, die dann auf die Menschheit zukäme, vielleicht zu einer neuen Artbildung kommen.« Sie beugte sich zu der kleinen Dza hinab und blies ihr ins Gesicht, womit sie das Mädchen immer zum Lachen brachte. »Vielleicht bist *du* diese neue Entwicklung«, sagte Schedemei. »Nicht wahr, Dazjitnikija?«

»Du liebst Kinder sehr«, sagte Luet mit sehnsüchtigem Tonfall.

»Ich liebe *anderer Leute* Kinder«, sagte Schedemei. »Ich kann sie den Eltern einfach zurückgeben und habe dann Zeit für meine Arbeit. Für *euch*, ihr Armen, hört es nie auf.«

Aber Huschidh ließ sich nicht täuschen. Nicht, daß Schedemei nicht meinte, was sie sagte – ganz und gar nicht. Schedja war es sehr ernst mit ihrer Entscheidung, keine Kinder zu bekommen. Es war ihr wirklich lieber so – oder zumindest *glaubte* sie das.

Huschidh war jedoch davon überzeugt, daß die starke Verbindung zwischen Schedemei und allen Babies im Lager in Wirklichkeit auf der unbewußten Reaktion der Kleinkinder auf Schedemeis unwiderstehlichen Drang beruhte. Sie wollte Kinder haben! Sie wollte Teil der großen Weitergabe der Generationen auf der Welt sein. Aber da war noch mehr. Während Huschidh beobachtete, wie die Liebe zwischen Schedemei und Zdorab zu einer der stärksten Freundschaften wuchs, die sie je gesehen hatte, wurde ihre Überzeugung immer stärker, daß Schedemei ein Kind von Zdorab haben wollte, und Huschidh sehnte sich geradezu danach, daß dieser Wunsch in Erfüllung ging.

Sie hatte sogar die Überseele gefragt, warum Schedemei nicht schwanger wurde, doch die Überseele hatte ihr nicht geantwortet – und Luet hatte gesagt, als *sie* gefragt habe, habe sie die eindeutige Antwort bekommen, es ginge sie nichts an, was zwischen Zdorab und Schedemei sei.

Vielleicht geht es uns wirklich nichts an, dachte Huschidh, aber das heißt noch lange nicht, daß wir Schedemei nicht wünschen könnten, alles zu haben, was sie braucht, um wirklich glücklich zu sein. Hatte die Überseele diese Menschen nicht zusammengeführt, weil *all* ihre Gene nützlich waren? War es möglich, daß die Überseele sich geirrt hatte und entweder Zdorab oder Schedemei steril waren? In diesem Fall wäre dies fürchterlich ungeschickt von ihr gewesen.

Selbst jetzt erklärte Schedemei, daß nicht sie, sondern Zdorab die geologische Geschichte des Tals der Feuer ausfindig gemacht hatte. »Er spielt auf dem Index wie auf einem Musikinstrument. Er hat schon Dinge herausgefunden, von denen nicht einmal die Überseele ahnte, daß sie sie wußte. Dinge, die nur die Uralten, die sich zuerst hier niedergelassen haben, verstanden haben. Sie haben der Überseele ihr Gedächtnis, ihren Speicher, gegeben, sie aber dann so programmiert, daß sie diese Daten nicht mehr finden konnte. Zdorab hat jedoch Hintertüren gefunden, verborgene Pfade, die seltsamen Verbindungen, die zu so vielen, vielen Geheimnissen führen.«

»Ich weiß«, sagte Huschidh. »Issib ist manchmal ungeheuer erstaunt über ihn, obwohl Issja selbst nicht schlecht ist, wenn es darum geht, dem Index etwas zu entlocken.«

»Oh, allerdings, das weiß ich«, sagte Schedemei. »Zdorab sagt ständig, daß Issib der wirkliche Forscher ist.«

»Und Issib sagt, das läge nur daran, daß er mehr Zeit hat, da er sonst ja zu nichts zu gebrauchen ist«, sagte Huschidh. »Beide scheinen Gründe gefunden zu haben, warum der andere viel besser ist. Ich glaube, sie sind gute Freunde geworden.«

»Ich weiß«, sagte Schedemei. »Issib sieht, was für ein guter Mann Zdorab in Wirklichkeit ist.«

»Das wissen wir alle«, sagte Luet.

»Wirklich?« fragte Schedemei. »Manchmal habe ich den Eindruck, daß alle anderen ihn nur für einen Dienstboten halten.«

»Er ist unser Koch, weil er darin am besten ist«, sagte Huschidh. »Und unser Bibliothekar, weil er auch darin am besten ist.«

»Ja, aber nur wenige von uns interessieren sich für seine Fähigkeiten als Archivar; die meisten legen nur Wert auf seine kulinarischen Künste.«

»Und auf seine Gartenarbeit«, sagte Luet.

Schedemei lächelte. »Seht ihr? Aber er bekommt dafür nur wenig Respekt.«

»Von einigen«, sagte Huschidh. »Aber andere respektieren ihn sehr.«

»Ich weiß, daß Nafai ihn respektiert«, sagte Luet. »Und ich respektiere ihn auch.«

»Und ich, und Issib – und auch Volemak, das weiß ich«, sagte Huschidh.

»Und sind das nicht alle, auf die es ankommt?«

»Ich sage ihm das ja auch«, erwiderte Schedemei, »aber er besteht darauf, den Diener zu spielen.«

Huschidh sah, daß Schedemei zumindest in diesem Augenblick kurz davor stand, endlich einmal jemandem ihr Herz auszuschütten, etwas, was sie weder vor noch während der Reise je getan hatte. Sie wußte jedoch nicht, wie sie sie dazu ermutigen sollte – sollte sie sie mit einer Frage anstacheln oder Schweigen bewahren, um sie nicht zu drängen?

Sie bewahrte Schweigen.

Und Schedemei ebenfalls.

Bis Schedemei schließlich laut schnüffelte und die Nase an Schvejas Windel hielt. »Hat unser kleines Scheißerchen wieder eine neue Ladung produziert?« fragte sie. »Jetzt zahlt es sich aus, daß ich nur Tante bin. Mama Luet, dein Baby braucht dich.«

Sie lachten – weil sie natürlich wußten, daß Schedemei durchaus eine Windel wechseln konnte. Es war nur ein Scherz, daß sie das Baby der Mutter zurückgab, wenn es lästig wurde.

Nein, nicht nur ein Scherz. Auch ein sehnsüchtiges Bedauern. Schedemei rief sich damit in Erinnerung zurück, daß sie in Wirklichkeit nicht zur Gemeinschaft der Frauen gehörte, wie Zdorab nicht zu der der Männer. Huschidh wußte, sie war nahe daran gewesen, etwas Wichtiges zu erzählen ... und dann war der Augenblick verstrichen.

Als Luet ihr Baby säuberte, sah Schedemei zu, und Huschidh wiederum beobachtete sie. Nun, am Ende des Bades, trug Luet nur ein leichtes Hemd, und ihr mütterlicher Körper – schwere Brüste, ein von der nur einige Monate zurückliegenden Geburt noch lockerer und voller Bauch – zeichnete sich durch den Stoff ab, als sie niederkniete und sich über ihr Baby bückte. Was sieht Schedemei, wenn sie Luet ansieht, deren Figur einmal so schlank und knabenhaft war, wie Schedemeis es noch immer ist? Wünscht sie sich diese Verwandlung?

Doch anscheinend hatten Schedemeis Gedanken eine ganz andere Richtung genommen. »Luet«, sagte sie, »als wir gestern an diesem See waren ... hat er dich nicht an den See der Frauen in Basilika erinnert?«

»O ja«, sagte Luet.

»Du warst dort die Wasserseherin«, sagte Schedemei. »Wolltest du dich nicht auf der Mitte des Sees treiben lassen und träumen?«

Luet zögerte einen Augenblick lang. »Wir hatten kein Boot«, sagte sie. »Und nichts, woraus wir eins hätten machen können. Und das Wasser war zu heiß, um darin zu schwimmen.«

»Wirklich?« fragte Schedemei.

»Ja«, sagte Luet. »Nafai hat es nachgeprüft. Du weißt, er hat ja auch den See der Frauen durchquert.«

»Aber hast du dir nicht gewünscht, wenigstens für eine

kleine Weile, wieder die Person sein zu können, die du einmal gewesen bist?«

Die Sehnsucht in Schedemeis Stimme war so stark, daß Huschidh augenblicklich begriff. »Aber Luet ist doch noch dieselbe Person«, sagte sie. »Sie ist noch immer die Wasserseherin, obwohl sie ihre Tage jetzt auf dem Rücken eines Kamels und ihre Nächte in einem Zelt und jede Stunde mit einem Baby an der Brustwarze verbringt.«

»*Ist* sie also die Wasserseherin?« fragte Schedemei. »Sie *war* es – aber *ist* sie es noch? Oder sind wir alle nichts mehr als das, war wir *jetzt* tun? Sind wir in Wirklichkeit nicht stets nur das, wofür die Leute, mit denen wir zusammenleben, uns *halten*?«

»Nein«, sagte Huschidh. »Sonst würde das doch bedeuten, daß ich in Basilika *nur* die Entwirrerin war und Luet *nur* die Wasserseherin und du *nur* eine Genetikerin. Und das stimmt so doch auch nicht. Es ist immer etwas über und hinter und unter der Rolle, die wir in den Augen der anderen spielen. *Sie* mögen glauben, daß wir nur das Drehbuch *sind*, das wir spielen, aber *wir* müssen es nicht glauben.«

»Aber wer sind wir dann?« fragte Schedemei. »Wer bin *ich*?«

»Immer eine Wissenschaftlerin«, sagte Luet, »weil du dich noch immer in jeder freien Stunde mit der Wissenschaft beschäftigst.«

»Und unsere Freundin«, sagte Huschidh.

»Und diejenige in unserer Gruppe, die am besten versteht, wie etwas funktioniert«, fügte Luet hinzu.

»Und Zdorabs Frau«, sagte Huschidh. »Ich glaube, das ist für dich am wichtigsten.«

Zu ihrer Überraschung und Bestürzung bestand Schedemeis Antwort nur darin, Dza auf den Teppich zu legen und aus dem Zelt zu laufen. Huschidh erhaschte nur einen kurzen Blick auf ihr Gesicht, sah jedoch, daß sie weinte. Daran bestand kein Zweifel. Sie weinte, weil Huschidh gesagt hatte, es bedeute ihr mehr als alles andere, Zdorabs Frau zu sein. So benahm sich eine Frau, wenn sie an der Liebe ihres Mannes zweifelte. Aber wie konnte sie zweifeln? Offensichtlich drehte sich doch Zdorabs ganzes Leben um sie. Alle wußten, es gab keine besseren *Freunde* in der Gruppe als Zodja und Schedja – von Luet und Huschidh einmal abgesehen, und sie waren Schwestern, so daß sie kaum zählten.

Was also stimmte zwischen Zdorab und Schedemei nicht, daß eine so starke Frau bei diesem Thema so zerbrechlich war? Ein Geheimnis! Huschidh hätte gern die Überseele gefragt, wußte aber, daß sie immer dieselbe Antwort bekommen würde – Schweigen. Oder aber die Antwort, die Luet bekommen hatte – kümmere dich um deine eigenen Angelegenheiten.

Das Beste und das Schlechteste an ihrer Umkehr und der anderen Strecke, die sie in Richtung Süden einschlugen, war, daß sie das Meer sehen konnten. Insbesondere die Dorova-Bucht, einen östlichen Ausläufer des Reinigenden Meeres. Und in klaren Nächten – und alle Nächte waren klar – konnten sie auf der anderen Seite dieser Bucht die Stadt Dorova sehen.

Es war keine Stadt wie Basilika, das wußten sie alle. Es war ein schäbiges Nast am Rande der Wüste, in dem sich Gesindel und Schieber, Versager und Diebe, gewalttätige Männer und Frauen herumtrieben. Sie sagten sich dies immer wieder und erinnerten sich an Geschichten über Wüstenstädte und daran, daß sie keinen Besuch wert waren, nicht einmal, wenn es sich um die letzte Stadt auf ganz Harmonie gehandelt hätte.

Abgesehen davon, daß Dorova die letzte Stadt auf der Welt war – jedenfalls auf *ihrer* Welt. Die letzte, die sie je sehen würden. Es war die Stadt, die sie vor über einer Woche hätten besuchen können, als Volemak sie vom Nividimu in die Berge hinaufführte und damit die letzte Hoffnung löschte, in die Zivilisation zurückzukehren – oder die letzte Gefahr, je nach Standpunkt.

Nafai sah, wie andere diese Lichter betrachteten, wenn sie sich in der Nacht zusammenfanden. Ihnen war kalt, sie wagten nicht, ein Feuer anzuzünden, und die in Decken gehüllten Kleinkinder schmatzten, wenn sie gestillt wurden, während sie selbst kaltes Wasser tranken und an Trockenfleisch, Zwieback und getrockneten Melonen nagten. Und Obring stiegen Tränen in die Augen – Tränen! Und was war die Stadt schon für ihn? Höchstens ein Ort, wo er einen draufmachen konnte. Tränen! Und Sevet ging es nicht besser mit ihrem starren, einfachen Blick und dem steinernen Ausdruck auf dem Gesicht. Sie hatte ein Baby an der Brust, und sie konnte nur an eine Stadt denken, die so klein und schmutzig war, daß sie sie vor zwei Jahren nicht einmal betreten hätte. Hätte man ihr für einen Auftritt dort das Zwanzigfache ihres üblichen Honorars geboten, hätte sie nur höhnisch darüber geschnaubt – und nun konnte sie den Blick nicht von der Stadt abwenden.

Aber zum Glück konnten sie sie lediglich betrachten. Sie konnten sie sehen, aber sie hatten kein Boot, um die Bucht zu überqueren, und keiner von ihnen war ein so guter Schwimmer, daß er die vielen Kilometer ohne Boot hätte zurücklegen können. Außerdem befanden sie sich nicht am Strand, sie waren mindestens einen Kilometer über ihm, am Rand einer zerklüfteten, schroffen Neigung, die sich nicht entscheiden konnte, ob sie nun eine Klippe oder ein Hang war. Vielleicht bekämen sie die Kamele dort hinab, aber das war keineswegs sicher. Selbst dann hätten sie noch *mit* den Kamelen mehrere Tage am Ufer entlangreisen müssen, und ohne die Tiere würden sie kein Trinkwasser haben und es überhaupt nicht schaffen. Nein, niemand würde sich von der Gruppe absondern können und es nach Dorova schaffen. Das wäre nur möglich gewesen, wenn sie alle gingen, und selbst dann hätten sie wahrscheinlich die gesamte Strecke, die sie schon zurückgelegt hatten, umkehren müssen, also eine Reise von mindestens anderthalb Wochen, und wahrscheinlich wären sie dann irgendwann auf eine der Karawanen aus dem Süden gestoßen. Aber das war sowieso ein bedeutungsloses Gedankenspiel, weil Vater niemals umkehren würde.

Und doch mußte Nafai unentwegt darüber nachdenken, wie *gern* diese Leute zu dieser Stadt gezogen wären.

Wie gern *er* dorthin gezogen wäre.

Ja, das war das Problem. Das störte ihn. *Er* wollte auch in die Stadt. Nicht wegen der Dinge, wegen denen *sie* dorthin wollten; zumindest vermutete er, daß sie deshalb dorthin wollten. Nafai begehrte keine andere Frau als Luet; sie waren eine Familie, und daran würde sich nichts ändern, ganz gleich, wo sie lebten, das hatte er schon vor geraumer Zeit beschlossen. Nein, Nafai wollte ein weiches Bett, in das er Schveja legen konnte. Eine Schule, die sie aufnehmen würde. Ein Haus für Luet und Schveja und die Kinder, die vielleicht noch kommen würden. Nachbarn und Freunde – Freunde, die er sich selbst aussuchen konnte, und nicht diese zufällige Ansammlung von Leuten, von denen er die meisten nicht besonders gut leiden konnte. Das bedeuteten diese Lichter für ihn – und statt dessen befand er sich auf einer Wiese, die sich trügerisch zum Meeresufer neigte. Wenn man einfach die Augen zusammenkniff, sah man nicht mehr, daß man sich einen Kilometer über dem Meeresspiegel befand, konnte man sich einfach einreden, daß man nur diese Wiese hinabschlenderte und dann mit einem Boot über die Bucht fuhr, und man war zu Hause, die Reise war vorbei, man konnte baden und in einem richtigen Bett schlafen, und wenn man aufwachte, war das Frühstück bereits zubereitet, und neben einem lag seine Frau, und dann hörte man das leise Geräusch, mit dem die kleine Tochter aufwachte, und man schlüpfte aus dem Bett und nahm sie aus der Wiege und brachte sie ihrer Mutter, die schläfrig eine Brust aus dem Nachthemd zog und den Mund des Babys dagegen drückte, das sich dann auf dem Bett gegen ihre Armbeuge schmiegte. Und man legte sich neben sie und lauschte dem Schmatzen und Saugen des Babys, und man hörte die Vögel, die vor dem Fenster sangen, und die Geräusche des Morgens in der nicht fernen Straße, die Händler, die riefen, was sie alles zu verkaufen hatten: Eier, Beeren, Sahne, süßes Brot und Kuchen.

Überseele, warum hast du uns nicht in Ruhe gelassen? Warum konntest du nicht noch eine Generation warten? Vierzig Millionen Jahre, und du konntest nicht warten, damit Luets und meine Urgroßkinder dieses große Abenteuer erleben? Warum hast du Issib und mich nicht herausfinden lassen, wie man eine dieser wunderbaren alten Flugmaschinen baut, damit wir uns in ein paar Stunden problemlos dorthin begeben können, wohin wir wollen? Zeit, mehr brauchen wir wirklich nicht. Zeit, um zu leben, bevor wir unsere Welt verlieren.

Hör auf zu jammern, sagte die Überseele in Nafais Verstand. Vielleicht war es aber auch gar nicht die Überseele. Vielleicht war es nur Nafais Gefühl, sich bereits zu sehr gehen gelassen zu haben.

Es war Morgen, kurz vor der Dämmerung. Sie befanden sich an der Quelle, deren Namen der Index mit Schazer angegeben hatte, obwohl Nafai nicht begriff, wieso jemand einem so obskuren Ort einen Namen gegeben hatte und wieso die Überseele sich überhaupt daran erinnerte. Vas hatte die letzte Nachtwache gehabt und Nafai danach geweckt, damit sie gemeinsam auf die Jagd gingen. Vor drei Tagen hatten sie zum letzten Mal Fleisch gegessen, und diese Lagerstelle war gut, so daß sie sich notfalls zwei Tage für die Jagd Zeit lassen konnten. Vas würde also versuchen, ein Tier oder zumindest eine Fährte ausfindig zu machen; Nafai folgte ihm, und wenn die Beute in der Nähe wäre, würde sich alles wie immer abspielen: Er schlich sich heran, bis er das Tier sah. Dann nahm er den kostbaren Pulsator, zielte sorgfältig, versuchte zu vermuten, in welche Richtung das Tier sich bewegen würde, wie weit und wie schnell, und dann drückte er auf den Abzug, und der Lichtstrahl würde ein Loch in das Herz des Tieres brennen und die Wunde versengen, so daß sie nicht blutete, abgesehen von einem heißen, nassen Rauch, der den Sand und die Felsen befleckte, auf die er sich rot und schwarz legte.

Nafai war der Sache überdrüssig. Aber es war seine Pflicht, und als Vas leise am Stoff des Zeltes kratzte, dort, wo Nafais Kopf lag, erwachte Nafai sofort – falls er nicht schon wach gewesen war und am Rand eines Traums getrieben hatte –, stand auf und zog sich an, ohne Luet oder Schveja zu wecken, nahm den Pulsator aus seinem Kasten und begab sich zu Vas in die frostige Dunkelheit hinab.

Vas nickte ihm zur Begrüßung zu – sie versuchten, Gespräche zu vermeiden, um die Babies nicht unnötig zu wecken –, und sie gingen los, dem Hang entgegen. Nicht in Richtung Stadt, aber trotzdem zum Meer hinab. Nafai wäre normalerweise zur Jagd niemals hügelabwärts gegangen, da sie die erlegte Beute dann hügelaufwärts zum Lager tragen mußten. Aber diesmal *wollte* er hinab. Obwohl er ihre Suche niemals aufgeben würde und nicht einmal im Traum daran dachte, Vater oder die Überseele zu betrügen, sehnte sich ein Teil von ihm nach dem Meer und nach dem, was hinter dem Meer lag; und so nickte er, als Vas zum Hang deutete.

Als sie sich ein gutes Stück vom Lager entfernt und den Rand des Hügels erreicht hatten, blieben sie stehen und pinkelten, und dann begann der schwierige Abstieg in das Steingewirr, das nach unten führte. Da die Sonne hinter ihnen aufging, lag der gesamte Hang vor ihnen in den Schatten. Aber Vas war der Fährtenleser, und Nafai hatte schon vor langem erkannt, daß er sowohl gut darin als auch stolz auf seine Fertigkeiten war und es daher besser war, wenn er in dieser Hinsicht nicht versuchte, mit ihm zu konkurrieren.

Der Abstieg war nicht einfach, wenngleich die Dunkelheit sich mit jedem verstreichenden Augenblick hob, denn die Dämmerung schien den Himmel von einem Horizont zum anderen viel schneller zu erhellen, als es in Basilika je der Fall gewesen war. Lag es an der geographischen Breite? An der trockenen Wüstenluft? Woran auch immer es liegen mochte, er konnte etwas sehen, aber er machte lediglich ein Durcheinander von Klippen und Abhängen aus, von Felsvorsprüngen und -ausläufern, die selbst die behendesten Tiere vor Schwierigkeiten stellten. Was für ein Geschöpf willst du hier finden, Vas? Was für ein Tier könnte hier leben?

Aber das waren schlicht und einfach Nafais ganz normale Zweifel – er befürchtete das Schlimmste, obwohl er wußte, daß es hier genug Vegetation gab und sie keine Schwierigkeiten haben würden, Wild zu finden. Es würde nur nicht so einfach sein, es nach Hause zu schaffen. Nicht zuletzt deshalb hatte Elemak stets einen Jäger und einen Fährtensucher gemeinsam ausgeschickt, entweder Nafai und Vas oder damals, als sie noch mehr als einen Pulsator gehabt hatten, Elemak als Jäger und Obring als Fährtensucher. Wenn sie erfolgreich waren, kamen sie nach Hause, und beide Männer trugen je ein halbes Tier auf den Schultern. Das war jedoch öfter bei Nafai und Vas der Fall, teils, weil Nafai der beste Schütze war, teils, weil Obring sich nie lange genug auf das Fährtensuchen konzentrieren konnte, um gute Arbeit zu leisten, und Elemak letztlich beide Aufgaben zugleich erledigen mußte.

Vas hingegen konnte sich sehr gut konzentrieren und sah Dinge, die sonst niemandem auffielen. Vas konnte ein und dieselbe Beute stundenlang unbarmherzig verfolgen. Wie ein Kampfhund, der zuschnappte und nicht mehr losließ. Das war ebenfalls ein Grund für Nafais größeren Erfolg – Vas führte ihn unweigerlich zu der Beute. Der Rest des Erfolgs ging jedoch auf Nafais Konto. Niemand sonst konnte sich so leise an ein Tier anschleichen; niemand sonst zielte so ruhig und sicher. Sie waren ein gutes Gespann, obwohl sie sich nie im Leben hätten träumen lassen, einmal erfolgreiche Jäger zu sein. Der Gedanke wäre ihnen gar nicht in den Sinn gekommen.

Vas fand in der Tat kurz darauf eine kleine Spur. Nafai hatte schon lange aufgegeben, all die Dinge sehen zu wollen, die Vas sah – wie so oft wäre er nicht einmal darauf gekommen, daß es sich um die Spur eines Tieres handelte. Nafai folgte Vas einfach und hielt die Augen nach Raubtieren offen, die vielleicht zum Schluß kommen konnten, daß Menschen entweder eine Bedrohung oder aber eine Mahlzeit waren. Die Spur des Tieres führte immer tiefer den Hang hinab, und irgendwann am Morgen konnte Nafai eine einfache und leichte Strecke zum Ufer ausmachen. Aus Gründen, auf die er nicht besonders stolz war, wollte er diesen Pfad hinabgehen und zumindest die Füße im Wasser der Dorova-Bucht baden. Aber Vas schlug diesen Weg nicht ein, sondern führte sie statt dessen eine zunehmend steilere und gefährlichere Klippe entlang.

Warum sollte ein Tier *diesen* Weg wählen? fragte Nafai sich. Um was für ein Tier handelte es sich? Aber natürlich sagte er nichts; es war eine Sache des Stolzes, während der Jagd völliges Schweigen zu bewahren.

Gerade, als sie die gefährlichste Stelle des Weges erreicht hatten, an der sie ohne den geringsten Halt eine glatte Felsoberfläche überqueren mußten und nur die Reibung verhinderte, daß sie fünfzig Meter oder tiefer hinabstürzten, blieb Vas stehen und deutete auf die andere Seite des Felsens. Das waren schlechte Nachrichten. Es bedeutete, daß Nafai den Felsen mit gezogenem und schußbereitem Pulsator überqueren mußte – mehr noch, daß er von diesem Hang aus zielen und schießen mußte.

Doch nachdem sie schon so viel Zeit investiert hatten, konnten sie nicht einfach aufhören und von vorn anfangen, nur weil sie auf eine Schwierigkeit gestoßen waren.

Und in diesem Augenblick kam ihm der Gedanke: Geh nicht weiter. Vas will dich töten.

Das ist dumm, dachte Nafai. Es ist eine Sache, vor dem Abhang Angst zu haben – ich bin nur ein Mensch. Aber wenn Vas mich töten wollte? Sobald ich ihm über den Vorsprung folge, braucht er nur einmal zusammenzucken und mir einen kleinen Stoß geben.

Geh keinen Schritt weiter.

Und die Familie bekommt kein Fleisch, weil ich plötzlich Bammel kriege? Kommt nicht in Frage.

Nafai schluckte seine Furcht herunter und ging weiter. Er krümmte den Körper ein wenig, um die Füße so stark wie möglich zu belasten und demzufolge mit den Sohlen seiner Kletterstiefel die stärkstmögliche Reibung zu erzielen. Doch er spürte, daß sie trotzdem zu sehr nachgaben – dieses Teilstück war wirklich sehr gefährlich, und es war fast unmöglich, von hier aus zu schießen.

Er erreichte die Stelle, von der aus er die gesamte Fläche überblicken konnte, die ihm zuvor verborgen gewesen war, blieb stehen und hielt nach dem Tier Ausschau, sah es aber nicht. So etwas war öfter der Fall – besonders, wenn sie schweigend jagten. Vas hatte ihn vielleicht zu einem Tier mit guter natürlicher Tarnung geführt, und wenn es sie dann bemerkte, sah oder roch, erstarrte es und wurde fast völlig unsichtbar. Manchmal dauerte es eine Weile, bis das Tier sich bewegte und Nafai es sah. Es handelte sich also wieder um eins dieser Wartespiele. Nafai war es zwar nicht angenehm, daß er auf diesem glatten Felsen ausharren mußte, doch er war nun gut sichtbar, und wenn er jetzt weiterging, würde das Tier davonlaufen, und sie mußten von vorn anfangen.

Er bewegte vorsichtig die Hände, so daß sein gesamtes Gewicht auf den Beinen und der Hand *ohne* Pulsator lag. Dann hob er die Waffe, um auf alles zielen zu können, was sich auf dem Berg vor ihm bewegte. War das Tier in jenem Gebüsch? Vielleicht hinter einem Felsen, dessen Deckung es jeden Augenblick verlassen würde.

Es war nicht einfach, ruhig auf diesem glatten Felsen zu stehen. Nafai war stark und hatte schon öfter lange regungslos ausgeharrt, aber noch nie in solch einer Körperstellung. Schweiß tropfte seine Stirn hinab. Da er mit Staub von seinem Gesicht vermischt war, würde er gnadenlos brennen, sollte er ihm in die Augen geraten. Doch er konnte ihn nicht abwischen, ohne das Tier zu verjagen.

Ein Tier, das ich noch nicht einmal gesehen habe.

Vergiß das Tier! Verlasse sofort diesen Felsen!

Nein, so schwach bin ich nicht. Ich brauche die Nahrung für meine Familie – ich werde nicht umkehren und sagen, daß es heute kein Fleisch gibt, weil ich Angst hatte, ruhig auf einem Felsen zu stehen.

Er hörte, daß Vas sich hinter ihm bewegte. Das war dumm – warum tat er das?

Um mich zu töten.

Warum konnte er diese Vorstellung nicht abschütteln? Nein, Vas kam zu ihm, weil er gemerkt hatte, daß Nafai das Tier noch nicht ausgemacht hatte, und es ihm zeigen wollte. Aber wie wollte er *das* zustande bringen? Nafai konnte sich nicht zu ihm umdrehen, und Vas kam nicht an ihm vorbei.

O nein. Vas würde mit ihm *sprechen*.

»Es ist zu gefährlich«, sagte Vas. »Du wirst ausrutschen.«

Und während er dies sagte, ließ die Reibung, die Nafais rechten Fuß an Ort und Stelle hielt, plötzlich nach. Der Fuß glitt nach innen, er konnte die abrupte Bewegung nicht mit dem linken Fuß ausgleichen und kam ins Rutschen. Es mußte in Wirklichkeit sehr schnell gegangen sein, aber ihm kam es wie eine Ewigkeit vor; er versuchte, sich mit der Hand und mit dem Griff des Pulsators irgendwo festzuhalten, doch beide glitten einfach so über den Felsen und verlangsamten seinen Sturz kaum. Und dann wurde der Felsen steiler, und er rutschte nicht mehr, er fiel. Er fiel hinab und wußte, daß er sterben würde.

»Nafai!« schrie Vas. »Nafai!«

Luet war am Bach und wusch Kleidung, als plötzlich ein klarer Gedanke in ihren Verstand kam: ›Er ist nicht tot.‹

Nicht tot? Wer ist nicht tot? Warum sollte er tot sein?

›Nafai ist nicht tot. Er wird nach Hause kommen.‹

Sie wußte sofort, daß die Überseele zu ihr sprach, sie beruhigte. Aber sie wollte sich nicht beruhigen lassen. Es erleichterte sie zwar, daß Nafai in Ordnung war, aber nun mußte sie wissen, verlangte sie zu erfahren, was geschehen war.

›Er ist gestürzt.‹

Wie ist er gestürzt?

›Er ist von einem Felsen abgeglitten.‹

Nafai ist trittsicher. *Warum* ist er abgeglitten? Was verschweigst du mir?

›Ich habe beobachtet, wie Vas zu Sevet und Obring steht. Ununterbrochen beobachtet. Er hat Mord in seinem Herzen.‹

Hat Vas etwas mit Nafais Sturz zu tun?

›Erst, als sie den glatten Felsen betraten, erkannte ich den Plan in seinem Kopf. Er hat bereits die ersten drei Pulsatoren zerstört. Ich wußte, daß er auch den letzten vernichten will, habe mir aber keine Sorgen gemacht, weil es Alternativen gab. Ich habe erst im letzten Augenblick in seinem Verstand gesehen, daß er den vierten Pulsator vernichten wollte, indem er Nafai an einen gefährlichen Ort führt, um ihm dort einen Stoß zu geben, damit er fällt.‹

Du hast diesen Plan vorher nicht in seinem Kopf gesehen?

›Als sie den Berg hinabgingen, dachte er die ganze Zeit über an einen Weg zum Meer. Wie er zur Bucht hinab kommt, um nach Dorova zu gehen. Nur daran dachte er, während er Nafai hinter einer Beute herführte, die es gar nicht gab. Vas hat eine beträchtliche Konzentrationsfähigkeit. Er hat bis zum letzten Augenblick an nichts anderes als den Weg zum Meer gedacht.‹

Hast du Nafai nicht gewarnt?

›Er hat mich gehört, aber nicht begriffen, daß es meine Stimme war. Er dachte, es wäre seine eigene Furcht, und kämpfte gegen sie an.‹

Also ist Vas ein Mörder.

›Vas ist, was er ist. Er wird alles tun, um sich dafür zu rächen, daß Obring und Sevet ihn in Basilika betrogen haben.‹

Aber er wirkt so ruhig.

›Er kann sehr kalt sein.‹

Und was jetzt? Was nun, Überseele?

›Ich werde ihn beobachten ...‹

Das hast du schon die ganze Zeit über getan, und trotzdem hast du uns nie auch nur den geringsten Hinweis gegeben. Du hast gewußt, was Vas vorhatte. Huschidh hat sogar die starke Verbindung zwischen ihm und Sevet und Obring gesehen, und du hast ihr nie gesagt, was sie zu bedeuten hat.

›So wurde ich programmiert. Um zu beobachten. Ich darf mich erst einmischen, wenn meine Pläne gefährdet werden. Wer wäre noch frei, würde ich jeden schlechten Menschen davon abhalten, schlechte Dinge zu tun? Wie könnten die Menschen dann noch Menschen sein? Also lasse ich sie ihre Pläne schmieden und beobachte sie. Oftmals überlegen sie es sich anders, ohne daß es meiner Einmischung bedarf.‹

Hättest du Vas nicht aufhalten können, indem du ihn dumm und vergeßlich machst?

›Ich habe es dir doch gesagt. Er hat eine starke Konzentrationsfähigkeit.‹

Was nun? Was nun?

›Ich werde ihn beobachten.‹

Hast du es Volemak gesagt?

›Ich habe es *dir* gesagt.‹

Soll *ich* es jemandem sagen?

›Vas wird es abstreiten. Nafai weiß nicht einmal, daß er das Opfer eines Möchtegern-Mörders war. Ich habe es dir gesagt, weil ich nicht vorherzusagen wage, was Vas nun tun wird.‹

Und was kann *ich* tun?

›Du bist der Mensch. Du bist diejenige, die Dinge denken kann, die deine Programmierung überschreiten.‹

Nein, ich glaube dir nicht. Ich glaube dir nicht, daß du keinen Plan hast.

›Sollte ich einen Plan haben, gehört dazu, daß du deine eigenen Entscheidungen triffst.‹

Huschidh. Ich muß es meiner Schwester sagen.

›Sollte ich einen Plan haben, gehört dazu, daß du deine eigenen Entscheidungen triffst.‹

Soll das heißen, ich darf mich *nicht* mit Huschidh beraten, weil es dann nicht mehr *meine* Entscheidung wäre? Oder heißt es, das Gespräch mit Huschidh ist eine der Entscheidungen, die ich treffen muß?

›Sollte ich einen Plan haben, gehört dazu, daß du deine eigenen Entscheidungen über deine Entscheidungen triffst.‹

Und dann fühlte sie, daß sie wieder allein war; die Überseele sprach nicht mehr mit ihr.

Die Kleider lagen neben dem Bach im Gras, bis auf Schvejas Gewand, das sie gerade gewaschen hatte; dies hielt sie noch immer in den Bach, und ihre Hände waren mittlerweile eiskalt, weil sie sie während des gesamten Gesprächs mit der Überseele nicht bewegt hatte.

Ich muß mit Huschidh sprechen. Das ist also die erste Entscheidung, die ich treffe. Ich werde mit Huschidh *und* Issib sprechen.

Doch zuerst muß ich diese Kleider waschen. Sonst merken die anderen, daß etwas nicht in Ordnung ist. Ich glaube, das ist die richtige Entscheidung – die anderen sollen nicht merken, daß etwas nicht stimmt, zumindest jetzt noch nicht.

Schließlich ist Nafai in Ordnung. Zumindest ist Nafai nicht tot. Aber Vas *ist* in seinem Herzen ein Mörder. Und Obring und Sevet droht Gefahr von ihm. Ganz zu schweigen von Nafai, sollte Vas jemals befürchten, Nafai könne ihn vielleicht durchschaut haben. Ganz zu schweigen von *mir*, wenn Vas klar wird, daß ich es ebenfalls weiß.

Wieso hat die Überseele es nur so weit kommen lassen? Ist sie nicht für all das hier verantwortlich? Weiß sie nicht, daß sie schreckliche Menschen mit auf diese Reise genommen hat? Wie konnte sie nur zulassen, daß wir so viele Monate lang mit einem *Mörder* reisen und lagern; über ein Jahr lang, und wer weiß, wie lange die Reise noch dauern wird?

Natürlich, weil sie gehofft hat, er würde sich doch nicht zu einem Mord entschließen. Weil sie allen Menschen erlauben muß, Menschen zu sein, sogar jetzt. Besonders jetzt.

Aber nicht, wenn es darauf hinausläuft, meinen Gatten zu töten. Das geht zu weit, Überseele. Du bist ein zu großes Risiko eingegangen. Wäre er gestorben, hätte ich dir nie verziehen. Ich hätte mich geweigert, dir weiterhin zu dienen.

Von der Überseele kam keine Antwort. Sie kam statt dessen aus ihrem eigenen Herzen: Es kann jederzeit zum Tod eines Individuums kommen. Es ist nicht die Aufgabe der Überseele, dies zu verhindern. Die Überseele hat die Aufgabe, den Tod einer ganzen Welt zu verhindern.

Nafai lag benommen im Gras. Da die Klippe sich vorwölbte, war der Felsvorsprung von oben nicht sichtbar gewesen. Nachdem er den Felsen ein paar Meter hinabgerutscht war, war er nur fünf oder sechs Meter tief gestürzt. Das hatte ihm die Luft aus den Lungen getrieben und ihn das Bewußtsein verlieren lassen. Doch bis auf eine Prellung der Hüfte, auf der er gelandet war, war er unverletzt.

Wäre der Felsvorsprung nicht gewesen, wäre er hundert

Meter oder noch tiefer abgestürzt und mit Sicherheit gestorben.

Ich kann nicht fassen, daß ich es überlebt habe. Ich hätte nie versuchen sollen, das Tier aus dieser Position zu töten. Ich war dumm. Es war richtig, Angst zu haben. Ich hätte auf meine Angst hören sollen. Wir hätten das Tier zwar verloren, aber wir können jederzeit eine andere Beute aufspüren und töten. Wir können aber nicht einen anderen Vater für Schveja finden, einen anderen Gatten für Luet, einen anderen Jäger, der für andere Aufgaben nicht gebraucht wird.

Oder einen anderen Pulsator.

Er sah sich um und stellte fest, daß die Waffe nicht auf dem Felsvorsprung lag. Er konnte sie nirgendwo sehen. Er mußte sie bei seinem Sturz losgelassen haben, und sie mußte irgendwo aufgeprallt sein. Aber wo war sie?

Er kroch zum Rand des Simses und sah hinüber. Unter ihm ging es bis auf ein paar kleine Felsvorsprünge steil hinab – wenn der Pulsator auf diese gestürzt war, war er abgeprallt und noch tiefer gefallen. Der Pulsator mußte also auf dem Grund der Schlucht liegen, doch von hier oben aus konnte Nafai ihn nicht sehen – er lag im Gebüsch. Oder in jenen Baumgipfeln?

»Nafai!« Vas rief nach ihm.

»Ich bin hier!« rief Nafai.

»Gott sei Dank! Bist du verletzt?«

»Nein«, sagte Nafai. »Aber ich liege auf einem Felsvorsprung. Ich glaube, ein begehbarer Pfad führt nach Süden. Ich bin etwa zehn Meter unter dir. Kannst du auch nach Süden gehen? Vielleicht brauche ich deine Hilfe. Unter mir geht es steil bergab, und es ist unmöglich, zu dir hinaufzuklettern.«

»Hast du den Pulsator?« fragte Vas.

Natürlich mußte er sich nach der Waffe erkundigen. Nafai lief vor Scham rot an. »Nein, ich muß ihn bei meinem Sturz fallen gelassen haben«, sagte er. »Wenn du ihn da oben nirgendwo siehst, muß er auf dem Grund der Schlucht liegen.«

»Hier ist er nicht – du hattest ihn in der Hand, als du gefallen bist.«

»Dann liegt er unten. Geh in südliche Richtung«, sagte Nafai.

Doch er mußte feststellen, daß es einfacher war, darüber zu sprechen, am Rand eines Abgrundes entlang zu gehen, als es tatsächlich zu tun. Er hatte sich bei dem Sturz nicht ernsthaft verletzt, doch der Schreck hatte etwas in ihm bewirkt – er konnte sich kaum aufrappeln aus Angst vor dem steil abfallenden Rand, aus Angst vor dem Sturz.

Ich bin nicht gefallen, weil ich das Gleichgewicht verloren habe, dachte Nafai. Ich bin gefallen, weil schlicht und einfach die Reibung nicht ausreichte, um mir auf dieser gefährlichen Stelle Halt zu geben. Bei diesem Felsvorsprung ist es etwas ganz anderes. Hier kann ich sicher stehen.

Also stand er auf, den Rücken den Felsen zugewandt, atmete tief durch und sagte sich, er müsse sich jetzt nur noch in Bewegung setzen, in südliche Richtung über den Felsvorsprung, um die Ecke, weil dort vielleicht ein Weg nach oben führte. Doch je mehr er sich dies sagte, desto mehr konzentrierte sein Blick sich auf den nicht einmal einen Meter von seinen Füßen entfernten Abgrund jenseits des Felsvorsprungs. Wenn ich mich nur ein wenig vorbeuge, werde ich fallen. Und wenn ich jetzt falle, werde ich hundert Meter tief stürzen.

Nein, sagte er sich, so darf ich nicht denken, oder ich werde nie wieder zu etwas zu gebrauchen sein. Ich habe solche Felsvorsprünge schon hundertmal bewältigt. Sie sind nichts. Sie sind kein Problem. Und es würde mir helfen, wenn ich zur Felswand sehe und nicht zum Abgrund, der zum Meer hinabführt.

Er drehte sich um und trat vorsichtig den Felsvorsprung entlang, drückte sich dabei aber fester gegen die Klippe, als er es früher getan hätte. Aber sein Selbstvertrauen wuchs mit jedem Schritt, den er tat.

Als er die Biegung umrundete, sah er, daß der Vorsprung dort auslief – aber jetzt waren es nur noch zwei Meter von diesem Vorsprung bis zum nächsten über ihm, und von dort aus konnte er problemlos zu der Stelle hinaufklettern, die Vas und er kaum eine Stunde zuvor entlanggegangen waren. »Vas!« rief er. Er ging weiter, bis er direkt unter dem anderen Vorsprung stand. Er konnte ihn fast erreichen, wenn er die Arme ausstreckte, aber er konnte sich nirgendwo festhalten, und die Kante zerbröckelte bereits und wirkte nicht besonders zuverlässig. Es war sicherer, wenn Vas ihm half. »Vas, ich bin hier! Ich brauche dich!«

Aber er hörte nichts von Vas. Und dann erinnerte er sich an den Gedanken, der ihm gekommen war, als er den gefährlich glatten Felsen überqueren wollte: Geh nicht weiter! Vas will dich töten.

Hatte es sich dabei vielleicht um eine Warnung von der Überseele gehandelt?

Absurd?

Nafai wartete nicht auf Vas' Antwort. Statt dessen streckte er die Arme so weit aus, wie er nur konnte, und grub die Finger dann in den lockeren, grasbewachsenen Boden. Er glitt mehrmals aus, doch indem er stetig krabbelte und immer wieder die Finger in den Boden grub, bekam er die Schultern über den Rand des Vorsprungs, und dann war es relativ einfach, ein Bein hinaufzuschwingen und sich in Sicherheit zu ziehen. Er rollte sich auf den Rücken und blieb einen Augenblick lang liegen, vor Erleichterung keuchend. Er konnte kaum glauben, daß er so kurz nach dem Sturz etwas so Gefährliches getan hatte – hätte er den Halt verloren, während er auf den oberen Vorsprung kletterte, hätte der untere ihn wohl kaum aufgefangen. Er hatte den Tod riskiert – aber er hatte es geschafft.

Nun tauchte Vas auf. »Ah«, sagte er. »Du bist schon oben. Komm, hier entlang! Wir kehren auf dem gleichen Weg zurück.«

»Ich muß den Pulsator suchen.«

»Er wird zerbrochen und nutzlos sein«, sagte Vas. »So einen tiefen Fall kann er nicht überstanden haben.«

»Ich kann nicht zurückgehen und einfach sagen, daß ich den Pulsator nicht mehr habe«, erwiderte Nafai. »Daß ich ihn *verloren* habe. Er ist da unten, und selbst, wenn er in vierzig Stücke zerbrochen ist, werde ich diese Einzelteile nach Hause bringen.«

»Macht es einen Unterschied, ob du den Pulsator verloren oder zerbrochen hast?« fragte Vas.

»Ja«, sagte Nafai. »Ich zeige ihnen lieber die Überreste, als daß sie sich ewig fragen, ob ich ihn, wenn ich nur richtig nachgesehen hätte, nicht doch noch gefunden hätte. Begreifst du nicht, daß es um den *Fleischvorrat* unserer Familien geht?«

»Doch, das begreife ich«, sagte Vas. »Und nachdem du es jetzt so ausgedrückt hast, ist mir natürlich klar, daß wir nach ihm suchen müssen. Komm, hier entlang – hier führt ein Pfad hinab.«

»Ich weiß«, sagte Nafai. »Direkt zum Meer.«

»Ach ja?« fragte Vas.

»Dort hinab, und dann nach links – siehst du?«

»Oh, *jetzt* sehe ich es auch.«

Nafai schämte sich, daß *er* den Weg zum Meer entdeckt, Vas aber nicht einmal daran gedacht hatte.

Doch statt zum Meer zu gehen, kletterten sie zu dem Unterholz hinab, in das der Pulsator gefallen sein mußte. Sie fanden ihn schon nach kurzer Suche: Er in der Mitte durchgebrochen. Mehrere kleine Bestandteile lagen hier und da in den Büschen verstreut, und einige würden sie wahrscheinlich niemals finden. Es bestand nicht die geringste Hoffnung, den Pulsator reparieren zu können.

Dennoch steckte Nafai alle Einzelteile, ob nun groß oder klein, in den Tragriemen, den er eigens für den Pulsator angefertigt hatte, und band ihn zu. Dann machten er und Vas sich wieder an den langen Aufstieg. Nafai schlug vor, daß Vas voranging, da dieser sich den Weg besser eingeprägt hatte, und Vas erklärte sich sofort einverstanden. Nafai ließ nicht die leiseste Andeutung fallen, er wolle nicht, daß Vas hinter ihm ging, wo er ihn nicht im Auge behalten konnte.

Überseele, war das eine Warnung von dir?

Er bekam keine Antwort, zumindest keine direkte. Stattdessen stellte sich bei ihm der klare Gedanke ein, er solle nach der Rückkehr zum Lager mit Luet sprechen. Und das hätte er sowieso getan, besonders nach einem Erlebnis wie diesem, bei dem er dem Tod so nahe gewesen war. Und so vermutete er, daß es sein eigener Gedanke gewesen war und die Überseele gar nicht zu ihm gesprochen hatte.

7

Der Bogen

Der Verlust des Pulsators war ein solcher Schlag, daß weder Volemak noch Elemak versuchten, die Ruhe zu bewahren. Zumindest versuchten sie es erst, als die Situation fast schon außer Kontrolle geraten war. Da lagen die Bruchstücke des Pulsators auf einem Tuch, und neben ihnen die beiden vom Wasser beschädigten Waffen, die Elemak gerettet hatten. Zdorab saß vor ihnen, den Index auf dem Schoß, und las die Ziffern der beschädigten Teile vor. Fast alle anderen standen da – nur wenig waren ruhig genug, um zu sitzen – und warteten, sahen zu, schritten auf und ab und murmelten leise vor sich hin, während Zdorab herauszufinden versuchte, ob man mit den Einzelteilen der Waffe noch etwas anfangen konnte.

»Es ist sinnlos«, sagte er schließlich. »Selbst wenn wir alle Teile hätten, fehlt es uns an den notwendigen Werkzeugen, und um die herzustellen, müßten wir fünfzig Jahre lang die nötigen Technologien entwickeln.«

»Was hatte die Überseele doch für einen brillanten Plan«, sagte Elemak. »Sie hielt die gesamte Menschheit auf einem niedrigen technologischen Niveau – auf einem so niedrigen, daß wir zwar Pulsatoren herstellen können, aber nicht wissen, wie sie funktionieren, und sie auch nicht reparieren können, wenn sie kaputtgehen.«

»Das war nicht der Plan der Überseele«, sagte Issib.

»Ist das noch wichtig?« sagte Mebbekew. »Jetzt werden wir hier draußen sterben.«

Dol brach in Tränen aus, und diesmal schien es sich um echte zu handeln.

»Es tut mir leid«, sagte Nafai.

»Sicher doch, und wir alle freuen uns, daß du Gewissensbisse hast«, sagte Elemak. »Was hast du überhaupt an so einem gefährlichen Ort zu suchen gehabt? Du hattest den einzigen Pulsator, der uns noch geblieben war, und was hast du mit ihm gemacht?«

»Wir haben das Tier verfolgt«, sagte Nafai.

»Und wenn es von der Klippe gesprungen wäre, wärest du hinterher gesprungen?« fragte Volemak.

Nafai war wie am Boden zerstört, daß Vater es Elemak gleichtat und ihn heftig kritisierte. Und Elemak selbst war keineswegs schon damit fertig. »Ich will es mal klar und deutlich ausdrücken, mein lieber kleiner Bruder: Hättest du eine Entscheidung treffen können, ob du oder der Pulsator auf dem Felsvorsprung landen oder in die Tiefe stürzen, wäre es für alle besser gewesen, wenn der Pulsator gerettet worden wäre.«

Diese Ungerechtigkeit war fast unerträglich. »Nicht ich habe die ersten drei Pulsatoren verloren.«

»Aber nachdem wir sie verloren hatten, blieb uns ja noch einer, und die Lage war nicht ganz so ernst«, sagte Vater. »Du hast gewußt, daß es unsere letzte Waffe war, und bist trotzdem solch ein Risiko eingegangen.«

»Das reicht«, sagte Rasa. »Wir alle, auch Nafai, sind uns einig, daß es ein schrecklicher Fehler war, den Pulsator einem Risiko auszusetzen. Doch nun ist er kaputt, und er kann nicht repariert werden, und wir sind nun an diesem fremden Ort und wissen nicht, wie wir Tiere erlegen können, um Fleisch zu bekommen. Vielleicht sollten wir darüber nachdenken, was wir jetzt *tun* können, statt die Schuld auf Nafais Schultern zu legen.«

Danke, Mutter, sagte Nafai stumm.

»Ist das nicht offensichtlich?« sagte Vas. »Die Expedition ist vorbei.«

»Nein, das ist nicht offensichtlich«, erwiderte Volemak scharf. »Die Überseele hat keine geringere Aufgabe, als Harmonie vor derselben Vernichtung zu bewahren, die vor vierzig Millionen Jahre über die Erde kam. Sollen wir das aufgeben, nur weil wir eine Waffe verloren haben?«

»Es ist nicht nur die Waffe«, sagte Eiadh. »Es ist das Fleisch. Wir brauchen Fleisch.«

»Und es geht nicht nur um eine ausgeglichene Ernährung«, fügte Schedemei hinzu. »Selbst wenn wir hier lagern und augenblicklich Pflanzen säen würden – was wir sowieso nicht könnten, weil dafür nicht die richtige Jahreszeit ist –, würden wir bereits an starker Unterernährung leiden, bis wir die Ernte einbringen und damit die grundlegenden Proteine bekommen könnten.«

»Was meinst du mit *starker* Unterernährung?« fragte Volemak.

»Einige Todesfälle aufgrund von Mangelerscheinungen, hauptsächlich unter den Kindern.«

»Das ist ja schrecklich!« jammerte Kokor. »Du hast praktisch mein Baby getötet!«

Ihr Schrei löste einen Chor des Jammerns aus. In diesem Getöse sagte Nafai stumm zur Überseele: *Gibt* es eine andere Möglichkeit?

›Hast du einen Vorschlag?‹

Nafai versuchte, sich eine Jagdwaffe einfallen zu lassen, die man aus den zur Verfügung stehenden Materialien bauen konnte. Ihm fiel ein, daß die Soldaten der Gorajni mit Speeren und Pfeil und Bogen bewaffnet gewesen waren. Ließen diese Waffen sich auch für die Jagd verwenden, oder waren sie nur in einem Krieg nützlich?

Der Gedanke kam in seinen Kopf: ›Alles, was einen Menschen töten kann, wird wahrscheinlich auch ein Tier töten. Willst du mit einem Speer jagen, brauchst du eine Gruppe, die das Tier zu dir treibt – ansonsten kommst du wahrscheinlich nicht nah genug heran, nicht einmal mit einer Armbrust.‹

Und was ist mit dem Pfeil und Bogen?

›Die Reichweite eines guten Bogens ist viermal größer als die eines Pulsators. Aber er ist nicht einfach herzustellen.‹

Und was ist mit einem zweitklassigen Bogen, der nur *dieselbe* Reichweite wie ein Pulsator hat? Könntest du mir erklären, wie man so einen macht?

›Ja.‹

Und könnte ich damit ein Tier erlegen, oder dauert es zu lange, bis man richtig damit umgehen kann?

›Es dauert so lange, wie es dauert.‹

Eine bessere Antwort würde er von der Überseele wahrscheinlich nicht zu hören bekommen, und so schlecht war sie nicht einmal. Es bestand also zumindest noch Hoffnung.

Als Nafai seine Aufmerksamkeit wieder den anderen zuwandte, hatten sie Volemaks Geduld anscheinend erschöpft. »Glaubt ihr, *ich* hätte das so geplant?« fragte er. »Glaubt ihr, *ich* hätte die Überseele gebeten, uns an diesen schrecklichen Ort zu führen, damit wir in der Wüste Kinder bekommen und ziellos durch die Wildnis irren, ohne genug zu essen zu haben? Glaubt ihr, *ich* wäre nicht auch lieber in einem Haus mit einem richtigen Bett?«

Nafai erkannte, daß Volemak alle überrascht hatte, indem er in ihre Beschwerden einfiel. Aber es beruhigte sie kaum – einige sahen sogar verängstigt aus, weil die Säule ihrer Kraft plötzlich einen Riß zeigte. Und Elemak konnte kaum seine Verachtung für Vater verbergen. Es war nicht Volemaks stolzester Augenblick, das sah Nafai – und es war so unnötig. Hätte er der Überseele nur die Fragen gestellt, die Nafai gestellt hatte, wäre er beruhigt worden. Es *gab* eine Möglichkeit.

Vas ergriff wieder das Wort. »Ich sage euch, all das ist völlig überflüssig. Nafai und ich haben einen gefahrlosen Pfad den Berg hinab gefunden. Die Kamele können wir zwar nicht mitnehmen, aber wenn wir einfach an der Bucht entlang nach Dorova gehen, brauchen wir nur Vorräte und Wasser für einen Tag.«

»Die Kamele zurücklassen?« sagte Elemak. »Die Zelte?«

»Die Kältetruhen und Trockenbehälter?« fragte Schedemei.

»Dann bleiben einige eben zurück«, sagte Mebbekew, »und führen die Kamele durch die Berge. Ohne die Frauen und Kinder brauchen sie höchstens eine Woche, und bis dahin werden die anderen in der Stadt sein. Dann nur noch ein paar Monate, und wir sind wieder in Basilika. Oder wo auch immer die anderen hinwollen.«

Zustimmendes Gemurmel.

»Nein«, sagte Nafai. »Es geht nicht um uns, es geht um Harmonie, um die Überseele.«

»Niemand wurde gefragt, ob er sich freiwillig für diese edle Sache meldet«, sagte Obring, »und zumindest ich kann nichts mehr davon hören.«

»Die Stadt ist direkt da drüben«, sagte Sevet. »Wir könnten so schnell dort sein.«

»Narren«, sagte Elemak. »Nur, weil ihr die Stadt und den Strand sehen könnt, an dem entlang ihr wandern müßt, um sie zu erreichen, heißt das noch lange nicht, daß ihr sie leicht erreichen könnt. In einem einzigen Tag? Lächerlich! Ja, ihr seid im vergangenen Jahr stärker geworden, aber keiner von euch ist imstande, so weit zu laufen, vor allem nicht mit einem Baby auf dem Arm, ganz zu schweigen von dem Wasser und den Vorräten, die ihr mitnehmen müßtet. Es ist sehr mühsam, durch Sand zu gehen, und je schwerer ihr beladen seid, desto langsamer kommt ihr voran, und das bedeutet, daß ihr *noch mehr* Proviant mitnehmem müßt, weil euer Marsch länger dauert, und damit seid ihr noch schwerer beladen und kommt noch langsamer voran.«

»Dann sitzen wir hier in der Falle und müssen *sterben*?« jammerte Kokor.

»Ach, halt doch die Klappe!« sagte Sevet.

»Wir sitzen nicht in der Falle«, sagte Nafai, »und wir müssen die Expedition nicht aufgeben. Die Menschen haben auch schon Tiere getötet, bevor es Pulsatoren gab. Es gibt noch andere Waffen.«

»Willst du sie etwa erwürgen?« fragte Mebbekew. »Oder ihnen mit diesen Drahtschlingen, die Gaballufix benutzt hat, den Kopf abtrennen?«

Nafai versuchte, seinen Zorn über Mebbekews Spott im Zaum zu halten. »Ein Bogen. Pfeile. Die Überseele weiß, wie man sie macht.«

»Dann soll die Überseele sie machen«, sagte Obring. »Das heißt noch lange nicht, daß einer von uns damit auch *umgehen* kann.«

»Obring hat ausnahmsweise einmal recht«, sagte Elemak. »Man braucht Jahre der Übung, um ein guter Schütze zu werden. Was glaubst du, weshalb ich Pulsatoren gekauft habe? Bogen sind besser – sie haben eine höhere Reichweite, ihnen kann nicht die Energie ausgehen, und sie beschädigen das Fleisch nicht so sehr. Aber ich weiß nicht, wie man mit einem umgeht, geschweige denn, wie man einen herstellt.«

»Ich auch nicht«, sagte Nafai. »Aber die Überseele kann es mir beibringen.«

»In einem Monat vielleicht«, sagte Elemak. »Aber den haben wir nicht.«

»In einem Tag«, sagte Nafai. »Laßt mir bis morgen abend Zeit. Wenn ich bis dahin kein Fleisch gebracht habe, stimme ich mit Vas und Meb überein, daß wir nach Dorova müssen, zumindest für eine Weile.«

»Wenn wir nach Dorova gehen, ist es das Ende dieser törichten Expedition«, sagte Meb. »Dann kriegt man mich auf keinen Kamelrücken mehr, abgesehen vom Ritt nach *Hause*.«

Mehrere pflichteten ihm bei.

»Gebt mir einen Tag, und ich erkläre mich einverstanden«, sagte Nafai. »Wir haben noch genug Proviant, und das ist ein guter Ort zum Warten. Einen Tag.«

»Reine Zeitverschwendung«, sagte Elemak. »Das wirst du nie schaffen.«

»Dann kann es ja nicht schaden, wenn ich es euch beweisen will. Aber ich sage, ich *schaffe* es, wenn die Überseele mir hilft. Das nötige Wissen ist in ihrem Speicher. Und Wild findet man hier problemlos.«

»Ich werde dir eine Fährte suchen«, sagte Vas.

»Nein!« sagte Luet. Nafai sah sie verblüfft an – sie hatte bislang gar nichts gesagt. »Nafai wird es allein versuchen. Er und die Überseele. So muß es sein.« Dann sah sie ruhig und eindringlich zu ihm auf.

Sie weiß etwas, dachte Nafai. Dann erinnerte er sich an die Gedanken, die ihm an diesem Morgen auf dem Berg gekommen waren – daß Vas ihn umbringen wollte, den Absturz verursacht hatte. Hatte die Überseele zu ihr deutlich gesprochen? Waren meine Ängste berechtigt? Will sie mich deshalb allein losschicken?

»Also brichst du morgen früh auf?« fragte Volemak.

»Nein«, sagte Nafai. »Heute noch. Ich hoffe, den Bogen noch heute fertigstellen zu können, damit ich den morgigen Tag für die Jagd habe. Schließlich könnten meine ersten Schüsse ja weit daneben gehen.«

»Das ist doch lächerlich«, sagte Meb. »Für wen hält Nafai sich? Für einen der Helden von Pjiretsiss?«

»Ich halte mich für denjenigen, der diese Expedition nicht scheitern läßt!« rief Nafai. »Und wenn ich mich nicht von einem zerstörten Pulsator aufhalten lasse, kannst du den Schnodder in deiner Nase wetten, daß ich mich auch von *dir* nicht aufhalten lassen werde.«

Meb sah ihn an und lachte. »Ich nehme die Wette an, Njef, mein lieber kleiner Bruder. Und der Schnodder in meiner Nase sagt, daß du es nicht schaffen wirst.«

»Abgemacht.«

»Aber wir haben noch nicht ausgemacht, was du *mir* gibst, wenn du scheiterst.«

»Das spielt keine Rolle«, sagte Nafai. »Ich werde nicht scheitern.«

»Aber wenn du scheiterst ... dann bist du mein persönlicher Diener.«

Viele der Gruppe reagierten mit Hohn auf seine Worte. »Schnodder gegen Knechtschaft«, sagte Eiadh verächtlich. »Genau das habe ich von dir erwartet, Meb.«

»Er muß die Wette ja nicht annehmen«, sagte Meb.

»Begrenze die Zeit«, erwiderte Nafai. »Sagen wir – einen Monat.«

»Ein Jahr. Ein Jahr, in dem du tust, was ich dir befehle.«

»Das ist widerlich«, sagte Volemak. »Ich verbiete es.«

»Du hast bereits zugestimmt, Nafai«, sagte Mebbekew. »Wenn du jetzt einen Rückzieher machst, stehst du als Eidbrecher vor uns.«

»Du kannst entscheiden, was ich bin, wenn ich dir das Fleisch vor die Füße lege, Meb, und ein Eidbrecher werde ich nicht sein, soviel steht fest.«

Und so wurde es abgemacht. Nafai blieb bis zum morgigen Sonnenuntergang Zeit, Fleisch zu beschaffen.

Er verließ sie, eilte ins Küchenzelt und nahm sich, was er

brauchte – Zwieback, getrocknete Melonen und Trockenfleisch. Dann lief er zur Quelle, um seine Feldflasche aufzufüllen. Da er sein Messer bei sich trug, war das alles, was er brauchte.

Luet holte ihn dort ein, als er neben dem Teich kniete und die Flasche ins Wasser tauchte, um sie zu füllen.

»Wo ist Schveja?« fragte er.

»Bei Schuja«, antwortete sie. »Ich wollte mit dir sprechen. Statt dessen hatten wir diese ... Versammlung.«

»Und ich wollte auch mit dir sprechen«, sagte er. »Aber die Dinge sind uns aus der Kontrolle geraten, und jetzt haben wir keine Zeit mehr.«

»Hoffentlich hast du noch Zeit, um *das hier* zu nehmen«, sagte sie.

In ihrer Hand lag eine Rolle Zwirn.

»Wie ich gehört habe, funktioniert ein Bogen nicht ohne eine Sehne«, sagte sie. »Und die Überseele sagt, daß dieser Zwirn dafür am besten geeignet ist.«

»Du hast sie gefragt?«

»Sie schien der Ansicht zu sein, du wolltest ohne den Faden loslaufen, und das hättest du ziemlich schnell bedauert.«

»Das hätte ich, ja.« Er nahm die Rolle und steckte sie ein. Dann beugte er sich zu ihr hinab und küßte sie. »Du gibst immer auf mich acht.«

»Wenn ich kann«, sagte sie. »Nafai, als du weg warst, hat die Überseele mit mir gesprochen. Sehr deutlich.«

»Und?«

»War Vas in deiner Nähe, als du gestürzt bist?«

»Ja.«

»Hätte er den Sturz herbeiführen können? Zum Beispiel, indem er deinem Fuß einen Stoß gab?«

Nafai erinnerte sich augenblicklich an diesen schrecklichen Moment, als er auf dem Felsen ins Rutschen gekommen war. Sein Fuß war nach innen geglitten, auf den anderen zu. Hätte der Fuß nicht einfach hinabrutschen müssen, wenn lediglich die Reibung nicht mehr stark genug gewesen wäre?

»Ja«, sagte Nafai. »Die Überseele hat versucht, mich zu warnen, aber ...«

»Aber du hast gedacht, es wäre deine eigene Furcht, und sie ignoriert.«

Nafai nickte. Sie wußte, wie die Stimme der Überseele sich anhörte – wie die eigenen Gedanken, wie die eigenen Ängste.

»Ihr Männer!« sagte sie. »Habt immer Angst davor, Angst zu haben. Wißt ihr nicht, daß Angst das wichtigste Werkzeug ist, mit dem die Evolution eine Spezies am Leben hält? Und doch ignoriert ihr sie, als wolltet ihr sterben.«

»Na ja, ich komme nicht dagegen an, was die Testosterone mit mir machen. Wenn ich keine hätte, würde es dir auch nicht so sehr gefallen, mit mir verheiratet zu sein.«

Sie lächelte. Aber das Lächeln währte nicht lange. »Die Überseele hat mir noch etwas gesagt«, fuhr sie fort. »Vas hat vor ...«

Doch in diesem Augenblick kamen Obring und Kokor hinübergeschlendert. »Hast du es dir anders überlegt, kleiner Bruder?« fragte Kokor.

»Wenn ich mir etwas überlege, dann auch richtig«, sagte Nafai.

»Ich wollte dir nur viel Glück wünschen«, sagte Kokor. »Ich hoffe wirklich, daß du einen schäbigen kleinen Hasen nach Hause bringst. Denn stell dir mal vor, du würdest keinen mitbringen ... dann müßten wir in eine Stadt ziehen und *gebratenes* Fleisch essen, und das wäre doch einfach schrecklich, meinst du nicht auch?«

»Irgendwie habe ich den Eindruck, daß dein Herz nicht hinter deinen freundlichen Worten steht«, sagte Nafai.

»Wäre ich der Ansicht, du hättest auch nur den Hauch einer Chance«, sagte Obring, »würde ich dir den Arm brechen.«

»Wenn jemand wie du mir den Arm brechen könnte«, sagte Nafai, »hätte ich *wirklich* keine Chance.«

»Bitte«, sagte Luet. »Haben wir nicht schon genug Schwierigkeiten?«

»Freundliche kleine Friedensstifterin«, sagte Kokor. »Du

siehst zwar nicht gut aus, aber vielleicht wirst du ja in Würde alt.«

Nafai kam nicht dagegen an. Kokors Beleidigungen waren so kindisch, ähnelten so sehr dem, was unter Schulkindern als Klugheit durchging, daß er unwillkürlich lachen mußte.

Kokor gefiel dies nicht besonders. »Lache, soviel du willst«, sagte sie. »Aber ich kann mich wieder zu Wohlstand singen, und Mutter hat in Basilika noch immer einen Haushalt, den ich erben kann. Was kann dein Vater *dir* hinterlassen? Und was für einen Haushalt wird deine kleine Waisenfrau in Basilika für dich gründen?«

Luet trat vor und sah Kokor an. Nafai bemerkte zum erstenmal, daß sie etwa gleich groß waren, was bedeutete, daß Luet im vergangenen Jahr gewachsen war. Sie ist wirklich noch ein *Kind*, dachte er.

»Koja«, sagte Luet. »Du vergißt, mit wem du sprichst. Du glaubst vielleicht, Nafai sei lediglich dein jüngerer Bruder. Doch in Zukunft wirst du dich hoffentlich daran erinnern, daß er der Gatte der Wasserseherin ist.«

»Und was für eine Rolle spielt das *hier* schon?« antwortete Kokor trotzig.

»*Hier* gar keine. Aber falls wir nach Basilika zurückkehren, liebe Koja, frage ich mich, wie deine Karriere verlaufen würde, wenn alle wissen, daß du der Feind der Wasserseherin bist.«

Kokor erbleichte. »Das würdest du nicht tun.«

»Nein«, sagte Luet. »Das würde ich nicht tun. Ich habe meinen Einfluß nie auf diese Weise eingesetzt. Und außerdem kehren wir nicht nach Basilika zurück.«

Nafai hatte Luet noch nie so gebieterisch gesehen. Er war jedoch lange genug in Basilika gewesen, um Ehrfurcht vor dem Titel der Wasserseherin zu empfinden. Man vergaß schnell, daß die Frau, die er jeden Abend in sein Bett nahm, dieselbe Frau war, deren Träume, deren Worte in Basilika nur flüsternd wiedergegeben wurden. Einmal war sie unter großem Risiko zu ihm gekommen, hatte die Stadt mitten in der Nacht verlassen, um ihn zu wecken und vor einer Gefahr zu warnen, die seinem Vater drohte – und in dieser Nacht hatte sie sich nicht im geringsten anmerken lassen, daß sie sich ihrer erhabenen Rolle in der Stadt bewußt war. Einmal hatte sie ihn, als er von Gaballufix' Männern gejagt wurde, zum See der Frauen hinabgeführt, zu dem kein Mann gehen, den kein Mann lebend verlassen durfte. Und selbst, als sie jenen gegenübertrat, die ihn, Nafai, getötet hätten, hatte sie nicht mit diesem Tonfall, sondern ruhig und sachlich gesprochen.

Und dann dämmerte es Nafai – Luet umgab sich nicht mit dieser hochmütigen Würde, weil sie ein Teil von ihr war. Sie benahm sich so, weil *Kokor* sich so benommen hätte, hätte sie auch nur den geringsten Fetzen von Macht gehabt. Luet sprach mit Nafais Halbschwester in einer Sprache, die diese verstand. Und die Nachricht kam an. Kokor zupfte an Obrings Ärmel, und die beiden gingen.

»Du bist sehr gut darin«, sagte Nafai. »Ich kann kaum erwarten, zu hören, daß du mit Schveja so sprichst, wenn sie dich zum erstenmal ärgert.«

»Ich habe vor, Schveja zu einer Frau zu erziehen, bei der man diese Stimme niemals anwenden muß.«

»Ich wußte nicht einmal, daß du diese Stimme *hast.*«

Luet lächelte. »Ich auch nicht.« Sie küßte ihn erneut.

»Du wolltest mir etwas über Vas sagen.«

»Etwas, das Huschidh gesehen, aber nicht verstanden hat; die Überseele hat es mir erklärt. Vas hat nicht vergessen, daß Sevet ihn mit Obring betrogen und damit öffentlich erniedrigt hat.«

»Ach nein?«

»Die Überseele sagt, er habe vor, sie zu ermorden.«

Nafai lachte spöttisch auf. »Vas? Er war doch die Ruhe selbst. Mutter hat gesagt, sie habe noch nie jemanden gesehen, der so gut mit einer schlechten Nachricht fertig wird.«

»Ich vermute, er spart sich seine Rache für später auf«, sagte Luet. »Wir haben jetzt jede Menge Indizien, die darauf hindeuten, daß Vas keineswegs so ruhig und kooperativ ist, wie es den Anschein hat.«

»Ach ja?« fragte Nafai. »Meb und Dol, Obring und Kokor, sie klagen und jammern, daß sie in die Stadt zurückkehren wollen. Vas hingegen nicht. Er nimmt es ruhig auf, scheint mitzumachen und zerstört dann die Pulsatoren, damit wir zurückkehren *müssen.*«

»Du mußt eingestehen, es war ein kluger Plan.«

»Und wenn er mich dabei zufällig tötet ... na ja, dann habe ich eben Pech gehabt. Da kommt mir der Gedanke – wäre Gaballufix so subtil vorgegangen wie Vas, wäre er jetzt König von Basilika.«

»Nein, Nafai. Er wäre tot.«

»Wieso?«

»Weil die Überseele dir befohlen hätte, ihn zu töten, um den Index zu bekommen.«

Nafai starrte sie fassungslos an. »*Du* wirfst mir das vor?«

Sie schüttelte nachdrücklich den Kopf. »Ich erinnere dich daran, damit du nicht vergißt, wie stark *du* bist. Du bist skrupelloser *und* klüger als Vas, wenn du weißt, daß du dem Plan der Überseele dienst. Und jetzt geh, Nafai! Du hast nur noch ein paar Stunden Tageslicht. Du *wirst* Erfolg haben.«

Solange die Berührung ihrer Hand auf seiner Wange in der Erinnerung seiner Haut noch lebte und ihre Stimme noch in seinem Ohr und ihr Vertrauen und ihre Ehre noch heiß in seinem Herzen waren, kam er sich tatsächlich wie einer der Helden von Pjiretsiss vor. Besonders wie Velikoduschnu, der das lebende Herz des Gottes Zaveest aß, damit die Bürger von Pjiretsiss in Frieden leben konnten, statt sich ständig miteinander zu verschwören, um den anderen zu übervorteilen und jene, die Erfolg gehabt hatten, zu vernichten. Die Illustration jener Version der Geschichte, die Nafai gelesen hatte, zeigte Velikoduschnu, wie er den Kopf in die aufklaffende Brusthöhle des Gottes rammte, obwohl Zaveest den Helden mit seinen langen Fingernägeln abwehrte. Es war eins der stärksten Bilder seiner Kindheit, das Bild eines Mannes, der seine fürchterlichen Schmerzen ignorierte, um das Böse zu verzehren, das sein Volk zugrunde richtete.

Das macht einen Helden aus, dachte Nafai, das macht einen *guten Menschen* aus, und solange er Gaballufix nur für Zaveest halten konnte, war es gut und richtig, ihn getötet zu haben.

Aber diese Idee half ihm nur einen Augenblick lang; dann kehrte das Entsetzen zu ihm zurück, Gaballufix ermordet zu haben, während dieser betrunken und hilflos auf der Straße lag. Und ihm wurde klar, daß diese Erinnerung, diese Schuld, diese Schande, dieses Entsetzen – daß dies alles vielleicht der Tortur gleichkam, von Zaveest den Rücken aufgerissen zu bekommen.

Egal. Stecke es dorthin zurück, wohin es gehört, ins Gedächtnis, nicht in die vorderste Front der Gedanken. Ja, ich bin derjenige, der Gaballufix getötet hat, aber ich bin auch derjenige, der einen Bogen machen und ein Tier töten und es vor morgen abend zurückbringen muß – oder die Überseele kann von vorn anfangen.

Obring duckte sich durch die Tür von Vas' und Sevets Zelt. Es war das erstemal, daß er mit Sevet allein war, seit Kokor die beiden in Basilika erwischt hatte, wie sie sich im Bett vergnügten. Und da Vas ebenfalls im Zelt war, war er auch eigentlich gar nicht *richtig* mit ihr allein. Aber in gewisser Hinsicht bedeutete die Tatsache, daß Vas dieses Treffen gebilligt hatte, vielleicht, daß die lange Kälteperiode vorbei war.

»Nett, daß du vorbeischaust«, sagte Vas.

Es lag so viel Ironie in seiner Stimme, daß Obring klar wurde, er mußte einen Fehler begangen haben, für den Vas ihn nun tadelte. Oh – vielleicht hatte er zu lange gebraucht, um hierher zu kommen. »Du hast gesagt, ich solle ohne Kokor kommen, und ich kann nicht einfach davonmarschieren. Wißt ihr, sie fragt mich immer, wohin ich gehe. Und dann beobachtet sie mich, um sich zu vergewissern, daß ich auch die Wahrheit gesagt habe.«

Sevets Lippen kräuselten sich, und Obring wußte, sie genoß die Vorstellung, daß er dermaßen eng an Kokor gefesselt war. Doch wenn jemand seine Zwangslage verstehen müßte, dann Sevet – stand sie nicht unter Vas' unbarmherziger Aufsicht? Nein, vielleicht nicht – Vas war nicht so nachtragend wie Kokor. Er war an diesem Abend vor über einem Jahr nicht einmal wütend geworden. Also hatte Sevet vielleicht nicht so sehr gelitten wie Obring.

Doch als er Sevet nun betrachtete, konnte er sich kaum daran erinnern, wieso er so versessen darauf gewesen war, sie zu besitzen. Ihr Körper hatte seit den alten Tagen beträchtlich an Reiz verloren. Zweifellos hatte das Kind das seine dazugetan – der dicke Bauch, die zu vollen Brüste –, aber es wurde auch an ihrem Gesicht deutlich, eine gewisse Verbissenheit, ein grimmiger Zug um die Augen. Sie war keine schöne Frau. Andererseits jedoch hatte Obring wohl kaum ihren Körper geliebt. Es hatte zum einen Teil an ihrem Ruhm als eine der führenden Sängerinnen Basilikas gelegen, und zum anderen daran – gestehe es dir ein, Obring, alter Knabe –, daß sie Kojas Schwester war. Schon damals hatte Obring es seiner hübschen, aufreizenden, verächtlichen Frau heimzahlen, ihr zeigen wollen, daß er eine bessere Frau bekommen konnte, wenn er es nur wollte. Zweifellos hatte er nichts dergleichen bewiesen, denn Sevet hatte bestimmt nur aus ähnlichen Gründen mit ihm geschlafen – wäre er *nicht* Kokors Mann gewesen, hätte sie nicht einmal Speichel verschwendet, um ihn anzuspucken. Beide hatten sie es darauf angelegt, Kokor zu verletzen, und es war ihnen gelungen, und seitdem mußten sie dafür bezahlen.

Und doch waren sie nun hier – auf Vas' Initiative zusammengekommen. Und es hatte den Anschein, daß die Dinge sich jetzt etwas besserten und Obring vielleicht einmal bei etwas *beteiligt* wurde, das diese elende Gruppe durchführte, die so sehr von Volemaks und Rasas Kindern beherrscht wurde.

»Es ist an der Zeit, dieser dummen Expedition ein Ende zu bereiten, meint ihr nicht auch?« sagte Vas.

Obring lachte verbittert auf. »Das hat man schon einmal versucht, und da hat Nafai einen seiner kleinen Zaubertricks abgezogen.«

»Einige von uns haben nur den richtigen Augenblick abgewartet«, sagte Vas. »Aber das ist jetzt die letzte Chance – die letzte vernünftige zumindest. Dorava ist von hier aus deutlich zu sehen. Wir brauchen keinen Elemak, der uns dorthin führt. Gestern habe ich einen Weg den Berg hinab gefunden. Es ist nicht einfach, aber wir können es schaffen.«

»Wir?«

»Du, Sevet und ich.«

Obring sah zu ihrem Baby hinüber, Vasnja, das auf dem Bett schlief. »Ein Baby mitnehmen? Mitten in der Nacht?«

»Der Mond scheint, und ich kenne den Weg«, sagte Vas. »Und wir nehmen das Baby nicht mit.«

»Ihr nehmt das ...«

»Komm mir doch nicht dumm, Obring – denke ein wenig nach. Wir wollen uns nicht von der Gruppe trennen, wir wollen, daß die ganze Gruppe die Expedition aufgibt. Wir tun dies nicht für uns, wir tun dies für *sie*, um sie vor sich selbst zu retten – vor den absurden Plänen der Überseele. Wir gehen nach Dorova, damit sie uns folgen *müssen*. Wir können keine Kinder mitnehmen, weil sie uns aufhalten und unter der Reise leiden würden. Also lassen wir sie zurück. Dann müssen sie Sevet und mir Vasnja bringen, und *dir* Kokor und Krassja. Aber *sie* werden den langen Weg nehmen, also wird den Kindern nichts passieren.«

»Das ist ... irgendwie logisch«, sagte Obring.

»Wie nett von dir, es einzugestehen«, sagte Vas.

»Wenn Nafai also ohne Fleisch zurückkehrt, brechen wir in dieser Nacht auf?«

»Bist du wirklich so dumm zu glauben, daß sie sich an die Vereinbarung halten werden?« sagte Vas. »Nein, sie werden eine andere Entschuldigung finden, um die Expedition fortzusetzen – und bringen unsere Kinder in Gefahr und führen uns immer weiter von der letzten Hoffnung auf ein anständiges Leben fort. Nein, Brija, mein Freund, wir warten auf nichts. Wir zwingen sie zum Handeln, bevor Nafai und die Überseele einen weiteren Trick abziehen können.«

»Und ... wann brechen wir auf? Nach dem Abendessen?«

»Sie würden es bemerken, uns folgen und sofort aufhalten«, sagte Vas. »Also melde ich mich heute abend für die Spätwache, und du meldest dich für die letzte Wache. Eine Weile, nachdem ich meine Wache angetreten habe, wecke ich Sevet und kratze dann an deinem Zelt. Kokor wird glauben, du stehst lediglich auf, um deine Wache anzutreten, und sofort wieder einschlafen. Der Mond spendet uns Licht. Wir werden schon Stunden unterwegs sein, bevor jemand uns vermißt.«

Obring nickte. »Klingt gut.« Dann sah er Sevet an. Ihr Gesichtsausdruck war so undurchdringlich wie eh und je. Er wollte diese Maske durchdringen, und wenn es nur ein wenig war. Daher sagte er: »Aber werden deine Titten nicht wund, wenn du das Baby zurückläßt, obwohl du es eigentlich stillen müßtest?«

»Huschidh produziert genug Milch für vier Babies«, sagte Sevet. »Dazu wurde sie geboren.«

Ihre Worte waren kaum freundlich, aber immerhin hatte sie etwas gesagt. »Ich bin dabei«, sagte Obring.

Doch dann kam ihm ein Gedanke. Ein Zweifel, der Vas' Motiv betraf. »Aber warum *ich*?«

»Weil du keiner von *ihnen* bist«, sagte er. »Dir ist die Überseele gleichgültig, du haßt dieses Leben, und du läßt dich nicht von irgendwelchen törichten Vorstellungen über Familientreue beeindrucken. Wen sonst könnte ich mitnehmen? Gingen Sevet und ich allein, würden sie sich vielleicht entschließen, unser Baby zu behalten und die Reise fortzusetzen. Wir brauchen jemanden, der uns begleitet und eine weitere Familie auseinanderreißt, und wen außer dir gibt es da? Die einzigen anderen, die in Frage kämen, wären entweder Zdorab und Schedemei, und die haben keine Kinder und würden uns nichts nützen, oder Huschidh und Luet, und die stehen dicker mit der Überseele als sonst jemand. Ach ja, und Dol natürlich, aber die ist – Gott allein weiß, warum – Mebbekew dermaßen zugetan und außerdem ein so feiges Faultier, daß sie sowieso nicht mitgehen würde und wir sie auch gar nicht dabeihaben wollen. Und damit bleibst nur *du* übrig, Obring. Und glaube mir, ich frage dich nur, weil du mir nicht ganz so widerwärtig bist wie Dolja.«

Das war ein Motiv, dem Obring Glauben schenken konnte. »Ja, ich bin dabei«, sagte er.

Schedemei wartete, bis sie sah, daß Zdorab zu Volemaks Zelt ging. Er wollte sich natürlich den Index borgen – da das Kochen dieser Tage verboten war, hatte er viel Zeit für seine Studien. Also entschuldigte sie sich bei den anderen Frauen, die mit ihr Wäsche wuschen, und bat Huschidh, ihre und Zdorabs Sachen von den Sträuchern zu nehmen, wenn sie trocken waren. Als Zdorab durch die Zelttür trat, den Index im sicheren Griff unter dem Arm, wartete Schedemei auf ihn.

»Willst du allein sein?« fragte Zdorab.

»Ich wollte mit *dir* sprechen«, sagte Schedemei.

Zdorab setzte sich und stellte den Index beiseite, damit sie nicht annahm, er könne es kaum abwarten, ihn zu benutzen – obwohl sie natürlich wußte, daß es genauso war.

»Dorova ist unsere letzte Chance«, sagte Schedemei. »Um in die Zivilisation zurückzukehren.«

Zdorab nickte – keine Zustimmung, nur ein Zeichen, daß er verstand.

»Zodja, wir gehören nicht hierher«, sagte sie. »Wir sind nicht Teil dieser Gruppe. Für dich bedeutet es ein Leben der endlosen Knechtschaft, für mich eins, in dem all meine Arbeit verschwendet ist. Wir haben ein Jahr lang mitgemacht – wir haben ihnen gut gedient. Du hast Nafai geschworen, ihn zu begleiten, weil er dich nicht nach Basilika zurückkehren lassen konnte. Hättest du Alarm geschlagen, hätten die Soldaten ihn gefaßt. Nun, dazu wird es *jetzt* wohl kaum noch kommen, meinst du nicht auch?«

»Ich bleibe nicht wegen meines Eides hier, Schedja.«

»Ich weiß«, sagte sie und brach dann in Tränen aus, obwohl sie es unbedingt hatte vermeiden wollen.

»Glaubst du, ich würde nicht sehen, wie du hier leidest?« sagte er. »Wir dachten, es würde reichen, daß wir heiraten, aber dem war nicht so. Du willst zu ihnen gehören, und das kannst du nicht, solange du kein Kind hast.«

Es machte sie wütend, daß er so ruhig dozierte – er hatte sie beobachtet und war zu einem Schluß gekommen, worin ihr »Problem« bestand, doch er irrte sich. Oder er hatte zumindest nur halbwegs recht. »Es geht nicht darum, daß ich zu ihnen *gehören* will«, sagte sie wütend. »Es geht um mein *Leben*. Hier bin ich niemand – ich bin keine Wissenschaftlerin, ich bin keine Mutter, ich bin nicht einmal dir eine gute *Dienerin*, ich kann die Tiefen des Index nicht sondieren, weil ich die Stimme nicht so deutlich höre. Ich ertappe mich dabei, wie ich *deine* Weisheit verbreite, wenn ich mich mit anderen unterhalte, weil niemand die Dinge, die *ich* weiß, auch nur ansatzweise versteht – und wenn ich die anderen mit ihren Babies sehe, will ich selbst eins haben. Ich bin *versessen* auf eins, nicht, damit ich wie *sie* sein kann, sondern weil ich zum Netz des Lebens gehören will. Ich will meine Gene weitergeben, ich will ein Kind aufwachsen sehen, das ein Gesicht hat, das zur Hälfte das meine ist. Kannst du das nicht verstehen? Ich bin nicht wie du, was Fortpflanzung betrifft, behindert, ich bin von meiner biologischen Identität abgeschnitten, weil ich hier in dieser Gruppe gefangen bin, und wenn ich nicht herauskomme, werde ich sterben und *keine Rolle auf der Welt gespielt haben*.«

Als sie mit ihrer leidenschaftlichen Rede fertig war, herrschte tiefe Stille in ihrem Zelt. Was denkt er? Was hält er von mir? Ich weiß, ich habe ihn verletzt – ich habe ihm gesagt, ich würde die Ehe mit ihm hassen, was gar nicht stimmt, weil er ein wahrer Freund ist – wem sonst könnte ich je mein Herz so ausschütten, wenn nicht ihm?

»Ich hätte nichts sagen sollen«, flüsterte sie. »Aber ich habe die Lichter der Stadt gesehen, und ich dachte – wir beide könnten in eine Welt zurückkehren, die uns schätzt.«

»*Diese* Welt hat mich auch nicht mehr geschätzt als die andere«, sagte Zdorab. »Und vergiß nicht – wie könnte ich jemals den Index aufgeben?«

Begriff er denn nicht, was sie vorschlug? »Nimm ihn mit«, sagte sie. »Wir können den Index nehmen und um die Bucht eilen. Wir haben keine Kinder, die uns aufhalten. Sie können uns nicht einholen. Mit dem Index hast du ebensoviel Wissen zu verkaufen wie ich – wir können uns den Weg aus Dorova zurück in die weite Welt im Norden kaufen, bevor sie diese Karawane in Bewegung setzen können, um uns zu jagen. Sie brauchen den Index nicht – siehst du denn nicht, wie Luet und Nafai und Volemak und Huschidh ohne die Hilfe des Index mit der Überseele sprechen?«

»Sie brauchen ihn *in Wirklichkeit* nicht, und deshalb sind wir *in Wirklichkeit* keine Diebe, wenn wir ihn mitnehmen.«

»Doch, natürlich sind wir Diebe«, sagte Schedemei. »Aber Diebe, die anderen stehlen, was diese in Wirklichkeit gar nicht brauchen, können mit ihrem Verbrechen etwas leichter leben als Diebe, die den Armen das Brot vom Mund wegstehlen.«

»Ich weiß nicht, ob die Größe eines Verbrechens entscheidend ist, ob der Verbrecher damit leben kann«, sagte Zdorab. »Ich glaube, es liegt an der natürlichen Güte der Person, die das Verbrechen begeht. Mörder leben mit ihren Morden oft leichter als ehrliche Menschen mit einer kleinen Lüge.«

»Und du bist so ehrlich ...«

»Ja, das bin ich«, sagte Zdorab. »Und du auch.«

»Für uns beide ist jeder Tag, den wir mit dieser Gruppe verbringen, eine Lüge.« Es war schrecklich, dies zu sagen, und doch war sie so verzweifelt auf eine Veränderung aus, auf *irgendeine*, daß sie ihm alles an den Kopf schleuderte, was ihr in den Sinn kam.

»Ist dem so? Ist es eine sehr große Lüge?« Zdorab schien weniger verletzt als ... nachdenklich zu sein. »Huschidh hat mir neulich gesagt, du und ich, wir beide hätten mit die engsten Verbindungen in dieser Karawane. Wir sprechen über alles. Wir haben gewaltigen Respekt voreinander. Wir *lieben* einander – das hat sie gesehen, und ich glaube ihr. Es stimmt doch, oder?«

»Ja«, flüsterte Schedemei.

»Was also ist die Lüge? Die Lüge ist, daß ich bei der Fortpflanzung dein Partner bin. Das ist alles. Und wenn diese Lüge zur Wahrheit würde und du ein Kind in deinem Bauch hättest, wärst du wieder heil, nicht wahr? Die Lüge würde nicht mehr an deinem Herzen zerren, weil du dann wärst, was du jetzt nur zu sein scheinst: eine Ehefrau und ein Teil dieses Netzes des Lebens.«

Sie betrachtete sein Gesicht und suchte Spott darauf, fand aber keinen. »Bist du dazu imstande?«

»Ich weiß es nicht. Es hat mich nie so sehr interessiert, daß ich es versucht hätte, und ich hätte sowieso keine bereitwillige Partnerin dafür gehabt. Aber wenn ich in meiner Phantasie kleine Befriedigungen finden kann, müßte ich auch dazu imstande sein – schließlich mache ich ja meiner liebsten Freundin ein Geschenk der Liebe. Nicht, weil ich es begehre, sondern weil *sie* es so sehr verlangt.«

»Aus Mitleid«, sagte sie.

»Aus Liebe«, sagte er. »Mehr Liebe, als diese anderen Männer empfinden, die Nacht für Nacht ihre Frauen bespringen aus einem Drang heraus, der nicht tiefer geht als das Verlangen, sich zu kratzen oder die Blase zu entleeren.«

Sie hatte nie in Betracht gezogen, was er ihr gerade angeboten hatte – für sie ein Kind zu zeugen. War seine Neigung nicht sein Schicksal?

»Zeigt die Liebe nicht ihr Gesicht«, fuhr er fort, »wenn sie die Bedürfnisse des geliebten Partners befriedigt, einzig und allein um dieses Partners willen? Welcher dieser Gatten kann das schon für sich beanspruchen?«

»Aber ... stößt der Körper einer Frau euch nicht ab?«

»Einige vielleicht. Die meisten jedoch stehen ihm einfach ... gleichgültig gegenüber. Wie ein ›normaler‹ Mann einem anderen gegenüber. Aber ich kann dir verraten, was du tun mußt, um meine Begierde zu wecken; und wenn du mir diese ... Treulosigkeit verzeihst, kann ich vielleicht an Partner aus meiner Vergangenheit denken, um dir ein Kind zu schenken.«

»Aber, Zdorab ... ich will nicht, daß du *mir* ein Kind schenkst«, sagte sie. Sie wußte nicht genau, wie sie es erklären sollte, da dieser Gedanke ihr gerade erst gekommen war, doch die Worte kamen klar und deutlich über ihre Lippen. »Ich will, daß *wir* ein Kind haben.«

»Ja«, sagte er. »Das ist auch meine Absicht. Ich werde unserem Kind ein Vater sein – *das* muß ich nicht vortäuschen. Meine Vorliebe ist ja keineswegs erblich. Wenn wir einen Sohn bekommen, muß er nicht unbedingt ... wie ich sein.«

»Ach, Zodja«, sagte sie, »weißt du nicht, daß ich mir wünsche, unsere Söhne wären in vielerlei Hinsicht *genau* wie du?«

»Söhne?« sagte er. »Versuche nicht, Fische zu fangen, bevor du am Meer bist, meine liebe Schedja. Wir wissen nicht, ob uns dies ein einziges Mal gelingt, geschweige denn so oft, wie es nötig ist, daß du tatsächlich ein Kind empfängst. Vielleicht ist es ja für uns beide so schrecklich, daß wir es nie wieder versuchen wollen.«

»Aber du *wirst* es einmal versuchen?«

»Ich werde es versuchen, bis wir Erfolg haben oder du mir sagst, daß wir den Versuch beenden sollen.« Er beugte sich zu ihr und küßte sie auf die Wange. »Am schwersten wird dabei für mich sein, daß ich dich in meinem Herzen für meine liebste Schwester halte. Mit dir zu schlafen, kommt mir vielleicht wie Inzest vor.«

»Ach, versuche, nicht so zu empfinden«, sagte sie. »Mit diesem Problem müssen wir uns nur befassen, wenn sich ein Kind von Luet in ein Kind von Huschidh verliebt – doppelte Vettern ersten Grades! Du und ich, wir sind genetisch weit entfernt voneinander.«

»Und uns doch so nah«, sagte er. »Hilf mir, dies für dich zu tun. Wenn es uns gelingt, wird es uns so viel Freude bringen. Doch welche Freude könnte es uns je bringen, wenn wir davonlaufen, uns von unseren Freunden davonstehlen, uns trennen, der Überseele trotzen? Nein, das ist die beste Möglichkeit, Schedja. Bleib bei mir!«

Nafai fand das Holz problemlos – die Überseele wußte genau, welche Vegetation in dieser Gegend wuchs und welche Hölzer die Bogenmacher anderer Städte und Kulturen benutzten. Die Überseele konnte Nafais Händen allerdings keine Geschicklichkeit eingeben. Nicht, daß Nafai unnatürlich unbeholfen gewesen wäre. Aber er hatte nie mit Holz gearbeitet oder mit Messern, abgesehen vom Ausnehmen und Zerlegen von Wild. So ruinierte er zwei fast fertiggestellte Bogen. Inzwischen brach der Abend herein, und der Bogen verursachte ihm solche Probleme, daß er noch keinen einzigen Pfeil hergestellt hatte.

Du kannst nicht in einer Stunde lernen, wozu andere ein ganzes Leben brauchen.

Sprach die Überseele in seinem Verstand, als dieser Gedanke kam? Oder war es die Stimme der Verzweiflung?

Nafai saß mutlos auf einem flachen Stein. Das dritte Stück Bogenholz lag auf seinen Knien, und in der Hand hielt er ein eben erst gewetztes und scharfes Messer. Aber er wußte kaum mehr darüber, wie man Holz bearbeitete, als am Anfang – er hatte lediglich einen Katalog von Möglichkeiten erstellt, wie Messer abgleiten und Holz beschädigen konnten oder wie Holz an den falschen Stellen oder im falschen Winkel zersplitterte. Er war nicht mehr so frustriert gewesen, seit die Überseele ihm Vaters Traum eingegeben und ihn fast in den Wahnsinn getrieben hatte.

Als er an dieses Erlebnis dachte, erschauderte er. Doch dann wurde ihm klar, daß darin auch eine gewisse Möglichkeit lag ...

»Überseele«, flüsterte er. »Es gibt auf dieser Welt meisterliche Bogenmacher. In diesem Augenblick schnitzt bestimmt einer davon ein Stück Holz in die richtige Form.«

›Keiner mit so primitiven Werkzeugen, wie sie dir zur Verfügung stehen‹, sagte die Überseele in seinem Verstand.

»Dann suche einen und gib ihm die Idee ein, einen Bogen mit einem einfachen Messer zu schnitzen. Und dann versetze seine Gedanken, seine Bewegungen in meinen Geist. Gib mir das richtige Gefühl dafür.«

›Es wird dich in den Wahnsinn treiben.‹

»Suche in deinen Speichern einen Bogenmacher, einen, der *immer* so gearbeitet hat – in vierzig Millionen Jahren muß es doch einen gegeben haben, der das Gefühl des Messers geliebt hat, der einen Bogen schnitzen konnte, *ohne dabei zu denken.*«

›Ah ... ohne zu denken ... reine Gewohnheit, reiner Reflex ...‹

»Vater hat sich in seinem Traum so eindringlich auf alles konzentriert – deshalb konnte ich es nicht ertragen, seine Erinnerungen in meinem Verstand zu haben. Aber ein Bogenmacher, der mit den Händen arbeitet, ohne dabei nachzudenken ... Gib mir dessen Geschick ein. Laß mich wissen, wie es sich anfühlt, damit auch ich diese Reflexe habe.«

›Ich habe so etwas noch nie versucht. Ich wurde nicht zu diesem Zweck entworfen. Vielleicht treibt es dich trotzdem in den Wahnsinn.‹

»Vielleicht bringt es uns aber einen Bogen«, sagte Nafai. »Und wenn es mir nicht gelingt, einen Bogen zu schnitzen, ist diese Expedition vorbei.«

›Ich werde es versuchen. Gib mir Zeit. Es dauert eine Weile, in all den Jahren des menschlichen Lebens auf Harmonie einen Mann zu finden, der so unbekümmert gearbeitet hat ...‹

Also wartete Nafai. Eine Minute, zwei Minuten. Und dann überkam ihn ein seltsames Gefühl. Ein Prickeln, eigentlich nicht in seinen Armen, sondern in der *Vorstellung,* die er selbst von seinen Armen hatte. Der Drang, die Muskeln zu bewegen, sich an die Arbeit zu machen. Es ist soweit, dachte Nafai, die Erinnerung der Muskeln, der Nerven, und ich muß lernen, sie zu empfangen, meinen Körper von den Händen und Fingern, Gelenken und Armen eines anderen Menschen führen zu lassen.

Er verlagerte das Messer in seiner Hand, bis es sich bequem anfühlte. Und dann zog er das Messer über die Oberfläche des Holzes, drang nicht mit der Klinge ein, bekam nur ein Gefühl für den Schößling. Und dann endlich wußte er – oder besser gesagt, fühlte er –, wann das Holz die Klinge einlud, in seine Oberfläche einzudringen, die dünne Rinde abzuschälen. Er zog das Messer durch das Holz, wie ein Fisch sich durch das Meer bewegte, fühlte den Widerstand des Holzes und lernte davon, fand die harten Stellen, die weichen und arbeitete um sie herum, gab nach, wo zuviel Druck das Holz zersplittern lassen würde, griff hart zu, wo das Holz nach der Disziplinierung durch die Klinge schrie.

Die Sonne war untergegangen, und der Mond ging gerade auf, als er fertig war. Aber der Bogen war glatt und wunderschön.

Grünes Holz, also wird es seine Spannkraft nicht lange behalten.

Woher weiß ich das? dachte Nafai und lachte dann über sich. Woher habe ich irgend etwas davon gewußt?

Wir können die Schößlinge sammeln, die wir brauchen, und aus einem Teil sofort Bögen machen, andere aber aufbewahren, damit sie altern und die Bögen, die wir später daraus anfertigen werden, auch halten. Es gibt auf unserem Weg nach Süden genug Wälder, die unseren Zwecken genügen. Wir müssen nicht einmal hier verweilen, um Holz zu sammeln.

Vorsichtig entrollte er ein Ende der Schnur, die Luet ihm gegeben hatte, und befestigte sie an dem dafür vorgesehenen schmalen Haken, den er an dem einen Ende des Bogens geschnitzt hatte. Dann zog er die Schnur den Bogen entlang zum anderen Ende, schlang sie um den anderen Haken und befestigte sie auch dort. Die Schnur war so straff, daß sie ständig unter Spannung stand und nicht wackeln würde, wenn er einen Pfeil abschoß, sondern sich augenblicklich wieder strammzog, so daß der Pfeil auch sein Ziel finden würde. Es fühlte sich richtig an, als hätte er es schon tausendmal getan, und er verknotete geschickt die Schnur und schnitt den überschüssigen Rest ab.

»Wenn ich darüber nachdenke, was ich tue«, flüsterte er der Überseele zu, »kann ich es nicht mehr.«

›Weil es ein Reflex ist‹, kam die Antwort in seinen Sinn. ›Er geht tiefer als Gedanken.‹

»Aber werde ich mich daran erinnern? Es den anderen beibringen können?«

›Du wirst dich an einen Teil davon erinnern. Du wirst Fehler machen, aber es wird dir wieder einfallen, denn jetzt ist das Wissen auch tief in *deinem* Verstand. Du kannst vielleicht nicht erklären, was du tust, aber die anderen können dich beobachten und so lernen.‹

Der Bogen war fertig. Er nahm die Schnur wieder ab und begann mit den Pfeilen. Die Überseele hatte ihn zu einem Ort geführt, an dem viele Vögel nisteten – dort gab es jede Menge Federn. Und die kurzen, geraden Pfeilschäfte machte er aus dem harten Schilfrohr, das um einen Teich wuchs. Und die Pfeilspitzen aus dem Obsidian, das aus der Seite eines Hügels bröckelte. Er sammelte alles ein, ohne eine Ahnung zu haben, was er damit anfangen wollte; doch nun strömte das Wissen einfach aus seinen Fingern, ohne je sein Bewußtsein zu erreichen. Bei Anbruch der Dämmerung würde er den Bogen und die Pfeile haben und vielleicht noch ein paar Stunden schlafen können. Dann würde das Tageslicht und seine wirkliche Probe kommen: Er mußte seine Beute aufspüren, verfolgen, töten und nach Hause bringen.

Und wenn es mir gelingt ... was dann? Ich werde der Held sein, triumphierend ins Lager zurückkehren mit dem Blut meiner Beute an meinen Händen, auf meiner Kleidung. Ich werde derjenige sein, der Fleisch beschaffen konnte, als es keinem anderen möglich war. Ich werde dafür sorgen, daß die Expedition fortgesetzt wird. Ich werde Velikoduschnu sein, der Retter meiner Familie und Freunde, und alle werden wissen, daß ich, als sogar mein Vater vor der Reise zurückschreckte, eine Möglichkeit fand, sie fortzusetzen, und wenn wir zwischen den Sternen reisen und der Fuß eines Menschen wieder den Boden der Erde betritt, dann wird es *mein* Triumph sein, weil ich diesen Bogen gemacht habe, diese Pfeile, und weil ich den Frauen Fleisch brachte ...

Dann, mitten in seinem eingebildeten Triumph, ein anderer Gedanke: Von da an wird man mich für alles verantwortlich machen, was schiefgeht. Mir wird man jedes Unglück auf unserer Reise zuschieben. Es wird *meine* Expedition sein, und selbst Vater wird mich als Führer anerkennen. An diesem Tag wird Vater unwiederbringlich geschwächt werden. Wer wird uns dann führen? Bis jetzt wäre die Antwort klar gewesen: Elemak. Wer könnte ihn schon herausfordern? Wer würde einem anderen folgen, abgesehen von den wenigen, die alles tun, was die Überseele verlangt? Doch wenn ich nun als Held zurückkehre, werde ich imstande sein, Elemak herauszufordern. Nicht, ihn zu überwältigen. Nur herausfordern. Ich werde lediglich stark genug sein, um die Gruppe zu zerreißen. Ganz gleich, wer gewinnt, es wird nur zu Verbitterung führen, vielleicht sogar zu Blutvergießen. Wenn die Expedition Erfolg haben will, darf ich es nicht dazu kommen lassen.

Also kann ich nicht als Held zurückkehren. Ich muß eine Möglichkeit finden, das Fleisch zurückzubringen, das wir zum Überleben brauchen, ohne dabei – Vaters Position zu schwächen.

Und während er darüber nachdachte, setzten seine Finger und Hände die Arbeit fort, fanden unweigerlich das geradeste Schilf und kerbten es für die Sehne ein, schnitten geschickt Spiralen für die Federn und brachten am anderen Ende die kleinen Pfeilspitzen aus Obsidian an.

Zdorab lag erschöpft und schwitzend neben Schedemei. Die schiere körperliche Anstrengung hätte es fast zunichte gemacht. Wie konnte ihr – und in gewisser Weise auch ihm – etwas, das ihnen beiden so wenig Vergnügen bereitete, so wichtig sein? Und doch hatten sie es geschafft, trotz des anfänglichen Desinteresses seines Körpers. Ihm fiel etwas ein, das ein alter Geliebter von ihm einmal gesagt hatte – letztlich konnten Männer sich mit jedem Geschöpf paaren, das lange genug stillhielt und nicht allzu heftig biß. Vielleicht war dem wirklich so …

Er hatte jedoch irgendwo in seinem Hinterstübchen gehofft, daß, wenn er endlich einmal mit einer Frau geschlafen hatte, irgendein Teil seines Gehirns, irgendeine Drüse in seinem Körper aufwachen und er denken würde: Aha, *so* geht das also. Dann wäre die Zeit seiner Isolation vorbeigewesen, und sein Körper würde seinen Platz im Plan der Natur kennen. Aber die Wahrheit sah so aus, daß die Natur keinen Plan hatte. Sie bestand nur aus einer Reihe von Zufällen. Eine Spezies ›funktionierte‹, wenn sich genug ihrer Mitglieder so eifrig und oft reproduzierten, daß sie erhalten blieb; da spielte es keine Rolle, wenn ein unbedeutender Prozentsatz – *mein* Prozentsatz, dachte Zdorab verbittert – seine Fortpflanzungspflichten vernachlässigte. Die Natur ließ sich nicht mit einem Kindergeburtstag vergleichen; der Natur war es egal, ob alle teilnahmen. Zdorabs Leiche würde vom Kreislauf der Natur verarbeitet werden, ob seine Gene sich nun vorher reproduziert hatten oder nicht.

Und dennoch. Und dennoch. Obwohl sein Körper keine besondere Freude von Schedemeis empfangen hatte, empfand er Freude auf einer anderen Ebene. Denn er hatte ihr tatsächlich ein Geschenk gemacht. Am Ende hatte die schiere Reibung und Stimulation der Nerven gesiegt und den Reflex ausgelöst, der eine Million hoffnungsvolle halbe zukünftige Menschen in eine Umgebung abgesondert hatte, die sie den einen oder die zwei Tage am Leben erhalten würde, die sie für ihr Rennen zu der anderen Hälfte benötigten, der All-Mutter, dem Unendlichen Ei. Was interessierte es sie schon, ob Zdorab Lust an Schedemei empfunden oder nur seine Pflicht erfüllt hatte, während er sich verzweifelt Phantasien über einen anderen Liebhaber – den eines fortpflanzungsmäßig irrelevanten Geschlechts – hingegeben hatte? Ihr Leben spielte sich auf einer anderen Ebene ab, und auf genau dieser Ebene wurde das große Netz des Lebens, das Schedemei so sehr verehrte, zusammengeflochten.

Ich habe mich schließlich doch noch in diesem Netz verfangen, aus Gründen, die kein Gen planen konnte; ich wurde bei meiner Geburt mit Schmieröl eingerieben, damit ich auf ewig durch dieses Netz schlüpfen konnte, doch ich habe mich trotzdem darin verfangen, ich habe mich *entschieden*, mich fangen zu lassen, und wer kann behaupten, daß ich nicht der bessere Vater bin, denn ich habe aus reiner Liebe gehandelt und nicht aus einem angeborenen Instinkt heraus, der mich im Griff hielt. Man kann sogar sagen, daß ich *gegen* meinen Instinkt gehandelt habe. Das hat doch etwas für sich. Ein Held der Kopulation, ein *wahrer* Umleger, wenn die anderen es nur wüßten. Jeder kann sein Boot bei gutem Wetter ans Ufer steuern; mir ist dies gelungen, indem ich gegen den Wind gesegelt, gegen die Flut gerudert habe.

Hoffentlich schaffen die kleinen Scheißkerle es zum Ei. Schedemei hat gesagt, es wäre für sie eine gute Zeit, ihren Kampf ums Überleben aufzunehmen. Hoffentlich erreicht einer von ihnen – ein starker und stämmiger – sein mikroskopisches Ziel, durchdringt diese Zellwand, vereinigt seine spiralförmige Desoxyribonukleinsäure mit der ihren und wird schon bei unserem ersten Versuch zu einem Baby, so daß ich dies nicht noch einmal durchmachen muß.

Aber wenn ich es noch einmal tun muß, werde ich es auch tun. Für Schedemei.

Er griff nach ihr, fand ihre Hand. Sie wachte nicht auf, aber trotzdem schloß ihre Hand sich leicht um die seine.

Luet konnte nicht schlafen. Sie mußte ständig an Nafai denken, machte sich Sorgen um ihn. Die Überseele versuchte vergeblich, sie zu beruhigen: Er macht sich gut, alles wird in Ordnung kommen.

Erst lange nach Anbruch der Dunkelheit, lange, nachdem Schveja nach dem letzten Stillen eingeschlafen war, fand auch Luet etwas Schlaf.

Aber er war nicht erholsam. Sie träumte von Nafai, der über schmale Simse glitt und auf steile Felsen kletterte; manchmal hielt er einen Bogen in der Hand, manchmal einen Pulsator, doch in ihrem Traum wurde der Felsen immer steiler, bis er sich schließlich nach innen bog und Nafai wie ein Insekt an der Unterseite einer Klippe klebte und schließlich den Halt verlor und abstürzte ...

Und sie wurde halbwegs wach, begriff, daß es ein Traum gewesen war, drehte ungeduldig ihr verschwitztes Kissen um und versuchte, wieder einzuschlafen.

Bis ein Traum kam, in dem Nafai nicht starb. Statt dessen war er in einem Raum, der vor Silber leuchtete, vor Chrom, vor Platin, vor Eis. In ihrem Traum lag er auf einem Eisblock, und die Wärme seines Körpers schmolz sich hinein, und er sank immer tiefer, bis er in dem Eis lag und es sich über ihm schloß und wieder gefror. Was ist das für ein Traum? dachte sie. Und dann: Ich weiß, daß ich träume. Bedeutet dies, daß ich wach bin? Und warum hört der Traum nicht auf, wenn ich wach bin?

Er hörte nicht auf. Statt dessen sah sie, daß Nafai nicht starr in dem Eis lag, sondern immer tiefer sank. Nun neigten sich sein Rücken und die Hinterbacken, die Waden und Fersen, die Ellbogen und Fingerspitzen und der Hinterkopf dem Grund des Eisblocks entgegen, und sie dachte: Was hält das Eis einfach so mitten in der Luft? Warum hält es nicht auch Nafai fest? Sein Körper rutschte immer tiefer, und dann fiel er hinaus, stürzte vielleicht einen Meter tief auf den glänzenden Boden. Er öffnete die Augen, als habe er geschlafen, während er durch das Eis glitt. Er rollte sich unter dem Block hervor, aus dessen Schatten hinaus, und als er sich ins Licht erhob, sah sie, daß sein Körper nicht mehr so wie früher war. Dort, wo das Licht auf ihn fiel, leuchtete seine Haut hell, als wäre sie mit einer hauchdünnen Schicht desselben Materials überzogen, aus dem auch die Wände bestanden. Wie eine Rüstung. Wie eine neue Haut. Sie funkelte so ... Und dann erkannte sie, daß diese Schicht nicht das Licht reflektierte, sondern selbst ausstrahlte. Was auch immer er jetzt trug, es zog seine Energie aus Nafais Körper, und wann immer er an einen Teil seines Körpers dachte, ihn bewegte oder auch nur ansah, funkelte er hell auf.

Sieh ihn an, dachte Luet. Er ist zu einem Gott geworden, nicht nur zu einem Helden. Die Überseele leuchtet aus ihm. Er ist der Körper der Überseele.

Aber das ist Unsinn. Die Überseele ist ein Computer und braucht keinen Körper aus Fleisch und Blut. Ganz im Gegenteil – in einem menschlichen Körper würde sie ihr gewaltiges Gedächtnis verlieren und ihre lichtschnelle Geschwindigkeit.

Dennoch funkelte Nafais Körper vor Licht, wenn er sich bewegte, und sie wußte, daß er den Körper der Überseele trug, obwohl es nicht den geringsten Sinn für sie ergab.

In dem Traum sah sie, daß er zu ihr kam und sie umarmte, und als sie ihn berührte, umschloß die funkelnde Rüstung, die er trug, nun auch sie, so daß auch sie Licht ausstrahlte. Ihre Haut fühlte sich nun so lebendig an, als wäre jeder Nerv mit dem moleküldünnen Material, das sie wie Schweiß umgab, verbunden worden. Und ihr wurde klar: Überall dort, wo es funkelt, wurde tatsächlich ein Nerv mit dieser Lichtschicht verbunden. Sie löste sich von Nafai, und die neue Haut blieb bei ihr, obwohl sie nicht durch das Eis geglitten war, von dem er sie bekommen hatte. Ich trage jetzt seine Haut, dachte sie, und: Auch ich trage nun den Körper der Überseele, und ich lebe jetzt zum erstenmal.

Was hat dieser Traum nur zu bedeuten?

Doch da sie die Frage in einem Traum stellte, bekam sie auch nur eine Traumantwort: Sie sah, wie der Traum-Nafai und ihr Traum-Ich miteinander schliefen, so leidenschaftlich, daß sie vergaß, daß es nur ein Traum war, und sich in der Ekstase verlor. Und als sie sich gepaart hatten, sah sie, wie der Bauch ihres Traum-Ichs wuchs, bis ein Baby zwischen ihren Beinen hervorglitt und leuchtend in Nafais Arme rutschte, denn auch das Kind war mit der neuen Haut überzogen und lebendig vor Licht. Ah, das Kind war schön, so schön.

›Wach auf!‹

Sie hörte es wie eine Stimme, so klar und deutlich war es.

›Wach auf!‹

Sie setzte sich kerzengerade auf, hielt nach dem Sprecher Ausschau, versuchte die Stimme zu erkennen, die in ihrem Gedächtnis verweilte.

›Steh auf.‹

Es war gar keine Stimme. Es war die Überseele. Aber warum unterbrach die Überseele ihren Traum, wenn die Überseele ihn ihr doch geschickt hatte?

›Steh auf, Wasserseherin, steh leise auf und gehe im Mondschein zu dem Ort, an dem Vas seine Frau und seinen Rivalen töten will! Auf dem Felsvorsprung, der Nafai das Leben gerettet hat, mußt du auf sie warten.‹

Aber ich bin zu schwach, um ihn aufzuhalten, wenn er Mord in seinem Herzen hat.

›Es genügt, daß du dort bist. Aber du *mußt* dort sein, und du mußt sofort gehen, denn er hält jetzt Wache und glaubt, daß er und Sevet als einzige wach sind ... er wird bald an Obrings Zelt kratzen, und dann wird es zu spät sein, dann wirst du es nicht mehr unbeobachtet zu dem Felsen schaffen.‹

Luet glitt durch die Türöffnung ihres Zelts. Sie war so schläfrig, daß sie sich noch immer wie in einem Traum vorkam.

Warum muß ich den Berg hinab? fragte sie verwirrt. Warum kann ich nicht einfach Obring und Sevet sagen, was Vas für sie vorgesehen hat?

›Wenn sie dir glauben, ist Vas als Mitglied dieser Gruppe erledigt. Und wenn sie dir nicht glauben, wird Vas dein Feind sein, und du wirst nie wieder sicher sein. Vertraue mir. Mach es auf meine Weise, und alle werden leben, alle werden leben.‹

Bist du dir da sicher?

›Natürlich.‹

Du kannst die Zukunft genausowenig voraussagen wie ich. Wie sicher bist du dir?

›Die Aussichten auf Erfolg betragen vielleicht sechzig Prozent.‹

Oh, wunderbar. Und was ist mit den vierzig Prozent Aussichten auf Mißerfolg?

›Du bist eine so intelligente Frau, du wirst improvisieren, du wirst es schon schaffen.‹

Ich wünschte, ich hätte so viel Vertrauen zu mir, wie du in mich zu setzen scheinst.

›Der einzige Grund dafür, daß du nicht dieses Vertrauen hast, besteht darin, daß du dich nicht so gut kennst, wie ich dich kenne.‹

Du kannst meine Gedanken lesen, liebe Überseele, aber du kannst mich nie kennen, denn du kannst einfach nicht so fühlen, wie ich fühle, oder so denken, wie ich denke.

›Glaubst du etwa, das wüßte ich nicht, du prahlerischer

Mensch? Mußt du mich deshalb verspotten? Geh den Berg hinab! Sei dabei vorsichtig. Der Pfad ist im Mondlicht zwar gut zu sehen, aber trügerisch. Obring ist jetzt wach; du hast es gerade noch rechtzeitig geschafft. Nun bleibe ihnen voraus, so weit, daß sie dich nicht hören oder sehen können.‹

Elemak hatte bemerkte, daß Sevet und Obring zusätzliche Wasserflaschen an sich genommen hatten. Er wußte sofort, was dies zu bedeuten hatte – sie beabsichtigten, nach Dorova zu fliehen. Andererseits konnte er einfach nicht glauben, daß *diese beiden* den Plan ausgearbeitet hatten – sie sprachen nicht einmal privat miteinander, wenn auch nur, weil Kokor dafür sorgte, daß sie dazu keine Gelegenheit bekamen. Nein, es war noch jemand darin verwickelt, jemand, der bei solchen Täuschungen geschickter vorging, so daß Elemak *dessen* Diebstahl einer zusätzlichen Wasserflasche nicht bemerkt hatte.

Und dann, kurz vor Anbruch der Nacht, meldete Vas sich freiwillig für die verhaßte Spätwache, die vorletzte vor dem Morgen. Obring hatte bereits die letzte Wache übernommen. Man mußte kein Genie sein, um sofort zu wissen, daß sie während Vas' Wache aufbrechen wollten. Narren! Glaubten sie etwa, es mit zwei Wasserflaschen pro Person den Berg hinab und über den wasserlosen Sand des Strandes um die Bucht herum zu schaffen? Nicht, wenn sie ihre Kinder mitnahmen.

Sie werden ihre Kinder nicht mitnehmen.

Der Gedanke war so empörend, daß Elemak es fast nicht geglaubt hätte. Doch dann wurde ihm klar, daß es stimmen mußte. Sein Abscheu vor Obring verdoppelte sich. Aber Vas ... er konnte kaum glauben, daß Vas so etwas tun würde. Der Mann liebte seine Tochter abgöttisch. Er hatte sie sogar nach sich benannt – würde er sie nun herzlos zurücklassen?

Nein! Nein, er hat nicht die Absicht, sie zurückzulassen. Obring würde sein Baby im Stich lassen, ja. Obring würde auch Kokor verlassen – er hatte sie während ihrer Ehe ständig betrogen. Aber Vas würde sein Baby nicht im Stich lassen. Er muß ein anderes Motiv haben. Er hat gar nicht vor, mit Sevet und Obring zur Stadt zu fliehen. Ganz im Gegenteil. Er wird uns sagen, daß Sevet und Obring zur Stadt flohen, als er sich nach seiner Wache schlafen legte. Daß er ihnen den Berg hinab gefolgt ist, um sie aufzuhalten, doch nur noch ihre zerschmetterten Leichen fand, am Fuß einer Klippe.

Woher weiß ich das alles? fragte Elemak sich. Warum ist mir das alles so klar? Und trotzdem bezweifelte er es nicht.

Also meldete er sich für die mittlere Wache, und nachdem er an deren Ende Vas geweckt hatte und in sein Zelt zurückgekehrt war, zwang er sich, nicht einzuschlafen, obwohl er sich hinlegte und die Augen schloß und schwer atmete, als schliefe er, für den Fall, daß Vas nach ihm sah. Aber nein, Vas kam nicht. Er kam nicht, und er ging auch nicht zu Obrings Zelt. Die Zeit schleppte sich dahin, und schließlich schlief Elemak gegen seinen Willen ein. Vielleicht nur einen Augenblick lang. Aber er mußte geschlafen haben, denn er schreckte aus dem Schlaf hoch, und sein Herz hämmerte beunruhigt. Etwas ... ein Geräusch. Er setzte sich in der Dunkelheit auf und lauschte. Er hörte, daß neben ihm Eiadh und Proja atmeten; sonst konnte er kaum etwas vernehmen. So leise wie möglich stand er auf, ging zur Tür seines Zelts und trat hinaus. Vas hielt nicht mehr Wache, und sonst auch niemand.

Leise, ganz leise, ging er zu Vas' Zelt. Er war fort, und Sevet auch – aber das Baby Vasnaminanja lag noch dort. Elemaks Herz füllte sich mit Zorn über diese ungeheuerliche Tat. Was auch immer Vas beabsichtigte – entweder wollte er seine Tochter im Stich lassen oder die Mutter des Kindes töten –, es war unaussprechlich.

Ich werde ihn finden, dachte Elemak, und dann wird er dafür bezahlen. Ich weiß, daß uns auf dieser Reise Narren begleiten, Narren und Dummköpfe und Schwächlinge, aber ich habe nicht gewußt, daß auch ein so grausamer Mensch darunter ist. Ich habe nie gewußt, daß Vas zu so etwas fähig ist. Ich glaube, ich habe Vas nie richtig gekannt. Und ich werde ihn auch nicht kennenlernen, denn sobald ich ihn finde, wird er sterben.

Es war so leicht, sie den Berg hinab zu führen. Sie hatten völliges Vertrauen in ihn. Das war der Lohn dafür, daß er über ein Jahr lang so getan hatte, als würde ihm ihr Betrug an ihm nichts ausmachen. Hätte er – einmal abgesehen davon, daß er Obring ziemlich kühl behandelte – auch nur einen Funken Zorn gezeigt, hätte nicht die geringste Aussicht bestanden, daß der Mann ihm so sehr vertraute, daß er sich nun wie ein Mastschwein zum Schlachter führen ließ. Doch Obring vertraute ihm tatsächlich, und Sevet auf ihre verdrossene Art ebenfalls.

Der Pfad selbst war ziemlich schwierig – mehr als einmal mußte er ihnen bei problematischen Stellen helfen. Doch im Mondschein sahen sie nicht, *wie* gefährlich er war, und wann immer es verzwickt wurde, wartete er und half ihnen. Er nahm ganz vorsichtig Sevets Hand und führte sie ein besonders steiles Stück hinab oder zwischen zwei Felsen hindurch. Oder er flüsterte: »Siehst du den Ast, an dem du dich festhalten mußt, Obring?« Und Obring antwortete »Ja!« oder nickte, ich sehe ihn, ich komme damit klar, Vas, denn ich bin ein *Mann.* Wie lachhaft. Was für einen Streich spiele ich diesem Obring, der so pathetisch stolz darauf ist, Teil dieses großen Plans zu sein. Wie werde ich weinen, wenn wir die Leichen schließlich wieder den Berg hinauftragen. Wie werden die anderen um mich weinen, wenn ich meine kleine Tochter in den Armen halte, ihr von ihrer toten Mutter erzähle, und daß sie jetzt nur noch mich hat. Eine Halbwaise – aber nach ihrem Vater benannt. Und ich werde sie so erziehen, daß kein Wesenszug ihrer betrügerischen Mutter in ihr verbleibt. Sie wird eine ehrenhafte Frau sein, wird nie einen guten Mann betrügen, der ihr *alles* verziehen hätte, nur nicht, daß sie ihren Körper dem Mann ihrer eigenen Schwester gibt, diesem verachtenswerten, schleimigen kleinen gesellschaftlichen Emporkömmling. Du hast zugelassen, daß er seine kleine Blechdose in dich entleert, Sevet, meine Liebe, und deshalb werde ich dich töten.

»Hier ist die Stelle, an der Nafai und ich übersetzen wollten«, flüsterte er ihnen zu. »Seht ihr, wie wir über diesen kahlen Felsen gehen mußten, der nun im Mondschein leuchtet?«

Obring nickte.

»Aber der Felsvorsprung, der sein Leben gerettet hat, ist der wirkliche Pfad«, sagte Vas. »Wir müssen noch eine schwierige Stelle überwinden – es geht vielleicht zwei Meter tief hinab –, doch dann können wir gefahrlos an der Klippe entlanggehen, und danach erreichen wir das flache Reststück, das direkt zum Strand führt.«

Sie folgten ihm an der Stelle vorbei, von der aus er stumm Nafais Kampf beobachtet hatte. Nun würde er ihnen auf den Felsvorsprung hinabhelfen. Doch er würde ihnen nicht folgen. Statt dessen würde er Obring gegen den Kopf treten und ihn hinabstürzen. Dann würde Sevet alles begreifen. Dann würde Sevet wissen, weshalb er sie hierher geführt hatte. Und sie würde ihn – endlich – um Vergebung bitten. Sie würde ihn um Verständnis anflehen, sie würde weinen und schluchzen. Und seine Antwort würde darin bestehen, die schwersten Steine zu nehmen, die es hier gab, und sie auf sie zu werfen, bis sie den Felsvorsprung entlanglief. Er würde sie zu der schmalen Stelle treiben und so lange Steine werfen, bis sie stolperte oder von einem Treffer aus dem Gleichgewicht gebracht wurde. Dann würde sie fallen und schreien, und er würde das Geräusch hören und für immer in seinem Herzen bewahren.

Dann würde er natürlich den richtigen Pfad hinabsteigen und ihre Leichen finden, dort, wo der Pulsator gelegen hatte. Sollte einer von ihnen noch leben, würde er ihm das Genick brechen, notfalls auch beiden – es würde niemanden überraschen, wenn sie sich bei solch einem Sturz das Genick gebrochen hatten. Aber er bezweifelte, daß sie überleben würden. Es ging tief hinab. Der Pulsator war völlig zerstört worden. Diese lästige kleine Pißnelke Nafai wäre genauso zerschmettert worden, wäre er nicht auf dem von oben unsichtbaren Vorsprung gelandet. Ach was, Nafai war nur ein Ärgernis – Vas war es gleichgültig, ob er lebte oder starb, solange nur alle Pulsatoren vernichtet wurden und sie in die Zivilisation zurückkehren mußten. Und nun hatte er sogar *vor* ihrer Rückkehr Gelegenheit zu seiner Rache, und niemand würde ihn verdächtigen. »Ich vermute, sie haben gehört, daß ich ihnen folgte, denn sie gingen viel zu schnell, besonders, wenn man bedenkt, daß es dunkel war. Und dann sah ich, daß sie auf diesen Felsvorsprung zuhielten. Ich wußte, wie gefährlich er war, ich rief ihnen eine Warnung zu, aber sie haben mich wohl nicht verstanden. Oder sie wollten mich nicht hören. Gott stehe mir bei, aber ich habe sie geliebt! Die Mutter meines Kindes!« Ich werde sogar eine Träne um sie vergießen, und sie werden mir glauben. Was bleibt ihnen anderes übrig? Jeder weiß, daß ich ihren Ehebruch schon vor langem verziehen und vergeben habe.

Ich bin kein sehr fordernder Mann. Ich verlange von anderen keine Perfektion. Ich tue meine Arbeit und komme mit allen zurecht. Aber wenn jemand mich wie einen Wurm behandelt, als würde es mich gar nicht geben, als würde ich einfach *keine Rolle spielen*, nein, dann vergebe ich nicht, niemals, nie, dann warte ich einfach die richtige Gelegenheit ab, und dann werden sie feststellen: Ich *spiele* eine Rolle, und mich zu verachten war der schlimmste Fehler ihres Lebens. Das wird Sevet denken, wenn die Steine sie treffen und sie nirgendwo hin fliehen kann, nur in den Abgrund und ihren Tod: Wäre ich ihm doch nur treu gewesen, dann würde ich leben und könnte meine Tochter großziehen.

»Hier«, sagte er. »Das ist die Stelle, an der wir uns auf den tieferen Vorsprung hinablassen müssen.«

Sevet war eindeutig mulmig zumute, und Obring setzte eine Maske der Tapferkeit auf, die seine Furcht so deutlich zeigte, als hätte er sich in die Hose gemacht und gejammert. Was er ja auch bald tun würde. »Kein Problem«, sagte er.

»Sevet zuerst«, sagte Vas.

»Warum ich?« fragte sie.

»Weil wir beide dich sicherer hinablassen können«, sagte Vas. Und hauptsächlich, weil ich dann Obring gegen den

Kopf treten kann, sobald ich *ihn* hinabgelassen habe, und du dann schon auf dem Felsvorsprung gefangen bist, wo du alles sehen, aber nichts mehr tun kannst.

Es würde funktionieren. Sevet kauerte sich am Rand des Vorsprungs nieder und wollte sich schon umdrehen, damit die beiden Männer sie hinablassen konnten. Und dann erklang diese andere Stimme, diese unerwartete, schreckliche Stimme.

»Die Überseele verbietet dir, dort hinabzusteigen, Sevet.«

Sie alle drehten sich um, und dort stand sie, im Mondschein strahlend. Ihr weißes Gewand flatterte ein wenig im Wind, der dort unten stärker wehte.

Wie konnte sie es wissen? dachte Vas. Wie konnte sie wissen, daß sie hierher kommen würde? Ich dachte, die Überseele wäre damit einverstanden – einfache Gerechtigkeit! Hätte die Überseele nicht gewollt, daß er dies tat, hätte sie ihn doch schon längst aufhalten können. Warum ausgerechnet *jetzt*, so dicht vor dem Ziel? Nein, er würde sich nicht aufhalten lassen. Es war zu spät. Nun würden *drei* Leichen auf dem Grund der Schlucht liegen statt nur zwei. Und er würde nicht wieder den Berg hinaufsteigen, sondern die drei Wasserflaschen nehmen und nach Dorova fliehen. Er würde dort ankommen und schon längst wieder weg sein, bevor man ihn unter Anklage stellen konnte. Und in Seggidugu oder Potokgavan, wohin auch immer er dann ging, würde er alles abstreiten. Es *gab* keine Zeugen, und keiner dieser Leute hatte einen herausragenden Ruf. Er würde seine Tochter verlieren – aber das war die gerechte Strafe dafür, Luet getötet zu haben. Alles würde seinen Ausgleich finden. Er würde dem Universum keine Rache schuldig bleiben, und das Universum würde ihm keine Rache schuldig bleiben. Alles würde ausgeglichen und gerecht und gut sein.

»Du kennst mich, Sevet«, sagte Luet. »Ich spreche als Wasserseherin zu dir. Wenn du auf diesen Vorsprung hinabsteigst, wirst du dein Kind nie wiedersehen, und in den Augen der Überseele gibt es für eine Mutter kein größeres Verbrechen als das, ihr Kind aufzugeben.«

»Wie *deine* Mutter dich und Huschidh aufgegeben hat?«

sagte Vas. »Erspare uns deine Lügen über Verbrechen in den Augen der Überseele. Die Überseele ist ein Computer, den ein paar alte Vorfahren darauf programmiert haben, auf uns aufzupassen, mehr nicht – das sagt sogar dein eigener Gatte, nicht wahr? Meine Frau ist nicht so abergläubisch, daß sie dir Glauben schenken würde.«

Nein, nein, er hätte nicht so viel sagen sollen. Er hätte *handeln* müssen. Er hätte drei Schritte machen und die schwache Frau von dem Sims stoßen sollen. Sie konnte ihm keinen Widerstand leisten. Wenn die anderen dann sahen, daß er einen Mord begangen hatte, würden sie ihm nur um so bereitwilliger gehorchen und sich auf den Weg machen – in die Sicherheit, in die Stadt, wie sie *glaubten*. Es war dumm, mit ihr zu streiten. Er war dumm!

»Die Überseele hat euch drei ausgesucht, zu ihrer Gruppe zu gehören«, sagte Luet. »Ich sage euch, wenn ihr jetzt auf diesen Vorsprung steigt, wird keiner von euch mehr das Tageslicht sehen, kein einziger.«

»Eine Prophezeiung?« sagte Vas. »Ich wußte nicht, daß auch so etwas zu deinen zahlreichen Talenten gehört.« Töte sie jetzt! schrie er innerlich, doch sein Körper gehorchte ihm einfach nicht.

»Die Überseele sagt mir, daß Nafai seinen Bogen und die Pfeile gemacht hat und sie geradeaus fliegen und ihr Ziel finden. Diese Expedition wird fortgesetzt, und ihr werdet sie mit uns fortsetzen«, sagte sie. »Wenn ihr jetzt zurückkehrt, werden eure Töchter nie erfahren, daß ihr sie einmal im Stich gelassen habt. Die Überseele wird das Versprechen erfüllen, das sie euch gegeben hat – ihr werdet ein Land des Überflusses erben, und eure Kinder werden eine große Nation bilden.«

»Wann hat man *mir* solche Versprechungen gemacht?« sagte Obring. »Für Volemaks Söhne mag das zutreffen, ja – aber nicht für *mich*. Für mich geht es nur darum, Befehle auszuführen und mich anschreien zu lassen, wenn ich nicht alles so tue, wie König Elemak es sagt.«

»Hör auf zu jammern«, sagte Vas. »Siehst du nicht, daß sie uns alle umgarnen will?«

»Die Überseele hat mich hierher geschickt, um euer Leben zu retten«, sagte Luet.

»Das ist eine Lüge«, sagte Vas. »Und du weißt, daß es gelogen ist. Mein Leben war keinen Augenblick lang in Gefahr.«

»Ich sage dir, hättest du deinen Plan ausgeführt, Vas, hättest du keine fünf Minuten mehr gelebt.«

»Und wie wäre dieses Wunder geschehen?« fragte Vas.

Und in diesem Augenblick erklang hinter ihm Elemaks Stimme, und er wußte, daß alles verloren war.

»Ich hätte dich getötet«, sagte Elemak. »Mit bloßen Händen.«

Vas wirbelte herum, wütend und – ausnahmsweise – nicht imstande, seinen Zorn im Zaum zu halten. Warum *sollte* er ihn auch mäßigen? Nun, da Elemak hier war, war er so gut wie tot – warum sollte er seine Verachtung also nicht offen äußern? »Das würdest du?« schrie er. »Glaube ja nicht, du wärst mir gewachsen! Du warst mir nie gewachsen! Ich habe ständig deine Pläne durchkreuzt! Und du bist nie darauf gekommen, hast es nicht einmal *vermutet*! Du Narr, du brüstest dich, daß nur du unsere Karawane führen kannst. Und wer hat getan, was du nicht tun konntest, damit wir endlich umkehren?«

»Umkehren? *Du* hast doch nicht ...« Doch da hielt Elemak inne, und Vas sah, wie das Verständnis in seine Augen trat. Jetzt wußte Elja, wer die Pulsatoren zerstört hatte. »Ja«, sagte Elemak. »Es sieht dir hinterlistigem Feigling ähnlich, uns alle in Gefahr zu bringen, meine Frau und meinen Sohn, und wir sind dir nicht auf die Schliche gekommen, weil keinem von uns in den Sinn gekommen ist, daß jemand aus unserer Gruppe so gemein und abscheulich sein könnte, absichtlich die ...«

»Das reicht«, unterbrach Luet ihn. »Sag nichts mehr, oder es wird Anklagen geben, mit denen man sich offen befassen muß, während sie jetzt noch im stillen geregelt werden können.«

Vas begriff sofort. Luet wollte nicht, daß Elemak offen äußerte, Vas habe die Pulsatoren zerstört, nicht vor Obring und Sevet, oder er würde bestraft werden müssen. Und sie wollte nicht, daß er bestraft wurde. Sie wollte nicht, daß er getötet wurde. Luet war die Wasserseherin; sie sprach für die Überseele; und das bedeutete, daß die Überseele ihn nicht sterben lassen wollte.

›Das stimmt.‹

Der Gedanke war so klar wie eine Stimme in seinem Kopf.

›Ich will, daß du lebst. Ich will, daß Luet lebt. Ich will, daß Sevet und Obring leben. Zwinge mich nicht, mich zu entscheiden, wer von euch sterben muß.‹

»Kommt wieder hinauf«, sagte Elemak. »Alle drei.«

»Ich will nicht zurückgehen«, sagte Obring. »Dort erwartet mich nichts. Ich gehöre in die Stadt.«

»Ja«, sagte Elemak, »in einer Stadt kannst du deine Schwäche und Faulheit und Feigheit und Dummheit hinter feinen Kleidern und ein paar Scherzen verbergen, und die Leute halten dich für einen Mann. Aber mach dir keine Sorgen – dafür bleibt noch genug Zeit. Wenn Nafai scheitert und wir in die Stadt zurückkehren ...«

»Aber *sie* sagt, er habe seinen Bogen gemacht«, erwiderte Obring.

Elemak schaute zu Luet hinüber und schien die Bestätigung in ihren Augen zu sehen. »Auch wenn man es geschafft hat, einen Bogen zu machen, kann man noch lange nicht damit umgehen«, sagte er. »Wenn er Fleisch nach Hause bringt, weiß ich, daß die Überseele wahrhaftig bei ihm und stärker ist, als ich es je für möglich gehalten habe. Aber das wird nicht geschehen, Wasserseherin. Dein Gatte wird sein Bestes geben, aber er wird scheitern. Nicht, weil er nicht gut genug, sondern weil es unmöglich ist. Und wenn er scheitert, kehren wir nach Norden und in die Stadt zurück. Du hättest dies nicht tun müssen.«

Vas hörte zu und verstand die wahre Bedeutung des Gesagten. Ob Elemak nun tatsächlich glaubte oder nicht, Nafai würde scheitern, sprach er so, daß Sevet und Obring dachten, es würde sich um nichts weiter als einen Fluchtversuch zur Stadt handeln. Er beabsichtigte nicht, ihnen zu sagen, daß Vas sie hatte töten wollen.

Oder er wußte es vielleicht nicht. Vielleicht wußte Luet es

nicht. Als sie gesagt hatte, alle drei würden sterben, wenn sie auf den Vorsprung hinabstiegen, hatte sie vielleicht gemeint, Elemak würde sie töten, um ihre Flucht zu verhindern. Vielleicht war es noch immer ein Geheimnis.

»Geht den Weg wieder hinauf, den ihr gekommen seid«, sagte Elemak. »Dann wird es keine Bestrafung geben. Wir haben noch Zeit genug bis zum Morgen. Keiner außer uns muß erfahren, was geschehen ist.«

»Ja«, sagte Obring. »Natürlich, es tut mir leid, vielen Dank.«

Er ist so *schwach*, dachte Vas.

Obring ging an Elemak vorbei und stieg den Pfad hinauf. Sevet folgte ihm stumm.

»Geh schon voraus, Luet«, sagte Elemak. »Du hast heute nacht gute Arbeit geleistet. Ich erspare es mir, die Wasserseherin zu fragen, wie sie wissen konnte, daß sie vor ihnen hier sein mußte. Ich sage nur, hättest du sie nicht aufgehalten, hätte es in dieser Nacht Tote gegeben.«

Waren die anderen außer Hörweite? fragte Vas sich. Oder meinte Elemak noch immer, daß er sie getötet hätte – daß er sie eingeholt und für ihren Fluchtversuch bestraft hätte?

Luet ging an ihnen vorbei und folgte den anderen den Berg hinauf. Vas und Elemak waren allein.

»Was hattest du vor?« fragte Elemak. »Wolltest du sie hinabstoßen, während du sie auf den Vorsprung hinabläßt?«

Also wußte er es.

»Wenn du einem von ihnen etwas getan hättest, hätte ich dich auseinandergenommen.«

»Ach ja?« sagte Vas.

Elemaks Hand schoß vor, packte ihn an der Kehle und drückte ihn gegen die Felswand hinter ihm. Vas zerrte an Elemaks Arm, dann an seiner Hand, versuchte, die Finger zurückzubiegen. Er bekam keine Luft, und es tat *weh*. Elemak wollte ihn nicht nur einschüchtern, wollte nicht nur seine Macht demonstrieren, er wollte ihn töten, und Vas geriet in Panik. Gerade, als er nach Elemaks Augen kratzen, ihn irgendwie zwingen wollte, ihn loszulassen, legte Elemak die andere Hand um Vas' Hoden und drückte zu. Der

Schmerz war unbeschreiblich, und doch konnte er nicht schreien oder auch nur stöhnen, weil Elemak seinen Hals zuschnürte. Er mußte würgen, und einem Teil seiner Magensäure gelang es tatsächlich, sich an der Einschnürung vorbeizukämpfen; er schmeckte es im Mund. Das ist der Tod, dachte er.

Elemak drückte ein letztesmal zu, sowohl am Hals als auch an den Hoden, als wolle er ihm beweisen, daß er längst nicht seine gesamte Kraft aufgebracht hatte. Dann ließ er ihn los.

Vas keuchte und jammerte. Der Schmerz zwischen seinen Beinen war, falls dies überhaupt möglich war, noch schlimmer geworden, und auch sein Hals schmerzte, als er Luft einsog.

»Ich habe das nicht vor den anderen getan«, sagte Elemak, »weil ich will, daß du nützlich bleibst. Ich will dich nicht vor den anderen zerbrechen oder erniedrigen. Aber ich will, daß du dich an eins erinnerst. Wenn du deinen nächsten Mord planst, wird Luet dich beobachten, Luet und die Überseele. Und was für dich noch wichtiger ist: Ich werde dich beobachten. Ich lasse dich jetzt keinen Millimeter mehr von der Leine, Vasja, mein Freund. Wenn ich irgendeinen Hinweis entdecke, daß du eine weitere Sabotage oder einen weiteren spitzfindigen kleinen Mord planst, werde ich nicht abwarten, wie die Dinge sich entwickeln, dann komme ich einfach mitten in der Nacht zu dir und breche dir den Hals. Du weißt, du kannst mich nicht aufhalten. Solange ich lebe, wirst du keine Rache nehmen, weder an Sevet und Obring noch an mir. Ich werde dir keinen Eid abverlangen, denn dein Schwur ist Pisse aus deinem Mund. Ich erwarte einfach, daß du mir gehorchst, denn du bist ein verschlagener kleiner Feigling, der schreckliche Angst vor Schmerzen hat, und du wirst dich mir nie, nie wieder entgegenstellen, weil du dich immer daran erinnern wirst, wie du dich jetzt fühlst, in diesem Augenblick.«

Vas hörte all das und wußte, daß Elemak recht hatte, er würde sich ihm nie mehr entgegenstellen, weil er es nicht ertragen konnte, den Schmerz und die Furcht, die er gerade durchgestanden hatte, noch einmal zu erleiden.

Aber ich werde dich *hassen*, Elemak. Und eines Tages! Eines Tages, wenn du alt und schwach und hilflos bist, werde ich die Dinge wieder ins Lot bringen. Ich werde Sevet und Obring töten, und du wirst mich nicht aufhalten können. Du wirst nicht einmal wissen, daß ich es war. Und dann werde ich eines Tages zu dir kommen und sagen, siehst du, ich habe es doch getan. Und du wirst wütend auf mich sein, und ich werde nur lachen, weil du dann hilflos bist. Und in deiner Hilflosigkeit wirst du fühlen, was *ich* gerade gefühlt habe, den Schmerz, die Furcht, die *Panik*, wenn du nicht mehr atmen, nicht einmal einen Schmerzensschrei ausstoßen kannst – oh, du wirst es fühlen Und wenn du dann sterbend dort liegst, werde ich dir sagen, wie der Rest meiner Rache aussieht – daß ich auch all deine Kinder töten werde. Und deine Frau und alle und jeden, den du liebst, und du kannst mich nicht aufhalten. Dann wirst du sterben, und erst dann werde ich zufrieden sein, weil ich weiß, daß dein Tod der schrecklichste war, den man sich nur vorstellen kann.

Aber es besteht kein Grund zu Eile, Elemak. Ich werde jede Nacht davon träumen. Ich werde nie vergessen. Du wirst vergessen. Bis zu dem Tag, an dem ich dich daran erinnere, ganz gleich, wie viele Jahre es auch dauern mag.

Als Vas wieder gehen konnte, zerrte Elemak ihn auf die Füße und schob ihn den Pfad hinauf, der zum Lager führte.

Bei Anbruch der Dämmerung waren alle wieder zurück, und nur diejenigen, die daran teilgenommen hatten, wußten von der Szene, die sich bei Mondschein auf halber Strecke den Berg hinab abgespielt hatte.

Die Sonne war gerade aufgegangen, als Nafai über die Wiese zum Lager schritt. Luet war wach und stillte Schveja, während Zdorab zum Frühstück Zwieback verteilte, den er mit in Zucker eingelegten Früchten bestrichen hatte. Luet sah auf, und da kam er, und das erste Sonnenlicht fing sich in seinem Haar. Sie dachte daran, wie er in ihrem seltsamen Traum ausgesehen hatte, in dem Licht seiner unsichtbaren Metallrüstung funkelnd. Was hatte das zu bedeuten? fragte sie sich. Und dann dachte sie: Was spielt es schon für eine Rolle, was es zu bedeuten hat!

»Warum kommst du zurück?« rief Issib, der auf seinem Stuhl saß und Dazja auf dem Schoß hatte, während Huschidh pinkeln war, oder was auch immer.

Als Antwort hob Nafai den Bogen mit der einen und fünf Pfeile mit der anderen Hand.

Luet sprang auf und lief zu ihm, das Baby noch immer haltend – wenngleich Schveja kurz darauf Luets Brust loslassen mußte und lautstark über all dieses Auf- und Abspringen protestierte, wo sie doch gerade hatte trinken wollen. Das Baby weinte ziemlich laut, doch Luet schenkte ihm keine Beachtung, während sie ihren Mann küßte und ihn mit der freien Hand an sich drückte.

»Du hast den Bogen«, sagte sie.

»Was ist schon ein Bogen?« fragte er. »Die Überseele hat mir erklärt, wie man ihn macht – dazu bedurfte es keinerlei Fertigkeiten. Aber was du zustande gebracht hast ...«

»Du weißt es also?«

»Die Überseele hat es mir in einem Traum gezeigt – ich wachte auf, als er endete, und kam sofort zurück.«

»Also weißt du, daß wir nicht darüber sprechen.«

»Ja«, sagte er. »Nur untereinander. Also darf ich dir sagen, daß du eine großartige Frau bist, die stärkste, tapferste Person, die ich kenne.«

Sie hörte diese Worte gern von ihm, wenngleich sie wußte, daß sie nicht stimmten – sie war gar nicht tapfer gewesen, sondern hatte schreckliche Angst gehabt, daß Vas sie mit den anderen töten würde. Deshalb war sie so erleichtert gewesen, als Elemak kam, daß sie fast geweint hätte. All das würde sie ihm bald erzählen. Doch im Augenblick hörte sie seine Worte der Liebe und der Ehre gern und wußte es auch zu schätzen, daß er den Arm um sie legte, als sie zusammen zum Lager zurückgingen.

»Wie ich sehe, hast du den Bogen, aber kein Fleisch«, sagte Issib.

»Also hast du aufgegeben?« fragte Mebbekew hoffnungsvoll.

»Ich habe bis zum Sonnenuntergang Zeit«, sagte Nafai.

»Warum bist du dann hier?« fragte Elemak.

Alle waren mittlerweile aus den Zelten gekommen, scharten sich um sie und beobachteten sie.

»Ich bin gekommen, weil es keine Leistung ist, einen Bogen gemacht zu haben – das hätte die Überseele jedem von uns beibringen können. Jetzt brauche ich Vater. Er muß mir sagen, wo ich das Wild finde.«

Volemak war überrascht. »Und woher soll ich das wissen, Nafai? Ich bin kein Jäger.«

»Ich muß wissen, wo ich eine Beute finden kann, die so zahm ist, daß ich mich ganz nah an sie heranschleichen kann«, sagte Nafai. »Und wo es so viele Tiere gibt, daß ich mehr finde, wenn ich bei meinen ersten Versuchen nicht treffe.«

»Dann nimm Vas mit, damit er dir eine Fährte sucht«, sagte Volemak.

»Nein«, sagte Elemak schnell. »Nein, Nafai hat recht. Weder Vas noch Obring werden ihn heute morgen als Fährtensucher begleiten.«

Luet wußte genau, warum Elemak *darauf* bestand – aber Volemak war noch immer völlig verwirrt. »Dann soll Elemak dir sagen, wo man eine solche Beute findet.«

»Elemak kennt dieses Land nicht besser als ich«, sagte Nafai.

»Und ich kenne es überhaupt nicht«, sagte Volemak.

»Trotzdem«, sagte Nafai, »werde ich nur dort jagen, wohin du mich schickst. Dies ist zu wichtig, um es dem Zufall zu überlassen. Alles hängt davon ab, Vater. Sag mir, wo ich jagen soll, oder ich habe keine Hoffnung.«

Volemak stand schweigend da und betrachtete seinen Sohn. Luet begriff einfach nicht, warum Nafai dies tat – Volemak hatte ihm noch nie zuvor sagen müssen, wo er nach Wild suchen mußte. Und doch spürte sie, daß es sehr wichtig war – aus irgendeinem Grund hing der Erfolg der Expedition davon ab, daß Volemak entschied, wo die Jagd stattfinden würde.

»Ich werde den Index fragen«, sagte Volemak.

»Danke, Vater«, sagte Nafai. Er folgte seinem Vater in dessen Zelt.

Während sie warteten, betrachtete Luet die Gruppe. Was halten *sie* davon? Ihr Blick begegnete dem Elemaks. Er lächelte verkniffen. Sie erwiderte das Lächeln, wußte aber noch immer nicht, was *er* von der Sache hielt.

Huschidh klärte sie auf. »Dein Mann ist sehr klug«, flüsterte sie.

Luet drehte sich überrascht um – sie hatte gar nicht bemerkt, daß Huschidh neben sie getreten war.

»Als er mit dem Bogen und den Pfeilen zurückkam, wurde Volemak geschwächt. Er wurde schon gestern geschwächt, als Nafai darauf bestand, die Reise fortzusetzen. Daraufhin wurden alle Verbindungen schwächer, die diese Gruppe zusammenhalten. Ich sah es, als ich heute morgen aufstand – überall Risse. Wir standen am Rand des Chaos. Und noch etwas Schlimmeres zwischen Vas und Elemak – ein schrecklicher Haß, den ich nicht verstand. Doch Nafai hat die Befehlsgewalt nun seinem Vater zurückgegeben. Er hätte sie selbst nehmen und uns auseinanderreißen können, doch das tat er nicht – er hat sie zurückgegeben, und ich sehe schon, daß wir bereits in die alten Muster zurückfallen.«

»Manchmal, Schuja, wünsche ich mir, ich hätte deine Begabung statt meiner.«

»Meine ist manchmal angenehmer und praktischer«, sagte Huschidh. »Aber du bist die Wasserseherin.«

Da Schveja an Luets Brust saugte und obszön schlürfte, als wolle sie so viel wie möglich trinken, bevor Luet wieder irgendwo hinlief, fiel es Luet schwer, ihre edle Berufung allzu ernst zu nehmen. Sie antwortete Huschidh mit Gelächter. Ihr Lachen wurde von den anderen gehört, die ihr leises Gespräch nicht hatten verstehen können, und viele drehten sich zu ihr um. Was war nur so amüsant, schienen sie sich zu fragen, an einem Morgen wie diesem, an dem über unsere gesamte Zukunft entschieden wird?

Nafai und Volemak traten aus dem Zelt. Volemaks Verwirrung hatte sich gelegt. Er hatte wieder das Kommando; er umarmte seinen Sohn, deutete gen Südosten und sagte: »Dort wirst du Beute finden, Nafai. Komm schnell zurück, und ich werde erlauben, daß das Fleisch gekocht wird. Sollen die Dorovjets sich doch fragen, wieso es auf der anderen Seite der Bucht eine neue Rauchsäule gibt. Bis sie hier eintreffen, um nachzusehen, sind wir längst wieder auf unserem Weg nach Süden.«

Luet wußte, daß viele diese zuversichtlichen Worte mit mehr Verzweiflung als Hoffnung vernahmen – aber ihre Sehnsucht nach der Stadt war eine Schwäche in ihnen und nichts, worauf sie stolz sein konnten, kein Verlangen, dem man nachgeben durfte. Vas' Sabotage hatte ihnen vielleicht einen Rückschlag versetzt, aber wäre sie vollständig gelungen, hätte sie ihr Leben völlig bedeutungslos gemacht, jedenfalls im Vergleich zu dem, was sie bewerkstelligen würden, wenn Nafai Erfolg hatte.

Falls er Erfolg hatte!

Elemak wandte sich an Nafai. »Kannst du mit diesem Ding gut umgehen?« fragte er.

»Ich weiß es nicht«, sagte Nafai. »Ich habe es noch nicht versucht. Letzte Nacht war es zu dunkel. Ich weiß nur eins – ich kann damit nicht weit schießen. Ich habe noch nicht die richtigen Muskeln entwickelt, um einen Bogen zu spannen.« Er grinste. »Ich muß ein Tier finden, das sehr dumm ist, sehr langsam oder taub und blind und mich nicht wittert.«

Niemand lachte. Statt dessen standen alle da und sahen ihm nach, wie er ohne das geringste Zögern in genau die Richtung ging, die sein Vater ihm gewiesen hatte.

Von da an war es ein angespannter Morgen im Lager. Nicht die Anspannung von kaum im Zaum gehaltenen Streitigkeiten – die erlebten sie oft genug –, sondern die Anspannung des Wartens. Denn sie hatten nichts anderes zu tun, als sich um die Babies zu kümmern und sich zu fragen, ob Nafai gegen jede Wahrscheinlichkeit mit Pfeil und Bogen ein Tier erlegen konnte.

Die einzige Ausnahme von der allgemeinen verdrossenen Nervosität stellten Schedemei und Zdorab dar. Nicht, daß sie *glücklich* gewesen wären – sie waren ruhig wie immer und gingen ihrer Arbeit nach. Aber Luet stellte unwillkürlich fest, daß sie ... nun ja, heute einander *bewußter* waren. Sie sahen sich ständig an, als könnten sie ein Geheimnis kaum für sich behalten.

Der Grund dafür dämmerte Luet erst spät am Morgen, als Schedemei die nackte Schveja hielt, während Luet das *zweite* Gewand und die Windel wusch, die ihre Tochter an diesem Morgen schon beschmutzt hatte. Schedemei konnte einfach nicht aufhören, mit Schveja zu kichern, während sie spielten, und während Luet sich Gedanken über Schedemeis ungewohnte gute Laune machte, wurde ihr klar: Schedemei muß schwanger sein. Endlich, nachdem alle schon vermutet hatten, sie sei steril, bekam Schedja ein Kind.

Und da sie nun einmal Luet war, zögerte sie nicht, die Frage offen zu stellen – schließlich waren sie ja allein, und keine Frau konnte vor der Wasserseherin ein Geheimnis bewahren, ob sie es nun wollte oder nicht.

»Nein«, sagte Schedemei verblüfft. »Ich meine ... ich könnte schwanger sein, aber woher soll ich das so schnell wissen?«

Erst da kam es Luet zum erstenmal in den Sinn: Schedemei war bis jetzt nicht schwanger geworden, weil sie und Zdorab noch nie miteinander geschlafen hatten. Sie müssen aus Gründen der Bequemlichkeit geheiratet haben, um sich ein Zelt teilen zu können. Sie waren schon die ganze Zeit über *Freunde* gewesen. Und sie waren heute einander so *bewußt,* und Schedemei war heute so *glücklich,* weil sie in der letzten Nacht ihre Ehe zum erstenmal vollzogen haben mußten.

»Trotzdem herzlichen Glückwunsch«, sagte Luet.

Schedemei errötete, sah zu dem Baby hinab und kitzelte es ein wenig.

»Und vielleicht *wird* es ja bald der Fall sein. Einige Frauen empfangen schnell. Bei mir war es wohl so.«

»Sag es niemandem«, bat Schedemei sie.

»Huschidh wird wissen, daß sich etwas geändert hat.«

»Dann sag es ihr, aber sonst niemandem!«

»Das verspreche ich dir«, sagte Luet.

Aber etwas in Schedemeis Lächeln verriet ihr, daß sie vielleicht einen Teil des Geheimnisses in Erfahrung gebracht aber noch mehr gab, das bislang ungesagt geblieben , sagte Luet sich. Ich bin nicht eine von denen, die alles wissen müssen. Was sich zwischen dir und Zdorab abspielt, geht mich nichts an, solange du es mir nicht sagen willst. Aber was auch geschehen sein mag, eins weiß ich: Es hat dich heute glücklicher gemacht. Hoffnungsvoller, als ich dich seit Beginn unserer Reise gesehen habe.

Oder vielleicht bin auch ich es, die hoffnungsvoller denn je zuvor ist, weil wir heute morgen eine so schreckliche Krise überstanden haben. Und vor allem, weil Elemak auf der Seite der Überseele war. Mochte Vas in seinem Herzen doch ein feiger Mörder sein! Mochten Obring und Sevet doch ihre Kinder zurücklassen! Wenn Elemak nun kein Feind der Überseele mehr war, würde wirklich alles gut werden.

Nafai kam noch vor Mittag nach Hause. Niemand sah ihn kommen, weil niemand so früh mit ihm gerechnet hatte. Plötzlich stand er am Rand der Zelte.

»Zdorab!« rief er.

Zdorab kam aus Volemaks Zelt, in dem er und Issib mit dem Index gearbeitet hatten. »Nafai«, sagte er. »Das heißt wohl, du bist zurück.«

Nafai hob mit der einen Hand den gehäuteten Kadaver eines Hasen und mit der anderen einen ebenso nackten und blutigen Jozh hoch. »Sie sind zwar nicht besonders groß, aber da Vater gesagt hat, wir könnten einen Eintopf machen, wenn ich früh genug zurückkomme, würde ich sagen, zünde ein Feuer an, Zodja! Heute abend kommt fettes, tierisches Protein in unsere Bäuche!«

Nicht alle waren überglücklich, daß die Expedition weitergehen würde – doch alle freuten sich über das gekochte

Fleisch, den würzigen Eintopf und das Ende der Unsicherheit. Volemak war besonders heiter, als er an diesem Abend das Mahl eröffnete. Luet wunderte sich darüber. Wäre es nicht leichter für ihn gewesen, nun den Mantel der Autorität abzulegen und an einen seiner Söhne weiterzugeben? Aber nein. So schwer die Bürde der Autorität auch sein mochte, sie war viel leichter als die unerträgliche Last, sie zu verlieren.

Als sie sich zum Essen setzten, stellte sie fest, daß Nafai nach den Anstrengungen des Tages stank. Nicht unbedingt ein unvertrauter Geruch – niemand konnte hier den Hygienestandard Basilikas aufrechterhalten –, aber ein unangenehmer. »Du riechst«, flüsterte sie ihm zu, während die anderen Mebbekew lauschten, der ein obszönes altes Gedicht vortrug, das er in seinen Schauspielertagen gelernt hatte.

»Ich gestehe ein, ich brauche ein Bad«, sagte Nafai.

»Ich werde dich heute abend waschen«, sagte Luet.

»Ich hatte gehofft, daß du das sagst«, erwiderte er. »Ständig badest du Veja, und das macht mich eifersüchtig.«

»Du warst heute großartig«, sagte sie.

»Ich habe nur ein wenig geschnitzt, während die Überseele Wissen in meinen Kopf gepumpt hat. Und dann Tiere getötet, die zur Flucht zu dumm waren.«

»Ja, das alles – großartig. Und mehr. Was du mit deinem Vater gemacht hast.«

»Es war die richtige Entscheidung«, sagte er. »Nicht mehr als das. Nichts im Vergleich zu dem, was du getan hast. Eigentlich hättest du es verdient, heute abend verwöhnt zu werden.«

»Ich weiß«, sagte sie. »Aber *zuerst* muß ich dich baden. Es macht keinen Spaß, von jemandem verwöhnt zu werden, der so schlimm stinkt, daß man würgen muß.«

Als Antwort umarmte er sie und begrub ihre Nase in seiner Achselhöhle. Sie kitzelte ihn, um sich zu befreien.

Rasa betrachtete sie über das Feuer hinweg und dachte: Solche Kinder! So jung, so verspielt. Ich bin so froh, daß sie noch so sein können. Eines Tages, wenn nur noch die Pflichten der Erwachsenen auf ihnen lasten, werden sie diese Eigenschaft verlieren. Sie wird durch ein langsameres, ruhigeres Spiel ersetzt werden. Doch jetzt können sie noch alle Sorgen abwerfen und sich daran erinnern, wie schön das Leben ist. In der Wüste oder der Stadt, in einem Haus oder einem Zelt – daraus besteht doch das wahre Glück, oder nicht?

8

Überfluß

Am nächsten Morgen beluden sie die Kamele und brachen in südöstliche Richtung auf. Niemand sagte etwas dazu, aber alle wußten, daß sie eine gewisse Entfernung zwischen sich und die Dorova-Bucht legen wollten. Es war noch immer keine leichte Aufgabe, einen Weg durch das Tal der Feuer zu finden, und sie mußten mehrmals umkehren, obwohl Elemak nun normalerweise vorausritt, oft mit Vas, um einen brauchbaren Pfad zu suchen. Volemak sagte ihm morgens, was der Index ihm geraten hatte, und Elemak markierte dann den Weg, der zu den leichtesten Auf- und Abstiegen von einem Plateau zum nächsten führte.

Nach ein paar Tagen fanden sie eine weitere Trinkwasserquelle, die sie Strelaj nannten, weil sie hier einige Zeit darauf verwenden wollten, Pfeile zu machen. Nafai zog los und suchte Exemplare von Bäumen, deren Holz sich der Überseele zufolge am besten dazu eignete; schon bald hatten sie Dutzende von Schößlingen zusammengetragen. Aus einigen fertigten sie sofort Bögen, mit denen sie üben und jagen konnten; die anderen nahmen sie mit, damit sie zu Holz reiften, das seine Elastizität bewahren würde. Sie machten auch Hunderte von Pfeilen und übten sich im Schießen, sowohl die Männer als auch die Frauen, denn, wie Elemak sagte: »Es kommt vielleicht eine Zeit, da unser Leben von der Schießkunst unserer Frauen abhängt.«

Diejenigen, die gute Schützen mit dem Pulsator gewesen waren, entwickelten sich nach einiger Übung auch zu guten Bogenschützen, doch die wirkliche Herausforderung bestand darin, genug Kraft zu entwickeln, die Sehne so weit und ruhig durchzuziehen, daß man auch weiter entfernte Ziele traf. Keinem taten in der ersten Woche *nicht* die Arme, der Rücken und die Schultern weh; Kokor, Dol und Rasa gaben ziemlich schnell auf und versuchten es nie wieder. Doch Sevet und Huschidh entwickelten sich zu ziemlich guten Schützen, solange sie kleinere Bogen als die Männer benutzten.

Issib kam auf die Idee, die Pfeile bunt und grell zu färben, damit man sie leichter wiederfand.

Dann zogen sie weiter, von der Quelle zum Feuer, und übten sich dabei im Bogenschießen. Sie wurden stolz auf die Kraft in ihren Armen. Der Wettstreit unter den Männern, wer denn nun der beste Schütze sei, wurde allmählich ziemlich heftig; die Frauen stellten dies fest, sprachen aber nur untereinander darüber, daß die Männer nur auf Ziele schießen wollten, die so weit entfernt waren, daß die Frauen sie mit ihren kleineren Bogen nicht zielsicher erreichen konnten. »Sollen sie doch ihren Spaß haben«, sagte Huschidh. »Es wäre zu erniedrigend für sie, von einer Frau besiegt zu werden.«

Ohne es eigentlich zu wollen, zogen sie schon bald parallel zum Karawanenweg weiter, und zwar sehr nahe – sie mußten eine Weile wieder rohes Fleisch essen. Eines Morgens kam Volemak dann, den Index unter dem Arm, aus seinem Zelt und verkündete: »Die Überseele sagt, daß wir nun in westliche Richtung in die Berge ziehen müssen, bis wir zum Meer gelangen.«

»Laß mich raten«, sagte Obring. »Dort gibt es keine Städte.«

Niemand antwortete ihm. Und niemand erwähnte ihr letztes Abenteuer am Reinigenden Meer.

»Warum sollen wir jetzt nach Westen ziehen?« fragte Elemak. »Wir haben das Tal der Feuer kaum zur Hälfte durchquert – der Karawanenweg stößt erst wieder tief im Süden, an der See des Feuers, ans Meer. Wir weichen lediglich weit von unserem Weg nach Westen ab.«

»Im Westen sind Flüsse«, sagte Volemak.

»Nein, das stimmt nicht«, sagte Elemak. »Wären dort welche, hätten die Karawanenführer sie schon längst gefunden und benutzt. Dann würde es dort Städte geben.«

»Trotzdem«, sagte Volemak, »schlagen wir die westliche Richtung ein. Die Überseele sagt, daß wir wieder über längere Zeit ein Lager aufschlagen müssen – um Getreide anzupflanzen und zu ernten.«

»Warum?« fragte Mebbekew. »Wir kommen gut voran. Den Kindern geht es prächtig. Warum sollen wir wieder ein Lager aufschlagen?«

»Natürlich, weil Schedemei schwanger ist«, sagte Volemak, »und sie von Tag zu Tag unter stärkerer Übelkeit leidet.«

Alle sahen Schedemei überrascht an. Sie errötete – und sah nicht weniger überrascht aus als die anderen. »Ich habe es erst heute morgen vermutet«, sagte sie. »Wie kann die Überseele wissen, was ich nur vermute?«

Volemak zuckte die Achseln. »Sie weiß, was sie weiß.«

»Ein ziemlich schlechter Zeitpunkt, Schedja«, sagte Elemak. »Alle anderen Frauen können nicht schwanger werden, weil sie stillen, und nun müssen wir auf dich warten.«

Ausnahmsweise ließ Zdorab sich zu einer scharfen Antwort hinreißen. »Manche Dinge kann man nicht genau *planen*, Elja. Also spreche keine Schuld zu, wenn kein Willensentscheid dahinter steht.«

Elemak sah ihn ruhig an. »Das tue ich nie«, sagte er. Doch dann ließ er es dabei bewenden und ritt in westliche Richtung los, um einen Weg für die Karawane zu finden.

Sie stießen nun in die richtigen Berge vor – vulkanische mit einigen jüngeren Lavaflüssen, die sich noch nicht zu Erde zersetzt hatten. Issib benutzte den Index, um Informationen über die Gegend zu bekommen – bis zum Reinigenden Meer gab es mindestens fünfzig aktive und zur Zeit ruhende Vulkane. »Der letzte Ausbruch hat erst vor einem Jahr stattgefunden«, sagte er, »aber viel weiter im Süden.«

»Das ist vielleicht der Grund, weshalb die Überseele uns so weit nach Norden schickt«, sagte Volemak.

So schwer der Aufstieg auch war, der Abstieg auf der anderen Seite war noch schwerer – das Gelände war steiler und dichter bewachsen. Es handelte sich fast um einen Dschungel auf den Hängen eines hohen Berges.

»Die Winterwinde kommen vom Meer«, sagte Issib, »und auch im Sommer kommt es hier fast jeden Tag zu Böen. Die

Berge fangen die Wolken ab und zwingen sie in die kältere Atmosphäre hinauf, und sie regnen sämtliche Feuchtigkeit in ihnen ab. Also ist hier oben in den Bergen ein Regenwald entstanden. Unten am Meer wird es nicht mehr so naß sein.« Sie hatten sich daran gewöhnt, daß Issib den Index erkundete; während ihrer Reisetage war er der einzige, der keine anderen Pflichten hatte, und er führte den Index mit sich und hatte fast ständig eine Hand auf ihn gelegt. Zdorab hatte ihm so viele Tricks und Hintertüren gezeigt, daß er im Umgang mit ihm jetzt fast so geschickt wie der Bibliothekar selbst war. Und niemand äußerte sich geringschätzig über den Wert der Informationen, die Issib beschaffte, denn mehr *konnte* er nicht beschaffen.

Sie waren mitten in einem schwierigen Stück, das eine gekrümmte Schlucht hinabführte, als sie das Erdbeben spürten – ein ziemlich starkes, das zwei Kamele von den Füßen riß und die anderen verwirrt hin und her laufen ließ.

»Aus der Schlucht!« rief Issib sofort.

»Heraus? Wie?« fragte Volemak.

»Ganz gleich, wie!« rief Issib. »Der Index sagt, daß das Erdbeben einen See hoch oben in den Bergen aufgerissen hat – alles, was sich in der Schlucht befindet, wird weggespült werden!«

Es war eine besonders schlechte Zeit für einen Notfall – Elemak und Vas waren weit voraus und suchten einen Weg, und Nafai und Obring waren ein Stück höher in den Bergen auf der Jagd. Aber Volemak hatte viel länger Karawanen geführt als Elemak und war ebenfalls einfallsreich. Er schätzte die Wände der Schlucht schnell ab und wählte einen Weg durch ein Felsgewirr in eine Nebenschlucht, die den Berg hinaufführte. »Ich reite voran«, sagte er, »weil ich am besten weiß, wozu die Kamele fähig sind. Luet, du führst die Frauen und Kinder – Meb, du treibst mit Zdorab die Packtiere an! Die Vorräte zuerst, die Kältetruhen und Trokkenbehälter zuletzt. Issib, du bleibst in Hörweite mit ihnen und gleichzeitig mit dem Index in Verbindung! Sag ihnen, wenn keine Zeit mehr bleibt. Dann müssen sie die Kamele aufgeben und sich selbst retten. Sie müssen sich retten, und du mußt dich auch retten, Issja – das ist wichtiger als alles andere. Hast du verstanden?«

Er fragte alle, und alle nickten mit aufgerissenen Augen und entsetzten Gesichtern.

»Elemak ist in der Schlucht«, sagte Eiadh. »Jemand muß ihn warnen.«

»Elja hört die Stimme der Überseele selbst«, sagte Volemak. »Das Wasser kommt zu schnell, als daß die Kamele mithalten könnten. Rette sein Kind und seine Frau, Edhja. Und nun *kommt.*« Er zog sein Kamel herum und begann mit dem Aufstieg.

Die Kamele waren nicht zum Klettern geschaffen. Ihre gemächliche Geschwindigkeit konnte einen in den Wahnsinn treiben. Doch sie stiegen stetig auf. Die Erde erzitterte noch zweimal – aber die Nachbeben waren nicht so heftig wie das erste. Volemak und die Frauen schafften es bis ganz nach oben. Volemak überlegte kurz, ob er umkehren und den anderen helfen sollte, doch Luet erinnerte ihn daran, daß der Weg an mehreren Stellen nicht breit genug für zwei Kamele war – er würde ihnen also keinen Beistand leisten können, sondern sie nur behindern.

Alle Kamele waren über dem Grund der Schlucht, als Issib »Jetzt! Um euer Leben!« rief. Als er sah, daß Meb und Zdorab ihn gehört hatten, zog er sein Kamel herum und drängte es zwischen die Lasttiere. Doch er hatte sein Tier nicht fest genug im Griff, um es zu zwingen, schneller als die anderen zu laufen. Als Meb ihn überholte, riß er Issib die Zügel aus den schwachen Händen und zog das Kamel immer schneller voran. Doch kurz darauf erreichten sie eine schmale Stelle, an der zwei Kamele nicht nebeneinander laufen konnten, besonders nicht, wenn eins mit der Masse von Issibs Stuhl beladen war. Ohne zu zögern – ohne auch nur zu warten, daß sein Kamel niederkniete, um ihn absteigen zu lassen – sprang Meb zu Boden, ließ die Zügel seines Kamels los, zerrte an denen von Issibs Tier und zog es durch den Engpaß.

Kurz darauf kam Zdorab durch die gleiche schmale Stelle und schloß zu ihnen auf. »Der Index!« rief er.

Da Issib ihn nicht hochheben konnte, deutete er auf die Tasche auf seinem Schoß. »Ich habe ihn an den Sattelknopf gebunden!« rief er.

Zdorab trieb sein Tier heran; Meb hielt Issibs Kamel fest. Zdorab griff gewandt zu, löste die Tasche vom Sattelknauf und ritt dann voraus, den Index wie eine Trophäe schwenkend.

»Laufe voraus!« rief Issib Meb zu.

Meb ignorierte ihn und zerrte weiterhin sein Kamel bergauf, wobei sie die langsameren Lasttiere überholten.

Bald gelangten sie an die Stelle, an der Zdorab, Luet, Huschidh, Schedemei, Sevet und Eiadh zu Fuß warteten. Mebbekew wurde klar, daß er jetzt fast ganz oben sein mußte – Zdorab mußte den Index bei Volemak gelassen, und Rasa und die anderen Frauen mußten die Kinder noch höher getragen haben. »Nimm Issib!« rief Meb und drückte Zdorab die Zügel in die Hand. Dann lief er die Schlucht hinab zum nächsten Packtier. Er drückte die Zügel des Kamels Luet in die Hand. »Zieh es hinauf!« rief er. Allen Frauen drückte er nacheinander die Zügel eines Lasttiers in die Hände. Sie hörten das Wasser nun, ein lautes Tosen, und fühlten das Grollen in der Erde. »Schneller!« rief Meb.

Es standen gerade genug Frauen dort, um die Zügel aller Packtiere zu übernehmen. Nur Mebs Stute, die letzte in der Reihe, blieb ohne Hilfe. Sie hatte eindeutig Angst vor dem Wasser, dem Zittern der Erde, und wurde zusehends langsamer. »Glupost!« lockte Meb sie. »Komm schon! Schnell, Glupost!« Doch er ließ die Zügel des letzten Packtiers nicht los, denn er wußte, daß die Kältetruhen, die es trug, auf lange Sicht wichtiger waren als sein Reittier.

»Laß los, Meb!« rief Zdorab. »Das Wasser kommt!«

Sie konnten von ihrem Standort aus das Wasser bereits sehen, so hoch war es – höher als das obere Ende der Schlucht, so daß sie instinktiv den Hang, auf dem sie standen, noch höher hinaufliefen. Ganz oben war man jedoch sicher, denn so hoch reichte es nun auch wieder nicht.

Doch das Wasser, das in die Seitenschlucht gedrängt wurde, durch die sie hinaufgeklettert waren, schoß mit solcher Gewalt hinauf, daß es höher stieg als das in der Hauptschlucht. Es knallte gegen die letzten beiden Kamele und dann gegen Meb, riß sie alle von den Füßen und schleuderte sie die Nebenschlucht hinauf. Meb hörte, daß Frauen schrien – war das Dol, die Mebs Namen brüllte? –, und fühlte dann, wie das Wasser fast genauso schnell wieder sank und ihn hinabzerrte. Einen Augenblick lang spielte er mit dem Gedanken, die Zügel loszulassen und sich zu retten; dann wurde ihm klar, daß das Packtier sich mit gespreizten Beinen gegen die Fluten stemmte und sichereren Halt hatte als er selbst. Also hielt er sich am Zügel fest und wurde nicht mitgerissen. Doch als er dort hing, gegen die Seite des Kamels gedrückt, das er gerettet hatte und das nun ihn rettete, sah er, daß seine Stute Glupost von den Beinen gerissen und in den Mahlstrom der Schlucht gezerrt wurde.

Sekunden später fühlte er viele Hände auf seinem Körper, die ihm die Zügel aus den Fingern wanden und ihn dann, tropfnaß und zitternd, zu den anderen hinaufführten. Volemak umarmte ihn weinend. »Ich dachte, ich hätte dich verloren, mein Sohn, mein Sohn.«

»Was ist mit Elja?« klagte Eiadh. »Wie konnte er sich davor retten?«

»Und Vas«, sagte Rasa leise.

Mehrere Angehörige der Gruppe sahen Sevet an, deren Gesicht hart und steinern war.

»Nicht alle zeigen Furcht auf dieselbe Weise«, murmelte Luet und beendete damit alle möglichen Spekulationen über die Unterschiede zwischen Eiadhs und Sevets Reaktionen. Luet wußte sehr wohl, daß Sevet wenig Grund hatte, sich Sorgen zu machen, ob Vas überlebt hatte oder tot war – wenngleich sie sich fragte, wieviel Sevet überhaupt von Vas' Plan wußte.

Luet betrübte am meisten, daß Nafai nicht bei ihnen war. Er und Obring befanden sich höchstwahrscheinlich zwar in höherem Gelände und damit in Sicherheit. Doch sie würden sich trotzdem große Sorgen machen.

Sag ihm, daß wir in Sicherheit sind, sagte sie stumm zur Überseele. Und sage *mir* – lebt Elemak? Und Vas?

Sie leben, kam die Antwort in ihren Geist.

Sie teilte es den anderen mit, die sie halb erleichtert, halb zweifelnd betrachteten. »Sie leben«, wiederholte sie. »Mehr hat die Überseele mir nicht gesagt. Reicht das nicht?«

Das Wasser sank, der Spiegel fiel rapide. Volemak und Zdorab gingen gemeinsam die Nebenschlucht hinab. Sie fanden ein Gewirr halb entwurzelter Bäume und Sträuche vor – nicht einmal das Geröll und die Findlinge lagen noch dort, wo sie zuvor gelegen hatten.

Aber die Nebenschlucht war nichts im Vergleich zu der Hauptschlucht. Dort war nichts übriggeblieben. Noch vor einer Viertelstunde war sie mit üppiger Vegetation bewachsen gewesen – mit so üppiger, daß sie kaum hindurchgekommen waren und die Kamele oft durch den Bach in der Mitte hatten führen müssen. Nun haftete keine einzige Pflanze mehr an den Wänden der Schlucht. Das Erdreich selbst war bis auf die nackten Felsen fortgespült worden. Und auf dem Grund der Schlucht lagen nur noch ein paar schwere Felsbrocken und die tropfenden Ablagerungen, die das Wasser zurückgelassen hatte.

»Sieh doch, an den Rändern besteht der Boden der Schlucht aus kahlen Felsen«, sagte Volemak. »Aber in der Mitte haben sich die Sedimente festgesetzt.«

Es stimmte: Der Bach, der zurückgeblieben war – ein größerer als zuvor – schnitt einen vielleicht einen Meter tiefen Kanal durch den dicken Schlamm. Die neuen Ränder des Baches würden hier und da zusammenbrechen, und ein paar Meter Schlamm würden ins Wasser rutschen. Es würde eine Weile dauern, bis der Grund der Schlucht sich stabilisiert hatte.

»In sechs Wochen wird es hier so grün sein wie zuvor«, sagte Zdorab. »Und in fünf Jahren wird man nichts mehr davon sehen.«

»Was denkst du?« fragte Volemak. »Können wir diese Schlucht als sicheren Durchgang zum Meer benutzen, wenn wir uns am Rand halten?«

»Wir haben uns nur aus dem Grund für die Schlucht entschieden, weil Elemak gesagt hat, daß das Plateau nicht passierbar ist – dort blockieren tiefe Schluchten oder steile Hügel den Weg.«

»Also halten wir uns an den Rändern«, sagte Volemak. »Und hoffen.«

Es dauerte eine Weile, bis sie oben die Ladungen der Kamele überprüft und sich vergewissert hatten, daß sie während ihrer hastigen Flucht nichts verloren hatten. »Es nahm ein besseres Ende, als wir hoffen konnten«, sagte Volemak. »Wir haben nur ein Kamel verloren.«

Zdorab führte seine Stute heran und hielt Meb die Zügel hin.

»Nein«, sagte Meb.

»Bitte«, sagte Zdorab. »Mit jedem Schritt, den ich mache, ehre ich meinen tapferen Freund.«

»Nimm es«, flüsterte Volemak.

Meb nahm die Zügel entgegen. »Danke«, sagte er. »Aber heute hatten wir keinen einzigen Feigling unter uns.«

Zdorab umarmte ihn schnell, ging dann zurück und half gemeinsam mit Schedemei den Frauen mit Kindern auf die Kamele.

Es stellte sich heraus, daß weder Zdorab noch Meb noch Volemak den Rest des Tages über viel ritten. Sie schritten die Karawane ab und achteten darauf, daß die Kamele sich nicht dem dicken und trügerischen Schlamm in der Mitte der Schlucht näherten. Sie stellten sich vor, wie ein Kamel bis zum Kopf darin versank. Der Boden war naß, glatt und gefährlich, doch indem sie langsam weiterzogen, erreichten sie bald die Öffnung der Schlucht, die dort auf einen breiteren Fluß stieß.

Dort hatte es offensichtlich auch beträchtliche Schäden gegeben, denn das gegenüberliegende Ufer des Flußtals war ein einziges Durcheinander von Schlamm und Felsen. Zahlreiche Bäume waren entwurzelt worden, und an vielen Stellen lag der nackte Felsboden frei. Als sie dann den Fluß entlang zogen, sahen sie, daß beide Ufer verwüstet worden waren. Doch da die Kraft der Flutwelle hier schwächer als in dem engen Tal gewesen war, kamen sie durch die Trümmer, die diese hier zurückgelassen hatte, ironischerweise wesentlich langsamer voran.

»Hier entlang!« rief eine Stimme.

Es war Elemak, und Vas stand hinter ihm. Sie waren zu Fuß, aber die Kamele waren nicht weit von ihnen entfernt. Die beiden standen auf höherem Gelände. Um sie zu erreichen, mußten die anderen einen steilen, aber nicht besonders schwierigen Hügel überwinden.

»Wir haben einen Weg durch das Plateau gefunden!« rief Elemak.

Nach ein paar Minuten hatten sie sich am Anfang des Weges versammelt, den Elemak gefunden hatte und der durch den Wald führte. Während die Ehepartner sich umarmten, stellte Issib fest, daß der Wald hier bei weitem nicht so dicht war wie noch ein Stück höher den Berg hinauf. »Wir müssen fast auf Meereshöhe sein«, sagte er.

»Der Fluß macht dort drüben eine scharfe Biegung in westliche Richtung«, sagte Vas; einen Arm hatte er um Sevet gelegt, das Baby drückte er an seine Schulter. »Und von dort aus kann man das Reinigende Meer sehen. Zwischen diesem Fluß und dem im Süden liegt hauptsächlich offenes Grasland, hier und da vielleicht ein paar Bäume. Höheres Gelände, der Überseele sei Dank. Wir haben die Erdstöße gespürt, uns jedoch nichts dabei gedacht, als sie abklangen. Natürlich haben wir uns Sorgen gemacht, daß ihr sie vielleicht stärker wahrgenommen habt. Dann beharrte Elja plötzlich darauf, auf höheres Gelände zu steigen, um uns einen Überblick zu verschaffen, und kurze Zeit später hörten wir dieses grollende Geräusch, und der Fluß spielte verrückt. Wir fürchteten schon, er hätte alle Kamele mitgerissen, und ihr säßet noch auf ihnen.«

»Der Index hat Issib gewarnt«, sagte Volemak.

»Zum Glück waren wir *nicht* alle zusammen«, sagte Issib. »Vier weitere Kamele, und wir hätten sie verloren. Meb hat seine Stute verloren – weil er die Packtiere gerettet hat, wie ich hinzufügen möchte.«

»Das können wir uns alles erzählen, sobald wir das Nachtlager aufgeschlagen haben«, sagte Elemak. »Wir können die

Ebene zwischen den Flüssen vor Anbruch der Dämmerung erreichen. Wir haben nur wenig Mond; deshalb müssen wir die Zelte noch vor der Dunkelheit aufgeschlagen haben.«

An diesem Abend saßen sie um das Feuer und blieben lange auf, teils, weil sie darauf warteten, daß das Abendessen gar wurde, teils, weil sie zu aufgeregt zum Schlafen waren, und teils, weil sie hofften, Nafai und Obring würden das Lager noch in dieser Nacht finden. Und sie erzählten ihre Geschichten. Und als Huschidh ihrer Schwester in dem Zelt, in dem sie allein mit ihrem Baby schlief, gute Nacht sagte, fügte sie hinzu: »Ich wünschte, du könntest es sehen wie ich, Luet. Diese Sturzflut hat etwas vollbracht, was sonst niemand hätte vollbringen können – alle Verbindungen zwischen uns sind viel stärker geworden. Und Meb ... die Ehre, die ihm jetzt zufließt ...«

»Eine schöne Abwechslung«, sagte Luet.

»Ich hoffe nur, sie steigt ihm nicht zu sehr zu Kopf«, sagte Huschidh, »oder alles wäre vergebens gewesen.«

»Vielleicht wird er langsam erwachsen«, sagte Luet.

»Vielleicht brauchte er auch nur die richtigen Umstände, um seine guten Seiten zu entdecken. Er hat nicht gezögert, sagt Issja. Er ist einfach abgestiegen und hat sein Leben aufs Spiel gesetzt, um Issib in Sicherheit zu bringen.«

»Und Zdorab hat den Index genommen und uns dann wieder hinab geführt ...«

»Ich weiß. Ich behaupte ja nicht, daß lediglich Meb tapfer war. Aber du weißt doch, wie es mit Zdorab ist. Diese Geste von ihm ... Meb sein Kamel zu überlassen. Es war sehr großzügig, und es half, die Gruppe stärker zu verbinden – aber er löschte damit auch die Erinnerung an die Rolle aus, die er selbst bei unserer Rettung gespielt hat. Wir haben nur auf Mebbekew geachtet.«

»Na ja, vielleicht will Zodja es so«, sagte Luet.

»Aber *wir* werden es nicht vergessen«, sagte Huschidh.

»Wohl kaum«, sagte Luet. »Und nun geh zu Bett! Den Babys ist es egal, wie wenig Schlaf wir diese Nacht bekommen – sie werden morgen zur gewohnten Zeit wieder hungrig sein.«

Nafai und Obring kehrten bereits ein paar Stunden nach Anbruch der Dämmerung zurück. Sie waren natürlich weit von der Sturzflut entfernt gewesen, aber auch auf der falschen Seite, so daß sie eine Stelle suchen mußten, an der sie entweder die Schlucht selbst oder den Fluß überqueren konnten. Schließlich hatten sie die Kamele oberhalb der Schlucht am Fluß entlang geführt, einen langen Umweg um die schlimmsten Verwüstungen gemacht und den Fluß dann – bei Ebbe – im flachen Morast und an den Sandbänken in der Nähe der Mündung überquert. »Die Kamele spielen langsam verrückt, wenn sie Wasser sehen«, sagte Nafai.

»Aber wir haben zwei Rehe mitgebracht«, fügte Obring zufrieden hinzu.

Nachdem alle wieder zusammen waren, hielt Volemak eine kleine Rede, mit der er diesen Ort als ihr Lager bestimmte. »Den Fluß im Norden werden wir Ojkib nennen, nach dem erstgeborenen Jungen dieser Expedition, und der im Süden heißt Protschnu, nach dem erstgeborenen Jungen der nächsten Generation.«

Rasa war aufs gröbste verletzt. »Warum nennst du sie nicht Dza und Schveja, nach den ersten beiden *Kindern*, die auf unserer Reise geboren wurden?«

Volemak sah sie ruhig an, antwortete aber nicht.

»Dann verlassen wir diesen Ort besser wieder, bevor die Jungen alt genug sind, um zu wissen, daß du sie einzig und allein geehrt hast, weil sie einen Penis haben.«

»Hätten wir nur zwei Mädchen und zwei Flüsse, hätte Vater die Flüsse nach *ihnen* benannt«, sagte Issib, um Frieden zu stiften.

Sie wußten natürlich, daß dies nicht stimmte. Rasa versuchte noch einige Wochen lang, Volemak dazu zu bewegen, sie den Nördlichen und den Südlichen Fluß zu nennen; doch Volemak beharrte unerbittlich darauf, sie Ojkib und Protschnu zu nennen. Und da die Männer öfter unterwegs waren und daher die Flüsse auch öfter durchquerten und in ihnen fischten und einzelne Stellen an den Flußläufen bezeichnen mußten, setzten die Namen Ojkib und Protschnu sich durch. Ob es sonst jemandem auffiel oder nicht – zumindest Luet stellte fest, daß Rasa sich niemals an diese Namen gewöhnte und immer schweigsam und kalt wurde, wenn jemand sie aussprach.

Nur einmal besprachen Nafai und Luet diese Angelegenheit. Nafai war nicht besonders mitfühlend. »Rasa hat auch nichts dagegen gehabt, daß in Basilika Frauen alles bestimmten und Männer die Seen noch nicht einmal betrachten durften.«

»Das war ein heiliger Ort für Frauen. Der einzige derartige Ort auf der Welt.«

»Was hat das damit zu tun?« sagte Nafai. »Es sind doch nur zwei Namen für zwei Flüsse. Wenn wir hier aufbrechen, weiß niemand sonst, wie wir sie genannt haben.«

»Warum dann also nicht Nördlichen Fluß und Südlichen Fluß?«

»Das ist nur ein Problem, weil Mutter eins daraus gemacht hat«, sagte Nafai. »Jetzt machen *wir* nicht auch noch eins daraus.«

»Ich will doch nur wissen, warum du mit der Entscheidung einverstanden bist!«

Nafai seufzte. »Denke doch nur mal darüber nach, was es für Vater bedeuten würde, wenn ich sie plötzlich Nördlichen und Südlichen Fluß nennen würde. Und für die anderen Männer. Das würde *wirklich* zu Spannungen führen. Und ich bin nicht besonders versessen darauf, mich noch weiter von den anderen Männern abzusondern.«

Luet hatte eine Weile daran zu kauen. »Na schön«, sagte sie schließlich. »Das sehe ich ein.«

Und dann, nachdem sie noch etwas darüber nachgedacht hatte, sagte sie: »Aber du hast gar nicht gewußt, daß es falsch war, die Flüsse nach den beiden Jungen zu nennen, bis Mutter darauf hingewiesen hat, nicht wahr?«

Er antwortete nicht.

»Und du siehst auch jetzt nicht ein, daß es falsch war, oder?«

»Ich liebe dich«, sagte Nafai.

»Das ist keine Antwort«, sagte sie.

»Da bin ich anderer Meinung«, sagte er.

»Und wenn ich dir nie einen Sohn schenke?« sagte sie.

»Dann werde ich mit dir schlafen, bis wir hundert Töchter haben«, sagte Nafai.

»In deinen *Träumen*«, sagte sie garstig.

»In *deinen*, meinst du«, sagte er.

Sie nahm sich bewußt vor, ihm deshalb nicht böse zu sein, und als sie wieder miteinander schliefen, war sie so bereitwillig und leidenschaftlich wie eh und je. Doch als er danach neben ihr einschlief, wurde sie zunehmend besorgter. Was würde es für sie bedeuten, wenn ihre Gruppe so von Männern dominiert wurde, wie Basilika von Frauen dominiert worden war?

Warum müssen wir dies tun? fragte sie sich. Wir hatten die Chance, unsere Gruppe ganz anders zu gestalten, als der Rest der Welt gestaltet ist. Ausgeglichen und fair, unparteiisch, *gerecht*. Doch selbst Nafai und Issib scheinen keine Einwände zu haben, daß sie aus dem Gleichgewicht gebracht wird. Ist die Rivalität zwischen Männern und Frauen so stark, daß der Einfluß der einen Gruppe immer zu Lasten der anderen gehen muß? Liegt es in unseren Genen? Muß eine Gemeinschaft immer von dem einen oder dem anderen Geschlecht beherrscht werden?

Vielleicht, dachte sie. Vielleicht sind wir wie die Paviane. Wenn wir in einer stabilen und zivilisierten Umgebung leben, entscheiden die Frauen alles, gründen Haushalte, pflegen die Beziehungen, schaffen sich eine Nachbarschaft und Freundschaften. Doch wenn wir ein nomadisches Leben führen, um unser Überleben kämpfen müssen, herrschen die Männer und dulden keine Einmischung von den Frauen. Vielleicht macht das die Zivilisation aus – die Dominanz der Frauen über die Männer. Und wann immer diese Zivilisation zusammenbricht, nennen wir das Ergebnis *unzivilisiert, barbarisch ... männlich.*

Sie verbrachten das Jahr zwischen den Flüssen und warteten darauf, daß Schedemeis Kind geboren wurde. Es war ein Sohn; sie nannten ihn Padarok – *Geschenk* – und riefen ihn

Rokja. Dann, nach dem ersten Jahr, hätten sie weiterziehen können, doch als der kleine Rokja geboren wurde, waren drei andere Frauen wieder schwanger – darunter Rasa und Luet, die während der Schwangerschaft am zerbrechlichsten gewesen waren. Also blieben sie für eine zweite Ernte und noch ein paar Monate länger, bis alle Frauen außer Sevet entbunden hatten. Daher traten die nächste Etappe der Reise dreißig Personen an, und die erste Generation der Kinder konnte schon laufen und – die meisten jedenfalls – sprechen, bevor sie sich wieder auf den Weg machten.

Es waren gute zwei Jahre gewesen. Statt die Wüste bebauen zu müssen, verfügten sie nun über üppige, vom Regen bewässerte Felder auf gutem Mutterboden. Ihre Ernten waren vielfältiger; die Jagd war einträglicher; und sogar die Kamele gediehen prächtig und gebaren ihnen fünfzehn neue Lasttiere. Ein größeres Problem war das Anfertigen von Sätteln – keiner von ihnen hatte diese Fertigkeit gelernt –, doch schließlich gelang es ihnen, je zwei Kleinkinder auf den vier fügsamsten Tieren unterzubringen, die stets im Schlepptau der Kamele der Frauen marschierten. Als die Kinder zum erstenmal auf die Sättel gesetzt wurden, bekamen einige es mit der Angst zu tun – Kamele sind nun mal so fürchterlich groß –, doch sie gewöhnten sich schnell daran und fanden schließlich sogar Spaß am Reiten.

Die Reise über die Savanne am Meeresufer ging leicht vonstatten; sie kamen so gut voran wie nie zuvor, sogar besser als in der flachen Wüste südlich und westlich von Basilika. Nach drei Tagen erreichten sie eine gut bewässerte Bucht, die die Männer bereits kannten, da sie dort in den letzten zwei Jahren gejagt und gefischt hatten. Doch am Morgen jagte Volemak allen einen Schrecken ein, indem er ihnen sagte, daß ihr Weg nun nicht mehr nach Süden, wie sie alle erwartet hatten, sondern nach Westen führte.

Nach Westen! Ins Meer!

Volemak deutete auf eine felsige Insel, die sich keine zwei Kilometer entfernt aus dem Meer erhob. »Dahinter liegt eine weitere Insel, eine große. Wir werden auf dieser Insel noch einmal die Strecke zurücklegen müssen, die wir zurückgelegt haben, seit wir Mebbekews Tal verlassen haben.«

Nafai und Elemak versuchten bei Ebbe, die Meerenge zwischen dem Festland und der Insel zu durchwaten. Sie schafften es und mußten in der Mitte nur ein kurzes Stück schwimmen. Doch die Kamele scheuten, und so mußten sie Flöße bauen. »Ich habe das schon einmal gemacht«, sagte Elemak. »Natürlich nie bei einer Salzwasser-Überquerung, aber hier ist das Meer ziemlich ruhig.«

Also fällten sie Bäume, rollten sie in die Bucht und banden sie dort mit Tauen zusammen, die sie aus Schilfrohr geflochten hatten. Sie brauchten eine Woche, um die Flöße zu bauen, und zwei Tage, um die Kamele überzusetzen, immer nur eins pro Fahrt, und dann die Ladung. Zum Schluß kamen die Frauen und Kinder. Sie schlugen an dem Ufer, auf dem sie gelandet waren, ein Lager auf, während die Männer die Flöße um die Insel zu ihrer südwestlichen Spitze stakten, wo sie sie brauchten, um alles und jeden auf die größere Insel zu bringen. Nach einer weiteren Woche hatte die Gruppe die kleine Insel überquert und auf die große übergesetzt; sie stießen die Flöße ins Wasser und sahen ihnen nach, wie sie davontrieben.

Die Nordspitze der großen Insel war gebirgig und dicht bewaldet. Doch allmählich wichen die Berge Hügeln und dann weiten Savannen. Sie standen auf dem Kamm der weiten, flachen Ebene und sahen das Reinigende Meer im Westen und die See der Feuer im Osten, so schmal war die Insel hier. Und je weiter südlich sie zogen, desto besser verstanden sie, wie die See der Feuer zu ihrem Namen gekommen war. Vulkane erhoben sich aus ihr, und in der Ferne konnten sie gelegentlich den Rauch einer kleinen Eruption sehen. »Bis vor fünf Millionen Jahren war diese Insel Teil des Festlands«, erklärte Issib ihnen. »Bis zu dieser Zeit erstreckte sich das Tal der Feuer bis auf diese Insel, bis weit in den Süden von uns – und diese Feuer blieben bis zum heutigen Tag in der See bestehen, die den Raum zwischen den beiden Tälern ausgefüllt hat.«

Da sie in Basilika aufgewachsen waren, hatten die meisten

von ihnen die Naturkräfte nie verstanden – Basilika war ein Ort, an dem sich nie etwas veränderte und der stolz auf sein Alter war. Doch obwohl die Zeit hier in Millionen von Jahren gemessen wurde, sahen sie deutlich die gewaltige Kraft des Planeten und begriffen, wie unwichtig das menschliche Leben auf seiner Oberfläche war.

»Und doch sind wir *nicht* unwichtig«, sagte Issib. »Weil wir diejenigen sind, die die Veränderungen sehen, und erkennen und verstehen, daß es Veränderungen sind, daß die Dinge früher anders waren. Alles andere im Universum, ob es nun lebt oder nicht, existiert im unendlichen Jetzt, das sich niemals verändert, das immer so ist, wie es ist. Nur wir erkennen den Verlauf der Zeit und daß das eine das andere verursacht und wir von der Vergangenheit verändert werden und die Zukunft ändern werden.«

Die Insel wurde breiter, und das Gelände zerklüfteter. Sie alle erkannten, daß es sich um dasselbe Terrain handelte, das sie auch schon im Tal der Feuer gesehen hatten – die Fortsetzung dieses Tals, wie Issib es vorausgesagt hatte. Doch es war ruhiger – sie fanden keine einzige Stelle, an der Gas aus dem Erdinnern an der Oberfläche verbrannte –, und das Wasser war größtenteils rein. Und je tiefer nach Süden sie zogen, desto trockener wurde es, obwohl sie wieder in Bergland aufstiegen.

»Dieses Gebirge hat einen Namen«, sagte Issib, nachdem er den Index befragt hatte. »Dalatoi. Hier lebten Menschen, bevor die Insel sich vom Festland abtrennte. Hier befand sich sogar die größte und älteste der Städte des Feuers.«

»Skudnoij?« fragte Luet, die sich an die Geschichte der Stadt der Geizhälse erinnerte, die sich von der Welt zurückgezogen hatten und angeblich das meiste Gold auf Harmonie in verborgenen Grüften unter ihrer verborgenen Stadt aufbewahrten.

»Nein, Raspjatny«, sagte Issib. Und sie alle erinnerten sich an die Geschichten über die Stadt aus Stein und Moos, in der Bäche durch jedes Zimmer flossen und die so hoch wie ein Berg war, so daß die oberen Zimmer gefroren und die, die dort wohnten, die Bäche schmelzen mußten, damit die unteren Zimmer das ganze Jahr über Wasser hatten.

»Werden wir sie sehen?« fragten sie.

»Was von ihr übriggeblieben ist«, sagte Issib. »Sie wurde vor zehn Millionen Jahren aufgegeben, aber sie bestand *tatsächlich* aus Stein. Die alte Straße, der wir folgen, führt dorthin.«

Erst da bemerkten sie, daß sie tatsächlich einer alten Straße folgten. Es war keine Spur einer Bepflasterung zu sehen, und die Straße wurde manchmal von Schluchten unterbrochen oder war einfach verfallen. Aber sie kehrten immer wieder zum Weg des geringsten Widerstands zurück. Und dann und wann sahen sie, daß Hügel durchschnitten worden waren, um Platz für die Straße zu schaffen, und gelegentlich ein Tal teilweise mit Steinen aufgefüllt worden war, die noch nicht zerfallen waren. »Hätte es hier öfter geregnet«, sagte Issib, »wäre nichts mehr übrig. Doch die Insel ist nach Süden gewandert und liegt nun auf einer Breite mit der Großen Südlichen Wüste, und deshalb ist die Luft trockener, und es gibt weniger Erosion. So haben einige der Werke von Menschenhand selbst nach dieser langen Zeit noch Spuren hinterlassen.«

»Jemand muß diese Straße in den letzten zehn Millionen Jahren benutzt haben«, sagte Elemak.

»Nein«, sagte Issib. »Seit die Insel sich vom Festland abgetrennt hat, hat kein Mensch mehr einen Fuß auf sie gesetzt.«

»Woher weißt du das?« spottete Mebbekew.

»Weil die Überseele verhindert hat, daß Menschen hierher kommen. Niemand erinnert sich mehr daran, daß es sie überhaupt gibt. So hat die Überseele es gewollt. Um alles sicher und bereit zu halten ... für uns, vermute ich.«

Sie sahen Raspjatny einen vollen Tag, bevor sie die Stadt erreichten. Zuerst sah sie einfach aus wie ein seltsam geformter Berg, doch je näher sie ihr kamen, desto deutlicher erkannten sie, daß sie Fenster sahen, die in den Stein gemeißelt worden waren. Es war wirklich ein hoher Berg, so daß die Stadt, die in ihn hineingeschnitten worden war, gewaltig gewesen sein mußte.

Sie schlugen ihr Lager nordöstlich von der Stadt auf, in der Nähe eines Baches. Sie folgten dem Lauf des Baches und stellten fest, daß er genau durch die Stadt floß. In der Stadt bildete er tatsächlich kleine Wasserfälle, neben denen die Mauern dick mit Moos bewachsen waren; dort war es viel kälter als draußen in der Wüste.

Sie erforschten die Stadt abwechselnd in großen Gruppen; einige blieben zurück und paßten auf die Kinder und die Tiere auf, während die anderen durch die Überreste kletterten. Etwas vom Bach entfernt war die Stadt nicht so stark verfallen wie in dessen unmittelbarer Nähe, wenngleich die Außenmauern am besten erhalten geblieben waren. Sie stellten den Grund dafür fest, als sie ein paar Überbleibsel eines Aquäduktsystems fanden, das tatsächlich, wie die Legenden behaupteten, Wasser in jeden Raum der Stadt beförderte. Sie stellten jedoch überrascht fest, daß es innerhalb der Stadt keinerlei Gänge und Korridore gab. Ein Raum führte einfach zum nächsten. »Hatten sie denn gar keine Privatsphäre?« fragte Huschidh. »Wie hatten sie je Zeit für sich selbst, wenn jeder Raum eine Straße war, die alle anderen Bewohner benutzen konnten?«

Niemand hatte darauf eine Antwort.

»In den alten Zeiten haben hier über zweihunderttausend Menschen gelebt«, sagte Issib. »Damals lag diese Gegend viel weiter nördlich und war viel besser bewässert – das gesamte Land draußen war kilometerweit bebaut, und doch konnten ihre Feinde die Stadt nie einnehmen, weil sie innerhalb der Mauern Vorräte für zehn Jahre aufbewahrten und es ihnen nie an Wasser mangelte. Ihre Feinde konnten zwar die Felder abbrennen und die Stadt belagern, doch sie waren schon längst verhungert, bevor in Raspjatny jemand die geringste Not litt. Nur die Natur selbst konnte diese Stadt entvölkern.«

»Warum wurde sie nicht von den Erdbeben im Tal der Feuer vernichtet?« fragte Nafai.

»Wir haben den östlichen Hang noch nicht gesehen. Der Index sagt, die halbe Stadt wäre von zwei großen Erdbeben zerstört worden, als der Riß sich öffnete und das Meer hindurchströmte.«

»Es wäre ein atemberaubendes Erlebnis gewesen, eine solche Flut zu sehen«, sagte Zdorab. »Natürlich von einer sicheren Stelle aus.«

»Die gesamte Ostseite der Stadt ist zusammengebrochen«, sagte Issib. »Nun ist sie nur noch ein Berg. Doch diese Seite blieb erhalten. Zehn Millionen Jahre lang. Aber wie lange noch? Die Bäche höhlen sie von innen aus. Irgendwann wird sie einstürzen. Vielleicht ganz plötzlich. Ein Teil gibt nach, und damit wird der Druck auf die anderen Teile zu groß, und das ganze Gebilde bricht zusammen wie eine Sandburg am Strand.«

»Wir haben eine der Städte der Helden gesehen«, sagte Luet.

»Und die Legenden haben sich als wahr erwiesen«, sagte Obring. »Was mich zu der Frage führt, ob sich die Stadt Skudnoij ebenfalls irgendwo hier in der Gegend befand.«

»Der Index sagt, nein«, erwiderte Issib. »Ich habe ihn gefragt.«

»Schade«, sagte Obring. »Das ganze Gold!«

»Ja, genau«, sagte Elemak. »Und wo möchtest du es verkaufen? Oder willst du es essen? Oder zu Mänteln verarbeiten?«

»Ach, dann darf ich jetzt nicht einmal mehr von ungeheuerlichem Reichtum *träumen?«* sagte Obring trotzig. »Sind nur noch praktische Träume erlaubt?«

Elemak zuckte die Achseln und ließ es dabei bewenden.

Nachdem sie die Gegend um Raspjatny verlassen hatten – und sie brauchten einen ganzen Tag, um an der westlichen Seite der Stadt vorbeizuziehen, die tatsächlich die gesamte Flanke des Berges bedeckt zu haben schien –, zogen sie einen hohen Paß hinauf, der auf seiner gesamten Länge eine gleichbleibende Breite aufwies, also künstlich geschaffen worden zu sein schien. »Das war einmal die häufig befahrene Straße zwischen den Städten des Feuers und den Städten der Sterne«, sagte Issib. »Nun führt sie nur noch in die Wüste.«

Der Paß endete, und eine weite, trockene Savanne breitete sich unter ihnen aus; sie stellten fest, daß die Insel hier schmaler wurde. Im Osten sahen sie die See der Sterne, und weit im Westen den blauen Glanz der südlichen Ausläufer des Reinigenden Meeres. Als sie hinabstiegen, verloren sie das Meer im Westen aus den Augen, denn auf das Drängen der Überseele hin blieben sie am östlichen Ufer, weil dort mehr Regen fiel und sie in der See fischen konnten.

Der Weg war schwierig; hier war es sehr trocken, so daß sie Brunnen graben mußten. Und er war heiß – eine tropische Sonne brannte auf sie hinab. Doch Elemak und Volemak hatten in ihrer Jugend gelernt, in solch einem Gelände zu überleben, und sie kamen gut voran. Zehn Tage, nachdem sie den Paß durch das Dalatoi-Gebirge verlassen hatten, befahl die Überseele ihnen, sich nach Süden zu wenden, obwohl die Küste nach Südosten verlief, und als sie sanft ansteigende Hügel erklommen, wuchs immer mehr Gras, und dann sprenkelten einige Bäume die Landschaft. Sie zogen über niedrige und verwitterte Berge, zogen ein Flußtal hinab, weitere Hügel hinauf und dann durch das schönste Land, das sie je gesehen hatten.

Kleine Wälder wechselten sich mit weiten Wiesen ab; Bienen summten über Wildblumen und verhießen leicht zu sammelnden Honig. Sie stießen auf Bäche mit klarem Wasser, die alle in einen breiten, gewundenen Fluß führten. Schedemei stieg von dem Kamel ab und untersuchte den Boden. »Das ist kein Wüstengrasland«, sagte sie. »Nicht nur Wurzeln. Hier gibt es richtigen Mutterboden. Wir können diese Wiesen bebauen, ohne sie zu zerstören.«

Zum erstenmal auf ihrer Reise machte Elemak sich nicht die Mühe, mit Volemak vorauszureiten, um eine Lagerstätte auszusuchen. Hier gab es keinen Ort, an dem sie *nicht* hätten halten und ein Nachtlager aufschlagen können.

»Dieses Land könnte die Bevölkerung Seggidugus ernähren, und niemand würde Mangel leiden«, sagte Elemak. »Meinst du nicht auch, Vater?«

»Und wir sind die einzigen Menschen hier«, erwiderte er.

»Die Überseele hat diesen Ort für uns vorbereitet. Zehn Millionen Jahre lang hat diese Insel auf uns gewartet.«

»Dann bleiben wir hier? Diese Insel ist unser Ziel?«

»Vorerst«, sagte Volemak. »Mindestens einige Jahre. Die Überseele ist noch nicht bereit, uns zu den Sternen zu führen, zurück zur Erde. Also haben wir hier vorerst unsere Heimat gefunden.«

»Für *wie viele* Jahre?« fragte Elemak.

»So viele, daß wir Holzhäuser bauen und unsere armen, alten Zelte zu Markisen und Vorhängen verarbeiten können«, sagte Volemak. »Es wird keine weiteren Reisen zu Land oder See für uns geben. Wir werden diesen Ort erst verlassen, wenn wir zu den Sternen aufbrechen. Also nennen wir ihn Dostatok, denn er wird mit seinem Überfluß all unsere Bedürfnisse befriedigen. Den Fluß nennen wir Rasa, denn er ist stark und voller Leben und wird uns immer alles geben, was wir brauchen.«

Rasa nickte sanft, um die Ehre dieser Namensgebung zu bestätigen; dabei lächelte sie ganz leise, was Luet als Zeichen dafür deutete, daß Rasa durchaus wußte, daß ihr Gatte mit dieser Namensgebung versöhnlich wirken wollte.

Sie erbauten ihre Siedlung auf einem niedrigen Vorgebirge, das einen Blick auf die Mündung des Flusses Rasa bot, der sich dort in den Südlichen Ozean ergoß – denn sie waren weit nach Süden vorgestoßen und hatten das Reinigende Meer und die See der Sterne hinter sich gelassen. Nach einem Monat hatten alle Familien Holzhäuser mit Strohdächern, und in dieser geographischen Breite konnten sie fast das gesamte Jahr über ernten, so daß es keine Rolle spielte, wann sie säten; es regnete fast jeden Tag, und schwere Stürme zogen schnell vorbei, ohne Schäden anzurichten.

Die Tiere waren hier so zahm, daß sie vor den Menschen keine Furcht hatten; sie domestizierten wilde Ziegen, bei denen es sich eindeutig um Nachkommen jener Tiere handelte, die auch in den Hügeln vor Basilika gehalten wurden. Nun wurde Kamelmilch endlich zu einer Flüssigkeit, die nur junge Kamele trinken mußten, und der Ausdruck ›Kamelkäse‹ wurde zu einem Euphemismus für das, was gut genährte Babies in ihren Windeln zurückließen. In den nächsten sechs Jahren wurden weitere Kinder geboren, bis es insgesamt fünfunddreißig davon gab, von Achtjährigen bis hin zu mehreren, die erst ein paar Wochen alt waren. Die Familien bestellten gemeinsam ihre Felder und teilten sich die Ernten gerecht; dann und wann gingen die Männer gemeinsam auf die Jagd und brachten Fleisch nach Hause, das sie trockneten und pökelten, und Felle, die sie gerbten. Rasa, Issib und Schedemei eröffneten eine Schule und kümmerten sich um die Unterweisung der Kinder.

Nicht, daß ihr Leben lediglich aus Freude und Frieden bestanden hätte. Es gab Streitigkeiten – wegen einer unbedeutenden Sache sprach Kokor ein ganzes Jahr lang nicht mehr mit Sevet; und es kam zu einem Streit zwischen Meb und Obring, der dazu führte, daß Obring sich ein Stück von den anderen entfernt ein neues Haus baute. Es gab Ärger – einige waren der Ansicht, daß andere nicht genug arbeiteten, und hielten ihre Arbeit für wertvoller als die der anderen. Und es gab eine ständige Spannung zwischen den Frauen, die Rasa als ihre Führerin anerkannt hatten, und den Männern, die davon auszugehen schienen, daß keine Entscheidung endgültig war, bis Volemak oder Elemak sie bestätigt hatten. Doch sie überstanden all diese Krisen, all diese Spannungen und fanden schließlich zu einem gewissen Ausgleich der Führungsansprüche von Volemak, der den Zielen der Überseele treu ergeben war, Rasas weitsichtigem Mitleid und Elemaks sturen Entscheidungen bezüglich allem, was ihr Überleben betraf. Jedes Unglück, das sie vielleicht in ihren Herzen empfanden, wurde in Schach gehalten und von der schweren Arbeit begraben, die den Rhythmus ihres Lebens bestimmte. Und es löste sich in jenen Augenblicken auf, da sie reichliches Glück und uneingeschränkte Liebe erlebten.

Das Leben während dieser Jahre war so gut, daß jeder einzelne von ihnen sich irgendwann einmal bei dem Wunsch ertappte, die Überseele möge sie vergessen und in Frieden und glücklich in Dostatok leben lassen.

9

Perimeter

Als Schveja sieben Jahre alt war, hatte sie genau begriffen, wie die Welt funktionierte. Nun war sie acht, und es gab ein paar Fragen.

Wie alle Kinder von Dostatok wuchs sie mit dem Verständnis für die reinen und einfachen Beziehungen zwischen den Familien auf. Zum Beispiel gehörten Dazja und ihre jüngeren Brüder und Schwestern zu Huschidh und Issib. Krassja und Nokja und ihre jüngeren Brüder und Schwestern gehörten zu Kokor und Obring. Vasnja und ihr Bruder und ihre Schwester gehörten zu Sevet und Vas, und so weiter. Jedes der Kinder gehörte zu einer Mutter und einem Vater.

Die einzige Seltsamkeit in diesem klaren Bild des Universums bestand – zumindest, bis Schveja acht Jahre alt war – aus Großvater Volemak und Großmutter Rasa, die nicht nur zwei eigene Kinder hatten – die Brüder Okja und Yaja –, sondern irgendwie auch die Eltern aller anderen Eltern waren.

In Schvejas Vorstellung bedeutete dies, daß Volemak und Rasa die *Ersten Eltern* waren, die die gesamte Menschheit gezeugt hatten. Doch nun wußte sie irgendwo in ihrem Hinterkopf, daß dies nicht ganz richtig war, denn Schedemei hatte ihnen in der Schule klargemacht, daß es Millionen anderer Menschen gab, die in fernen Orten wohnten, und *die* stammten ganz bestimmt nicht alle von Großvater und Großmutter ab. Doch diese Orte waren nur Legenden. Man bekam sie nie zu sehen. Die ganze Welt bestand für Schveja aus dem sicheren und wunderschönen Land Dostatok, und dort gab es niemanden – zumindest hatte es diesen Anschein –, der nicht der Ehe zwischen Volemak und Rasa entsprungen war.

Für Schveja war die Welt der Erwachsenen sogar so fern, daß sie alle Bedürfnisse nach seltsamen Geschichten befriedigte; ihr gelüstete gar nicht danach, von mythischen Ländern wie Basilika und Potokgavan und Gorajni und Erde und Harmonie zu hören, von denen einige Planeten waren und andere Städte und wieder andere Nationen, obwohl Schveja niemals die Regeln verstanden hatte, welcher Name denn nun auf welchen dieser Begriffe zutraf. Nein, Schvejas Welt wurde von dem ständigen Machtkampf zwischen Dazja und Proja um die Vorherrschaft über die Kinder bestimmt.

Dazja war das Älteste Kind, was zu ihrer gewaltigen Autorität beitrug, die sie fröhlich mißbrauchte, um die jüngeren Kinder auszunutzen, wann immer es ihr möglich war. Sie zwang sie zu persönlichen Dienstleistungen und ›Gefallen‹, die sie ohne Dankbarkeit entgegennahm. Wenn eins der jüngeren Kinder nicht gehorchte, schloß sie es einfach von allen Spielen aus, indem sie wissen ließ, daß sie nicht mitmachen würde, wenn »dieses Kind« an dem Spiel oder Wettstreit teilnahm.

Dazja brachte den Mädchen, die schon eher in ihrem Alter waren, eine ähnliche Einstellung entgegen, ging bei ihnen aber subtiler vor – sie bestand nicht auf erniedrigenden persönlichen Gefälligkeiten, erwartete aber, daß alles so getan wurde, wie sie es wollte, daß alle anderen Mädchen mitmachten und jede, die sich weigerte, höflich geächtet wurde. Da Schveja das Zweite Kind und nur drei Tage jünger war, sah sie nicht ein, eine so unterwürfige Rolle spielen zu müssen. Das Ergebnis bestand darin, daß sie viel Zeit für sich selbst hatte, denn Dazja duldete keine Gleichberechtigten, und die anderen Mädchen hatten nicht genug Mumm, sich ihr zu widersetzen.

Und wie Dazja ihr Königreich unter den jüngeren Kindern und den älteren Mädchen geschmiedet hatte, hatte Proja – Elemaks ältester Sohn und Zweiter Junge – sich zum Prinz unter den Prinzen gemacht. Er war die einzige Person, die Dazja lächerlich machen und über ihre Regeln lachen konnte, und alle älteren Jungen folgten ihm. Dazja ächtete in so einem Fall die älteren Jungen natürlich umgehend, doch das war ihnen gleichgültig, da Proja über die Spiele bestimmte, an denen *sie* teilhaben wollten, und sie *seine* Anerkennung suchten. Die schlimmste Erniedrigung für Dazja bestand darin, daß ihr eigener Bruder Xodhja sich zu Proja schlug und dessen Macht als Schild für seine Unabhängigkeit von der Herrschaft seiner älteren Schwester nutzte. Auch Schvejas jüngerer Bruder Schjat und manchmal sogar Motja, der ein Jahr jünger als Schjat war und eigentlich gar nicht zu den älteren Jungen gehörte, machten regelmäßig bei Proja mit, aber dagegen hatte Schveja nichts, denn dies war eine noch größere Erniedrigung für Dazja.

In Zeiten der Zwistigkeiten schlug Schveja sich natürlich auf die Seite der älteren Mädchen, die die aufsässigen Jungen dann verspotteten und verhöhnten, doch in ihrem Herzen sehnte sie sich danach, zu Projas Königreich zu gehören. Die *Jungen* führten die harten und wunderschönen Spiele um Jagd und Tod durch. Schveja wäre sogar bereit gewesen, die Beute zu spielen, sich jagen und mit stumpfen Pfeilen beschießen zu lassen, wenn sie nur hätte mitmachen dürfen, statt elend in Dazjas Reich gefangen zu sein. Doch als sie ihrem Bruder Schjat gegenüber einmal derartige Andeutungen machte, tat er so, als müsse er würgen und sich übergeben, und sie gab die Idee wieder auf.

Ihr größter Neid galt jedoch Okja und Yaja, den beiden Söhnen von Großmutter und Großvater. Okja war der Erste Junge, und Yaja der Vierte. Doch sie hätten Proja mit Leichtigkeit um seine vorherrschende Stellung unter den Jungen bringen können, besonders, da die beiden alles gemeinsam machten und die anderen Jungen zur Unterwerfung hätten zwingen können. Aber diese Mühe machten sie sich nicht; sie nahmen nur an Projas Spielen teil, wenn sie Lust dazu hatten, und es war ihnen völlig gleichgültig, wer das Sagen hatte. Denn sie hielten sich für Erwachsene und nicht für Kinder. »Wir sind von der gleichen Generation wie eure Eltern«, hatte Yaja einmal zu ihr gesagt und ziemlich hochmütig gelacht. Schveja hatte daraufhin erwidert, daß Yaja beträchtlich kleiner als sie war und einen noch ganz winzigen Pimmel hatte, der nicht größer als der eines Hasen sei, woraufhin die anderen Kinder trotz ihrer Ehrfurcht vor Yaja gelacht hatten. Yaja hingegen hatte sie nur verächtlich angesehen und war davonstolziert. Doch Schveja hatte daraufhin bemerkt, daß Yaja nicht mehr in Gegenwart der anderen Kinder pinkelte.

Wenn Schveja brutal ehrlich zu sich selbst war, mußte sie eingestehen, daß sie deshalb so oft völlig von den anderen Kindern gemieden wurde, weil sie einfach nicht ihre Klappe halten konnte. Wenn sie jemanden sah, der andere einschüchterte oder unfair oder selbstsüchtig war, riß sie den Mund auf. Es spielte keine Rolle, daß sie auch sprach, wenn jemand edel oder gut oder freundlich war – Lob wurde schnell vergessen, während man sich an Beleidigungen ewig erinnerte. Daher hatte Schveja keine echten Freunde unter den anderen Kindern – sie waren alle zu sehr damit beschäftigt, sich bei Dazja oder Proja einzuschmeicheln, als daß sie Schveja echte Freundschaft schenken konnten, von Okja und Yaja natürlich einmal abgesehen, die als angebliche Erwachsene noch hochmütiger waren und unter sich blieben.

Als Schveja acht Jahre alt wurde und sah, wie wenig Beachtung man – von ihren Eltern einmal abgesehen – ihrem Geburtstag schenkte, nachdem die anderen wegen Dazjas Geburtstag gerade ein gewaltiges Theater gemacht hatten, bezweifelte sie völlig, irgendeine Bedeutung auf der Welt zu haben. War es nicht schon schlimm genug, daß Dazja über alle anderen Mädchen herrschte? Mußten die Erwachsenen aus ihrem Geburtstag unbedingt ein solches Fest machen? Vater erklärte ihr natürlich, daß das Fest nicht Dza selbst galt, sondern für den Beginn ihrer gesamten Generation von Kindern stand – aber was für eine Rolle spielte es schon, ob die Erwachsenen es so oder so sahen? Tatsache blieb, daß dieses Fest Dazjas eiserne Herrschaft über die anderen Kinder bestätigt hatte. Es hatte ihr sogar zu einer befristeten Überlegenheit über Proja verholfen, und Okja und Yaja hatten während der gesamten Feier geschmollt, da sie sich unter die anderen Kinder mischen mußten, was sie für nicht richtig hielten, da sie doch gar nicht zu der jüngeren Generation gehörten. Wie konnten die Erwachsenen nur so unachtsam sein und so zerstörerisch in die Hierarchie unter den Kindern eingreifen? Manchmal hatte sie den Eindruck, die Erwachsenen bekämen gar nicht mit, daß ihre Kinder ein eigenes Leben führten.

Zu diesem Zeitpunkt kam Schveja zu der tiefgründigen Einsicht, daß die Welt der Erwachsenen und die der Kinder wahrscheinlich den gleichen Regeln unterworfen waren, einmal davon abgesehen, daß die Kinder den Erwachsenen gegenüber stets unterwürfig sein mußten. Es begann mit einem Gespräch mit ihrer Mutter, als die nach ihrem Bad Schvejas Haar kämmte. »Je jünger die Jungs sind, desto abscheulicher sind sie«, sagte Schveja und meinte damit ihren zweiten Bruder Motja, der gerade herausgefunden hatte, welchen Aufruhr er verursachen konnte, wenn er sich in der Nase bohrte und den Finger dann am Kleid seiner Schwester abwischte, ein Verhalten, das Schveja auf keinen Fall dulden würde, ganz gleich, ob er es bei ihr machte oder bei der kleinen Zuja, die sich nicht wehren konnte.

»Das ist nicht unbedingt richtig«, sagte Mutter. »Wenn sie älter werden, sind sie einfach auf ganz andere Art und Weise abscheulich.«

Mutter sagte es ungezwungen dahin, als mache sie einen Scherz, aber für Schveja war es ein großer, erhellender Augenblick. Sie versuchte sich vorzustellen, wie sich zum Beispiel Krassjas Vater Obring in der Nase bohrte und den Knösel dann an Mutters Kleid abwischte, und wußte sofort, daß er dies nie tun würde. Aber vielleicht war Obring zu anderen abscheulichen Dingen fähig, zu *erwachsenen* Dingen. Ich muß ihn beobachten und es herausfinden, dachte Schveja.

Sie stellte nicht in Frage, daß sie ausgerechnet Obring beobachten mußte – sie hatte oft gesehen, daß Mutter ungeduldig wurde, wenn Obring in einer Ratsversammlung sprach. Sie hatte keinen Respekt für ihn, und Vater auch nicht, obwohl der es besser verbarg. Wenn also irgendein Erwachsener ein abscheuliches Verhalten an den Tag legte, dann bestimmt Obring.

Von nun an richtete Schveja ihre gesamte Aufmerksamkeit auf die Erwachsenen in ihrer Umgebung und versuchte herauszufinden, wer die Dazja der Mütter und wer der Proja der Väter war. Dabei begriff sie allmählich Dinge, die sie nie zuvor verstanden hatte. Die Welt war gar kein so klarer und einfacher Ort, wie sie es bislang immer geglaubt hatte.

Die schockierendste Enthüllung kam an dem Tag, als sie mit ihren Eltern über die Ehe sprach. Sie hatte vor einiger Zeit eine häßliche Bemerkung Tojas darüber aufgeschnappt, was Proja in Wirklichkeit gern mit Dazja machen würde, und nun schwante ihr, daß alle Kinder irgendwann aufwachsen und sich miteinander paaren und Babies bekommen würden und der ganze Zyklus von vorn anfangen würde. Toja hatte seine Bemerkung als obszönen Greuel gemeint, doch Schveja wurde klar, daß es sich wahrscheinlich sogar um eine Prophezeiung handelte. Wären Proja und Dazja nicht das perfekte Paar? Proja würde genau wie Elemak sein, und Dazja würde ihn wahrscheinlich mit völliger Hingabe anlächeln genau, wie Eiadh es bei Elemak tat. Oder würde Dazja wie ihre Mutter Huschidh sein, viel stärker als ihr Mann Issib, da sie ihn sogar herumtrug und badete wie ein Baby? Oder würden Proja und Dazja ihren Kampf um die Vorherrschaft ihr ganzes Leben lang fortsetzen und versuchen, auch ihre eigenen Kinder gegeneinander aufzuhetzen?

Diese Gedanke führte Schveja zu der Frage, welchen der Jungen *sie* heiraten würde. Würde es einer der Jungen des ersten Jahres sein, also einer in ihrem Alter? Das wären entweder Proja oder Okja, und beide stießen sie gleichermaßen ab. Und was war mit den Jungs des zweiten Jahres? Dazjas kleiner Bruder Xodhja, Projas kleiner Bruder Nadja oder der ›erwachsene‹ Yaja – was für eine hervorragende Auswahl! Und die Kinder des dritten Jahres waren im gleichen Alter wie ihr scheußlicher Bruder Motja – wie konnte sie auch nur davon *träumen*, einen so jungen Knaben zu heiraten?

Also brachte sie das Thema bei ihren Eltern zur Sprache, eines Morgens beim Frühstück, als ihr Vater nicht auf die Jagd ging, so daß sie gemeinsam essen konnten. »Was meint ihr, werde ich Xodhja heiraten müssen?« fragte sie – denn sie war zum Schluß gekommen, daß Xodhja die am wenigsten ekelhafte Alternative war.

»Auf keinen Fall«, sagte Mutter ohne das geringste Zögern.

»Wir würden es sogar verbieten«, sagte Vater.

»Nun, wen dann? Okja? Yaja?«

»Das wäre fast genauso schlimm«, sagte Vater. »Was ist los, hast du vor, demnächst eine Familie zu gründen?«

»Natürlich denkt sie darüber nach, Njef«, sagte Mutter. »Mädchen denken in diesem Alter über so etwas nach.«

»Nun, dann sollte sie sich einprägen, daß sie keinen vollen Onkel und *ganz bestimmt* keinen vollen doppelten ersten Vetter heiraten wird.«

Diese Worte hatten für Schveja nicht die geringste Bedeutung, wiesen aber auf dunkle Geheimnisse hin. Was für eine unaussprechliche Tat hatte Xodhja begangen, daß er zu einem ›vollen doppelten ersten Vetter‹ geworden war? Also fragte sie.

»*Er* hat gar nichts getan«, sagte Mutter. »Es ist nur so, daß seine Mutter, Huschidh, meine volle Schwester ist – wir beide haben dieselbe Mutter und denselben Vater. Und Zaxodhs Vater Issib ist der volle Bruder deines Vaters – sie haben beide dieselben Eltern, nämlich Großmutter und Großvater. Das bedeutet, daß ihr ausschließlich gemeinsame Vorfahren habt – ihr habt die engste Blutsverwandtschaft von allen Kindern, und eine Ehe zwischen euch kommt nicht in Frage.«

»Wenn wir es irgendwie verhindern können«, fügte Vater hinzu.

»*Das* können wir auf jeden Fall verhindern«, sagte Mutter. »Und bei Ojkib und Yasai habe ich ähnliche Vorbehalte, weil auch *sie* Söhne von Rasa und Volemak sind.«

Schveja nahm das alles mit äußerlicher Ruhe hin, doch innerlich war sie fürchterlich aufgewühlt. Huschidh und Mutter waren Vollschwestern, aber *keine* Töchter von Großmutter und Großvater! Und Vater und Issib waren Vollbrüder, wie auch Ojkib und Yasai, und diese Vollbrüderschaft bestand, weil sie Söhne von Großmutter und Großvater waren. Doch schon allein der Gebrauch des Wortes ›voll‹ bedeutete, daß es hier einige gab, die *keine* Vollbrüder und daher auch keine Söhne von Volemak und Rasa waren. Wie war das möglich?

»Was ist los?« fragte Vater.

»Ich meine nur ... wen *darf* ich denn heiraten?«

»Ist das nicht etwas früh ...?« begann Vater.

Mutter unterbrach ihn. »Die Jungs, die du heute abscheulich findest, werden dir viel interessanter vorkommen, wenn du älter wirst. Kauf mir das einfach ab, meine liebe Veja, denn *diese* Prophezeiung wirst du mir erst glauben, sobald sie sich als wahr erweist. Doch wenn dieser wunderbare Tag dann kommt ...«

»Schreckliche Tag, meinst du wohl«, murmelte Vater.

»... kannst du zum Beispiel ein Auge auf Padarok werfen, denn er ist mit niemandem außer seiner kleinen Schwester Dabrota und seinen Eltern Zdorab und Schedemei verwandt.«

Nun begriff Schveja zum erstenmal, daß Zdorab und Schedemei mit keinem der anderen verwandt waren, doch gleichzeitig fiel ihr ein, daß sie Padarok seit geraumer Zeit nicht ausstehen konnte, weil er Großmutter und Großvater immer Rasa und Volemak nannte, was ihr respektlos vorgekommen war; doch es war *überhaupt nicht* respektlos gewesen, da sie ja wirklich nicht seine Großeltern waren. Hatten die anderen Kinder das schon die ganze Zeit über gewußt?

»Und«, fügte Vater hinzu, »da es nur einen Padarok gibt, der die mannbaren jungen Mädchen von Dostatok bedienen kann ...«

»Njef!« sagte Mutter scharf.

»... bleibt dir keine andere Wahl, als auch – wie hast du es ausgedrückt, meine liebe Wasserseherin? Ach ja! – als auch ein Auge auf Protschnu oder Nadeschni zu werfen, weil deren Mutter Eiadh mit niemandem sonst hier verwandt und ihr Vater Elemak nur mein Halbbruder ist. Genauso ist es bei Umene, dessen Vater Vas nicht mit uns verwandt und dessen Mutter Sevet nur meine Halbschwester ist.«

Proja, Nadja und Umja interessierten sie im Augenblick nicht. »Wie kann Sevet nur eine halbe Schwester von dir sein?« fragte Schveja. »Weil du so viele Brüder hast, daß sie dir keine volle Schwester sein kann?«

»Ach, das ist ein Alptraum«, sagte Mutter. »Muß das unbedingt heute morgen sein?«

Doch Vater erklärte ihr bereitwillig, daß Volemak in Basilika mit zwei anderen Frauen verheiratet gewesen war, die Elemak und Mebbekew geboren hatten, bevor er Rasa geheiratet hatte, die ihm Issib geschenkt hatte; und dann hatte Herrin Rasa die Ehe nicht ›verlängert‹, sondern statt dessen einen Mann namens Gaballufix geheiratet, der ebenfalls Elemaks Halbbruder war, weil *seine* Mutter eine der früheren Frauen Volemaks gewesen war. Und von Gaballufix hatte Herrin Rasa dann Sevet und Kokor bekommen, und dann hatte sie den Vertrag mit *ihm* nicht mehr verlängert, war zu Volemak zurückgekehrt und hatte ihn auf Dauer geheiratet. Und dann hatten die beiden Nafai und – viel später – Okja und Yaja bekommen.

»Hast du das verstanden?«

Schveja konnte nur verblüfft nicken. Ihre gesamte Welt war von oben nach unten gekehrt worden. Nicht nur aufgrund der Verwirrung, wer nun wirklich mit wem verwandt war, sondern von der Vorstellung, daß dieselben Leute nicht ihr ganzes Leben lang verheiratet bleiben mußten – daß die Mutter und der Vater eines ihrer Spielgefährten vielleicht mit ganz anderen Leuten verheiratet gewesen waren und Kinder hatten, die nur mit einem Elternteil verwandt waren und den anderen vielleicht als völlig Fremden ansahen! Es war entsetzlich, und in dieser Nacht hatte sie einen schrecklichen Traum, in dem riesige Ratten in ihr Haus kamen und Vater im Schlaf davontrugen, und als Mutter aufwachte, bemerkte sie nicht einmal, daß er verschwunden war, sondern brachte einfach den kleinen Proja herein und sagte: »Das ist dein neuer Vater, bis die Ratten auch *ihn* holen.«

Sie wachte schluchzend auf.

»Was hast du geträumt?« fragte Mutter, als sie sie tröstete. »Erzähl mir, Veja, warum weinst du?«

Also erzählte sie es ihr.

Mutter trug sie in das Zimmer, in dem sie und Vater schliefen, und weckte Vater. Sie bat Schveja, auch *ihm* den Traum zu erzählen. Er schien sich gar nicht für den schrecklichsten Vorfall zu interessieren – daß nämlich Proja in ihr Haus gekommen war und seinen Platz eingenommen hatte –, sondern wollte lediglich alles über die riesigen Ratten wissen. Er bat sie immer wieder, sie zu beschreiben, obwohl sie nur noch wußte, daß es eben Ratten gewesen waren, und zwar sehr große, die ständig in sich hineingelacht hätten, wie klug sie doch wären, während sie Vater davontrugen.

»Trotzdem«, sagte Vater. »Das erste Mal in der neuen Generation. Und nicht von der Überseele, sondern vom Hüter.«

»Es hat vielleicht gar nichts zu bedeuten«, sagte Mutter. »Wahrscheinlich hat sie von einem der anderen Träume gehört.«

Doch als sie sie fragten, ob sie vor diesem Traum Geschichten von riesigen Ratten gehört hätte, begriff Schveja gar nicht, wovon sie sprachen. Die einzigen Ratten, von denen sie gehört hatte, waren die, die ständig versuchten, Nahrung aus den Scheunen zu stehlen. Träumten auch andere Menschen von riesigen Ratten? Die Erwachsenen waren so seltsam – sie dachten sich nichts dabei, daß Familien auseinandergerissen wurden und Kinder Halbbrüder und Halbschwestern und ähnliche Monstrositäten hatten, aber ein Traum von einer riesigen Ratte, tja, *den* hielten sie für wichtig. Vater sagte sogar: »Wenn du je wieder von riesigen Ratten träumst – oder von anderen seltsamen Tieren –, mußt du es uns sofort sagen. Es könnte sehr wichtig sein.«

Erst, als Luet sie im Bett wieder zudeckte, konnte Schveja die Frage stellen, die an *ihr* nagte: »Mutter, wer wird unser neuer Vater sein, wenn du mit Vater nicht mehr verlängerst?«

Augenblicklich legte sich ein verständnisvoller und mitfühlender Ausdruck auf Mutters Gesicht. »Ach, Veja, meine liebe kleine Näherin, *darüber* machst du dir Sorgen? Als wir Basilika verlassen haben, haben wir auch diese Gesetze hinter uns gelassen. Hier währen die Ehen ewig. Bis zu unserem Tod. Also wird in unserer Familie Vater immer der Vater sein, und ich werde immer die Mutter sein, und damit hat es sich! Du kannst dich darauf verlassen.«

Nun war Schveja beruhigt und schlief wieder ein. Und während sie einschlief, kam ihr Verschiedenes in den Sinn: Wie schrecklich muß es doch gewesen sein, in Basilika zu leben und nie zu wissen, mit wem die Eltern im nächsten oder übernächsten Jahr verheiratet waren – da könnte man gleich in einem Haus leben, in dem der Fußboden morgen die Decke ist. Und dann: Ich bin die erste der neuen Generation, die von riesigen Ratten geträumt hat, und irgendwie ist das wunderbar, und deshalb muß ich sehr stolz auf mich sein, und hätte ich es gewußt, hätte ich schon eher von riesigen Ratten geträumt. Und dann: Rokja ist der Junge, der mit niemandem verwandt ist, und deshalb ist es am besten, wenn ich ihn heirate. Und deshalb werde ich ihn auch heiraten, und *dann* wird Dazja schon sehen, wer die beste ist!

Nafai und Luet bekamen in dieser Nacht nur wenig Schlaf. Beide beschäftigten sich mit unterschiedlichen Aspekten von Schvejas Traum. Für Luet war wichtig, daß eins der Kinder endlich eine der Fähigkeiten zeigte, auf die die Überseele hingearbeitet hatte. Sie wußte, es war eitel von ihr, doch sie hielt es für angemessen, daß die Erstgeborene der Wasserseherin die erste war, die einen bedeutungsvollen Traum hatte. Sie konnte es kaum abwarten, ihre Tochter zum erstenmal in das Wasser des Flusses mitzunehmen und festzustellen, ob Schveja lernen konnte, absichtlich in jenen Schlaf zu fallen, der wahre Träume brachte, wie Luet es sich beigebracht hatte.

Für Nafai hingegen war wichtig, daß nach so langer Stille jemand tatsächlich eine Nachricht erhalten hatte. Und daß diese Nachricht, so verschwommen und von kindlicher Verwirrung beeinflußt sie auch sein mochte, vom Hüter der Erde stammte, wodurch sie irgendwie noch wichtiger war, als wäre sie von der Überseele gekommen.

Schließlich führten sie mit der Überseele ständig Gespräche – durch den Index natürlich. Der Index ermöglichte ihnen jedoch nur Zugang zu den Speichern der Überseele. Er ermöglichte ihnen nicht, die Pläne der Überseele zu sondieren, herauszufinden, was genau die Überseele in diesem oder im nächsten Jahr von ihnen erwartete. Sie hatten darauf gewartet, wie sie stets darauf gewartet hatten, daß die Überseele die Dinge in Bewegung setzte, indem sie ihnen Träume oder eine Stimme in ihren Verstand schickte. Doch all die Jahre, die sie schon in Dostatok lebten, hatte die Überseele ihnen keinen Traum, keine Stimme geschickt, und die einzige Nachricht, die der Index – über die Erforschung seiner Speicher hinaus – für sie hatte, lautete: Bleibt und wartet!

Doch der Hüter der Erde war an kein Vorhaben, keinen Zeitplan der Überseele gebunden; er schickte seine Träume über die Lichtjahre hinweg von der Erde. Sie ahnten nicht einmal, welchen Zweck der Hüter damit befolgte – die Träume, die er schickte, schienen mit den Sorgen zu tun haben, die den Träumenden beschäftigten, genau, wie es bei Schvejas Traum von den Ratten der Fall gewesen war. Doch manche Themen kehrten immer wieder – hatte nicht auch Huschidh geträumt, daß die Ratten Feinde waren und ihre Familie angriffen? Dies schien darauf hinzudeuten, daß diese großen Ratten auf der Erde irgendwie zum Problem für sie werden würden – wenngleich es auch Träume gab, in denen die Ratten und Engel der Erde sich mit den Menschen als Freunde und Gleichberechtigte zusammentaten. Es war so schwer, alledem einen Sinn zu entnehmen – doch eins stand fest: Die Träume vom Hüter der Erde kamen noch immer, und daher würde vielleicht bald etwas passieren; vielleicht würde bald die nächste Etappe ihrer Reise beginnen.

Denn Nafai wurde allmählich ungeduldig. Wie alle anderen auch schätzte er das Leben, das sie in Dostatok führten, doch er konnte nicht vergessen, daß dies nicht das Ziel ihrer Reise war. Vor ihnen lag eine noch nicht bewältigte Aufgabe, eine Reise durchs All zu dem Planeten, auf dem die Menschheit ihrer Ursprung genommen hatte, die erstmalige Rückkehr der Menschen nach vierzig Millionen Jahren, und Nafai sehnte sich danach. Das Leben in Dostatok war schön, doch es war auch viel zu geschlossen und ordentlich. Hier schien alles sein *Ende* genommen zu haben, und Nafai mochte das Gefühl nicht, daß die Zukunft irgendwie von ihm abgeschnitten worden war und es keine weiteren Veränderungen mehr geben würde bis auf die vorhersagbaren, die mit dem Älterwerden einhergingen.

Überseele, sagte Nafai stumm, wirst du nun, da der Hüter der Erde erwacht ist, ebenfalls aufwachen? Wirst du uns auf die nächste Etappe unserer Reise schicken?

Nafai war sich genau bewußt, wie unterschiedlich seine und Luets Reaktionen auf Schvejas Traum waren. Er sah geringschätzig auf Luets Einstellung hinab und war gleichzeitig neidisch darauf. Er dachte geringschätzig von ihr, weil sie zugelassen zu haben schien, daß Dostatok ihre gesamte Welt wurde – sie interessierte sich hauptsächlich für die Kinder und dafür, ob dieser Traum bedeutete, daß sie ebenfalls Hellseherin werden würden. Und besonders freute sie sich darüber, daß ihre Schveja als erste wahre Träume geträumt hatte. Doch wie unwichtig war das alles im Vergleich dazu, daß der Hüter der Erde sich wieder rührte!

Und er war neidisch, weil sie mit ihrem derzeitigen Leben in Dostatok so verbunden war – er war unweigerlich der Ansicht, daß sie viel glücklicher war als er, denn ihre Welt drehte sich *tatsächlich* um die Kinder, die Familie, die Gemeinschaft. Ich lebe in einer größeren Welt, habe aber kaum eine Verbindung mit ihr; sie lebt in einer kleineren, kann sie aber verändern und sich von ihr verändern lassen, viel stärker, als es bei mir der Fall ist.

Ich kann nicht so werden wie sie, und sie kann nicht so werden wie ich. Einzelne Menschen waren ihr schon immer wichtiger als mir. Es ist meine Schwäche, daß ich mir der Gefühle anderer Menschen nicht so bewußt werde wie sie. Wäre ich ein so aufmerksamer und einfühlsamer Beobachter, wie sie es ist, hätte ich vielleicht nicht unabsichtlich die Dinge gesagt und getan, die dazu geführt haben, daß meine älteren Brüder mich so hassen. Dann hätte unser ganzes Leben vielleicht einen ganz anderen Verlauf genommen, und Elja und ich wären vielleicht Freunde geworden. Stattdessen gibt es selbst jetzt, da Elemak mich als Jäger respektiert und bei den Beratungen auf mich hört, keine Vertrautheit zwischen uns, und Elemak ist vor mir auf der Hut und hält nach Anzeichen Ausschau, ich könne versuchen, ihn zu verdrängen. Luet hingegen scheint unter den Frauen keinen Neid hervorzurufen. Als Wasserseherin könnte man sie genausogut als Rivalin für Mutters Dominanz über die Frauen sehen, wie Elemak Vaters Führung herausfordert und ich Elemaks Rivale bin, doch bei ihnen scheint es überhaupt kein Konkurrenzgefühl zu geben. Sie sind eins. Warum können Elemak und ich nicht eins sein? Und Elemak und Vater?

Vielleicht fehlt den Männern etwas, so daß wir uns niemals zusammenschließen und aus vielen Seelen eine machen können. Das wäre ein schrecklicher Verlust. Ich schaue Luet an und sehe, wie nah sie den anderen Frauen steht, selbst denen, die sie nicht so besonders gut leiden kann; ich sehe, wie nah sie und die anderen Frauen den Kindern stehen; und dann sehe ich, wie weit entfernt ich von den anderen Männern stehe, und komme mir so einsam vor.

Mit diesen Gedanken schlief Nafai endlich ein, doch erst ein paar Stunden vor der Dämmerung, und als er schließlich aufstand, stellte er fest, daß Luet genauso müde war. Den Haferschleim rührte sie praktisch im Halbschlaf um. »Und heute ist schulfrei«, sagte Luet, »und wir müssen uns um die Kinder kümmern und können noch nicht einmal ein Nickerchen halten.«

»Sollen sie doch draußen spielen«, sagte Nafai, »bis auf die Zwillinge natürlich, und die können wir vielleicht bei Schuja lassen. Dann können wir schlafen.«

»Oder wir könnten abwechselnd schlafen, statt sie zu anderen Leuten zu bringen«, sagte Luet.

»Abwechselnd schlafen?« sagte Nafai. »Wie langweilig.«

»Ich will *schlafen*«, sagte Luet. »Warum seid ihr Männer nie so müde, daß ihr nicht mehr an das *eine* denkt?«

»Männer, die nicht mehr an das *eine* denken, wie du es so schön ausdrückst, sind entweder Eunuchen oder tot.«

»Wir müssen deinen Eltern von Schvejas Traum erzählen«, sagte Luet.

»Wir müssen *allen* davon erzählen.«

»Der Ansicht bin ich nicht«, sagte Luet. »Das würde zuviel Eifersucht hervorrufen.«

»Ach, wen außer dir interessiert schon, welches Kind als erstes wahre Träume hatte?« Doch schon in dem Augenblick, da er dies sagte, wußte er, daß es *alle* Eltern interessieren würde und es richtig von ihr war, Eifersucht zu vermeiden.

Sie schnitt ihm eine Grimasse. »*Du* stehst so völlig über dem Neid, o Edler, daß es mich neidisch macht.«

»Es tut mir leid«, sagte er.

»Und außerdem«, sagte sie, »wäre es nicht gut für Schveja, wenn wir ein großes Aufheben darum machen würden. Sieh dir doch an, was mit Dza passiert ist, als wir ihren Geburtstag zu einem Fest gemacht haben – sie schickaniert die anderen Kinder ziemlich herum, und das macht Schuja Sorgen. Nach diesem öffentlichen Aufruhr ist es nur noch schlimmer geworden.«

»Manchmal bekomme ich mit, daß sie die anderen Kinder auf völlig sinnlose Botengänge schickt, und dann will ich ihr Vernunft einprügeln ...«

»Aber Herrin Rasa sagt ...«

»Ich weiß. Daß Kinder ihre eigene Gemeinschaft etablieren und sich auf ihre Weise mit der Tyrannei befassen müssen«, sagte Nafai. »Aber ich frage mich, ob sie wirklich recht hat. Schließlich konnte ihre Erziehungstheorie nur in Basilikas Schoß gedeihen. Könnten wir unsere Konflikte zu Beginn der Reise nicht als Folge eben gerade dieser Methode sehen?«

»Nein, das könnten wir nicht«, sagte Luet. »Besonders deshalb nicht, weil jene Personen, die den *meisten* Ärger verursacht haben, die *geringste* Zeit von Herrin Rasa erzogen wurden. Namentlich Elemak und Mebbekew, die ihre Schule verließen, sobald sie in das Alter kamen, in dem sie selbst entscheiden durften, sowie Vas und Obring, die nie Schüler von ihr waren.«

»Andererseits, meine liebe Analytikerin, ist Zdorab der beste von uns und war *nie* ihr Schüler, während Kokor und Sevet, ihre eigenen Töchter, genauso schlimm wie die schlimmsten anderen sind.«

In diesem Augenblick kamen Serp und Spel, die Zwillinge, auf wackligen Beinen in die Küche, und mit dem offenen Gespräch unter Erwachsenen war es vorbei.

Als sie endlich Gelegenheit fanden, sich für kurze Zeit hinzulegen, waren sie aufgrund ihrer alltäglichen Pflichten so hellwach, daß sie nicht mehr schlafen wollten. Also gingen sie zu Volemaks und Rasas Haus, um mit ihnen über den Traum zu sprechen.

Auf dem Weg dorthin kamen sie an einer Gruppe älterer Jungen vorbei, die mit ihren Steinschleudern übten. Sie blieben stehen und schauten eine Weile zu, hauptsächlich um zu sehen, wie sich ihre beiden älteren Jungs machten, Schatva und Motiga. Die Jungen bemerkten natürlich, daß sie beobachtet wurden, und versuchten sofort, ihre Eltern zu beeindrucken. Doch Luet und Nafai interessierten sich nicht so sehr dafür, welche Fortschritte sie mit der Schlinge gemacht hatten, sondern wie ihr Verhältnis zu den anderen Kindern war. Motiga war natürlich eine entsetzliche Nervensäge – er war sich deutlich bewußt, daß er jünger als die anderen war, und seine dummen Streiche und Albernheiten waren seine Strategie, mit der er sich Zutritt zum inneren Kreis verschaffen wollte. Schatva hingegen gehörte vom Alter her zu ihnen, und seinen Eltern bereitete Sorgen, wie biegsam er war – wie sehr er Proja zu verehren schien, einen stolzierenden Hahn, der nicht einmal einen Bruchteil des Respekts verdient hatte, den Schatva ihm entgegenbrachte.

Ein typischer Augenblick: Motja schwang achtlos seine geladene Schleuder und traf Xodhja am Arm. Dessen Augen füllten sich augenblicklich mit Tränen, und Proja verhöhnte ihn: »Du wirst nie ein Mann sein, Xodhja! Du kommst dem immer nur nahe!« Das war natürlich ein Wortspiel mit seinem Namen, und dazu ein ziemlich cleveres – aber auch ein grausames, das Xodhjas Elend nur noch vergrößerte. Und dann, ohne daß einer der Jungs es richtig mitbekam, wandte sich Xodhja in seinem Elend an Schjat, der impulsiv den Arm um Xodhjas Schulter legte und seinen kleinen Bruder anbellte: »Paß gefälligst besser mit deiner Schleuder auf, Affenhirn!«

Eine ganz einfache, instinktive Sache, doch Luet und Nafai lächelten einander zu. Schatva bot Xodhja nicht nur ohne die Spur einer Herablassung körperlichen Trost, sondern lenkte die Aufmerksamkeit auch noch von Xodhjas Schmerz und Tränen ab auf den wahren Schuldigen. Dies alles machte er ungezwungen und anmutig, ohne Projas Autorität auch nur im geringsten herauszufordern.

»Wann wird Schjat begreifen, daß *er* derjenige ist, an den die anderen Jungen sich wenden, wenn sie Schwierigkeiten haben?« fragte Nafai.

»Vielleicht füllt er diese Rolle so gut aus, weil er nicht weiß, *daß* er sie übernommen hat.«

»Ich beneide ihn«, sagte Nafai. »Wäre mir das doch nur möglich gewesen.«

»Ach? Und wieso sollte es dir nicht möglich sein?«

»Du *kennst* mich, Luet. Ich hätte Protschnu angeschrien, es sei nicht gerecht von ihm, Xodhja aufzuziehen, weil es Motjas Schuld war, und wenn Motja ihn getroffen hätte, würde auch er weinen.«

»Das stimmt natürlich.«

»Natürlich. Aber ich hätte mir Protschnu zum Feind gemacht«, sagte Nafai. Und welche Konsequenzen *das* gehabt hätte, mußte er wohl kaum erklären. Hatte Luet es nicht oft genug erlebt?

»Für mich ist nur wichtig, daß unser Schatva die Zuneigung der anderen Jungen hat und sie auch verdient«, sagte Luet.

»Könnte Motja doch nur von ihm lernen.«

»Motja ist noch ein Baby«, sagte Luet, »und wir wissen nicht, was aus ihm wird – nur, daß er auch später sehr laut und auffällig und zappelig sein wird. Ich wünschte nur, Schveja könnte etwas von Schatva lernen.«

»Nun ja, jedes Kind ist anders«, sagte Nafai. Er wandte sich ab und führte Luet von dem Steinschleuder-Wettbewerb fort und zu Vaters und Mutters Haus. Doch er verstand Luets Wunsch gut: Schvejas Einsamkeit und Absonderung von den anderen bereitete ihnen beiden große Sorgen – sie war die einzige wirkliche Außenseiterin unter allen älteren Kindern und verstand nicht warum, weil sie eigentlich gar nichts getan hatte, um die anderen gegen sich aufzubringen. Sie hatte einfach keinen Platz in der kindlichen Hierarchie. Oder sie hatte vielleicht einen, weigerte sich aber, ihn einzunehmen. Welche Ironie, dachte Nafai – wir machen uns Sorgen, weil Schatva die unterwürfige Rolle zu gut spielt, aber auch, weil Schveja sich weigert, eine solche zu akzeptieren. Vielleicht wollen wir in Wirklichkeit, daß unsere Kinder die dominante Rolle einnehmen! Vielleicht versuche ich, meinen Ehrgeiz durch sie zu erfüllen, und das wäre falsch. Also sollte ich mich mit dem zufriedengeben, was sie sind.

Luet mußte ähnlich gedacht haben, denn sie sagte plötzlich: »Beide werden ihre Wege durch das Dickicht der menschlichen Gesellschaft finden. Wir können sie nur beobachten und trösten und ihnen dann und wann einen Hinweis geben.«

Oder die herrische Königin Dza packen und schütteln, bis ihre Arroganz herausfällt. Aber nein, das würde nur zu einem Streit zwischen den Familien führen, und die letzte Familie, mit der ich mich je streiten möchte, wäre die von Schuja und Issib.

Volemak und Rasa lauschten ihrer Geschichte über Schvejas Traum mit Interesse. »Ich habe mich gelegentlich gefragt, wann die Überseele wieder handeln würde«, sagte Vater, »aber ich gestehe ein, daß ich sie nicht gefragt habe, weil es hier so schön ist und ich nichts tun wollte, um unseren Aufbruch zu beschleunigen.«

»Nicht, daß wir etwas tun könnten, um unseren Aufbruch zu beschleunigen«, sagte Mutter. »Schließlich hat die Überseele einen festen Zeitplan, und der hat nur wenig mit uns zu tun. Ihr war es völlig gleichgültig, ob wir diese Jahre in diesem ersten elenden Lager in der Wüste verbringen oder an diesem viel besseren Ort zwischen dem Nördlichen und dem Südlichen Fluß. Oder hier, vielleicht dem schönsten

Landstrich auf ganz Harmonie. Sie wollte nur, daß wir zusammenkommen und bereit sind, wenn sie uns braucht. Vielleicht beabsichtigt sie sogar, die Kinder auf die Reise zur Erde zu schicken und nicht uns. Und das wäre mir durchaus recht, wenngleich es mir noch lieber wäre, wenn sie die Urgroßkinder nähme, lange, nachdem wir alle tot sind, damit wir ihren Aufbruch, der uns das Herz brechen würde, nicht mehr miterleben.«

»So fühlen wir alle manchmal«, sagte Luet.

Nafai hielt seine Zunge im Zaum.

Es spielte keine Rolle. Vater durchschaute ihn trotzdem. »Alle außer Nafai. Er ersehnt eine Veränderung. Du bist ein Krüppel, Njef. Du kannst Glück nicht sehr lange ertragen – dich bringen Konflikte und Unsicherheiten zum Leben.«

»Ich mag keine Konflikte, Vater«, protestierte Nafai.

»Dir *gefallen* sie vielleicht nicht, aber du blühst durch sie auf«, sagte Volemak. »Das ist keine Beleidigung, Sohn, nur eine Tatsache.«

»Die Frage lautet«, sagte Rasa, »sollen wir wegen Schvejas Traum etwas unternehmen?«

»Nein«, sagte Luet schnell. »Gar nichts. Wir wollten euch nur informieren.«

»Dennoch«, sagte Vater. »Was ist, wenn auch andere Kinder Träume vom Hüter bekommen, aber niemandem davon erzählt haben? Vielleicht sollten wir alle Eltern mahnen, auf die Träume ihrer Kinder zu achten.«

»Lasse so etwas verlauten«, sagte Rasa, »und Kokor und Dol werden ihren Kindern einreden, was für Träume sie haben müssen, und böse auf sie werden, wenn sie keine schönen Träume mit Riesenratten haben.«

Alle lachten, doch sie wußten, daß es tatsächlich so kommen würde.

»Also unternehmen wir im Augenblick gar nichts«, sagte Vater. »Wir warten einfach ab. Die Überseele wird handeln, wenn es für sie an der Zeit ist, und bis dahin versuchen wir, perfekte Kinder großzuziehen, die sich niemals streiten.«

»Ach, ist das der Maßstab des Erfolgs?« fragte Luet hänselnd. »Diejenigen Kinder, die sich nie streiten, sind die guten?«

Rasa lachte trocken. »Wenn das der Fall ist, sind die einzigen guten Kinder diejenigen, die gar kein Rückgrat haben.«

»Also keine Nachkommen von dir, mein Schatz«, sagte Vater.

Der Besuch war beendet; sie kehrten nach Hause zurück und machten mit der Tagesarbeit weiter. Doch Nafai gab sich nicht damit zufrieden, einfach abzuwarten. Es bekümmerte ihn, daß sie in letzter Zeit so wenig Visionen gehabt hatten und daß nun Schveja die einzige war, die etwas vom Hüter empfing, ihr einsamstes Kind, das noch zu jung war, um ihrem Traum wirklich einen Sinn zu entnehmen.

Warum *wartete* die Überseele so lange? Vor neun Jahren hatte sie es ziemlich eilig gehabt, sie aus Basilika zu schaffen. Sie hatten alles aufgegeben, was sie jemals vom Leben erwartet hatten, und waren in die Wüste gezogen. Ja, am Ende hatte alles einen guten Ausgang genommen, aber das war noch nicht das *Ende,* oder? Es lagen noch über hundert Lichtjahre vor ihnen. Der Teil ihrer Reise, den sie bislang abgeschlossen hatten, war nichts im Vergleich dazu, und es gab nicht das geringste Anzeichen dafür, daß sie diese Reise wieder aufnehmen würden.

Antworte mir!

Aber er bekam keine Antwort.

Ein weiterer Traum war nötig, um Nafai zu bewegen, etwas zu tun. Diesmal war es Luet; Nafai erwachte aus einem tiefen Schlaf und stellte fest, daß sie winselte, stöhnte und dann aufschrie. Er schüttelte sie wach und sprach beschwichtigend auf sie ein, damit sie sich bereits beruhigt hätte, wenn sie aus ihrem Traum erwachte. »Ein Alptraum«, sagte er. »Du hast einen Alptraum.«

»Die Überseele«, sagte sie. »Sie hat sich verirrt. Sie hat sich verirrt.«

»Luet, wach auf! Du träumst.«

»Ich *bin* jetzt wach«, sagte sie. »Ich versuche, dir den Traum zu erzählen.«

»Du hast von der Überseele geträumt?«

»Ich habe in dem Traum mich selbst gesehen. Aber ich war jung – in Schvejas Alter. So, wie ich mich früher in Träumen sah.«

So lange ist es noch gar nicht her, dachte Nafai unwillkürlich, daß Luet in Schvejas Alter gewesen war. Sie war ein Kind gewesen, als er sie kennengelernt und geheiratet hatte, bei weitem noch keine fünfzehn Jahre alt. Wenn sie sich also als Kind sah, konnte es sich doch gar nicht so sehr von dem unterscheiden, wie sie sich heute sah. »Du hast dich also als Kind gesehen«, sagte Nafai.

»Nein – ich sah eine Person, die wie ich *aussah,* aber ich dachte: Das ist die Wasserseherin. Und dann dachte ich: Nein, das ist die Überseele, die das Gesicht und den Körper der Wasserseherin trägt. Wie du weißt, haben viele Frauen ja genau das von mir geglaubt.«

»Ja, das weiß ich«, sagte Nafai.

»Und dann wußte ich, daß ich die Überseele sah, sie aber mein Gesicht trug. Und sie suchte verzweifelt, suchte nach etwas und glaubte, sie habe es gefunden, aber dann betrachtete sie ihre Hände, und sie hatte es doch nicht. Und dann wußte ich, was sie jagte, immer im Kreis herum – eine riesige Ratte. Und dann fing sie sie ein und umarmte sie, doch die Ratte verwandelte sich in einen Engel und flog davon. Aber die Überseele hatte die Verwandlung nicht bemerkt und glaubte, die Ratte wäre ihr entwischt. Ich glaube, wir warten hier, weil die Überseele irgendwie verwirrt ist. Sie sucht etwas.«

Aber Nafais Gedanken konzentrierten sich auf die Ratten und Engel in ihrem Traum. »Also war es ein Traum vom Hüter?« fragte er. »Aber wie kann der Hüter vor hundert Jahren gewußt haben, daß die Überseele *jetzt* Probleme haben wird?«

»Wir *vermuten* nur, daß die Träume, die wir von der Hüterin bekommen, mit Lichtgeschwindigkeit reisen«, sagte

Luet. »Vielleicht weiß die Hüterin mehr, als wir ihr zugestehen.«

Es zerrte an Nafais Nerven, daß die Frauen, die vom Hüter wußten, gelegentlich und instinktiv davon ausgingen, daß es sich um eine *Hüterin* handelte, genau wie sie die Überseele für ein weibliches Wesen gehalten hatten. Bei der Überseele hatte Nafai nichts dagegen, doch beim Hüter kam es ihm ziemlich arrogant vor. Vielleicht lag es nur am Sprachgebrauch – schließlich hieß es ja *die* Überseele –, vielleicht auch daran, daß Nafai wußte, daß die Überseele ein Computer war, aber nicht die geringste Ahnung hatte, was der Hüter der Erde sein mochte. Von der Sprachverwirrung einmal abgesehen – ein Computer war ein Ding, auch wenn es *der* Computer hieß. Falls der Hüter wirklich ein Gott war – oder so etwas ähnliches wie ein Gott –, dann verabscheute er den Gedanken, daß er weiblich sein *mußte*.

»Vielleicht beobachtet der Hüter uns und kennt uns gut und versucht nun, uns aufzuwecken – und durch uns die Überseele?«

»Die Überseele schläft nicht«, sagte Nafai. »Wir unterhalten uns ständig durch den Index mit ihr.«

»Ich habe dir erzählt, was ich in meinem Traum gesehen habe.«

»Dann werden wir morgen früh mit Issib und Zdorab sprechen. Vielleicht können sie über den Index etwas erfahren.«

»Jetzt«, sagte Luet. »Gehen wir sofort zu ihnen.«

»Und wecken sie mitten in der Nacht auf? Sie haben Kinder. Das wäre unverantwortlich.«

»Mitten in der Nacht wird es keine Unterbrechungen durch die Kinder geben«, sagte Luet. »Und außerdem dämmert es schon fast.«

Es stimmte; das erste Licht erhellte hinter ihrem Fenster aus Pergamentpapier den Himmel.

Zdorab war schon wach und öffnete die Tür, noch bevor Nafai und Luet sie erreicht hatten. Schedemei erschien kurz darauf, und nach ein paar geflüsterten Worten ging sie, um Issib und Huschidh zu holen. Dann versammelten sie sich in dem Haus, in dem der Index aufbewahrt wurde. Luet erzählte ihnen allen ihren Traum, und Zdorab und Issib durchstöberten sofort den Index und versuchten, Antworten zu finden.

Während sie schweigend warteten, wurde Luet als erste ungeduldig. »Ich bin im Augenblick hier nutzlos«, sagte sie. »Und die Kinder brauchen mich.«

»Mich auch«, sagte Huschidh, und Schedemei ging zögernd mit ihnen; sie alle kehrten zu ihren Häusern zurück. Nafai wußte, daß auch er nicht besonders nützlich war, wenn es um die Durchsuchung des Index' ging – Issib und Zdorab hatten die Erkundung des Speichers der Überseele zu ihrem Lebenswerk gemacht, und er konnte nicht mit ihnen mithalten. Er wußte, den Frauen würde seine stillschweigende Annahme nicht gefallen, er könne bleiben, und Luet müsse gehen ... aber er wußte auch, daß sie zutraf. Das Leben der Kinder war auf Luet ausgerichtet, die immer bei ihnen war, während Nafai so oft auf die Jagd ging, daß seine An- oder Abwesenheit von ihnen kaum bemerkt wurde. Nicht, daß es ihnen *gleichgültig* war, ob ihr Vater zu Hause war oder nicht – es war ihnen durchaus wichtig, veränderte ihren normalen Tagesablauf aber nicht.

Also blieb Nafai im Indexhaus, als Zodja und Issja ihre Fragen stellten. Er hörte ihr Gemurmel, und dann und wann stellten sie ihm eine Frage, aber eigentlich war er überflüssig.

Er griff über den Tisch und legte die Finger auf den Index. »Du hängst in einer Programmschleife, nicht wahr?«

»Ja«, sagte der Index. »Das wurde mir klar, als Luet den Traum vom Hüter bekam. Issib und Zdorab versuchen bereits, die Schleife zu finden.«

»Sie muß sich in deinen primitiven Routineprogrammen befinden«, sagte Nafai, »denn hätte sie sich in den Teilen von dir etabliert, die du selbst programmieren kannst, könntest du sie finden und mit einem Unterprogramm beheben.«

»Ja«, sagte der Index erneut. »Zdorab hat das sofort vermutet, und dort forschen wir zur Zeit nach.«

Nafai dachte an den Traum. »Du mußt angenommen

haben, du hättest irgend etwas gefunden, aber in Wirklichkeit hast du gar nichts gefunden, und dann muß sich die Schleife gebildet haben«, sagte er.

»Ja«, sagte der Index. Er konnte doch nicht ungeduldig klingen, oder? »Issib hat dies von Anfang an vermutet, und deshalb versuchen wir, etwas zu finden, das ich selbst nicht wahrnehmen kann. Es ist sehr schwer, meine Speicher nach etwas zu durchsuchen, was ich nicht wahrgenommen habe.«

Nafai wurde klar, daß seine Gedanken weit hinter denen Zdorabs und Issibs zurückhingen, und er seufzte und nahm die Hand vom Index, lehnte sich auf seinem Stuhl zurück und wartete. Er verabscheute es, bei wichtigen Ereignissen nur Zuschauer zu sein. Genau das hat Elemak so oft von mir behauptet, sagte er sich garstig. Ich muß mich immer zum Helden jeder Geschichte machen, an der ich mitwirke. Was genau hat er damals gesagt? Wenn er mich nicht aufhalten würde, würde ich eine Möglichkeit finden, eines Tages in Elemaks Biographie der Protagonist zu sein. Daher glaube ich nun auch, ich müsse unbedingt dabei sein, wenn wir herausfinden, wieso die Überseele sich im Kreis dreht und ihre Zeit verschwendet, unsere Zeit verschwendet ...

Unsere Zeit *verschwendet?* Ist es eine Zeitverschwendung, mit meiner Frau und meinen Kindern in Frieden und Überfluß zu leben? Dann sollte ich vielleicht den Rest meines Lebens verschwenden.

Wie eine Jagd, immer im Kreis herum, die arme Überseele hat sich in ihren eigenen Knoten verfangen und sucht immer wieder dasselbe Terrain ab, ohne es zu merken.

Und als Nafai dies dachte, stellte er sich den Weg vor, den er auf seiner letzten Jagd eingeschlagen hatte, als würde er ihn aus der Luft sehen wie auf einer Landkarte. Er sah den Weg, den er zwischen den Bäumen genommen hatte, beobachtete sich, wie er seine Runden zog, aber niemals aus der gleichen Richtung zweimal an ein und demselben Baum vorbeikam, so daß er nie auf den Gedanken gekommen wäre, im Kreis gegangen zu sein, wenn er es nicht auf der Karte gesehen hätte.

Das muß auch die Überseele machen – ihre eigenen Spuren sehen.

Er streckte die Hand aus, berührte den Index und teilte es der Überseele mit.

»Ja«, sagte der Index – noch immer mit einer Gleichgültigkeit, die ihn zornig machte. »Zdorab hat bereits vorgeschlagen, daß ich meine jüngste Vergangenheit untersuche, um ein solches Wiederholungsmuster zu finden. Aber ich zeichne mein Verhalten nicht auf. Nur das der Menschen. Ich habe keine Autobiographie gespeichert, wenn man einmal davon absieht, welche Auswirkungen meine Handlungen auf die Menschheit gehabt haben. Und anscheinend hat die Programmschleife, in der ich mich verfangen habe, keine direkten Auswirkungen auf die Menschheit – oder nur so unwesentliche, daß ich sie nicht bemerke. So oder so – ich kann mein Vorgehen nicht zurückverfolgen.«

Nafai wußte zwar nicht weiter, nahm die Hand aber trotzdem nicht vom Index. Es würde die anderen vielleicht verwirren, wenn er den Index immer wieder berührte und dann losließ.

Verwirren? Nein. Er wollte sich lediglich die Peinlichkeit ersparen, den anderen *erneut* einzugestehen, daß sein Beitrag vergeblich gewesen war.

Er war noch immer müde. Luets Traum hatte ihn zu früh geweckt, und als er nun hier saß und nichts zu tun hatte, drohte er einzudösen. Er legte den Kopf auf seinen Arm; mit den Fingern berührte er noch immer den Index.

Er kehrte zu diesem Bild von sich zurück, das er von oben sah. Während er auf der Jagd in Kreisen durch den Wald marschierte, zog er eine Karte hinter sich her. Vielleicht tue ich das wirklich, dachte er, während er allmählich einschlief. Vielleicht bewege ich mich wirklich in Kreisen.

»Nein, das tust du nicht«, sagte der Index. »Außer, wenn ein Tier, das du verfolgst, sich in Kreisen bewegt.«

Vielleicht doch, sagte Nafai stumm. Vielleicht ziehe ich in großen Kreisen herum, suche nach den Spuren eines Tiers und begreife nicht, daß ich meine eigenen Spuren sehe. Vielleicht verfolge ich manchmal mich selbst. Vielleicht sehe ich meine eigene Spur und denke, was für ein ungewöhnlich großes Tier, das wird uns eine Woche lang ernähren, und dann verfolge ich mich selbst, hole mich aber nicht ein, bis ich eines Tages auf meinen eigenen Körper stoße, der erschöpft und ausgehungert dort im Sterben liegt. Und in meinem Wahn stelle ich mir vor, ich hätte mich von meinem Körper gelöst und ...

Ich bin eingeschlafen, sagte er stumm.

»Hier ist die Karte all deiner Jagdausflüge«, sagte der Index. »Wie du siehst, bist du nie im Kreis gewandert, außer wenn du ein Tier verfolgt hast.«

Nafai sah in seinem Geiste eine deutliche Karte des Landes um Dostatok bis zu den Bergen und darüber hinaus; eine Karte, die all seine Streifzüge zeigte.

Ich habe wirklich die ganze Gegend durchstreift, nicht wahr? sagte Nafai stumm.

Noch als er es sagte, sah er, daß es nicht stimmte. In eine bestimmte Gegend hatte ihn kein einziger Jagdausflug geführt. Es war eine Art Keil direkt zwischen den Bergen, der zur Wüstenseite abfiel; dort war er kein einziges Mal gewesen.

Hast du eine Karte der Jagdzüge, die die anderen unternommen haben? fragte Nafai.

Augenblicklich überlagerte eine Karte, von der er ›wußte‹, daß sie Elemaks Jagdausflüge zeigte, die seine, und dann eine von Vas' und von Obrings Ausflügen, und dann eine von denen, die sie in Gruppen unternommen hatten. Sie verzahnten sich, bis sie ein dichtes Netz um ganz Dostatok ergaben.

Abgesehen von diesem Keil in den Bergen.

Was ist dort in den Bergen, wo keiner von uns gewesen ist?

»Wovon sprichst du?« fragte der Index.

Die Lücke in den Karten. Das Gebiet, in dem niemand gewesen ist.

»Es *gibt* keine Lücke«, sagte der Index.

Nafai konzentrierte sich auf die Stelle und widmete ihr seine gesamte Aufmerksamkeit. Dort! rief er in seinem Verstand.

»Du sprichst zu mir, als würdest du mir eine bestimmte Stelle zeigen, und ich stelle fest, daß es dir sehr wichtig ist, und doch gibt es keine Stelle auf der Karte, die du heraushebst.«

Könnte dort etwas sein, das selbst dir verborgen ist?

»Nichts auf Harmonie ist mir verborgen.«

Warum hast du uns nach Dostatok geführt?

»Weil ich diesen Ort für euch vorbereitet habe, damit ihr dort wartet, bis ich bereit bin.«

Wofür bereit?

»Daß ihr mich zur Erde bringt.«

Und warum mußten wir ausgerechnet *hierher* kommen?

»Weil dies der nächste Ort ist, an dem ihr überleben könnt, bis ich bereit bin.«

Der nächste Ort wovon?

»Von euch. Von der Stelle, wo ihr wartet.«

Nafai erkannte, daß sie sich wieder im Kreis bewegten. Er versuchte es auf eine andere Weise. Wann wirst du bereit sein, dich von uns zur Erde bringen zu lassen? fragte er.

»Wenn ich euch rufe«, sagte der Index.

Von wo wirst du uns rufen?

»Von Dostatok«, sagte der Index.

Wohin?

»Zur Erde«, sagte der Index.

Für Nafai war es klar: Die leere Stelle auf der Karte, die der Index nicht sehen konnte, war gleichzeitig der Ort, an dem sie sich versammeln würden, um zur Erde aufzubrechen – erneut ein Ort, den der Index nicht benennen konnte.

»Ich kann jeden Ort auf Harmonie benennen«, sagte der Index. »Ich kann euch jeden Namen nennen, den je ein Mensch jedem Ort auf diesem Planeten gegeben hat.«

Dann nenne mir den Namen *dieses* Ortes, sagte Nafai und konzentrierte sich erneut auf die leere Stelle in der Karte ihrer Jagdexpeditionen.

»Deute auf einen Ort, und ich sage dir den Namen.«

Impulsiv zog Nafai im Geiste einen Kreis um das Gebiet, das sie auf ihren Jagdausflügen nicht betreten hatten.

»Vusadka«, sagte der Index.

Vusadka, dachte Issib. Ein sehr alt klingender Name. Aber er klang so ähnlich wie das Wort, mit dem sie umschrieben, wenn jemand einen einzigen Schritt vor die Haustür setzte. Er fragte den Index: Was bedeutet Vusadka?

»Das ist der Name dieses Ortes.«

Seit wann hat er diesen Namen schon? fragte Nafai.

»Er wurde von den Bewohnern Raspjatnys so genannt.«

Und woher haben sie diesen Namen?

»Er war in den Städten der Sterne und den Städten des Feuers sehr gebräuchlich.«

Wann wurde dieser Name zum erstenmal erwähnt?

»Welcher Name?« fragte die Überseele.

Die Überseele konnte ihr Gespräch nicht bereits vergessen haben. Also mußte er wieder auf die Blockierung ihres Speichers gestoßen sein. Nafai fragte: Wann wurde dieser Name zum erstenmal in den Städten des Feuers erwähnt?

»Vor zwanzig Millionen Jahren«, sagte der Index.

Tauchte er in den Städten der Sterne früher auf?

»Natürlich – sie sind ja auch viel älter. Vor neununddreißig Millionen Jahren.«

Hat Vusadka in der Sprache, die sie damals gesprochen haben, eine Bedeutung?

»Alle Sprachen auf Harmonie sind miteinander verwandt«, sagte der Index.

Erneut eine ausweichende Antwort. Nafai versuchte es mit einem anderen Umweg, der ihm vielleicht die Information bringen würde, die er benötigte: Welches Wort der Sprache, die vor neununddreißig Millionen Jahren in den Städten der Sterne gesprochen wurde, erinnert am meisten an Vusadka – Vusadka selbst natürlich ausgenommen?

»Vuissaschivat'h«, antwortete der Index.

Und welche Bedeutung hatte dieses Wort damals?

»Von Bord gehen.«

Von welchem Bord?

»Von einem Schiff«, sagte der Index.

Aber warum hatte man diesem Ort in den Bergen einen Namen gegeben, der mit einem Verb verwandt war, das

»ausschiffen« bedeutete? War dort einmal eine Küstenlinie verlaufen?

»Das sind sehr alte Berge – diese Berge waren schon alt, bevor diese Spalte das Tal der Feuer schuf.«

Also lag dieses Land Vusadka nie an einer Küste?

»Nie«, sagte der Index. »Nicht, seit Menschen von Bord ihrer Sternenschiffe gegangen sind und Harmonie betreten haben.«

Da die Überseele den Begriff ›von Bord gehen‹ im Zusammenhang mit den ursprünglichen Sternenschiffen benutzt hatte, wußte Nafai sofort, daß sie versuchte, ihm zu bestätigen, was er bereits vermutete: daß die Sternenschiffe vor vierzig Millionen Jahren in Vusadka gelandet waren und es sich daher um den Ort handeln mußte, wo die Existenz von Sternenschiffen am wahrscheinlichsten war – falls es sie überhaupt noch gab.

Und noch ein Gedanke: Du bist auch dort, nicht wahr, Überseele? Du bist dort, wo die Sternenschiffe gelandet sind. All deine Speicher, all deine Prozessoren, all das befindet sich *an diesem Ort.*

»An welchem Ort?« fragte der Index.

Nafai stand auf; jetzt war er hellwach. Das Scharren seines Stuhls über den Holzboden riß die anderen aus ihrer Tagträumerei. »Ich werde die Überseele suchen«, sagte Nafai zu ihnen.

»Ja«, sagte Issib. »Die Überseele hat uns ihr Gespräch mit dir mitgeteilt.«

»Sehr geschickt gemacht«, sagte Zdorab. »Ich wäre nie auf den Gedanken gekommen, mit einer Karte der Jagdexpeditionen anzufangen.«

Nafai hätte ihnen fast nicht gesagt, daß er dies nicht absichtlich getan hatte; es war ein schönes Gefühl, für klug gehalten zu werden. Aber dann wurde ihm klar, daß es eine Art Lüge wäre, wenn sie weiterhin davon ausgingen. »Ich habe nur gedöst«, sagte er. »Die Jagdausflüge waren nur eine verrückte Idee am Rand eines Traums. Die Überseele wußte, daß sie mir nicht mitteilen konnte, was sie selbst nicht weiß. Sie hat lediglich begriffen, daß sie durch die

Karte mit mir kommunizieren kann. Mehr steckt nicht dahinter. Sie mußte sich selbst täuschen, um es mir sagen zu können.«

Issib lachte. »Na schön, Njef«, sagte er. »Wir sind uns also einig, daß du gar nicht so klug bist.«

»Ganz genau«, sagte Nafai. »Ich habe nur zugehört, während die Überseele einen Umweg suchte, um mich an Barrieren in ihrem Verstand vorbeizuführen. Falls jemand fragen sollte, sagt ihr, ich sei auf die Jagd gegangen. Aber Luet und euren Frauen könnt ihr natürlich die Wahrheit sagen – daß ich nach der Überseele suche. Beide Behauptungen sind wahr.«

Zdorab nickte einsichtig. »Wir haben all diese Jahre lang Frieden gehabt«, sagte er, »weil es ein gutes Land ist, wir genug Platz haben und im Überfluß leben. Niemand wird versessen darauf sein, die Reise nun fortzusetzen. Einige werden weniger begeistert sein als andere – wir können durchaus damit warten, es ihnen zu sagen, bis wir *wirklich* etwas wissen.«

Issib verzog das Gesicht. »Ich befürchte, daß es zu einer *richtigen* Auseinandersetzung kommen wird. Ich wünschte fast, wir hätten hier nicht so lange und so glücklich gelebt. Das wird die Gruppe spalten, und ich weiß nicht, was noch alles geschehen wird, bevor wir zur Erde aufbrechen werden.«

Nafai schüttelte den Kopf. »So muß es nicht kommen«, sagte er. »Die Überseele hat uns alle auf diese Reise geführt. Und auch der Hüter der Erde ruft uns alle.«

»Alle hören den Ruf«, sagte Zdorab, »aber wer wird ihm folgen?«

»Zuerst einmal«, sagte Nafai, »werde *ich* jetzt gehen.«

»Dann vergiß nicht, Pfeil und Bogen mitzunehmen«, sagte Issib. »Nur für den Fall, daß du unterwegs ein Abendessen für uns findest.« Er sagte nicht: Damit man dir glaubt, daß du auf die Jagd gehst.

Es war auf jeden Fall eine gute Idee, und so ging Nafai bei seinem Haus vorbei, um den Bogen und die Pfeile zu holen.

»Und falls du die nicht gebraucht hättest«, sagte Luet,

»wärst du gar nicht vorbeigekommen, um dich zu verabschieden oder mir alles zu erklären, nicht wahr?« Sie klang ziemlich verärgert.

»Natürlich wäre ich gekommen«, sagte er.

»Nein«, sagte sie. »Du hast wahrscheinlich schon die beiden anderen gebeten, mir zu sagen, was du vorhast.«

Nafai zuckte die Achseln. »So oder so, du hättest es erfahren.«

»Obwohl es *mein* Traum war. Und Schvejas«, sagte sie.

»Weil *du* den Traum hattest, gehört dir auch das Ergebnis?« fragte er. Langsam wurde er genauso wütend wie sie.

»Nein, Njef«, sagte sie und seufzte ungeduldig. »Weil ich den Traum hatte, sollte ich bei dieser Sache auch dein Partner sein. Dein gleichberechtigter Partner. Statt dessen behandelst du mich wie ein Kind.«

»Ich habe Issib und Zdorab doch nicht gebeten, Schveja Bescheid zu sagen, oder? Also habe ich dich doch wohl kaum wie ein Kind behandelt.«

»Kannst du nicht einfach eingestehen, daß du dich wie ein Pavian benommen hast, Nafai?« fragte Luet. »Kannst du nicht einfach zugeben, daß du mich behandelt hast, als wären in unserer Gemeinschaft nur die Männer wichtig, als wären die Frauen *nichts*, und daß es dir leid tut, mich so behandelt zu haben?«

»Ich habe mich nicht wie ein Pavian benommen«, sagte Nafai. »Ich habe mich wie ein Mann benommen. Und wenn ich mich wie ein Mann benehme, werde ich dadurch nicht weniger *menschlich*, sondern nur weniger *weiblich*. Sage mir nie wieder, ich würde zu einem *Tier*, weil ich mich nicht so verhalte, wie eine Frau es will!«

Nafai war von der Wut in seiner Stimme selbst überrascht.

»Also kommt es auch in unserem Haus dazu?« sagte Luet leise.

»Nur, weil du das Thema zur Sprache gebracht hast«, sagte Nafai. »Nenne mich nie wieder ein Tier!«

»Dann benimm dich auch nicht wie eins«, sagte Luet. »Zivilisiert zu sein bedeutet, die tierische Natur zu überwinden, ihr nicht nachzugeben, sich nicht in ihr zu sonnen. Deshalb erinnerst du mich an ein Pavianmännchen – weil du so lange nicht zivilisiert sein kannst, solange du glaubst, Frauen tyrannisieren zu können. Du kannst nur zivilisiert sein, wenn du uns wie Freunde behandelst.«

Nafai stand auf der Schwelle, und die Ungerechtigkeit ihrer Worte brannte heiß in ihm. Nicht, weil sie nicht die Wahrheit sprach, sondern weil sie *ihm* diese Vorwürfe machte. »Ich *habe* dich als Freund behandelt. Und als meine Frau«, sagte er. »Ich nahm an, du würdest mich so sehr lieben, daß wir uns nicht darüber streiten müssen, *wem* die Träume gehören.«

»Ich war nicht wütend, weil du dir *meinen* Traum angeeignet hast«, sagte Luet.

»Ach?«

»Ich war verletzt, weil du *deinen* Traum nicht mit *mir* geteilt hast. Ich bin nicht aus dem Bett gesprungen und zu Huschidh und Schedemei gelaufen, um ihnen meinen Traum zu erzählen und sie dann zu bitten, dir später Bescheid zu geben.«

Erst als sie es so ausdrückte, verstand er, warum sie so wütend war. »Oh«, sagte er. »Es tut mir leid.«

Sie war noch immer wütend, und seine Entschuldigung kam etwas zu spät. »Geh!« sagte Luet. »Geh und suche die Überseele! Geh und suche die Ruinen des uralten Sternenschiffs auf dem uralten Landeplatz! Geh und sei der alleinige Held unserer Expedition! Wenn ich heute nacht schlafe, wirst du in meinen Träumen wohl die Hauptrolle spielen. Hoffentlich spiele ich in den deinen auch eine winzige Rolle. Vielleicht darf ich deinen Mantel halten.«

Fast hätten ihre Worte Nafai über die Schwelle getrieben. Sie hatte Elemaks Beleidigung wiederholt – und sie *wußte,* wie sehr Elemaks Worte ihn verletzt hatten, dies hatte er ihr schon vor langer Zeit eingestanden. Es war grausam und unfair von ihr, dies nun zu sagen. Von allen Menschen hätte sie wissen müssen, daß nicht der Wunsch, ein Held zu sein, ihn nun antrieb, sondern seine Leidenschaft, herauszufinden, was nun geschehen würde, sein Verlangen, dafür zu *sorgen,* daß es geschah. Wenn sie ihn also liebte, hätte sie dies verstehen müssen. Also wäre er beinah gegangen und hätte ihre bitteren Worte den gesamten Weg in die Berge hinauf mitgenommen.

Statt dessen ging er ins Kinderzimmer. Die Kinder schliefen noch, abgesehen von Schveja, die vielleicht von ihrem zwar leisen, aber intensiven Streit aufgewacht war. Nafai küßte ein Kind nach dem anderen, Schveja als letzte. »Ich suche jetzt den Ort, von dem die besten Träume kommen«, flüsterte er, um die anderen nicht aufzuwecken.

»Halte dir in allen Träumen einen Platz für mich frei«, erwiderte sie flüsternd.

Er küßte sie noch einmal und kehrte dann in die Küche zurück, den Haupttraum des Hauses, in dem Luet den Haferbrei in dem Topf über dem Feuer umrührte.

»Danke, daß du in deinen Träumen einen Platz für mich findest«, sagte er zu ihr. »Du bist in den meinen auch stets willkommen.« Dann küßte er sie, und zu seiner Erleichterung erwiderte sie den Kuß. Sie hatten das Problem nicht gelöst, aber einander bestätigt, daß sie sich noch immer liebten, auch wenn sie wütend aufeinander waren. Das reichte aus, ihn zufrieden und nicht grollend auf die Reise zu schikken.

Er würde diesen Frieden in seinem Herzen auch brauchen, denn es war offensichtlich, daß die Überseele den verborgenen Ort schützte, ohne es überhaupt zu wissen. Zumindest, so vermutete er, hatte *irgend etwas* die Menschen stets davon abgehalten, nach Vusadka zu gehen, wenn sie auf der Jagd gewesen waren. Und die Überseele besaß die Fähigkeit, die Menschen etwas vergessen zu lassen, das sie tun wollten und wovon die Überseele sie abhalten wollte. Doch die Überseele hatte diesen Ort nicht sehen können, hatte nicht einmal begriffen, daß sie ihn nicht sehen konnte! Das konnte nur bedeuten, daß die Abwehrmechanismen der Überseele sich gegen sie selbst gewandt hatten, und daher war es nicht wahrscheinlich, daß die Überseele sie abschalten konnte, damit Nafai passieren konnte. Ganz im Gegenteil – Nafai würde sich den Weg freikämpfen müssen, genau wie er und Issib sich vor so langer Zeit in Basilika den

Weg vorbei an den Barrieren der Überseele hatten erkämpfen müssen; sie hatten sich zwingen müssen, Gedanken zu denken, die die Überseele verboten hatte. Doch jetzt ging es nicht nur um Gedanken, die zu denken er sich zwingen mußte: Jetzt mußte er sich zu einem Ort durchkämpfen. Zu einem Ort, den nicht einmal die Überseele sehen konnte.

»Ich muß dich überwinden«, flüsterte er der Überseele zu, während er über die Wiesen nördlich vom Haus ging. »Ich muß an deinen Barrieren vorbeigelangen.«

›Welchen Barrieren?‹

Es würde sehr schwer werden. Es ermüdete Nafai bereits, nur daran zu denken. Und es gab auch keinen cleveren Trick, mit dem er sich durchschummeln konnte. Er würde sich den Weg mit reiner, brutaler Willenskraft erkämpfen müssen. Falls er es konnte! Falls er stark genug dazu war!

Es dämmerte, und Nafai war der Verzweiflung nahe. Nachdem er einen ganzen Tag benötigt hatte, um hierher zu gelangen, hatte er einen gesamten zweiten Tag damit verbracht, immer und immer wieder dieselben nutzlosen Dinge zu versuchen. Er stand außerhalb der verbotenen Zone und bat die Überseele, ihm die Karte aller Wege zu zeigen, die alle Jäger eingeschlagen hatten. Er wollte feststellen, in welche Richtung er gehen mußte, um nach Vusadka zu gelangen. Er markierte die Richtung sogar mit einem Pfeil oder schrieb sie mit einem Stock in den Boden. Nachdem er dann kühn ausgeschritten war, stellte er kurz darauf fest, daß er sich wieder außerhalb der ›verborgenen‹ Zone befand, vielleicht hundert Meter von der Stelle entfernt, in der er die Richtung in den Boden geschrieben hatte. Hatte er ›Nordost‹ geschrieben, war er nach Westen gegangen; deutete sein Pfeil nach Osten, fand er sich im Süden wieder. Er kam einfach nicht an der Barriere vorbei.

Er schimpfte auf die Überseele, doch die Antworten, die er bekam, zeigten, daß sie offensichtlich nicht bemerkte, was sich hier abspielte. »Ich will von dieser Stelle aus in südöstliche Richtung gehen«, sagte er. »Hilf mir!« Und dann fand er sich tief im Norden wieder, und die Überseele sagte in seinem Verstand: Du hörst mir nicht zu. Ich habe dir gesagt, du sollst nach Südwesten gehen, und du hast mir nicht zugehört.

Nun ging die Sonne unter, und der Himmel wurde schnell dunkel. Er verabscheute die Vorstellung, morgen nach Dostatok zurückkehren zu müssen und vollständig versagt zu haben.

›Ich verstehe nicht, was du vorhast.‹

»Ich will dich suchen«, sagte Nafai.

›Aber ich bin doch hier.‹

»Ich weiß, wo du bist. Aber ich kann nicht zu dir gelangen.«

›Ich hindere dich nicht daran.‹

Das mochte durchaus der Wahrheit entsprechen. Vielleicht war dies gar nicht das Werk der Überseele. Wenn man der Überseele die Macht gegeben hatte, die Gedanken der Menschen abzublocken, Menschen daran zu hindern, etwas auszuführen, was sie vorhatten ... war es dann nicht möglich, daß die ersten Menschen auf Harmonie noch ganz andere Verteidigungen errichtet hatten, um diesen Ort zu schützen? Verteidigungen, die nicht unter der Kontrolle der Überseele standen – und die vielleicht sogar die Überseele selbst abwehrten?

Zeige mir alle Wege, die ich heute gegangen bin, sagte Nafai stumm. Zeige sie mir hier auf dem Boden.

Er sah sie – ein schwaches Leuchten, das zu Fäden auf dem Boden zusammenwuchs. Er sah, daß sie immer wieder von neuem begannen und zur Mitte des Kreises um Vusadka führten. Dann hörten sie abrupt auf, jeder einzelne. Ein Stück im Norden oder Süden begannen sie schließlich von neuem. Sie führten offensichtlich an der Grenze entlang.

Ihm fiel auf, wie präzise diese Grenze gezogen sein mußte. Er konnte sie immer nur höchstens einen Meter durchdrungen haben und war dann in eine andere Richtung weitergegangen. Er konnte sogar eine Linie auf den Boden ziehen, die die genaue Grenze markierte, hinter der die

Überseele nichts mehr sehen konnte. Und da er es tun konnte, tat er es auch. Er nutzte die letzte halbe Stunde Tageslicht, um die Grenze mit einem Stock zu markieren und eine flache Furche von mehreren hundert Metern Länge in den Boden zu kratzen.

Während er die Grenze markierte, hörte er in der Nähe das Geheul von Pavianen, die einander schläfrig zuriefen, während sie zu ihren Schlaffelsen gingen. Erst, als er fertig war, die Dunkelheit sich herabgesenkt hatte und die Paviane wieder still waren, wurde ihm bewußt, daß einige der Schreie zwar außerhalb der Grenze begonnen, aber alle eindeutig innerhalb von ihr aufgehört hatten.

Natürlich. Die Grenze ist für Menschen undurchdringlich, aber andere Tiere sind nicht genetisch verändert worden, um für solche Einflüsse empfänglich zu sein. Also hatten die Paviane die Grenze ungestraft überschreiten können.

Wäre er doch nur ein Pavian!

Er konnte fast Issib hören, der leise sagte: »Bist du sicher, daß du keiner bist?«

Er suchte sich eine grasbewachsene Stelle auf einem niedrigen Hügel aus und rollte sich zum Schlaf zusammen. Die Nacht war klar, es bestand kaum eine Gefahr, daß es regnen würde, und obwohl es hier stärker abkühlte als in der Nähe von Dostatok – er war in der Nähe der Wüste, und die Luft war hier beträchtlich trockener –, würde er es durchaus bequem haben.

Bequem, aber er würde wohl kaum schlafen können.

Er träumte natürlich, aber er wußte nicht genau, ob der Traum eine Bedeutung hatte, oder er sich einfach nur deshalb deutlicher an ihn erinnerte als an die normalen Träume der Nacht, weil er so schlecht geschlafen hatte. In dem Traum führte Jobar ihn durch ein Felsgewirr. Als sie zu einem winzigen Loch zwischen den Felsen kamen, duckte Jobar sich und kletterte problemlos hindurch. Nafai hingegen stand dort, betrachtete das Loch und dachte: Ich bin zu groß, um hindurchzupassen. Das stimmte natürlich nicht – Nafai sah selbst im Traum, daß das Loch gar nicht so klein war. Und doch kam er einfach nicht auf den Gedanken, sich zu bücken und hindurchzuwinden. Während er aufrecht dastand, suchte er nach einer Möglichkeit, wie er hindurchkommen konnte.

Jobar kam durch das Loch zurück und berühte ihn an der Hand. Und bei seiner Berührung schrumpfte Nafai plötzlich und wurde zu einem Pavian. Nun hatte er nicht mehr die geringsten Schwierigkeiten, durch das Loch zu kommen. Er war kaum auf der anderen Seite, da nahm er wieder seine menschliche Größe an. Und als er sich umdrehte, um das winzige Loch zu betrachten, hatte es sich verändert – es war nun so groß wie ein Erwachsener, und er konnte es passieren, ohne sich bücken zu müssen.

Dieser Traum schien ihm am Morgen sehr vielversprechend zu sein. Nafai lag da, zitterte ab und zu in der Brise der frühen Dämmerung und dachte darüber nach, welche Einsichten er dem Traum entnehmen konnte. Der Traum reflektierte eindeutig seine Kenntnis, daß Paviane die Barriere problemlos überqueren konnten, was ihm hingegen, einem Menschen, nicht möglich war. Wenn er sich in einen Pavian verwandelte, würde er die Barriere ebenfalls überwinden können. Aber das hatte er sich bereits am Vorabend gewünscht, und Wünsche allein halfen ihm nicht weiter.

In meinem Traum, dachte Nafai, kam mir das Loch zu klein vor, um hindurchzukommen. Aber ich *hätte* jederzeit mühelos hindurchkommen können, weil es in Wirklichkeit so groß wie ein Mensch war. Die Barriere bestand nur in meinem Verstand – was für diese Barriere ebenfalls zutrifft. Je entschlossener ich bin, die Barriere zu überqueren, desto entschlossener werde ich zurückgewiesen. Nun ja ... vielleicht ist es eben diese meine *Absicht*, die mich zurückdrängt.

Nein, das ist töricht. Die Barriere war bestimmt so entworfen, daß sie auch Menschen abwehrte, die gar nichts von ihrem Vorhandensein wußten. Umhersteifende Jäger, Forscher, Siedler, Händler – wer auch immer unabsichtlich auf Vusadka zuhielt: die Barriere würde ihn abweisen.

Andererseits hingegen war nur die leichteste Andeutung

nötig, jemanden abzuweisen, auch wenn er nicht die feste Absicht hatte, sich nach Vusadka zu begeben. Dieser Jemand würde nicht einmal bemerken, daß er abgewiesen worden war. Schließlich hat keiner von uns in all den Jahren, die wir schon in Dostatok weilen, während unserer Jagdstreifzüge auch nur bemerkt, daß wir diese Gegend gemieden haben. Also definieren die Wege, die wir ursprünglich eingeschlagen haben, keine scharfe, klare Grenze, wie ich sie *jetzt* definiere. Und unsere Wege sind gar nicht so scharf abgebogen ... wir haben einfach die Spur unserer Beute verloren oder uns aus einem anderen Grund allmählich abgewandt. Also muß die *Kraft*, die die Barriere einsetzt, mit meinem festen Entschluß wachsen, sie zu überschreiten. Und wenn ich einfach hier *hindurchwandern* könnte, wäre die Kraft der Barriere vielleicht viel schwächer.

Aber wie kann ich beiläufig und zufällig schlendern, da ich doch genau weiß, daß ich gehen *muß*?

Mit diesem Gedanken kam ihm der Plan. Er kam ihm auf einen Schlag und genau ausgearbeitet in den Sinn; und doch wagte er kaum, an ihn zu denken, um nicht die Barriere zu informieren und erneut zu scheitern, bevor er überhaupt angefangen hatte. Statt dessen konzentrierte er sich auf eine ganz andere Absicht. Er mußte jetzt jagen und Beute machen, um die Kinder zu ernähren. Er selbst hatte gewaltigen Hunger, und wenn er schon hungrig war, mußten die Jungen nahezu am Verhungern sein. Nur handelte es sich bei den Jungen, die er füttern wollte, um Paviane. Er erinnerte sich an die Paviane in Mebbekews Tal und fühlte sich verantwortlich, ihnen Fleisch zu bringen – wie Jobar ihnen Nahrung gebracht hatte, um den Weibchen zu gefallen und die Jungen zu stärken.

Also brach er an diesem Morgen in eine beliebige Richtung auf, wobei er sich keineswegs an Vusadka orientierte, und suchte, bis er die Kotkügelchen eines Hasen fand. Dann verfolgte er seine Beute, bis er – innerhalb einer Stunde – einen Pfeil durch sie hindurchjagen konnte.

Der Hase war natürlich nicht tot – Pfeile töten selten sofort, und normalerweise erledigte Nafai das Tier dann mit dem Messer. Doch diesmal ließ er es leben, auch wenn es verängstigt wimmerte; er zog den Pfeil aus dem Hinterlauf des Tieres und packte es an den Ohren. Die Geräusche, die es machte, waren genau das, was er brauchte – die Paviane würden sich viel mehr für ein lebendes, aber verletztes Tier interessieren. Er mußte sie nur noch finden.

Das war kein Problem – Paviane fürchten nur wenige Tiere, und vor denen verteidigten sie sich, indem sie wachsam waren und einander warnten. Also versuchte Nafai gar nicht erst, leise zu sein. Er fand sie in einem langen Tal, das von Westen nach Osten verlief und in dessen Mitte ein Bach floß. Als sie ihn erblickten, schauten sie auf. Sie hatten nicht die geringste Angst – Nafai befand sich noch in sicherer Entfernung – und betrachteten den Hasen mit großer Neugier.

Nafai näherte sich ihnen. Nun wurden sie wachsam – die Männchen richteten sich auf ihren Vorderpfoten auf und beschwerten sich ein wenig über ihn. Und Nafai verspürte großes Zögern, sich ihnen noch weiter zu nähern.

Aber ich *muß* zu ihnen, wenn ich ihnen das Fleisch geben will.

Also machte er noch ein paar Schritte und hielt ihnen den Hasen in der ausgestreckten Hand hin. Er wußte natürlich nicht genau, was sie von diesem Angebot halten würden. Vielleicht nahmen sie es als Beweis, daß er Tiere tötete, vielleicht aber auch als Indiz, daß er bereits seine Beute hatten und sie daher in Sicherheit waren. Aber einige von ihnen hielten den Hasen bestimmt für Fleisch, das sie essen konnten. Paviane waren nicht die besten Jäger auf der Welt, fraßen aber gern Fleisch, und dieser blökende Hase mußte ihnen als gute Mahlzeit vorkommen.

Er näherte sich langsam und verspürte bei jedem Schritt, daß sein Widerstreben wuchs. Aber er sah auch, daß immer mehr der Tiere – besonders die jungen Männchen – von ihm zu dem Hasen sahen. Er half ihnen, ungezwungener an das Fleisch zu denken, indem er stets den Blick abwandte, wenn einer ihn ansah – er wußte, jeder Augenkontakt würde sie nur herausfordern oder verängstigen.

Sie wichen vor ihm zurück, aber nicht weit. Wie er erwartet hatte, zogen sie sich zu ihren Schlaffelsen zurück. Er dachte immer wieder: Das ist keine gute Idee. Sie brauchen dieses Fleisch nicht. Doch er kämpfte die Gedanken nieder, versuchte, sich nur auf eins zu konzentrieren: Diese Mütter brauchen das Protein, ihre Jungen müssen es über die Milch aufnehmen. Ich muß ihnen dieses Fleisch bringen!

Das kannst du nicht, das ist dumm, laß den Hasen fallen und ziehe dich zurück!

Aber wenn ich das tue, kommt der Hase den stärksten Männchen zugute und nicht den Weibchen. Irgendwie muß ich näher an sie herankommen, damit auch die Jungen davon profitieren. Als Jäger dieses Stammes ist es meine *Aufgabe*, ihnen Fleisch zu bringen. Ich muß sie ernähren, und nichts darf mich davon abhalten.

Wie lange brauchte er dafür? Es war so schwer, sich darauf zu konzentrieren. Manchmal kam er sich so vor, als wäre er gerade wach geworden, obwohl er wußte, daß er nicht geschlafen hatte, und dann schüttelte er sich und ging weiter, hielt immer auf die Weibchen zu, die nun in der Nähe der Schlaffelsen Aufstellung bezogen.

Ich muß hinter sie gelangen, dachte er, noch näher an die Felsen heran. Ich muß auf die Seite kommen, auf der die Weibchen sind.

Er ging nun in nördliche Richtung weiter, richtete seine Aufmerksamkeit jedoch weiterhin ausschließlich auf die Weibchen. Und gegen Mittag befand er sich an seinem Ziel – zwischen den Pavianen und ihrem Schlaffelsen. Der Hase war endlich verstummt – aber die Paviane würden sich nicht davon stören lassen, daß er bereits tot war, da er bei seiner Ankunft noch gelebt hatte und sie außerdem gar nicht so wählerisch waren, solange das Fleisch noch warm war. Also warf Nafai den Hasen zu ihnen hinüber, wobei er mitten in die Gruppe der Weibchen zielte.

Ein Höllenlärm brach los, doch alles verlief so, wie Nafai es geplant hatte. Einige der jüngeren Männchen stürzten sich auf den Hasen, doch die älteren blieben in Nafais Nähe, da er – zumindest im Augenblick – eine Bedrohung zu sein schien. Dann war der Hase wieder im Besitz der Weibchen, die die jüngeren Männchen problemlos verjagt hatten. Der Hase war gar nicht tot gewesen – er kreischte noch einmal, als die dominanten Weibchen ihn zerrissen und das Fleisch verschlangen. Die Tatsache, daß Paviane sich nicht die Mühe machten, ihre Beute zu töten, bevor sie sie fraßen, hatte Nafai gestört, als er in der Wüste zum erstenmal in ihrer Nähe gelebt hatte, doch mittlerweile hatte er sich daran gewöhnt, und nun freute er sich, daß sein Plan aufgegangen war und die Weibchen das Fleisch bekommen hatten.

Als die Männchen begriffen, wurden sie immer aufgeregter, und schließlich zog Nafai sich allmählich zurück, hin zu den Schlaffelsen. Als er endlich weit genug entfernt war, stürmten die Männchen zu den Weibchen, trieben diese auseinander und schlugen in ihrem Kampf um Fleischfetzen aufeinander ein. Einige von ihnen rissen tatsächlich große Stücke aus dem Tier, doch Nafai wußte, daß die Weibchen mehr als ihren üblichen Anteil bekommen hatten. Das freute ihn.

Doch nun wäre es am besten, wenn er sich so weit wie möglich von den Pavianen entfernte. *Sehr* weit, das Tal hinauf. Es würde wohl kaum etwas schaden, wenn er hier erneut auf die Jagd ging, um ihnen noch mehr Fleisch zu bringen.

Doch als er sich allmählich immer weiter von den Pavianen entfernte, merkte er, daß er sein Zögern immer leichter unterdrücken konnte. Wagemutig dachte er daran, wieso er in Wirklichkeit hierher gekommen war. Sofort kehrte sein Widerstreben zurück – es steigerte sich in ihm fast zu einer Panik –, doch er behielt die Kontrolle über sich. Wie er gehofft hatte, war die Barriere an ihrem Rand am stärksten. *Dieses* Ausmaß einer geistigen Beeinflussung konnte er überwinden – so war es auch in Basilika gewesen, als er und Issib zum erstenmal versucht hatten, sich an den Barrieren der Überseele vorbeizudrängen und an verbotene Dinge zu denken.

Vielleicht fällt es mir auch leichter, weil die Barriere mich bereits zur Grenze zurückgedrängt hat? Vielleicht bin ich besiegt worden, ohne es überhaupt zu merken?

»Bin ich draußen oder drinnen?« flüsterte er der Überseele zu.

Keine Antwort.

Nafai verspürte einen Anflug von Furcht. Die Überseele konnte dieses Gebiet nicht einsehen – was, wenn er, als er die Grenze überschritten hatte, einfach aus ihrem Sichtbereich *verschwunden* war?

Dann kam ihm in den Sinn, daß der Widerstand wahrscheinlich genau deshalb schwächer geworden war. Vielleicht hatte diese Barriere, ohne daß die Überseele es wußte, an der Grenze ihre Kraft mit der der Überseele vereinigt. Doch nun, nachdem er die Grenze überschritten hatte, die selbst die Überseele nicht durchdringen konnte, stand der Barriere nur noch ihre eigene Abstoßkraft zur Verfügung, und deshalb konnte man sie besiegen.

Dies kam Nafai völlig logisch vor, und deshalb ging er in östliche Richtung weiter, zum Mittelpunkt Vusadkas.

Oder war er in nördliche Richtung gegangen? Denn als er einen Hügel überquerte, sah er plötzlich eine völlig tote Landschaft vor sich. Keine fünfzig Meter entfernt schien jemand eine unsichtbare Mauer errichtet zu haben. Auf der einen Seite war das Grün des Landes Dostatok, und auf der anderen reine Wüste – die trockenste, lebloseste Wüste, die Nafai je gesehen hatte. Kein Vogel, keine Echse, kein Grashalm – *nichts* Lebendiges befand sich hinter dieser Linie.

Sie war zu künstlich. Es mußte sich um eine weitere Barriere handeln, eine weitere Grenze, eine, die *alle* Lebewesen ausschloß. Vielleicht war es eine Barriere, die alles *tötete*, was sie überqueren wollte. Wie wollte Nafai *diese* Grenze überwinden?

»Gibt es irgendwo ein Tor?« fragte er die Überseele.

Sie antwortete nicht.

Vorsichtig ging er auf die Barriere zu. Als er ihr nah genug war, streckte er eine Hand nach ihr aus.

Unsichtbar mochte sie sein, doch sie war fühlbar – er konnte die Hand dagegen drücken und spürte, wie sie sich unter seiner Hand verschob, als wäre sie leicht schleimig und ständig in Bewegung. Irgendwie beruhigte es ihn jedoch, daß er sie berühren konnte – wenn sie Lebewesen fernhielt, indem sie ihnen den Weg versperrte, verfügte sie vielleicht nicht über Mechanismen, mit denen sie sie töten konnte.

Kann ich sie durchqueren? Warum die zusätzliche geistige Barriere in einiger Entfernung, wenn Menschen diese hier *nicht* durchqueren können? Es konnte sich bei ihr natürlich einfach um eine Vorrichtung handeln, die verhindern sollte, daß Menschen diese klare Grenze sahen und eine berühmte Legende daraus machten, die unpassende Aufmerksamkeit auf diesen Ort gelenkt hätte. Doch war es nicht genausogut möglich, daß die Aversions-Barriere die Menschen fernhalten sollte, weil ein entschlossener Mensch diese körperliche Barriere durchbrechen konnte? Eine Barriere ein Stück entfernt für Menschen; und hier eine weitere für Tiere. Das war doch logisch.

Natürlich bestand keine Garantie, daß es sich auch tatsächlich so verhielt. Einen Augenblick lang spielte er sogar mit dem Gedanken, nach Dostatok zurückzukehren und ihnen zu berichten, was er herausgefunden hatte, damit sie den Index erkunden und feststellen konnten, ob es eine kluge Möglichkeit gab, die Barriere zu durchbrechen.

Doch Nafai befürchtete, schon der Gedanke, nach Dostatok zurückzukehren, könne ein Zeichen dafür sein, daß die Barriere in seinem Verstand an der Arbeit war und versuchte, ihn nach Entschuldigungen suchen zu lassen, sich zu entfernen. Und vielleicht hatte die Barriere eine gewisse Intelligenz und war lernfähig, und in diesem Fall würde sie sich vielleicht nie wieder von seinem Trick täuschen lassen, sich auf das dringende Bedürfnis zu konzentrieren, die Paviane zu füttern und damit seinen wirklichen Grund, die Barriere zu durchdringen, zu verschleiern. Nein, er stand allein, und es oblag ihm, eine Entscheidung zu treffen.

Sie wird dich töten.

Was war das? Sprach die Überseele in seinem Verstand? Oder die Barriere? Oder nur seine Furcht? Woher der Gedanke auch kam, Nafai wußte, daß er nicht irrational war. Hinter dieser Barriere lebte rein gar nichts – und dafür mußte es einen Grund geben. Wie konnte er sich einbilden, daß er die Ausnahme sein würde, das einzige Lebewesen, das die Barriere durchdringen konnte? Als sie ursprünglich errichtet worden war, mußte es auf beiden Seiten Pflanzen gegeben haben, und selbst wenn sie undurchdringlich war, hätte das Leben sich auf beiden Seiten fortsetzen müssen. Vielleicht hätten vierzig Millionen Jahre der Evolution auf beiden Seiten eine ziemlich unterschiedliche Flora und Fauna hervorgebracht, doch das Leben hätte gedeihen müssen, oder nicht? Bloße Isolation kann Leben nicht mit solch brutaler Gründlichkeit töten.

Sie wird dich töten.

Vielleicht wird sie das, dachte Nafai trotzig. Vielleicht werde ich sterben. Aber die Überseele hat uns aus einem ganz bestimmten Grund hierher geführt – um uns zur Erde zu bringen. Obwohl die Überseele nicht direkt an Vusadka denken oder zumindest nicht mit Menschen darüber sprechen konnte, mußte Vusadka der Grund sein, weshalb die Überseele sie hierher geführt hatte, in die unmittelbare Nähe dieses Gebiets. Also müssen wir so oder so an dieser Barriere vorbeikommen.

Aber *wir* sind nicht hier. Nur *ich* bin hier. Und es ist durchaus möglich, daß niemand je wieder hierher kommen wird, falls ich diesmal keinen Erfolg habe. Nun, falls es mir nicht gelingt, auch gut; dann werden wir *später* versuchen, eine andere Möglichkeit zu finden. Und falls es mir gelingt, die Barriere zu durchbrechen, und ich dann getötet werde, bevor ich zurückkehren kann – nun, dann werden die anderen wenigstens aufgrund der Tatsache, daß ich nicht zurückgekehrt bin, wissen, daß sie sehr vorsichtig sein müssen, wenn sie sich an diesen Ort begeben.

Niemals zurückkehren.

Er dachte an seine Kinder – die stille, brillante Schveja; Schatva, klug und mitfühlend; Motiga, der immer nur Unsinn im Kopf hatte; die lebhafte, gescheite Izuchaja; und die kleinen Zwillinge Serp und Spel. Kann ich sie vaterlos zurücklassen?

Ja, wenn es sein muß! Denn sie haben Luet als Mutter, und

Schuja und Issib werden ihr helfen, und Vater und Mutter ebenfalls. Ich kann sie zurücklassen, wenn es sein muß, denn das wäre besser, als zu ihnen zurückzukehren, nachdem es mir einzig und allein aus Angst vor dem Tod nicht gelungen ist, dafür zu sorgen, daß wir unsere Lebensaufgabe erfüllen können.

Er drückte sich gegen die Barriere. Sie schien unter seiner Hand nicht mehr nachzugeben. Je fester er drückte, desto mehr schien sie unter seiner Hand zu gleiten. Doch trotz dieser Illusion des Gleitens rutschte seine Hand weder nach links oder nach rechts, noch nach oben oder unten. Die Reibung schien sogar sehr stark zu sein – während er nach innen drückte, *konnte* er die Hand nicht über die Oberfläche gleiten lassen, obwohl er den Eindruck hatte, als glitte die Oberfläche unter seiner Hand in alle Richtungen davon, ein Gefühl, das einen in den Wahnsinn treiben konnte.

Er trat zurück, hob einen Stein auf und warf ihn auf die Barriere. Er traf die unsichtbare Wand, blieb einen Augenblick lang stecken und rutschte dann langsam hinab.

Das ist überhaupt keine Wand, begriff Nafai, nicht, wenn sie den Stein packen und dann hinabfallen lassen kann. *Spürte* das Ding vielleicht sogar, wovon es berührt wurde, und reagierte daraufhin bei einem Stein anders als zum Beispiel bei einem Vogel?

Nafai riß einen Klumpen Gras los. Er stellte zufrieden fest, daß sich mehrere Raupen und ein Regenwurm darin befanden, und warf ihn dann gegen die Barriere.

Auch das Gras blieb einen Augenblick lang stecken und rutschte dann langsam hinab. Aber nicht auf einmal. Die Erde zuerst, sauber von den Wurzeln getrennt. Dann alle Pflanzenteile, und nur die Raupen und der Regenwurm blieben auf der Barriere kleben. Schließlich rutschten auch sie hinab.

Die Barriere kann unterscheiden, was auf sie trifft, dachte Nafai. Sie kann den Unterschied zwischen lebendig und tot, zwischen Tier und Pflanze ausmachen. Warum nicht auch den zwischen menschlich und nichtmenschlich?

Nafai musterte seine Kleider. Was würde die Barriere

davon halten? Er hatte keine Ahnung, wie die Barriere die Natur der Dinge feststellte, die gegen sie prallten. Vielleicht erkannte sie schon, daß er ein Mensch war, bevor er sie berührte. Aber es bestand auch die Möglichkeit, daß der Stoff ihn ein wenig tarnte. Natürlich hatte er nicht die geringste Ahnung, ob dies gut oder schlecht sein würde.

Er hob einen zweiten Stein auf, den er aber nicht warf, sondern mit aller Kraft schleuderte. Erneut blieb er auf der Barriere stecken.

Nein, diesmal blieb er *in* ihr stecken. Indem Nafai beide Hände neben dem Stein auf die Barriere legte, während dieser hinabrutschte, erkannte er, daß der Stein sich tatsächlich in die Barriere eingegraben hatte.

Nafai nahm die Schlinge von seinem Gürtel, legte einen Stein hinein, schwang ihn heftig und schleuderte ihn auf die Barriere.

Er blieb stecken, und einen Augenblick lang dachte Nafai, dem Stein würde es genauso ergehen wie den anderen Gegenständen.

Statt dessen verharrte der Stein einen Augenblick lang in der Luft und fiel dann *innerhalb* der Barriere zu Boden.

Er hatte sie durchquert! Er hatte genug Schwung gehabt und sie durchquert! Die Barriere hatte ihn soweit abgebremst, daß er es *fast* nicht geschafft hätte, aber er hatte gerade genug Schwung behalten, um hindurchzukommen. Das einzige Problem war, daß Nafai nicht die geringste Ahnung hatte, wie er selbst sich mit solcher Kraft gegen die Barriere schleudern konnte. Selbst wenn es ihm möglich gewesen wäre, hätte der Aufprall ihn wahrscheinlich getötet.

Vielleicht hat die Barriere für Menschen andere Vorschriften. Vielleicht wird sie mich durchlassen, wenn ich es nur energisch versuche.

Ja, *natürlich* wird sie das, Nafai, du Narr. Das System wurde eigens dazu geschaffen, Menschen draußen zu halten, und deshalb wird es *dich* auch durchlassen.

Nafai lehnte sich gegen die Barriere, um über das Problem nachzudenken. Zu seiner Überraschung zog die Barriere ihn nach einem Augenblick zu Boden. Besser gesagt, sie zog seine *Kleidung* zu Boden, und ihn mit ihr. Bei seinen Händen hatte sie das nicht getan. Als er die Mauer mit der bloßen Haut berührt hatte, hatte sie seine Hand an Ort und Stelle bleiben lassen und überhaupt nicht bewegt.

Es bereitete ihm Mühe, sich von der unsichtbaren Wand zu lösen. Sie *schmiegte* sich an seine Kleidung, wie sie auch die Steine, den Erdboden, das Gras, die Raupen und den Regenwurm umfaßt hatte. Ihm wurde klar: Es *gibt* andere Regeln für Menschen. Diese Wand *kennt* den Unterschied zwischen mir und meiner Kleidung.

Impulsiv zog er seinen Umhang aus und entblößte die Arme. Dann holte er so schnell mit ihnen aus, wie er konnte, und schwang die Faust in die Barriere. Es tat weh, als hätte er gegen eine Ziegelmauer geschlagen – aber die Hand glitt hindurch.

Sie glitt hindurch! Seine Faust war auf der anderen Seite der Barriere, genau wie der Stein, der sie durchdrungen hatte. Und wo sein Arm in der Barriere steckte, fühlte er sich nicht anders an als zuvor. Er konnte die Faust auf der anderen Seite öffnen und mit den Fingern wackeln, und obwohl die Luft dort vielleicht etwas kühler war, hatte er keine Schmerzen, gab es keine Übertragungsprobleme, überhaupt nichts Ungewöhnliches.

Kann ich meiner Hand durch die Wand folgen?

Er schob sich vor und konnte den Arm langsam bis zur Schulter hineindrücken. Doch als seine Brust die Barriere erreichte, kam er nicht mehr weiter; und als er sich drehte, um einen besseren Winkel zu haben, stieß auch sein Kopf gegen die Barriere und wurde blockiert.

Was, wenn ich auf ewig hier steckenbleibe – halb drinnen, halb draußen?

Beunruhigt trat er zurück, und sein Arm glitt langsam hinaus. Er fühlte einen gewissen Widerstand, aber keinen Schmerz, und nichts schmiegte sich gegen seine Haut, um ihn festzuhalten. Nach einem Augenblick war er frei.

Er berührte den Arm und die Hand, die auf der anderen Seite gewesen waren, und konnte nichts Ungewöhnliches feststellen. Was auch immer verhinderte, daß auf der anderen Seite Leben gedieh, es hatte ihn noch nicht getötet – wenn es sich um ein Gift handelte, wirkte es jedenfalls nicht sofort, und es war bestimmt nicht die Barriere selbst.

Er überdachte die Regeln zum Durchqueren der Mauer, die er in Erfahrung gebracht hatte. Es mußte nackte Haut sein. Er mußte mit einiger Wucht darauf prallen. Und wenn er hindurch wollte, mußte er mit dem ganzen Körper gleichzeitig darauf treffen.

Er zog sich aus, faltete seine Kleidung ordentlich zusammen und legte sie auf den Bogen und die Pfeile. Dann stapelte er ein paar Steine darauf, damit sie nicht weggeweht wurde. Stumm hoffte er, daß er diese Kleidung in der Tat noch einmal brauchen würde.

Einen Augenblick lang spielte er mit dem Gedanken, mit dem Gesicht zuerst gegen die Wand zu springen, gab ihn aber schnell wieder auf – schließlich hatte er gerade eben den Eindruck gehabt, mit der Faust gegen eine Wand zu schlagen, und er war nicht besonders versessen darauf, dies mit dem Gesicht *oder* den Hoden zu versuchen. Es würde sich auch nicht hervorragend anfühlen, es mit dem Hintern zuerst zu probieren, aber das war das geringere von zwei Übeln.

Er ging ein Stück am Rand der Barriere entlang, bis er auf einen ziemlich steilen Hügel stieß. Er stieg bis ganz oben hinauf, atmete ein paarmal tief durch, verabschiedete sich flüsternd von seiner Familie und lief dann wieder hinab. Schon nach einem Augenblick rannte er völlig unkontrolliert, doch als er die Wand fast erreicht hatte, stellte er einen Fuß quer und riß seinen Körper in einer wilden Drehung herum, die ihn flach gegen die Barriere werfen sollte.

Natürlich schaffte er es nicht so, wie er es sich vorgestellt hatte. Statt dessen glitt sein Hintern zuerst hindurch, und dann, als er langsamer wurde, seine Schenkel und der Rumpf bis zu den Schultern. Die Arme und der Kopf blieben außerhalb der Barriere, doch seine Füße glitten hindurch und prallten auf den steinigen Boden auf der anderen Seite. Seine Fersen schmerzten, aber das war ihm im Augenblick gleichgültig, denn sein Körper steckte innerhalb, die Arme und der Kopf hingegen außerhalb der Barriere.

Ich muß wieder hinaus, dachte er, und es noch einmal versuchen.

Zu spät. Im letzten Moment, in dem er sich überhaupt noch bewegte, glitten seine Schultern ebenfalls hinein. Er steckte wieder fest wie zuvor, als er den Körper nicht dazu hatte bringen können, den Armen zu folgen. Der wichtigste Unterschied war jedoch, daß sein Kopf sich außerhalb der Barriere befand und das Kinn und die Ohren den größten Widerstand zu leisten schienen. Noch schlimmer war, daß er nicht einmal die Arme hineinbringen konnte, weil er das volle Körpergewicht benötigte, um sie hindurchzuziehen, und solange sein Kinn auf der Barriere hing, war ihm dies nicht möglich.

Das muß die dümmste Todesart sein, die je jemand erlitten hat, dachte Nafai.

Erinnere dich an deine Geometrie, sagte er sich. Erinnere dich an die *Anatomie.* Das Kinn steht vielleicht in einem zu scharfen Winkel vom Hals ab, um es hindurchzuziehen, doch der Hinterkopf ist glatt und leicht geschwungen. Wenn ich das Kinn vorschiebe und den Kopf zurücklege ... vorausgesetzt, ich reiße mir dabei nicht die Ohren ab ... aber die sind doch biegsam, oder?

Langsam und unter großen Mühen schob er den Kopf zurück und spürte, daß er hindurchglitt. Ich schaffe es, dachte er. Und dann werden meine Arme kein Problem mehr sein.

Sein Kopf glitt ganz plötzlich hindurch, und das Gesicht befand sich voll innerhalb der Barriere. Jetzt ragten nur noch die Arme hinaus.

Er wollte sie hindurchziehen, nachdem er sich einen Moment lang ausgeruht hatte, doch während er sich, vor Anstrengung keuchend, ausruhte, stellte er fest, daß seine Atemnot nur noch größer und allmählich unerträglich wurde. Irgendwie erstickte er, obwohl er tiefe Atemzüge seltsam riechender Luft in die Lungen sog.

Seltsam riechende Luft, trocken und kalt, und er bekam

keinen Sauerstoff! Noch während die Panik in ihm emporstieg, begriff sein rationaler Verstand, was er schon von Anfang an hätte wissen müssen: Hinter der Barriere lebte nichts, weil es hier keinen Sauerstoff gab. Dieser Ort sollte sämtlichen Verfall aufhalten – und der stärkste Verfall, der schnellste, hing mit dem Vorhandensein von Sauerstoff zusammen, oder von Sauerstoff und Wasserstoff, die gemeinsam Wasser bildeten. Hier konnte es kein Leben geben, und daher konnten noch nicht einmal Mikroben Oberflächen zerfressen; hier gab es kein Wasser, das kondensieren oder gefrieren oder fließen konnte; und keine Oxydation von Metall. Und wenn die Atmosphäre nicht einmal anaerobe Lebensformen ermöglichte, konnte es innerhalb der Barriere nur wenig geben, das Verfall herbeiführte, einmal abgesehen von Sonnenlicht, kosmischer Strahlung und Atomzerfall. Diese Barriere war errichtet worden, damit alles, was sich in ihr befand, erhalten blieb – damit es vierzig Millionen Jahre überdauern konnte!

Die plötzliche Erkenntnis über den Zweck der Barriere war kein Trost. Denn sein rationaler Verstand hatte nicht mehr besonders viel Kontrolle. Er hatte kaum begriffen, daß er nicht atmen konnte, als seine Hände, die noch auf der anderen Seite der Barriere steckten, nach Luft griffen und versuchten, ihn durch die Barriere zu ziehen. Doch er war in genau der gleichen Situation wie zuvor, als er draußen gestanden und nur einen Arm durch die Mauer gesteckt hatte. Er konnte die Arme tiefer in die Barriere stoßen, doch als sein Gesicht und die Brust die Wand erreichten, kam er nicht mehr voran. Seine Hände konnten die atembare Luft auf der anderen Seite berühren, doch das war auch schon alles.

Vor Furcht außer sich, schlug er mit dem Kopf gegen die Barriere, doch die Hebelwirkung reichte einfach nicht aus, um den Kopf durch die Wand in die atembare Luft zu stekken. Er würde wirklich sterben. Und doch schlug er immer wieder, immer heftiger, mit dem Kopf gegen die Barriere.

Vielleicht machte der letzte Schlag ihn benommen; vielleicht hatte der Sauerstoffmangel ihn einfach geschwächt, oder er verlor einfach das Gleichgewicht. Auf jeden Fall stürzte er zurück. Die Barriere verlangsamte seinen Fall, als seine Arme langsam durch die unsichtbare Mauer glitten.

Ausgezeichnet, dachte Nafai. Jetzt muß ich nur noch die andere Seite des Hügels hinauflaufen, dann wieder zur Barriere hinab und hindurch, aber diesmal mit dem Gesicht zuerst. Doch noch während er fröhlich diesen Plan faßte, wußte er, daß er nicht funktionieren würde. Er hatte bereits zu viel Zeit benötigt, um hier durch die Barriere zu gelangen – er hatte zu viel Sauerstoff in seinem Körper verbraucht, und es war unmöglich, einen anderen Hügel hinauf und wieder hinabzulaufen, bevor er ohnmächtig wurde.

Seine Hände kamen frei, und er stürzte rückwärts auf den steinigen Boden.

Der Aufprall mußte sehr hart gewesen sein, denn für ihn klang es wie der lauteste, längste Donnerschlag, den er je gehört hatte. Und dann zerrte Wind an seinem Körper, hob ihn hoch, rollte ihn herum, drehte ihn.

Während er im Wind nach Luft schnappte, merkte er, daß er irgendwie, auf irgendeine wundersame Art und Weise, wieder *atmen* konnte. Er bekam Sauerstoff. Und er bekam auch Prellungen, als der Wind ihn hierhin und dorthin warf. Auf die Steine. Auf das Gras.

Auf das Gras.

Der Wind war zu einer böigen Brise abgeklungen – er öffnete die Augen. Er war vielleicht fünfzig Meter weit weggeschleudert worden. Es dauerte eine Weile, bis er sich orientiert hatte. Aber da er auf Gras lag, wußte er, daß er sich außerhalb der Barriere befand. War der Wind ein weiterer Verteidigungsmechanismus, der Eindringlinge durch die Mauer schleuderte? Sein Körper hatte zahlreiche Kratzer und blaue Flecken abbekommen, die diese Interpretation unterstützten. In der Ferne, tief im toten Land, konnte er noch immer einige Windhosen ausmachen.

Er stand auf und ging zur Barriere. Er griff nach ihr, doch sie war nicht mehr da. Die Barriere war fort.

Das war die Ursache des Windes gewesen. Atmosphären, die sich seit vierzig Millionen Jahren nicht mehr vermischt hatten, waren plötzlich wieder zusammengefügt worden. Auf den beiden Seiten der Barriere mußten unterschiedliche Druckverhältnisse geherrscht haben. Als wäre ein Ballon geplatzt! Und er war wie ein Fetzen der Ballonhaut davongeschleudert worden.

Warum war die Barriere verschwunden?

Weil ein Mensch sie vollständig durchquert hatte! Weil du gestorben wärest, wäre die Barriere nicht ausgeschaltet worden.

Nafai hatte den Eindruck, die Stimme der Überseele in seinem Kopf zu hören.

›Ja, ich bin hier, du kennst mich.‹

»Ich habe die Barriere zerstört?«

›Nein, das war ich. Als du sie vollständig überwunden hattest, informierten die Perimeter-Systeme mich, daß ein Mensch eingedrungen war. Augenblicklich wurden mir eigene Bestandteile bewußt, die man mir vierzig Millionen Jahren lang verborgen hatte. Ich konnte alle Barrieren sehen, kannte sofort ihre Geschichte, verstand ihren Zweck und wußte, wie ich sie kontrollieren kann. Wärest du ein außergewöhnlich halsstarriger Eindringling gewesen, der nicht hierher gehörte, hätte ich den Perimeter-Systemen befohlen, dich sterben zu lassen, und sie wären daraufhin sofort wieder vor mir verborgen worden. Dies ist in all diesen Jahren zweimal geschehen. Doch du warst derjenige, den ich hierher führen wollte, und daher hatte der Zweck der Barriere sich überlebt. Ich ordnete ihren Zusammenbruch an, um dir und damit auch dem Rest dieses Ortes Sauerstoff zu geben.‹

»Ich weiß diese Entscheidung zu schätzen«, sagte Nafai.

›Das bedeutet, daß der Verfall zu diesem Ort zurückgekehrt ist. Nicht, daß er völlig ausgeschlossen worden wäre. Die Barriere hielt die schädlichste Strahlung ab, aber nicht vollständig. Es *hat* Schäden gegeben. Hier befindet sich nichts, das *vierzig Millionen Jahre* überdauern sollte. Doch nun, da ich wieder Zugang zu mir selbst habe, statt in die Blockaden des Perimeter-Systems zu laufen, bekomme ich vielleicht heraus, warum ich in einer Programmschleife gefangen war.

Oder Issib und Zdorab finden es heraus – sie arbeiten mit dem Index, und in dem Augenblick, da du die Perimeter-Systeme überwunden hattest, brachen die Blockaden auch für sie zusammen. Ich habe ihnen alles gezeigt, was du getan hast, und in diesem Moment durchsuchen sie schon die neuen Speicher, die ihnen geöffnet wurden.‹

»Dann habe ich es geschafft«, sagte Nafai. »Ich habe es geschafft! Ich habe mein Ziel erreicht.«

›Mach dich nicht lächerlich. Du bist durch die Barriere gekommen. Das ist erst der Anfang. Viel Arbeit wartet noch auf dich. Komm zu mir, Nafai.‹

»Zu *dir*?«

›Dorthin, wo ich *bin*. Ich habe mich endlich gefunden, obwohl ich bis jetzt nicht einmal den Gedanken fassen konnte, nach mir zu suchen. Komm zu mir – ich bin hinter diesen Hügeln.‹

Nafai suchte nach seiner Kleidung und stellte fest, daß sie verstreut worden war – ein Wind, der ihn durch die Luft schleudern konnte, konnte auch die Kleider unter den Steinen hervorzerren. Er brauchte natürlich unbedingt die Schuhe, um über den steinigen Boden gehen zu können. Aber er wollte auch die anderen Kleidungsstücke einsammeln – irgendwann würde er ja nach Hause zurückkehren.

›Dort wartet Kleidung auf dich. Komm zu mir.‹

»Ich komme ja schon«, sagte Nafai. »Aber ich ziehe meine Schuhe an, ob du nun der Ansicht bist, daß ich sie brauche, oder nicht.« Und er schlüpfte auch in seine Kniehosen und zog sich beim Gehen den Umhang über den Kopf. Und der Bogen – er suchte nach seinem Bogen und gab nicht auf, bis er ein Stück davon fand und begriff, daß er vom Wind zerbrochen worden war. Er konnte von Glück sprechen, daß es seinen Knochen nicht genauso ergangen war.

Schließlich ging er in die Richtung, die die Überseele ihm in seinem Kopf zeigte. Der Marsch dauerte vielleicht eine halbe Stunde – er kam nur langsam voran, so wund und geschunden war sein Körper. Schließlich überquerte er jedoch den letzten Hügel und sah in eine völlig kugelförmige Vertiefung in der Erde hinab, die einen Durchmesser von vielleicht zwei Kilometern hatte. In ihrer Mitte erhoben sich sechs gewaltige Türme aus dem Boden.

Er begriff fast augenblicklich: die Sternenschiffe.

Er wußte, daß diese Information von der Überseele kam, die ihm gleichzeitig noch zahlreiche Fakten lieferte. Er sah in Wirklichkeit nur die Schutzkuppeln über den Spitzen der Schiffe, denn nur ein Viertel eines jeden Schiffes erhob sich über den Boden. Der Rest befand sich unter der Erde, wo er besser geschützt und darüber hinaus mit den Systemen Vusadkas verbunden war. Er wußte, ohne darüber nachdenken zu müssen, daß der Rest Vusadkas ebenfalls unterirdisch angelegt war, eine riesige Stadt der Elektronik, die fast ausschließlich dem Zweck diente, die Überseele selbst zu warten. Von der Überseele waren nur die kugelförmigen Geräte zu sehen, die in den Himmel ragten und mit den Satelliten kommunizierten, die über Harmonie ihre Augen und Ohren, ihre Hände und Finger bildeten.

›All diese Jahre wußte ich nicht, wie ich mich selbst sehen kann; hatte ich vergessen, wo ich war und wie ich aussah. Ich erinnerte mich nur an soviel, daß ich gewisse Aufgaben in Gang setzen und euch hierher in die Nähe von Dostatok führen konnte. Als ich dann in die Programmschleife geriet, konnte ich mir nicht helfen, weil ich nicht wußte, wo ich nach der Ursache suchen sollte. Nun haben Zdorab, Issib und ich diesen Ort gesehen. Meine Speicher haben Schäden genommen – vierzig Millionen Jahre des Atomzerfalls und der kosmischen Strahlung haben mich vernarbt. Die Redundanz meiner Systeme hat das meiste davon ausgeglichen, doch nicht die Schäden innerhalb der primitiven Systeme, die ich nicht einmal untersuchen konnte, weil sie mir verborgen blieben. Ich habe die Fähigkeit verloren, meine Roboter zu kontrollieren. Sie waren nicht dafür geschaffen, so lange zu überdauern, nicht einmal an einem Ort ohne Sauerstoff. Meine Roboter meldeten mir, sie hätten alle Sicherheitsüberprüfungen der Systeme innerhalb der Barriere durchgeführt, doch als ich versuchte, den Perimeter zu öffnen, weigerte das System sich, weil die Sicherheitsüberprüfungen nicht abgeschlossen waren. Also initiierte ich die Überprüfungen erneut, und die Roboter meldeten erneut, alles sei erledigt, und so weiter, und so fort. Und ich fand die Programmschleife nicht, weil sich all dies auf einer Ebene abspielte, die für mich ein bloßer Reflex ist – wie dein Herzschlag für dich. Nein, nicht einmal so offensichtlich. Eher wie die Produktion von Hormonen durch die Drüsen in deinem Körper.‹

»Was wäre geschehen, wenn du aus der Schleife hättest ausbrechen können?« fragte Nafai.

›Hätte ich mich selbst gefunden, hätte ich das Problem erkannt und euch sofort hierher geführt.‹

»Du meinst, du hättest die Barriere ausschalten können?«

›Das wäre nicht nötig gewesen. Das stand von Anfang an in *eurer* Macht. Dafür war der Index bestimmt.‹

»Der Index!«

›Hättest du den Index mitgebracht, wärst du nirgendwo auf Widerstand gestoßen. Kein geistiger Widerwille. Und wenn du den Index an die körperliche Barriere gehalten hättest, hätte sie sich langsam aufgelöst – ohne die Winde, die wirklich nicht hilfreich waren, da sie Staub in die Luft aufgewirbelt haben.‹

»Aber du hast uns nie gesagt, daß der Index dazu imstande ist.«

›Ich habe es selbst nicht gewußt. Ich *konnte* es nicht wissen. Ich wußte nur, daß derjenige, der zu den Sternenschiffen kommt, den Index braucht. Wären die Sicherheitsüberprüfungen dann abgeschlossen gewesen, hätte das Perimeter-System mir alles zugänglich gemacht, und ich hätte gewußt, was ihr tun müßt, und es euch gesagt.‹

»Also war es keine dumme Verschwendung einer erstklassigen Panik, daß ich fast erstickt wäre und dann von dem Sturm grün und blau geschlagen worden bin?«

›Ich konnte nur aus meiner Programmschleife ausbrechen, indem du dich durch die Barriere gekämpft hast. Ich habe die Speicher des Perimeter-Systems gelesen und bin erfreut darüber, wie du die Paviane benutzt hast, um hindurch zu kommen.‹

»Hast du mir das nicht in meinem Traum gezeigt? Daß ich einem Pavian durch die Barriere folgen mußte?«

›Traum? Ah ja, jetzt erinnere ich mich, du hast geträumt. Nein, dieser Traum kam nicht von mir.‹

»Dann kam er also vom Hüter?«

›Warum mußt du immer nach einer äußeren Quelle suchen? Bist du nicht der Ansicht, daß *dein* Unterbewußtsein dir ab und zu auch einen wahren Traum bescheren kann? Willst du dir nicht eingestehen, daß vielleicht dein eigener Verstand dieses Problem gelöst hat?‹

Nafai mußte unwillkürlich vor Freude auflachen. »Also habe *ich* es geschafft!«

›Du hast es geschafft. Aber du bist noch nicht fertig. Komm zu mir, Nafai. Ich habe Arbeit für dich, und die Werkzeuge, mit denen du sie bewältigen kannst.‹

Nafai ging den Hügel hinab ins Tal Vusadka. Dem Ort der Ausschiffung. Der Stelle, an der menschliche Füße zum erstenmal den Boden Harmonies betreten und an der jene ersten Siedler den Computer errichtet hatten, der ihre Kinder so viele Jahre lang vor der Selbstvernichtung bewahren würde, daß sie der Auffassung gewesen sein mußten, der Schutz würde ewig währen.

Aber er währte nicht ewig. Er hörte bereits auf. Und nun schritt Nafai zwischen den Türmen der Sternenschiffe aus – der erste Mensch, der diesen Ort betrat, seit er erbaut worden war. Was auch immer die Überseele nun für ihn vorgesehen hatte, er würde es tun. Und wenn er es getan hatte, würden die Menschen zur Erde zurückkehren!

10

Herr des Schiffes

Volemak und Rasa riefen in dem Augenblick, da Zdorab und Issib ihnen erklärt hatten, was sie vom Index erfahren hatten, die Gruppe zusammen. Es war schon lange her, daß eine Versammlung einberufen worden war, ohne daß Elemak im voraus gewußt hatte, worüber sie sprechen würden. Es machte ihm Sorgen. In gewisser Hinsicht machte es ihm sogar *angst*, doch da er nicht mit der Vorstellung von Furcht leben konnte, interpretierte er dieses Gefühl als Zorn. Er war *wütend* darüber, daß eine Versammlung ohne sein vorheriges Wissen einberufen worden war und Vater seinen Rat nicht im voraus gesucht hatte. Das deutete darauf hin, daß die Versammlung irgendwie von Rasa ausging – daß die Frauen versuchten, die Macht zu ergreifen, und ihn absichtlich ausgeschlossen hatten. Eines Tages wird die alte Schachtel es zu weit treiben, dachte Elemak, und *dann* wird sie herausfinden, was Macht und Stärke in Wirklichkeit sind – und daß sie nichts davon hat.

Das war der Interpretationsfilter, durch den Elemak die Nachricht dieses Morgens empfing. Schveja und Luet hatten geträumt ... ah ja, die *Frauen* versuchen, ihre geistige Führung geltend zu machen. Die Wasserseherin und ihre zweifellos gut unterwiesene Tochter fischten nach der alten Dominanz, die Luet in Basilika gehabt hatte. Und dann hatten Nafai, Issib und Zdorab den Index nach Informationen durchforstet, und Nafai – natürlich, es mußte ja Luets Gatte sein, der Liebling der Überseele – hatte einen geheimen Ort gefunden, den keiner von ihnen auf all ihren Jagdzügen je betreten hatte. So ein Unsinn! Elemak hatte bei seinen Jagd- und Erkundungszügen jeden Kilometer des umliegenden Landes betreten – es gab keinen verborgenen Ort.

Also war Nafai auf die Suche nach einem gar nicht vorhandenen Ort gegangen, und erst an diesem Morgen hatte er eine Möglichkeit gefunden, an den Barrieren vorbeizukommen. Sobald ein Mensch dies geschafft hatte, fielen die Barrieren, und nun wanderte Nafai zwischen den uralten Sternenschiffen, während Issib und Zdorab durch den Index Dinge herausfanden, die niemand für möglich gehalten hatte. »Dies ist der Landeplatz«, erklärte Vater. »Wir leben nun auf dem Gelände der Ersten Stadt, der ältesten menschlichen Siedlung auf Harmonie. Älter als die Städte der Sterne. Älter als Basilika.«

»Als wir kamen, gab es hier keine Stadt«, sagte Obring.

»Aber *diesen* Ort«, sagte Vater. »Wir haben den Kreislauf der menschlichen Rasse abgeschlossen. Und in diesem Augenblick weilt Nafai dort, wo die uralten Väter und Mütter von uns allen zum erstenmal den Fuß auf den Boden von Harmonie gesetzt haben.«

Romantisches Gesülze, dachte Elemak. Vielleicht hielt Nafai gerade ein Schläfchen in der Mittagssonne. Der Index bot den Schwachen ihrer Gruppe lediglich die Möglichkeit, die Starken unter Kontrolle zu halten.

»Ihr wißt natürlich, was dies bedeutet«, sagte Vater.

»Es bedeutet«, sagte Elemak, »daß wegen Leuten, die nichts Besseres zu tun haben, als angeblich etwas von einer Metallkugel zu erfahren, unser Leben *erneut* grundlegend unterbrochen wird.«

Vater sah ihn überrascht an. »Unterbrochen?« fragte er. »Weshalb sind wir hierher gekommen, wenn nicht, um uns auf eine Reise zur Erde vorzubereiten? Die Überseele hat sich in einer Rückkoppelungsschleife verfangen, das war alles, und Njef hat sie schließlich durchbrochen und die Überseele befreit. Die Unterbrechung ist *jetzt* vorbei, Elja.«

»Tu doch nicht so, als wüßtest du nicht, was ich meine«, sagte Elemak. »Wir führen hier ein Leben im Überfluß. In vieler Hinsicht ein besseres, als wir es in Basilika gehabt hätten, auch wenn es Obring schwerfällt, dies zu glauben. Wir haben jetzt Familien – Frauen und Kinder – und führen ein gutes Leben. Wir arbeiten hart, aber wir sind glücklich, und es gibt genug Platz für unsere Kinder und unsere Kindeskinder auf tausend Jahre und mehr. Wir haben keine Feinde, es gibt keine Gefahren für uns außer den normalen Unglücksfällen des Lebens. Und du willst mir sagen, daß *dies* die Unterbrechung ist, die Zeitverschwendung, und der normale Weg darin besteht, in den *Weltraum* zu fliegen? Bitte verkaufe uns nicht für dumm.«

Elemak erkannte genau, wer seiner Meinung war. Als er das wahre Bild der Dinge malte, sah er, daß Meb und Vas und Obring grimmig nickten. Ihre Frauen würden zu ihnen stehen. Des weiteren sah er, daß er auch bei einigen anderen Zweifel geweckt hatte. Zdorab und Schedemei schauten besonders nachdenklich drein, und sogar Luet hatte sich zu ihren Kindern umgesehen, als Elemak darüber sprach, was für ein gutes Leben sie hatten, daß ihnen keine Gefahren drohten und sie hier in Dostatok eine gute Zukunft haben konnten.

»Ich weiß nicht, was Nafai gefunden hat oder ob er überhaupt etwas gefunden hat«, fuhr Elemak fort. »Mir ist es ehrlich gesagt auch gleichgültig. Njef ist ein guter Jäger und ein kluger Kerl, aber er ist kaum dafür geeignet, uns in eine schreckliche Gefahr zu führen, indem wir vierzig Millionen Jahre alte Sternenschiffe benutzen. Meine Familie und ich werden nicht zulassen, daß mein kleiner Bruder in seiner Torheit versucht, ein unmögliches Projekt zu verwirklichen. Das ist die reinste Zeitverschwendung. Als Njef Gaballufix ermordet hat, hat er uns alle gezwungen, Basilika als Flüchtlinge zu verlassen – doch das habe ich ihm vergeben. Ich werde ihm aber *nicht* vergeben, daß er erneut versucht, unser Leben umzukrempeln.«

Elemak blieb äußerlich ruhig, doch innerlich bemühte er sich, ein Lächeln zu unterdrücken, als er Luets schwachen Versuchen lauschte, ihren Mann von der Schuld am Mord an Gaballufix freizusprechen. Ihre Worte waren bedeutungslos – Elemak hatte schon mit dem ersten Schlag gründliche Arbeit geleistet. Er hatte Nafai noch vor dessen Rückkehr in Mißkredit gebracht: Es war seine Schuld, daß wir die Stadt verlassen haben; das vergeben wir ihm; aber nichts von dem, was er nun sagt, wird etwas an unserem Leben hier ändern. Elemak hatte damit eine vernünftige Rechtfertigung für den totalen Widerstand gegen dieses neueste

Manöver der Frauen und ihrer kleinen männlichen Marionette geliefert. Der Beweis für seinen Erfolg war die Tatsache, daß weder Vater noch Mutter Nafai verteidigten – und außer Luet auch sonst niemand. Und sie hatte er abgelenkt, indem er das Thema angesprochen hatte, warum Nafai Gaballufix getötet hatte. Die Sternenschiffe und das verborgene Land standen nicht mehr zur Debatte.

Bis Ojkib auf die Mitte der Versammlungsfläche trat. »Schande über euch alle«, sagte er. »Schande über euch!«

Alle verstummten, bis auf Rasa. »Okja, Schatz, das ist eine Versammlung von Erwachsenen.«

»Schande auch über *dich*. Habt ihr alle vergessen, daß wir wegen der Überseele hier sind? Habt ihr alle vergessen, daß wir nur deshalb an solch einem perfekten Ort leben, weil die Überseele ihn für uns vorbereitet hat? Habt ihr vergessen, daß es hier nur deshalb nicht schon zehn Städte gibt, weil die Überseele andere Leute ferngehalten hat – außer uns? Du, Elemak, hättest *du* diesen Ort finden können? Hättest du gewußt, daß du die Familie über das Wasser und dann die Insel hinab führen mußt?«

»Was weißt du schon davon, kleiner Junge?« sagte Elemak verächtlich und versuchte, die Kontrolle von diesem Kind zurückzubekommen.

»Nein, das hättest du nicht«, sagte Ojkib. »Keiner von euch hat *irgend etwas* gewußt, und keiner von uns hätte irgend etwas *bekommen*, hätte die Überseele uns nicht auserwählt und hierher geführt. Ich war noch nicht einmal geboren, als das alles anfing, und den Rest der Zeit über war ich ein Baby. Warum erinnere *ich* mich also daran, während ihr Älteren – meine älteren und klügeren Brüder und Schwestern, *meine Eltern* – es vergessen zu haben scheinen?«

Seine hohe, flötende Stimme zerrte an Elemaks Nerven. Was ging hier vor? Er wußte, wie er alle Erwachsenen neutralisieren konnte – aber er hatte nicht damit gerechnet, sich auch noch mit Vaters und Rasas neuer Brut befassen zu müssen. »Setz dich, Kind«, sagte Elemak. »Du hast keinen Boden mehr unter den Füßen.«

»Wir *alle* haben keinen Boden mehr unter den Füßen«,

sagte Luet. »Aber nur Ojkib scheint zu wissen, wie man schwimmt.«

»Zweifellos hast du ihm eingeschärft, was er sagen soll«, erwiderte Elemak.

»Ja, genau«, sagte Luet. »Als hätte einer von uns im voraus gewußt, was *du* sagen würdest. Obwohl wir es eigentlich hätten wissen müssen. Ich hatte gedacht, diese Angelegenheit wäre schon vor langer Zeit geregelt worden, aber wir hätten wissen müssen, daß du deinen Ehrgeiz niemals aufgeben wirst.«

»Ich!« schrie Elemak und sprang auf. »*Ich* habe nicht diesen falschen Besuch in einer unsichtbaren Stadt inszeniert, von der wir nur aufgrund von Berichten einer Metallkugel wissen, die nur *du* deuten kannst!«

»Würdest du die Hand auf den Index legen«, sagte Vater, »würde der Index auch gern mit dir sprechen.«

»Ich will aber nichts von diesem Computer hören«, erwiderte Elemak. »Ich sage es dir erneut, ich werde nicht das Leben und Glück meiner Familie wegen angeblicher Anweisungen eines unsichtbaren Computers aufs Spiel setzen, den diese *Frauen* noch immer als Gott verehren!«

Vater erhob sich. »Ich sehe, daß du Zweifel hegst«, sagte er. »Vielleicht war es ein Fehler, die guten Nachrichten mit allen zu teilen. Vielleicht hätten wir warten sollen, bis Nafai zurückkommt. Dann hätten wir alle zu dem Ort gehen können, den er gefunden hat, um zu sehen, was er gesehen hat. Aber ich dachte, es sollte keine Geheimnisse zwischen uns geben, und so habe ich darauf bestanden, daß wir die Geschichte jetzt erzählen, damit später niemand sagen kann, er habe nichts gewußt.«

»Etwas spät, um es auf die ehrliche Weise zu versuchen, meinst du nicht auch, Vater?« fragte Mebbekew. »Du hast selbst gesagt, daß Nafai, als er *vorgestern* aufbrach, diesen verborgenen Ort suchen wollte und glaubte, dort hätten wahrscheinlich die ersten Menschen ihre Sternenschiffe verlassen. Aber *da* hast du nicht daran gedacht, es uns allen zu sagen, oder?«

Vater sah Rasa an, und Elemaks Verdacht bestätigte sich.

Der alte Mann tanzte nach der Pfeife der alten Frau. Sie hatte darauf bestanden, es geheim zu halten, und wie er sie kannte, hatte sie ihm wahrscheinlich auch jetzt davon abgeraten, etwas zu sagen.

Nichtsdestotrotz war es nun Zeit für Elemaks nächsten Zug – nun, da Ojkib seine Position untergraben hatte, mußte er wieder Boden gutmachen. »Seien wir nicht ungerecht«, sagte er. »Wir haben nur von Nafai *gehört*. Wir müssen jetzt noch nichts entscheiden oder *unternehmen*. Warten wir, bis er nach Hause kommt.« Elemak wandte sich Ojkib zu, der noch immer mitten in der Gruppe stand. »Und was dich betrifft, so bin ich stolz, daß mein zweitjüngster Bruder solches Feuer in sich hat. Du wirst ein richtiger Mann werden, Ojkib, und wenn du alt genug bist, um wirklich zu verstehen, worum es geht, statt blindlings nachzuplappern, was andere dir sagen, wird man bei der Beratung auf deine Stimme hören, das kann ich dir versichern.«

Ojkib lief rot an – vor Verlegenheit, nicht vor Zorn. Er war so jung, daß er nur das deutliche Lob, nicht aber die versteckte Beleidigung verstanden hatte. So habe ich auch dich ausgelöscht, Okja, lieber Bruder, ohne daß du es überhaupt gemerkt hast.

»Diese Beratung ist beendet«, sagte Elemak. »Wir werden wieder zusammenkommen, sobald Nafai zurück ist, abgesehen natürlich von den kleinen verschwörerischen Treffen im Indexhaus, wo all das hier ausgekocht wurde. Ich habe keinen Zweifel, daß *diese* Treffen unvermindert fortgesetzt werden.« Und mit diesen Worten verlieh er allen Gesprächen, die Rasas Gruppe führen würde, eine düstere Bedeutung und schwächte sie damit zutiefst.

Diese armen Menschen – sie hielten sich für so klug, bis sie dann auf jemanden stießen, der begriff, wie Macht funktionierte. Und da Elemak die Versammlung beendet und die nächste praktisch schon angekündigt hatte, hatte er einen großen Schritt auf sein Ziel zugetan, Vater die Herrschaft in Dostatok zu nehmen. Die einzige Frage war jetzt, ob das Gespräch mit Elemaks Aufbruch wirklich beendet wurde. Wenn er davonging, die Versammlung aber fortgesetzt werden würde, würde Elemak es schwerer fallen, sich als Führer durchzusetzen – dann hätte er heute sogar Boden verloren.

Aber er mußte sich keine Sorgen machen. Meb stand augenblicklich auf und folgte ihm mit Dol und den Kindern im Schlepptau; Vas und Obring und deren Frauen erhoben sich ebenfalls, und dann Zdorab und Schedemei. Die Versammlung war vorbei – und zwar lediglich, weil Elemak es gesagt hatte.

Die erste Runde geht an mich, dachte Elemak, und es würde mich überraschen, wenn sie nicht schon das gesamte Spiel war. Armer Nafai! Was auch immer du draußen in den Wäldern tust, du wirst nach Hause kommen und feststellen, daß all deine Pläne durcheinandergeraten sind. Hast du wirklich gedacht, du könntest mich aus der Ferne herausfordern und gewinnen?

Nirgendwo war eine Schrift zu sehen; keine Zeichen, keine Anweisungen.

›Hier braucht niemand Anweisungen. Ich bin an diesem Ort immer bei dir und zeige dir, was du wissen mußt.‹

»Und sie waren damit zufrieden?« fragte Nafai. »Sie alle?« Seine Stimme war in der Stille dieses Ortes so laut. Er schlufte durch die staubfreien Gänge, immer abwärts, hinab in die Erde.

›Sie kannten mich. Sie haben mich gebaut und programmiert. Sie wußten, wozu ich imstande war. Sie sahen mich als – ihre Bibliothek, ihr Handbuch für alle Gelegenheiten, ihr zweites Gedächtnis. Zu jener Zeit wußte ich nur, was sie mich gelehrt hatten. Jetzt habe ich vierzig Millionen Jahre der Erfahrung mit Menschen und bin zu meinen eigenen Schlußfolgerungen gelangt. In jener Zeit war ich von ihnen viel abhängiger – ich habe nur ihr Bild von der Welt widergespiegelt.‹

»Und ihr Bild – war es falsch?«

›Sie begriffen nicht, bis zu welchem Ausmaß ihr Verhalten tierisch und nicht intellektuell war. Sie dachten, sie hätten das Tier in sich besiegt, und ihre Nachkommen würden mit meiner Hilfe das Tier in ein paar Generationen völlig austreiben – oder zumindest in ein paar hundert. Sie waren weitblickend, aber kein Mensch kann so weitblickend sein. Irgendwann werden die Zahlen, wird die Abmessung der Zeit bedeutungslos.‹

»Aber sie haben gut gebaut«, sagte Nafai.

›Gut, aber nicht perfekt. Ich habe vierzig Millionen Jahre lang unter kosmischer und atomarer Strahlung gelitten, die einen Großteil meiner Speicher zerrissen hat. Ich habe eine gewaltige Redundanz, und daher hat es bei meinen Daten keine bedeutungsvollen Verluste gegeben. Selbst in meiner Programmierung habe ich alle Veränderungen aufgezeichnet und korrigiert. Ich konnte jedoch nicht den Teil von mir überwachen, der vor mir verborgen war. Als die Programme dort verfielen, erfuhr ich nichts davon und konnte es nicht ausgleichen. Ich konnte diese Gebiete nicht kopieren und ersetzen, wenn eine Kopie verfiel.‹

»Also haben sie dies nicht gut geplant«, sagte Nafai, »denn diese Programme befinden sich doch in deinem Kern.«

›Du darfst kein zu hartes Urteil fällen. Es kam ihnen nicht in den Sinn, daß es auch nur eine Million Jahre dauern würde, bis die Kinder ihrer Kinder Frieden finden und würdig sein würden, diesen Ort zu betreten und alles über gehobene Technologien zu lernen. Wie konnten sie vermuten, daß die Menschen von Harmonie Jahrhundert um Jahrhundert, Jahrtausend um Jahrtausend keinen Frieden erlernen und nie aufhören würden, einander mit Gewalt oder Betrug zu beherrschen? Ich sollte diesen Ort nicht einmal eine Million Jahre lang abgeschieden halten, geschweige denn vierzig Millionen. Also haben sie doch gut gebaut. Die Schwächen und das Versagen in meinem geheimen Kern waren nicht tödlich, nicht wahr? Schließlich bist du ja hier, oder?‹

Nafai erinnerte sich an das Entsetzen, das er empfunden hatte, als er keine Luft mehr bekam, und fragte sich, ob seine Vorfahren es nicht etwas übertrieben hatten.

»Wo *bist* du?« fragte Nafai.

›Überall um dich herum.‹

Nafai sah sich um, konnte aber nichts Besonderes ausmachen.

›Die Sensoren dort in der Decke – durch sie sehe und höre ich dich im Augenblick, ganz davon abgesehen, daß ich durch deine Augen sehen und deine Worte hören kann, bevor du sie sagst. Hinter diesen Wänden befindet sich eine Speicherbank nach der anderen – das alles bin ich. Die Maschinen, die Luft durch diese unterirdischen Gänge pumpen – auch das bin ich.‹

»Warum brauchst du mich dann überhaupt?« fragte Nafai.

›Du bist derjenige, der meine Programmschleife durchbrochen und mir die Augen geöffnet hat, damit ich nun auch mein eigenes Herz sehen kann, und du fragst mich das?‹

»Warum brauchst du mich *jetzt?*« fragte Nafai.

›Ich brauche dich – euch alle –, weil der Hüter euch Träume geschickt hat. Der Hüter will euch zur Erde holen, und deshalb werde ich euch dorthin bringen.‹

Er stellte die Frage noch präziser. »Warum brauchst du *mich?*«

›Weil meine Roboter von einer Stelle in meinem Speicher kontrolliert werden, die völlig unzuverlässig geworden ist. Ich habe sie abgeschaltet, weil sie mir falsche Berichte erstattet haben. Kein einziger Speicher dieser sechs Schiffe ist völlig in Ordnung. Ich brauche dich, um die Speicher in allen Teilen der Schiffe zu überprüfen und gute Speicher zusammenzubringen, bis wir ein perfektes Schiff haben. Das kann ich nicht selbst erledigen – ich habe keine Hände.‹

»Also bin ich hier, um kaputte Maschinen zu reparieren.«

›Und ich brauche dich, um das Sternenschiff zu steuern.‹

»Mache mir nicht weis, du könntest das nicht allein.«

›Deine Vorfahren beließen ihre Sternenschiffe nicht vollständig unter der Kontrolle von Computern, wie ich einer bin. Auf jedem Schiff muß ein Herr der Sterne sein, der die Befehle gibt. Ich werde diese Befehle ausführen, aber es wird dein Schiff sein. Ich werde dir gehorchen.‹

»Nicht mir«, sagte Nafai. »Vater sollte der Herr des Schiffes sein.«

›Volemak ist nicht hergekommen. Volemak hat diesen Ort nicht geöffnet.‹

»Er wäre gekommen, hätte er es nur gewußt.«

›Er hat gewußt, was du auch gewußt hast. Aber du hast gehandelt. Diese Dinge geschehen nicht zufällig, Nafai. Es ist kein Zufall, daß du hier bist und sonst niemand. Hätte Volemak diesen Ort gefunden und sich unter Einsatz seines Lebens Zutritt erzwungen, würde er den Mantel tragen. Oder Elemak, sogar Zdorab – wer auch immer gekommen wäre, er hätte diese Verantwortung übernommen. Du bist gekommen. Sie fällt dir zu.‹

Fast hätte Nafai gesagt: Ich will sie nicht. Aber das wäre eine Lüge gewesen. Er wollte es mit ganzem Herzen. Es wäre wunderbar, von der Überseele ausgewählt zu werden, das Sternenschiff zu steuern, auch wenn er nicht das geringste darüber wußte. Mehr Ruhm und Vollendung, als er es sich in seiner Kindheit je erträumt hatte. »Dann werde ich es tun«, sagte Nafai, »wenn du mir zeigst, wie es geht.«

›Du schafftst es nicht ohne Werkzeuge. Ich kann dir einige geben und dich lehren, wie man die anderen macht. Und du wirst es nicht ohne Hilfe schaffen.‹

»Hilfe?«

›Tausende von Speicherplatten müssen von einem Schiff zum anderen gebracht werden. Du wirst alt werden und sterben, wenn du es allein versuchst. Euer ganzes Dorf muß zusammenarbeiten, wollen wir ein zuverlässiges Sternenschiff bekommen, das alle Speicherdaten enthält, die ich brauche, um euch zum Hüter der Erde zu bringen.‹

Nafai versuchte sich vorzustellen, wie Elemak eine Arbeit unter seiner Leitung ausführte, und lachte laut auf. »Wenn dem so ist, suchst du dir lieber einen anderen. Sie werden mir nicht folgen.«

›Sie werden dir folgen!‹

»Dann verstehst du die menschliche Natur noch immer nicht sehr gut«, sagte Nafai. »Wir haben in den letzten Jahren nur Frieden gehabt, weil ich Elja nicht herausgefordert habe. Wenn ich plötzlich zurückkehre und ihnen sage, daß ich der Herr der Sterne bin und sie mir helfen müssen, ein Raumschiff zusammenzubauen …«

›Vertraue mir!‹

»Ja, genau. Wie ich dir immer vertraut habe, nicht wahr?«

›Öffne die Tür!‹

Nafai öffnete die Tür und trat in einen schwach beleuchteten Raum. Die Tür schloß sich hinter ihm und nahm ihm auch noch das Licht des Ganges. Blinzelnd gewöhnte Nafai sich an das Halbdunkel und sah, daß in der Mitte des Raums ein – ja was, ein Eisblock? – in der Luft hing, ohne irgendwie gestützt zu werden.

›Viel davon ist Wasser.‹

Nafai trat zu dem Block, streckte die Hand aus und berührte ihn. Sein Finger glitt problemlos hinein.

›Wie ich sagte: Wasser.‹

»Wie hält er dann diese Form?« fragte Nafai. »Wieso schwebt er in der Luft?«

›Warum soll ich es dir erklären, wenn du in einem Augenblick einfach daran denken wirst und es weißt?‹

»Was meinst du?«

›Gleite durch das Wasser, und wenn du daraus auftauchst, wirst du den Mantel des Herrn der Sterne tragen. Wenn er mit dir verbunden ist, wirst du all meine Erinnerungen haben, als hättest du sie schon immer gehabt.‹

»Der menschliche Verstand kann so viele Informationen niemals aufnehmen«, sagte Nafai. »Deine Erinnerungen umfassen vierzig Millionen Jahre.«

›Du wirst es sehen.‹

»Es hat mich fast in den Wahnsinn getrieben, als ich Vaters Erinnerung an seine Vision in meinem Verstand hatte«, sagte Nafai. »Wird es diesmal nicht dazu kommen?«

›Ich werde bei dir sein, wie ich nie zuvor bei dir gewesen bin.‹

»Werde ich noch *ich selbst* sein?«

›Du wirst mehr du selbst sein als je zuvor.‹

»Habe ich eine Wahl?«

›Ja. Du kannst dies ablehnen. Dann werde ich eine andere

holen, und sie *wird* durch das Wasser gleiten, und dann wird sie die Herrin der Sterne sein.‹

»Sie? Luet?«

›Spielt das eine Rolle? Wenn du dich entscheidest, nicht der Herr der Sterne zu werden, hast du kein Recht, die Person zu bestimmen, die ich dann an deiner Stelle auswählen werde.‹

Nafai stand da, betrachtete den wunderbaren Block aus Wasser, der in der Luft schwebte, und dachte: Das ist weniger gefährlich, als durch die Barriere zu gehen, und *das* habe ich geschafft. Und er dachte: Könnte ich es ertragen, dem Herrn der Sterne zu folgen, wenn ich den Rest meines Lebens über wüßte, daß ich der Herr der Sterne hätte sein können und abgelehnt habe? Und dann: Ich habe der Überseele bislang vertraut. Ich habe für sie getötet; ich wäre wegen ihr fast gestorben. Werde ich mich nun weigern, die Führung dieser Reise zu übernehmen?

»Was muß ich tun?« fragte Nafai.

›Weißt du es nicht? Erinnerst du dich nicht an die Vision, die Luet dir erzählt hat?‹

Erst jetzt, als die Überseele Nafai daran erinnerte, fiel ihm wieder ein, was Luet gesagt hatte. Sie hatte gesehen, wie er in einem Eisblock versunken und unten wieder zum Vorschein gekommen war; er hatte vor Licht geglüht und gefunkelt. Er hatte nach einer metaphorischen Bedeutung gesucht. Aber hier war der Eisblock!

»Ich sinke von oben nach unten«, sagte Nafai. »Wie komme ich hinauf?«

Wie auf ein Stichwort glitt eine etwa ein Meter breite Platte über den Boden zu ihm. Nafai begriff, daß er sich daraufstellen sollte. Doch als er dies tat, passierte nichts.

›Deine Kleidung stört.‹

Also zog er sich zum zweitenmal an diesem Tag aus. Das brachte ihm schmerzhaft die Kratzer und Prellungen ins Bewußtsein, die er sich zugezogen hatte, als der Wind ihn beutelte. Nackt trat er erneut auf die Scheibe. Diesmal erhob sie sich in die Luft und trug ihn über den Block.

›Tritt auf das Wasser! Es wird dich tragen, als wäre es ein Boden.‹

Nachdem Nafai gerade den Finger in die Seite des Blocks gesteckt hatte, hatte er seine Zweifel, aber er tat wie geheißen und trat auf die Oberfläche des Blocks. Sie war glatt, aber nicht schlüpfrig; wie die Oberfläche der Barriere schien sie sich unter seinen Füßen in alle Richtungen gleichzeitig zu bewegen.

›Leg dich auf den Rücken!‹

Nafai legte sich hin. Sofort veränderte die Oberfläche sich unter ihm, und er sank in das Wasser ein. Ihm wurde klar, daß es bald sein Gesicht bedecken würde. Die Erinnerung an das Ersticken war noch zu frisch – er begann sich zu wehren.

›Friede. Schlafe! Dir wird es weder an Luft noch an sonst etwas mangeln. Schlafe! Friede.‹

Und er schlief ein, während er weiter in das Wasser sank.

Elemak war überrascht, Schedemei an der Tür vorzufinden. Natürlich war alles möglich – vielleicht war sie ja tatsächlich gekommen, um sich auf seine Seite zu schlagen. Aber er bezweifelte es – wahrscheinlich war sie im Auftrag Rasas hier, um irgendeine Vereinbarung auszuhandeln. In diesem Fall war sie als Gesandte keine schlechte Wahl. Er hatte nichts gegen sie, und sie hatte keine komplizierten Familienbindungen. Außerdem ... waren sie und Zdorab am Ende der Versammlung nicht auch aufgestanden und hatten damit Elemaks Autorität bestätigt? Er würde sich anhören, was sie zu sagen hatte.

Also bat er sie herein und ließ sie am Tisch Platz nehmen, an dem schon Meb, Obring und Vas saßen. Dann nahm er ihr gegenüber Platz und wartete. Sollte *sie* doch zuerst sprechen und ihn damit wissen lassen, was er von ihr zu erwarten hatte.

»Alle haben mir geraten, nicht zu dir zu gehen«, sagte sie. »Aber ich glaube, sie unterschätzen dich, Elemak.«

»Das haben sie schon zuvor getan«, sagte Elemak.

Meb kicherte. Das verärgerte Elemak – er wußte nicht genau, ob Meb über *sie* lachte, weil sie Elemak unterschätzt hatten, oder über *ihn*, weil er diese Behauptung machte. Bei Meb war man *nie* sicher, wen er verspottete. Nur, daß er *irgend jemanden* verspottete.

»Es gibt einige wichtige Dinge, die du nicht zu verstehen scheinst«, fuhr Schedemei fort. »Und ich glaube, man muß *alles* wissen, um kluge Entscheidungen treffen zu können.«

Aha. Also war sie hier, um ihm die ›Wirklichkeit‹ zu erklären. Nun, er konnte sie ja anhören, wenn auch nur, um besser planen zu können, wie er sie bei der nächsten Versammlung ausschalten würde. Er bat sie mit einem Nicken fortzufahren.

»Das ist keine Verschwörung, die dir die Autorität nehmen soll.«

Richtig, dachte Elemak. Du beginnst, indem du es abstreitest, und damit hast du mir so gut wie bestätigt, daß es *genau darum* geht.

»Die meisten von uns wissen, daß du der natürliche Führer dieser Gruppe bist, und mit einigen Ausnahmen sind wir damit zufrieden.«

Ah, ja! In der Tat, ›einige‹ Ausnahmen.

»Und diese Ausnahmen treten stärker unter *deiner* Gefolgschaft auf, als du es dir vorstellst. Hier an diesem Tisch gibt es mehr Haß und Eifersucht auf dich, als du je unter jenen gefunden hast, die sich im Indexhaus versammeln.«

»Genug davon«, sagte Elemak. »Wenn du nur hier bist, um Mißtrauen unter denen zu säen, die versuchen, unsere Familien vor denen zu schützen, die sich in unser Leben einmischen wollen, kannst du jetzt gehen.«

Schedemei zuckte die Achseln. »Ich habe es gesagt, du hast es gehört, und mir ist es gleichgültig, was du mit der Information anfängst. Aber eins ist Tatsache: Du kämpfst im Augenblick gegen die Überseele.«

Meb jaulte einmal auf. Schedemei ignorierte ihn.

»Die Überseele hat endlich Zugang zu den Sternenschiffen bekommen. Eine gewaltige Anstrengung von uns allen ist nötig, fünf der Schiffe auszuschlachten, um eins flugbereit zu machen. Aber es muß getan werden, ob du es nun billigst oder nicht. Die Überseele wird sich kaum von dir blockieren lassen, nachdem sie so weit gekommen ist.«

Elemak hörte amüsiert, daß Schedemei von dem leblosen Computer beharrlich sprach, als sei er eine Frau.

»Wenn Nafai zurückkehrt, wird er den Mantel des Herrn der Sterne tragen. Dieses Gerät verbindet ihn fast perfekt mit den Speichern der Überseele. Er wird weit mehr über dich wissen, als du selbst über dich weißt. Hast du mich verstanden? Und der Mantel verfügt auch noch über andere Kräfte – zum Beispiel über eine Energiekonzentration, neben der ein Pulsator wie ein Spielzeug aussieht.«

»Ist das eine Drohung?« fragte Elemak.

»Ich sage dir schlicht und einfach die Wahrheit. Die Überseele hat Nafai ausgewählt, weil er die nötige Intelligenz hat, das Schiff zu steuern, die Treue, der Sache der Überseele gut zu dienen, und die Willenskraft, die eine vermeintlich unüberwindbare Barriere niedergerissen und somit ermöglicht hat, die Expedition fortzusetzen. Und *nicht*, weil sie sich gegen dich verschworen hat. Hättest du der Sache der Überseele je auch nur einen Fetzen Loyalität erwiesen, hätte sie vielleicht *dich* ausgewählt.«

»Glaubst du, mit diesen pathetischen Schmeicheleien etwas erreichen zu können?«

»Ich schmeichle dir nicht«, sagte Schedemei. »Ich habe es bereits gesagt – wir wissen, daß du der geborene Führer dieser Gruppe bist. Aber du hast dich entschieden, *nicht* der Führer der Expedition der Überseele zu sein. Das war deine eigene, freie Entscheidung. Wenn es nun darauf hinausläuft, wenn du nun feststellst, daß du die Führung dieser Gruppe für immer verloren hast, kannst du niemandem außer dir selbst die Schuld dafür geben.«

Er spürte, wie der Zorn in ihm wuchs.

»Du wärst auch nicht die zweite Wahl gewesen«, sagte Schedemei. »Es bestand ein gewisser Zweifel, daß Nafai den Mantel akzeptieren würde – weil er genau wußte, daß du seine Führung zurückweisen wirst. Zu diesem Zeitpunkt hat die Überseele ihre zweite Wahl getroffen. Sie hat *mich* gefragt, ob ich die Last der Verantwortung akzeptiere. Sie hat mir sogar genauer erklärte als Nafai, was der Mantel bewirkt und wie er funktioniert. Mittlerweile weiß er das alles natürlich. Ich habe das Angebot akzeptiert. Wäre es nicht Nafai gewesen, wäre ich es gewesen. Nicht du, Elemak. Du hast dieses große Angebot nicht knapp verpaßt. Du bist niemals in Betracht gezogen worden, weil du die Überseele von Anfang an abgelehnt hast.«

»Vielleicht solltest du jetzt lieber gehen«, sagte Elemak leise.

»Aber das heißt nicht, daß du in unserer Gemeinschaft keine geschätzte, wichtige Rolle spielen kannst«, fuhr sie fort; anscheinend hatte sie ihn nicht gehört, schien nicht zu bemerken, daß er vor Wut kochte. »Erzwinge es nicht! Zwinge Nafai nicht, dich vor den anderen zu erniedrigen. Arbeite lieber mit ihm zusammen, und er wird dir gern so viel von der Führung überlasssen, wie die Überseele es zuläßt. Ich glaube, du hast nie begriffen, daß Nafai dich verehrt. Er hat sich immer gewünscht, so wie du sein zu können. Er sehnt sich nach deiner Liebe und deinem Respekt mehr als nach dem irgendeines anderen Menschen.«

»Verlasse mein Haus!« sagte Elemak.

»Wie du willst«, sagte Schedemei. »Ich sehe, daß du ein Mensch bist, der sich weigert, seine Sicht der Welt zu revidieren. Du kannst nur in einer Welt leben, in der alles Schlechte, was dir widerfährt, die Schuld eines anderen ist; eine Welt, in der sich alle gegen dich verschworen haben müssen, um dir zu nehmen, was dir rechtmäßig zusteht.« Sie erhob sich und ging zur Tür. »Leider ist diese Welt nicht die *wirkliche* Welt. Und so werdet ihr vier hier sitzen und euch verschwören, um die Herrschaft über Dostatok zu übernehmen, und es wird nichts daraus werden, und ihr werdet erniedrigt werden, und es wird ganz allein eure Schuld sein. Doch selbst dann, Elemak, hast du für deine beträchtlichen Fähigkeiten unseren tiefen Respekt und unsere Ehre. Gute Nacht.«

Sie schloß die Tür hinter sich.

Elemak konnte sich kaum beherrschen. Er wollte ihr nachsetzen, sie immer wieder schlagen, ihr die unerträgliche Herablassung aus dem Leib prügeln. Aber das wäre ein Zeichen von Schwäche gewesen; um die anderen zu beherrschen, mußte er deutlich zeigen, daß ihm solch ein Unsinn nicht naheging. Also lächelte er sie blaß an. »Ihr seht, wie sie uns dumm machen wollen: indem sie uns wütend machen«, sagte er.

»Erzähl mir nicht, daß du *nicht* wütend bist«, sagte Meb.

»Natürlich bin ich das«, sagte Elemak. »Aber ich weigere mich, mich von meiner Wut dumm machen zu lassen. Und sie hat uns einige wertvolle Informationen gegeben. Anscheinend wird Nafai mit einem magischen Mantel oder so zurückkommen. Vielleicht ist es nur eine Illusion, wie diese Masken, die Gaballufix ausgrub und seine Soldaten in Basilika tragen ließ, damit sie alle gleich aussahen. Vielleicht steckt etwas wirkliche Macht darin. Aber damit kann er uns nicht zudrückdrängen. Er zwingt uns lediglich, um so schneller und sauberer zu handeln – und auf Dauer.«

»Und das heißt?« fragte Vas.

»Das heißt, wir werden niemandem erlauben, das Dorf zu verlassen und sich zu Nafai zu gesellen, wo auch immer er ist. Wir werden ihn zwingen, zu uns zu kommen. Und wenn er kommt, unterwirft er sich entweder sofort und akzeptiert unsere Entscheidungen, oder wir sorgen dafür, daß er keine Probleme mehr machen kann.«

»Und das heißt?« beharrte Vas.

»Das heißt, daß er sterben muß, du Trottel«, sagte Obring. »Wie blöd bist du nur?«

»Ich habe gewußt, was er meint«, sagte Vas ruhig. »Ich wollte nur hören, daß es über seine Lippen kommt, damit er später nicht behaupten kann, es so gar nicht gemeint zu haben.«

»Ah, ich verstehe«, sagte Elemak. »Ihr macht euch Sorgen über die Verantwortung.« Elemak mußte Vas unwillkürlich mit Nafai vergleichen – denn trotz all seiner anderen Schwächen war Njef nie vor seiner Verantwortung für Gaballufix' Tod zurückgeschreckt. »Nun, ich trage die Verantwortung. Ich allein, wenn ihr darauf besteht. Aber das bedeutet auch, daß ich die Autorität bekomme, nachdem wir gewonnen haben.«

»Ich mache mit«, sagte Meb. »Bis zum Ende. Heißt das, daß ich die Autorität mit dir teile, wenn wir es getan haben?«

»Ja, das heißt es«, sagte Elemak. Falls du überhaupt weißt, was Autorität ist, du armer, einfältiger Pavian. »So einfach ist das. Aber wenn ihr nicht das Herz habt, mit uns zuzuschlagen, seid ihr noch lange nicht unsere Feinde. Bewahrt lediglich Schweigen über unseren Plan, verhindert mit uns, daß jemand zu Nafai geht, und mischt euch nicht ein, wenn wir ihn töten – falls es dazu kommt.«

»Damit bin ich einverstanden«, sagte Obring.

Vas nickte ebenfalls.

»Dann ist es abgemacht.«

Nafai erwachte auf dem Boden des Raums. Über ihm hing der Wasserblock. Er fühlte sich nicht anders als zuvor.

Bis er versuchte, an etwas zu denken: Als er zum Beispiel feststellen wollte, ob sein Körper sich irgendwie verändert hatte. Plötzlich strömte ein gewaltiger Schwall an Informationen in seinen Verstand. Er war sich einen Augenblick lang seiner gesamten Körperfunktionen bewußt und bekam einen detaillierten Bericht über alle Werte. Die Produktion seiner Drüsen; sein Herzschlag; die Fäkalienmenge in seinem Rektum; der derzeitige Mangel an Brennstoff für seine Körperzellen, und wie seine Fettzellen versuchten, das Defizit auszugleichen. Die Heilungsrate seiner Prellungen und Kratzer war beschleunigt worden, und er fühlte sich schon viel besser.

Hat die Überseele das schon immer über mich gewußt?

Die Antwort kam sofort, und nun war es fürwahr eine klare Stimme – sogar noch klarer als die, mit der die Überseele durch den Index sprach. ›Soviel habe ich nie zuvor über dich gewußt. Der Mantel hat sich mit jedem Nerv in deinem Körper verbunden und berichtet ständig über deinen Zustand. Er untersucht des weiteren an mehreren Stellen dein Blut, interpretiert die Daten und leitet sofort Maßnahmen ein, deinen Zustand zu verbessern.‹

Der Mantel?

Sofort blitzte ein Bild in seinem Verstand auf. Er sah sich von außen, wie die Überseele ihn zweifellos durch ihre Sensoren sah. Er sah seinen Körper, wie er sich unter dem Block hervorrollte und aufstand. Seine Haut funkelte vor Licht. Er sah, daß das meiste Licht im Raum von ihm kam. Er sah sich, wie er mit den Händen über seine Haut fuhr und versuchte, den Mantel zu spüren. Aber er fühlte nichts, das sich irgendwie von seiner normalen Haut unterschied.

Er fragte sich, ob er immer so leuchten würde – ob es in seinem Haus immer so hell sein würde, wenn er sich darin befand.

Der Gedanke war ihm kaum gekommen, als die Überseele auch schon antwortete. ›Der Mantel reagiert auf deinen Willen. Wenn du willst, daß er dunkel wird, wird er dunkel. Wenn du eine starke elektrische Ladung aufbauen willst, baut er sie auf – und du kannst mit deinem Finger auf einen Gegenstand oder eine Person zeigen und einen Energiebogen ausschicken, in jede Richtung. Wenn du diesen Mantel trägst, kann nichts dir Schaden zufügen, während du für alle anderen äußerst gefährlich sein kannst – doch solange du niemandem schaden willst, bleibt der Mantel passiv. Deine Kinder können im Dunkeln schlafen, und du kannst deine Frau umarmen, wie du es immer getan hast. Ganz im Gegenteil, je mehr körperlichen Kontakt du mit anderen hast, desto mehr dehnt dein Mantel sich aus und umfaßt auch sie und reagiert sogar, in kleinerem Ausmaß, auf ihren Willen.‹

Also wird auch Luet diesen Mantel tragen?

›Ja, durch dich. Er wird sie schützen; er wird ihr besseren Zugang zu meinen Speichern geben. Aber warum fragst du mich das alles? Statt dir Fragen zu überlegen, mußt du einfach nur an den Mantel denken und dich erinnern, als hättest du schon immer alles über ihn gewußt. Dann werden die Erinnerungen klar und deutlich in deinen Geist kommen. Du wirst alles wissen, was es zu wissen gibt.‹

Nafai versuchte es, und plötzlich hatte er keine Fragen über den Mantel mehr. Er verstand, was es hieß, der Herr des Schiffes zu sein. Er wußte sogar genau, wie er der Überseele helfen mußte, um ein Sternenschiff startklar zu machen.

»Wir werden nicht lange genug leben, unsere Kinder eingeschlossen, um das alles zu bewältigen«, sagte Nafai.

›Ich habe dir doch gesagt, daß ich dir Werkzeuge geben werde, mit denen du die Arbeit erledigen kannst. Für manche Aufgaben sind die Roboter nicht mehr einzusetzen, für andere doch. Die Maschinen selbst sind völlig funktionsfähig – nur das Programm, mit denen ich sie kontrolliere, ist schadhaft. Teile davon können wieder aktiviert werden, und dann könnt ihr den Robotern die routinemäßigen Aufgaben übertragen. Du wirst schon sehen.‹

Und nun ›erinnerte‹ Nafai sich genau daran, was die Überseele für möglich erachtete. Es bedurfte einiger Stunden harter Arbeit, die Roboter in Gang zu bringen, aber es war möglich – er wußte, was er zu tun hatte. »Ich fange sofort an«, sagte er. »Gibt es hier etwas zu essen?«

Er hatte die Frage kaum gestellt, als ihm einfiel, daß es hier natürlich keine Vorräte gab. Und er war zu ungeduldig, um diesen Ort zu verlassen und auf die Jagd zu gehen. »Kannst du die anderen nicht hierher holen? Sie sollen etwas zu essen mitbringen, und ... ich sehe nicht ein, warum wir jedesmal einen Tag lang wandern sollten. Wir können hier ein neues Dorf bauen – in den Hügeln im Süden gibt es genug Wasser und Holz. Wir brauchen vielleicht eine Woche dafür, ersparen uns aber im Verlauf der nächsten Jahre, bis die Schiffe fertig sind, viele Tagesreisen.«

›Ich werde sie informieren. Du kannst es ihnen aber auch selbst sagen.‹

»Ich kann es ihnen selbst sagen?« Und dann fiel es ihm ein: Da das Gedächtnis der Überseele nun ›sein‹ Gedächtnis war, konnte er durch den Index zu den anderen sprechen. Das tat er dann auch.

»Ihr werdet nicht gehen«, sagte Elemak.

Zdorab und Volemak standen verwirrt vor ihm. »Was meinst du?« fragte Volemak. »Nafai braucht etwas zu essen, und wir müssen entscheiden, wo wir das neue Dorf bauen. Ich nahm an, du würdest mitkommen.«

»Und ich sage, ihr werdet nicht gehen. Niemand wird gehen. Wir werden das Dorf nicht verlagern, und niemand wird zu Nafai gehen. Sein Versuch, die Macht zu übernehmen, ist gescheitert. Gib es auf, Vater! Wenn Nafai Hunger bekommt, wird er nach Hause kommen.«

»Ich bin dein Vater, Elja, nicht dein Kind. Du kannst die Entscheidung treffen, daß *du* nicht gehst, aber du hast keine Befugnis, *mich* aufzuhalten.«

Elemak klopfte mit dem Finger auf den Tisch.

»Außer, du drohst, gegen deinen Vater Gewalt einzusetzen«, fuhr Volemak fort.

»Ich habe dir erklärt, welches Gesetz hier herrscht«, sagte Elemak. »Niemand verläßt diese Stadt ohne meine Erlaubnis. Und du hast meine Erlaubnis nicht.«

»Und wenn ich deinem anmaßenden, illegalen Befehl nicht gehorche?« fragte Volemak.

»Dann gehörst du nicht mehr zu Dostatok«, sagte Elemak. »Wenn wir dich in der Nähe des Dorfes aufgreifen, werden wir dich wie einen Dieb behandeln.«

»Glaubst du, die anderen werden dem zustimmen?« fragte Volemak. »Wenn du die Hand gegen mich erhebst, wird dir das nur den Abscheu der anderen einbringen.«

»Ich werde mir ihren Gehorsam verdienen«, sagte Elemak. »Ich rate dir ... erzwinge es nicht. Niemand wird Nafai zu essen bringen. Er kommt nach Hause, und die Scharade um Sternenschiffe hört auf.«

Volemak stand schweigend da; auch Zdorab rührte sich nicht. Ihre Gesichter waren undeutbar.

»Na schön«, sagte Volemak.

Elemak war überrascht – wieso gab Vater so schnell auf?

»Nafai sagt mir gerade, daß er jetzt nach Hause kommen wird. Er hat die ersten Roboter wieder in Dienst gestellt. Er wird in einer Stunde zu Hause sein.«

»In einer Stunde!« sagte Meb, der in der Nähe stand. »Da haben wir es ja. Dieses Vusadka soll doch eine ganze Tagesreise entfernt sein.«

»Nafai hat erst jetzt die Paritkas wieder einsatzfähig gemacht. Wenn sie funktionieren, müssen wir das Dorf nicht verlegen.«

»Was ist ein Paritka?« fragte Meb.

Frag doch nicht, du Narr, dachte Elemak. Damit spielst du Vater nur in die Hände.

»Ein fliegender Wagen«, sagte Volemak.

»Und ich soll glauben, daß du in diesem Augenblick mit Nafai sprichst?«

»Wenn wir den Index nicht bei uns haben«, sagte Volemak, »ist seine Stimme von unseren normalen Gedanken genauso schwer zu unterscheiden wie die der Überseele. Aber er spricht mit uns, ja. Du könntest ihn auch verstehen, würdest du nur zuhören.«

Elemak mußte unwillkürlich lachen. »Ja, sicher, ich werde einfach hier sitzen und der Stimme meines weit entfernten Bruders lauschen, die in meinem Verstand spricht.«

»Warum nicht?« fragte Zdorab. »Er sieht bereits alles, was die Überseele sieht. Einschließlich dessen, was in deinem Verstand vor sich geht. Zum Beispiel weiß er, daß du und Meb ihn töten wollt, sobald er zurückkommt.«

Elemak sprang auf. »Das ist eine Lüge!« Aus den Augenwinkeln sah er, daß sich ein Anflug von Panik auf Mebs Gesicht legte. Halte einfach die Klappe, Meb! Erkennst du nicht, daß es sich um eine wilde Vermutung handelt? Jetzt tue bloß nichts, womit du diese Vermutung *bestätigst.* »Nun kehre in dein Haus zurück, Vater. Du auch, Zdorab. Es wird nur gefährlich für Nafai, wenn er uns angreift oder eine Meuterei versucht.«

»Wir sind hier nicht in der Wüste«, sagte Volemak. »Und du hast hier nicht die Befehlsgewalt.«

»Ganz im Gegenteil«, sagte Elemak. »Das Gesetz der Wüste gilt noch immer, und ich bin der Führer dieser Expedition. Ich bin es von Anfang an gewesen. Dir habe ich mich nur aus Höflichkeit gefügt, alter Mann.«

»Gehen wir«, sagte Zdorab und zog Volemak aus Elemaks Haus.

»Und nehmen Elemak die Gelegenheit, uns zu zeigen, wie boshaft er in Wirklichkeit ist?«

»Nicht boshaft, Vater«, sagte Elemak. »Ich habe einfach die Nase voll. Du und Njef, Rasa, Luet und eure Gruppe haben damit angefangen. Niemand hat dich gebeten, uns auf eine dumme Reise zu den Sternen zu führen. Alles war in Ordnung – bis du dich entschieden hast, erneut alle Regeln zu ändern. Nun, die Regeln *haben* sich geändert, doch diesmal nicht zu deinen Gunsten. Und nun schlucke deine Medizin wie ein Mann.«

»Ich trauere um dich«, sagte Volemak. Dann hatte Zdorab ihn zur Tür hinaus geführt.

»Sie wissen es«, sagte Mebbekew. »Sie wissen, was wir vorhaben.«

»Ach, halt die Klappe!« sagte Elemak. »Sie *vermuten* es, und du wärst beinah unbedarft mit einer Bestätigung ihrer Vermutung herausgeplatzt.«

»Das stimmt nicht«, sagte Meb. »Ich habe nichts gesagt.«

»Hol deinen Bogen und die Pfeile. *Dafür* reichen deine Fähigkeiten als Schütze aus.«

»Du meinst, wir wollen nicht warten und zuerst mit ihm sprechen?«

»Ich glaube, man kann vernünftiger mit Nafai sprechen, wenn ein Pfeil in ihm steckt, meinst du nicht auch?«

Meb verließ das Haus. Elemak stand auf und griff nach dem Bogen über dem Kamin.

»Tu es nicht!«

Er drehte sich um und sah Eiadh, die mit dem Baby auf dem Arm auf der Schwelle zum Schlafzimmer stand.

»Habe ich dich richtig verstanden, Edhja?« fragte Elemak. »Willst du mir sagen, was ich zu tun habe?«

»Du hast schon einmal versucht, ihn zu töten«, sagte Eiadh. »Die Überseele wird es nicht zulassen. Begreifst du das nicht? Und diesmal könntest du verletzt werden.«

»Ich weiß deine Besorgnis um mich zu schätzen, Eiadh, aber ich weiß, was ich tue.«

»Auch ich weiß, was du tust«, sagte Eiadh. »Ich habe euch beide die ganzen Jahre über beobachtet, dich und Nafai, und ich dachte, endlich hat Elja gelernt, Nafai den Respekt zu zollen, der ihm zusteht. Elja ist nicht mehr eifersüchtig auf seinen kleinen Bruder. Doch nun sehe ich, daß du nur den richtigen Augenblick abgewartet hast.«

Elemak hätte sie ins Gesicht geschlagen, wäre der Kopf des Babies nicht im Weg gewesen, und seinem eigenen Kind würde er nie etwas tun. »Du hast genug gesagt«, warnte er sie.

»Ich würde dich bitten, es nicht zu tun, weil du mich liebst«, sagte Eiadh, »aber ich weiß, das würde nicht funktionieren. Also bitte ich dich, es um deiner Kinder willen nicht zu tun.«

»Um meiner Kinder willen? Gerade *wegen* ihnen tue ich es! Ich will nicht, daß ihr Leben umgekrempelt wird, weil Rasa sich in den Kopf gesetzt hat, die Kontrolle über Dostatok an sich zu reißen und unser Dorf in ein Dorf der Frauen zu verwandeln, wie auch Basilika die Stadt der Frauen war.«

»Um der Kinder willen«, sagte Eiadh erneut. »Lasse es nicht so weit kommen, daß sie sehen, wie ihr Vater vor allen anderen erniedrigt wird. Oder ihm Schlimmeres widerfährt.«

»Ich sehe, *wie sehr* du mich liebst«, sagte Elemak. »Anscheinend hast du auf die andere Seite gesetzt.«

»Beschäme sie nicht, indem zu ihnen zeigst, daß du in deinem Herzen ein Mörder bist.«

»Glaubst du, ich wüßte nicht, worum es geht?« sagte Elemak. »Du hast schon in Basilika ein Auge auf Nafai geworfen. Ich dachte, du wärst darüber hinweg, aber ich habe mich geirrt.«

»Narr«, sagte Eiadh. »Ich habe seine Kraft bewundert. Ich habe auch die deine bewundert. Doch *seine* Kraft hat nie gewankt, und er hat sie nie eingesetzt, um andere Leute einzuschüchtern. Es war schändlich, wie du deinen Vater behandelt hast. Deine Söhne waren im Nebenzimmer und haben gehört, wie du mit deinem Vater gesprochen hast. Weißt du nicht, daß du eines Tages, wenn du alt und gebrechlich bist, von *ihnen* vielleicht dieselbe Respektlosigkeit zu hören bekommen wirst? Na los, schlag mich! Ich setze das Baby ab. Zeige deinen Söhnen, wie stark du bist! Zeige ihnen, daß du eine Frau verprügeln kannst, nur weil sie dir die Wahrheit gesagt hat.«

Meb kam hereingestürmt. Er hatte den Bogen und die Pfeile dabei. »Nun?« fragte er. »Kommst du oder nicht?«

»Ich komme«, sagte Elemak. Er drehte sich zu Eiadh um. »Das werde ich dir nie verzeihen.«

Sie grinste ihn mit schmerzlich verzerrtem Gesicht an. »In einer Stunde wirst du *mich* um Verzeihung bitten.«

Als Nafai sich dem Dorf näherte, wußte er genau, was er zu erwarten hatte. Er hatte das Gedächtnis der Überseele. Er hatte den Gesprächen zwischen Elemak und seinen Mitverschwörern gelauscht. Er hatte gehört, wie sie allen befahlen, die Kinder nicht aus den Häusern zu lassen. Er hatte die Furcht in allen Herzen gefühlt. Er wußte, welchen Schaden Elemak seiner Familie zufügte. Er wußte, welche Furcht und Wut sein Herz erfüllte.

»Kannst du es ihn nicht vergessen lassen?« fragte Nafai.

›Nein. Diese Macht hat man mir nie gegeben. Außerdem ist er sehr stark. Ich habe nur einen minimalen Einfluß auf ihn.‹

»Wenn er sich entschieden hätte, dir zu folgen, wäre er für deine Zwecke besser geeignet gewesen, als ich es bin, nicht wahr?«

›Ja.‹ Die Überseele sagte es klar und deutlich, da sie nun sowieso nichts mehr vor Nafai verbergen konnte.

»Also bin ich nur die zweite Wahl«, sagte Nafai.

›Die erste. Denn Elemak ist es nicht gegeben, einen höheren Zweck als seinen eigenen Ehrgeiz anzuerkennen. Er ist ein größerer Krüppel als Issib.‹

Nafai raste in südliche Richtung; der Paritka glitt über den Boden und flog trotz seiner hohen Geschwindigkeit so ruhig, daß es Nafai fast unglaublich vorkam. Aber das Wunder dieser Maschine interessierte ihn im Augenblick nicht.

Er hätte am liebsten geweint. Denn als er sich nun auf die Menschen von Dostatok konzentrierte statt auf die Mühen, ein Sternenschiff flugfähig zu machen, ›erinnerte‹ er sich an Dinge, die er niemals vermutet hätte. Die Anstrengungen und Opfer, die Zdorab und Schedemei einander gebracht hatten. Der kalte Haß, den Vas für Obring und Sevet verspürte, und seit der Begebenheit an der Quelle Schazer auch für Elemak. Sevets bittere Selbstverachtung. Luets und Huschidhs Schmerz, weil ihre Männer sie immer mehr behandelten, wie es Elemaks Vorstellung von dem Verhältnis zwischen Gatte und Ehefrau entsprach, und immer weniger wie die Freunde, die sie eigentlich sein sollten.

Issib, der völlig von Huschidh abhängig war … wie schändlich war es von ihm, seine Frau nicht als eine in allen Belangen gleichberechtigte Partnerin zu sehen! Und wieviel schändlicher war es von mir, wo meine Gattin doch die größte aller Frauen und mindestens so klug ist, wie ich es bin!

Denn er hatte alle ihre Herzen von innen gesehen, und dieser Blick ließ keinen Raum für Haß. Ja, er wußte, daß Vas im Grund seines Herzens ein Mörder war – aber er ›erinnerte‹ sich auch an die Qualen, die Vas durchlitten hatte, als Sevet und Obring solche Schande über ihn gebracht hatten. Für Nafai war eine solche Erniedrigung natürlich keine Entschuldigung für einen Mord. Doch er wußte nun, wie die Welt durch Vas' Augen aussah, und es war unmöglich, ihn danach zu hassen. Er würde natürlich verhindern, daß er seine Rache bekam, aber er verstand ihn trotzdem.

Genau, wie er Elemak verstand. Er wußte, wie er selbst in Elemaks Augen aussah. Hätte ich es doch nur gewußt, dachte Nafai. Hätte ich doch nur gesehen, was ich getan habe, daß er mich dermaßen haßt.

›Sei kein Narr! Er haßt deine Intelligenz. Er haßt, daß du gern intelligent bist. Er haßt deinen bereitwilligen Gehorsam für deine Eltern. Er haßt sogar, daß du ihn als Held verehrst. Er haßt dich, weil du du selbst bist – ihm so ähnlich und doch so anders. Du hättest nur verhindern können, daß er dich haßt, indem du jung gestorben wärst.‹

Nafai sah das ein, aber es änderte nichts. Daß er all dies nun wußte, änderte nichts daran, daß er es gern gesehen hätte, wären die Dinge anders gekommen. Oh, wie sehr sehnte er sich danach, daß Elemak ihn ansah und sagte: »Gut gemacht, Bruder, ich bin stolz auf dich.« Diese Worte hätte Nafai lieber von Elemak als von Vater gehört. Aber er würde sie niemals hören. Bestenfalls würde er heute Elemaks verdrossenes Einverständnis bekommen. Schlimmstenfalls Elemaks Leiche.

»Ich will ihn nicht töten«, flüsterte Nafai immer wieder.

›Wenn du ihn nicht töten willst, wirst du ihn auch nicht töten.‹

Und dann kehrten Nafais Gedanken zu Luet zurück. Ach, Luet, warum war dieser Mantel nötig, damit ich begreife, was ich dir antue? Du hast versucht, es mir zu sagen. Zuerst liebevoll, später dann wütend, aber die Mitteilung war dieselbe: Du verletzt mich. Du verlierst mein Vertrauen. Bitte tue es nicht! Aber ich habe nicht zugehört. Ich war dermaßen damit beschäftigt, der beste Jäger zu werden, das Leben eines Mannes unter Männern zu führen, daß ich vergaß: Bevor ich überhaupt ein Mann war, hast du meine Hand genommen und mich zum See der Frauen geführt; du hast mir nicht nur das Leben gerettet, sondern mir auch meinen Platz bei der Überseele gegeben. Alles, was ich bin, alles, was ich habe, mein Ich, meine Kinder, habe ich aus deinen Händen bekommen, Luet, und dann habe ich es dir schändlich heimgezahlt.

›Du bist fast da. Beherrsche dich!‹

Nafai riß sich zusammen. Er spürte, daß der Mantel in ihm an der Arbeit war, die Haut um seine Augen heilte, die sich vom Weinen gerötet hatte. Im nächsten Augenblick sah man seinem Gesicht nicht mehr an, daß er in Tränen ausgebrochen war.

Wird es so sein? Mein Gesicht eine Maske, nur weil ich diesen Mantel trage?

›Nur, wenn du es so willst.‹

Nafai ›erinnerte‹ sich daran, wohin Elemak und Mebbekew gegangen waren, um ihm aufzulauern. Vas und Obring waren im Dorf geblieben und sorgten dafür, daß niemand sein Haus verließ. Elja und Meb warteten, die Bogen in der Hand, um Nafai zu töten, sobald sie ihn sahen.

Nafais erster Gedanke war gewesen, sie einfach zu umgehen, damit sie ihn nicht sehen konnten. Dann hatte er sich überlegt, so schnell an ihnen vorbei zu fliegen, daß sie nicht schießen konnten. Aber beide Möglichkeiten wären auf lange Sicht kaum sinnvoll gewesen. Sie mußten ihr Verbrechen begehen. Sie mußten unprovoziert Pfeile in ihn jagen. »Sie sollen auf mich schießen«, sagte Nafai. »Hilf Meb, mich zu treffen – ohne deine Hilfe schafft er es nie. Hilf ihm, sich zu beruhigen, sich zu konzentrieren. Beide Pfeile sollen mich treffen.«

›Der Mantel unterdrückt keine Schmerzen.‹

»Aber er wird mich heilen, sobald ich die Pfeile herausziehe, nicht wahr?«

›Ja. Aber erwarte keine Wunder.‹

»Das alles ist ein Wunder«, sagte Nafai. »Sorge dafür, daß Elemak mein Herz verfehlt.«

Elemak verfehlte sein Herz, aber nur knapp. Nafai verlangsamte den Paritka, damit sie in Ruhe zielen konnten. Er sah nur einen Augenblick, nachdem die Überseele selbst es gesehen hatte, daß der Paritka ihnen beiden einen Schrekken einjagte und Meb fast die Nerven verloren, den Bogen davongeworfen hätte und geflohen wäre. Doch Elemak zögerte nicht, und sein gemurmelter Befehl hielt Meb an Ort und Stelle, und dann zielten und schossen sie.

Nafai spürte, wie die Pfeile in seinen Körper eindrangen, Elemaks Pfeil tief in seine Brust, Mebs Pfeil in den Hals. Der zweite Pfeil war schmerzhafter, der erste gefährlicher. Was nicht heißen sollte, daß der erste nicht auch schmerzhaft war. Nafai hätte fast das Bewußtsein verloren.

›Wach auf! Du hast zu viel zu tun, um jetzt ein Nickerchen zu halten.‹

Es tut so weh, es tut so weh, rief Nafai stumm.

›Es war *dein* Plan, nicht meiner.‹

Aber es war der richtige Plan, und deshalb zog Nafai die Pfeile nicht heraus, bis der Paritka ihn in die Dorfmitte gebracht hatte. Wie er erwartet hatte, waren Vas und Obring entsetzt, als sie sahen, wie der Paritka heranflog und dann über dem Gras des Versammlungsplatzes schwebte, Nafai zusammengesackt auf dem Sitz, ein Pfeil in der Brust, der zweite deutlich sichtbar im Hals steckend.

Luet! rief Nafai stumm. Komm her und ziehe die Pfeile aus mir heraus. Alle sollen sehen, daß ich in einen Hinterhalt geraten bin. Daß ich keine Waffen trug. Du mußt deinen Teil dazu tun.

Er sah durch Luets Augen; jene Nähe, die ihn damals, als er vor so langer Zeit Vaters Vision empfangen hatte, fast in den Wahnsinn getrieben hätte, war jetzt viel leichter zu ertragen, denn der Mantel schützte ihn vor den verrückt machenden Aspekten der gespeicherten Erinnerungen der Überseele. Er sah deutlich, was ihre Augen sahen, nahm aber nur Andeutungen ihrer Gefühle wahr und fast nichts von dem Bewußtseinsstrom, der ihm damals so zugesetzt hatte.

Er sah, wie ihr Herz einen Sprung machte, als sie ihn erblickte, wie ihr der Anblick der Pfeile in ihm schwer zu schaffen machte. Wie sehr sie mich liebt! dachte er. Wird sie je wissen, wie sehr ich sie liebe?

»Kommt heraus«, rief sie, »kommt alle heraus und seht selbst!«

Sofort erklang in der Ferne Elemaks Stimme. »Bleibt in euern Häusern!«

»Kommt!« rief Luet. »Seht, wie sie versucht haben, meinen Gatten zu ermorden!«

Sie strömten aus den Häusern, Erwachsene und Kinder zugleich. Viele von ihnen schrien auf, als sie Nafai und die Pfeile in ihm erblickten.

»Seht – er hat nicht einmal einen Bogen dabei«, sagte sie. »Sie haben ohne den geringsten Anlaß auf ihn geschossen!«

»Das ist gelogen!« rief Elemak, der nun ebenfalls zum Versammlungsplatz schritt. »Ich habe mir schon gedacht, daß sie so etwas versuchen würden! Nafai hat die Pfeile selbst in sich hineingesteckt, damit es so aussieht, als hätten wir ihn angegriffen.«

Nun waren Zdorab und Volemak bei Luet, und sie waren es, die nach Nafai griffen und die Pfeile herauszogen. Der Pfeil im Hals mußte durchgebrochen werden, damit sie ihn von der Spitze her herausziehen konnten. Elemaks Pfeil riß Nafais Brust schlimm auf. Er fühlte, wie das Blut aus beiden Verletzungen strömte, und konnte noch immer nicht sprechen, aber er fühlte auch, daß der Mantel in ihm an der Arbeit war, ihn heilte, verhinderte, daß die Verletzungen ihn töteten.

»Ich lasse mir dafür nicht die Schuld geben«, sagte Elemak. »Nafai ist ein Experte, wenn es darum geht, das Opfer zu spielen.«

Aber Nafai sah, daß niemand Elemaks Lügen glaubte, von Kokor und Dol vielleicht abgesehen, die nie schrecklich intelligent und stets leicht zu täuschen gewesen waren.

»Niemand glaubt euch«, sagte Vater. »Nafai hat genau gewußt, daß ihr dies geplant habt.«

»Ach ja?« sagte Elemak. »Warum ist er dann in den angeblichen Hinterhalt gelaufen, wenn er so klug ist?«

Nafai legte die Antwort in Vaters Verstand.

»Weil er wollte, daß alle eure Pfeile in ihm sehen«, sagte Vater. »Er wollte, daß alle genau sehen, wer und was ihr seid, damit nie wieder Zweifel darüber bestehen kann.«

»Die meisten von uns haben es von Anfang an gewußt«, sagte Rasa. »Es ist unnötig, daß Nafai solche Verletzungen erträgt.«

»Es spielt keine Rolle«, sagte Luet. »Nafai trägt den Mantel der Überseele. Er ist jetzt der Herr der Sterne. Der Mantel heilt ihn. Elemak und Mebbekew können ihm nicht mehr schaden.«

Bin ich schon bereit? fragte Nafai. Der Schmerz hatte beträchtlich nachgelassen.

›Fast.‹

Elemak war sich genau bewußt, daß jetzt niemand mehr zu ihm hielt außer Meb, der keine andere Wahl hatte. Sogar Vas und Obring wandten die Gesichter von ihm ab – von *ihnen* würde er keine Unterstützung bekommen. Aber damit hatte er auch nicht gerechnet. »Was auch immer wir getan haben«, sagte Elemak, »wir haben es für unsere Kinder getan, für unsere Frauen – und auch für *eure* Frauen und Kinder. Wollt ihr diesen Ort wirklich verlassen? Ist einer unter euch, der diesen Ort verlassen will?«

»Keiner von uns *will* gehen«, sagte Luet. »Aber wir alle wissen, daß es von Anfang an so geplant war: Wir sollen zur Erde gebracht werden. Daraus hat niemand ein Geheimnis gemacht. Niemand hat euch belogen.«

Und dann –, und es war die alles krönende Beleidigung – ergriff Eiadh das Wort: »Ich möchte Dostatok nicht verlassen«, sagte sie. »Aber ich möchte lieber auf ewig durch die Wüste wandern, als daß ein anständiger Mann sterben muß, nur damit wir hier bleiben.«

Sie sprach mit Feuer, und Elemak fühlte, daß es in ihm brannte. Meine eigene Frau, und sie verdammt mich mit ihren Anklagen.

»Ah, *jetzt* seid ihr alle so tapfer!« rief er. »Aber gestern wart ihr mit mir einer Meinung. Habt ihr wirklich geglaubt, daß unser Frieden und unser Glück hier ohne Blutvergießen erhalten bleiben können? Ihr habt es alle von Anfang an gewußt – solange Nafai ständig Streit entfacht, wird es Meutereien und Uneinigkeit zwischen uns geben. Die einzige Hoffnung auf Frieden lag in dem, was ich vor über acht Jahren versucht habe.«

›Jetzt.‹

Er erhob sich. Zu seiner Überraschung war er unsicher auf den Füßen und benommen im Kopf. Sofort ›erinnerte‹ er sich an den Grund – der Mantel entzog seinem Körper im Notfall Energie, und seine schnelle Heilung hatte ihn mehr Energie gekostet, als er durch das Sonnenlicht ersetzen konnte. Doch Nafai wußte auch, daß diese befristete Schwäche ihn nicht daran hindern konnte, das zu tun, was er tun mußte.

»Elemak«, sagte er. »Ich habe auf dem ganzen Weg hierher geweint. Was du versucht hast, erfüllt mich mit Schmerz. Hättest du dich nur bereit erklärt, den Plan der Überseele auszuführen – ich wäre dir dann gern gefolgt. Aber von Anfang an hast du, hat dein Ehrgeiz zu herrschen, diese

Gruppe auseinandergerissen. Glaubst du, diese Schwächlinge hätten sich jemals der Überseele widersetzt, hättest *du* dich nicht mit ihnen verschworen, hättest *du* sie nicht *geführt*? Elemak, siehst du nicht, daß du dich an den Rand des Todes gebracht hast? Die Überseele handelt zum Nutzen der gesamten Menschheit und wird sich nicht aufhalten lassen. Mußt du sterben, bevor du dies glaubst?«

»Ich weiß nur, wann auch immer die Überseele erwähnt wird, versuchen deine jammernde Frau oder deine Mutter, die Königin, die Herrschaft an sich zu reißen.«

»Keiner von uns hat versucht, dich oder irgend jemanden sonst zu beherrschen«, sagte Nafai. »Nur, weil du jeden wachen Augenblick davon träumst, andere Menschen zu beherrschen, müssen wir nicht genauso sein. Glaubst du etwa, mein *Ehrgeiz* habe diesen Paritka erschaffen, auf dem ich stehe? Glaubst du, Mutter habe Ränke geschmiedet, damit er in der Luft schwebt? Glaubst du, Luets – wie hast du es genannt? – Jammern habe mich hierher gebracht, eine Tagesreise in einer Stunde?«

»Das ist doch nur eine uralte Maschine«, sagte Elemak. »Eine uralte Maschine, genau wie die Überseele. Lassen wir uns jetzt von *Maschinen* Befehle erteilen?«

Er sah sich um, nach Unterstützung suchend, doch das Blut auf Nafais Hals und Umhang war zu frisch; außer Mebbekew begegnete niemand seinem Blick.

»Wir verlegen das Dorf nach Norden, in die Nähe von Vusadka«, sagte Nafai. »Und wir alle, die älteren Kinder eingeschlossen, werden gemeinsam mit den Maschinen der Überseele ein Sternenschiff wiederherstellen. Und wenn es bereit ist, werden *wir alle* dieses Schiff betreten und ins All starten. Wir werden hundert Jahre benötigen, um die Erde zu erreichen, aber den meisten von uns wird es wie eine einzige Nacht vorkommen, weil sie die ganze Reise über schlafen werden, und den anderen wie ein paar Monate. Und wenn die Reise endet, werden wir das Schiff verlassen und auf dem Boden der Erde stehen, die ersten Menschen seit vierzig Millionen Jahren. Willst du etwa uns allen *dieses* Abenteuer nehmen?«

Elemak schwieg; Mebbekew ebenfalls. Aber Nafai wußte, was in ihnen vorging: die grimmige Entschlossenheit, jetzt zurückzuweichen, ihn aber bei erster Gelegenheit bewußtlos zu schlagen, ihm die Kehle durchzuschneiden und seine Leiche ins Meer zu werfen.

Es reichte noch nicht. Sie mußten einsehen, daß Widerstand sinnlos war. Sie mußten aufhören, Ränke zu schmieden, und ihre Anstrengungen darauf konzentrieren, das Schiff raumtauglich zu machen.

»Siehst du nicht ein, daß du mich nicht töten kannst, obwohl du, Elemak, dir in diesem Augenblick vorstellst, mir die Kehle durchzuschneiden und meine Leiche ins Meer zu werfen?«

Elemaks Zorn und seine Furcht verdoppelten sich in ihm. Nafai fühlte die Regungen; sie schlugen wellenförmig auf ihn ein.

»Siehst du nicht, daß die Überseele die Wunden in meinem Hals und meiner Brust bereits heilt?«

»Falls es überhaupt echte Wunden waren!« rief Meb. Armer Meb, der noch immer glaubte, Elemaks ursprüngliche Lüge könne wiederbelebt werden.

Als Antwort steckte Nafai den Finger in die Wunde in seinem Hals. Es hatte sich bereits Narbengewebe gebildet, das er durchstoßen mußte – aber niemand konnte übersehen, daß Nafais Finger fast bis zum dritten Knöchel in der Wunde steckte. Ein paar mußten würgen; die anderen keuchten oder stöhnten oder schrien in mitfühlendem Schmerz auf. Und um die Wahrheit zu sagen, der Schmerz *war* beträchtlich – und wurde noch stärker, als er den Finger wieder herauszog. Ich muß lernen, so theatralische Gesten demnächst zu vermeiden, dachte Nafai.

Er hielt seinen blutigen Finger hoch. »Ich vergebe dir dies, Elemak«, sagte er. »Ich vergebe auch dir, Mebbekew. Falls ich euren heiligen Eid bekomme, mir und der Überseele zu helfen, wenn wir ein gutes Schiff bauen.«

Es war zuviel für Elemak. Diese Erniedrigung war viel schlimmer als die vor acht Jahren in der Wüste. Er konnte nicht an sich halten. In seinem Herzen war nur noch mörderische Wut. Ihm war nun völlig gleichgültig, was die anderen dachten – er wußte, daß er ihren Beistand verloren hatte. Er wußte, er hatte seine Frau und seine Kinder verloren – was blieb ihm noch? Der Schmerz, den er in sich fühlte, konnte auch nur ansatzweise abheilen, wenn er Nafai tötete; wenn er ihn zum Meer schleppte und untertauchte, bis er nicht mehr um sich trat und schlug. Danach konnten die anderen tun, was sie wollten – Elemak war zufrieden, wenn Nafai nur tot war.

Elemak trat einen Schritt auf Nafai zu. Dann noch einen.

»Haltet ihn auf«, sagte Luet. Aber niemand trat ihm in den Weg. Niemand wagte es – der Ausdruck auf Elemaks Gesicht war zu schrecklich.

Mebbekew lächelte und trat neben Elemak.

»Faßt mich nicht an«, sagte Nafai. »Die Macht der Überseele ist wie Feuer in mir. Die Wunden, die ihr mir zugefügt habt, haben mich geschwächt – ich habe nicht mehr die Kraft, die Macht in mir zu kontrollieren. Wenn ihr mich berührt, werdet ihr sterben!«

Er sprach mit solcher Schlichtheit, daß in seinen Worten die einfache Kraft der Wahrheit lag. Er fühlte, wie in Elemak etwas zerbröckelte. Nicht, daß sein Zorn erstorben wäre; nein, in ihm zerbrach jener Teil, der es nicht ertragen konnte, Angst zu haben. Und als diese Barriere eingerissen war, verwandelte sich der gesamte Zorn zurück in das, was er eigentlich von Anfang an gewesen war: Furcht. Furcht, daß er seinen Rang an seinen jüngeren Bruder verlieren würde. Furcht, daß die Leute ihn ansehen und Schwäche statt Stärke bemerken würden. Furcht, daß die Leute ihn nicht lieben würden. Und über allem die Furcht, daß er keine Kontrolle mehr über irgend jemanden oder irgend etwas auf der Welt hatte. Und nun wurden all diese Ängste, die er so lange vor sich selbst verborgen hatte, in ihm entfesselt – und sie alle waren Wirklichkeit geworden. Er hatte seinen Rang verloren. Alle sahen seine Schwäche, sogar seine Kinder. Niemand hier konnte ihn noch gern haben. Und er hatte keine Kontrolle mehr, nicht einmal genug Kontrolle, um diesen Jungen zu töten, der ihn verdrängt hatte.

Als Elemak stehenblieb, verharrte auch Meb – immer der Opportunist; er schien keinen eigenen Willen zu haben. Aber Nafai wußte genau, daß Mebs Geist bei weitem nicht so gebrochen war wie der Elemaks. Er würde auch weiterhin seine Ränke schmieden, und da Elemak nun keine Rolle mehr spielte, würde dies ihn auch nicht mehr zurückhalten können.

Daher war Nafai klar, daß er noch nicht gewonnen hatte. Er mußte ein für allemal demonstrieren – Meb und Elemak und allen anderen –, daß es sich nicht nur um einen Kampf zwischen Brüdern handelte, daß nicht Nafai, sondern die Überseele Elemak und Meb besiegt hatte. Und im Hinterkopf klammerte Nafai sich an die Hoffnung: Wenn Elja und Meb begreifen könnten, daß die Überseele sie heute gebrochen hat, werden sie vielleicht mir selbst vergeben und wieder meine wahren Brüder sein.

Genug Energie, um sie bewußtlos zu machen, sagte Nafai stumm. Micht genug, um sie zu töten.

›Der Mantel wird handeln, wie du es beabsichtigst.‹

Nafai streckte die Hand aus. Er sah, wie sie Funken sprühte, doch es war viel beeindruckender, als er es durch die Augen der anderen sah. Indem er auf die Überseele zugriff, sah er Dutzende von Bildern von sich auf einmal. Sein Gesicht schimmerte von tanzendem Licht, das immer heller wurde. Und seine Hand lebte vor Licht, als würden tausend Glühwürmchen sie umschwärmen. Er zeigte mit dem Finger auf Elemak, und ein Feuerbogen sprang wie ein Blitz aus der Fingerkuppe und traf Elemak am Kopf.

Eljas Körper verkrampfte sich brutal, und er wurde zu Boden geschleudert.

Habe ich ihn getötet? rief Nafai in stummer Qual.

›Nur betäubt. Hab ein wenig Vertrauen in mich, ja?‹

Tatsächlich, Elemak bewegte sich wieder, zuckte verkrampft auf dem Boden. Also richtete Nafai die Hand auf Meb.

»Nein!« schrie Meb. Nachdem er gesehen hatte, was mit Elemak passiert war, wollte er verschont bleiben. Aber Nafai sah, daß er in seinem Herzen noch immer Ränke schmiedete. »Ich verspreche dir, ich tue alles, was du willst! Ich wollte Elemak sowieso nicht helfen, er hat mich gezwungen.«

»Meb, du bist ein solcher Narr! Glaubst du, ich wüßte nicht, daß Elemak dich daran gehindert hat, mich in der Wüste zu ermorden, als ich dich daran hinderte, einen Pavian zu töten?«

Mebs Gesicht wurde eine Maske der schuldbewußten Furcht. Zum erstenmal in seinem Leben wurde Mebbekew mit einem seiner Geheimnisse konfrontiert, vom dem er glaubte, niemand könne davon wissen; nun mußte er die Konsequenzen tragen. »Ich habe Kinder!« schrie er. »Töte mich nicht!«

Der Lichtbogen knisterte erneut durch die Luft, traf Mebs Kopf und warf ihn zu Boden.

Nafai war erschöpft. Er konnte kaum noch stehen. Luet, hilf mir, sagte er stumm und drängend.

Er fühlte ihre Hände an seinem Arm; sie stützte ihn. Sie mußte neben ihn in den Paritka geklettert sein.

Ach, Luet, so sollte es immer sein. Ich kann nicht stehen, wenn du nicht neben mir bist. Wenn du nicht dazugehörst, schaffe ich es auch nicht.

Als Antwort fühlte er lediglich die Liebe, die sie ihm entgegenbrachte, die gewaltige Erleichterung, daß die Gefahr vorüber war, und ihren Stolz über die Stärke, die er gezeigt hatte.

Wie kannst du so nachsichtig und versöhnlich sein? fragte er sie stumm.

Ich liebe dich! war die einzige Erwiderung, die er in ihrem Herzen fand.

Nafai entschied, der Paritka solle landen, also tat er es. Luet half ihm hinaus, und während ihre Kinder um sie herumliefen, führte sie ihn zum Haus zurück. Im Lauf der nächsten paar Minuten schauten alle anderen vorbei und fragten, ob sie helfen könnten. Doch Nafai brauchte nur Schlaf. »Seht nach den anderen«, flüsterte er. »Ich befürchte, daß der Schaden nicht mehr zu reparieren ist.«

Als Nafai erwachte, dämmerte es fast schon. Zdorab war in ihrer Küche und kochte; Issib, Huschidh, Schedemei und Luet hatten sich um sein Bett versammelt. Sie sahen ihn nicht an … sie unterhielten sich leise miteinander. Er lauschte.

Sie sprachen darüber, wie leid es ihnen um Eiadh und Dol tat und um deren Kinder, besonders um Proja, der so stolz auf seinen Vater Elemak gewesen war. »Er sah aus, als hätte er gerade gesehen, wie sein Vater starb«, sagte Luet.

»Dem war auch so«, sagte Huschidh. »Zumindest hat er den Tod des Vaters gesehen, den er kannte.«

»Es wird lange dauern, bis der Schaden, der heute angerichtet wurde, wieder verheilt ist«, sagte Schedemei.

»War es ein Schaden?« fragte Luet. »Oder der Anfang des Heilungsprozesses von Wunden, die wir in den letzten acht Jahren einfach ignoriert haben?«

Huschidh schnalzte mit der Zunge. »Nafai würde euch als erster sagen, daß heute keine Heilung, sondern ein Krieg stattgefunden hat. Heute hat die Überseele ihren Willen bekommen – das Sternenschiff wird ausgerüstet werden, und Elemak und Mebbekew werden so hart wie alle anderen arbeiten, nachdem sie sich erholt haben. Aber der Schaden ist dauerhaft. Elemak und Mebbekew werden Nafai immer als ihren Feind sehen. Und alle anderen auch, die Nafai dienen.«

»Niemand dient Nafai«, sagte Luet. »Wir dienen nur der Überseele, wie Nafai auch.«

»Ja«, pflichtete Schedemei ihr sofort bei. »Wir alle wissen das, Luet. Es war nicht Nafais Kampf, es war der der Überseele. Jeder von uns hätte den Mantel bekommen können.«

Nafai stellte fest, daß Schedemei einen Moment versucht war, zu sagen, daß sie den Mantel bekommen hätte, hätte Nafai ihn zurückgewiesen. Doch sie entschied sich dagegen. Sie würde es niemandem mehr sagen – außer Zdorab natürlich. Elemak und Mebbekew, Vas und Obring – sie würden es wohl keinem verraten, falls sie überhaupt verstanden hatten, was Schedemei ihnen am vergangenen Abend gesagt hatte. Schedemei wußte nun, daß die Überseele als nächste *sie* als Führerin der Kolonie auserwählt hätte – das genügte ihr, sie war zufrieden.

»Er ist wach«, sagte Luet.

»Woher weißt du das?« fragte Issib.

»Seine Atmung hat sich verändert.«

»Ich bin wach«, sagte Nafai.

»Wie geht es dir?« fragte Luet.

»Ich bin noch müde. Aber mir geht es besser. Nein, sogar *gut*. Eigentlich bin ich auch nicht mehr müde.« Er richtete sich auf einen Ellbogen auf, und sofort wurde ihm etwas schwindlig. »Wenn ich es mir genau überlege, bin ich *eindeutig* noch müde.« Er legte sich wieder auf den Rücken.

Die anderen lachten.

»Wie geht es Elja und Meb?«

»Sie schlafen sich aus, genau wie du«, sagte Schedemei.

»Und wer hat eure Kinder?« fragte Nafai sie.

»Mutter«, sagte Issib.

»Herrin Rasa«, sagte Schedemei. »Zdorab war der Ansicht, daß du etwas *Richtiges* zu essen haben willst, wenn du aufwachst. Also ist er mitgekommen und hat gekocht.«

»Unsinn«, sagte Luet. »Er hat gewußt, welche Sorgen ich mir mache, und wollte nicht, daß ich mich auch noch um das Kochen kümmern muß. Du hast nicht nach *unseren* Kindern gefragt.«

»Eigentlich muß ich nach gar keinen Kindern fragen«, sagte er. »Ich weiß, wo sie sind.«

Darauf konnten sie nichts erwidern. Kurz darauf brachten sie das Essen herein, und sie aßen gemeinsam, während sie um das Bett saßen. Nafai erklärte ihnen, welche Arbeiten am Sternenschiff ausgeführt werden mußten, und sie überlegten, wie sie diese Arbeit aufteilen konnten. Sie sprachen jedoch nicht lange darüber, da Nafai eindeutig erschöpft war – körperlich, wenn auch nicht geistig. Kurz darauf gingen sie alle, auch Luet; aber Luet kehrte bald mit den Kindern zurück, die hereinkamen und ihren Vater umarmten. Schveja drückte sich besonders fest an ihn. »Papa«, sagte sie, »ich habe deine Stimme in meinem Herzen gehört.«

»Ja«, sagte er. »Aber das ist in Wirklichkeit die Stimme der Überseele.«

»Es war deine Stimme, als du gedacht hast, du würdest sterben«, sagte sie. »Du standest auf einem Hügel, wolltest gerade herunterlaufen und dich durch eine unsichtbare Wand werfen. Und du hast mir zugerufen, Veja, ich liebe dich.«

»Ja«, sagte er. »Das war *doch* meine Stimme.«

»Ich liebe dich auch, Papa«, sagte sie.

Er schlief wieder ein.

Und wachte mitten in der Nacht auf und hörte eine Brise vom Meer, die im Stroh des Daches spielte. Er fühlte sich wieder stark, stark genug, um sich in den Wind zu erheben und zu fliegen.

Statt dessen streckte er die Hand aus und berührte Luet, zog sie zu sich. Sie erwachte schläfrig und protestierte nicht, schmiegte sich sogar an ihn. Sie wäre bereit gewesen, mit ihm zu schlafen, hätte er es gewollt. Doch er wollte sie heute nacht nur berühren, sie festhalten, das tanzende Licht des Mantels mit ihr teilen, damit auch sie sich an alle Dinge aus dem Geist der Überseele erinnern konnte, an die er sich erinnerte. Damit sie so deutlich in sein Herz sehen konnte, wie er in das ihre sehen konnte, und wußte, daß er sie so sehr liebte, wie er wußte, daß sie ihn liebte.

Das Licht vom Mantel wuchs und wurde heller. Er küßte sie auf die Stirn, und als er die Lippen von ihrer Haut löste, sah er, daß auch auf Luet ein schwaches Licht funkelte. Er wußte, es würde wachsen. Es wird wachsen, bis es keinen Unterschied mehr zwischen uns gibt. Laß keine Barriere zwischen uns stehen, Luet, mein Schatz. Ich will nie wieder allein sein!

ENDE

Band 24 167

Orson Scott Card

Die verlorene Erde

Deutsche Erstveröffentlichung

Vor vierzig Millionen Jahren wurde der Planet Harmonie von Menschen besiedelt. Seitdem wacht der gigantische Computer Überseele über die Kolonie. Überseele soll den Planeten vor den Gefahren schützen, die einst die Erde zerstörten. Doch nun ist der Computer selbst in Gefahr; seine Systeme drohen zusammenzubrechen. Um der Vernichtung zu entgehen, muß Überseele auf die Erde zurückkehren, denn nur dort kann der Master Computer repariert werden.

Überseele hat keine andere Wahl, er muß die ahnungslosen Menschen seines Planeten in die Geheimnisse der Raumfahrt einweihen. Warum aber sucht sich die Maschine dazu ausgerechnet den jungen, unbedarften Nafai aus?

BASTEI LÜBBE

Sie erhalten diesen Band im Buchhandel, bei Ihrem Zeitschriftenhändler sowie im Bahnhofsbuchhandel.